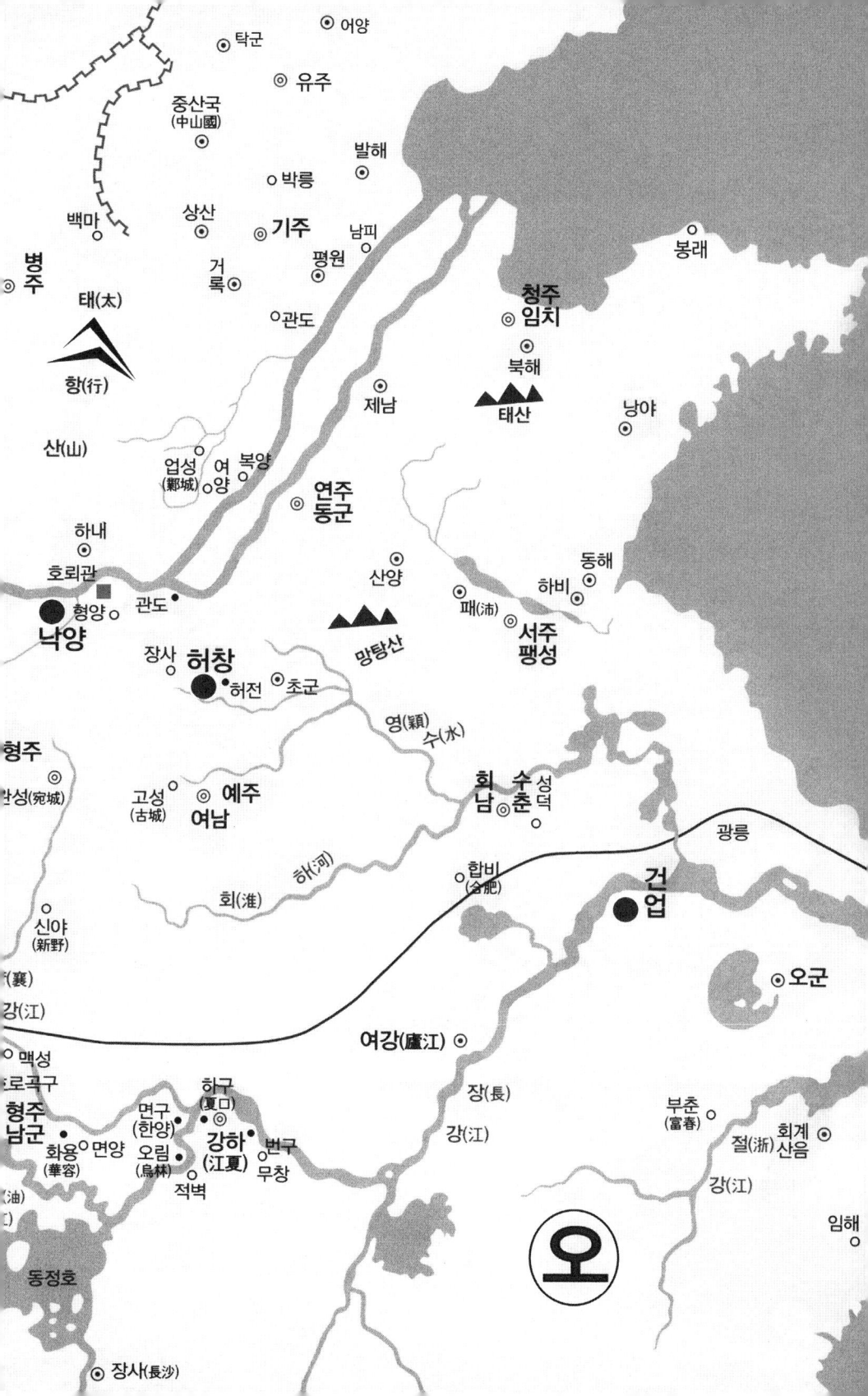

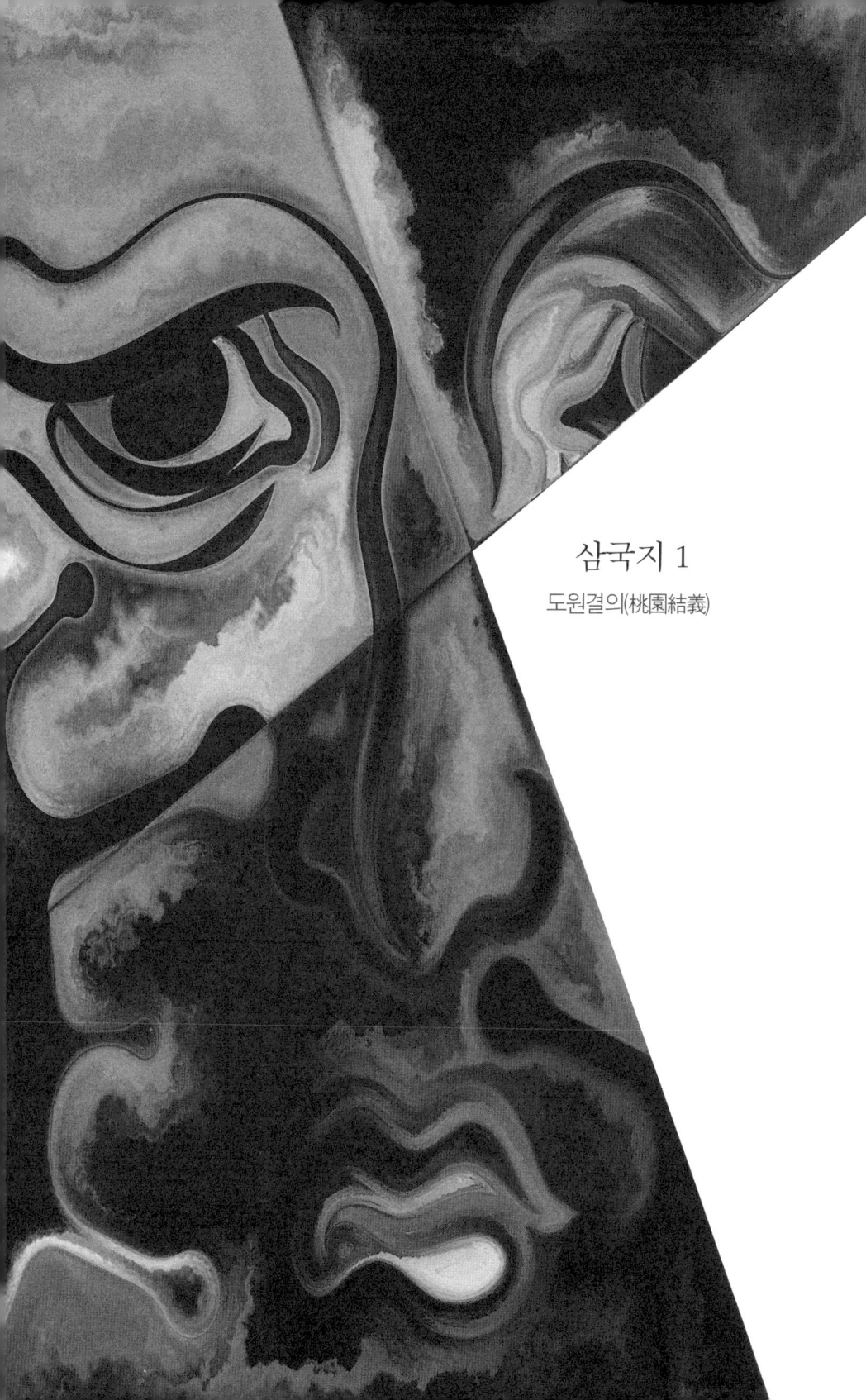

삼국지 1
도원결의(桃園結義)

삼국지 1 : 도원결의(桃園結義)
Copyright ⓒ 2021 Shin Bok-ryoung All rights reserved.
This Edition was published by Jipmoondang in 2021, Seoul, Korea.

이 책의 저작권은 저자에게 있습니다.
이 책의 출판권은 **(주)집문당**에 있습니다.
저작권법에 의하여 보호를 받는 저작물이므로 무단전재와 무단복제를 금합니다.

삼국지 1

도원결의(桃園結義)

나관중 원작
신복룡 역주

집문당

삼국지 1 : 도원결의(桃園結義)

2021년 2월 20일 1판 1쇄
2021년 10월 20일 1판 2쇄

| 저자 | 나관중
| 역주자 | 신복룡
| 발행인 | 임동규
| **발행처** | **(주)집문당**
| 등록 | 1971. 3. 23. 제2012-000069호
| 주소 | 03134 서울시 종로구 돈화문로 82, 5층
| 전화 | +82-1811-7567
| 이메일 | sale@jipmoon.com
| 홈페이지 | www.jipmoon.com

| 편 집 | 장이지
| 디자인 | 임용우

ISBN 978-89-303-1898-3 04820
      978-89-303-1904-1(전5권)

가격 15,000원

(주)집문당 이순신돋움체B (저작권자 아산시, 무료글꼴)

옮긴이 머리말

1

한국전쟁이 끝난 1950년대 끝자락, 배고프고 설움 받는 것이 싫어 검정 고무신 신고 혈혈단신 서울에 올라온 것은 내 나이 열다섯 살 때, 전쟁이 할퀴고 간 을지로 6가 시구문시장 적선지대에서 연탄을 배달하고 계란을 팔던 소년이 곁길로 빠지고 세속에 물들 수 있는 수렁은 많았다. 그때 우리에게 꿈이니 소망이니 하는 말들은 아마도 사치였을 것이다. 그 당시 나에게는 낮이면 옆집 양말 가게 송(宋) 씨네 딸의 얼굴을 바라보고 밤이면 다락방에서 『삼국지』를 읽는 것이 큰 즐거움이자 위안이었다. 내 사춘기는 그렇게 지나갔다.

나는 그때 열 권으로 된 최영해(崔暎海)의 『삼국지』(정음사, 1952년 판본)를 얻을 수 있었다. 나를 자식처럼 사랑하던 큰 매형 이정헌(李廷憲) 선생이 사 주신 것이었다. 그는 나의 아버지 같았다. 없는 살림에 그는 내가 읽고 싶어 하는 책이라면 청계천 고서점을 뒤지는 수고를 아끼지 않으셨다. 그때 읽은 『삼국지』는 간고(艱苦)함 속에서도 내가 풍진(風塵)에 섞이지 않고 그 아픔들을 아름다운 추억으로 바꾸도록 해준 길잡이가 되었다. "젊어서 『수호지』를 읽으면 사람이 격렬해지고 늙어서 『삼국지』를 읽으면 사람이 교활해진다."는 옛말이 있지만, 나는 그때의 추억을 잊지 못하여 어느새 팔순이 가까운 이 나이에 아직도 『삼국지』를 읽는다.

내가 다닌 괴산(槐山)중학교는 집에서 2킬로미터쯤 떨어져 있었다. 남보다 조금 먼저 집을 나서면 1킬로미터에 이르는 곧은 신작로가 나오는데 길이 호젓하여 영어 단어라도 외우며 혼자 걷기에 좋았다. 학교에서 집으로 돌아오는 길에는 임성무(林成茂)라는 친구와 함께 걷는 경우가 많았다. 그런데 그는 그때 이미 『삼국지』의 열렬한 애독자였다. 그는 입담도 좋았다. 책을 얻어 볼 수 없었던 나는 그의 이야기를 듣노라면 너무 일찍 집에 도착하는 것이 아쉬웠다. 그도 벌써 연전[2017년]에 세상을 떠났다.

나는 왜 그토록 『삼국지』에 몰두했는가? 천년의 베스트셀러라 할 수 있는 『성서』, 『그리스/로마신화』, 『플루타크영웅전』, 『법구경』(法句經), 『사서』(四書) 등의 고전과 더불어, 『삼국지』를 읽었든 읽지 않았든, 『삼국지』를 좋아했든 좋아하지 않았든, 동양인은 『삼국지』의 그늘에서 살았다. 『삼국지』를 가리켜 군담·무협(軍譚武俠) 소설이라 말하는데 이는 사실이 아니다. 거기에는 인간이 보여줄 수 있는 최고의 아름다움과 추악함, 사랑과 증오, 지혜와 바보스러움, 기쁨과 비통함, 음모와 지략, 배신과 절의, 군자와 소인의 논리, 절의(節義)와 비루함, 탐욕과 청빈, 고고함과 음란함, 지혜와 어리석음, 고난과 야망, 아름다움과 누추함이 함께 담겨 있다.

흉금을 울려주는 그 많은 이야기 가운데에서도 나는 특히 유비(劉備)의 비육지탄(髀肉之嘆)[1]이라는 대목을 좋아했다. 천하의 패업을 꿈꾸던 그도 한때는 유표(劉表)에게 몸을 의탁할 수밖에 없는 불우한 시절이 있었다. 어느 날 그는 측간에 갔다가 자기의 허벅지[髀]가 피둥피둥하게 살

---

[1] 비육지탄(髀肉之嘆) : 본디 『삼국지』에는 이 장면을 설명하면서 비육지탄(髀肉之嘆)이라는 고사성어를 쓰지 않았으며, 뒷날 진나라(晉) 종친의 역사가인 사마표(司馬彪 : ?-306)가 『구주춘추』(九州春秋)를 쓰면서 이 용어를 처음으로 썼다.

쪄 있는 것을 보고 몹시 자책감에 빠진다.

"이 난세에 사나이가 전쟁의 흙먼지[戰塵] 속에 말달리며 천하를 호령하는 것이 마땅하거늘 나는 어찌 이토록 살만 찌고 있다는 말인가?"

그는 자신도 모르게 눈물을 흘린다. 나는 그 대목을 읽으면서 인생을 결코 빈둥거리지 않으리라고 내 어린 시절을 다짐했다.

그런데 나이가 들면서 『삼국지』에서 가장 감동적이었던 장면이 바뀌는 현상이 벌어졌다. 옛날에는 『삼국지』 가운데 제일의 장수가 누구냐는 질문에, 남들은 관우(關羽)를 쳤을 터이지만, 나는 아마도 조운(趙雲)이 아닐까 생각했다. 그러나 지금에 와서 그 질문에 대하여 나는 주저 없이 강유(姜維)라고 대답한다. 장수로서 무예가 출중했을 뿐만 아니라 살아서 제갈량을 섬기며 사랑을 받았고, 그런 인연으로 제갈량으로부터 모든 병서와 지혜를 전수받아 촉한의 부흥을 위해 신명을 바쳤으니 강유야말로 문무를 겸전한 『삼국지』 제일의 장수요 충의지사였다.

제갈량이 죽은 후, 사마의(司馬懿)에게는 거칠 것이 없었다. 그가 조조(曹操)의 후손들을 제거하고 전권을 장악하면서 위나라의 민심이 어지러워지자 강유는 이 틈을 이용하여 위나라를 정벌할 것을 후주인 유선(劉禪)에게 진언한다. 이에 주위에서는 출병에 반대하며 내치에 주력할 것을 주장한다. 이 말을 들은 강유는 이렇게 말한다.

"인생은 백마가 달려가는 것을 문틈으로 내다보는 것처럼 빨리 지나간다.[人生如白駒過隙] 그러니 어찌 세월을 천연할 수 있으며, 어느 날에 중원을 회복할 수 있을 것인가?"

나는 이 대목을 읽을 때면 지난날과 남은 날을 생각하면서 다시 몸을 추스르고 책상 앞에 다가앉는다. 마음은 아직도 청춘인데 돌아보면 인생이 참으로 빠르다. 그러니 어찌 인생을 흘려보내듯이 살 수 있겠는가?

2

　내가 살아온 경험에 따르면, 지금이 행복하면 지난날의 고난이 추억이 되고, 지금이 불행하면 지난날의 고난이 여한(餘恨)이 된다. 세상사 나쁜 날만 있는 것이 아니듯이 좋은 날만 있는 것도 아니었다. 비교가 좀 송구스럽지만, 공자(孔子)께서 어느 날 자신을 두고 성인이라고 수군거리는 말을 듣고, "내가 이나마 사람 노릇을 하고 사는 것(多能)은 아프게 산 젊은 날의 과거(少賤) 때문이니라."[『논어』「자한」(子罕)]라고 말했다. 누구에게나 다 아픔이 있다. 가슴 할퀴고 산 것으로 말하자면 나도 가슴이 시커멓게 탔을 것이다. 그럼에도 모진 목숨 여기까지 살아온 것은 사랑하는 사람들에 대한 감사 때문이었다.

　그렇다고 해서 내가 지금 출세를 했다든가 성공한 것도 아니고 그렇다고 실패한 것도 아니지만, 내 꿈을 이루었다고 생각했을 때 나는 오늘의 내 인생이 이나마 사람 구실하면서 살 수 있었던 것은 『삼국지』와 『플루타크영웅전』 덕분이 아니었던가 하는 생각을 많이 했다. 그래서 내가 교수 생활을 마치고 노년이 되면 이 두 책을 주석하는 것을 여생의 꿈으로 여겼다. 그때가 아마 삼사십 대였을 것이다. 나는 과분하게도 동서양의 양대 전기문학을 모두 번역한 최초의 번역자가 되고 싶다는 소망을 갖게 되었다. 그러면서 판본과 참고문헌을 수집한 지 어느덧 사십 년이 흘렀다. 이제 그때 다짐했던 대로 정년퇴직을 하자 나는 두 책의 주석을 시작했다.

　나는 『삼국지』를 번역·주해하면서 몇 가지 원칙을 세우고 이에 충실하고자 노력했다.

　첫째로, 나는 이야기를 보태거나 빼지 않고 원문에 충실하고자 노력했다. 필자 나름이겠지만, 역사에 남는 고전을 보면, 필자들은 글을 쓰면서

토씨 하나에도 고민하고 심혈을 기울인다. 그러니 원문을 함부로 고치는 것은 원저자에 대한 모독이자 실례라고 나는 생각한다. "이제까지 한국에서 출판된 『삼국지』 가운데 원문을 보고 완역한 것은 김구용(金丘庸) 것밖에 없다."는 학술지의 서술(김진공과 홍상훈, 2005)에서 나는 내 꿈을 이루고자 하는 용기를 얻었고, 『삼국지』 완역자에 나의 이름 하나를 더 얹고 싶었다. 나는 그동안 몇 권의 다른 번역에 몰두하면서 원문의 정확한 의미 전달을 중요하게 생각했다. 나는 나관중(羅貫中)보다 더 미려한 글을 쓸 자신이 없었다. 그래서 원문에 충실하려고 노력했으며, 문장을 꾸미려는 건방을 떨지 않았다.

내가 『삼국지』를 몇 번이나 읽었는지는 나도 잘 모른다. 열 번은 넘지 않을까? 그런 탓에 그 이야기의 줄기가 머리에 이미 들어 있어 원전을 번역할 때 어려움은 없었다. 그러나 되돌아보면 그것은 여덟을 얻고 둘을 잃는 결과를 빚었다. 왜냐하면 이미 내 머릿속에 굳어진 이야기를 풀어 쓰면서 줄거리를 이해하는 데에는 도움이 되었지만, 선도(鮮度)가 떨어졌을 뿐 아니라 기존 도서들의 오류[선입견]를 고민 없이 답습했기 때문이었다.

이를테면 오역은 제쳐두더라도, 선복(單福)을 단복으로, 육고(陸賈)를 육가로, 범리(范蠡)를 범려로, 인상여(藺相如)를 곽상여로, 마속(馬謖)을 마직으로, 야곡(斜谷)을 사곡으로, 악침(樂綝)과 손침(孫綝)을 악림과 손림으로, 상총(向寵)을 향총으로 잘못 읽는다든가, 비의(費禕)를 비위(費禕)로, 곽익(霍弋)을 곽과(霍戈)로 잘못 쓰는 경우가 그것이다.

둘째로, 나는 『삼국지』의 미묘한 맛을 살리면서 우리말로 얼마만큼이나 충실하게 옮길 수 있을까 하는 문제를 많이 고민했다. 『삼국지』는 기본적으로 극본(劇本)이다. 따라서 대화체를 어떻게 우리말로 옮기느냐가 중요하다. 이 글이 1,900년 전의 일이고 보니 그 어법이 고체(古體)를 쓸 수밖에 없다는 어려움이 있다. 그러니 번역문이라 해서 마냥 지금의 어투로만 옮길 수도 없다는 데 어려움이 있었다. 그러나 번역을 마친 지금에 와서 『삼국지』는 고어(古語)의 표현에서 자유로울 수 없기에 우리말로써 『삼국지』의 참맛을 살리는 데에는 한계가 있음을 고백하지 않을 수 없다. "삼고초려"(三顧草廬)를 굳이 "세 번 초막을 돌아보다"라고 번역하는 것이 옳은 일인지 자신이 없다.

나는 한글을 사랑하여 아들 딸 셋의 이름을 한글로 신나리·신나라·신나래라고 지었지만 한글전용론자는 아니다. 나는 한국인이 최소한의 한자를 알아야 한다고 생각한다. 한자가 아니고서는 그 본디의 의미를 전달할 수 없는 경우가 너무 많기 때문이다. 한문이 가지는 고유한 문장의 맛이 있고, 『삼국지』만이 가지는 표현이 있다. 따라서 이 글을 읽는 독자는 어느 정도의 한자 실력을 갖추고 있어야 하며, 달리 말하면 이 글은 독자들에게 한문에 다가가는 기회를 마련해줄 것이다.

더욱이 나는 이제 방금 『플루타크영웅전』의 번역을 마친 터라 서양 고전의 문투(文套)가 여기에 묻어나지 않도록 하려고 많은 애를 썼다. 아무래도 다소는 한문의 고어 투가 섞일 수밖에 없는 『삼국지』의 번역과 서양 언어를 이용한 『플루타크영웅전』의 그것이 같을 수도 없고 같아서도 안 된다. 동양의 고전에는 많은 고사성어가 있는 데 견주어 서양의 고전은 그렇지 못하다는 점에서 문장의 형식에 많은 차이가 난다.

그뿐만 아니라 『삼국지』의 본문이 정통 한문과 조금 다르다는 점도 번역에 어려움을 주었다. 정확히 말해서 『삼국지』의 용례는 산동어(山東語)를 많이 담고 있으므로 북경어(北京語)나 광동어(廣東語)와는 미묘한 차이를 보인다. 따라서 사전적 의미에만 몰두하다 보면 본의를 잃는 경우가 있다.

나는 또한 동사를 쓸 때 단음절 동사를 쓰지 않았다. 이를테면 "청(請)하여"는 "요청"으로, "대(待)"하여는 "상대"로, "권(勸)하여"는 "권고"로, "정(定)하여"는 "결정"으로, "망(亡)하여"는 "멸망"으로 쓰고, "전(傳)하여," "면(免)하여," "심(甚)하여"와 같은 용어를 쓰지 않고 "전달하여," "모면하여," "지나쳐"로 바꿔 썼다. 단음절 동사는 한문 투의 잔재이기 때문이었다. "○○적(的)"으로 된 중국어의 형용사는 모두 "○○의"로 썼는데, 이를테면 "국가적 행사"는 "국가의 행사"로, "경제적 문제"는 "경제(의) 문제"로 썼다.

셋째로, 그 많은 『삼국지』의 한국어 번역본이 있는데 나는 왜 이를 다시 번역했는가에 대한 설명이 필요하다. 나의 번역본은 다른 번역본과 어떻게 다른가? 그것은 다름이 아니라 주석에 심혈을 기울였다는 점이다. 이 책에서 나오는 대화에서 인용된 원전은 대략 일흔 종에 이른다. 원전에 대한 기본적인 이해가 없이는 『삼국지』를 이해할 수 없다. 내 경험으로 볼 때, 수많은 고사성어가 무슨 뜻인지도 모르며 읽히는 것은 위선이다. 이 번역본에 달린 천여 개의 각주는 한국어 판본에서 일찍이 보지 못한 노력이라는 점에 대하여 나는 자부심을 느끼고 있다.

나의 둘째 누나는 괴산에서도 오지인 흑성골이라는 곳으로 시집을 갔다. 언제인가 아버지가 딸네 집을 다녀오시더니 눈물을 주르륵 흘리시는 것을 본 적이 있다. 왜 그러시느냐고 여쭤보았더니 그 벽촌에 딸을 시집보낸 것이 너무 가슴 아파 우신다고 대답했다. 그래서 그 알량한 살림에도 명절이면 나는 옥수수와 몇 가지 농산물을 메고 오십 리 산길을 따라 누나의 집을 찾아가곤 했다. 밤이 되면 등잔불 아래에서 누나의 맏동서와 함께 이런저런 이야기를 나누었는데, 어느 날 그가 문득 『삼국지』 이야기를 꺼냈다. 나는 귀가 번쩍 띄는 것 같아 아는 체하며 감동적인 대목을 자랑스럽게 늘어놓았다. 그 무렵 나는 이미 『삼국지』를 서너 번은 읽은 뒤였기 때문에 그 이야기라면 나도 할 말이 많았다. 그런데 그 사돈이 문득 이런 말을 했다.

"조조가 유비를 초대하여 죽이려는 장면에서 '여기가 홍문연(鴻門宴)이 아닌데 항장(項莊)·항백(項伯)이 왜 있느냐? 저 두 번쾌(樊噲)에게 술을 주어라'고 조조가 꾸짖는 대목이 나오는데 그게 무슨 소리인지 모르겠다우."

나는 아찔했다. 사실은 나도 그 뜻을 모르고 있었다. 『삼국지』라면 달통했다고 자신하던 나도 그 고사를 알기에는 중학교 3학년의 나이가 너무 어렸다. 나는 그 촌부 앞에서 겸손함이 무엇인지를 배웠고, 그때부터 『삼국지』에 등장하는 고사(故事)에 대하여 관심을 두고 살피기 시작했다. 조조를 토벌하는 진림(陳琳)의 격문(제22회), 공융(孔融)이 예형(禰衡)을 천거하는 표문(表文, 제24회), 조조의 단가(短歌, 제48회), 제갈량의 출사표(出師表, 91회), 초주(譙周)의 수국론(讎國論, 제112회)을 주석 없이 이해할 수 있는 독자는 많지 않다. 나는 독자들이 그 내용을 제대로 이해하도록 주석하고 싶었다. 이 부분은 내가 가장 심혈을 기울인 부분이다.

유비나 조조는 고전에 해박한 지식을 가지고 있었다. 그들의 글이나 대화에 묻어나오는 것을 보면 그들이 『사기』「열전」과 『논어』는 말할 것도 없고 『예기』와 『시경』 그리고 『육도삼략』과 『손자병법』과 『오자병법』에 통달했음을 알 수 있다. 그러한 고전에 담긴 고사성어들을 주석 없이 읽기란 어려운 일이다. 그렇다고 해서 본문에 녹여들도록 쓰다가는 문맥이 끊어지기 때문에 어쩔 수 없이 각주로 설명해줄 수밖에 없었다.

고사성어의 원전을 찾아다니는 기쁨이 적지 않았다. 나는 될 수 있으면 그 원문과 그 출처를 넣어 학생들에게 공부가 되기를 바랐다. 이것은 독자에 대한 번역자의 최소한의 봉사라고 나는 생각한다.

넷째로, 『삼국지』를 번역하면서 가장 고생한 것은 판본마다 미묘한 다름이 있다는 사실이었다. 대부분의 판본에 오자는 기본이고, 글자가 서로 다른 곳이 허다했다. 특히 한시(漢詩)에서의 다른 글자들은 미묘한 감동의 차이를 안고 있다. 판본에 따라서는 무더기로 문장이 누락된 것도 있다. 따라서 이 번역본은 홍콩(香港) 상무인서관(商務印書館, 2009)의 판본을 최종판으로 삼았다. 많은 지명과 인명의 음독(音讀)은 곤명(昆明) 판본과 로버츠(Moss Roberts, 羅慕士)의 버클리대학 영문판본 *Three Kingdoms : A Historical Novel*(Beijing : Foreign Language Press & Berkeley, Los Angeles and Oxford : University of California Press, 2011, 3 vols.)을 참고했다. 곤명 판본은 놀랍게도 오독의 가능성이 높은 인명과 지명을 괄호 안에 로마자로 표기해두었다.

다섯째로, 이 판본에는 다른 번역본에서 볼 수 없는 여러 가필자(加筆者)들의 서문들이 실려 있다. 이를테면 『삼국지』의 성립에 어떤 형태로든 기여한 장기(蔣璣)·나관중(羅貫中)·이탁오(李卓吾)·김성탄(金聖嘆)의 서문과 함께 모종강(毛宗崗)의 "『삼국지』를 읽는 법"이 실려 있다. 이 모두가 의미 있는 글들인데 무슨 이유에서인지 대부분의 한국어 판본에는 이들이 빠져 있다. 특히 모종강의 "『삼국지』를 읽는 법"은 글이 길어 글머리에서부터 독자들에게 지루함을 주지나 않을까 걱정을 하면서도 그 중요함 때문에 여기에 실은 것을 독자들이 양지해주기 바란다. "『삼국지』를 읽는 법"이 지루하다 여겨지면 건너뛰어도 그만이다.

여섯째로, 나는 조조를 정통으로 보려는 간교함을 비켜 갔다. 『삼국지』를 타락시킨 것은 상업주의와 "수능 시험 교재"라는 유혹과 함정이었다. 오죽했으면 수능이라는 이름과 상업주의에 편승하여 판매부수가 가장 높았던 어느 판본의 오류만을 지적한 단행본이 나왔을까? 그 책은 조조를 정통으로 보느냐 마느냐의 문제가 아니라 오역한 대목만을 다룬 것이라는 점에서 한국에서의 『삼국지』의 현주소를 잘 보여주는 것이었다.

끝으로 나는 위와 같은 나의 『삼국지』 독서와 번역의 편력이 나에 대한 자랑이 아니기를 진심으로 빈다. 내가 오늘 이나마 『삼국지』의 번역을 마칠 수 있는 것은 앞서간 선학(先學)들의 각고의 노력을 내가 이어받았기 때문임을 나는 잘 알고 있다. 우리나라의 『삼국지』 번역의 역사에는 책의 품위를 떨어트린 작가도 있겠지만 박태원(朴泰遠) 선생이나 김구용(金丘庸) 선생 같은 분의 발자취가 깊게 남아 있다. 나는 그분들에게 깊은 감사와 존경의 뜻을 드린다.

3

한 편의 글을 쓰자 해도 물어야 할 것이 많고 배워야 할 것이 많은데, 이 대작을 번역하자니 많은 분의 도움을 받았다. 먼저 제자백가(諸子百家) 백 권의 번역을 평생의 과업으로 여기면서 몇몇 중요 경전의 원문을 컴퓨터에 입력하여 CD로 만들어 나에게 제공해준 건국대학교 임동석(林東錫) 교수에게 깊이 감사한다. 고전 국역에 대한 그의 열정을 보면서 나는 아직 멀었다고 질린 적이 한두 번이 아니었다. 필생의 업적으로 입력한 CD를 맨입으로 넘겨준 그의 우정을 늘 고맙게 생각한다. 그러기가 쉽지 않은 일이다.

나는 이 책을 번역하면서 성공회대학교의 김명호(金明壕) 교수에게 많은 빚을 졌다. 늘 그랬듯이, 그는 내가 필요한 책이라면 시도 때도 없이 중국으로 달려가 사 가지고 왔다. 그가 사준 모스 로버츠(Moss Roberts)의 영문판 『삼국지』는 이 번역에 큰 도움을 주었다. 이를 영역한 로버츠는 한국이나 일본 판본이 저지르고 있는 오역을 거의 저지르지 않았다. 전 현대경제연구원 원장으로 고전에 달통하신 하태형(河泰亨) 교수님께도 많이 배웠고, 의미 있는 삶을 살아보겠다고 문득 한학(漢學) 공부로 전업하여 이제는 간찰(簡札) 문학의 대가로 우뚝 선 석한남(石韓男) 후학에게도 많은 도움을 받았다.

전(前) 한라대학교 총장 이창훈(李昌訓) 박사는 『삼국지』의 주석에 필요한 자료들을 마련해주었다. 전 대만(臺灣)대표부 대사 정상기(丁相基) 교수는 간자(簡字)의 이해가 부족한 나를 위해 번자본(繁字本) 판본들을 사서 보내주었다. 돈으로 계산할 일은 아니지만, 적지 않은 비용을 지불했을 것이다. 나의 도반(道伴)인 유미림(柳美林) 박사는 『나관중평전』을 구해주었고 어려운 한자에 대한 나의 번거로운 물음에 싫은 내색 한 번 하지 않고 대답을 보내주었다. 인하대학교 김정호(金正昊) 교수는 인하대학교 한국학연구소 삼국지연구단의 연구결과물들을 얻어줌으로써 해제를 쓰는 데 큰 도움을 주었다. 후학 김택호(金澤鎬) 실장은 전문을 읽고 오탈자를 바로잡아주었다. 명색이 사제라지만 20여 년 동안 같은 학교에 근무하면서 나는 그에게 많이 의지하며 살았다.

건국대학교 행정학과의 손민성(孫旼成) 군은 인터넷에서 이탁오의 판본과 모종강의 판본, 나관중과 이탁오와 모종강과 김성탄의 약전(略傳)을 구해주었다. 중국학에 관심이 많은 그는 나의 작업에 큰 도움을 주었다. 건국대학교에 유학하고 있는 류진평(劉金鵬) 군은 백화문으로 된 『나관중평전』의 번역을 도와주었다. 인연이 거기까지였지만, 당초에 출간을 약속하고 어느 출판사에서 제작을 진행하는 동안 원고를 교열해준 김동석(金東錫) 선생과 박성규 선생의 노고에 깊이 감사한다. 그들과 함께 편집 출판을 완성하지 못한 것을 매우 미안하고 고맙게 생각하며, 언제인가 좋은 인연으로 다시 만나기 바란다.

  그 밖에 시도 때도 없이 물어대는 나의 성가신 부탁에 싫은 내색 없이 대답해준 초면·구면의 여러분께도 진심으로 감사의 말씀을 드린다. 아울러 많은 제작비와 인력을 투입하여『삼국지』의 출판이라는 모험을 감행한 도서출판 집문당의 임동규 사장님에게 감사하며, 제작에 심혈을 기울여준 편집자 전정아 부장님과 한자를 교열해주신 남시중 부장님, 장이지님, 디자이너 임용우님과 그 밖의 여러분께 고마움을 표시한다.

2020년 하지에
내 젊은 날의 꿈과 한(恨)을 담아
옮긴이 신복룡 씀

일러두기

(1) 원문에는 120회의 각 회(回)가 시작할 때마다 절구(絶句) 형식의 제목이 붙어 있지만 여기에서는 그 장(章)을 상징적으로 대표할 수 있는 간단한 주제어로 제목을 다시 달았다. 그러나 원문의 뜻을 살려 본디의 제목을 그 밑에 달았다.

(2) 문장 가운데 "각설(卻說)하고"라는 어휘가 흔히 등장하는데, 이는 본디 "이야기를 바꾸어"라는 뜻이기는 하지만 여기에서는 "그 무렵에"라고 번역했고, 각 회의 끝에는 "그 다음의 이야기를 들어보자."[且聽下文分解]라는 글이 반드시 나오는데, 이 글에서는 그 문장의 번역을 생략했다. 각 회의 끝에는 칠언연구(七言聯句)의 시가 나오는데, 그것이 이탁오가 지은 시인 줄 알면서도 여기에서는 "어느 시인이 읊기를"이라고 번역했다.

(3) 모종강은 촉한(蜀漢)정통론을 고집했기 때문에 본문에서 깍듯이 유비를 현덕(玄德)으로, 제갈량을 공명(孔明)으로, 관우를 운장(雲長)으로 부르면서도 조조와 손권은 직위에 관계없이 이름으로 호칭하고 있다. 그러나 이 글에서는 모종강 판본의 표현과는 달리 그냥 유비와 제갈량과 관우라고 썼고, 대화하는 대목에서는 원문을 존중하여 현덕이니, 황숙(皇叔)이니, 공명이니, 관공(關公)이니, 운장이니 하는 존칭을 썼다. 그뿐만 아니라 본문 가운데에는 자(字)로 이름이 표기된 곳이 많은데, 우리에게는 자가 익숙하지 않고 생소하게 들려 이 글에서는 되도록 이름을 썼다.

(4) 댓가(代價)나 촛점(焦點)이나 싯귀(詩句)나 싯점(時點)처럼 이미 우리말로 변용된 한자어에는 사이시옷(ㅅ)을 썼다. 왜 하필이면 곳간(庫間)·셋방(貰房)·숫자(數字)·찻간(車間)·툇간(退間)·횟수(回數)의 여섯 단어에만 사이시옷을 써야 하는지, 어문학 방침을 납득할 수 없기 때문이었다.

xvii

차 례

옮긴이 머리말 / v
일러두기 / xvii

서문(序文) | 장기(蔣璣) ································· 1
글을 시작하며[引] | 나관중(羅貫中) ················· 6
서문(序文) | 이탁오(李卓吾) ························· 13
서문(序文) | 김성탄(金聖嘆) ························· 15
『삼국지』를 읽는 법 | 모종강(毛宗崗) ············· 21
해 제 | 신복룡 ··· 67

서사(序詞) ··· 3
제1회 황건적 ·· 5
제2회 십상시(十常侍) ································ 25
제3회 새도 나무를 가려 앉거늘 ··················· 49
제4회 제비가 어찌 봉황의 뜻을 알랴? ········· 69
제5회 난세의 간웅(奸雄) 조조 ····················· 89
제6회 피를 부르는 옥새(玉璽) ···················· 113
제7회 장부(丈夫)는 담장을 넘지 않는다 ······· 129
제8회 미인 초선(貂蟬) ······························· 147

xix

제9회 미인계(美人計) ·· 165
제10회 천리의 순환에는 갚지 않음이 없구나 ············· 187
제11회 믿음을 얻지 못하면 살아남을 수 없느니 ········ 203
제12회 화살 반 개도 쏘지 않고 서주를 차지해 ·········· 223
제13회 내란이 폭군보다 무섭다 ································· 239
제14회 한 번 배신한 무리는 다시 배신한다 ················ 263
제15회 형제는 수족이요, 처자는 의복이라 ················· 289
제16회 남자의 수령, 호색(好色) ··································· 315
제17회 법은 대부(大夫)에 이르지 않는다 ···················· 341

서문(序文)

장기(蔣璣)[1]

무릇 역사라는 것은 다만 지난날에 일어났던 사실만을 기록하는 것이 아니라 지난날의 흥망성쇠를 밝히고, 임금과 신하 사이에 있었던 잘잘못을 비춰보고, 정치의 득실을 다뤄보고, 인물의 길흉을 살펴보고, 나라의 안녕과 위태로움을 알아보고, 이어 추위와 더위와 재난과 상서로움과 양위(讓位)와 찬탈의 문제를 비롯하여 적어놓지 않음이 없으니 이로써 의로움이 후세에 이어졌다.

공자(孔子)께서는 기린을 잡으시고 『춘추』를 지으셨으니[2] 이것이 곧 노(魯)나라의 역사이다. 공자께서는 이를 편찬하시면서 글자 하나로써

---

[1] 장기(蔣璣) : 자(字)는 대기(大器)이며 호(號)는 용우자(庸愚子)로, 금화(金華 : 지금의 절강) 출신이었다. 홍치(弘治) 연간(1488-1506)에 과거에 합격하여 정덕(正德) 연간(1506-1522)에 연성(連城)현령을 지냈다. 이어 무평(武平)에서 유륭(劉隆)이 반란을 일으키자 그는 병력을 이끌고 유륭을 사로잡았으나 다시 그의 부하에게 잡혀 죽었다. 그는 최초로 『삼국연의』의 머리에 「삼국지통속연의 서(序)」를 씀으로써 『삼국지』를 소설적 형태의 작품으로 소개했다. 그는 제작자일 뿐 필자는 아니다. 이 서문은 『三國志通俗演義』, 『續修四庫全書』(1789)(上海 : 上海古籍出版社, 1980)를 저본으로 삼았다.

[2] 『춘추좌전』(春秋左傳) 애공(哀公) 14년 봄 : "서쪽 대야(大野)로 사냥을 나갔다. 숙손(叔孫)의 마부인 서상(鉏商)이 기린을 잡았는데 상서롭지 않은 일이라 여겨 사냥꾼들에게 주었다. 그것을 본 공자께서 '그것은 기린이라' 말씀하시자 다시 거두어들였다."[西狩於大野 叔孫氏之車子 鉏商獲麟 以爲不祥 以賜虞人 仲尼觀之曰 麟也 然後取之]

사람을 칭찬하고 옳지 않은 사람을 나무라셨으니 이로써 글자 하나에도 그 무렵 군신과 부자의 도리로써 후세에 귀감을 보여주었으며, 그를 통하여 어떤 사람은 착하고 어떤 사람은 나쁜 것을 알아 착한 것을 권고하고 나쁜 것을 징계하고 두려워하게 함으로써 앞서간 수레의 뒤집힘을 되풀이하지 않도록 했다.

이는 공자께서 만세에 이르도록 세우신 바이니, 지극히 공변되고 지극히 올바른 이 대법(大法)은 하늘의 이치에 맞고 인류을 바르게 함으로써 신하의 몸으로 세상을 어지럽힌 역적들이 두려워했다. 그러므로 공자께서 말씀하시기를, "나를 이해하는 것도 오로지 『춘추』를 통해서일 것이고, 나를 징벌하는 것도 오로지 춘추를 통해서일 뿐"3)이라 하셨는데 이는 그럴 수밖에 없는 일이었다.

맹자(孟子)께서는 양혜왕(梁惠王)을 만나 어짊과 의로움을 말하였지만 이로움을 말하지 않았으며,4) 임금에 관하여 말할 때는 반드시 요(堯)·순(舜)·우(禹)·탕(湯)만을 말하고 신하를 이야기할 때면 이윤(伊尹)5)과

---

3) 『맹자』「등문공장구」(滕文公章句)(下): "孔子曰 知我者 其惟春秋乎 罪我者 其惟春秋乎"
4) 『맹자』「양혜왕장구」(梁惠王章句)(上): 맹자가 양혜왕을 만났을 때 왕이 물었다. "선생께서 천 리 길을 멀다 하지 않으시고 오셨으니 또한 나라에 이로움이 있겠습니다." 그 말을 들은 맹자가 대답했다. "왕께서는 어찌 이로움을 말씀하십니까? 또한 인의도 있을 뿐입니다."[孟子見梁惠王 王曰 叟不遠千里而來 亦將有以利吾國乎 孟子對曰 王何必曰利 亦有仁義而已矣]
5) 이윤(伊尹): 하(夏)나라 말기부터 상(商)나라 초기에 걸친 정치가로서 이름은 지(摯)이다. 전설에 따르면, 이윤의 어머니는 대홍수에 휩쓸려가 뽕나무가 되었고 그 줄기에서 이윤이 태어났다고 한다. 여기에서 이윤을 홍수의 신으로 보는 전설이 나타났다. 성인이 된 뒤에는 요리사로 귀족의 시중을 들었고, 주인의 딸이 탕왕(湯王)에게 시집갈 때 그 심부름꾼으로 따라갔다가 재능을 인정받아 국정에 참여해 중책을 맡기에 이른다. 상왕조에서 아형(阿衡, 재상)으로 탕왕을 보좌해 몇백 년 동안 이어지는 왕조의 기초를 굳혔다. 탕왕이 죽은 뒤에 그 아들을 보좌하다가 탕왕의 손자 태갑(太甲)이 즉위한 뒤에 계속해 이를 보좌하였다. 태갑이 방탕하여

부열(傅說)6)과 주공(周公)과 소공(召公)의 사례를 말하였다. 주자(朱子)도 『강목』(綱目)에서 또한 그리하였는데 어찌 헛되이 역사에 있었던 일만을 기록하는 것으로 그칠 수 있으며, 역사를 쓰면서 이치의 세밀함과 의리의 절묘함이 이와 같지 않다면 어찌 후세를 밝힐 수 있겠는가?

그러므로 공자께서는 『논어』에서 말씀하시기를, "바탕이 무늬보다 나으면 저속하고, 무늬가 바탕보다 나으면 문약하다"7) 하셨으니 이것이 역사를 쓰는 방법이기는 하겠으나 서민들이 보기에 너무 어려웠다. 따라서 역사를 쓰는 사람들은 그 방법을 버리고 돌아보지 않았으니 이로써 서민들을 가르칠 수 없어 역대에 있었던 일들이 시간이 지날수록 더욱 이어지지 않았다. 그래서 지난날에는 야사(野史)를 이야기체로 만들어 소경들에게 외우게 하니 그동안 말씨가 비루하고 그릇된 데가 있어 서민들 사이에서도 사라지고 선비들은 더욱 그를 싫어했다.

이에 동원(東原) 사람 나관중은 평양(平陽)의 진수(陳壽)가 쓴 『삼국지』에 담긴 여러 나라의 역사를 살펴본 뒤 한나라 영제(靈帝) 중평(中平) 원년(서기 184)으로부터 진(晉)나라 태강(太康) 원년(서기 280) 사이에 일어난 사실들을 조심스럽게 더하고 빼서 『삼국지통속연의』를 지었는데 그 글이 그리 어렵지도 않고 저속하지도 않으면서 역사를 사실대로 기록

국정을 어지럽히자 이윤은 태갑을 동(桐)으로 추방하고 섭정했다. 3년 뒤 태갑이 회개한 것을 확인하고 다시 그를 왕으로 맞이해 스스로는 신하로 되돌아갔다. 이윤은 태갑의 아들 옥정(沃丁)의 시대에 죽었다.

6) 부열(傅說) : 이름을 태(兌)로도 쓴다. 은(殷)나라 고종(高宗, 武丁) 때 사람으로 지혜로운 재상이었다. 그는 본디 부암(傅巖)에서 담장을 쌓는 노예였다. 고종이 꿈에서 성인을 보았는데, 이름이 열이라고 했다. 기억을 더듬어 인상을 그리게 하여 부암의 들판에서 그를 찾았다. 고종이 부열에게 "가물 때라면 그대를 장맛비로 삼겠다."고 하며 재상으로 썼다.

7) 『논어』 「옹야」(雍也) : "子曰 質勝文則野 文勝質則史"

하여 이 또한 거의 역사라 할 수 있는 글이 되었다. 이를 읽고자 하는 사람마다 그것을 얻어 읽었는데 그 안에 담긴 시(詩)들은 항간에 나도는 노랫말이 되었다.

　이 책이 세상에 나오자 지식인들 가운데 일 만들기를 좋아하는 사람들이 서로 다투어 필사본을 만들어 돌려보기에 편리해지니 삼국의 흥망성쇠와 치란, 그리고 등장인물들의 옳고 그름이 한 권에 담겨 있어 천백 년 전의 일들이 막힘없이 사람들의 가슴에 들어왔다. 그 가운데 어떤 이야기는 표현이 지나쳐 차라리 미치지 못한 것만 못한 곳이 있기는 하지만 허리를 굽혀 읽어보노라면 읽고자 하는 이에게 이익되는 바가 있을 것이다.

　나는 "그의 시와 글을 읽으면서 그 사람을 모른다는 것이 가능할까?"8)라는 말을 하고자 한다. 이를테면 열심히 책을 읽다가 충신의 이야기에 이르면 "나는 과연 충성했는가, 아니면 불충했는가?"를 생각하게 되고, 효자의 이야기를 읽노라면 "나는 과연 효도를 했는가, 아니면 불효자였는가?"를 생각하게 되고, 선악과 가부의 대목을 읽노라면 그 또한 같은 느낌이 들어 바야흐로 유익함이 있었다. 만약 눈으로 읽어 내려가기만 하고 몸으로 실천함이 없다면 이는 읽지 않음과 같은 것이리라.

　내가 『삼국지』를 얻어 읽어보니 한나라가 기운 것은 환제(桓帝)의 장인이었던 진번(陳蕃)과 재상 두무(竇武)가 벼슬에 들어간 세월이 오래지 않아 그 뜻을 실행에 옮길 수 없었고 드디어 간사한 도적들이 일을 꾸며 권력을 도적질하여 날이 갈수록 극성스럽게 되자 군자들은 대궐을 떠나고 소인들만 붙으니 간신들이 이를 틈타 더욱 기승을 부렸다. 그 무렵의 국가 기강과 법도의 무너짐이 이미 그 극치에 이르렀으니 어찌 슬프지 아

---

8) 『맹자』 「만장장구」(萬章章句)(下) : "孟子曰 頌其詩 讀其書 不知其人 可乎"

니한가! 더욱이 하진(何進)의 식견은 짧고 동탁(董卓)이 그 틈을 타 권력을 잡아 권력이 황제의 손에서 벗어나 그 독기가 안팎으로 퍼져 스스로 죽음을 불렀으니 그 또한 이치에 맞는 일이었다.

조조[曹瞞]가 비록 멀리 보고 일을 꾸몄다고는 하지만 사직을 지킬 뜻은 없이 거짓된 충성심으로 세상을 속여 끝내 자신이 도모한 바를 이루었지만 반드시 그를 잃지 않을 수 없어 겨우 자기 몸을 도망하여 죽음을 피했으니 그 이야기를 더 해 무엇하랴? 손권 부자는 호랑이가 먹이를 노려보듯 강동을 노리면서 천하를 차지할 뜻을 굳게 품고 그에 필요한 인재를 거느렸으나 늙은 조조와 뜻을 함께하지는 않았다.

그러나 다만 소열황제(昭烈皇帝) 유비만이 한실의 후손으로 도원에서 형제의 의리를 맺고 세 번 초막으로 제갈공명을 찾아가 임금과 신하의 약속을 맺어 대업을 이룩했으니 이 또한 이치에 맞는 일이었다. 그 가운데에서도 가장 숭상을 받아야 할 것은 제갈공명의 충성심으로서, 그 빛이 해와 별과 같아 고금의 사람들이 우러러보았다. 관우와 장비의 의리 또한 더욱 숭상을 받아야 마땅하다.

그 밖의 것들도 득실을 밝혀 살펴볼 수 있는 일인바, 꽃다운 이름을 남길 것인지 아니면 더러운 냄새를 풍길 것인지는 그 사람이 지혜로운지 아닌지의 여부에 달려 있는 문제이며, 그가 군자인지 소인인지는 그가 의리를 따랐는지 아니면 이익을 따랐는지의 차이일 뿐이다. 이 책을 읽는 사람들은 모름지기 이를 가슴에 담아두어야 한다.

[명(明) 효종(孝宗)]
홍치(弘治) 7년(갑인, 1494) 2월(仲春) 열나흘 밤(幾望)에
용우자(庸愚子) 절하고 씀

글을 시작하며(引)

나관중(羅貫中)[1]

어떤 사람이 나에게 물었다.

"유비나 조조나 손권이 한(漢)나라를 셋으로 나누어 다스린 이야기야 이미 그 앞뒤가 역사에 알려진 지 오래인데, 새삼 『삼국지통속연의』를 출

---

[1] 이 글[引]의 원문은 나관중이 본디 지은(元撰), 『三國志通俗演義』, 『續修四庫全書』(1789)(上海 : 上海古籍出版社, 1980, pp. 599–601)를 참고했다. 본문에는 필자의 이름이 수염자(修髥子)로 적혀 있다. 그런데 이 글을 나관중의 것으로 보는 견해가 유력하다. 황림(黃霖)이 쓴 『삼국지와 고대역사소설론』(『三國與古代歷史小說論』, 南昌 : 江西人民出版社, 2000)에 따르면 원문에 기록된 이 글의 필자 수염자(修髥子)의 이름은 장상덕(張尙德)이었다고 한다. 수염자라 함은 미염공(美髥公) 관우(關羽)를 뜻하는 것이고, 장(張)은 장비(張飛)를 뜻하는 것이고, 상덕(尙德)은 현덕(玄德) 유비(劉備)를 뜻하면서 자기의 이름을 숨겼다는 것이다.(http://www.moon-soft.com/program/bbs/readelite 129563. htm) 그러나 이 글의 필자를 나관중으로 볼 경우에 마지막 문구 곧 "[명(明) 세종(世宗)] 가정(嘉靖) 임오(壬午, 1522) 여름(孟夏) 4월 보름 이초정에 머물며 씀"[書于居易草亭]이라는 기록이 혼란을 일으킨다. 이때는 이미 나관중이 죽은 지 백 년 뒤이기 때문이다. 이 문제의 혼동을 풀어준 글이 곧 노신(魯迅) 지음, 조관희 역주, 『중국소설사』(서울 : 소명출판, 2004, p. 341.)이다. 그의 기록에 따르면 수염자는 나관중이 맞다. 최초의 판본 『삼국지연의』에는 홍치 갑인년(1494)에 용우자(장대기)의 서문과 뒷날 수염자 나관중이 장상덕이라는 이름으로 지은 "글을 시작하며"[引]가 들어 있었다. 그런데 상무인서관에서 이를 출판할 때 나관중의 글을 빼어버렸다가 나중에서야 나관중의 "글을 시작하며"를 넣으면서 혼란이 발생했다. 글의 문맥으로 보면 나관중의 글이라고 믿을 만한 근거가 충분하고 가명으로 쓴 수염자 장상덕이라는 인물의 정체가 전혀 알려진 바가 없다는 점에서 이 글을 나관중의 것으로 보고 여기에서 소개한다. 내 생각으로 발행 연도의 간기(刊記)가 가정으로 되어 있는 것은 판본의 연도일 뿐이지 나관중의 집필 연도는 아니다.

간하여 일을 번거롭게 할 까닭이 있겠소?"

그래서 내가 이렇게 대답했다.

"그렇지 않습니다. 무릇 역사를 공부하는 사람이 쓴 글은 너무 자세히 기록되어 있고, 그 글이 어려우며 숨은 뜻이 깊어[2] 일찍이 박식한 사람이 아니면 책을 펼쳐 읽다가 혹시라도 모르는 부분이 있으면 피곤하여 졸음을 참지 못했습니다. 그러므로 말하기 좋아하는 나는 쉬운 글로써 행간에 숨어 있는 뜻을 통속적이고 쉬운 말로 드러내어 세상 사람들이 그 사실의 내용을 알게 하고, 그 사실의 뜻을 알게 하고 의리로써 감동을 불러일으키게 하였습니다."

"되도록 깊은 이야기를 하지 않더라도, 정통에 관한 이야기[유비]가 나오면 모름지기 북돋우고, 황제를 찬탈한 무리[曹門]가 나오면 모름지기 붓으로 죽이고, 충성스럽고 효성스럽고 절개를 지킨 인물[제갈량과 관우]이 나오면 모름지기 스승으로 떠받들고, 간사하고 탐욕스럽고 망령된 인물[사마 씨]이 나오면 모름지기 죽였음을 알 수 있습니다. 세상살이의 옳고 그름은 마음의 눈으로 보면 더욱 뚜렷한 것이오, 좋은 일을 퍼트리고 가르침을 세상에 펴는 일은 참으로 크게 도움 되는 일이니 나의 일이 어찌 번거로운 일이라고만 걱정할 수 있겠습니까?"

그 말을 들은 손님이 우러러보고 웃으며 말했다.

"옳은 말씀입니다. 그대는 나를 그릇되게 가르쳐주지 않는군요. 그 말이야말로 참으로 역사에 쓰인 바와 다름이 없소. 『삼국지』는 그 본뜻이

---

[2] 『후한서』「반고열전」(班固列傳)에 보면, "논평하건대 누구나 사마천과 반고의 부자를… 훌륭한 사관의 재목으로 칭송하였으니, 사마천의 문장은 직설적이면서 사적의 핵심을 찔렀고, 반고의 문장은 풍부하면서 사적(事跡)이 상세하다."[論曰 司馬遷班固父子… 咸稱二子 有良史之才 遷文直而事覈 固文贍而事詳] 하였다.

원대하고 어긋남이 없습니다. 그러나 『삼국지』가 본디 방대하고 좋은 판본을 얻기 어려우니 바라건대 선생께서는 진수(陳壽)가 쓴 여러 가지 글들을 깊이 생각하고 그 은밀한 뜻을 살펴보는 것이 좋지 않겠소이까?"

나는 스스로의 학문이 얕고 부족함을 헤아리지도 않고, 원작자인 진수의 뜻을 각 회(回)의 머리에 마흔 자의 변변치 않은 글[俚語]로 노래를 달아놓았으니, 여염에서도 노래하며 즐거움이 있기를 바라노라. 아! 소의 오줌과 말의 똥도 명의에게는 모두 약재가 된다 하거늘(牛溲馬勃 良醫所珍),[3] 시정에 나도는 소설[稗官小說]이라 할지라도 어찌 세상살이의 이치에 크고 작은 가르침이야 주지 않겠는가?

    고금의 흥망성쇠란 본디 하늘에 정해진 것이니
    그 안에 사람의 하는 일이 또한 가엾기 짝이 없는데
    세 나라 창생의 어려움을 알고자 한다면
    바라건대 『삼국지통속연의』를 볼 것이로다.

    충의로운 사람은 정통[劉備]을 바라볼 것이요
    간사한 늙은이는 머리를 돌려 권세[曹操]를 농락하니
    선악을 알고자 한다면 모름지기 옛 가르침을 배워 경계로 삼아야
    냄새나는 이름과 조상의 꽃다운 이야기가 억만 년을 흐르리라.
    헌제(獻帝)가 착하기만 하여 한(漢)나라가 기울자

---

3) "소의 오줌과 말의 똥도 명의에게는 모두 약재가 된다.": 한유(韓愈)가 지은 『진학해』(進學解)에 "옥찰[편지]과 단사[수은], 적전[天麻]과 청지[버섯], 쇠오줌과 말똥, 망가진 북의 가죽을 모두 거두고 아울러 쌓아놓아 쓰임에 대비해 버림이 없는 것이 의사의 뛰어남이다."[玉札·丹砂·赤箭·靑芝·牛溲·馬勃·敗鼓之皮 俱收竝蓄 待用無遺者 醫師之良也]라는 글을 인용한 것임.

십상시(十常侍)가 나라를 어지럽히고
동탁(董卓)은 망령되이 황제를 엿보며
하진(何進)은 무모하게 재앙을 불러왔도다.

발해[公孫 씨]의 병사들이 모여 일월처럼 빛나고
도원의 형제가 피를 마셔 맹세하니 바람과 우레가 이는데
크고 작은 영웅들이 계교를 부렸으나
초선(貂蟬)의 세 치 혀를 이기지 못하누나.

간웅 조조가 세상에 비길 바 없으니
천자를 끼고 제후를 호령하매
천자는 목숨이 위험함을 알고
울며 동승(董承)에게 은밀히 밀조(密詔)를 내렸도다.

입에 피가 마르지도 않았는데[4] 비밀이 세상에 알려지니
국모와 대신들이 속절없이 죽었도다.
다행히 현덕이 팽성(彭城)에서 일어나자
호걸들이 구름처럼 그를 따라 복수를 기약하였도다.

원소(袁紹)가 그 무렵 한나라의 신하였으나

---

[4] 『춘추』 양공(襄公) 9년 12월에 "초자(楚子)가 정(鄭)나라를 정벌하려 하니 자사(子駟)가 초나라와 화평하기를 권고했다. 이에 자공(子孔)과 자교(子蟜)가 말하기를 '큰 나라와 동맹을 맺고 아직 그 피가 마르지도 않았는데 배신하면 되겠소?'라고 말하였다."[楚子伐鄭 子駟將及楚平 子孔 子蟜曰 與大國盟 口血未乾而背之 可乎] 그들이 동맹을 맺을 때 피를 마시거나 입에 피를 바르거나 아니면 자기의 살을 베어 피를 흘려 서로 섞는데 이를 혈맹(血盟)이라 하였다.

우물 안 개구리가 어찌 바다의 이무기를 알아보았으랴
관우·장비 같은 맹장이 없었던들
유비는 엎어지고 스러져 다시 거론되지 못했으리라.
밝은 군주와 어진 선비가 기인을 만나매
세 번 초막을 찾아감에 싫은 기색이 없었도다.
이에 제갈량이 일어나 진창길을 마다하지 않으며
되찾은 땅은 날로 넓어지도다.

손권의 부자는 장강을 등지고
중원을 바라보며 전세를 살피는데
모사(謀士)들의 생각은 흑백으로 변덕스럽고[5]
장강에는 병선만이 줄지어 떠 있구나.

불타는 적벽에 조조는 사라져 숨고
귀 큰 유비는 형주성으로 구차하게 숨어드네.
진심으로 한나라를 일으키려 했다면
어찌 유비는 수없이 죽을 고비를 넘겨야 했나?

하늘의 운수가 이미 유비를 도우니
구사일생의 삶에 목이 메어오네
아홉 번 중원으로 진격한 백약(伯約, 강유)은 장부의 위대함이요
일곱 번 맹획(孟獲)을 놓아준 공명은 참로 드문 영웅이었음이라.

---

[5] 두보(杜甫)의 "빈교행"(貧交行)에 "손 뒤집으면 구름이요 손 엎으면 비로다. 경박한 작태 분분함을 어찌 세고 있으랴."[翻手作雲覆手雨 紛紛輕薄何須數]라는 구절이 있다.

짐승 같은 무리가 어찌 유방(劉邦)의 뜻을 이을 수 있었으랴
오히려 조심하고 머뭇거리다가 간신의 피를 쪼아 먹지 않았다네.
제갈량은 큰 뜻을 이루지 못하고
겨우 서촉에서 두 세대에 그치는구나.
유방은 백 번 싸워 천하를 평정한 인물인데
사마 씨는 어떤 인물이기에 감히 한나라를 멸망시켰는가?
북쪽을 바라보며[北面][6] 원수를 섬긴 사람들은
한나라 대신들의 후손이었건만

하늘의 뜻과 백성의 기개는 모두 사라지고
솥 안의 진미는 고사리 냄새보다 못하구나.
뜻있는 이와 어진 이의 서린 한은 속절없는데
그들이 흘린 피눈물은 몇 번이나 옷깃을 적셨던가?

세 나라에 영웅도 많았다고 말하지만
나는 참으로 그 말을 믿을 수 없음을 읊조리도다.
변방의 매와 달리는 개가 뛰어 올라 기린과 봉황은 외로웠고,
천하를 달리며 헛되이 서슬 퍼런 칼날만 밟았다네.

---

6) 남쪽을 향하여 앉던 군장(君長)의 풍습은 하나의 관례로서, "다스린다"는 뜻이었다. 그러한 예로 『예기』(禮記) 대전(大傳)에 "성인이 남면(南面)하여 천하를 다스린다."는 말이 나오고, 공자께서 말씀하시기를, "순임금이 스스로 몸가짐을 공경히 하고 남면하고 있었을 따름이다."[『논어』「위령공(衛靈公)]라는 말로써 정소(政所)의 의미로 썼다. 후대에 이 말이 굳어져 이를테면 『회남자』(淮南子) 범론훈(氾論訓)에서도 "주(周)의 문왕(文王)이 남면하여 제후를 조회(朝會)하였다."는 말로써 통치를 은유적으로 표현했다. 이와 같이 고대 사회에서는 제왕이 남쪽을 향하여[南面] 앉았고 신하들은 그를 향하여 앉다 보니 북쪽을 향하여[北面] 앉았다. 그러므로 남면이라 함은 군왕의 다스림이요, 북면이라 함은 신하의 섬김을 뜻하게 되었다.

하늘이 공명의 수명을 늘려주었더라면
천하는 진(晉)나라에 돌아가지 않았을진대
이 이야기는 입으로 외고 귀로 들은 것만을 쓴 것은 아니니
만고의 도리는 언제인가 다시 돌아오겠지.[7]

[명(明) 세종(世宗)]
가정(嘉靖) 임오(壬午, 1522) 여름(孟夏) 4월 보름에
관중(關中)의 수염자(修髥子)가 거이초정(居易草亭)[8]에서 씀

---

7) 이 시는 두 구(句)가 한 연(聯)을 이루고 두 연(네 구)이 한 절을 이루는 독특한 구도를 가진 시여서 그 맥락을 짚어 읽음이 중요하다.
8) 거이초정(居易草亭) : 이 뜻이 미묘하다. 단순히 풀이하자면 "초정에서 편히 머물며 썼다."는 뜻이 되겠지만, 여러 가지 정황으로 볼 때 거이(居易) 백낙천(白樂天)을 유념하며 쓴 것으로 보인다.

서문(序文)

이탁오(李卓吾)[1]

　옛날에 『삼국지』를 읽는 사람들은 소열황제(昭烈皇帝) 유비가 대업을 이루지 못했고, 무후(武侯) 제갈량이 그 재주를 모두 쓰지 못한 것만을 한탄하면서 소열황제가 빈손으로 왕실을 일으켰으니 참으로 한고조 유방에 견줄 수 있다는 것을 알지 못했다. 그러나 그 두 사람의 시대를 비추어보면 유방은 한낱 용맹하기만 한 필부 항우와 다투었을 뿐이요, 그의 밑에는 유후(留侯) 장량(張良)과 찬후(鄼侯) 소하(蕭何)와 회음후(淮陰侯) 한신(韓信)을 거느렸지만, 소열황제에게 제갈량 한 사람이 있었다 해도 어찌 조만(曹瞞, 조조)이나 항우와 견줄 수 있는 사람이었겠는가?

　그러기에 솥의 세 발이 버티듯[鼎足之勢][2] 이룩한 성공담이 지금에까지 이르나, 그것만으로 유비가 고조를 뛰어넘는 것이라고 말할 수는 없다. 견주어보건대, 탕왕(湯王)과 주무왕도 또한 세상을 나누어 다스림에 어렵고 쉬운 일이 있었지만 세상 사람들은 늘 그 두 성인의 공로를 회상

---

1) 이 서문은 이탁오(李卓吾) 원평(原評), 『三國志』 오군(吳郡) 녹음당장판본(綠陰堂藏版本), 제1권에 수록된 것을 이용했다.
2) 솥발의 형세[鼎足之勢] : 기하학적으로 볼 때 어떤 물체를 세울 경우에 다리가 셋일 적에 가장 안전하다고 한다. 그래서 솥의 다리도 세 개인데 이를 정족이라 한다. 지리적으로 말할 때는 세 나라 또는 세 성이 균형을 이룰 때 가장 안전하다는 뜻에서 정족지세(鼎足之勢)라는 용어를 쓴다. 『사기』 「회음후열전」(淮陰侯列傳)에 나옴.

하며 유비를 아쉽게 여기는 것은 아니다. 내가 유비와 제갈량 두 성인의 일을 생각하면서 애석하게 여기는 것은 여기에만 있는 것이 아니다. 오히려 여포는 무지한 장수에 지나지 않았으나 동탁을 죽인 공로는 마땅히 십대를 지나도록 이어져 내려온다.

여포는 이미 동탁을 죽였고 또한 조조를 죽일 수 있었으니 유비가 그의 용맹함을 얻었더라면 손바닥 뒤집듯 세상은 쉽게 바뀌었을[易于反掌]3) 것이다. 유비는 이를 미처 깨닫지 못했던 것일까? 제갈량의 재주는 주유(周瑜) 때문에 빛을 잃지 않았다. 주유의 재주는 참으로 조조를 제압했을 것이다. 적벽대전을 치른 뒤 조조의 간담은 이미 찢어져 있던 터라 만약 주유가 그 재주를 모두 쓸 수 있었고, 또 제갈량이 뒤에서 도와주지 않았더라면 조조가 제아무리 간교했다 하더라도 이에 이르지는 못했을 것이다.

제갈량이 만약 "하늘이여, 어찌 이미 주유를 낳으시고 다시 제갈량을 낳으셨나이까?"[旣生瑜 何生亮]라는 주유의 탄식을 들었더라면, 너무 빨리 세상을 떠난 주유를 안타깝게 여기지 않았을까? 이런 식의 말이란 이제까지 사람들이 들어보지도 못한 것이어서 귀머거리에게도 이야기할 만한 것이 못되지만 이제 강호의 여러 독자들에게 두 사람의 공적에 대하여 가르침을 받고자 이 글을 내어 놓는다.

탁오(卓吾) 이지(李贄) 씀

---

3) 한(漢)나라 때 매승(枚乘)의 「오왕에게 올린 상소문」[上書諫吳王]에 "왕께서 곧 생각을 바꾸신다면 이는 손바닥을 뒤집는 것보다 쉬울 것이며 편안하기로는 태산보다 든든할 것입니다."[變所欲爲 易于反掌 安于泰山]에서 나온 말이다. 매승의 자(字)가 숙(叔)이다. 회음(淮陰) 사람으로, 일찍이 오왕(吳王) 유비(劉濞)의 문학시종(文學侍從)이 되었다. 칠국의 난이 평정된 뒤에 경제(景帝)는 그를 홍농도위(弘農都尉)로 삼았으나, 벼슬이 싫어 병을 핑계로 나가지 않았다. 무제가 즉위한 뒤 매승이 부(賦)를 잘 한다는 것을 알고 입조(入朝)하도록 했으나, 연로하여 나가지 않고 곧 병사했다.

서문(序文)

김성탄(金聖嘆)[1]

나는 일찍이 재주 있는 분들이 쓴 여섯 편의 글[六才子書]을 모은 적이 있는데, 첫째가 장주(莊周)의 『장자』이며, 둘째가 굴원(屈原)의 『이소』(離騷)[2]이며, 셋째가 사마천(司馬遷)의 『사기』이며, 넷째가 두보(杜甫)의 『율시』(律詩)이며, 다섯째가 시내암(施耐庵)의 『수호지』이며, 여섯째가 왕실보(王實甫)의 『서상기』(西廂記)[3]였다.

이 글들에는 잘못된 부분들이 있어 내가 평론과 몇 군데 정정하는 글을

---

1) 이 서문(序)은 무원모종강서시씨평(茂苑毛宗崗序始氏評), 『삼국지』 사대기서(四大 奇書) 제일종서목(第一種書目) 성탄외서(聖嘆外書) 성산별집(聲山別集) 제1권, pp.1-6에 수록된 것을 대본으로 썼다.
2) 춘추전국시대 말기 초(楚)나라의 시인 굴원은 초왕을 섬겨 충성을 다했으나 간신의 참소를 받아 추방되었다. 그는 오랜 세월에 걸쳐 여러 지방을 방랑한 뒤 끝내 절망하여 멱라수(汨羅水)에 투신하여 죽었다. 그는 『이소』(離騷)라는 장편의 시를 지었는데 이는 우국충정을 노래한 자전적 시로서 "시름"이라는 뜻이며, 이른바 "충신이 주군을 사모하는 마음"[忠臣戀主之情]을 대표하는 작품이다. 모두 11장과 말문(末文)으로 이루어져 있는데 특히 마지막 구절, 곧 "이 나라에 사람이 없어 나를 알아주지 않음이여, 어찌 다시 고향을 그리워하랴[國无人莫我知兮 又何懷乎故都]?"라는 문장이 유명하다.
3) 『서상기』(西廂記) : 중국 원나라 때의 왕실보(王實甫 : 1250?-1337?)가 지은 극본으로서 젊은 남녀가 여러 가지 어려운 고비를 겪은 끝에 마침내 결혼을 한다는 내용이다. 장생(張生)과 앵앵(鶯鶯)의 아름다운 사랑이 많은 중국 사람들에게 커다란 감동을 주었고, 그 아름다운 문장과 빈틈없는 구성이 많은 칭송을 받았다. 원말(元末)의 가중명(賈仲明)은 "『서상기』가 연극의 천하 제일"이라고 말했다. 왕실보는 북경 사람으로서 자(字)가 덕신(德信)이라는 것밖에는 잘 알려진 바가 없다.

썼더니 세상 사람들이 나를 글이나 좀 아는 사람처럼 여겼다. 그러다가 요즘에 들어 『삼국지』를 얻어 읽었는데, 그 근거가 사실에 가깝고 서술이 억측이나 꾸며낸 이야기가 아니어서 경서(經書)나 사서(史書)와 표리를 이루고 있다. 그러므로 기이함으로 말하자면 『삼국지』보다 더한 것이 없었다. 내가 그런 말을 하니까 어떤 사람이 이렇게 말했다.

"무릇 주(周)나라와 진(秦)나라로부터 한(漢)나라와 당(唐)나라에 이르기까지 역사로 소설을 쓴 것이 『삼국지』 같지 않은 것이 없거늘 어찌 그것만을 가리켜 기이하다고 말하는 것이오?"

그러기에 내가 이렇게 대답했다.

"삼국 시대의 일은 예나 이제나 천하를 두고 다툰 기이한 일대 사건이었다고는 하지만 이 시대의 역사를 연극[演義]으로 엮거나 예로부터 오늘에 이르기까지 이를 소설로 쓴 이 글은 매우 뛰어난 솜씨였소. 다른 시대에도 천하를 놓고 다투던 일은 흔히 있는 일이었고, 그러한 일을 열전으로 쓰는 일의 솜씨가 또한 흔히 있었으나 『삼국지』와 더불어 비교하기에는 멀지요."

나는 일찍이 삼국이 천하를 놓고 쟁패하던 시국을 읽으면서, 천운의 변화란 참으로 예측할 수 없다고 한탄했다. 한나라에 이르러 헌제(獻帝)가 권력을 잃고 동탁(董卓)이 권력을 멋대로 휘두르면서 여러 영웅이 사해에서 일어나 마치 솥 안에 물이 끓듯 했는데, 그때 만약 유비가 좀 더 일찍 제갈량을 만난 기쁨[魚水之歡][4]을 누리면서 먼저 형주(荊州)와 양주(襄州)의 땅을 차지한 뒤 멀리 하북으로 쳐들어가 회수(淮水) 남쪽의 강

---

[4] 어수지환(魚水之歡) : 유비는 제갈량을 만나자 "이는 마치 물고기가 물을 만난 기쁨과 같다."라고 한 표현에서 온 말임. (제39회 참조)

동과 진(秦)과 옹주(雍州)에 격문을 띄워 차례로 공략하여 평정했더라면 이는 곧 광무제가 후한을 중흥한 것과 같은 일이었으련만 천운은 그렇게 좋은 쪽으로만 바뀌지 않았다.

동탁은 왕위를 찬탈하려 했으나 그 뜻을 이루지 못하고 죽임을 겪었으며, 조조 또한 천자를 곁에 두고 제후를 호령했으나 명색이 비록 헛된 것이었지만 왕통이 끊어지지는 않았다. 유황숙은 난리를 피하여 이리저리 떠돌다가 일찍 천하에 대의를 펴보지도 못한 채, 장강의 남쪽과 북쪽은 이미 오(吳)나라와 위(魏)나라의 땅이 된지라, 겨우 서남쪽 한 모퉁이를 유(劉) 씨의 발붙일 곳으로 삼았을 뿐이다.

그러니 만약 공명이 나타나지 않아 동쪽의 적벽대전에서 돕지 않았더라면 서쪽에서 한중(漢中)이 무너져 익주 또한 여러 번 꺾여 조조에게 넘어갔을 것이요, 오나라 또한 살아남지 못했을 것이니 왕망(王莽)이 한나라를 찬역하는 일이 다시 벌어졌을 것이며 하늘의 운수 또한 좋은 변화를 보여주지 못했을 것이다. 그러나 화용도(華容道)에서 조조가 숨어 달아나고 계륵(鷄肋) 같던 땅이 유황숙에게로 돌아가 삼국이 마치 세 발의 솥[鼎足之勢]처럼 자리를 잡고 권세가 가지런해지자 적국들이 셋으로 나뉘는 형세를 이룩했다.

조조가 지은 죄는 귀신과 사람이 모두 분노할 일이어서, 격문으로 욕설을 퍼붓고, 칼로 찌르고, 독약을 먹이고, 불로 태우고, 습격하고, 수염을 자르며 도주하고, 이빨이 부러지고, 말과 함께 구덩이로 떨어지고, 죽을 뻔한 일이 여러 차례였으나 죽지 않은 것은 그를 죽이고 싶어 하는 사람도 많았지만 그를 돕는 사람도 또한 많았기 때문이니 이 또한 하늘이 천하를 셋으로 나누어 그와 같은 간웅으로써 한나라의 멸구[蟊賊]를 삼으려 했던 것이다. 또한 하늘은 주유를 보내어 제갈량을 대적하게 하고 사마의를 보내어 조조의 뒤를 잇게 하였으니 이는 모두가 솥발과 같은 세 나라의 형세가 무너질까 걱정스러워 하늘이 그런 인물들을 보내어 서로 지탱하게 하려는 것이었다.

예로부터 땅을 나누어 차지한 인물도 있고 왕이 된 인물도 있어 어떤 때는 12국이 되고, 어떤 때는 7국이 되고, 어떤 때는 16국이 되었으며, 남북조를 이룬 때도 있고, 동위(東魏)와 서위(西魏)로 갈린 때도 있고, 전한과 후한으로 나뉜 때도 있고, 그러는 사이에 잠시 왕이 되었다가 곧 잃은 인물도 있고, 더러는 멸망하고 더러는 오래 살아남았으며, 어떤 나라는 백 년을 견디지 못하고, 어떤 왕조는 한 해와 한 달을 견디지 못하였으나 여러 나라가 한꺼번에 일어났다가 한꺼번에 멸망하면서 삼국과 같이 천하를 다툰 형세는 일찍이 없던 기이한 일이었다.

이제 이 책의 기이함을 보건대, 배운 사람도 이를 읽으면서 통쾌하고, 시골의 배우지 못한 사람도 이를 읽노라면 통쾌할 것이며, 영웅호걸이나 필부 속인들도 또한 통쾌할 것이라. 지난날 괴통(蒯通)이 한신에게 천하가 솥의 세 발[鼎足]처럼 나뉘리라고 말한 바 있지만 한신은 이미 그 시절에 한나라를 섬기고 있었기 때문에 유방을 배신할 수 없었고, 항우는 난폭하고 무모하여 범증(范增)을 부하로 두었으나 제대로 쓰지 않아 사세는 어쩔 수 없이 책사와 병력을 가진 한나라로 돌아갈 수밖에 없었다.

천하가 셋으로 나뉠 것만 같은 기미는 한 나라의 황실이 일어나려 할 즈음에 나타난 적이 있었지만 끝내 한나라 왕조가 쇠퇴했을 때 이루어졌다. 한고조는 황제에 올라 한나라를 일으켰지만 유비는 한나라를 세웠으나 멸망했으니, 유방은 셋으로 갈라진 진나라를 통일했고 유비는 중원에 단 한 치의 땅도 차지하지 못했다. 만약 하늘[蒼天]이 한나라를 이렇게 일으켰다가 이렇게 멸망하리라는 것을 이미 깊은 비밀 속에 묻어두어 끝내 그 당대의 사람들이 재주와 지모를 각기 다르게 타고나 그들 사이의 경계를 다르게 함으로써 천년의 세월이 지난 지금에 와서도 같을 수 없게 만들었다면 이야말로 하늘의 뜻이 참으로 기이한 것이라 말할 수 있지 않겠는가?

이 연의(演義)를 쓴 사람은 문장도 빼어나고 사람들이 살아가는 이야기를 전달하는 방법도 빼어나고, 샘을 파듯이 사실을 찾아낸 것도 아니면서 그 사실들을 꿰어 그 시작과 끝을 읽었으나 기이하지 않음이 없으니 이 또한 사람들이 일찍이 보지 못한 일이었다. 그러나 일어난 일이 기이했고, 그 글이 기이했다 하더라도 이를 드러내어 평가해주는 사람이 없어 행여 사람들의 마음에 비단 같은 느낌을 주지 않고 그 말이 수(繡)를 놓은 것처럼 이어지지 않았더라면 지나간 사람들의 흉금을 일일이 전달하는 것이 불가능했을 것이며 끝내는 주(周)나라와 진(秦)나라로부터 한나라와 당나라에 이르기까지의 연극이나 다를 바가 없었을 터이니 어찌 그 기이함을 알고 믿었겠는가?

나는 일찍이 그 기이한 책을 찾아내어 틀린 곳을 바로잡아 세상에 내놓으려 하였으나 병을 얻어 그 꿈을 이루지 못했다. 그러다가 나는 문득 친구의 서가에서 모자(毛子)[5]가 평설한 『삼국지』의 원고를 보고 그 글이 명쾌하고 생각이 깊어 나의 마음이 또한 같아 기뻐하면서 앞서 말한 재주 있는 여섯 분의 글보다 『삼국지』를 첫 번으로 꼽게 되었다. 그리하여 나는 여기에 몇 자를 적어 모자가 이를 출판하는 날에 이를 읽는 후대의 사

---

5) 모자(毛子)는 모종강을 말함인데 성인의 칭호인 모자(毛子)라는 용어를 쓴 것은 그에 대한 존경의 뜻이겠지만 지나친 느낌이 있어 뒷날 구설에 올랐다.

람들에게 나와 모자의 뜻이 같았음을 알리고자 한다.

[청(淸) 세조(世祖)] 순치(順治) 갑신년(1644)
섣달(嘉平) 초하루(朔日)에
성탄(聖嘆)6) 김인서(金人瑞) 씀

---

6) 모종강 본에는 김성탄(金聖嘆)이 김성탄(金聖歎)으로 적혀 있다. 이것이 뒷날 이 글의 진위나 무게에 대한 시비가 되었다. 이에 대한 자세한 논의는 『해제』를 참조할 것.

『삼국지』를 읽는 법[1]

모종강(毛宗崗)

"저 하늘의 뜻은
백성이 몹시 바라는 바대로
이루어지는 것도 아니요,
백성이 몹시 불평한다고 해서
들어주는 것도 아니다."
(彼蒼之意 不從人心所甚願
而亦不出 於人心之所大不平)
-본문에서

누가 정통인가?

『삼국지』를 읽는 사람들은 모름지기 누가 정통이고, 누가 곁가지[閏運][2]이고 누가 나라를 찬탈했는가를 알아야 한다. 그렇다면 『삼국지』에

---

1) 이 글, 곧 "삼국지를 읽는 법"[讀三國志法]은 무원모종강서시씨평(茂苑毛宗崗序始氏評), 『삼국지』 사대기서(四大奇書) 제일종서목(第一種書目) 성탄외서(聖嘆外書) 성산별집(聲山別集) 제1권, pp. 6-21에 수록된 것을 대본으로 썼다. 본디 본문에는 작은 제목[小題]이 없으나 글이 길어 여기에서는 독자들의 이해를 돕고 지루함을 덜고자 문단을 나누어 작은 제목을 달았다.
2) 윤운(閏運) : 윤달의 경우에서 보듯이 정상적이라고 볼 수 없는 운수(運數)와 시대

서는 누가 정통인가? 촉한이 정통이다. 누가 나라를 찬탈했는가? 오나라와 위나라이다. 누가 곁가지인가? 진(晉)나라이다. 위나라가 정통일 수 없는 것은 무슨 까닭인가? 지리로 말하자면 중원에 있던 나라가 정통이며 이치로 말하자면 유 씨가 정통이다.

그러나 지리는 도리에 미치지 못한다(論地不若論理). 그러므로 위나라가 정통이라고 말한 사마광(司馬光)의 『자치통감』은 잘못된 것이요, 촉한을 정통으로 본 주자의 『자양강목』(紫陽綱目)[3]이 옳았다. 『자양강목』은 헌제(獻帝) 건안(建安) 연간(서기 196-220)의 끝에 후한의 소열황제 장무(章武) 원년(서기 221)을 크게 다루고 오나라와 위나라를 그 주(注)의 밑에서 다루었다.

무릇 서촉은 황실의 후손이니 그를 정통으로 보는 것이 옳은 일이요, 위나라는 왕위를 찬탈한 나라이니 정통으로 보지 않는 것이 마땅하다. 그러므로 『삼국지』는 유비가 서주(徐州)에서 의병을 일으켜 조조를 토벌한 일을 먼저 다루고 뒤에 한나라의 승상 제갈량(諸葛亮)이 군사를 일으켜 위나라를 친 것을 씀으로써 대의를 밝혀 천 년의 역사에 기록하고자 했다.

무릇 유 씨가 멸망하기에 앞서 위나라가 통일을 이룩하지 못했으니 위나라를 굳이 정통이라고 볼 수 없다. 또한 유 씨가 이미 멸망한 뒤에 진나라가 통일을 이룩했으나 그를 정통으로 볼 수 없는 것은 무슨 까닭일까? 진나라는 황제를 시역(弑逆)하였으니 위나라와 다를 바가 없을 뿐만 아니라 황제의 자리를 물려받은 뒤에도 그 왕통이 오래가지 못하였으니 곁

를 뜻함.
3) 『자치통감강목』을 뜻하는데, 주자의 호가 자양(紫陽)이었으므로 『자양강목』이라고도 부른다.

가지 왕조라 부를 뿐 정통이라고 말할 수 없다.

  동진(東晉, 서기 317-420)의 시대에 이르러 영토는 모서리에 밀려나고 소가 말로 바뀐 것에 지나지 않으니 구차스럽게 정통으로 볼 수는 없다. 그러므로 위나라와 오나라와 촉나라가 진나라에 통합된 것은 그에 앞서 육국[六國, 초(楚)·연(燕)·제(齊)·한(韓)·위(魏)·조(趙)]이 진(秦)나라에 통합된 것이나 오대[前五代, 송(宋)·제(齊)·양(梁)·진(陳)·수(隋)]가 수나라에 통합된 것과 같을 뿐이다. 진(秦)나라는 한나라의 창업을 위해 어려움을 거둬낸 것에 지나지 않으며, 수나라는 당나라의 창업을 위해 어려움을 거둬낸 것에 지나지 않는다. 지난날의 시대에는 한나라를 정통으로 보아야 하고 진(秦)나라와 위나라와 진(晉)나라는 곁가지에 지나지 않는 것이다.

  마찬가지로 그 뒷날의 역사에서도 당나라와 송나라를 정통으로 보아야 하며 그 사이에 존재했던 송·제·양·진(陳)·수·양·당·진(晉)·한·주(周)는 모두 곁가지에 지나지 않는다. 또한 위나라와 진(晉)나라가 한나라와 같지 않은 것은 곧 당나라와 송나라가 한나라와 같지 않은 것과 같다. 수나라 양제(煬帝)가 무도하여 당나라로 바뀌었지만 안타깝게도 그것은 주나라가 상나라로 바뀐 것만 같지 못했다. 당나라는 수나라로부터 당공(唐公)이라는 칭호를 듣고 더 나아가 구석(九錫)[4]을 누렸지만 위

---

[4] 구석(九錫) : 제후가 누릴 수 있는 최고의 특권으로, (1) 거마(車馬)이니 평소에는 대로(大輅, 왕이 타는 큰 수레)를 타고 전쟁이 일어나면 융로(戎輅, 전투용 수레)를 타는데 검은 말 여덟 필이 끌며, (2) 의복이니 용포(龍袍)를 입고 면류관을 쓰며 붉은 신발을 신으며, (3) 악현(樂縣)이니 왕의 음악을 즐길 수 있으며, (4) 주호(朱戶)이니 문에 붉은색을 칠하며, (5) 납폐(納陛)이니 층계를 처마 안에까지 이으며, (6) 호분(虎賁)이니 집에 호위병 삼백 명을 둘 수 있으며, (7) 부월(鈇鉞)이니 도끼를 주어 사형을 집행할 수 있는 권능을 주며, (8) 궁시(弓矢)이니 붉은 활 한 개와 붉은 화살 백 대, 검은 활 열 개와 검은 화살 천 대를 쏠 수 있으며, (9) 거창규찬(秬

나라와 진(晉)나라의 비루한 전철을 밟은 것이니 천하로부터 정통으로 인정받기에는 한나라와 같지 않았다.

또한 송나라가 충성스럽고 온후한 정치로 나라를 세우고 이름난 신하와 훌륭한 학자가 그 사이에 많이 나온 것 같아 이를 숭상하는 무리는 송나라에 정통을 부여했다. 그러나 송나라는 멸망할 무렵 연(燕)과 운(雲)의 16개 주(州)를 차지하지 못하여5) 그 나라의 크기가 당나라만 같지 못했고, 진교(陳橋)의 병변(兵變)6)을 거치면서 황제가 곤룡포를 입기는 했지만 그것은 마치 고아와 과부의 손에서 천하를 빼앗은 것과 같아 정통이라고 보기에는 한나라와 같지 않았다. 당나라와 송나라도 한나라에 미치지 못하거늘 하물며 진(晉)나라임에랴!

한고조 유방은 포악한 진(秦)나라를 쓰러트리고, 의제(義帝)를 죽인 초나라를 무찌르고 일어났으며, 광무제는 왕망(王莽)을 죽이고 옛 제도를 회복했으며, 소열황제 유비는 조조를 토벌하고 서천에 한나라의 사직을

鬯圭瓚)이니 옥으로 만든 잔에 검정 수수로 빚은 술을 마실 수 있다.
5) 중국 오대(五代) 후진(後晉)의 건국자인 석경당(石敬瑭, 재위 936-942)은 후당 세력가로 명종의 후계자와 반목이 생기자 거란에 신하를 자청하고 세공을 바쳐 그 원조로 반란을 일으켰다. 묘호는 고조(高祖)임. 즉위한 뒤 거란에 대하여 신하를 자청하고 세공(歲貢)을 바치고 연운(燕雲) 16개 주(州)를 할양한다는 조건으로 원조를 받았다. 석경당이 죽은 뒤 2대 황제가 된 출제(出帝)는 거란에 반기를 들어 전쟁을 일으켰고, 그 결과 947년 수도인 개봉(開封)이 거란에 점령당하며 멸망하였다.
6) 조광윤(趙匡胤)은 후주(後周)의 금군 가운데 상당한 세력을 차지하고 있었으며, 송주(宋州) 귀덕군(歸德軍)절도사로 수도인 변경(汴京, 개봉)을 지키는 일을 겸하고 있었다. 서기 959년에 세종이 세상을 떠나 일곱 살의 공제(恭帝)가 왕위를 잇자 군권은 조광윤의 손에 들어갔다. 960년에 후한과 요가 연합하여 침입해 오자 이를 막고자 변경의 동북 약 사십 리 남짓 떨어져 있는 진교역(陳橋驛, 하남 봉호현)에 출정하였던 석수신(石守信) · 왕심기(王審琦) · 조보(趙普) 등이 모의하여 조광윤을 즉위시키고 국호를 송, 연호를 건륭(建隆)이라고 정하였으며 수도는 여전히 변경에 두었는데, 이 사건을 "진교의 병변"이라 한다.

이었다. 조상들이 나라를 창업한 것이 정당했고, 그 자손들이 그 기업을 이어받았으니 그 또한 정당했다. 광무제는 천하를 통일했으니 정통이요, 소열황제는 한 모퉁이만을 차지했다는 이유로 정통이 아니라고 말할 수는 없다.

그러나 소열황제는 정통이라 하고 송나라 무제(武帝) 유유(劉裕)[7]와 후한의 고조(高祖) 유지원(劉知遠)[8]도 또한 멀리는 유 씨의 자손인데 정통이 되지 못하는 까닭은 무엇인가? 유유와 유지원이 한나라 황실의 후예라고는 하지만 너무 멀어 징표를 찾을 수 없기 때문이다. 그러니 중산정왕(中山靖王)의 후예로서 천자와 촌수도 가깝고 증거를 살필 수 있는 소열황제와는 경우가 다르다. 그뿐만 아니라 유유와 유지원은 모두 황제를 죽이고 그 자리를 찬탈하여 나라를 빼앗았으니 소열황제와는 견줄 수가 없다.

후당(後唐)을 창건한 이존욱(李存勖)[9]이 정통이 되지 못하는 까닭은 무엇인가? 그는 본디 이 씨가 아니었으나 이 씨의 성을 받았으니, 진시황은 어머니와 여불위(呂不韋)가 간통하여 낳았기에 여 씨라 부르고, 진(晉)나라 원제(元帝)는 사마 씨이면서도 그의 어머니가 우(牛) 씨와 간통하여 낳은 탓으로 서로 크게 다른 바가 없으니 그들도 또한 소열황제와 함께 취급할 수는 없기 때문이다.

---

7) 유유(劉裕) : 남송의 개창자. 재위 420-423년
8) 고조(高祖) 유지원(劉知遠) : 후한의 개창자. 재위 947년. 본명은 유고(劉暠)였다.
9) 이존욱(李存勖) : 후당(後唐) 장종(莊宗)을 뜻함. 재위 923-926. 산서(山西) 응현(應縣) 사람으로 사타족(沙陀族)이다. 성은 왕통인 이 씨가 아니라 주사(朱邪) 씨이다. 당나라 말기의 하동절도사(河東節度使) 진왕(晉王) 이극용(李克用)의 장남으로 908년에 진국(晉國)의 왕위를 계승하여 후당이라 불렀다. 용맹하여 전투를 잘하였고, 모략에 뛰어나 패업(霸業)을 이뤘다. 당시 사람들은 오대 시기의 여러 왕 가운데에서 이존욱의 무공이 가장 뛰어났다고 평가했다.

남당(南唐)의 이변(李昪)10)도 또한 당나라를 계승하여 정통이 되지 못하는 까닭은 무엇일까? 그들도 또한 유유나 유지원과 견줄 만하지만 촌수가 너무 멀어 소열황제와는 견줄 바가 못 되기 때문이다. 남당의 이변은 당나라를 계승한 정통이라고 보지 않으면서 남송의 고종(高宗)만은 송의 정통이라고 보는 까닭은 무엇일까? 고종은 태조의 후예로 대통을 이음으로써 송나라 왕실의 정통을 끊지 않았기에 정통으로 돌아가게 한 것이다.

　　무릇 고종은 악비(岳飛)11)를 죽이고 진회(秦檜)12)를 중요하게 등용하

---

10) 이변(李昪) : 5대 10국의 하나인 남당(南唐)의 창시자. 재위 937-943. 묘호는 열조(烈祖)이고, 본명은 서지고(徐知誥)이다. 오(吳)나라의 건국자 양행밀(楊行密)의 부장 서온(徐溫)에게 발탁되어 양자로 입적하여 서 씨 성을 받았다. 서온이 죽은 뒤 오나라의 중추를 장악. 천복(天福) 2년(서기 937) 황제로 즉위했다. 스스로 당나라 현종의 여섯 째 아들 낙윤(落胤)의 후손이라 칭하며 이변이라는 이름을 썼다. 7년 동안 재위했는데, 시호는 열조(烈祖)이다.

11) 악비(岳飛) : 남송 상주(相州) 탕음(湯吟) 사람. 자는 붕거(鵬擧)이고, 시호는 무목(武穆)이다. 농민 출신으로 휘종 선화(宣和) 연간에 종군하여 종택(宗澤)의 부하가 되었다. 고종 건염(建炎) 원년(1127)에 상소를 올려 수도를 남쪽으로 옮기는 일에 반대했다가 벼슬을 잃었다. 종택이 죽자 두충(杜充)을 따라 남하하여 상주(相州)와 진강(鎭江)에서 금나라 군대를 격파하고 건강(建康)을 수복했다. 나중에 이성(李成)과 조성(曹成) 등 할거하는 무리의 정벌에 참여하여 도통제(都統制)에 발탁되었다. 소흥(紹興) 4년(1134)에 청원군(淸遠軍) 절도사에 임명되었다. 11년(1141) 황제의 부름을 받아 임안(臨安)에 갔다가 병권을 박탈당하고 추밀부사(樞密副使)에 임명되었다. 얼마 뒤 무고를 당해 투옥되었다가 막수유(莫須有 : "분명하지는 않지만 그런 일이 있었을지도 모른다. 그러므로 천하를 승복시키기에 부족하다."고 한 데서 나온 말임)라는 죄명으로 살해당했다. 영종(寧宗) 때 악왕(鄂王)에 추봉(追封)되었다. 사(詞)를 잘 지었는데, 풍격이 호방하고 애국적 정서가 많이 담겨 있었다. 저서에 『악무목집』(岳武穆集)이 있다.

12) 진회(秦檜) : 남송 초기 강녕(江寧) 사람. 자는 회지(會之). 휘종 때 진사시험에 합격하고, 흠종 때 좌사간(左司諫)과 어사중승(御史中丞)을 역임했다. 휘종과 흠종 두 황제를 따라 포로로 금나라에 갔다가 고종 건염 4년(1130)에 배를 빼앗아 돌아와 재상이 되었다. 다음 해 탄핵을 받아 파직했다가 8년(1138)에 복귀했다. 그 뒤 19년을 집정하면서 장준(張浚)과 조정(趙鼎)을 유배하고, 한세충(韓世忠)과 악비와 장준(張俊) 세 장수의 병권을 회수하고, 악비를 살해했다. 사사롭게 당을 만들

였으면서도 공자와 맹자의 두 성현의 가르침을 따르지 않았다고는 하지만 역사가들은 그가 송나라의 사직을 이어 정통으로 삼았음을 숭상하는 것이니 하물며 소열황제는 신하들과 뜻을 함께하여 한나라의 역적을 토벌하였음에랴! 그러므로 소열황제가 정통이라는 데에는 의심할 나위가 없다. 진수의 『삼국지』는 이 점을 분별하지 못했으므로 나는 주자의 『자양강목』을 절충하여 특별히 『삼국지연의』로써 사실을 바로잡고자 하는 것이다.

영웅론

옛이야기를 쓴 책이 허다함에도 굳이 『삼국지』를 읽고자 하는 것은 고금을 통하여 훌륭한 인물이 등장하기로는 『삼국지』 만한 책이 없기 때문이다. 재주가 많은 사람과 재주가 없는 사람이 다투는 모습은 그리 재미있는 일이라 말할 것도 없다. 그러나 재주가 많은 사람끼리 겨루는 모습을 본다는 것은 흥미로운 일이다. 재주가 많은 사람끼리의 다툼이라 할지라도 재주 많은 사람 하나가 재주 많은 사람 여럿과 겨루는 모습을 보기란 그리 재미있는 일이 아니다. 그러나 재주 많은 사람끼리의 싸움이라 하더라도 재주 많은 사람이 무리를 지어 덤벼도 재주 많은 사람 하나를 이기지 못하는 것을 보는 것은 재미있는 일이다.

『삼국지』에는 절륜한 재주를 타고난 인물 셋이 있는데 하나는 제갈량이고 다른 하나는 관우이고 나머지 하나는 조조이다. 역사책이 수북이 쌓여 있고, 훌륭한 재상들이 수풀처럼 늘어서 있지만 그 이름이 드높기로

어 자신과 의견이 다른 사람은 배척하고, 여러 차례 큰 옥사를 일으켜 한때 충신양장(忠臣良將)의 씨가 말랐다.

는 제갈량 만한 인물이 없다. 그는 쉴 때면 무릎 위에 거문고를 놓고 뜯으며, 평소에는 은자(隱者)처럼 풍류를 즐기고, 바깥출입을 할 때면 새의 깃털로 만든 부채[羽扇]를 들고 머리에는 두건[輪巾]을 두르지만 그렇다고 해서 고상한 인품과 깊은 정취를 잃지는 않았다. 초막에 살 적에 이미 천하가 셋으로 나뉘리라는 것을 알아 천시를 깨달았고, 유비로부터 무거운 유명(遺命)을 들은 뒤 여섯 번 기산(祁山)으로 진격한 것은 인간의 도리를 다하고자 함이었다.

제갈량은 남만(南蠻)의 맹획(孟獲)을 일곱 번 잡았다가 일곱 번 놓아주고, 팔진(八陣)을 펴고, 나무로 만든 소와 달리는 말[木牛流馬]을 만들었으니 적군은 그것이 귀신인지 사람인지를 알아보지 못했다. 마음과 몸을 다하여 나랏일에 이바지하고 뜻을 세우면 몸을 바쳐 일했으니[鞠躬盡瘁 志決身殲] 이는 신하 된 도리와 자식 된 도리를 다하고자 함이었다. 그 재주는 관중(管仲)과 악의(樂毅)[13]보다 뛰어났고, 이윤(伊尹)과 강태공(姜太公)[14]에 견주어도 빠짐이 없었으니 예로부터 이제에 이르기까지 훌륭한 재상 가운데에서도 가장 빼어난 인물이었다.

역사책을 살펴보면 명장들이 구름처럼 많았지만 뭇 장수들보다 빼어

---

13) 관중(管仲)은 오패(五覇) 시절에 제(齊)나라 환공(桓公)을 도와 패업을 이룩한 관자(管子)를 뜻하며, 악의(樂毅)는 연나라 소왕(昭王)을 도와 제나라를 정복하고 일흔 개 성을 빼앗은 명장이었다. 두 사람 모두 『사기』 「열전」에 중요한 인물로 등장한다.

14) 강태공 : 본명은 강상(姜尙, 기원전 1211-1072)으로 자는 자아(子牙)이며, 호는 비웅(飛熊)이다. 뒷날 주문왕(周文王)이 된 서백(西伯)이 천하의 현자를 찾다가 위수(渭水)에 사는 여상이 위대한 인물이라는 말을 듣고 찾아가니 그는 강물에 곧은 낚싯바늘을 드리우고 있었다. 주문왕은 그가 낚시를 하는 동안 뒤에 서서 하루를 기다려서야 모셔 왔다. 주문왕이 늘 꿈에서라도 바라던 인물이 비로소 나타났다 하여 흔히들 태공망(太公望)이라고 불렀다. 그의 일화가 『사기』 「본기 주본기(周本紀)」와 『사기』 「세가 제태공세가(齊太公世家)」와 『십팔사략』 「주왕조(周王朝) 서백(西伯)」 편에 보인다.

난 인물로는 관우만한 이가 없었다. 등불 아래에서 역사를 읽는 모습의 지극함은 단아한 선비를 닮았고, 붉은 충성심과 붉은 얼굴은 그의 혼백이 나타난 데에서 절정을 이루었고, 형수의 침소 앞에서 등불을 들고 새벽이 오기를 기다리는 모습을 보면서 사람들은 그의 높은 절개를 후세에 알렸고, 칼 한 자루를 들고 적군의 초대에 간 모습[單刀赴會]을 보며 세상 사람들은 그의 신비스러운 위엄에 감복하였다.

관우가 홀로 말을 타고 천 리 길을 달려간 것[單騎千里]은 주군에 대한 은혜를 갚으려는 뜻이 굳음을 보여주는 것이며, 화용도에서 조조를 풀어 줌은 은혜를 갚고자 하는 뜻이 두터웠음을 보여준다. 일을 처리함에 푸른 하늘의 태양처럼 밝았고, 사람을 맞이하면서는 비가 갠 뒤의 맑게 부는 바람과 밝은 달과 같았다.15) 마음이 활달(豁達)한 모습[磊落]16)은 조변(趙抃)17)이 밤이면 향불을 피워놓고 황제에게 아뢴 것보다 더 지극했다. 그의 뜻은 완적(阮籍)18)이 세상을 오만하게 바라보며 안중에 두지 않

---

15) 이 문장은 『송서』 주돈이전(周敦頤傳)에서 북송의 시인이자 서예가인 황정견(黃庭堅)이 주돈이를 존경하여 그 모습이 마치 "맑은 날의 바람과 비 갠 날의 달[光風霽月]과 같도다."라는 싯귀에서 따온 것이다.
16) 뇌락(磊落) : 마음이 활달한 모습. 태자소보(太子少保) 설직(薛稷)이 「통천현(通泉縣) 서옥(署屋)의 뒷벽에 그린 학의 모습」(通泉縣署屋壁後薛少保畫鶴)을 두보(杜甫)가 보고 쓴 시에, "그림 속의 학이 구부리고 고개 쳐든 모양이 각기 뜻이 있으니, 그 활달한 모습이 장자(長者)와 같구나."[低昂各有意 磊落如長人]라는 것이 있다.
17) 조변(趙抃, 1008-1084) : 자는 열도(閱道)이며 송나라 장안 사람이다. 진사에 급제하여 무안군절도추관(武安軍節度推官)을 지내고 숭안(崇安)·해릉(海陵)·강원(江原)의 세 현에서 통판(通判)을 지냈다. 일생에 걸쳐 두 가지 칭찬을 들었는데, 하나는 철면어사(鐵面御史)라는 별명을 들을 만큼 강직하고 아부를 몰라 권력자의 탄핵에 주저함이 없었다는 점이고, 다른 하나는 청렴결백하여 거문고 하나에 학 한 마리와 더불어 만족한 삶을 살았다[一琴一鶴]고 한다.
18) 완적(阮籍, 210-263) : 자는 사종(嗣宗)으로 삼국시대의 위나라 사상가, 문학자 겸 시인이었다. 많은 기행 가운데 사마염과 사마소가 그의 딸에게 청혼했으나 두 달 동안 술에 취하여 말을 걸 틈을 주지 않았다. 대표작인 『영회』(詠懷)의 시 여든다

은 것보다 더 엄정하였으니 예로부터 이제에 이르기까지 명장 가운데 가장 빼어난 인물이었다.

  역사를 돌아보면 간교한 영웅들이 발자취를 이어 나타났지만 인재들을 모으고 세상 사람들을 속이기로는 조조만 한 인물이 없었다. 순욱(荀彧)에게서 왕을 섬기는 의리[勤王之說]를 들으면서 마치 자신이 주문왕이라도 된 듯이 충성을 말하고, 원술(袁術)이 황제를 참칭(僭稱)하는 것을 배척하면서 자신은 다만 제후로 만족하는 듯이 처신할 때는 마치 하늘의 뜻에 순응하는 것처럼 보였다. 자신을 탄핵한 진림(陳琳)을 죽이지 않고 그의 재주를 아낌으로써 너그러운 체했으며, 유비를 찾아가는 관우를 추격하지 않고 그 뜻을 살려줌으로써 마치 의로운 사람인 체했다. 왕돈(王敦)[19]은 곽박(郭璞)[20]을 쓰지 않았으나 조조는 선비를 대접함이 그보다 더 훌륭했다.

    섯 수는 자기의 내면세계를 제재로 한 철학의 연작(連作)이었다. 원초적인 노장사상을 추구하는 작품을 남겼다.
[19] 왕돈(王敦) : 동진(東晉) 낭야(瑯琊) 임기(臨沂) 사람. 자는 처중(處仲)이며 진무제(晉武帝)의 사위였다. 양주(揚州)자사를 지냈으며, 두도(杜弢)의 반란을 진압하고 진동대장군(鎭東大將軍)에 올랐다. 서진이 멸망하고 동진이 들어설 무렵 동진 정권을 지지한 덕분에 정남대장군과 형주목(荊州牧)에 올라 병권을 장악했다. 원제가 왕 씨의 세력을 제거하려 하자 영창(永昌) 원년(서기 322) 무창(武昌)의 난을 일으켜 습협(習協)·주의(周顗)·대연(戴淵) 등을 살해했다. 스스로 승상이 되어 무창으로 돌아와 조정을 흔들었다. 그가 중병에 걸리자 왕도의 무리가 군사를 일으켜 토벌했다.
[20] 곽박(郭璞) : 동진(東晉) 하동(河東) 문희(聞喜) 사람. 자는 경순(景純)으로 박학하여 천문과 고문기자(古文奇字), 역산(曆算), 복서술(卜筮術)에 밝았으며, 특히 시부(詩賦)에 뛰어났다. 서진(西晉) 말년에 선성(宣城)태수 은우(殷祐)의 참군이 되어 왕도(王導)의 존중을 받았다. 진원제(晉元帝) 때 저작좌랑(著作佐郎)이 되어 왕은(王隱)과 함께 『진사』(晉史)를 편찬하고 상서랑으로 옮겼다. 나중에 왕돈(王敦)의 기실참군(記室參軍)이 되어 점을 쳐 불길하다며 왕돈의 모반 계획을 만류했다가 왕돈에게 피살되었다. 『산해경주』(山海經注), 『주역동림』(周易洞林), 『초사주』(楚辭注) 등이 있다.

환온(桓溫)21)은 왕맹(王猛)22)의 인품을 알아보지 못했으나 조조는 사람을 알아봄이 그보다 뛰어났다. 이림보(李林甫)23)는 비록 안록산(安祿山)의 반란을 평정했지만 조조가 변경에 나아가 오환(烏桓)을 물리친 것보다 훌륭하지는 못했다. 한탁주(韓侂冑)24)는 비록 진회(秦檜)의 벼슬을 깎아내렸으나 조조가 살아서 동탁을 토벌한 것보다 훌륭하지는 못했다. 국가의 권력을 찬탈했으면서도 그 나라의 이름을 바꾸지 않았다는 점에서 왕망이 드러내놓고 주군을 죽인 것과 달랐으며, 나라를 바꾸는 일을

---

21) 환온(桓溫) : 동진(東晉) 초국(譙國) 용항(龍亢) 사람. 자는 원자(元子)이며 명제(明帝)의 사위였다. 부마도위와 낭야태수를 지냈다. 목제(穆帝) 영화(永和) 초에 형주자사에 올라 사주(司州) 등의 군사를 총괄했다. 영화 2년(서기 346)에 군대를 이끌고 촉나라를 정벌하고, 다음 해 성한(成漢)을 멸망시켜 위세를 떨쳤다. 여러 차례 환도할 것을 건의했지만 조정이 듣지 않았다. 해서공(海西公) 사마혁(司馬奕)을 폐위하고, 간문제(簡文帝)를 세운 다음 대사마로 고숙(姑孰)에서 군사를 거느리고 정권을 장악했으나 황위를 찬탈하려다가 뜻을 이루지 못하고 병들어 죽었다.
22) 왕맹(王猛) : 16국 시대 전진(前秦) 북해극(北海劇) 사람으로 자는 경략(景略)이다. 어릴 때 가난했지만 박학했고 병서를 좋아했다. 화산(華山)에 은거했다. 동진(東晉)의 환온(桓溫)이 벼슬에 오르자 갈옷을 입고 찾아가 이[虱]를 잡으며 지난 일을 논했는데 말에 거침이 없었다. 나중에 부견(苻堅)이 왕위에 오르자 그 밑에서 관료로 있었는데, 마치 "유비가 제갈량을 만난 것" 같았다. 사도(司徒)와 녹상서사(錄尙書事)를 역임했다. 관리들을 잘 통솔하고 호족을 통제하면서 전진의 통치기반을 다졌다. 건원 6년(서기 370)에 전연(前燕)을 무찌르고 승상에 올랐다. 죽을 때 부견에게 진(晉)나라를 도모하지 말아야 한다면서 선비(鮮卑)와 강(羌)을 차츰 멸망시키라고 했지만 부견이 받아들이지 않아 비수(淝水)의 패전을 가져왔다.
23) 이림보(李林甫) : 당나라 종실(宗室). 호는 월당(月堂)으로 음률을 잘했다. 국자사업(國子司業)을 거쳐 어사중승(御史中丞)과 형부와 이부의 시랑, 예부상서와 동중서문하삼품(同中書門下三品)을 지냈다. 사람 됨됨이가 겉과 속이 달라 친한 듯이 보이지만 온갖 음모와 중상모략을 일삼아 "구밀복검(口蜜腹劍 : 입으로는 달콤함을 말하나 뱃속에는 칼을 감추고 있음)"이라 불렸다. 조정에 있는 19년 동안 권력을 장악해 멋대로 정책을 시행하여 사람들이 눈을 흘기며 꺼렸다. 만년에는 기첩에 빠져 방마다 여자가 가득했다.
24) 한탁주(韓侂冑) : 남송 사람. 자는 절부(節夫). 하남(河南) 안양(安陽) 출신. 북송의 명신 한기(韓琦)의 증손으로 어머니는 고종 오황후(吳皇后)의 자매였다. 재상의 지위에 올라 악비를 악왕(鄂王)으로 추증하고 진회(秦檜)의 관작을 삭탈하였으며, 북벌과 금나라에 대한 항쟁에 힘썼다. 금나라의 손에 잡혀 죽었다.

아들에게 넘겼으니 유유(劉裕)가 서둘러 진(晉)나라를 찬탈한 것보다 훌륭한 일이었다. 이런 점을 보더라도 조조야말로 간교한 영웅 가운데 가장 빼어난 인물이었다.

위에서 말한 제갈량과 관우와 조조의 빼어남이 그 후대의 인물들로서는 따라갈 수 없었으니 여러 가지 역사책을 읽으면서도 오히려『삼국지』를 읽으며 더욱 즐거워하지 않을 수 없다.『삼국지』에서 그와 같이 빼어난 인물이 이미 그렇게 있었다 치더라도, 나는 위 세 인물 이외에『삼국지』의 앞뒤로 장막 안에 앉아 계책을 헤아림에 서서(徐庶)나 방통(龐統)보다 뛰어난 인물이 있었던가를 묻고 싶다. 행군과 용병술에 주유나 육손(陸遜)이나 사마의보다 뛰어난 인물이 있었던가?

사람을 다루고 일을 처리함에는 곽가(郭嘉)나 정욱(程昱)이나 순욱이나 가후(賈詡)나 보즐(步騭)이나 우번(虞翻)이나 고옹(顧雍)이나 장소(張昭)보다 뛰어난 인물이 있었던가? 무공과 장수로서의 지략으로 말하자면 장비(張飛)나 조운(趙雲)이나 황충(黃忠)이나 엄안(嚴顏)이나 장료(張遼)나 서황(徐晃)이나 서성(徐盛)이나 주환(朱桓)만 한 인물이 있었던가? 선봉에 서서 적진을 함락함에 용맹스럽고 예리하기로는 마초(馬超)나 마대(馬岱)나 관흥(關興)이나 장포(張苞)나 허저(許褚)나 전위(典韋)나 장합(張郃)이나 하후돈(夏侯惇)이나 황개(黃蓋)나 주태(周泰)나 감녕(甘寧)이나 태사자(太史慈)나 정봉(丁奉)보다 뛰어난 인물이 있었던가?

두 인물이 대적하면서 지혜로써 서로 겨누기로는 강유(姜維)와 등애(鄧艾) 만한 인물이 없고, 적군의 전략을 이해하고 대적한 인물로는 양호(羊祜)와 육항(陸抗)보다 더 뛰어난 인물이 있었던가? 도학에 능통하기로는 마융(馬融)과 정현(鄭玄)이 있고, 글재주[文藻]에는 채옹(蔡邕)과 왕찬(王粲)이 있고, 재치 있게 글을 짓기로는 조식(曹植)과 양수(楊修)가 있고, 조숙하게 총명[夙慧]하기로는 제갈각(諸葛恪)과 종회(鍾會)가 있고, 임기응변에는 진복(秦宓)과 장송(張松)이 있고, 말재주에는 이회(李恢)와 감택(闞澤)이 있다.

사신으로 나아가 주군을 욕되게 하지 않는 인물[不辱君命]로는 조자(趙諮)와 등지(鄧芝)가 있고, 붓을 날리듯이 격문을 씀에는 진림과 완우(阮禹)가 있고, 번거로운 일을 순리로 풀어나가는 데에는 장완(蔣琬)과 동윤(董允)이 있고, 명예를 드높여 칭송을 듣기에는 마량(馬良)과 순상(荀爽)이 있으며, 옛일에 통달함에는 두예(杜預)가 있고, 온갖 지식을 갖춘 인물로는 장화(張華)가 있다. 여러 책을 들춰 보아도 이와 같은 재주를 갖춘 사람을 일일이 찾아볼 수가 없다.

지혜로운 사람을 알아보기로는 사마휘(司馬徽)의 슬기로움이 있고, 지조를 북돋아줌에는 관녕(管寧)의 고견이 있고, 속세를 떠나 숨어 산 인물로는 최주평(崔州平)과 석광원(石廣元)과 맹공위(孟公威)가 있고, 간사한 사람에 맞서기는 공융(孔融)의 반듯함이 있고, 사악한 사람을 거스르기는 조언(趙彥)의 곧음이 있고, 간악한 무리를 배척하기는 예형(禰衡)의 호탕함이 있고, 역적을 꾸짖기에는 길평(吉平)의 기개가 있다.

나라를 위해 목숨을 바친 이로는 동승(董承)과 복완(伏完)의 어짊이 있고, 목숨을 내어주기로는 경기(耿紀)와 위황(韋晃)의 절개가 있고, 어버이를 위해 죽은 효자로는 유심(劉諶)과 관평(關平)의 효심이 있고, 주군을 위해 죽은 사람으로는 제갈첨(諸葛瞻)과 제갈상(諸葛尚)의 충성심이 있고, 부하로서 장수를 위해 죽은 사람으로는 조루(趙累)와 주창(周倉)이 있다. 그 밖에 일찍이 서둘러 계책을 세운 인물로는 전풍(田豐)이 있고, 왕에게 쓴소리를 한 사람으로는 왕루(王累)가 있고, 지조를 지킨 인물로는 저수(沮授)가 있고, 뜻을 굽히지 않은 인물로는 장임(張任)이 있다.

재산을 가볍게 알고 벗을 돈독하게 대접한 인물로는 노숙(魯肅)이 있고, 주군을 섬기면서 두마음을 품지 않은 사람으로는 제갈근(諸葛瑾)이 있고, 적군을 무서워하지 않으면서 막아낸 인물로는 진태(陳泰)가 있고, 죽음을 마치 고향으로 돌아가듯[視死如歸] 한 인물로는 왕경(王經)이 있고, 홀로 자기 뜻을 지킨 사람으로는 사마부(司馬孚)가 있다. 이들이야말로 역사를 빛낸 인물들이다.

　돌아보면 지난날 풍패(豐沛)의 세 호걸[豐沛三傑]25)과 상산의 네 백발노인[商山四皓]26)과 운대(雲臺)27)에 초상이 걸린 여러 장수와 부춘의 객성[富春客星]28)과 뒷날의 영주학사(瀛洲學士)29)와 인각공신(麟閣功臣)30)

---

25) 풍패(豐沛)의 세 호걸[豐沛三傑] : 풍(豐)은 현(縣)의 이름이고 패(沛)는 군(郡)의 이름으로 한나라의 건국 시조 유방이 이곳 출신이어서 건국 시조 또는 제왕의 고향을 지칭하게 되었다. 한나라의 개국공신인 소하(蕭何)·주발(周勃)·번쾌(樊噲) 세 사람이 유방과 같은 풍패 출신이었다.

26) 상산의 네 백발노인[商山四皓] : 중국 진(秦)나라 말기에 난리를 피하여 상산에 살던 동원공(東圓公)·하황공(夏黃公)·녹리선생(甪里先生)·기리계(綺里季)를 가리킴. 이들이 모두 눈썹과 머리카락이 희었다는 데서 붙여진 명칭임.

27) 운대(雲臺) : 후한 때 궁중에 높이 쌓은 누대. 한나라 명제(明帝)가 영평(永平) 3년(서기 60)에 광무제의 공신 28인의 초상을 그려 이곳에 모셨는데. 그 이름은 등우(鄧禹)·오한(吳漢)·가복(賈復)·경엄(耿弇)·구순(寇恂)·잠팽(岑彭)·풍이(馮異)·주우(朱佑)·제준(祭遵)·경단(景丹)·개연(蓋延)·요기(銚期)·경순(耿純)·마무(馬武)·마성(馬成)·왕량(王梁)·진준(陳俊)·두무(杜茂)·부준(傅俊)·견심(堅鐔)·왕패(王霸)·임광(任光)·이충(李忠)·만수(萬修)·비동(邳彤)·유식(劉植)·장궁(臧宮)·유륭(劉隆)이다. 인원은 자료에 따라 다른데 이는 사망과 교체로 말미암은 것으로 보인다.

28) 부춘의 객성[富春客星] : 동한(東漢)의 엄광(嚴光)을 말한다. 광무제 유수(劉秀)와 동문수학했다. 유수가 즉위하자 엄광은 이름을 장신불견(藏身不見)이라 바꾸고 숨어 살았다. 어느 날 신하가 황제에게 "어떤 남자가 가죽 옷을 입고 연못에서 낚시질을 하고 있습니다."라고 보고했다. 광무제가 그를 불렀다. 그가 궁중에 이른 날 광무제는 잠이 들어 있었다. 엄광도 광무제의 배를 베고 잠이 들었다. 다음날 태사(太史)가 아뢰기를. "지난밤에 객성(客星)이 황제를 범접함이 지나쳤습니다."라고 보고하자 황제가 웃으면서. "짐이 옛 친구 엄자릉(嚴子陵)과 함께 서로를 베고 잠든 것이라오."라고 대답했다. 건무(建武) 17년(서기 41)에 광무제가 거듭 그를 불렀으나 오지 않았다. 나이 여든 살에 그가 죽자 광무제가 몹시 슬퍼하

과 배주절도(杯酒節度)31)와 채시재상(砦市宰相)32)이 각기 시대를 달리

며 돈 백만 냥과 양곡 천 곡(斛, 1곡은 한 말, 4.5kg)을 내리고 부춘산(富春山)에 묻어주자 후세 사람들이 그 산을 엄릉산(嚴陵山)이라 불렀다.

29) 영주학사(瀛洲學士) : 당태종은 일찍이 아버지 고조(高祖)로부터 천책상장(天策上將)이라는 칭호를 받을 정도로 무위(武威)를 떨쳤다. 그럼에도 그는 학문을 숭상하고 문학적 소양을 중요하게 여겼다. 제위에 오르기에 앞서 진왕부(秦王府)에 문학관을 설치하고, 두여회(杜如晦)·방현령(房玄齡)·공영달(孔穎達)·우세남(虞世南)·우지영(于志寧)·소세장(蘇世長)·요사렴(姚思廉)·설수(薛收)·저량(褚亮)·육덕명(陸德明)·이현도(李玄道)·이수소(李守素)·채윤공(蔡允恭)·안상시(顔相時)·허경종(許敬宗)·설원경(薛元敬)·개문달(蓋文達)·소욱(蘇勗) 등, 학문이 빼어난 동량(棟樑)들을 골라 학사(學士)로 임명했다. 당태종은 틈나는 대로 이들에게 정사를 자문하고, 고금의 전적을 강론케 하는 등 문풍을 장려했다. 문학관은 나중에 한림원(翰林院)으로 승격되었는데, 당시 여기에 망라된 학사는 열여덟 명이었다. 이들을 십팔학사라 불렀고 이들을 선망하여 "영주에 올랐다." [登瀛洲]고 했다. 이로부터 영주학사·영주십팔인이라는 말이 생겼다. 영주(瀛洲)라 함은 중국 신화에서 신선이 산다는 전설의 세 산으로 봉래(蓬萊)·영주(瀛洲)·방장(方丈)을 뜻하는데 진시황과 한무제가 이곳에서 선약(仙藥)을 찾으려 했다. 중국에는 "십팔학사등영주(十八學士登瀛洲)"라는 화제(畫題)의 명화가 많다. 열여덟 명은 사망과 충원이 이뤄지므로 그 후대에는 몇 명이 바뀌었으나 당태종 시대의 18학사를 으뜸으로 친다.
30) 인각공신(麟閣功臣) : 감로(甘露) 3년(서기전 51)에 서한을 중흥시킨 선제(宣帝)는 지난날 흉노가 투항하도록 한 공로를 기려 공신 열한 명의 초상화를 그려 기린각(麒麟閣)에 걸어두도록 했는데, 대장군 박륙후(博陸侯) 곽광(霍光), 대사마 장안세(張安世), 대사마 영상서사(領尙書事) 한증(韓增), 후장군(后將軍) 조충국(趙充國), 어사대부 승상 위상(魏相), 태자태부(太子太傅) 승상 병길(丙吉), 태부(太傅) 두연년(杜延年), 양성후(陽城侯) 유덕(劉德), 태중대부 소부량(少府梁) 구하(丘賀), 임간대부(任諫大夫) 승상 좌풍익(左馮翊), 대홍려(大鴻臚) 어사대부 소망지(蕭望之), 중랑장 소무(蘇武)가 곧 그들이다.
31) 배주절도(杯酒節度) : 송태조가 즉위한 뒤 조보(趙普)의 건의를 받아들여 무장들의 병권을 해제함으로써 만당(晚唐) 오대가 멸망한 전철을 밟지 않도록 했다. 건륭 2년(서기 961)에 태조는 위마보군도지휘사(衛馬步軍都指揮使) 석수신(石守信)과 전전도지휘사(殿前都指揮使) 왕심기(王審琦)의 무리를 술자리에 초대하여 병권을 내놓도록 하여 군부의 변란을 막으려 한 일이 있었고, 개보(開寶) 2년(서기 969)에는 태조가 다시 절도사 왕언초(王彦超), 무행덕(武行德), 곽종의(郭從義), 백중찬(白重贊), 양정장(楊廷璋)을 초대하여 병권을 내놓도록 함으로써 변방에서 번진(藩鎭)들이 할거하는 것을 막고자 했다.
32) 채시재상(砦市宰相) : 북송 유주(幽州) 계현(薊縣) 사람 조보(趙普)를 뜻한다. 자는 칙평(則平)이다. 후주 때 조광윤의 막료가 되어 장서기(掌書記)를 맡았고, 진

하여 몇 천 년, 몇 백 년 만에 나타났으나 삼국시대에는 한꺼번에 그토록 많은 인재가 나타났으니 이를 어찌 한바탕 큰 모임이라 부르지 않을 수 있겠는가? 등림(鄧林)33)에 들어가 훌륭한 인물을 고르고, 현포(玄圃)34)에 노닐면서 수없이 쌓인 구슬을 보며 모두 거두려 해도 거둘 수 없고 모두 만져보려 해도 만질 수 없으니, 나는『삼국지』를 읽으며 그런 탄식을 하지 않을 수 없다.

『삼국지』의 구성

『삼국지』는 중국 문학 가운데에서 가장 빼어난 작품이다. 세 나라를 이야기하면서도 세 나라의 이야기에서 시작하지 않는다. 『삼국지』도 반드시 그 시작이 있을 터이지만 한나라 시대의 황제 이야기로부터 시작한

교병변을 꾸며 개국을 도왔다. 송나라에 들어 우간의대부(右諫議大夫)와 추밀직학사(樞密直學士)에 올랐다. 병부시랑과 추밀부사(樞密副使)를 거쳐 재상이 되었다. 태조 만년에는 점차 총애를 잃어 하양삼성(河陽三城) 절도사로 나갔다. 태종 때 두 차례 재상을 지냈다. 순화(淳化) 3년(서기 992)에 노환을 이유로 벼슬에서 물러나 위국공(魏國公)에 봉해졌다. 시호는 충헌(忠獻)이다. 그는 본디 나무를 팔던 비천한 출신이었기 때문에 비하하여 채시재상(砦市宰相, 저잣거리의 재상)이라 불렸다. "『논어』 반 권만 알아도 천하를 다스릴 수 있다."[論語半部治天下](『鶴林玉露』)고 말할 만큼 공자(孔子)를 존경했다.

33) 『열자』(列子) 「탕문」(湯問) 편에 다음과 같은 이야기가 나온다. 과보(夸父)는 염제 신농씨의 자손에 해당한다. 염제의 7대손을 후토(后土, 토지의 신)라고 한다. 후토의 아들은 신(信)이고, 과보는 바로 신의 아들이다. 과보는 자신의 역량도 모른 채 태양을 쫓아 달리다가 우곡(禺谷)이라는 곳까지 가버렸다. 그곳에서 목이 말라 황하와 위수의 물을 다 들이켰지만, 아직 갈증이 풀리지 않았다. 그래서 북쪽에 있는 대택(大澤)이란 호수의 물을 더 마시려 북쪽으로 향했는데, 도중에 목이 말라 죽었다. 그러자 지니고 있던 지팡이가 그의 시체를 비료로 하여 등림(鄧林)이라는 숲으로 변했다.

34) 현포(玄圃) : 고대 중국의 전설에서 곤륜산 꼭대기에 있는 신선의 거처로 온갖 기이한 꽃들과 바위들로 가득 차 있다고 알려져 있다. 북위(北魏) 때 역도원(酈道元)이 편찬한 『수경주』(水經注) 「하수일」(河水一)에 따르면 그곳을 "낭풍(閬風)"이라고 불렀다.

다. 마찬가지로 『삼국지』의 이야기를 마치는 것도 세 나라의 이야기에서 그치지 않는다. 『삼국지』도 반드시 그 끝이 있을 터이지만 진(晉)나라 이야기에서 끝나고 있다.

여기에서 머물지 않고 유비는 황제의 후예이기 때문에 그의 이야기는 종실인 유표나 유장(劉璋)이나 유요(劉繇)나 유벽(劉辟)과 같은 인물과 함께 등장한다. 그런가 하면 조조는 황제를 폐위하였으므로 동탁이나 나라를 어지럽힌 이각(李傕)이나 곽사(郭汜)와 같은 무리와 함께 등장한다. 손권은 변방의 제후로 땅을 나누어 자리 잡은 인물이기 때문에 스스로 황제라고 불렀던 원술과 스스로 영웅이라 불렀던 원소(袁紹), 그리고 군웅으로 할거했던 여포나 공손찬이나 장양(張揚)이나 장막(張邈)이나 장로(張魯)나 장수(張繡)와 같은 무리와 함께 등장한다. 유비와 조조는 첫 회에 그 이름이 나오는데 손권은 제11회에 가서야 이름이 나오며, 조씨 가문이 허도에 도읍을 차린 것은 제11회에 나오는데 손 씨가 강동에 자리 잡은 것은 제12회에 이야기가 나오며, 유 씨 집안이 서천을 차지한 것은 제60회가 지나서야 나온다.

만약 오늘날의 작가들이 『삼국지』를 썼다면 세 나라의 이야기를 하나의 이야기로 엮어 평면적으로 씀으로써 처음부터 세 영웅이 등장하여 각기 한 나라를 차지하는 것으로 썼을 것이니 어찌 지금의 『삼국지』처럼 어느 것은 앞에 나오도록 하고 어느 것은 뒤에 나오도록 하며 여러 방면에 걸쳐 좌우로 돌아가며 이야기를 엮어갈 수 있겠는가? 이어져 내려오는 옛날이야기가 자연스럽게 이와 같이 파란만장하고 층(層)을 이루고 꺾이면서 세상을 뛰어넘는 훌륭한 문장을 이루었으니 『삼국지』 한 권을 읽는 것은 다른 소설 만 권을 읽는 것보다 반드시 더 즐거운 일이다.

나라를 세운 인물로 말하자면 사람들은 모두가 유비·손권·조조인 줄로만 알지 그들의 개국 모습이 서로 다른 것은 모른다.

첫째로, 유비와 조조는 스스로의 능력으로 나라를 세웠지만, 유비는 조조와 경우가 다르다. 유비와 조조는 스스로 창업을 이루었으나 손권은 아버지와 형의 힘을 빌려 나라를 세웠으니 손권은 유비나 조조의 경우와 다르다.

둘째로, 유비와 손권은 모두 스스로 황제의 자리에 올랐으나 조조는 황제에 오르지 않고 그 자식이 황제에 오르기를 기다렸으니 그 경우가 다르다.

셋째로, 세 나라 가운데 스스로 황제라고 부른 것은 위나라가 먼저이지만 서촉이 황제라 부른 것은 조조가 죽고 그 아들 조비가 황제에 오른 뒤이며, 오나라가 황제라 부른 것은 유비가 죽고 그 아들 유선(劉禪)이 황제에 오른 뒤이니 이 점이 다르다.

넷째로, 세 나라가 서로 다투었다고는 하지만 오나라와 촉나라는 서로 이웃으로 지냈고 위나라와 촉나라는 서로 원수로 지냈다. 촉나라와 오나라는 서로 이웃으로 지내다가 싸우기도 했지만, 촉나라와 위나라는 싸우기만 했지 화목한 적이 없다. 오나라와 촉나라는 싸울 때보다 화목할 때가 더 많았지만 오나라와 위나라는 화목할 때보다 싸울 때가 더 많았으니 이것이 다르다.

다섯째로, 세 나라가 왕위를 물려준 것을 보면 촉나라는 이대에 그쳤지만 위나라는 조비로부터 조환(曹奐)에까지 오대에 이어졌으며, 오나라는 손권으로부터 손호(孫晧)에 이르기까지 사대에 이어졌으니 이것이 다르다.

여섯째로, 세 나라가 멸망한 것을 보면 오나라가 가장 오래 이어졌고, 촉나라가 맨 먼저이며, 위나라가 그다음이다. 위나라는 신하에게 나라를 빼앗겼고 오나라와 촉나라는 적국에게 멸망했으니 이것이 다르다.

그뿐만이 아니다. 손책(孫策)과 손권의 경우를 보면 형이 죽자 아우가 그 자리를 이은 것이며, 조비와 조식의 경우를 보면 아우를 버리고 형을 세운 것이며, 유비와 유선의 경우를 보면 아버지는 황제였으나 아들은 적국의 포로가 되었다. 조조와 조비의 경우를 보면 조조는 남의 신하였으나 조비는 황제였으니 뒤섞여 다름이 변화무쌍했다고 말할 수 있다.

지금의 시대에는 비록 그림을 잘 그리지 못한다 할지라도 두 사람에게 그림을 그리게 한다면 그들의 그림은 반드시 같을 것이며, 지금 시대에 노래를 잘 부르지 못한다 할지라도 같은 노래를 부르게 한다면 그 또한 같은 목소리로 노래를 할 것이다. 글을 쓰는 것도 이와 같다. 옛날 사람들은 부화뇌동하는 일이 없었으나 지금 사람들은 부화뇌동하는 글을 쓰고 있으면서도 어찌하여 내가 쓴 『삼국지』를 읽지 않는가?

『삼국지』에 나오는 이야기는 시작과 끝맺음에 다음과 같은 여섯 가지의 기승전결(起承轉結)이 있다.

첫째로, 한나라 헌제로부터 시작하여 동탁이 그를 폐위하고 조비가 황제를 찬탈하는 것으로 끝나는 대목이며,

둘째로, 서촉의 유비가 성도(成都)에서 황제에 오르는 것으로 시작하여 유선이 면죽(綿竹)에서 나아가 항복하는 것으로 끝나는 대목이며,

셋째로, 유비·관우·장비가 도원에서 형제의 의를 맺는 데에서 시작하여 유비가 백제(白帝)에서 제갈량에게 어린 아들의 뒷일을 부탁하는 것으로 끝나는 대목이며,

넷째로, 유비가 제갈량의 초막을 세 번 찾아가는 데에서 시작하여 위

나라를 정벌하고자 여섯 번 기산으로 출병하는 데서 끝나는 대목이며,

다섯째로, 위나라가 황초(黃初)로 연호를 고친 데서 시작하여 사마씨의 가문에게 황제의 자리를 물려주는 데에서 끝나는 대목이며,

여섯째로, 동오의 손견이 옥새를 숨기는 데에서 시작하여 진(晉)나라에 투항[銜璧]35)하는 데에서 끝나는 대목이다.

무릇 위의 몇 가지 문단은 그 사이사이에 이어지며, 어떤 곳에서는 이런 이야기를 시작하다가 저쪽에서는 저런 이야기로 끝나기도 하고, 이쪽에서는 이야기가 끝나지도 않았는데 저쪽의 이야기가 시작하는 곳도 있다. 따라서 그 끊어지고 이어지는 자취를 보지 못하더라도 그 문맥을 잘 살펴보면 문장을 잇는 방법이 있음을 쉽게 알 수 있다.

『삼국지』는 이야기를 풀어가면서 그 뿌리까지 더듬어 올라가는 미묘함이 있다. 세 나라로 나뉨은 여러 제후가 각축했기 때문이며, 그들이 각축한 것은 동탁이 나라를 어지럽혔기 때문이며, 그가 나라를 어지럽힌 것은 하진(何進)이 외방의 군사들을 불러들였기 때문이며, 그가 외방의 군사들을 불러들인 것은 십상시(十常侍)들이 정권을 휘둘렀기 때문이다. 그러므로 세 나라가 각축한 이야기를 풀어가자면 십상시로부터 그 원인을 찾아야 한다.

그러나 유비가 처음에 의병을 일으켰을 때 그는 제후의 위치에 들지 못하고 그저 초야의 한 인물에 지나지 않았다. 무릇 초야의 인물이 의병을 일으키면서 여러 제후가 무장을 갖추게 된 것은 황건적의 난이 일어났기 때문이다. 그러므로 세 나라의 각축을 이야기하려면 황건적으로부터 시

---

35) 함벽(銜璧) : 한나라 반고(班固)의 『서도부』(西都賦)와 『춘추좌전』 희공(僖公) 6년 겨울 편에 나오는 용어로 투항이라는 뜻이다.

작해야 한다. 황건적의 난이 일어나기에 앞서 하늘이 재앙을 보내어 미리 알려주었고, 이어서 충성스럽고 지모를 갖춘 선비들이 앞으로 다가올 일들을 극력 간언했다.

그 무렵의 군왕들이 백성을 사랑하는 하늘의 뜻을 읽고 어진 신하들의 간언을 받아들여 마땅히 십상시들을 몰아냈더라면 황건적의 난도 일어나지 않았을 것이며, 초야의 영웅들도 의병을 일으키지 않았을 것이며, 여러 제후도 병력을 기르지 않았을 것이며, 끝내 세 나라로 갈라지지도 않았을 것이다. 그러므로 세 나라의 이야기를 하려면 환제(桓帝)와 영제(靈帝)의 이야기로 거슬러 올라가는 것이니 이는 황하(黃河)의 근원을 찾으려면 성수해(星宿海)36)에까지 거슬러 올라감과 같은 이치이다.

『삼국지』는 교묘하게 이야기를 시작하여 환상적으로 끝을 맺는 미묘함을 담고 있다. 이를테면 위나라가 촉나라의 손에 멸망하는 것이 그 무렵 백성의 바라는 바였으며, 촉나라가 멸망하고 위나라가 천하를 통일한 것에 대하여 사람들은 몹시 불평했다. 그런 점에서 본다면 "저 하늘의 뜻은 백성이 몹시 바라는 바대로 이루어지는 것이 아니요, 백성이 몹시 불평한다고 해서 들어주는 것도 아니다." 더욱이 진나라의 손을 빌려 천하를 통일한 것은 조물주의 환상적인 수법이었다.

그렇다면 하늘이 이미 한나라를 돕지도 않고 또한 위나라에게 천하를 주지도 않을 바에야 오나라에게 손을 빌려주지 않고 어찌하여 진나라에게 손을 빌려주었을까? 그 이유를 살펴보면, 위나라는 본디 한나라의 역

---

36) 성수해(星宿海) : 청해성(靑海省) 옥수(玉樹)에 위치한 분지 형태의 습지. 해발 4,300m로, 마용초원(麻涌草原) 북쪽에 있다. 분지 가운데 비교적 낮은 곳에 물이 고여 있는데, 물웅덩이가 많아서 성수해라 부르게 되었다. 중국인들은 이곳이 황하의 발원이라고 믿고 있다.

적이었고, 오나라는 관우를 죽이고 형주를 빼앗은 다음 위나라를 도와 촉나라를 공격했으니 그 또한 한나라의 역적이었기 때문이다. 진나라가 위나라를 멸망시킨 것은 한나라를 위해 복수한 것과 꼭 같은 일이니 오나라에게 천하를 주기보다는 차라리 진나라에게 줌만 같지 못한 것이었다.

그뿐만 아니라 오나라는 위나라의 적국이었고, 진나라는 위나라의 신하로서 황제를 시해(弑害)했으므로 진나라도 그와 꼭 같은 방법으로 복수하도록 하여 천하의 후세에 경계하고자 함이었다. 곧 위나라가 적국의 손에 멸망하도록 한 것은 신하의 손에 멸망하도록 한 것보다 통쾌하지 않은 것이었으니 이 또한 조물주의 교묘함이었다.

환상적이라 함은 사람들이 미처 생각하지 못한 데에서 일어나는 것이고, 교묘함이라 함은 사람들이 알고 있었던 바를 거듭하는 것이니 조물주는 참으로 훌륭한 작가라 할 수 있다. 요즘 사람들은 그토록 환상적이고 그토록 교묘한 글을 쓸 수 없다. 그러니 조물주의 자연스러운 글을 읽을 것이지 어찌 사람이 억측으로 꾸며낸 이야기를 읽을 것인가?

주연(主演)과 조연(助演)

『삼국지』는 조연(助演)이 주인공의 훌륭함을 드러내는 미묘함[以賓襯主之妙]을 담고 있다. 도원에서 세 사람이 형제의 의를 맺는 과정에 앞서 황건적 삼형제가 등장하는데 여기에서 유비·관우·장비는 주인공이고 황건적은 조연이다. 유비가 중산정왕의 후손임을 이야기하기에 앞서 노공왕(魯恭王)의 후손을 이야기하는데 여기에서 중산정왕은 주인공이고 노공왕은 조연이다. 하진을 이야기하면서 진번(陳蕃)과 두무(竇武)를 이야기하는데 여기에서 하진은 주인공이고 진번과 두무는 조연이다. 유비·관우·장비와 조조·손견을 이야기하면서 여러 제후가 쓸모없는 무리라고 이야기하는데 여기에서 유비·관우·장비와 조조·손견은 주인공이고 여러 제후는 조연이다.

유비가 제갈량을 만나기에 앞서 사마휘·최주평·석광원·맹공위의 무리를 만나는데 여기에서 제갈량은 주인공이고 사마휘의 무리는 조연이다. 제갈량은 두 임금을 섬기지만 그보다 먼저 유비를 섬겼다가 떠나간 서서와 제갈량보다 나중에 왔다가 먼저 죽은 방통의 이야기에서 제갈량은 주인공이고 서서와 방통은 조연이다. 조운은 먼저 공손찬을 섬겼고, 황충은 먼저 한현(韓玄)을 섬겼고, 마초는 먼저 장로를 섬겼고, 법정(法正)과 엄안(嚴顔)은 먼저 유장을 섬겼으나 나중에 모두 유비에게 귀의했으니 여기에서 유비는 주인공이고 공손찬·한현·장로·유장은 조연이다.

태사자는 먼저 유요를 섬기다가 나중에 손책에 귀의했고, 감녕은 먼저 황조(黃祖)를 섬기다가 나중에 손권에게 귀의했고, 장료는 먼저 여포를 섬겼고, 서황은 먼저 양봉(楊奉)을 섬겼고, 장합은 먼저 원소를 섬겼고, 가후는 먼저 이각과 장수를 섬겼으나 나중에 모두 조조에게 귀의했으니 여기에서 손권과 조조는 주인공이고 유요와 황조와 여포와 양봉은 조연이다.

원술은 자(字)가 공로(公路)였기에 "한나라를 대신할 사람은 길 위에 높이 서 있도다."[代漢者 當途高也]라는 참언이 자기를 뜻하는 것으로 잘못 알았으니 여기에서는 위나라가 주인공이요 원술은 조연이었다. "말 세 마리가 한 구유에서 여물을 먹는 꿈"[三馬同槽之夢]은 본디 사마(司馬) 씨 세 부자를 뜻하는 것이었으나 조조는 이를 마등(馬騰)의 세 부자로 알았으니 여기에서는 사마 씨가 주인공이요 마등의 세 부자는 조연이었다. 수선대(受禪臺)의 이야기는 이숙(李肅)이 동탁을 속이려고 한 말이었으나 그곳에 오른 사람은 곧 조비와 사마염이니 여기에서는 조비와 사마염이 주인공이고 동탁은 조연이었다.

주인공과 조연이 등장하는 것은 다만 사람의 경우에만 있는 것이 아니라 땅의 경우에도 나타난다. 헌제는 낙양에서 장안으로 옮겼다가 장안에서 다시 낙양으로 옮겼으나 끝내는 허창(許昌)으로 옮겼으니 허창이 주인공이고 장안과 낙양은 조연이다. 유비는 서주를 잃고 형주를 얻었으니 형주가 주인공이고 서주는 조연이다. 그는 뒤에 양천(서천과 동천)을 얻었으나 형주를 잃었으니 양천이 주인공이고 형주는 다시 조연이 되었다. 제갈량은 장차 북쪽으로 올라가 중원을 정복하려 했으면서도 먼저 남만을 평정했으니 그 뜻이 남만에 있었던 것이 아니라 중원에 있었던 것이니 중원이 주인공이고 남만은 조연이다.

굳이 땅에만 주인공이 있는 것이 아니라 사물에도 주인공이 있다. 이유(李儒)가 독주[鴆酒]와 단도와 흰 비단을 황제에게 주면서 이러니저러니 말했는데, 여기에서는 독주가 주인공이고 단도와 흰 비단은 조연이다. 허전(許田)에서 사냥을 할 적에 조조가 사슴을 쏘아 맞힌 것을 말하고자 먼저 유비가 토끼를 쏘아 맞힌 것을 말했는데, 여기에서는 사슴이 주인공이고 토끼가 조연이다. 적벽대전에서 제갈량이 동남풍을 불게 하는 장면을 묘사하려는 듯하다가 먼저 그가 화살을 얻는 장면을 설명하는데, 여기에서는 동남풍이 주인공이고 화살은 조연이다.

국구 동승이 천자로부터 밀조(密詔)를 숨긴 옥대를 받으면서 비단 두루마기도 함께 받았는데, 여기에서는 옥대가 주인공이고 비단 두루마기는 조연이다. 관우가 고맙게 여기며 조조로부터 적토마를 받을 적에 황금 도장과 붉은 두루마기도 함께 받았는데 여기에서는 적토마가 주인공이고 황금 도장과 붉은 두루마기는 조연이다. 조조가 땅을 파다가 구리로 만든 참새의 조상(彫像, 銅雀)을 얻을 적에 옥으로 빚은 용과 황금으로 조각한 봉황이 함께 나왔는데 여기에서는 동작이 주인공이고 용과 봉황은 조연이다.

이러한 비유는 책에서 헤아릴 수 없을 정도로 많이 등장한다. 이 책을 잘 읽은 독자라면 이 안에 담긴 문장에 어떻게 주인공과 조연이 묘사되어 있는가를 알아볼 수 있을 것이다.

『삼국지』 서술 기법/반전(反轉)

『삼국지』는 같은 나무에 다른 가지가 달리고, 같은 가지에 다른 잎이 피고, 같은 잎에 다른 꽃이 피고, 같은 꽃에 다른 열매가 맺히는 절묘함이 있다. 작가로서 앞서 나온 이야기를 잘 피해 갈 때 잘 지은 글이라 하고, 앞서 나온 이야기를 잘 되풀이할 때 잘 지은 글이라 한다. 이야기를 되풀이하지 않으면서 피해 가면 그 글이 앞의 이야기를 피해 간 것인 줄도 모른다. 다만 앞의 이야기를 되풀이하였으면서도 피해 갔을 적에 훌륭하게 피해 간 글임을 알 수 있다.

이를테면 궁중의 여인들을 이야기해보자. 먼저 하(何)태후를 이야기한 다음 동(董)태후를 이야기하고, 복(伏)황후를 이야기한 다음 조(曹)황후를 이야기하고, 당(唐)귀비를 이야기한 다음 동(董)귀인을 이야기하고, 감(甘)부인과 미(糜)부인을 이야기한 다음 손(孫)부인과 북지(北地)왕비를 이야기하고, 위나라의 견후(甄后)와 모후(毛后)를 이야기한 다음 장후(張后)를 이야기하면서도 그 사이에 단 한 자도 같은 글자가 없다.

척족의 경우를 보면, 하진을 다룬 다음 동승을 다루고, 그다음에 복완을 다루고 이어서 위나라의 장집(張輯)을 다루고 다시 오나라의 전상(錢尚)을 다루는데 그 사이에 같은 글자가 단 하나도 없다. 권세를 부리는 신하의 경우를 보면, 동탁을 다룬 뒤에 이각과 곽사를 다루고, 그다음에 조조를 다루고, 그다음에 조비를 다루고, 그다음에 사마의를 다루고, 그다음에 사마사(司馬師)와 사마소(司馬昭) 형제를 다루고, 그다음에 사마염을 다루면서 곁가지로 오나라의 손침(孫綝)을 다루면서도 그 사이에 같은 글자가 단 하나도 없다.

그 밖에 형제의 경우를 보면, 원담(袁譚)과 원상(袁尚)이 화목하지 않았다. 유기(劉琦)와 유종(劉琮)이 화목하지 못했고, 조비와 조식도 화목하지 못했다. 그러나 원담과 원상은 모두 죽었고, 유기와 유종은 하나는 죽고 하나는 살아남았으며, 조비와 조식은 모두 죽지 않았으니 크게 다르지 않은가?

혼인 관계를 살펴보면, 동탁은 손견에게 혼인을 맺고자 했고, 원술은 여포와 혼인을 약속했고, 조조는 원담에게 혼인을 약속했고, 손권은 유비와 혼인을 맺었고 또한 관우와 혼인을 맺고자 했다. 그러나 어떤 경우에는 혼인이 맺어지고, 어떤 경우에는 응낙하지 않았고, 어떤 경우에는 허락한 다음에 깨어졌고, 어떤 경우에는 거짓으로 혼인을 맺으려 하다가 오히려 실제로 혼인이 맺어졌고, 어떤 경우에는 진심으로 혼인을 맺으려 했으나 이루어지지 않았으니 어찌 크게 다르지 않은가?

왕윤(王允)도 미인계를 썼고 주유도 또한 미인계를 썼으나, 왕윤은 성공했고 주유는 성공하지 못했으니 서로가 다르다. 동탁과 여포는 서로 미워하였고 이각과 곽사도 또한 서로 미워하였으나, 여포는 동탁을 무찔렀고 이각은 곽사를 무찌르지 못했으니 서로 다르다. 헌제는 두 번에 걸쳐 밀조를 내렸으나 먼저 것은 비밀을 지킬 수 있었으나 나중의 것은 그러지 못했다.

마등도 또한 두 번에 걸쳐 역적을 토벌하려 했으나 먼저 것은 드러났지만 나중의 것은 드러나지 않았으니 이도 또한 다르다. 여포는 두 번이나 아버지를 죽였는데 먼저의 패륜은 돈 때문이었고 나중의 패륜은 여자 때문이었으니, 하나는 사사로운 일 때문에 공적인 일을 그르친 것이요, 나중의 것은 공적인 일을 한답시고 사사로운 욕심을 채운 것이니 그 또한 서로가 같지 않았다. 조운은 두 번이나 주군을 구출하였는데, 먼저는 육지에서 구출했고 나중의 것은 물에서 구출했으며, 먼저의 것은 주군의 어머니의 손에서 구출했고, 나중의 것은 주군의 어머니의 품에서 빼앗았으니 그 경우가 같지 않았다.

수공(水攻)에 대한 묘사도 한 번이 아니었고, 화공(火攻)에 대한 묘사도 한 번이 아니었다. 조조는 하비(下邳)에서 수공을 썼고, 다시 기주(冀州)에서도 수공을 썼다. 관우는 백하(白河)에서 수공을 썼고, 증구천(罾口川)에서도 수공을 썼다. 여포는 복양(濮陽)에서 수공을 썼고, 조조는 오소(烏巢)에서 화공을 썼고, 주유는 적벽대전에서 화공을 썼고, 육손은 효정(猇亭)에서 화공을 썼고, 서성은 남서(南徐)에서 화공을 썼고, 제갈량은 박망(博望)과 신야(新野)에서 화공을 썼고, 또한 반사곡(盤蛇谷)과 호로곡(葫蘆谷)에서도 화공을 썼지만 앞뒤의 이야기에서 일찍이 털끝만큼이라도 되풀이해서 그 장면을 묘사한 적이 있었던가?

더욱이 맹획을 일곱 번 잡았다가 일곱 번 풀어주고, 기산에 여섯 번 출병하고, 중원을 아홉 번 정벌하면서도 서로 중복되는 이야기가 단 한 글자도 없었으니 그 문장이 참으로 절묘하다. 견주어 말하자면, 나무도 같은 나무요, 가지도 같은 가지요, 잎새도 같은 잎새요, 꽃도 같은 꽃이지만, 뿌리를 내리고 꽃대가 자리 잡고 향기를 품으며 열매를 맺고 오색 단장을 하면서도 서로 다른 모습을 보여주고 있으니, 독자들은 이를 보면서 문장이란 같은 묘사를 피하는 방법이 있을 뿐만 아니라 거듭 쓰는 방법이 있음을 알게 될 것이다.

『삼국지』에는 뭇 별과 북두칠성[星斗]이 움직이고 풍우가 조화를 부리는 장면이 나온다. 그래서 두소릉(杜少陵)[37]은 다음과 같은 시를 남겼다.

하늘 위에 떠도는 구름이 흰 옷과 같더니
어느덧 문득 푸른 개로 바뀌었구나.[38]
天上浮雲如白衣 斯須改變成蒼狗

이는 세상살이가 예측할 수 없이 변화무쌍함을 이르는 것이다. 『삼국지』의 문장도 그러하다. 본디 하진이 환관들을 죽이려고 음모를 꾸미다가 오히려 환관들이 하진을 죽였으니 이것이 곧 반전이요, 본디 여포는 정원(丁原)을 도왔으나 도리어 여포가 정원을 죽였으니 이것이 곧 반전

---

37) 두소릉(杜少陵) : 소릉(少陵)은 두보(杜甫)의 호(號)이다.
38) 당(唐)나라의 시인 두보(杜甫)가 친구인 시인 왕계우(王季友)를 위해 쓴 시 「가탄(可嘆)」에 나오는 구절이다. 왕계우는 가난하였지만 학문을 열심히 닦고 타고난 성품과 행실이 매우 바른 사람이었다. 그의 부인이 어려운 살림살이를 참지 못해 이혼하고 떠나버리자 집안 사정을 상세히 모르는 세상 사람들은 왕계우를 매우 나쁜 사람이라고 비난하였다. 왕계우의 가정 형편을 잘 알고 있었던 두보는 품성이 단정한 왕계우가 세상 사람들에게 비난받는 것을 탄식하면서 다음의 시를 지었다.

하늘 위에 떠도는 구름이 흰 옷과 같더니
어느덧 문득 푸른 개로 바뀌었구나.
세상일은 옛날이나 지금이나 같은데
인생만사에 일어나지 않는 일이 있겠는가?
天上浮雲似白衣 斯須改幻爲蒼狗
古往今來共一時 人生萬事無不有

여기에서 백운창구(白雲蒼狗)라는 고사성어가 나왔는데 세상만사가 변화무쌍한 것을 뜻한다. 판본마다 첫째와 둘째 연(聯)이 조금씩 다르다.

이요, 본디 동탁은 여포와 부자의 인연을 맺었으나 도리어 여포가 동탁을 죽였으니 이것이 곧 반전이요, 본디 진궁(陳宮)이 조조를 풀어주려 하였으나 도리어 진궁이 조조를 죽이려 하였으니 이것이 곧 반전이요, 진궁은 조조를 죽이지 못하고 도리어 조조가 진궁을 죽이니 이것이 곧 반전이다.

본디 왕윤은 이각과 곽사를 버리지 않았으나 도리어 이각과 곽사가 왕윤을 죽였으니 이것이 곧 반전이다. 본디 손견은 원술과 화목하지 않았으나 도리어 원술이 손견에게 글을 보내어 군사를 일으키자 하였으니 이것이 곧 반전이요, 본디 유표는 원소에게 도움을 요청했으나 도리어 유표가 손견을 죽였으니 이것이 곧 반전이요, 본디 유비는 원소를 따라 동탁을 죽이고자 하였으나 도리어 공손찬을 도와 원소를 공격하였으니 이것이 곧 반전이요, 본디 유비는 서주를 구원하려 하였으나 도리어 서주를 차지했으니 이것이 곧 반전이다.

본디 여포는 서주를 버리려 하였으나 도리어 서주를 빼앗았으니 이것이 곧 반전이다. 본디 여포는 유비를 공격하려 하였으나 도리어 여포가 유비를 환영했으니 이것이 곧 반전이요, 본디 여포는 원술과 인연을 끊으려 했으나 도리어 여포가 원술을 도와주었으니 이것이 곧 반전이다. 본디 유비는 여포를 도와 원술을 토벌하려 하였으나 도리어 조조를 도와 여포를 죽였으니 이것이 곧 반전이요, 본디 유비는 조조를 도우려 하였으나 도리어 조조를 토벌하였으니 이것이 곧 반전이다. 본디 유비는 원소를 공격하려 했으나 도리어 유비가 원소에게 몸을 의탁하니 이것이 곧 반전이다.

본디 유비는 원소를 도와 조조를 공격하려 했으나 도리어 관우가 조조를 도와 원소를 공격했으니 이것이 곧 반전이다. 본디 관우는 유비를 찾아가려 했으나 도리어 장비가 관우를 죽이려 하니 이것이 곧 반전이요,

본디 관우는 허전에서 조조를 죽이려 했으나 도리어 화용도에서 조조를 살려 보냈으니 이것이 곧 반전이요, 본디 조조는 유비를 추격하려 했으나 도리어 유비가 동오에 몸을 의탁하여 조조를 깨트렸으니 이것이 곧 반전이다. 본디 손권은 유표와 원수진 사이였으나 도리어 노숙이 유표와 유기의 빈소를 찾아 조문하니 이것이 곧 반전이요, 본디 제갈량은 주유를 도우려 하였으나 도리어 주유가 제갈량을 죽이려 하였으니 이것이 곧 반전이요, 본디 주유는 유비를 죽이려 하였으나 도리어 손권이 유비를 매제로 삼았으니 이것이 곧 반전이다.

본디 손부인은 유비를 견제하려 혼인하였으나 도리어 손부인이 유비를 도왔으니 이것이 곧 반전이요, 본디 제갈량은 주유의 기백을 꺾어 죽였으나 도리어 그의 죽음을 슬퍼했으니 이것이 곧 반전이다. 본디 유비는 유표가 주는 형주를 받지 않으려 했으나 도리어 유비가 형주를 빌렸으니 이것이 곧 반전이요, 본디 유장은 조조와 동맹을 맺으려 했으나 도리어 유비를 불러들였으니 이것이 곧 반전이요, 본디 유장은 유비를 불러들이려 했으나 도리어 유비가 유장의 땅을 빼앗았으니 이것이 반전이었다.

본디 유비는 형주를 나누어 가지려 했으나 도리어 여몽(呂蒙)이 형주를 습격했으니 이것이 곧 반전이요, 본디 유비는 동오를 깨트리려 했으나 도리어 육손(陸遜)이 유비를 무찔렀으니 이것이 곧 반전이요, 본디 손권은 조비에게 도움을 받으려 했으나 도리어 조비는 손권을 습격하려 했으니 이것이 곧 반전이요, 본디 유비는 동오와 원수진 사이였으나 도리어 제갈량은 동오와 동맹을 맺었으니 이것이 곧 반전이다.

본디 유봉(劉封)은 맹달(孟達)의 말을 들으려 했으나 도리어 유봉이 맹달을 공격했으니 이것이 곧 반전이요, 본디 맹달은 유비를 배신했으나 도리어 맹달은 제갈량에게 귀순하고자 했으니 이것이 곧 반전이요, 본디 마등은 유비와 함께 대사를 도모하려 했으나 도리어 마초가 유비를 공격했으니 이것이 곧 반전이요, 본디 마초는 유장을 도우려 했으나 도리어 마초가 유비에게 항복하니 이것이 곧 반전이요, 본디 강유는 제갈량과 대적하려 하였으나 도리어 제갈량이 강유를 도와주었으니 이것이 곧 반전이다.

본디 하후패(夏侯覇)는 사마의를 도와주려 하였으나 도리어 하후패가 강유를 도와주었으니 이것이 곧 반전이요, 본디 종회(鍾會)는 등애(鄧艾)를 꺼렸으나 도리어 위관(衛瓘)이 등애를 죽였으니 이것이 곧 반전이요, 본디 강유는 종회를 속이려 하였으나 도리어 여러 장수들이 종회를 죽였으니 이것이 곧 반전이요, 본디 양호(羊祜)는 육항(陸抗)과 화목하였으나 도리어 양호가 손호를 정벌하고자 하였으니 이것이 곧 반전이요, 본디 양호는 오나라를 정벌하고자 하였으나 도리어 오나라의 두예와 왕준(王濬)이 쳐들어왔으니 이것이 곧 반전이다.

이야기의 내용이 서로 호응하는 방법이 있다는 점을 논의하다 보면, 앞의 이야기를 읽음으로써 뒤의 이야기를 미리 알 수 있다. 그 이야기의 변화무쌍함을 이야기하다보면, 앞의 이야기를 읽고서도 뒤의 이야기를 알 수 없을 때도 있다. 앞의 이야기에서 뒤의 이야기를 알 수 있기에 『삼국지』의 문장이 정교함을 알 수 있고, 앞의 이야기를 읽고서도 뒤의 이야기를 알 수 없다는 점에서 『삼국지』의 절묘함을 다시 보게 된다.

전조(前兆)와 암시

『삼국지』에는 빗긴 구름이 산 위에 걸려 있고, 가로 난 다리가 계곡에 걸려 있는 절묘한 장면이 나온다. 문장에는 마땅히 끊어지는 곳이 있고 이어지는 곳이 있다. 이를테면 관우가 다섯 관문을 지나며 여섯 장수를 죽이는 장면이라든가, 제갈량이 세 번 초막을 찾아가는 장면이라든가, 맹획을 일곱 번 사로잡는 장면에는 글이 이어지는 절묘함이 있다. 또한 주유가 세 번 분통을 터트리고, 제갈량이 여섯 번 기산으로 출병하고, 강유가 아홉 번 중원을 정벌하는 이야기에는 문맥이 끊어지는 절묘함이 있다.

무릇 문장이 끊어지고 이어지지 않으면 하나로 엮어지지 않고, 문장이 길면 이야기가 이어지지 않고 늘어질 염려가 있다. 그러므로 반드시 그 사이에 남다른 이야기를 끼워 넣어야 그 뒤의 문장이 복잡하면서도 변화무쌍하게 된다. 후세의 작가들로서 이를 따를 사람이 드물다. 『삼국지』에는 장차 눈이 오려면 먼저 싸라기가 내리고, 비가 오려면 먼저 천둥이 울리는 절묘함이 있다. 장차 한 단락의 줄기에 해당하는 이야기가 나오려면 반드시 먼저 한가로운 이야기가 한 편 나와 실마리를 푼다. 마찬가지로 장차 큰 사건이 일어나려면 반드시 먼저 작은 단락의 문장이 앞서 나와 실마리를 푼다.

이를테면 조조가 복양에서 화공을 겪는 일에 앞서 미축(糜竺)의 집안에 불이 나는 글로써 낌새를 알려준다. 장차 공융이 유비에게 도움을 요청하는 장면에 앞서 공융이 이홍(李弘)에게 명함[通刺]을 보내어 알리고 있다. 장차 적벽대전에서 큰 화공이 일어나는 사건을 묘사하기에 앞서 먼저 박망과 신야의 두 곳에서 짧은 이야기로 그 실마리를 보여주고 있다.

제갈량이 장차 기산으로 여섯 번 출병하는 이야기를 꺼내기에 앞서 먼저 맹획을 일곱 번 잡은 이야기를 짧은 문장으로 알려준다. "노나라 사람들은 하늘에 무슨 일이 일어나면 반드시 먼저 반궁(頖宮)[39]에 알렸다."

---

39) 『예기』「왕제」에 이르기를 "천자가 다스리는 나라의 대학을 벽옹(辟廱)이라 하고 제후가 다스리는 나라의 대학을 반궁(頖宮)이라 한다."

문장의 절묘함이란 이야기의 전개와 뒤집힘이 바로 이와 같다.

『삼국지』에는 물결이 일면 파도가 치고, 비가 온 뒤에는 부슬비가 내리는 절묘함이 있다. 무릇 기이한 문장에는 반드시 그 앞에 먼저 들려오는 소리가 있고, 이야기가 끝난 다음에도 반드시 이어지는 이야기가 있다. 이를테면 동탁이 죽은 뒤에 그의 남은 무리가 뒤를 이었고, 황건적이 멸망한 다음에도 그 잔당들이 날뛰었으며, 유비가 세 번 초막을 찾은 뒤에는 유기가 세 번 제갈량을 찾아온 이야기가 그러한 사실을 비춰주고 있다. 제갈량이 출사표를 올리는 큰 문장의 뒤를 이어 강유가 다시 위나라를 정벌하려는 글을 지어 물결이 이어지게 한 것이 바로 그러한 사례이다. 이러한 이야기를 다른 글에서는 볼 수 없다.

『삼국지』에는 차가운 얼음이 열을 물리치고 서늘한 바람이 흙먼지를 날려 보내는 절묘함이 있다. 이를테면 관우가 다섯 관문을 지나며 적장 여섯 명을 죽일 적에 문득 진국사(鎭國寺)에서 보정(普靜) 장로(長老)를 만나는 장면이 나오고, 유비가 말을 달려 단계(檀溪)를 건널 적에 문득 수경(水鏡) 선생의 장원에서 그를 잠시 만나는 이야기가 나오고, 손책이 강동에서 호랑이처럼 웅크리고 있을 적에 문득 우길(于吉)을 만나는 장면이 나오고, 조조가 위나라의 왕위에 오를 적에 문득 좌자(左慈)를 만나는 이야기가 나온다.

유비가 세 번 초막을 찾아갈 적에 문득 최주평(崔州平)을 만나 한가로이 이야기를 나누는 장면이 나오고, 관우가 칠군(七軍)을 물에 빠트려 죽였을 적에 문득 옥천산(玉泉山)에 올라 달 아래에서 다시 보정 스님을 만나는 장면이 나오고, 제갈량이 남만을 정벌할 적에 맹획의 형 맹절(孟節)을 만나고, 육손이 서촉의 병사들을 추격하다가 문득 제갈량의 장인 황승언(黃承彦)을 만나고, 장임(張任)이 적군을 맞이하러 나가다가 문득 자허장인(紫虛丈人)을 만나 자신의 운명을 묻는 장면이 나온다.

유비가 오나라를 정벌하러 갈 적에 문득 청성노인[靑城老叟]을 만나 계책을 물었다. 그들은 스님이나 도사를 만나고 또는 숨어 사는 사람이나 고명한 선비를 만나 몹시 시끄러운 세상살이 가운데 참으로 훌륭한 이인(異人)들을 만났다. 그들은 이러한 만남을 통하여 초조하고 번거로운 마음의 괴로움을 모두 씻어버릴 수가 있었다.

『삼국지』에는 생황(笙簧)과 퉁소가 북소리에 섞여 들려오고 거문고와 비파가 종소리에 섞여 나오는 절묘함이 있다. 이를테면 황건적의 이야기를 하면서 문득 하태후와 동태후가 다투는 이야기가 등장하고, 동탁이 권력을 휘두르는 이야기를 하다가 문득 초선(貂蟬)이 봉의정(鳳儀亭)에서 여포와 사랑을 나누는 장면이 등장하고, 이각과 곽사가 창궐하는 이야기를 하다가 문득 양표(楊彪)의 아내와 곽사의 아내 사이에 오가는 이야기가 나온다.

하비의 전투를 이야기하다가 문득 여포가 딸을 업어 시집보내고, 엄 씨(嚴氏) 부인이 남편을 그리워하는 장면이 나오고, 기주의 전투를 이야기하다가 문득 원담이 아내를 잃고 조비가 아내를 맞아들이는 이야기가 등장하고, 형주의 일을 이야기하다가 문득 채(蔡) 씨 부인이 정사를 다루는 이야기가 등장하고, 조조는 적벽에서 격전을 벌이다가 문득 대교(大喬)와 소교(小喬) 두 여인의 이야기를 꺼내고, 완성(宛城)을 놓고 공방을 벌이다가 문득 장제(張濟)의 아내가 조조를 만나는 이야기가 나오고, 조운이 계양(桂陽)을 공격할 적에 문득 조범(趙範)이 과수인 형수를 시켜 술을 따르는 장면이 나온다.

유비가 형주를 차지하려 싸울 적에 문득 손권의 여동생과 동방화촉(洞房華燭)을 밝히는 장면이 나오고, 손권이 황조와 싸울 적에 문득 손익(孫

翎)의 아내가 남편을 위해 원수를 갚는 이야기가 나오고, 사마의가 조상(曹爽)을 죽일 적에 문득 신헌영(辛憲英)이 동생을 살리고자 계책을 일러주는 장면이 나오고, 더욱이 원소가 조조를 토벌할 적에는 문득 정강성(鄭康成)의 노비들이 글에 뛰어남을 보여주고, 조조가 한중(漢中)을 구출하는 날에는 문득 채중랑(蔡中郞)의 딸 이야기를 꺼낸다.

이와 같은 일화는 한둘이 아니다. 그러나 독자들은 『삼국지』가 다만 용이나 호랑이와 같은 장수들이 싸우는 이야기로만 알지 봉황이 난새[鸞]를 차지하고 원앙이 제비를 차지하려 다투는 등 여기에 담긴 이야기를 이루 다 알 수가 없다. 칼과 창이 번득이는 가운데 붉은 치마를 입은 미녀들이 등장하고, 깃발이 나부끼는 가운데 분 바르고 눈썹 그린 미인들을 볼 수 있으니 이 책이야말로 영웅호걸과 미인들의 생애를 그린 전기를 하나로 묶어놓은 것이라 할 수 있다.

『삼국지』는 한 해 앞서 씨를 뿌리고 바둑[奕]을 두는 사람이 일찌감치 한 수를 미리 심어두는 절묘함이 있다. 훌륭한 농사꾼은 땅에 씨를 뿌리고 때가 오기를 기다리며, 바둑의 고수는 몇 십 수에 앞서 한가롭게 한 수를 놓아두는데 그 효과는 몇 십 수가 지난 다음에야 나타난다. 글을 쓰는 법도 그와 마찬가지이다. 이를테면 서촉의 유장은 유언(劉焉)의 아들인데 이미 첫 회에서 유비를 서술하면서 미리 유언의 이야기를 꺼내둠으로써 일찌거니 유비가 서천을 차지하리라는 뜻을 숨겨두었다.

또한 유비가 황건적을 무찌를 때 이미 조조와 동탁의 이야기를 내비침으로써 일찌거니 동탁이 나라를 어지럽히고 조조가 권력을 휘두르게 되리라는 것을 행간에 숨겨두었다. 조운이 유비에게 귀의한 것은 고성(古城)에서 만났을 때이지만 유비가 조운을 만난 것은 반하(磐河)의 전투에서 공손찬과 싸울 때였으니 이미 그때 조운의 이야기를 내비친 것이다.

마초가 유비에게 귀의한 것은 가맹관(葭萌關) 전투에서 장비와 싸운 뒤이지만 유비는 이미 마등과 더불어 일을 도모했으니 일찍이 동승이 허리띠에 황제의 피 묻은 밀조를 숨겨 나왔을 때부터 이야기를 감춰두고 있었다.

방통이 유비를 만난 것은 이미 주유가 죽은 뒤이지만 사마휘의 동자가 방통의 이야기를 했을 때 이미 수경 선생의 장원에서 방통의 이야기를 묻어두고 있었다. 제갈량이 "일을 꾸미는 것은 사람이 하는 일이지만 그것을 성사하는 것은 하늘의 뜻에 달렸다."[謀事在人 成事在天]고 탄식하고, 호로곡에서 화공이 끝나자 사마휘가 "때를 만나지 못했도다."[未遇其時] 라고 말하고, 최주평(崔州平)이 "세상일은 억지로 되지 않는구나."[天不可強]라고 말했을 때 이미 초막을 세 번 찾아가기에 앞서 제갈량이 뜻을 이루지 못할 것을 암시했다.

유선은 제위에 오른 지 사십 년 만에 물러났지만 이는 제110회 이후의 일로서 학이 날아와 그가 황제가 되리라는 전조를 보여준 것은 이미 신야에서 어린 시절을 보낼 때 그 뜻을 숨겨두고 있었다. 강유가 아홉 번이나 중원을 쳐들어간 것은 제105회 이후의 일이지만 제갈량이 강유를 받아들인 것은 이미 처음으로 기산으로 나아갈 때 그 이야기를 행간에 숨겨두고 있었다. 강유가 등애를 만난 것은 세 번째 중원으로 나갔을 때이며, 강유가 종회를 만난 것은 아홉 번째 중원으로 나간 뒤이지만 이미 하후패가 그 두 사람의 이름을 이야기했으니 일찍이 강유가 중원으로 나아가기에 앞서 등애와 종회의 이야기를 숨겨둔 것이다.

조비가 한나라의 제위를 찬탈한 것은 제80회에 등장하지만 이미 그가 태어날 때 푸른 구름이 피어오르는 상서로움을 보였으니 일찍이 제33회에 그 전조를 숨겨둔 것이다. 손권이 참월하게도 황제라 자칭한 것은 제

85회에 일어난 일이지만 오태후(吳太后)가 태양을 품는 꿈을 꾼 제38회에서 그 전조를 숨겨두었다. 사마소가 위나라의 제위를 찬탈한 것은 제119회에서 일어난 일이지만 조조가 꿈속에서 세 마리의 말이 한 구유에서 여물을 먹는 꿈을 꾸었을 때인 제57회에 이미 그 전조를 숨겨둔 것이다.

이 밖에도 전조를 행간에 숨겨둔 것은 손가락을 꼽을 수 없을 만큼 많다. 요즈음의 작가들이 소설을 쓰다가 이야기가 꼬이고 잘 풀리지 않으면 쉽게 어이없는 주인공을 만들어 근거도 없는 일을 꾸미도록 서술함으로써 문장의 앞뒤가 끊어지고 이어지지 않는 것을 보게 된다. 그런 작가들이 『삼국지』를 읽어본다면 어찌 얼굴에서 식은땀이 흐르지 않겠는가?

인생살이에서의 운명

『삼국지』에는 비단을 실로 깁고 바늘로 수(繡)를 놓는 절묘함이 있다. 무릇 글을 쓰자면 이 편(篇)에서 빠진 것을 저 편에서 보완하고, 상권에서 넘치는 것을 하권으로 옮겨 싣는다. 그렇게 하면 앞에 나온 글이 뒤섞이지 않을 뿐만 아니라 뒤에 나오는 글이 적막하지도 않고, 앞의 이야기에서 누락하는 것도 없고 뒤의 글에서 쓸데없이 보태어 덧칠하는 법도 없으니 이것이 곧 역사가들이 쓰는 절묘한 방법이다.

이를테면 여포가 조표(曹豹)의 딸을 아내로 맞이한 것은 본디 서주를 차지하기에 앞서 있었던 일이지만 도리어 하비성에서 곤경에 빠졌을 적에 이 일을 다루고 있다. 조조가 매실의 이야기를 꺼내어 부하들의 갈증을 풀어준 일[望梅止渴]은 본디 장수(張繡)를 공격할 때 있었던 일이지만 유비와 더불어 푸른 매실에 따끈한 술 한 잔을 나누면서 한 이야기이다. 관녕(管寧)이 화흠(華歆)과 자리를 갈라서 앉은 것은 본디 화흠이 벼슬에 오르기에 앞서 일어난 일이지만 도리어 화흠이 벽을 깨트리고 복황후를 끌어낼 때 이를 다루고 있다. 오태후가 달을 태몽으로 꾼 것은 본디 손책이 태어나기에 앞서 있었던 일이지만 도리어 죽음을 앞두고 유언을 할 때 그 이야기를 꺼내고 있다. 제갈량이 황 씨(黃氏)를 아내로 맞이한 것은 본디 초막을 나오기에 앞서 있었던 일이지만 그의 아들 제갈첨이 죽음을 맞이하게 되었을 때 그 이야기를 다루고 있다.

이와 같은 이야기는 너무 많아 또한 손가락으로 꼽아 헤아릴 수 없을 정도이다. 앞의 이야기는 발걸음을 멈추고 뒤의 이야기에 호응할 수 있고, 뒤의 이야기는 앞의 이야기에 비추어 호응하도록 해줌으로써 독자들이 두 가지의 글을 읽게 하면서도 마치 한 편의 이야기를 읽는 것처럼 느끼게 해준다.

『삼국지』는 가까운 산을 짙게 그리고, 멀리 있는 나무를 옅게 그리는 절묘함이 있다. 그림을 그리는 법에 따르면 가까이에 있는 산과 나무는 짙고 무겁게 그리고, 멀리 있는 산과 나무는 가볍고 옅게 그린다. 그렇게 하지 않으면 멀리 있는 수풀과 산기슭, 겹겹이 쌓인 봉우리와 아지랑이를 어찌 한 자[尺] 넓이의 화폭에 자세히 그려 넣을 수 있겠는가? 글을 쓰는 것도 그와 같다.

이를테면 황보숭(皇甫嵩)이 황건적을 깨트렸다는 이야기는 다만 주준(朱儁)에게서만 들은 이야기일 뿐이다. 원소가 공손찬을 죽인 사실은 다만 조조에게서만 들은 이야기이다. 조운이 남군(南郡)을 습격하고 관우와 장비가 두 군을 습격한 이야기는 다만 주유만이 보고 들은 이야기이다. 유비가 양봉(楊奉)과 한섬(韓暹)을 죽인 일은 다만 유비의 입에서만 나온 이야기이며, 장비가 고성을 빼앗은 것은 관우만 들은 이야기이다. 간옹(簡雍)이 원소에게 귀의한 것은 유비의 입에서만 나온 이야기이며, 조비가 세 길로 나누어 오나라를 쳐들어갔다가 모두 무너졌다는 이야기 가운데 한 방면의 이야기는 사실대로 묘사하고 두 방면의 이야기는 추상적으로 설명했다. 제갈량이 다섯 길로 쳐들어오는 조비의 군사를 막았을 때 오나라에 사신을 보낸 일만 사실대로 묘사하고 그 밖의 네 길에 대한 묘사는 추상적이었다. 이와 같은 묘사는 손가락으로 꼽아 설명할 수 없을 만큼 많다. 글 한두 구절이 그 많은 사실을 얼마나 많이 묘사하고 얼마나 많은 필묵을 생략하게 만드는지 알 수 없다.

『삼국지』에는 기이한 산봉우리가 마주 솟아 있고 비단 병풍 같은 절벽이 마주보는 듯한 절묘함이 있다. 그 견주어보는 모습에는 마주보는 방법이 있고 등을 지고 견주는 방법이 있는데, 어떤 때는 그들이 한 회(回) 안에서 벌어지기도 하고 어떤 때는 몇 회를 뛰어넘은 다음에 견주어보는 방법이 있다. 이를테면 유비는 어렸을 적부터 그릇이 컸고, 조조는 어렸을 적부터 간사스러웠다. 장비는 한결같이 성미가 급했고, 하진은 한결같이 더뎠다. 온명원(溫明園)에서 동탁이 황제의 폐위를 의논한 것은 군주를 업신여겼기 때문이었고, 여포가 정원(丁原)을 죽인 것은 아비도 알아보지 못했기 때문이었다.

원소가 반하에서 치른 전투는 이기고 지는 것이 무상했음[勝敗無常]을 보여주고, 손견이 현산(峴山)에서 싸운 것은 죽고 사는 일을 헤아릴 수 없음[生死不測]을 보여준다. 마등이 한나라 왕실을 섬겼으나 공업을 이루지 못했다고 해서 그가 충성스럽지 않은 것은 아니며, 조조는 아버지의 원수를 갚으려 했지만 얻은 바가 없으니 효자라는 말을 들을 수는 없다. 원소가 좌군·중군·우군의 삼군을 일으켰으나 되돌아온 것은 싸울 힘이 있었음에도 결단을 내리지 못했기 때문이며, 유비가 왕충(王忠)과 유대(劉岱)를 사로잡았다가 풀어준 것은 힘에 부쳐 형편에 따라 변통한 것이었다.

　공융이 예형을 천거한 것은 그가 도학자[緇衣]40)를 좋아했기 때문이며, 예형이 조조에게 욕설을 퍼부은 것은 그에게 거짓된 마음[巷伯之心]41)이 있기 때문이었다. 유비가 사마휘를 만난 것은 우연한 일이었지만 서서가 신야를 지나간 것은 의도적으로 유비를 만나고 싶었기 때문이었다. 조비가 조식을 그토록 핍박한 것은 핏줄을 나눈 형제를 겨눈 것이며, 유비가 관우의 죽음 앞에 통곡한 것은 성이 다른 형제에 대한 우애 때문이었다. 호로곡에서 장대비가 쏟아져 제갈량의 화공이 실패한 것은 아직 사마의가 죽을 때가 아니었기 때문이며, 오장원에서 장명등(長命燈)이 꺼진 것은 제갈량이 죽을 운명이었기 때문이다.

비교 전기(傳記)

　이와 같은 이야기들은 어떤 때는 같은 것으로 대조를 이루고 어떤 때는 전혀 다른 것으로 대조를 이루면서 한 회의 이야기 안에서 펼쳐진다. 이를테면 외척이 외척을 죽인 예로는 하진이 있고, 외척이 외척을 추천한 예로는 복완이 있다. 이숙은 여포를 설득하면서 지혜로써 악행을 저질렀고, 왕윤은 여포를 설득하면서 교묘한 말로 천자에게 충성을 바쳤다. 장비가 서주를 잃은 것은 술이 지나쳐 사태를 그르친 것이며, 여포가 하비성을 잃은 것은 부하들에게 술을 마시지 못하게 하였다가 겪은 재앙이었

---

40) 치의(緇衣) : 검은 옷을 입은 사람이라는 뜻임. 그 시대의 도사나 승려나 은자들은 검은 옷을 입었다.
41) 거짓된 마음[巷伯之心] : 『시경』「소아(小雅) 절남산지집(節南山之什) 항백(巷伯)」에 나오는 말인데, 본디는 "대궐로 가는 길"이라는 뜻이지만, 그러자면 속이고 교활하고 교만한 마음을 갖게 된다는 뜻이다.

다. 관우가 노숙의 술을 받아 마신 것은 한 가닥 위엄을 보인 것이며, 양호가 육항의 술을 받아 마신 것은 화목함을 보이고자 함이었다.

제갈량이 맹획을 죽이지 않은 것은 어진 이의 너그러움을 보인 것이며, 사마의가 공손연을 반드시 죽이려 한 것은 간사한 영웅의 각박함 때문이었다. 관우가 화용도에서 의리로 조조를 살려 보낸 것은 지난날에 입은 은혜를 갚고자 함이었고, 장비가 의리로 엄안을 풀어준 것은 뒷날 쓸 곳이 있기 때문이었다. 제갈량이 자오곡(子午谷)에서 위연(魏延)의 계책을 받아들이지 않은 것은 계책을 삼가 완전히 이기고자 함이었고, 등애가 음평령(陰平嶺)을 넘는 위험을 두려워하지 않은 것은 시험 삼아 요행을 바란 것이었다.

조조는 병을 앓다 진림의 토벌 격문을 보고 병을 고쳤지만, 왕랑(王郎)은 병이 없었음에도 제갈량의 비난을 듣고 그 자리에서 죽었다. 손(孫)부인이 병장기를 좋아한 것은 그가 여장부였기 때문이며, 제갈량이 보낸 여자의 치마를 사마의가 받은 것은 그가 여자 같은 남자였기 때문이었다. 제갈량이 여드레 만에 상용(上庸)을 함락한 것은 신속함이 귀신같았기 때문이며, 백 일 만에 양평(襄平)을 차지한 것은 지연술의 승리였다. 제갈량이 위수(渭水) 강변에서 둔전(屯田)을 경영한 것은 장차 진격하려는 계책이었고, 강유가 답중(沓中)에 둔전을 경영한 것은 물러서고자 한 계책이었다.

조조가 한나라로부터 구석(九錫)을 받은 것은 그가 한나라 신하의 본분을 어긴 것이었고, 손권이 위나라로부터 구석을 받은 것은 그가 제왕답지 못했기 때문이었다. 조조가 황제의 활을 빌려 사슴을 쏜 것은 임금과 신하의 의리를 넘어서는 것이었다. 조비는 사슴을 쏘면서 부모 자식 사이의 정리를 느꼈고, 양의(楊儀)와 위연은 언제 병력을 뒤로 물릴 것인가를 놓고 다투었고, 등애와 종회는 언제 군사를 일으킬 것인가를 놓고 서로 시기했다. 강유가 제갈량의 뜻을 이으려 한 것은 사람의 마음으로 하늘의 뜻을 거스른 것이며, 두예가 양호의 뜻을 이을 수 있었던 것은 하늘이 사람의 힘을 도와주었기 때문이었다.

이와 같이 어떤 때는 같은 이야기로 대조를 이루고 어떤 때는 아주 반대되는 이야기로 대칭을 이루면서 그 모두가 한 회에 담긴 이야기로 엮어나가는 것이 아니라 멀리 떨어진 회(回)에서 이야기의 대조를 보여주고 있다. 참으로 이와 같은 대비를 읽노라면 어찌 옛글을 읽는 기쁨이 가슴에서 우러나오지 않으며, 지식이 늘어남에 부족함이 있겠는가?

『삼국지』는 앞에 나오는 이야기와 뒤에 나오는 이야기가 서로 호응하며 그 가운데 앞뒤의 이야기를 잇는 고리의 부분이 있다. 이를테면 『삼국지』는 십상시에서 시작하여 마지막 회에 가서 유선이 환관들을 총애하는 데에서 끝나며 이어 손호도 또한 환관을 총애하는 두 이야기로 끝을 맺으니 이것이 곧 큰 호응이다. 또한 제1회에서는 황건적이 요술을 부리는 것으로 시작하여 마지막 회에서는 유선이 무당의 말을 믿는 것으로 이야기를 마치며 이어서 손호도 또한 무당을 믿었다는 두 이야기로 끝을 맺는데 이것이 또한 큰 호응이다.

이미 앞서 나왔던 이야기와 뒤에 나오는 이야기가 서로 호응하는 데에는 그 가운데에 백여 회의 이야기가 전개되고 있는데, 만약 앞뒤의 이야기가 서로 대조를 이루지 않는다면 문장의 법도에 맞지 않는 것이다. 따라서 복완이 내시 편에 편지를 보내고, 내시가 꿀에 벌레를 집어넣은 것을 손량(孫亮)이 알아차리는 것이 앞뒤의 아귀를 맞춘다. 또한 이각이 무당을 좋아하고 장로가 사교(邪敎)를 이용한 것도 서로 앞뒤가 맞는다. 무릇 이와 같은 이야기들은 모두가 천지의 조화를 이루며 전편에 얽혀 있다.

작가의 의도는 여기에서 그치지 않는다. 그의 본뜻은 환관이나 무당이 저지르는 무당의 이야기 말고도 반란을 일으키고 천자의 권위를 범접한 무리를 붓으로 엄중히 죽임으로써 『춘추』의 대의를 살리려 함에 있다. 그러므로 『삼국지』 안에는 역적을 토벌한 충신과 임금을 시해한 악인의 이야기가 많이 실려 있다. 그러다 보니 첫 회의 끝 부분에서는 장비가 분노하여 동탁을 죽이려는 장면으로 끝나고, 마지막 회에서는 손호가 몰래 가충(賈充)을 죽이려는 이야기로 끝을 맺는다. 이로써 미루어보건대 『삼국지』가 비록 소설[演義]이라고는 하지만 곧 인경(麟經)42)의 뜻을 이어 받은 것이라 해도 부끄러울 것이 없다.

비교문학으로서의 가치

『삼국지』의 문장이 빼어남은 『사기』에 못지않아 오히려 그 서술 방법에서 『삼국지』가 『사기』보다 두 배는 더 어렵다. 『사기』는 각 나라와 각 사람을 나누어 쓰면서 「본기」와 「세가」와 「열전」으로 갈라놓았지만, 『삼국지』는 그렇게 하지 않고, 「본기」와 「세가」와 「열전」을 모두 묶어 한 편의 글로 만들었다. 글을 나누면 글이 짧아지고 쉬워지지만, 글을 합치면 글이 길어지고 쓰기가 더 어려워진다.

『삼국지』를 읽는 것은 『열국지』(列國志)를 읽는 것보다 더 재미있다. 무릇 『좌전』과 『국어』(國語)는 문장이라는 점에서 보면 가장 빼어난 글이지만 그 필자인 좌구명(左丘明)은 경서(經書)를 기초로 하여 인물지

---

42) 인경(麟經): 『춘추』의 다른 이름. 『춘추』는 공자가 은공(隱公) 원년부터 쓰기 시작하여 애공(哀公) 14년 봄 남쪽에서 기린을 잡았다[南狩獲麟]는 이야기로 마치었으므로 인경이라 함.

[傳]를 썼다. 따라서 경서는 이미 서로 다른 문장으로 단락을 이루고 있고, 그를 바탕으로 쓴 인물지도 각기 단락으로 끊어져 이야기가 서로 이어지지 않는다.

『국어』는 경서와는 달리 그 자체로서 한 권의 책을 이루며 연관성을 가지고 있다. 그러나 국어는 끝내『주어』(周語)·『노어』(魯語)·『진어』(晉語)·『정어』(鄭語)·『제어』(齊語)·『초어』(楚語)·『오어』(吳語)·『월어』(越語)의 여덟 나라의 이야기로 갈라져 서로 이어지지 않는다. 뒷날 어느 작가43)가『좌전』과『국어』를 합쳐『열국지』를 지었으나 각 나라의 일들이 번잡하여 그 끊어지는 이야기들을 하나로 꿸 수가 없다. 그러나『삼국지』는 처음부터 끝까지 이야기가 이어지고 끊어지는 곳이 없으므로『열국지』보다 빼어나다.

『삼국지』를 읽는 것은『서유기』를 읽는 것보다 재미있다.『서유기』는 요사스러운 일들을 꾸며낸 것이어서 황당하고 근거도 없어 참으로 고구(考究)할 만한 제왕의 이야기인『삼국지』를 따라갈 수 없으니 깊이 생각할 일이다. 그리고『서유기』가 즐겨 거론한 곳은『삼국지』에서도 모두 등장한다. 마시면 벙어리가 되는 샘[啞泉]이나 물빛이 검은 샘[黑泉]이 자모하(子母河)나 낙태천(落胎泉)의 기이함과 무엇이 다른가? 타사대왕(朶思大王)과 목록대왕(木鹿大王)은 우마(牛魔)·녹력(鹿力)·금각(金角)·은각(銀角)이라고 불리는 것들과 무엇이 다른가?

복파(伏波)장군 마원(馬援)44)의 혼백이 나타나 산신을 시켜 길 잃은

---

43) 풍몽룡(馮夢龍, 1574-1646)을 말함. 강소 오현(吳縣) 사람으로, 천성이 호탕하고 재주가 뛰어나 시문을 잘하였다. 일찍부터 청루주관(靑樓酒館)을 출입하여 가기(歌妓)와 열애를 하였으나, 그가 다른 곳으로 출가하자 상심한 나머지 청루에 드나들지 않고 방탕한 생활도 그만두고 많은 저작을 남겼다.
44) 마원(馬援)은 후한 흥평현(興平縣) 사람으로 자는 문연(文淵)이다. 처음에는 왕망

사람을 안내해주는 것은 남해관음이 나타나 길 잃은 사람을 구출해주는 것과 무엇이 다른가? 한나라의 승상 제갈량이 남만을 정벌한 이야기 하나만으로도 『서유기』를 읽는 것과 같다. 관우가 앞서 진국사에서 만난 보정 스님을 뒤에 옥천산에서 다시 만난 이야기, 그리고 계도(戒刀)를 바라보며 따라가 불길을 피한 이야기나 허공에 대고 말을 하는 것은 선승(禪僧)이 죽비[警策]로 때리거나 일갈하여 깨달음을 인도하는 일[棒喝]과 같은 뜻을 담고 있다. 그런즉 영대방촌(靈臺方寸)이나 사월삼성(斜月三星)45)의 글을 외는 것만으로 참선(參禪)의 경지에 이르렀다고 말할 수 있겠는가?

『삼국지』를 읽는 것은 『수호전』(水滸傳)을 읽는 것보다 낫다. 『수호전』의 이야기는 실제로 있었던 일로서 비록 『서유기』의 몽환적인 이야기보다는 빼어나다 할지라도 아무것도 없는 데에서 생겨나고, 작가의 마음대로 나타났다가 없어지니 지은이의 마음 씀이 그리 어렵지 않았다. 그와는 달리 『삼국지』는 일정한 사건을 설명하면서 그 본디 모습을 바꾸어 말할 수는 없으니 지은이의 마음대로 쓰기가 어려웠다.

그뿐만 아니라 세 나라의 영웅호걸들이 제각기의 모습으로 나타나고 있어 『수호전』의 주인공인 오용(吳用)이나 공손승(公孫勝)보다 몇 만 배

(王莽)을 섬겼으나 광무제(光武帝)에게 귀순하여 교지(交趾 : 북베트남) 지방에서 봉기한 징칙(徵側)과 징이(徵貳) 자매의 반란을 토벌하고, 하노이 부근까지 진출하여 평정했다. 그가 교지에 있으면서 항상 율무(薏苡)를 식량으로 쓰니, 몸은 가볍고 욕심이 덜어지며 장기(瘴氣)를 이기게 되므로, 돌아올 때 씨앗으로 쓰려고 율무 한 수레를 싣고 오니 사람들이 모두 구슬이었다고 모함했다. 노령에 남방의 무릉만(武陵蠻)을 토벌하러 출정했다가 열병으로 죽었다. 『동한비사』(東漢秘史) 45회에 나오는 이야기임.
45) 영대방촌산(靈臺方寸山) 사월삼성동(斜月三星洞)은 『서유기』에 나오는 지명으로서 손오공의 스승인 보리조사(菩提祖師)가 은거하던 곳이다.

빼어나다. 그러므로 나는 앞서 김성탄(金聖嘆)이 말한 바와 같이, 여섯 권의 재주 많은 분이 쓴 책[六才子書] 가운데『삼국지』를 첫 번째로 꼽고자 한다.

해 제

―진수(陳壽)와 배송지(裴松之), 나관중(羅貫中)과 이탁오(李卓吾),
김성탄(金聖嘆)과 모종강(毛宗崗), 그리고 판본에 대하여―

신복룡

  교보문고 앞을 지날 때면, "사람이 책을 만들고, 책이 사람을 만든다."는 현판이 늘 가슴에 와 닿는다. 참 좋은 글귀라는 생각이 든다. 사람이 한평생을 살아가면서 인격 형성에 영향을 받는 것이 네 가지가 있는데, 첫째는 부모(가정)이고, 그다음은 학교 교육이고, 그다음은 친구이고, 그다음은 보도 매체(mass-com)를 통한 인지 과정이다. 여기에서 학교 교육이라 함은 다시 교과 내용, 담임선생님이나 교수로부터 받은 가르침과 감화, 그리고 학창 시절에 읽은 독서가 가장 큰 영향을 끼친다.

  세계에서 활자화된 책을 거의 다 갖추었다고 자부하는 미국의회도서관의 장서가 2천만 권 정도이니까 아마 인류가 인쇄·출판한 책의 숫자도 어림잡아 그 정도가 아닐까 여겨진다. 그러나 그 많은 책 가운데 인류에게 가장 영향력을 끼친 책을 꼽으라면, 종교 경전 말고는 서양에서 『플루타크영웅전』과 그리스 철학자들의 담론, 그리고 동양에서는 『삼국지』와 유가(儒家)의 『사서오경』이 아닐까 여겨진다. 물론 "좋은 책"과 "인류에 가장 영향력을 끼친 책"이 다를 수는 있지만, 크게 어긋나지는 않을 것이다.

우리가 지금 읽고자 하는 『삼국지』만 하더라도, 그 문학적·예술적 가치는 잠시 덮어두고, 동양인의 사고에 가장 깊이 각인된 책임에는 틀림이 없다. 사람에 따라서 그것을 단순한 군담(軍談)소설로 보든, 아니면 경세서이든, 아니면 단순히 하나의 소설이든, 또는 그것을 읽고 감동을 하였든 하지 않았든 가릴 것 없이 동양인으로서는 어느 누구도 『삼국지』의 사유(思惟)로부터 자유로울 수 없다. 덕을 베풀면 반드시 보답이 있다는 경세(經世, 積善有慶), 인과응보, 복수 살인, 천인감응(天人感應), 충효와 절의, 미담과 패륜, 고결함과 천박함에 대한 예화들을 바탕으로 세속과 이상사회를 넘나들며 인간사의 희로애락을 로망화한 것이 곧 『삼국지』이다.

진수(陳壽, 233-297)

흔히 알려진 바와 같이 『삼국지』는 처음부터 소설은 아니었다. 당나라의 방현령(房玄齡)이 편찬한 『진서』(晉書) 「진수전」(陳壽傳)에 따르면 이 책을 처음 쓴 진수는 "반고(班固)와 사마천을 이어 이전의 역사를 이을 유일한 인물"이라는 평가를 듣던 사관이었다. 그는 앞서간 역사가들처럼 기록을 남긴다는 높은 뜻을 가졌던 것은 사실이지만 그들처럼 중국의 정통적 사서(史書)에서 갖춰야 할 내용들, 이를테면 본기(本紀/世家)·지(志)·열전·연표를 모두 쓰지 않고 그 가운데 황제의 세가와 열전의 형태를 따른 인물지만을 썼다.

진수가 역사에서 오로지 "사람 이야기"만을 다룬 것은 그 나름대로 생각이 있었을 것이다. 그는 역사에서 사람 냄새 나는 이야기를 쓰고 싶었던 것 같다. 그는 정치적으로나 역사적으로 미묘한 시기를 살았다. 한

(漢)·위(魏)·진(晉)이라고 하는 왕조교체기의 지식인으로서 고민이 많았을 것이다. 그럼에도 그는 비교적 균형 잡힌 입장에서 위·촉·오 세 나라의 사람 이야기를 담담하게 기록했다.

『진서』「진수전」과, 『삼국지』의 문화사적 가치를 주목하고 이에 관한 주목할 만한 글을 남긴 노신(魯迅)의 기록을 종합해보면, 진수는 삼국시대에 촉한에서 태어나 서진(西晉) 시대까지 산 관료였다. 그의 자(字)는 승조(承祚)이며 익주(益州)의 파서(巴西) 안한(安漢)에서 태어났다. 진수의 아버지 진식(陳式)은 마속(馬謖)의 참군을 지냈는데 제갈량이 마속을 벨 때 머리를 깎이는 곤형(髡刑)을 받았다. 이 일로 진수는 뒷날 『제갈량전』을 쓰면서 곡필했다는 의혹과 함께 제갈첨(諸葛瞻)의 미움을 받았다는 말도 있다.

진수는 어려서부터 글 읽기를 좋아하여 같은 마을에 사는 초주(譙周)에게 글을 배웠다. 초주는 『삼국지』의 65회와 112회와 119회에도 등장하는 인물로서 본디는 익주목(益州牧) 유장(劉璋)을 섬기다가 유비에게로 귀의했는데 문장이 탁월하여 그가 지은 수국론(讎國論, 112회)은 『삼국지』 가운데에서도 명문으로 꼽힌다. 진수는 젊은 날에 벼슬에 올라 서촉에서 관각영사(觀閣令史)의 벼슬을 지내면서 환관 황호(黃皓)가 발호할 때 아첨하지 않아 박해를 받았다.

관각영사라는 직함은 도무지 진수 이외에는 지낸 사람의 기록이 없고, 사천성 성도시(成都市)의 유비 묘(劉備墓) 안내 책자에 "문헌 당안을 관리하는 직책"[文獻檔案管理工作]이라는 기록이 유일하다. 진나라의 사마염(司馬炎)이 천하를 통일한 뒤 진수의 재능을 알아본 사공(司空) 장화(張華)가 그를 추천하여 진나라의 관리가 되었다.

진수는 본디 효렴(孝廉)[1] 출신으로, 좌저작랑(佐著作郞)과 양평령(陽

평슈)을 역임하면서 사마염의 눈에 들어 파서의 중정(中正)으로 전임했다. 이 무렵에 그는 『위오촉삼국지』(魏吳蜀三國志) 56권을 지어 세상 사람들로부터 훌륭한 사관(史官)이 되리라는 찬사를 받았다. 이 책을 읽은 당대의 문장가 하후담(夏侯湛)은 자신이 저술한 『위서』(魏書)를 부끄러워했다고 한다. 이때 그는 서촉 출신이면서도 진나라의 신하였기 때문에 위나라를 정통으로 보는 역사책을 썼다. 그러나 그는 서촉의 사관이 부족하던 당시의 상황에서 그곳의 역사를 복원하는 데 크게 기여했다. 이를 본 장화가 몹시 칭찬하며 장차 『진서』를 쓸 인물이라고 말했다.

장화는 진수의 뛰어난 안목과 탁월한 재능을 칭찬하고 황제에게 그를 중서랑(中書郞)으로 추천했으나 장화의 정적이었던 순욱(荀勖)의 훼방으로 장광(長廣) 태수로 전임되었다. 그 뒤 어머니가 편찮아 벼슬을 사양했음에도 치서시어사(治書侍御史)에 올랐다. 어머니가 별세하자 진수는 관직을 떠나 그의 유언에 따라 낙양에 시신을 묻었는데 부모를 고향에 묻어야 한다는 도리를 어겼다는 이유로 고향 사람들로부터 불효자라는 비난을 받았다.

서진(西晉) 혜제(惠帝) 원강(元康) 7년(서기 297)에 병이 들어 예순다섯 살로 생애를 마쳤다. 그는 『삼국지』 밖에도 『고국지』(古國志)·『익부기구전』(益部耆舊傳)·『관사론』(官司論)·『석휘』(釋諱)·『광국론』(廣國論)을 편찬하여 중국의 역사학에 크게 이바지했다.

---

1) 효렴(孝廉) : 중국 전한(前漢) 때에 치르던 관리 임용 과목 또는 그 과(科)에 뽑힌 사람을 뜻함. 무제(武帝)가 해마다 부모에 효도하고 형제간에 우애 있는 사람과 청렴한 사람을 각각 한 사람씩 천거하게 하여 벼슬을 준 데서 비롯하였다.

배송지(裴松之, 372-451)

그러나 진수의 역사서 『삼국지』는 생략된 부분이 너무 많고 그 자체로서 이미 1,500자 정도의 오탈자(誤脫字)를 담고 있어서 후대에 보편적으로 읽히기에는 문제점이 많았다. 따라서 서기 429년, 송나라 문제(文帝)는 배송지에게 주석을 달아 보완하도록 지시했다.

배송지는 다양한 사료들을 수집·정리해서 『삼국지』의 내용을 보완하였다. 배송지가 이 책을 주석하면서 위진남북조 시대의 손성(孫盛)이 지은 『위씨춘추』(魏氏春秋)와 『진양추』(晉陽秋)를 비롯하여 사서(史書)와 제가(諸家)의 계보·별전(別傳)·문집 등 210종의 사료들을 인용하였는데 이는 진수가 인용한 것보다 세 배가 많았다. 황제는 그 작업을 보고 "불후의 걸작"이라고 칭송하면서 "배세기(世期, 배송지의 자)의 이름은 오래도록 남을 것"이라고 말했다.

배송지는 본문의 말뜻을 풀이하기보다는 누락된 사실을 수록하는 데 힘을 기울였는데, 주석을 붙이면서 진수와 입장이 다른 글도 인용하여 출전을 밝힘으로써 신뢰도를 높였다. 그의 주석의 분량은 진수가 쓴 본문보다 그리 적지 않은데, 아마도 그의 소상한 주석이 없었더라면 뒷날 소설 『삼국지』의 집필은 불가능했을 것이다. 그 시절에 그 정도의 주석을 붙인 것은 이미 그 무렵에 훈고학의 뿌리가 되는 주석학의 학풍이 깊은 경지에 이르렀음을 보여준다.

배송지의 주석본이 그 당시의 종이 사정이나 필사의 한계로 보아 그리 보편화되었다고는 볼 수 없지만, 소설적 공감을 크게 불러일으켜 중요한 대목들이 극본으로 구전되었던 것으로 보인다. 그는 동한(東漢) 영제 건영 2년(서기 169) 십상시의 발호에서 시작하여 진나라 무제(武帝) 태강 원년(서기 280), 곧 사마염 재위 15년까지의 110년 사이에 일어난 삼국의 흥망성쇠를 다루었다.

배송지의 자는 세기(世期)이며 하동군(河東郡) 문희(聞喜, 지금의 산서성 運城) 출신이다. 위나라에서 상서령을 지낸 배잠(裴潛)의 아우 배휘(裴徽)의 육세손이며, 조부인 배미(裴昧)는 동진에서 광록대부의 직위에 올랐다. 아버지 배규(裴珪)는 정원외랑(正員外郎)을 지낸 관료의 가문이었다. 아들 배인(裴駰)은 『사기집해』(史記集解)를 저술하였으며, 증손은 저작랑(著作郎)으로 국사(國史)와 기거주(起居注)를 관장했던 배자야(裴子野)이다. 그 집안에서 배출된 할아버지와 손주가 모두 역사에 밝아 뒷날 사람들이 그들을 가리켜 사학삼배(史學三裴)라 불렀다.

배송지는 어려서부터 독서를 좋아하여 여덟 살에 이미 『논어』와 『시경』을 읽었으며, 전적에 밝아 날로 학문이 발전하여 동진 효무제(孝武帝) 때인 서기 391년에 스무 살의 나이로 전중장군(殿中將軍)이 되었다. 안제(安帝, 서기 397-402)가 즉위한 뒤에는 오흥(吳興, 지금의 절강성 湖州)과 고장(故鄣, 지금의 안휘성 寧國)의 현령, 상서사부랑(尙書祠部郎) 등을 역임하였다.

안제 융안(隆安) 2년(서기 398)에 배송지는 장인인 예주(豫州)자사 유해(庾楷)와 더불어 건강(健康)을 공격하다가 실패하자 장인은 죽었으나 배송지는 겨우 죽음을 모면했다. 의희(義熙) 연간(서기 405-418)에 배송지는 원외산기시랑(員外散騎侍郎)과 장현(鄣縣)현령을 거쳐 조정에 돌아와 상서사부랑(尙書祠部郎)에 올랐다. 이 무렵에 그는 사대부들이 함부로 선조의 송덕비를 세우는 것을 금지할 것을 상주하였다. 이에 황제는 그의 말을 옳게 여겨 사대부의 송덕비는 관청의 검토를 거친 다음에 세우고 사실이 확인되지 않은 비석은 부숴버리는 제도를 정착시켰다.

서기 416년에 유유(劉裕)가 북벌하면서 사주(司州)자사를 통솔할 때 배송지는 주주부(州主簿)에 임명되었다. 이때 유유는 배송지의 유능함을 알아보고 "조정의 재사"[廟廊之才]라고 칭찬하면서 치중종사사(治中從事史)에 임명했다. 서기 420년, 유유가 동진의 공제(恭帝)에게 양위를 받아 유송(劉宋)을 건국한 뒤 무제(武帝)에 올라 모덕조(毛德祖)를 낙양에 보내며 말하기를 "배송지는 정치가로서 훌륭한 기량을 가진 인물이다. 벽지에서 오랫동안 일하게 할 인물이 아니다. 곧 불러들여 세자의 스승으로 삼아 [그 무렵에 가장 존경받던] 상서복야(尙書僕射) 은경인(殷景仁)과 같이 대우하라." 하였다.

조정에 올라와 무제의 신임을 받아 배송지는 영릉내사(零陵內史)와 국자박사와 세자 세마(洗馬)와 중서시랑(中書侍郞)을 역임하였다. 문제(文帝) 때인 서기 426년에 배송지는 상주(湘州, 호남성)를 순시하고 돌아와 백성의 상황을 스물네 개의 항목으로 조정에 보고하였고, 중서시랑과 사기이주대중정(司冀二州大中正)의 직위에 올라 서향후(西鄕侯)의 작위를 받았다. 그 뒤 그는 외직으로 나가 영가태수(永嘉太守)가 되었는데, 백성을 성실하게 돌봐 모두 편안하게 생활했다.

배송지는 거듭 승진하여 태중대부(太中大夫)까지 지냈다. 배송지는 예순다섯 살 되던 해에 다시 중산대부(中散大夫)와 영국자박사(領國子博士)를 거쳐 마지막으로 태중대부(太中大夫)에 올랐다. 문제의 지시를 받은 배송지는 삼년에 걸쳐 『삼국지주』(三國志注)를 완성했다. 배송지는 주석 작업을 하면서 네 가지 원칙을 지켰는데, 첫째는 부족한 점을 메꾸고[補闕], 둘째는 진수와 입장이 다른 글도 싣고[備異], 셋째는 허황한 말들을 꾸짖고[懲妄], 넷째는 억울한 사람을 변호한다[辯論]는 것이었다.

청대(淸代)에 들어와 배송지의 업적을 평가하면서 『사고제요』(四庫提要)는 그의 글을 여섯 가지 특징으로 분류하였는데,

(1) 여러 가지 입장을 인용하면서 옳고 그름을 가렸고[引諸家之論 以辯是非],

(2) 제자백가의 학설을 참고하여 거짓과 틀림을 찾아내고[參諸家之 說 以核僞異],

(3) 전해 내려오는 일들에 관해서는 그것이 어떻게 기울고 굽었는 가를 밝히고[傳所有之事 詳其委屈],

(4) 전해 내려오는 바가 없는 사실에 대해서는 없어진 바를 채우고 [傳所無之事 補其闕佚],

(5) 전해 내려오는 인물에 관해서는 그 생애를 살펴보고[傳所有之 人 詳其生平],

(6) 전해 내려오는 바가 없는 인물에 대해서는 그와 함께 어울리던 사람들의 이야기라도 채운다[傳所無之人 附以同類].

는 것이었다.

배송지는 『진기』(晉記)를 저술하였으나 지금은 전해지지 않고, 그 밖에 『송원가기거주』(宋元嘉起居注) · 『배씨가전』(裴氏家傳) · 『집주상복경전』(集注喪服經傳) · 『배송지집』(裴松之集) · 『문원영화』(文苑英華) 등을 남겼다. 그는 여든 살에 병으로 일생을 마쳤다.

나관중(羅貫中, ?-1426?)

그 뒤로 나관중이 나타날 때까지 『삼국지』는 구전설화와 극본으로 여염의 입에 오르내리면서 수많은 번안(飜案)과 대본이 유행했던 것으로 보인다. 그 가운데 대표적인 대사(臺詞)가 곧 원나라 지원(至元, 1264-1294) 연간에 간행된 『전상삼국지평화』(全相三國志平話)인데, 이것이 명나라에 들어와서도 끊임없이 수정과 가공을 거치다가 나관중이라고 하는 탁월한 이야기꾼이 등장함으로써 판본의 통일이 이뤄졌다. 나관중은 배송지의 주(注)를 주목하면서 수많은 갈래의 열전을 구슬 꿰듯이 하나의 이야기로 엮어 『삼국지』를 한 편의 소설로 완성하는 탁월함을 보여주었다. 그는 책의 말미에 "진나라 평양후 진수가 쓴 것을 후학 나관중이 엮었다."[晉平陽侯陳壽史傳 後學羅貫中編次]라고 씀으로써 겸손함을 보여주었다.

나관중은 명성에 견주어 그 일생이 잘 알려지지 않은 인물이다. 많은 연구자들은 그의 이름은 관(貫)이며 관중(貫中)은 자(字)일 것이라고 믿고 있다. 노신(魯迅)은 그의 이름이 본(本)으로 전당(錢塘) 사람이라고 기록했다. 아마도 항주(杭州) 언저리에서 살았던 것 같다. 나관중은 왜 그렇게 베일에 싸인 인물이 되었을까?

중국의 봉건시대를 살아간 정통 문인들은 소설이나 희곡들이 저속하다고 비웃으며 관심을 기울이지 않았다. 통치 계급은 진보적인 사상의 내용을 담고 있는 소설이나 희곡을 홍수나 맹수로 여겨 금지하거나 태워 버렸다. 소설가와 희곡작가의 대부분은 명문 귀족이 아니었으며, 대단한 벼슬의 경험도 없었다. 그래서 그들의 행장이나 묘지명을 써주는 사람이 없었고, 역사서에서 전기를 기록해주지도 않았다.

그런 상황 속에서도 어렴풋이나마 나관중의 일생을 추정해볼 수 있는 흔적들이 있다. 예컨대 명나라 초기인 1343-1422년 무렵 산동에서 살았던 가중명(賈仲明)의 『녹귀부속편』(錄鬼簿續編)에 따르면, 그는 나관중과 나이를 뛰어넘는 벗[忘年之友]이었다고 한다. 두 사람은 "지정(至正) 24년(1364)에 재회하였으나, 그 뒤 육십여 년 동안 소식이 없어 어디서 죽었는지 모른다."고 하였다. "육십 년 이상"이라 함은 명나라 성조(成祖) 영락(永樂, 1403-1424) 말년이자 선종(宣宗) 선덕(宣德) 초년으로서 서기 1425년 무렵이다. 노신은 그가 대체로 원·명 교체기인 1330-1400년 무렵에 살았을 것이라고 추정했다.

나관중은 젊은 날에 동서로 뛰어다니며 반원(反元) 무장봉기에 가담했다. 그는 백성의 생각이 역사에 어떤 영향을 미치는가를 알고 있었던 것 같다. 그는 원·명 교체기라는 격동의 시대를 거치면서 이럴 때 후한의 멸망과 진(晉)나라의 수립이라는 역사의 거울을 통하여 구국의 길을 찾을 수 있다고 생각했다. 그러다가 한족(漢族) 출신인 주원장(朱元璋)이 몽골의 원나라를 몰아내고 명나라를 건립하여 천하를 통일하자 나관중은 정치 무대에서 물러나 소설과 희곡을 창작하는 일을 시작했다.

그 무렵 여느 소설가나 희곡작가들은 민중에게 정신적 양식을 제공하고 조국의 문화 보고에 무수한 보배를 더해주고자 부지런히 노력하고 평생에 걸쳐 심혈을 기울였으나 역사에서 파묻혀 알려지지 않았다. 많은 소설과 희곡 작품이 후대에 대대로 전해 내려오지만 작자의 소개에 대해서 알 수 없고 기껏해야 이름만 남아 있다. 그런 점에 견주어보면 소설가이자 희곡작가인 나관중은 행운의 사람이라고 할 만한다.

가중명은 이어서 나관중이 "세상 사람과 화목하게 지내지 못하는 편이었다."고 말한다. 세상 사람과 화목하게 지내지 못하는데 왜 자기보다 열 살이나 스무 살 어린 사람과 만났을까? 그가 세상 사람과 화목하게 지내지 못한 것은 세상에 대한 냉담이 아니라 어지러운 원나라 후기에 세상을 우습게보며 고고(孤高)하다고 자부했기 때문이었다.

나관중은 역사를 잘 알 뿐만 아니라 세상 경험도 많은 사람이었다. 원나라 말엽에 겪은 치열한 전쟁들은 나관중의 시야와 경험을 넓히고 지식을 늘리고 인식 능력을 높였다. 그는 예술가로서의 영감을 빌려 자기의 현실 느낌과 당시의 사회생활을 융합시키려 했다. 그가 묘사한 역사 화면은 당시 사회생활의 모습들을 잘 드러내고 있다.

원나라 말엽에 나관중은 직접 농민봉기에 참가했으므로 정치 감각도 있었고, 군사 지식도 풍부했기 때문에 군담소설로서의 『삼국지』를 쓰는데 아무런 지장이 없이 봉건시대 통치 계급의 내부에서 일어난 복잡하고 치열한 경쟁을 잘 표현하였다. 노신은 나관중의 작품으로 『삼국지연의』말고도 『수당지전』(隋唐志戰)·『잔당오대사연의』(殘唐五代史演義)·『삼수평요전』(三邃平妖傳)·『수호전』 등이 있다고 하였으나 『수호전』이 나관중과 어떤 관계를 가졌는지는 확인되지 않는다.

나관중의 판본은 이백 년 넘게 인쇄본이 아닌 여염의 필사본으로 전해 내려오다가 명나라 홍치(弘治) 7년(1494)에 금화(金華) 장대기(蔣大器)가 머리말[序]을 써 출판하였는데 이를 가리켜 홍치본이라 한다. 이 책이 가정(嘉靖, 명나라 세종) 원년(서기 1522)에 『삼국지통속연의』(三國志通俗演義)라는 이름으로 인쇄되어 출간되었는데, 이것이 곧 『삼국지』라는 이름으로 인쇄된 최초의 통합본이었다. 이 판본은 모두 24권 240칙(則 : 작은 제목)으로 이루어졌고 한 칙마다 일곱 글자의 제목이 붙어 있다. 이 책은 제1회의 첫 절 "천지에 제사를 드리고 도원에서 형제의 의리를 맺다"에서 시작하여 제24회의 마지막 절 "양호(羊祜)가 병든 몸으로 두예(杜預)를 천거하다"로 끝나는 97년(184-280)의 역사이다. 이 판본은 『속수사고전서』(續修四庫全書) 1789-1791권(上海 : 古籍出版社, 1980)에 실려 있다.

이탁오(李卓吾, 1527-1602)

소설로서의 구성이나 이야기 전개의 극적 요소라는 점에서 다소 미흡했던 나관중의 『삼국지통속연의』가 더욱 충실한 소설의 모습을 갖춘 것은 이탁오의 손길을 거치면서 가능했다. 그는 그 무렵에 유행하던『서상기』나『수호전』처럼 민간의 구어(口語)로 된 백화문학도 경사(經史)와 견줄 수 있는 문학이라고 생각하여 나관중의『삼국지통속연의』에 평설을 붙이면서 지난날 240절(節)로 구성된 체제를 120절로 줄였다.

이탁오는 명나라 때 지금의 복건성 천주부(泉州府) 진강현(晉江縣)에서 출생하였다. 아버지는 교서(教書)를 지냈다. 그의 초명은 임재지(林載贄)였으나 장성하여 종가의 성을 따라 이지(李贄)라고 개명했다. 별호로는 굉보(宏甫), 탁오자(卓吾子), 이화상(李和尙), 독옹(禿翁), 백천거사(百泉居士) 등을 썼다. 그의 집안은 대대로 상업에 종사했는데 선조들은 해상무역과 통역관 등으로 활약했다.

원나라가 멸망하고 명나라가 들어서면서 주원장은 쇄국정책을 써 나라의 문호를 닫아버렸다. 명분은 해상에 출몰하는 왜구를 막고 북으로 오랑캐의 침입을 막는다는 것이었지만, 이는 중국이 세계적인 조류에서 뒤처지는 계기가 되었다.

무역의 길이 막히자 이탁오의 집안은 가난을 벗어나지 못하게 되었다. 이탁오는 집안의 어려운 살림을 극복하고자 여러 지역을 전전하다 관직에 나아가는 길을 선택하게 되었다. 그는 1552년 스물여섯 살에 복건성에서 치러진 향시에 합격하였다. 언열산(鄢烈山)과 주건국(朱建國)이 쓴『이지전』(李贄傳)에 따르면, 이탁오는 효렴으로 벼슬에 올랐다. 그는 1560년 남경 국자감 교관으로 발탁되었으며 1561년에는 왜구가 쳐들어오자 동생과 조카 등과 함께 남경을 수비했다. 1564년 그는 북경 국자감 박사로 임명되었다. 그는 1547년에 결혼하여 두 아들을 두었으나 어려서 모두 죽고 차녀와 막내딸도 1565년에 죽었으며 남은 자식은 큰딸뿐이었다. 이때부터 그는 인생의 허무를 느껴 노장사상에 관심을 가졌다.

이탁오는 1566에 예부의 사무(司務)에 올랐는데 이 무렵에 『논어』· 『맹자』·『중용』·『대학』에 대한 평[『四書評』]을 쓸 만큼 유학에 심취했다. 유학에 대한 그의 입장은 대체로 냉소적이었으며 공자의 작품을 패관(稗官)소설로 비하했다.

이탁오는 『사서평』을 쓰면서 『대학』의 첫 구절을 주자와는 달리 "대학의 길은 백성을 가르치는 데 있다."[大學之道 在新民]고 풀이하지 않고 "대학의 길은 백성을 사랑하는 데 있다."[大學之道 在親民]고 풀이한 것으로 보아 양명학(陽明學) 쪽에 섰던 것으로 보이는데, 금욕주의·신분차별을 강요하는 예교를 부정하고, 인간성을 옹호하는 입장에서 본능을 긍정함으로써 주자에 대한 저항을 나타냈다.

이탁오는 1572년 남경 형부주사로 임명되었다가 1576년에는 운남(雲南) 요안부(姚安府) 지사(知事)로 전임되었다. 운남에서 벼슬하면서 그는 환멸을 느꼈는지 더 이상 관직을 맡지 않을 것이라 결심하고 1580년 사직하였다. 그는 운남을 여행하며 여생을 보내려고 의도하였다가 가족의 반대로 황안(黃安)으로 갔다. 이곳에서 그는 독서와 저술에 매진하였지만 고립된 황안에서 지내기보다는 여러 석학을 만나고자 호북(湖北)의 마성(麻城) 지불원(芝佛院)으로 들어갔다. 이때 그는 『장서』(藏書)·『분서』(焚書)·『설서』(說書) 등을 저술하였다.

이탁오는 가족을 고향으로 보내고 홀로 마성에서 기거하며 자신의 사상을 전개하였다. 그는 유교적 전통과는 달리 개인의 권리와 자유와 행복이 중요하며 그에 합당한 처세를 주장하였다. 이때 그는 유교를 통하여 사람은 타고난 품성을 상실하게 되었고 이를 회복하려면 자기를 소중하게 여기고 자기의 길을 가도록 힘써야 한다는 개인행복론을 펼쳤는데 유생들이 그에게 공감하며 따르는 무리가 많았다.

그러나 한편으로는 그와 같은 그의 사상에 시비와 비판이 일어나면서 이탁오는 사상적 이단으로 몰리게 되었다. 그 때문에 비교적 유교적 교리에서 자유로운 불교 승려로 처신하고자 1588년에 머리를 깎고 승려가 되었으나 수계(受戒)를 하지는 않았다. 그 무렵 불교와 천주교가 박해를 받자 그는 연화사(蓮花寺)에 은거하였는데, 그의 사상을 불온하게 여긴 조정에서 1602년에 체포령을 내렸다. 이탁오의 연구자인 장건홍(張建興)은 『이지평전』(李贄評傳)에서 이 무렵 그의 삶은 미치광이[狂猾]였다고 기록하고 있다.

이탁오는 또한 남녀평등론을 주장하였는데 사람은 남녀가 다르지만 눈으로 보는 것에는 남녀가 차이가 있을 수 없다고 했다. 그 시대의 배경으로 볼 때 이는 매우 진보적인 생각이었다. 1597년에 그는 북경 극락사에서 기거하다가 이듬해 남경으로 갔다. 1599년에는 이탈리아에서 건너온 선교사 마테오 리치(Mateo Ricci)를 만났으며 그 뒤에도 그와 두 차례 더 만나면서 천주교 교리를 들었다. 이탁오는 마테오 리치의 인품을 높이 평가하면서도 그의 천주교 교리에 대해서는 유보적인 입장을 취했다.

그해 가을 이탁오는 다시 마성으로 돌아갔다가 쫓겨났으며 그의 반(反)유교적인 성향 때문에 본격적인 박해를 받기 시작했다. 그는 공자가 제시한 시비의 판단도 현재의 기준은 되지 않으므로, 사람들은 각각 자기의 시비 기준을 가져야 한다고 주장하며 독자적인 사론(史論)을 전개하였다. 그는 또한 성현의 유교 경전이 가리고 있는 장막을 걷어내고 천년을 내려온 고정된 관념을 뒤집어 옛사람들의 울분을 토해내면서 후세를 위해 새로운 길을 열어야 한다고 했다.

이와 같은 극단적인 생각으로 말미암아 이탁오는 1602년에 "유가를 어지럽히고 백성을 속인 죄"[敢倡亂道 惑世誣民]로 예과급사중(禮科給事

中) 장문달(張問達)의 탄핵을 받아 체포되자 시자(侍者)에게 삭발을 부탁한 다음 감옥에서 칼로 목을 찔러 자결하였다. 그의 탄핵은 음모의 성격이 짙다. 그는 죽으면서 다음과 같은 절명시(絶命詩)를 남겼다.

> 지사는 곤궁한 데 빠질 각오가 되어 있으며
> 용사는 자기 목을 잃을 각오가 되어 있으니
> 내가 어찌 지금 죽지 않고 다른 때를 기다리겠는가?
> 바라노니 일찌거니 이 한 목숨 황천으로 돌아가리라.
> 志士不忘在溝壑 勇士不忘喪其元
> 我今不死更何待 願早一命歸黃泉

이탁오가 죽은 뒤 1602년 『구정역인』(九正易因)과 『계중팔절』(系中八絶)이 출간되었으며, 1612년에 『이탁오선생유서』가 출간되고 1618년에는 『속분서』(續焚書)가 출간되었다. 그러나 1625년 그의 저서는 모두 금서로 처분되었다.

김성탄(金聖嘆, 1608?-1661)

『삼국지』의 판본을 탐구하면서 가장 의심스럽고 알 수 없는 부분은 과연 김성탄이 얼마만큼 이 작품의 완성에 이바지[가필]했는가 하는 문제이다. 그는 모종강(毛宗崗)의 판본에 서문을 쓰면서 장주(莊周)의 『장자』, 굴원의 『이소(離騷)』, 사마천의 『사기』, 두보의 『율시』(律詩), 시내암(施耐庵)의 『수호지』, 왕실보(王實甫)의 『서상기』를 재주 많은 여섯 선비의 글[聖嘆六才子書]이라 칭송한 바 있다.

김성탄은 그의 『삼국지』 서문에서 자신이 "일찍이 이 기이한 책을 찾아내어 틀린 곳을 바로잡아 세상에 내놓으려 하였으나 병을 얻어 그 꿈을 이루지 못했다."고 탄식했다. 김성탄은 예리한 문장 감각으로 소설이 문학사의 선두에 뛰어나오려고 하는 전환점에 있었던 그 시대의 문예 사조를 분방하게 체현(體現)시켰다. 그는 당시(唐詩)와 고문의 선본(選本)도 남겼다.

뒷날 모종강은 자신의 판본에 김성탄의 서문을 싣고 자신의 판본을 성탄외서(聖嘆外書)라고 불렀다. 그러나 김성탄이 청나라를 대표하는 문장가로서 박람강기(博覽强記)한 것은 사실이었지만 그가 과연 얼마나 『삼국지』를 가필했는지는 알 수도 없고 흔적도 분명하지 않다. 따라서 이른바 『성탄외서』라는 이름의 『삼국지』는 그의 명성[文名]을 빌려쓴[借名] 것이 아닌가 여겨진다. "몸이 아파 자신의 꿈을 이루지 못했다."는 그의 고백이 이를 어렴풋이 증명해주고 있다.

김성탄의 이름은 인서(人瑞), 호는 성탄, 자는 약채(若採)로, 강소(江蘇) 소주(蘇州)의 오현(吳縣)에서 태어났다. 명나라 때 제생(諸生, 儒生)이 되었는데 살던 곳의 이름을 관화당(貫華堂) 또는 창경당(唱經堂)이라 불렀다. 그는 평생 관직에 오르지 않고 관리들의 폭정에 항거하는 삶을 살았다.

순치(順治) 18년(1661) 청나라 세종(世宗)이 죽은 뒤 지현(知縣) 임유초(任維初)가 백성을 수탈하자 제생 예용빈(倪用賓)의 무리와 함께 문묘로 나가 「문묘안」(文廟案)을 제출하면서 통곡했다가 순무(巡撫) 주국치(朱國治)로부터 "선제의 영령을 흔들어 놀라게 한다."[震驚宣帝之靈]는 이유로 남경에서 허리를 자르는 형벌[腰斬]을 받았는데 당시 나이는 쉰에서 예순 살로 추정된다. 저서에 『침음루시초』(沈吟樓詩鈔)가 있다.

모종강(毛宗崗, 1632-1709)

지금의 『삼국지』를 완성한 인물은 모성산(毛聲山)과 그의 아들 모종강이었다. 모종강은 120회본을 기초로 하되 각 회에 두 연(聯)의 제목을 붙였다. 그는 아버지인 모성산과 함께 나관중의 『삼국지연의』를 개작하여 1679년(강희 18)에 간행하였는데, 이를 "모본(毛本)"이라고 한다. "모본"은 구조와 줄거리가 치밀해지고 언어가 간결하게 다듬어져 다른 판본들을 압도하고 『삼국지연의』의 정본이 되었다.

이를테면 제1회에 "도원에서 세 호걸이 형제의 의리를 맺고 황건적을 토벌하여 으뜸 되는 공로를 세우다"[宴桃園豪傑三結義 斬黃巾英雄首立功]로 시작하여 제120회에서 "양호(羊祜)는 두예(杜預)를 천거하여 새로운 계책을 세우고 손호(孫皓)가 항복하니 셋으로 나뉘었던 천하가 통일되었도다"[薦杜預老將獻新謀 降孫皓三分歸一統]로 끝난다. 개작한 인물로 두 부자가 거론되는 것으로 보아 모성산은 『삼국지』를 평설하면서 아들에게 구술하여 받아쓰게 하여 원고를 완성한 것으로 보인다.

이 모종강 판본이 가지는 의미는 크게 세 가지로 나눌 수 있다.

첫째는 세밀한 각주를 달았다고 하는 점이다. 이 두 줄로 된 작은 글씨의 각주[細字二行注]는 보기에 따라 보충 문장이라고도 할 수 있고, 모종강의 보충 설명이라고도 할 수 있다. 따라서 한국은 더 말할 나위도 없고, 중국이나 일본에서 『삼국지』라 할 경우에는 모종강의 이 작은 글씨의 주석을 생략하고 있다. 왜냐하면 이 주석을 번역본에 넣을 경우 불필요한 첨언(添言)으로 말미암아 글이 장황해지고 흐름이 끊어질 뿐만 아니라, 모종강의 주관적 해석이 글의 본질을 훼손할 수 있기 때문이다.

둘째로는 이 판본이 주희의 『자치통감강목』에 근거하여 유비(劉備)의 촉을 정통으로 보고 있다는 점인데 이 점에 대해서는 절을 바꾸어 다시 논의할 필요가 있다.

셋째로 모종강 판본에는 나관중이나 이탁오의 판본에 실려 있지 않았던 시(詩)들을 실음으로써 싯적 분위기와 비장감을 높이고 있다. 이 시들은 두보나 몇몇 잘 알려진 당송 시대의 작품도 있지만 필자가 알려지지 않은 시가 더 많다. 뿐만 아니라 매회의 제목을 정돈하고 문장을 간결하게 다듬어 서사적 완성도를 높였다. 이 판본은 19권 120회[節]로 구성되어 있는데, 오늘날 번역되는 『삼국지연의』는 대부분 이 판본을 대본으로 삼고 있다.

모종강의 호는 자암(子庵)이요, 자는 서시(序始)이며, 장주(長州, 지금의 강소성 蘇州)에서 태어났다. 생애에 대해서는 다만 청나라 강희제(康熙帝, 1654-1722) 시대의 가난한 문인[寒儒]으로만 알려져 있을 뿐이다. 노신의 말에 따르면, 모종강의 아버지에 대해서는 이름조차 알려져 있지 않고 자를 덕음(德音)이라 하는데 만년에는 실명하여 성산(聲山)이라 불렸다. 이 두 부자는 명대에 존재하던 스무 개의 판본을 하나로 집대성하면서 매회에 제목, 줄거리와 문자에 대해서 가공하고 윤색하고 평어를 달았다. 홍상훈은 『삼국지』의 저자로서의 무게는 나관중보다 모종강이 더 무겁다고 평가했다.

누가 법통인가?

최근 한국의 독서계에서는 뜬금없이 조조를 정통으로 보아야 한다는 판본이 나와 수능 시험이라는 한국인의 가장 약한 고리에 편승하여 낙양의 지가(紙價)를 올리는 일이 벌어진 적이 있다. 어떤 역사적 사실을 다루면서 정통의 문제가 등장할 경우에 그것을 가리는 준거는,

(1) 최후의 생존자에 따르는 방법,
(2) 최후의 통합자가 누구냐를 따지는 방법,
(3) 전사(前史) 시대의 법통을 누가 이었는지를 따지는 방법,
(4) 명분에 따라 정통을 따지는 방법의 네 가지가 있다.

위의 네 방법 가운데 역사, 특히 정치사의 시각에서 보면 최후의 통합자를 법통으로 보는 경우가 많으나 소설적 공간에서 굳이 정치사의 방법을 따라야 할 이유는 없다. 소설이 기본적으로 역사적 사실과 전혀 다른 이야기를 할 수는 없지만 그것이 가지고 있는 문학적·윤리적 기능을 고려한다면 정통의 기준으로서 가장 먼저 꼽아야 할 덕목으로 절의와 도덕성, 그리고 민족사의 시각을 고려한다면 충의를 가장 중요한 덕목으로 여길 수밖에 없다.

이런 점에서 본다면 이것이 역사책이 아니고 소설임을 고려할 때 『삼국지』의 정통은 유비의 촉한일 수밖에 없다. 유비가 정통이 아니면 『삼국지』는 이미 『삼국지』가 아니다. 왜냐하면 『삼국지』의 교훈은 절의와 충성이지 승패의 결과가 아니기 때문이다. 조조를 정통으로 보려면 나관중의 『삼국지』를 읽지 말고 진수의 『삼국지』를 읽었어야 한다.

진수가 역사서로서의 삼국지를 쓰면서 조조를 정통으로 본 것은 그 나름의 이유가 있고, 따라서 비난받을 일이 아니다. 위나라가 최후의 생존자이며, 그 공간에서 최후의 통합이 이뤄졌기 때문이다. 그뿐만 아니라 진수가 위나라의 법통을 이어받은 진나라에 봉직하면서 위나라의 조조를 법통으로 여기지 않고 유비의 촉한을 법통으로 볼 수 없었던 점을 충분히 이해할 수 있다.

『진서』「진수전」에 따르면, 진수는 『삼국지』를 저술하면서 개인의 사

사로운 원한으로 제갈량과 그의 아들인 제갈첨을 험담했다거나, 위나라의 문인이었던 정의(丁儀)의 후손들에게 그의 전기를 쓰는 댓가를 요구했다는 등의 이야기가 나오고 있다. 그뿐만 아니라 진수의 선대가 촉한을 섬기던 신하였음에도 위나라와 진나라를 정통으로 본 데 대하여 후세 사람들이 비난한 것도 사실이다. 그러나 진수는 제갈량을 나쁘게 말하지 않았고, 촉한을 다루면서 용어의 사용에서 우호적이었던 점을 고려한다면 진수를 탓할 이유가 없다. 그는 역사가의 길을 묵묵히 갔을 뿐이다. 이 점에서는 오히려 『진서』에 잘못이 있다고 보아야 할 것이다.

김만중(金萬重)은 『서포만필』(西浦漫筆)에서 이렇게 기록하고 있다.

"세상 사람들의 대부분은 '진수의 아버지가 제갈량으로부터 삭발을 당하는 형벌을 받았으므로 『삼국지』에 나오는 제갈량의 용병술이 훌륭하지 않았다고 놀리면서 그가 관중(管仲)이나 소하(蕭何)에 버금간다는 것도 사실이 아니라고 말했다지만 그것은 사실이 아니며, 진수는 제갈량의 상벌이 지극히 공평함을 칭찬하여 도리에 맞게 사람을 죽였기 때문에 비록 죽더라도 원망하지 않았다'고 기록했다. 진실로 진수가 아버지의 죽음에 유감을 품었다면 그가 이렇게 말하지는 않았을 것이다. 그러므로 진수의 아버지가 삭발을 당했다는 것은 사실이 아닐 것이다."

이와 같은 정통 시비에서 가장 분노하면서 삼국지를 확실하게 촉한정통론으로 못 박은 사람은 모종강이었다. 그는 진궁(陳宮)을 배신하고 여백사(呂伯奢)를 죽인 조조의 교활함과 잔인함을 용서할 수 없었다. 그래서 그는 원소(袁紹)가 조조를 정벌하러 떠나면서 진림(陳琳)을 시켜 천삼백 자에 이르는 장문의 「조조를 토벌하는 격문[討曹操檄文]」을 지어 실음으로 조조를 붓으로 죽였다.[筆誅] 이 격문은 본디 진수의 『삼국지』는 말할 나위도 없고 이탁오 판본에 없었는데 모종강은 이를 집어넣었다. 모종강이 조조를 얼마나 미워했는가 하는 점이 여기에 잘 나타나 있다.

삼국지의 정신

『삼국지』가 전쟁을 무대로 벌어진 이야기이고 따라서 이를 군담소설로 보는 데에는 기본적으로 잘못이 없다. 군담소설은 사마천의 『사기 열전』과 증선지(曾先之)의 『십팔사략』에 등장하는 명인·재사들의 삶과 죽음에 얽힌 이야기들에 뿌리를 두고 있기 때문에 이는 곧 극화된 전기물들이라고 말할 수 있다. 그러나 나관중은 무력의 대비를 강조하지 않고 지혜를 겨루는 문제를 더 중요하게 여겼다. 그래서 전쟁을 묘사하지만 전쟁만 묘사하는 것이 아니다. 전쟁과 관련된 배경, 전쟁의 보조적인 수단, 전쟁의 어느 요소에 대해서 많이 보여주면서도 그가 진실로 그리고 싶었던 것은 사람의 마음, 지혜, 인간의 삶에서 어쩔 수 없는 숙명, 업보(業報) 그리고 윤리성이었다.

그런 점에서 『삼국지』는 단순한 군담·무협소설이 아니다. 그것은 소설이기에 앞서 역사서이며, 경세서이자, 전기문학이다. 거기에는 인간이 보여줄 수 있는 최고의 아름다움과 추악함이 있고, 사랑과 증오가 있고, 지혜와 바보스러움이 있고, 기쁨과 비통함이 있고, 음모와 지략이 있고, 배신과 충의가 있고, 군자와 소인의 논리, 절의와 비루함, 탐욕과 청빈, 고고함과 음란함, 고난과 야망이 함께 담겨 있다. 그는 세상에는 나쁜 사람도 많으니 지혜롭게 살라고 끝없이 채근한다. 거기에는 플라톤(Platon)을 능가하는 제갈량의 수사학이 있고, 예레미야에 버금가는 우국(憂國)이 있고, 프로이트(S. Freud)에 못지않은 심리 묘사가 있다.

『삼국지』가 그와 같은 가치와 영향력을 갖추고 있음에도 불구하고 그것이 사대부의 문학은 아니었으며 오히려 여항(閭巷)문학이라고 보는 것이 사실에 더 가까울 것이다. 사대부들이 이를 외면한 것은 『삼국지』가 갖는 패관(稗官)문학의 요소 때문이었을 것이다. 그들은 여전히 경서와 사서에 갇혀 있으면서 "아래를 내려다보는 것"을 마음 내키지 않게 여겼다.

이와 관련하여 소동파(蘇東坡)는 『동파지림』(東坡志林)에서 왕팽(王彭)의 말을 빌려 『삼국지』를 이렇게 설명하고 있다.

"여염집 아이들이 장난을 쳐 식구들이 귀찮아지면 돈을 주어 이야기꾼[說話人]이 옛일을 얘기하는 곳에 모여 듣게 하였다. 삼국에서 벌어진 일들을 이야기할 때 유비가 졌다는 말을 들으면 번번이 얼굴을 찌푸리고 눈물을 흘리는 아이도 있었고, 조조가 졌다는 말을 들으면 기뻐하며 즐거워했다. 이로써 군자와 소인의 은택(恩澤)이 영원히 끊이지 않음을 알 수 있다."

『삼국지』를 논의하면서 부딪히게 되는 난감한 문제는 그 이야기들을 어디까지 믿어야 하나 하는, 허구와 진실의 관계이다. 인간의 기도로 동남풍을 불러올 수 있을까? 하늘에 빌어 인간의 수명을 연장할 수 있을까? 나무로 만든 말과 소[木牛流馬]가 스스로의 동력으로 달릴 수 있을까? 팔진도(八陣圖)는 현실적으로 가능할까? 제갈량의 그 많은 신화는 어디까지가 진실일까? 장송(張松)처럼 『손자병법』을 한 번 훑어보고 암송하는 일이 가능할까? 우길(于吉)과 좌자(左慈)와 관로(管輅)의 이야기를 어디까지 믿어야 하나? 이런 질문은 끝없이 제기될 수 있고, 이런 질문 앞에

『삼국지』의 애호가들은 대답을 못 하고 망연자실해진다.

그뿐만 아니라 사실과 허구가 많이 섞여 있다는 점도 독자들을 혼란에 빠트린다. 이를테면 탐관오리 독우(督郵)를 매질한 사람은 장비(張飛)가 아니라 유비였다는 것이 정설로 되어 있다. 그러나 유비가 독우를 매질했다면 『삼국지』의 구도(plot)가 어이없이 흐트러지게 된다. 일부 역사서에는 제갈량이 유비를 찾아간 것으로 기록되어 있다. 그렇게 되면 『삼국지』의 꽃이라 할 수 있는 삼고초려(三顧草廬)가 존재할 수 없다. 노신의 말에 따르면, 조비(曹操)의 누이는 헌제(獻帝)의 황비로서 아우의 찬역에 동조했으나 소설에서는 아우를 꾸짖는 것으로 되어 있고, 유비의 황후 오 씨 부인은 황제가 죽었다는 소문을 듣고 강가로 나가 북향하여 통곡한 다음 물에 빠져 자결한 것으로 되어 있으나 사실은 오나라로 돌아간 것으로 보인다.

주창(周倉)은 아무리 보아도 실존 인물이 아닌 것 같다. 그러나 그가 있었기에 관우(關羽)의 신화화가 돋보였다면 나관중으로서는 그를 등장시킬 수밖에 없었을 것이다. 진수의 『삼국지』에는 위나라의 조모(曹髦)가 사마소(司馬昭)의 손에 시해되는 장면을 사실대로 기록하지 못했다. 그러나 배송지는 습착치(習鑿齒)의 『한진춘추』(漢晉春秋)에 기록된 사건의 전말을 정리하여 사실대로 바로잡았다. 이럴 경우에 진수에게는 얼마만큼의 죄를 물어야 하나? 『삼국지』의 성립에 관련된 인물들은 자신이 살던 시대의 지배 문화와 민중 문화의 접점을 찾느라고 많이 고민했을 것이다.

청나라의 국자감(國子監) 전적(典籍)이었다던 장학성(章學誠, 1738-1801)은 그의 『병진찰기』(丙辰札記, 丙辰箚記)에서 "『삼국지연의』는 사실이 70%이고 허구가 30%"라고 말했는데, 이를 사실로 받아들이는 것이 차라리 독자들로서는 마음 편한 일일 것이다. 이 부분에 대하여 고민이 많았던 노신은 "『삼국지』에 담긴 설화의 사실성은 크게 문제 될 것이 없다. 그렇다고 해서 허구가 없다는 말이 아니다."라고 말하면서 소설은 소설로 읽어야지 사실(史實)을 들이대며 따지는 짓의 무의미함을 지적하고 있다.

한국에서의 『삼국지』

『주서』(周書)(49) 「열전」(41) 이역(異域)(上) 고리(高麗)」 편에 보면 "이곳 사람들은 『오경』 및 『삼사(三史)』인 『사기』·『한서』·『후한서』와 『삼국지』·『진양추』(晋陽秋)를 읽는다."는 기록이 나온다. 이 『주서』는 서기 557년부터 581년 사이에 존재했던 북주(北周)의 역사를 뜻하는 것인데, 이로 미루어보면 진수의 『삼국지』가 조선에 들어온 것은 매우 오래전이었던 것임을 알 수 있다.

그러나 소설 『삼국지』가 처음 보이는 것은 조선시대에 들어와서이다. 이를테면 『태종실록』(13년 3월 27일)에 "서장관 진준(陳遵)에게 『삼국지』와 『소자고사』(蘇子古史) 등을 구해 오도록 한 기록"이 보이고, 『선조실록』(2년 6월 20일)에 석강에서 기대승(奇大升)이 왕에게 아뢰기를, "『삼국지연의』는 사람의 심지(心志)를 오도하고 괴상하고 거짓[誕妄]되니 상감께서는 읽지 마시라."는 내용이 들어 있는데, 이는 그 무렵 사대부들이 가지고 있었던 여항문학에 대한 인식을 잘 보여주고 있다. 그러면서도 인조(仁祖) 시대에 행부사과(行副司果) 최유연(崔有淵)이 상소에서 소열제(昭烈帝, 유비)가 와룡(臥龍, 제갈량)을 삼고초려를 통해 얻었음을 칭송하고 있다.(『승정원일기』 인조 16년(1638) 3월 9일)

왕실과 사대부가 『삼국지』를 경시했음에도 불구하고, 김만중은 『서포

만필』에서 이렇게 말하고 있다.

"원나라 나관중이 지은 『삼국지』가 임진왜란 이후 우리나라에 성행하여 어린애나 부녀자들까지 다 같이 외워 말할 수 있다. 우리나라 선비들의 대부분은 사서(史書)를 읽지 않고 헌제(獻帝) 이후의 역사를 『삼국지연의』에서 근거를 찾았다. 도원결의(桃園結義)나 관우가 다섯 관문을 지나며 여섯 장수를 죽인 이야기[五關斬將]나 제갈량이 여섯 번 기산으로 출병한 이야기[六出祈山]와 단을 쌓고 동남풍을 빈 일[星壇祭風]과 같은 글이 과거 시험의 제목[科題]으로 등장하는 사례도 있었다. 그러나 『삼국지연의』의 내용에는 사실과 다른 점도 많다."

그 문맥으로 볼 때 임진왜란과 병자호란을 겪으면서 군담소설이 부쩍 독자층을 늘렸음을 알 수 있다. 아마도 이 무렵에 『삼국지』의 하이라이트인 『적벽가』가 형성되어 대중적 인기를 끌었던 것이 아닌가 여겨진다.

한국의 개화기에 윤전기가 도입되면서 1904년 박문서관(博文書館)에서 나온 『수정 삼국지』가 현대 활판으로 제작된 최초의 판본이며, 이어서 1913년에 조선서관(朝鮮書館)에서 『산수(刪修)삼국지』가 나왔는데, 산수라 함은 쓸데없는 글의 자구(字句)를 깎고 다듬어서 정리했다는 뜻임을 고려한다면 이는 축약·번안본임을 알 수 있다. 그러다가 불교문학자였던 양건식(梁建植)이 양백화(梁白華)라는 필명으로 1929년 5월 5일부터 1931년 9월 21일까지 『매일신보』에 895회를 연재하면서 최초로 120회본이 등장했다. 이 밖에도 한용운(韓龍雲)도 『삼국지』를 번안했는데, 이는 암울한 식민지 시대를 견뎌내기 위한 한 방편이었을 것이다.

이러한 과정을 거치면서 『삼국지』가 한국의 문단에 정착한 데에는 박태원(朴泰遠, 1910-1986)의 공로가 크다. 그는 『신세대』 1941년 4월호부터 1943년 1월호에 『신역 삼국지』를 연재했는데 이것이 이른바 정음사 판본이 되었다. 1952년 한국전쟁 동안에 출간된 이 판본은 제1권 도원결의에서 시작하여 제10권 천하통일로 끝난다. 그러나 이 판본은 박태원의 월북으로 말미암아 그의 이름으로 출판되지 못하고 정음사 사장 최영해(崔暎海)의 이름으로 출간되었는데 마지막 부분은 박태원의 글이 아니며, 누구인가 없는 얘기를 더하고 뺀 흔적이 보인다. 최영해는 국어학자 최현배(崔鉉培)의 장남이자 그 무렵 저명한 정신과의사였던 최신해(崔臣海)의 형으로서 경성제일고보를 졸업한 수재였다. 최영해는 박태원의 그 학교 4년 후배였으니까 그런 인연으로 박태원의 『삼국지』를 출판했던 것으로 보인다.

박태원은 서울 태생으로서 구보(丘甫)라는 필명으로 더 잘 알려진 작가였다. 그는 나이 열여섯 살이던 경성제일고보 3학년 시절에 시 「누님」으로 문단에 등장하여 주목을 받았다. 그는 1930년에 일본 호세이대학(法政大學) 예과에 입학하였으나 중퇴하고 작가의 길을 걸었는데 1934년에 중편 「소설가 구보 씨의 하루」로 일약 문단의 총아가 되었다. 그는 김일성대학 교수로 재직하다가 한때는 강제노동수용소에 유폐되었다.

1960년 다시 창작 활동을 재개한 박태원은 역사소설 『갑오농민전쟁』 3부작 가운데 1부를 평양에서 출간했다. 1965년 무렵 그는 시신경 위축과 색소성 망막염으로 실명하고 1975년 뇌졸중으로 전신불수가 되었으나 아내 권명희에게 구술하는 방식으로 1984년에 3부작을 탈고하고 2년 뒤인 1986년에 세상을 떠났다.

박태원은 우리나라에서 최초로 『삼국지』를 원본에 가깝게 번역한 작가로서 해방 전후에서 한국전쟁의 격동기에 그 암울한 가운데에서도 꿈을 잃지 않고 재기한 『삼국지』 킷즈(kids)들은 거의가 그의 독자들이었다. 그러나 박태원 판본에는 많은 시와 몇몇 중요한 대목이 누락되었다. 그러다가 정확히 『삼국지』 완간은 김구용(金九庸)의 일조각 판본이 나온 1974년까지 기다려야 했다.

김진공과 홍상훈의 연구에 따르면 2004년까지 한국에서 발간된 삼국지 판본은 400종에 이른다. 권용성의 연구 보고에 따르면, 그 가운데 일흔아홉 가지는 일본의 요시카와 에이치(吉川英治)의 작품을 번안한 것이다. 일본에서 요시카와의 판본이 유행한 것은 파괴와 약탈과 살인과 방화로 얼룩진 전쟁이 파시즘을 강화하는 데 도움이 되었기 때문이었다.

그러나 일본에서의 『삼국지』가 사무라이(侍) 문화와의 접점을 찾은 것과는 달리 한국에서의 삼국지 문화는 절의와 애국이었다는 점에서 한국에서 요시카와 판본이 그토록 넓은 독자층을 가진 것은 『삼국지』의 본질로 볼 때 바람직하지 않은 왜색 문화의 그늘이었을 뿐이다. 그때로부터 한국에서의 『삼국지』 독서와 출판은 입시와 상업주의로 타락하고 얼룩졌다. 한자도 모르는 작가들이 원본은 들여다보지도 않은 채 여러 번역본을 놓고 자기 입맛에 맞게 윤문하고 각색하여 새 판본을 만듦으로써 『삼국지』의 수난이 시작되었다.

위에서 살펴본 바와 같이, 흔히 『삼국지』라면 나관중의 작품이라고 기록되어 있지만, 나관중의 손에 오기까지 수많은 윤색을 거쳤고, 그 뒤에도 이탁오와 김성탄과 모종강 부자의 손을 거치면서 끝없이 "진화"했다. 따라서 정확히 말하면 어느 특정인을 『삼국지』의 필자로 내세울 수 없으며, 그 공로로 따진다면 진수와 배송지가 먼저이고, 나관중은 소설로서 틀을 잡았고, 공로로 치자면 모종강의 역할이 가장 큰, 일종의 적층(積層) 문학이라고 말하는 것이 가장 정확한 풀이일 것이다. 그리고 그것이

한 작품으로 완성되기까지에는 천오백 년의 세월이 흘렀다. 노신이『중국소설사』에서 지적하고 있듯이, 동양의 소설사에서『삼국지』에 견줄 만한 것은 없다. 앞으로도『삼국지』의 가치는 여전히 지속될 것이다.『삼국지』가 동양 사회에 끼친 영향은『플루타크(Plutcuch) 영웅전』이 서양사에 끼친 영향에 못지않을 것이다.

요컨대 진수는 사서로서의 기전체(紀傳體)를 써 삼국시대 역사의 기틀을 이루었고, 배송지는 진수의 원본에 많은 각주를 닮으로써『삼국지』의 내용을 풍부하게 만들어 이야깃거리를 제공했고, 나관중은 기전체의『삼국지』에 배송지의 각주를 배합하여 편년체의 구슬을 꿰었고, 이탁오는 나관중의 편년체 연의를 장회소설(章回小說)로 체계를 갖추었고, 김성탄은 이들의 가치를 알아보고 그 이름을 세상에 드높임과 아울러 몇 군데 가필하여 문장을 유려하게 만들었고, 모종강은 지금 존재하는 삼국지를 만들어 사실상 최종 필자가 되었다.

제 1 권
도원결의(桃園結義) 편

"저희가 비록 한날한시에 태어나지는 않았으나
한날한시에 죽기를 바라나이다."
-도원결의(桃園結義)에서

"내가 세상 사람을 버릴지언정
세상 사람이 나를 버리게 할 수는 없다."
-조조(曹操)

서사(序詞)※

굽이치는 장강 동쪽으로 흘러가듯	滾滾長江東逝水
영웅들도 물결 위의 꽃잎처럼 사라졌도다.	浪花淘盡英雄
고개 돌려 바라보니 시비 성패가 모두 덧없고	是非成敗轉頭空
청산은 예와 다름없는데	靑山依舊在
몇 번이나 지나갔던가, 저녁노을이여	幾度夕陽紅
백발의 어부와 나무꾼은 강둑에 앉아	白髮漁樵江渚上
가을 달, 봄바람을 볼만큼 보았건만	慣看秋月春風
한 잔 술 앞에 놓고 기쁘게 만나	一壺濁酒喜相逢
어제 오늘의 크고 작은 일을	古今多少事
웃음 속에 떠 보내네.	都付笑談中

※ 흔히 『삼국지』의 서시(序詩)로 알려진 이 시는 정확히 『삼국지』를 염두에 두고 지은 것은 아니며, 다만 그 의미하는 바가 『삼국지』의 그것과 많이 닮았기 때문에 『삼국지』를 이야기할 때면 「서시」라는 이름으로 사람들의 입에 오르내렸을 뿐이다. 작자인 양신(楊愼, 1488–1559)의 자는 용수(用修)요, 호는 승암(升菴)으로 사천성(四川省) 신도(新都)에서 태어났다. 1511년 과거에 장원급제하여 한림원 수찬(修撰)을 제수 받았다. 1524년 계악(桂萼)이 등용될 때 동지들과 함께 가정제(明 嘉靖帝 : 세조)에게 그의 등용을 반대하는 의견을 직간(直諫)하다가 태형을 받고 운남성(雲南省) 영창(永昌)으로 유배되어 시와 술로 세월을 보내며 숨어 살았다. 경학(經學)과 시문이 탁월하였으며 박학하기로 이름이 높았다. 이 시는 나관중의 원본과 이탁오의 판본에는 보이지 않다가 모종강의 판본에서부터 보이기 시작한다. 이 시의 본디 제목은 「임강선(臨江仙)」인데 문맥과 용례로 볼 때 소동파(蘇東坡)의 「적벽회고」(赤壁懷古)를 모방하여 쓴 것으로 보인다. 저서에 『단연총록』(丹鉛總錄)과 『승암집』(升菴集)이 있다.

제1회

황건적

> 도원에서 세 호걸이 형제가 되어
> 황건적을 무찌르고
> 영웅의 공을 세우도다.

　옛말에 이르기를, "천하의 대세란 나뉜 다음에는 반드시 모이고, 모인 다음에는 반드시 나뉜다."[天下大勢 分久必合 合久必分] 하였다. 주(周)나라 말년에 천하가 일곱 나라[진(秦)·초(楚)·연(燕)·제(齊)·한(韓)·위(魏)·조(趙)]로 나뉘어 다투다가 모두 진(秦, 시황제)나라로 통일되었고, 진나라가 멸망한 뒤에는 초(楚, 항우)나라와 한(漢, 유방)나라가 다투다가 한나라로 통일되었다.

　한나라의 고조(高祖, 재위 기원전 206-194) 유방(劉邦)이 [기원전 206년에] 참사기의(斬蛇起義)[1]한 뒤 광무제(光武帝, 재위 서기 25-56)에 이르

---

[1] 참사기의(斬蛇起義) : "뱀을 죽이고 의병을 일으켰다"는 뜻임. 한고조(漢高祖) 유방(劉邦)이 천자에 오르기에 앞서 진(秦)나라 치하에서 죄수의 호송을 맡아 여산(驪山)으로 가던 길에 죄수들을 풀어주고 자기도 그 직분을 버린 다음 의로운 길을 찾아 떠났다. 그가 길을 가는데 큰 뱀이 앞에 나타나기에 그를 베어 죽였더니 한 노파가 울며 말하기를 "내 아들은 백제(白帝)의 아들인데 적제(赤帝)의 아들에게 죽

러 나라가 중흥하였으나 헌제(獻帝, 재위 190-220)에 이르러 끝내 나라는 다시 삼국으로 갈렸다.

나라가 이토록 어지러워진 이유를 살펴보면 그 모두가 환제(桓帝, 재위 서기 147-168)와 영제(靈帝, 재위 서기 168-190)에 이르러 비롯된 일들이었다. 환제는 어진 신하들을 옥에 가두고 환관의 말을 믿었다. 드디어 환제가 죽고 영제가 천자에 오르자 대장군 두무(竇武)와 태부 진번(陳蕃)이 천자를 보필했다. 이때 환관 조절(曹節)이 정권을 농락하자 두무와 진번이 그를 죽이고자 하였으나 일이 탄로되어 오히려 죽임을 당하니 이때로부터 소인배들의 발호에 거칠 것이 없었다.

영제 건영(建寧) 2년(서기 169) 4월 보름에 황제가 온덕전(溫德殿)에 납시어 마침 용상에 오르려 할 제 전각 모퉁이에서 느닷없이 광풍이 불더니 푸른 구렁이가 나타나 들보를 타고 내려와 용상에 똬리를 틀었다. 황제가 이를 보고 졸도하여 쓰러지자 좌우의 시종들이 서둘러 그를 침소로 모셔 들어가고 신하들은 모두 도주했다. 눈 깜짝할 사이에 뱀은 이미 사라지고 갑자기 우레가 치며 큰 비가 쏟아지고 우박까지 떨어지더니 밤이 깊어서야 멈추었다. 이로 말미암아 무너진 집이 수없이 많았다.

건영 4년(서기 171) 2월에는 낙양에 지진이 일어나고 바다에는 해일이 일어 해안가의 백성이 휩쓸려 바다에 빠져 죽었다. 영제 광화(光和) 원년(서기 178)에는 암탉이 수탉으로 변하였고, 6월 초하룻날에는 검은 기운이 열 길이나 치솟더니 온덕전으로 들어왔다. 7월에는 옥당에 무지개가 걸쳐 일어났고, 오원산(五原山)이 모두 무너졌다. 이와 같이 뒤숭숭한 일

었다."고 말함으로써 유방이 장차 제위(帝位)에 오를 것을 예언했다. 『사기』「(한)고조본기」(漢高祖本紀)에 나옴.

들이 한두 가지가 아니었다. 이에 천자가 조칙(詔勅)을 내려 이와 같은 재앙이 일어나는 이유가 무엇인가를 물었더니 의랑(議郞) 채옹(蔡邕)이 상소를 올려 거침없이 아뢰었다.

"무지개가 옥당에 내려앉은 것은 비빈(妃嬪)들이 발호한 탓이요, 암탉이 수탉으로 변한 것은 환관들이 발호한 탓입니다."

상소를 받아 본 영제는 탄식하며 일어나 내전으로 들어갔다. 장막 뒤에 숨어서 그 모습을 본 환관 조절은 자신의 주변 사람들에게 이를 알리고 다른 일로 채옹에게 죄를 씌워 멀리 귀양 보냈다. 그런 일이 있은 뒤에 장양(張讓)·조충(趙忠)·봉서(封諝)·단규(段珪)·조절·후람(侯覽)·건석(蹇碩)·정광(程曠)·하운(夏惲)·곽승(郭勝) 등 열 명의 환관이 무리를 지어 간악한 짓을 저지르니 사람들은 이들을 가리켜 십상시(十常侍)라 불렀다. 천자는 장양을 "아버님"이라 부르니 나랏일은 날로 어그러지고 천하의 인심은 어지러워져 이곳저곳에서 도적이 일어났다.

그 무렵에 거록군(鉅鹿郡)에 삼형제가 살았는데, 맏이가 장각(張角)이요, 둘째가 장보(張寶)요, 셋째가 장량(張梁)이었다. 장각은 본디 과거에 낙방한 수재로서 산으로 들어가 약초를 캐면서 살다가 한 노인을 만났다. 그는 푸른 눈에 얼굴이 아이 같았는데 손에는 명아주지팡이[靑藜杖]를 들고 있었다. 그 노인은 장각을 불러 어느 동굴로 들어가 천서(天書) 세 권을 주면서 이렇게 말했다.

"이 책의 이름은 『태평요술』(太平要術)이니라. 너는 이를 받아 마땅히 하늘을 대신하여 세상을 바꾸고 널리 세상 사람을 구할지니라. 그러나 만약 이 책을 읽고 얻은 지식으로 나쁜 마음을 먹는다면 너에게 재앙이 있으리라."

장각이 절을 올리며 여쭈었다.

"선생님은 누구이신가요?"

"나는 남화(南華)의 노선(老仙)이니라."[2]

말을 마치자 노인은 한 가닥 맑은 바람이 되어 사라졌다. 장각이 그 책을 얻어 밤낮으로 읽고 익혀 능히 바람과 비를 부르니 세상 사람들이 그를 태평도인(太平道人)이라 불렀다. 영제 중평(中平) 원년(서기 184) 정월이 되자 전국에 전염병이 도는데, 장각이 부적을 태워 섞은 물[符水]을 널리 나누어 주어 병을 고치면서 스스로를 위대한 스승[大賢良師]이라 불렀다.

그런 일이 있은 뒤로 제자 오백 명이 사방으로 돌아다니며 부적을 써주고 주문을 외게 하였다. 따르는 무리가 날로 늘어나자 장각은 관할을 36방(方)으로 나누니 대방(大方)에는 무리가 만 명이 넘었고, 소방(小方)에는 육칠천 명이 되었다. 그는 각 방에 우두머리를 두어 장군이라 부르게 하고 세상에 다음과 같은 거짓 소문을 퍼트렸다.

"푸른 하늘은 이미 죽고
누런 하늘이 마땅히 서리라."
[蒼天已死 黃天當立]

그리고 이런 말도 퍼트렸다.

"갑자년에 천하가 대길하리라."
[歲在甲子 天下大吉][3]

---

2) 남화(南華)의 노선(老仙)이라 함은 장자(莊子)를 뜻한다.
3) 영제 중평 원년(서기 184)이 곧 갑자년이었다.

그리고 그들은 백성에게 백토로 "갑자"라는 두 글자를 써서 집 안 문설주에 붙이게 하는 한편, 청주(靑州)·유주(幽州)·서주(徐州)·기주(冀州)·형주(荊州)·양주(揚州)·연주(兗州)·예주(豫州) 등 여덟 개 도시에 사는 백성에게는 집집마다 "대현양사 장각"이라는 이름을 걸어놓도록 했다. 장각은 부하 마원의(馬元義)에게 금과 비단을 주어 몰래 십상시 봉서를 찾아가 내통하여 조정 안에서 지원하도록 했다. 장각은 두 아우를 불러 이렇게 말했다.

"세상에서 제일 어려운 것은 민심을 얻는 일이다. 이제 민심이 이미 우리에게 기울었는데 만약 이 기세를 이용하여 천하를 얻지 못한다면 이는 참으로 애석한 일이 되리라."

장각은 한편으로 누런 깃발을 만들어 거사를 준비하고, 다른 한편으로는 부하 당주(唐周)를 내시 봉서에게 보내어 계획을 알렸다. 그러나 당주는 봉서를 찾아가던 길에 마음이 바뀌어 곧 장각이 모반했음을 성중(省中)에 밀고했다. 이에 천자는 대장군 하진(何進)에게 병사를 이끌고 가 마원의를 잡아 죽이도록 하고 봉서를 비롯한 여러 명을 감옥에 잡아넣었다. 자신의 모반이 발각되었다는 보고를 받은 장각은 그날 밤으로 병사를 일으켜 스스로를 천공장군(天公將軍)이라 하고, 동생 장보를 지공장군(地公將軍)이라 하고, 장량을 인공장군(人公將軍)이라 이름 지은 다음 백성에게 이렇게 말했다.

"한(漢)나라의 기운은 이미 끝났다. 이제 위대한 성인이 나타났으니 그대들은 모두 귀순하여 하늘의 뜻에 따라 천하의 평화를 즐기도록 하라."

그의 말에 따라 사방의 백성이 머리에 누런 띠[黃巾]를 두르고 장각을 따르는 무리가 사오십만 명에 이르렀다. 황건적의 기세는 드높고 관군은 바람처럼 흩어졌다. 하진이 상소한 바에 따라 천자는 서둘러 조칙을 내려 각 지방은 스스로를 방어하며 도적을 무찔러 공을 세우도록 하고 중랑장 노식(盧植)과 황보숭(皇甫崇)과 주준(朱雋)에게 병력을 이끌고 삼면에서 적군을 토벌하도록 했다.

그 무렵에 장각의 무리는 이미 유주의 경계에까지 이르렀다. 유주태수 유언(劉焉)은 강하(江夏)의 경릉(竟陵) 사람으로서 한나라 노공왕(魯恭王)의 후손이었다. 그는 이미 적병이 가까이 이르렀다는 말을 듣고 교위(校尉) 추정(鄒靖)을 불러 계책을 물으니 추정이 이렇게 말했다.

"적군은 많고 우리는 적습니다. 태수께서는 마땅히 의병을 모아 적군에 대응토록 하십시오."

유언은 그의 말을 옳게 여겨 의병을 모으는 방문을 내걸게 했다. 방문이 탁현(涿縣)에 이르니 그 고을에 살던 한 영웅이 그 글을 읽었다. 그는 글 읽기를 좋아하지는 않았으나 성격이 너그럽고 말수가 적었으며, 희로애락을 얼굴에 드러내지는 않았으나 평소에 품은 뜻이 커 천하의 호걸들과 사귀기를 좋아했다. 몸은 키가 7척5촌4)이요, 두 손은 무릎에 내려올 만큼 길고, 귀는 길어 눈으로 보일 정도였고, 얼굴은 옥으로 빚은 듯하며, 입술은 연지를 바른 것 같았다.

이 사람은 한나라 중산정왕(中山靖王) 유승(劉勝)의 후손으로서 한나라 황제 경제(景帝)의 먼 손자이니 이름은 비(備)요 자(字)는 현덕(玄德)이라 했다. 지난날 유승의 아들 유정(劉貞)이 한나라 무제(武帝) 시대에 탁록(涿鹿)의 말직인 정후(亭侯)5)가 되었는데 [유정이 8월에 황제의 사

---

4) 그 무렵의 1척(尺)이라 함은 지금의 23cm였다.
5) 정후(亭侯) : 본디 정(亭)이라 함은 작은 마을을 뜻하는 것이었다. 따라서 정후라 함은 봉작 가운데에서 현후(縣侯)와 향후(鄉侯)에 이어 삼등에 해당하는 낮은 녹읍(祿邑)이었다.

당에 올릴 제주(祭酒)를 바치지 않았다는 이유로 봉지(封地)를 빼앗기고 벼슬도 잃었다.]6) 이때로부터 그 한 갈래가 탁현에 눌러 살게 되었다. 유비의 할아버지는 유웅(劉雄)이고 아버지는 유홍(劉弘)이었는데 유홍은 어려서부터 효성이 지극하여 작은 벼슬[孝廉]을 얻었으나 일찍 세상을 떠났다.

어려서 아버지를 잃은 유비는 홀어머니에 대한 효성이 지극했다. 그는 집안이 가난하여 짚신을 삼고 돗자리를 만들어 팔아 생계를 이어갔다. 집은 탁현 누상촌(樓桑村)에 있었다. 그 집의 동남쪽에 큰 뽕나무 한 그루가 있었는데 그 높이가 다섯 길[丈]이나 되어 바라보면 마치 큰 마차의 덮개[車蓋]와 같았다. 이를 본 어느 도사가 이렇게 말했다.

"이 집안에서 귀인이 태어날 것이오."

유비가 어렸을 적 동네 친구들과 그 뽕나무 밑에서 놀며 이렇게 말했다.

"나는 장차 이 나라의 천자가 되어 이 어가(御駕)를 타리라."

숙부 유원(劉元)이 그 말을 듣고 놀라며 이렇게 말했다.

"이 아이가 참으로 비범하구나."

유비의 집안이 가난한 것을 본 유원은 늘 그의 살림을 보태주었다. 그의 나이 열다섯 살이 되자 어머니가 공부를 시켰는데, 정현(鄭玄)7)과 노

---

6) 이 부분은 판본마다 내용이 조금씩 다르다. 이 번역은 모종강 본의 소자주(小字註)와 상무인서국(商務印書局) 판본 그리고 로버츠(Moss Roberts)의 영문 판본을 따른 것이다.

7) 정현(鄭玄 : 127~200) : 자는 강성(康成). 북해(北海 : 산동성) 고밀(高密) 출생. 젊었을 때부터 학문에 뜻을 두어 경학의 고금(古今)과 천문·역수(曆數)에 이르기까지 해박했다. 처음에는 지방의 말단관리가 되었으나 그만두고, 낙양에 올라가 태학(太學)에 입학하였다. 그 뒤 마융(馬融)에게 사사하여, 『주역』·『서경』·『춘추』 등의 고전을 배운 뒤 고향으로 돌아갔다. 그가 낙양을 떠날 때, 마융이 "나의 학문이 정현과 함께 동쪽으로 떠나는구나."라고 말했다. 귀향 후 가난한 생활을 하면서 학문을 가르쳤으나, 환관들에 의한 "당고(黨錮, 금고)의 화"를 입고, 집안에 칩거하

식(盧植)의 밑에서 가르침을 받게 하고 공손찬(公孫瓚)과 어울려 벗이 되었다.

유비가 의병을 모집한다는 방문을 읽었을 무렵 그의 나이가 스물여덟 살이었다. 그날 방문을 본 유비는 서글픈 마음으로 길게 탄식했다. 그때 뒤에서 누구인가 분노에 찬 목소리로 말했다.

"사나이로 태어나 어찌 나라를 위해 힘을 쓸 생각은 하지 않고 탄식만 하고 있소?"

유비가 돌아보니 그 사나이의 신장이 8척이요, 표범의 머리에 고리 눈을 부릅뜨고 제비의 턱에 호랑이 수염을 길렀는데, 그 목소리가 마치 우레와 같고 기세는 달려 나가는 말과 같았다. 그 모습이 비범한 호걸이기에 이름을 물으니 그가 대답했다.

"나는 이름이 장비(張飛)요, 자는 익덕(翼德)이라 합니다. 조상 때부터 탁현에 살았는데 집과 땅을 좀 가지고 있고, 술을 팔고 돼지를 잡는 것으로 생업을 삼고 있지만 천하의 호걸들과 사귀기를 좋아했습니다. 이제 그대가 방문을 보며 탄식하는 것을 듣고 그대에게 말을 건넨 것이라오."

"나는 본디 한실(漢室)의 종친으로서 유비라 하오. 이제 황건적이 난리를 일으켰다는 소식을 듣고 저들을 쳐부수어 백성을 편안케 하고 싶으나 능력이 미치지 않아 탄식하고 있던 참이었소."

"나에게 재산이 좀 있으니 곧 마을의 장정들을 모아 그대와 함께 대사를 이루고 싶은데 그대의 뜻은 어떠시오?"

유비가 몹시 기뻐하며 그와 함께 마을로 들어가 주막에 자리를 잡았다.

여 연구와 저술에 몰두하였다. 만년에는 황제가 대사농(大司農)의 관직을 내렸으나 사양하고 연구와 교육에 한평생을 바쳐 몇 천 명의 제자를 거느리는 학파를 이루었다. 그의 『논어』 주석은 주자의 것에 버금간다.

둘이서 술을 마시고 있는데, 건장한 사내 하나가 수레 한 채를 밀고 와 주점 앞에 내리더니 안으로 들어오며 주모를 불러 소리쳤다.

"술 한 잔 가져오시오. 서둘러 의병 모집하는 데 가야 하오."

유비가 그를 바라보니 키가 9척이요, 수염이 2척인데 얼굴은 잘 익은 대추 빛이요 입술은 연지를 바른 듯하고, 봉황의 눈에 누에 눈썹을 가진 그 모습이 참으로 당당하고 위풍이 늠름했다. 유비가 그에게 자리를 권하며 이름을 물었더니 그가 이렇게 대답했다.

"나는 이름이 관우(關羽)라 하고 자는 장생(長生)이었지만 지금은 운장(雲長)이라 부르는데 고향은 하동(河東)의 해량(海良)입니다. 그곳의 한 세도가가 자기의 힘만 믿고 사람을 능멸하기에 내가 그를 죽인 뒤로 강호에 몸을 피해 다닌 지 오륙 년이 되었습니다. 그러다가 이번에 이곳에서 의병을 모집하여 도적을 무찌른다기에 응모하러 이렇게 달려오는 길입니다."

유비가 자기의 뜻을 그에게 들려주니 관우가 크게 기뻐하며 함께 장비의 집에 이르러 대사를 논의했다. 장비가 먼저 입을 열었다.

"우리 집 뒤에 복숭아밭[桃園]이 있는데 지금 꽃이 한창 아름답습니다. 내일 그곳에서 천지신명에게 제사를 올리고 우리 셋이 형제의 의를 맺는다면 가히 천하의 대사를 도모할 수 있습니다."

유비와 관우가 함께 소리 높여 대답했다.

"그 말이 참으로 좋소."

다음날 세 사람은 도원에 검은 소와 백마를 잡아 제물로 올리고 향을 사르며 두 번 절을 올린 다음 이렇게 맹세했다.

"생각건대 우리 유비·관우·장비가 비록 같은 성(姓)을 가진 형제는 아니오나 이미 형제의 의를 맺어 마음과 힘을 합쳐 백성을 곤고함에서 건지고 위기를 물리쳐 위로는 나라에 보답하고 아래로는 백성을 편안케 하고자 하나이다. 저희가 같은 해 같은 달 같은 날에 태어나기를 바라지 않았으나 다만 바라건대 같은 해 같은 달 같은 날에 죽게 하소서. 천지신명께서는 저희들의 뜻을 살피시어 만약 저희들이 의리와 은혜를 저버리는 일이 있다면 하늘과 백성이 함께 우리를 죽이게 하소서."

(念劉備關羽張飛 雖然異姓 旣結爲兄弟 則同心協力 救困扶危 上報國家 下安黎庶 不求同年同月同日生 但願同年同月同日死 皇天后土 實鑒此心 背義忘恩 天人共戮)

맹세를 마치자 유비를 형으로 모시고 관우가 다음이고 장비를 막내로 하여 형제의 의를 맺었다. 하늘과 땅에 제사를 마치자 다시 소를 잡고 술을 장만하여 마을의 용사들에게 대접하니 그 무리가 삼백 명이 넘었다. 그들은 도원에서 취하도록 마셨다. 다음날 마을의 무기를 모았으나 말이 단 한 필도 없었다. 그런 걱정을 하고 있던 차에 한 부하가 들어와 지금 두 사람이 무리를 이끌고 말을 몰며 이곳으로 올라오고 있다고 이렇게 보고했다.

"이는 하늘이 우리를 도우심이로다."

유비의 말이 끝나자 세 사람이 나가 그들을 맞이했다. 본디 두 사람은 중산(中山)의 상인이었는데 하나는 장세평(張世平)이라 하고 다른 하나는 소쌍(蘇雙)이라는 사람으로 해마다 북쪽 지방에 가 말을 팔았는데, 이번에는 도적이 일어나 사업을 접고 돌아오는 길이었다. 유비가 두 사람을 집으로 맞아 술을 대접하면서 이번에 도적을 토벌하여 백성을 평안케 하고자 하는 뜻을 말하니 두 사람이 크게 기뻐하며 말 쉰 필과 금은 오백 냥과 훌륭하게 제련된 쇠[鑌鐵] 1천 근을 주며 군자금과 병기를 만드는데 쓰라고 말했다.

  유비는 두 사람에게 깊이 사례한 다음 훌륭한 대장장이를 시켜 쌍고검(雙股劍)[8]을 만들어 자신이 갖고, 관우에게는 청룡언월도(青龍偃月刀)를 만들어 이름을 냉염거(冷艷鋸)라 지었는데 그 무게가 팔십이 근에 이르렀다.[9] 장비에게는 장팔사모(丈八蛇矛)[10]를 만들어 주었다. 유비는 각 병사들에게 갑옷을 입힌 다음 무리 오백 명을 이끌고 추정을 찾아가니 추정이 그들을 태수 유언에게 안내하였다. 세 사람이 인사를 마치고 유비가 이름을 말하며 자신이 황실의 후예임을 말하자 유언이 크게 기뻐했다. 항렬을 따져보니 유비가 조카뻘이었다.

  며칠이 지나자 황건적의 대장 정원지(程遠志)가 병사 오만을 이끌고 탁현으로 쳐들어오고 있다는 보고가 들어왔다. 유언(劉焉)이 추정(鄒靖)에게 유비 삼형제를 불러들이게 하여 병력 오백 명을 이끌고 먼저 진격하여 적군을 쳐부수도록 지시했다. 유비의 무리는 기꺼이 병력을 이끌고 나아가 곧바로 대흥산(大興山) 아래 이르러 적군과 마주했다. 적군은 모두 머리를 풀어헤치고 누런 두건을 쓰고 있었다. 양쪽 군대가 크게 분노하며 마주하자 유비가 왼쪽에는 관우를 거느리고 오른쪽에는 장비를 거느리고 말을 타고 앞으로 나아가 채찍을 흔들며 적군을 크게 꾸짖었다.

---

8) 쌍고검(雙股劍) : 양쪽 허벅지에 차는 칼.
9) 청룡언월도(青龍偃月刀) : 초승달[偃月]처럼 비스듬히 굽어진 칼로 자루에 달렸는데 칼에 청룡이 새겨져 있었다. 팔십 근이라 하면 지금의 무게로 31kg 정도이다. 냉염거(冷艷鋸)라 함은 청룡언월도를 상징적으로 표현한 것인데, 굳이 의미를 두자면 "냉엄하고도 영광스러운 칼"(톱)이라는 뜻으로, 로버츠(Moss Roberts)는 이를 Frozen Glory라고 번역했다.
10) 장팔사모(丈八蛇矛) : 길이가 여덟 자에 이르는 긴 세모꼴 모양의 창으로, 창의 가지 부분이 조금 구불구불 휘어 뱀이 기어가는 모습이었다.

"나라를 저버린 도적들은 어찌하여 이리 항복이 늦는가?"

정원지가 대로하며 부장(副將) 등무(鄧茂)에게 나아가 싸우게 하니 그가 칼을 휘두르며 말을 몰아 장비에게 달려들었다. 장비가 장팔사모를 꼬나 잡고 곧바로 나아가 손을 휘둘러 등무의 심장을 찌르니 그가 몸을 뒤집으며 말에서 떨어졌다. 등무의 죽음을 본 정원지가 칼을 휘두르며 말을 박차고 나아가 장비를 공격하자 이번에는 관우가 언월도를 휘두르며 나는 듯이 말을 몰아 달려 나가니 정원지가 이를 보고 너무 놀라 손발을 쓸 겨를도 없이 관우의 칼을 맞고 두 토막이 되어 죽었다. 뒷날 시인이 두 사람의 무용을 이렇게 칭송했다.

> 영웅의 이름이 오늘에서야 세상에 드러나니
> 한 사람은 장팔사모요, 다른 사람은 청룡언월도라
> 첫 출전에 문득 저토록 위엄을 보여
> 셋으로 나뉜 천하에 능히 이름을 내걸었구나.
> 英雄發穎在今朝 一試矛兮一試刀
> 初出便將威力展 三分好把姓名標

정원지가 죽는 모습을 본 황건적들은 모두 창을 거꾸로 쥐고 달아났다. 유비가 군사를 몰아 적군을 추격하자 투항하는무리가 얼마인지 수를 헤아릴 수 없이 많았다. 그가 대승을 거두고 돌아오자 유언이 몸소 환영을 나와 병사들에게 상을 주어 노고를 치하했다.

다음날, 청주태수 공경(龔景)이 편지를 보내와 황건적이 성을 포위하여 장차 함락될 듯하니 구원병을 보내달라고 요청했다. 유언이 유비와 상의하자 유비가 스스로 가겠노라고 말했다. 유언은 추정에게 병사 5천

명을 주어 유비·관우·장비와 함께 청주로 보냈다. 적군은 구원병이 오는 것을 보자 좌우로 나누어 쳐들어왔다. 유비는 병력이 많이 모자람을 알고 삼십 리를 물러나 목책을 세운 다음 관우와 장비에게 말했다.

"적군은 많고 우리는 적다. 모름지기 기습을 해야 이길 수 있으리라."

그리하여 관우에게 군사 천 명을 이끌고 산 왼쪽에 매복하게 하고 장비에게 병사 천 명을 이끌고 산 오른쪽에 매복하게 한 다음 징을 치면 함께 짓쳐나가도록 했다.

다음날 유비가 추정과 함께 북을 치며 진격했다. 적군이 마주 나오자 유비는 병사를 이끌고 물러섰다. 적군은 승세를 타고 추격해 왔다. 유비가 산등성이를 넘으면서 징을 치자 좌우에 매복해 있던 병사들이 일제히 쏟아져 나오고 유비도 도주하던 병사들을 되돌려 적군을 죽이니 세 곳에서 협공을 받은 황건적들은 크게 무너졌다. 유비의 병사들이 곧장 청주성 밑에 이르자 태수 공경도 또한 병사들을 이끌고 나와 합세했다. 적군이 대패하여 죽은 무리를 수없이 남기고 청주성의 포위를 풀었다. 후세의 어느 시인이 이때의 유비를 이렇게 시로써 칭송했다.

> 하늘의 뜻을 헤아려 귀신같은 공을 이루니
> 두 호랑이는 모름지기 한 용에게 머리를 숙이도다.
> 첫 전투에서 문득 능히 위업을 쌓으니
> 외롭고 곤궁한 이에게 천하의 삼분(三分)이 돌아오도다.
> 運籌決算有神功 二虎還須遜一龍
> 初生便能垂偉績 自應分鼎在孤窮

공경이 부하들에게 음식을 대접하고 추정 또한 돌아가려 하자 유비가 말했다.

"요즘에 듣자니 중랑장 노식 선생께서 광종(廣宗)에서 장각과 싸우고 있다고 하는데, 그분은 일찍이 저의 스승이었던지라 제가 가서 돕고자 합니다."

마침 그 무렵에 추정이 군대를 거느리고 돌아오자 유비는 관우·장비와 더불어 본부 병력 오백 명을 이끌고 광종으로 진격했다. 노식의 군중에 이른 유비는 장막으로 들어가 인사를 드리고 온 뜻을 말씀드리니 노식이 기뻐하며 장막에 앉아 앞일을 상의했다. 그 무렵 장각의 병력은 십오만 명이었는데 노식의 병력은 오만이었으나 광종에서 서로 떨어져 있어 승패를 겨루지 않고 있었다. 노식이 유비에게 말했다.

"내가 지금 이곳에서 적군을 포위하고 있으나 적장의 아우 장보와 장량은 지금 영천(潁川)에서 황보숭·주준과 싸우고 있소. 이럴 때 그대가 본부의 인마를 이끌고 먼저 그리로 가고 내가 천 명의 관군을 이끌고 그대를 도울 터이니 그대가 먼저 영천으로 진격하여 정보를 얻은 다음 서로 공격 일자를 결정하는 것이 어떻겠소?"

유비가 그 계책에 따라 군대를 이끌고 밤중에 영천으로 진격했다. 그 무렵에 황보숭과 주준은 병사를 지휘하며 적에 항전하니 적들은 전세가 불리하자 장사(長社)로 물러나 풀숲에 영채를 차렸다. 이에 황보숭이 주준에게 이렇게 말했다.

"적군이 풀숲에 진영을 차렸으니 마땅히 화공(火攻)을 써야 하오."

그리하여 그들은 병사들 각자에게 마른풀 한 묶음씩을 들고 어둠 속에 매복해 있도록 했다. 그날 밤 홀연히 태풍이 불기 시작했다. 이경(二更)[11]

---

11) 이경(二更) : 하룻밤(지금의 오후 8시부터 다음날 새벽 5시까지의 8시간)을 다섯으

이 되자 병사들은 풀잎에 일제히 불을 붙여 황보숭·주준과 함께 적군을 공격하니 적의 진영이 불길에 휩싸였다. 적군은 크게 놀라 말에 안장을 얹지 못하고 병사들은 갑옷을 입지도 못한 채 사방으로 도주했다. 살육은 아침까지 이어졌다. 장량과 장보는 패잔병을 이끌고 길을 찾아 도주했다.

그때 홀연히 한 무리의 군마가 붉은 깃발을 흔들며 길을 막아선다. 섬광처럼 한 장수가 나타나 바라보니 키는 7척이요 눈은 가늘고 수염이 길었다. 이 사람은 관군의 기병대장[騎都尉]으로 패국(沛國) 초군(譙郡) 사람인데 이름은 조조(曹操)이며 자는 맹덕(孟德)이었다. 조조의 아버지 조숭(曹嵩)의 성은 본디 하후(夏侯)였으나 중상시(中常侍) 조등(曹騰)의 양자로 들어갔기 때문에 성을 조 씨로 바꾸었다. 조숭은 아들 조조를 낳자 어렸을 적에는 아만(阿瞞)[12]이라 부르기도 하고 길리(吉利)라고도 불렀다.

조조는 어렸을 적부터 사냥을 좋아했고, 가무를 즐겼으며, 권모술수가 뛰어났고 임기응변에 능숙했다. 조조에게는 삼촌이 있었는데 조조가 늘 터무니없는 짓을 하는 것을 보면 조조의 아버지에게 일러바쳐 조조가 꾸지람을 듣게 만들었다. 어느 날 조조는 꾀를 내어 삼촌이 들어오는 것을 보자 땅에 엎어져 간질을 앓는 시늉을 했다. 삼촌은 서둘러 조숭에게 달려가 이를 알렸다. 이에 놀란 조숭이 달려와 보니 조조는 멀쩡했다. 그러

로 나누어 초경(20~21시), 이경(21~23시), 삼경(23~01시), 사경(01~03시), 오경(03~04시)으로 나누었다. 지금의 2시간 간격과 정확히 일치하지는 않았고 한 경(更)이 거의 80여 분과 같았다. 지금의 시간은 어느 순간을 가리키지만 그 무렵의 시간은 일정한 길이를 가리켰다. 하루를 기준으로 할 때는 자시(子時, 자정)로부터 해시(亥時)까지 12등분으로 썼다.

12) 그의 이름이 아만(阿瞞, 사기꾼)이었다는 이 기록은 아마도 조조를 악인으로 표현하려던 분위기 속에서 지어낸 이야기일 것이다. 『삼국지』「위서(魏書) 무제기(武帝紀)」에는 조만(曹瞞)이라는 설명이 없고 배송지(裴松之)의 각주에만 달려 있다.

자 조숭이 조조에게 물었다.

"네 삼촌의 말을 들으니 네가 간질을 앓는다던데 괜찮으냐?"

"제가 본디 건강한 사람인데 삼촌이 저를 미워하여 아버지에게 거짓말을 하는 것 같습니다."

그 말을 들은 조숭은 그 뒤로 동생이 조조를 험담해도 들으려 하지 않자 이로 말미암아 조조는 더욱 방탕한 길로 갔다.

그 무렵에 교현(橋玄)이라는 인물이 있었는데 조조를 보고 이런 말을 했다.

"세상이 앞으로 어지러워질 터인데 재주를 많이 타고난 운명이 아니면 이를 능히 바로잡을 수 없을 것이나 너는 능히 그 일을 감당하겠구나."

남양(南陽) 사람 하옹(何顒)이 이런 말을 한 적이 있다.

"한나라는 반드시 멸망할 터인데 천하를 평정할 사람은 바로 이 사람이구나."

여남에 허소(許劭)라는 인물이 관상을 잘 본다는 소문을 듣고 조조가 그를 찾아가 물었다.

"저의 관상은 어떻습니까?"

허소가 대답을 하지 않자 조조가 다시 물었다. 그제야 허소가 이렇게 대답했다.

"세상이 평화로우면 유능한 신하가 될 것이요, 세상이 어지러워지면 교활한 영웅이 되겠소."[治世之能臣 亂世之奸雄]

조조는 그 말을 듣고 몹시 기뻐했다.

나이 스무 살이 되자 조조는 효렴으로 천거되어 위랑(爲郞)을 거쳐 낙양의 북도위(北都尉)가 되었다. 임지에 도착해보니 오색 깃발 십여 개가 사대문에 걸려 있는데 이는 법을 어기는 무리는 지위의 높고 낮음을 따지지 않고 다스린다는 뜻이었다. 내시부의 중상시(中常侍) 건석(蹇碩)의 삼촌이 칼을 차고 밤중에 나다니다가 조조의 야간 순찰에 걸려 장형(杖刑)을 받은 뒤로 누구도 감히 죄를 짓지 않으니 조조의 위명이 우레처럼 떨쳤다.

그 뒤 조조는 돈구(頓丘)의 현령이 되었는데 황건적이 일어나자 기병대장이 되어 마보군 오천 명을 이끌고 영천의 전투에 참가하게 되었다. 마침 그때 장량과 장보가 패주하던 길에 조조는 그들을 만나 크게 무찌르니 목을 벤 병사가 만 명이 넘었고 빼앗은 깃발과 징과 말이 엄청나게 많았다. 장량과 장보가 죽기로 싸우며 도주하자 조조는 황보숭과 주준의 대오에서 벗어나 병사를 이끌고 장량과 장보를 추격했다.

그 무렵에13) 유비가 관우와 장비를 거느리고 영천으로 가는데 어디에선가 함성이 들리고 또한 불길이 솟는지라 서둘러 병사를 이끌고 그곳에 이르러 보니 적군은 이미 패주하고 없었다. 유비가 황보숭과 주준을 만나 노식의 뜻을 소상하게 전달하자 황보숭이 이렇게 말했다.

"장량과 장보는 이제 세력이 허물어졌으니 반드시 광종으로 가 형에게 의탁할 것이오. 그런즉 현덕은 곧 이 밤에 출진하여 관군을 돕도록 하시오."

황보숭의 지시에 따라 유비는 군대를 이끌고 오던 길을 돌아가다가 한 무리의 부대를 만났는데 그들은 죄수의 호송 마차[檻車]를 끌고 가고 있었다. 놀라 바라보니 마차 안에 묶여 가는 사람은 노식이었다. 유비가 크게 놀라 말에서 내려 그 까닭을 물으니 노식이 이렇게 말했다.

---

13) 『삼국지』에는 문장이 바뀌면서 "각설(卻說)하고"라는 문장이 자주 나오는데, 이는 "이야기가 바뀌어"라는 뜻이었지만 여기에서는 "그 무렵에"라고 번역했다.

"내가 장각을 포위하여 장차 무찌르려 하는데 장각이 요술을 부려 바로 이기지 못했다오. 그 무렵에 조정에서는 내시부의 좌풍(左豊)을 나에게 내려보내어 상황을 알아보려 하였는데, 그가 나에게 뇌물을 요구했다오. 그래서 내가 지금 군량미도 부족한데 어찌 칙사에게 줄 돈이 있겠느냐고 대답했더니 그가 나에게 원한을 품고 조정에 돌아가 내가 성채에 들어앉아 싸우려 하지 않아 병사들의 사기가 떨어졌다고 아뢰었소. 이에 조정이 분노하여 중랑장(中郞將) 동탁(董卓)을 내려보내어 나의 직분을 맡게 하고 나를 낙양으로 끌고 가 죄를 물으려 하는구려."

그 말을 들은 장비가 대로하며 호송하는 병사들을 죽이고 노식을 구출하자고 말했다. 그러자 유비가 서둘러 그를 말리며 이렇게 말했다.

"조정에서 이를 공의롭게 처리할 것인데 네가 어찌 쓸데없는 짓을 하려느냐?"

그러는 사이에 호송병들은 마차를 끌고 사라졌다. 이를 본 관우가 입을 열었다.

"노식 장군이 이미 체포되고 다른 사람이 지휘를 맡게 되었다 하니 우리로서는 그곳을 찾아가 봐도 몸을 의탁할 곳이 없을 터인즉 탁현으로 돌아가느니만 못할 것 같습니다."

유비가 그의 말을 옳게 여겨 군대를 이끌고 북쪽으로 말 머리를 돌렸다. 길을 떠난 지 하루 만에 홀연히 산 뒤에서 함성이 들려왔다. 유비가 관우와 장비를 이끌고 산 위에 올라 마상에서 바라보니 관군이 크게 무너지고 있었다. 그 뒤쪽으로 산과 계곡에는 황건적이 몰려오고 있는데 깃발에 "천공장군"이라고 크게 쓰여 있었다. 이를 보고 유비가 소리쳤다.

"저놈이 바로 장각이다. 서둘러 공격하라."

세 사람이 바람처럼 말을 몰아 적진으로 뛰어들었다. 바야흐로 장각이 동탁의 군대를 무찌르고 그를 죽이려고 몰려오고 있는데 홀연히 세 장수가 나타나 자기들의 병사를 죽이니 장각의 군대는 큰 혼란에 빠져 오십 리를 달아났다. 세 장군이 동탁을 구출하여 목책으로 돌아오자 동탁이 물었다.

"그대들은 어느 군병에 소속된 인물들인고?"
"저희들은 벼슬이 없는 의병입니다."

동탁이 그 말을 듣고 무시하는 생각이 들어 예의를 차리지 않았다. 유비가 영문을 나오자 장비가 크게 분노하며 소리를 질렀다.

"우리는 목숨을 걸고 제 목숨을 건져주었는데 저토록 무례하니 저놈을 죽이지 않고서는 내 화가 풀리지 않겠습니다."

그러고서는 칼을 들고 장막으로 들어가 동탁을 죽이려 했다. 이를 보고 어느 시인14)이 이런 글을 남겼다.

> 인정(人情)과 시세(時勢)는 예나 이제나 다름이 없어
> 누구인들 이 영웅이 벼슬도 없음을 알겠는가?
> 어찌하면 장비와 같은 쾌남아를 얻어
> 은혜를 모르는 놈들을 쓸어낼 수 있으랴?
>
> 人情勢利古猶今 誰識英雄是白身

---

14) 각 장(章)의 끝에는 시(詩)의 형식을 빌려 칠언절구(七言絕句)의 맺음말이 있는데, 여기에서는 "어느 시인"이 쓴 듯이 옮겼다. 이 시는 나관중의 원본에는 없고 이탁오의 판본에서부터 나타나는 것으로 보아 이탁오의 글로 보는 것이 옳을 것이다. 아래에 이어지는 120회의 모든 말미는 이렇게 작성되어 있는데 모두 "어느 시인의 글"로 번역했다.

安得快人如翼德 盡誅世上負心人

동탁의 운명은 어찌 되려나?15)

---

15) 각 장(章)의 끝에는 "그 다음의 이야기를 들어보자."[且聽下文分解]라는 글이 반드시 나오는데, 이 글에서는 그 문장의 변역을 생략했다.

제 2 회

십상시(十常侍)

> 분노한 장비는 독우(督郵)를 매질하고
> 하진(何進)은 십상시를 죽이도다.

  동탁(董卓)은 자(字)가 중영(仲穎)으로 농서(隴西)의 임조(臨洮) 출신이었다. 그 무렵 그의 관직은 하동(河東) 태수였는데 본디 천성이 교만한 사람이었다. 그날도 유비를 상대함이 경망스러워 장비가 격노하여 그를 죽이려 했다. 유비가 관우와 더불어 그를 달래며 말했다.

  "그 사람은 조정의 임명을 받은 관리인데 우리가 어찌 마음대로 죽일 수 있겠느냐?"

  "만약 저놈을 죽이지 않으면 우리가 그 밑에서 부하 노릇을 해야 하는데 그 짓을 어찌 견디겠수? 두 분 형님은 하고 싶으면 그놈 밑에서 일을 하시오. 나는 다른 곳으로 가보리다."

  유비가 그 말을 듣고 달래며 말했다.

  "우리가 생사를 함께하기로 천지신명에게 맹세했는데 어찌 헤어지겠는가? 차라리 다른 곳을 찾아가보느니만 못하겠구나."

  "그렇게만 해준대도 제 화가 좀 풀리겠수."

그리하여 세 사람은 밤중에 병사들을 이끌고 주준을 찾아갔다. 주준이 몹시 기뻐하며 그들을 맞이했다. 그들은 병사를 한데 모으고 장보를 칠 계획을 의논했다.

그 무렵 조조는 황보숭을 따라 장량을 토벌하러 곡양(曲陽)에서 싸우고 있었다. 주준은 장보를 치러 출진했다. 장보는 병사 팔구만 명을 이끌고 산 뒤에 진영을 치고 있었다. 주준이 유비에게 앞장서 나가 싸우라 명령하니 그가 나아갔다. 적진에서는 장보의 부장 고승(高升)이 말을 타고 나와 전투를 돋우었다. 유비가 장비에게 나아가 싸우게 하자 그가 말을 타고 장팔사모를 꼬나 잡은 채 고승을 맞아 싸우는데 몇 차례 겨루어보지도 못하고 고승이 창에 찔려 말에서 떨어졌다.

유비가 병사들을 이끌고 곧바로 짓쳐들어가니 장보가 말에 올라 머리를 풀고 칼을 빼 든 다음 요술을 부리자 바람과 우레가 크게 일며 검은 기운이 일어났다. 그 기운이 하늘로부터 내려오는데 마치 수없이 많은 병사와 말이 쳐들어오는 것만 같았다. 유비가 황망하게 군대를 뒤로 물리니 진영이 크게 혼란에 빠졌다. 패잔병을 이끌고 돌아온 유비가 주준과 더불어 적군을 물리칠 작전을 의논하자 주준이 말했다.

"저들이 요술을 부리고 있으니 우리는 내일 돼지와 양과 개를 잡아 피를 마련하여 산꼭대기에 매복해두었다가 적군이 쳐들어올 때 높은 곳에서 그 피를 뿌리면 저들의 요술을 깨트릴 수 있을 것이오."

유비가 그 말에 따라 관우와 장비에게 각기 천 명의 병사를 이끌고 산 뒤의 꼭대기에 숨어 있게 한 다음 돼지와 양과 개의 피와 오물을 준비하도록 했다.

이튿날 장보가 깃발을 흔들고 북을 치며 군대를 이끌고 나와 싸움을 북돋웠다. 유비가 마주 나가 전투를 벌이려 할 즈음에 장보가 다시 요술을 부려 바람과 우레가 일고 모래와 돌이 날리며 검은 기운이 하늘에 가득하더니 사람과 말이 하늘로부터 쏟아져 내려 왔다. 유비가 말을 타고 달아나자 장보가 추격했다.

유비가 막 산 정상을 지나려 할 무렵 관우와 장비의 복병이 신호의 함성을 지르며 일어나 짐승의 피와 오물을 뿌렸다. 그러자 하늘에서 종이로 만든 병사와 풀로 엮어 만든 말이 어지러이 떨어지고 바람과 우레도 멈추더니 모래와 돌멩이도 날지 않았다. 자신의 요술이 깨진 것을 안 장보가 서둘러 군사를 뒤로 물렸다. 그때 왼쪽의 관우와 오른쪽의 장비가 병사를 이끌고 나타나고 그 뒤에는 유비와 주준이 일제히 일어나자 적군이 크게 패하였다.

유비가 바라보니 지공장군(地公將軍)의 깃발을 든 말이 나는 듯이 달려가고 장보는 황급히 도주하고 있었다. 유비가 활을 쏘아 그의 왼쪽 어깨를 맞히자 장보는 화살을 매단 채로 도망하여 양성으로 들어가 굳게 지키며 나오려 하지 않았다. 주준은 군대를 이끌고 양성을 포위하여 공격하는 한편, 사람을 보내어 황보숭이 어찌 되었는지 알아보도록 했다. 척후병이 돌아와 보고했다.

"황보숭 장군이 크게 이기고 조정에서 파견한 동탁은 여러 차례 무너져 황보숭에게 그 직책을 넘겼다고 합니다. 황보숭이 이르렀을 때 장각은 이미 죽었으므로 장량이 군대를 통솔하고 있는데 아군과 조금 떨어져 있었습니다. 이에 황보숭 장군이 연거푸 일곱 진영을 깨트리고 곡양에서 장량의 목을 베었고, 장각의 무덤을 파헤쳐 몸을 토막 내고 목을 잘라 낙양으로 보냈으며 나머지 잔당도 모두 항복했다고 합니다. 조정에서는 황보숭에게 거기장군(車騎將軍)을 제수하여 기주(冀州)목사로 삼았으며, 황보숭이 천자에게 글을 올려 노식에게 공은 있으나 죄가 없음을 아뢰자 조정에서는 그의 벼슬을 복직시켰습니다. 조조도 또한 전공을 이루어 제남(濟南)의 상(相)[1]을 제수 받아 그날로 군사를 이끌고 임지로 갔다 하옵니다."

보고를 받은 주준이 군마를 재촉하여 양성을 공격하니 형세가 어려워진 적장 엄정(嚴政)은 손수 장보의 목을 베어 가지고 와 항복했다. 주준은 몇 개의 군을 더 평정한 다음 조정에 승전의 표문(表文)을 올렸다.

그 무렵에 황건적의 잔당인 조홍(趙弘)과 한충(韓忠)과 손중(孫仲)이 무리 몇 만 명을 모아 노략질을 하며 장각의 원수를 갚겠노라고 호언했다. 조정에서는 곧 주준에게 승리한 병사를 이끌고 저들을 토벌하라 지시했다. 주준이 조칙(詔勅)을 받들어 출진했다. 그때 적들은 완성(宛城)에 웅거하고 있었다. 주준이 병사를 이끌고 공격하니 조홍은 한충을 보내어 싸우게 했다.

이에 주준이 유비와 관우와 장비에게 성의 서남쪽을 공격하게 했다. 한충이 정병을 이끌고 서남쪽에서 항전하자 주준은 철기군 2천 명을 이끌고 길을 돌아 동북쪽을 공격했다. 적군은 성을 잃을까 두려워 서남쪽을 버리고 서둘러 돌아왔다. 유비의 군대가 적군의 배후를 엄습하자 적군이 크게 패하여 완성으로 쫓겨 들어갔다. 주준이 병사를 넷으로 나누어 성을 공격하자 성안에서 식량이 떨어져 한충이 사람을 보내어 성을 나와 항복할 뜻을 알려왔다. 그러나 주준이 이를 허락하지 않았다. 이에 유비가 이렇게 말했다.

"지난날 고조(高祖, 유방)께서 천하를 얻을 수 있었던 것은 거의 모두

---

[1] 상(相) : 흔히 제후국일 때 왕을 돕는 최고위 관리였다. 로버츠(Moss Roberts)는 이를 Fief라고 번역했다. fief란 본디 영지를 받아 봉작을 누리는 사람이므로 중국의 상과는 의미가 조금 다르다.

가 항복한 무리를 받아들였기 때문이었는데, 태수께서는 어이하여 한충의 항복을 받아들이려 하지 않으십니까?"

이에 주준이 이렇게 대답했다.

"그때와 지금은 상황이 다르오. 지난날 진(秦)나라와 항우(項羽)가 겨룰 적에는 천하가 어지러워 백성이 주군을 결정하지 못했던 터라 상을 주며 항복하라고 권고했습니다. 그러나 지금은 나라가 통일되고 오로지 황건적만이 모반을 하고 있는 터에 만약 항복하는 무리를 모두 용서한다면 착한 사람을 칭찬할 길이 없습니다. 저들이 이로울 때는 마음대로 약탈하게 하고 저들이 불리할 때에는 항복을 받아들인다면 이는 도적들의 뜻을 길러주는 것이어서 좋은 계책이라 할 수 없습니다."

유비가 다시 입을 열었다.

"도적의 무리를 용서하지 않는다는 태수의 말씀이 옳습니다. 지금 우리가 철통같이 성을 사방으로 둘러싸고 있는데 적의 항복을 받아들이지 않는다면 저들은 죽기를 무릅쓰고 싸울 것입니다. 만 명이 한마음으로 싸우면 수월하게 이길 수 없습니다. 하물며 지금 성안에서는 몇 만 명이 죽기로 싸우려 하는 때야 오죽하겠습니까? 그러므로 우리가 동남쪽을 지키지 않는 척하며 오로지 서북쪽만 공격한다면 저들은 반드시 성을 버리고 동남쪽으로 달아나며 싸우려 하지 않을 것이니 그때 저들을 사로잡을 수 있을 것입니다."

주준이 유비의 말을 옳게 여겨 동남쪽 두 성의 군마를 뒤로 물리고 다만 서북쪽만을 공격했다. 생각했던 대로 한충은 성을 버리고 병사들과 함께 동남쪽으로 달아났다. 주준과 유비와 관우와 장비의 세 부대가 적군을 엄습하자 한충은 그 자리에서 죽고 나머지 무리는 사방으로 도주했다.

그들이 적군을 추격하려는 사이에 조홍과 손중이 병사를 이끌고 쳐들어와 주준과 전투를 벌였다. 주준이 바라보니 적군의 세력이 엄청나 군대를 이끌고 잠시 뒤로 물러섰다. 조홍은 기세를 타고 완성을 다시 빼앗았다. 주준이 성밖 십 리 거리에 진영을 치고 바야흐로 공격하려는 즈음에 문득 동쪽에서 한 무리의 우람한 인마가 다가오고 있었다.

바라보니 앞에 한 장수가 달려오고 있는데, 이마가 넓고 얼굴이 활달하며 몸은 호랑이 같고 허리는 곰과 같았다. 이 사람은 오군(吳郡)의 부춘(富春) 출신으로 이름은 손견(孫堅)이요, 자(字)는 문대(文臺)이니 저 유명한 손자(孫子)의 후손이었다. 이제 나이 열일곱 살인 그는 아버지와 함께 전당(錢塘)에 갔다가 해적 여남은 명이 상인들의 재산을 겁탈하여 강둑에서 장물을 나누는 것을 보고 아버지에게 이렇게 말했다.

"제가 저 도적들을 사로잡겠습니다."

손견은 분노하여 칼을 빼들고 언덕에 올라 큰 소리로 외치며 도적들을 꾸짖는데 마치 자기 부하들을 다루듯 했다. 도적들은 관군이 온 줄 알고 장물을 버린 채 도주했다. 손견이 홀로 한 도적을 죽이니 그 이름이 오군에 퍼져 교위(校尉)가 되었다.

그 뒤를 이어 회계(會稽)의 요망한 도적 허창(許昌)이 반란을 일으켜 스스로를 양명황제(陽明皇帝)라 부르며 몇 만 명의 무리를 모았다. 이에 손견은 군(郡)의 사마(司馬)와 더불어 병사 천 명 남짓을 모아 여러 주군(州郡)과 함께 그를 무찌르고 그 아들 허소(許韶)까지 잡아 죽였다. 이에 자사 장민(藏旻)이 천자에게 그 공로를 상주하니 조정에서는 손견에게 염독(鹽瀆)의 현감을 내렸다가 우이(盱眙)의 현감에 이어 다시 하비(下邳)의 현감을 내렸다.

손견은 이제 황건적이 난리를 일으켰다는 소식을 듣고 자기 고을의 청년과 상인, 그리고 회수(淮水)와 사수(泗水)의 정예 병력 1천5백 명을 이끌고 적군을 치러 온 것이다. 주준이 크게 기뻐하며 사람을 보내어 손견에게 남문을 치게 하고 유비에게 북문을 치게 하고 자신은 서문을 공격하면서 동문만은 적군이 도주하도록 열어두었다. 손견이 남보다 앞서 성에 올라 적군 스무 명을 죽이자 그들이 서둘러 도주했다.

조홍이 나는 듯이 말을 달려와 바로 손견과 싸움이 붙었다. 손견은 성 위에서 몸을 날려 조홍의 창을 빼앗아 찔러 쓰러트리고 그의 말을 빼앗아 타고 몸을 날려 적군들을 죽였다. 손중이 적군을 이끌고 북문을 빠져나가다가 곧바로 유비를 만나자 더 싸울 용기를 잃고 도주했다. 유비가 활을 쏘아 정확히 손중을 맞히니 그가 몸을 뒤집으며 말에서 떨어졌다. 이어서 주준의 대군이 엄습하여 죽이니 시체가 몇 만 명이요, 포로는 헤아릴 수 없을 만큼 많았다.

이로써 남양으로 가는 길가의 여남은 군데의 군이 모두 평정을 찾았다. 주준이 군대를 끌고 낙양으로 돌아오자 황제는 그에게 거기장군을 제수하여 하남의 태수로 삼았다. 주준이 손견과 유비의 전공을 상주하였으나 손견은 연줄을 대어 겨우 별군사마(別軍司馬)가 되어 임지로 떠났지만 유비는 며칠 기다려도 아무런 벼슬을 얻지 못했다. 유비와 관우와 장비 세 사람이 서글프고 우울한 마음으로 거리를 힘없이 거니는데 낭중(郎中) 장균(張鈞)이 탄 마차가 지나가고 있었다. 유비가 그를 따라가 뵙고 자신의 전공을 설명하자 장균이 매우 놀라 곧바로 대궐로 들어가 황제에게 아뢰었다.

"지난날에 황건적이 반란을 일으킨 것은 그 원인이 십상시의 매관매직에서 비롯된 것입니다. 그들은 친한 사람이 아니면 벼슬에 쓰지 않았고, 원수진 사람이 아니면 죄를 지어도 처벌하지 않았으니 이로써 세상이 어지럽게 된 것입니다. 이제 마땅히 십상시를 죽여 그 목을 남문 밖에 걸고 각지에 사령을 보내어 공을 이룬 무리를 후하게 포상하시면 세상이 스스로 평안해질 것이옵니다."

이 말을 들은 십상시들이 황제에게 아뢰었다.

"장균이 지금 폐하를 속이고 있습니다."

황제가 그들의 말을 믿고 무사에게 장균을 내치게 하였다. 십상시들이 모여 앞으로의 일을 의논하였다.

"이번의 일은 황건적의 소탕에 전공을 세우고서도 벼슬을 얻지 못한 사람이 원망함으로써 벌어진 일임이 분명합니다. 그런즉 조정에서는 몇 사람에게 말직을 주어 다시는 이런 일이 일어나지 않도록 하더라도 늦지 않을 것입니다."

그리하여 유비는 중산부(中山府)의 안희현(安喜縣) 현위(縣尉)라는 말직을 받아 그날로 부임하였다. 유비는 장병들을 고향으로 돌려보내고 오로지 가까운 사람 스무남은 명을 거느리고 관우·장비와 함께 안희현에 도착했다. 업무를 시작한 지 한 달 만에 추호도 법을 어기는 일이 없어 백성이 모두 깊이 감동했다. 부임한 이래 유비는 관우·장비와 함께 같은 식탁에서 식사를 하고 같은 침상에서 잠을 잤다. 유비가 여러 사람들과 어울려 두루 업무를 처리할 때 관우와 장비는 그 곁을 지키면서 지루한 기색을 보이지 않았다.

현위로 부임한 지 넉 달이 지나지 않아 조정에서 사람을 보내어 전공으로 벼슬을 받은 무리가 업무를 잘 수행하고 있는지를 살피도록 했다. 유비도 그런 의심을 받는 사람 가운데 하나여서 위로부터 독우(督郵)라는 벼슬의 감찰사가 내려왔다. 유비는 마을 밖에까지 나가 독우를 영접하고 예의를 갖추었다. 독우는 말 위에 앉아 다만 채찍을 까딱거리며 인사를 대신했다. 관우와 장비는 이미 심사가 뒤틀어졌다. 관아에 이르자 독우는 남쪽을 향하여[南面] 높이 앉아2) 계단 아래 서 있는 유비를 내려다보더니 한참만에야 입을 열었다.

"유 현위는 어떤 출신인고?"

"저는 한실(漢室) 중산정왕(中山靖王)의 후손으로서 탁현(涿縣)에 살다가 이번 황건적의 난에 크고 작은 전투 서른 차례를 치르고 작은 전공을 이룬 탓으로 이 자리를 얻었습니다."

그 말을 들은 독우가 크게 꾸짖으며 말했다.

"너는 황실을 사칭하고 거짓 전공을 보고했구나. 지금 조정의 조서를 보면 바로 너와 같이 허위로 벼슬을 얻은 탐관오리들을 잡아내게 되어 있느니라."

유비가 굽실거리며 물러나와 아전과 상의하니 그가 이렇게 말했다. "독우가 저러는 것은 뇌물을 요구하는 것으로 보입니다."

그러자 현덕이 이렇게 대답했다.

"내가 백성에게 추호도 위법으로 수탈한 바가 없는데 무슨 재물이 있겠소?"

다음날 독우는 먼저 아전을 불러 유비가 백성을 수탈했다고 말하라고 윽박질렀다. 유비가 여러 차례 독우에게 나아가 아전의 방면을 아뢰려 하였으나 문지기가 막아서 들어갈 수가 없었다. 그 무렵에 장비는 마음이 울적하여 술이라도 한잔 마시려고 말을 타고 관아의 앞을 지나는데 오륙십 명의 노인들이 문 앞에서 통곡하고 있었다. 장비가 그 연유를 물으니 노인들이 이렇게 대답했다.

"독우가 현의 아전을 핍박하여 유비 장군을 해코지하려 합니다. 저희

---

2) 나관중의 "글을 시작하며"의 각주 6번 참조.

가 그를 찾아가 괴로움을 말하려 하였으나 들어가지도 못하고 오히려 문에서 매만 맞았습니다."

그 말을 들은 장비가 대로하여 눈을 부릅뜨더니 이가 부러지도록 악물며 말에서 내려 관아로 들어갔다. 문지기가 막아섰으나 그가 곧장 후당으로 들어가 보니 독우는 정청에 높이 앉아 있고 현의 아전은 포승에 묶여 땅바닥에 꿇어앉아 있었다. 장비가 벼락 치듯이 소리쳤다.

"백성을 괴롭히는 도적놈아, 너는 내가 누구인지 아느냐?"

독우가 미처 뭐라고 말도 꺼내기에 앞서 장비가 먼저 그의 머리채를 잡아채어 관아 밖으로 끌고 나와 그 앞에 말을 묶어두는 말뚝에 매달고서는 버들가지를 꺾어 독우의 허벅지를 사정없이 갈기니 한 번 내려칠 때마다 버들가지 십여 개가 부러졌다.

유비가 답답한 심정으로 고민하고 있을 때 관아에서 떠들썩한 소리가 들려 곁의 사람들에게 까닭을 물어보니 그들이 대답했다.

"장비 장군께서 어떤 사람을 관아 앞에 묶어놓고 매질을 하고 있습니다."

유비가 놀라 달려가 보니 매를 맞고 있는 사람은 다른 사람이 아니라 독우였다. 유비가 놀라 그 이유를 물으니 장비가 대답했다.

"백성을 괴롭히는 이런 도적놈을 패 죽이지 않고 어찌 그대로 두겠습니까?"

독우가 유비를 바라보며 애걸한다.

"현덕 공은 나를 살려주시오."

유비는 본디 어진 사람인지라 서둘러 장비의 손을 잡고 말리는데, 마침 관우가 사람들 사이를 비집고 나와 말했다.

"형님께서는 그 많은 전공을 세우고서도 겨우 현위 한 자리를 얻었으나 이제 오히려 독우로부터 이런 모욕을 겪고 있습니다. 제가 생각하기에 '탱자나무에는 봉황이 깃들지 못하는 법'[枳棘叢中 非棲鸞鳳之所]3)이니 독우를 죽이고 벼슬도 내놓고 고향으로 돌아가 달리 큰 꿈을 꾸느니만 못할 것 같습니다."

유비는 현위의 인수(印綬)4)를 꺼내어 독우의 목에 걸어주며 이렇게 꾸짖었다.

"너는 백성을 핍박한 죄가 커 죽어 마땅하나 나는 이제 네 목숨을 살려주며, 인수를 돌려주고 여기를 떠나려 한다."

독우가 정주태수에게 돌아가 이 사실을 알리고 태수는 이를 다시 조정에 보고하니 조정은 관리를 보내어 유비의 무리를 체포하려 했다. 유비와 관우와 장비는 대주(代州)로 가 그곳 태수 유회(劉恢)에게 몸을 의탁했다. 유회가 유비를 보니 그도 또한 황실의 종친인지라 그 집 안에 숨겨 남에게 알리지 않았다.

그 무렵 십상시들이 대권을 쥐고 상의하여 자기들의 뜻에 따르지 않는 무리를 죽였다. 환관 조충과 장양은 황건적을 무찌른 장수들을 찾아 돈과 비단을 요구하는데, 그 요구를 따르지 않는 무리는 황제에게 아뢰어 벼슬을 빼앗았다. 황보숭과 주준도 환관의 요구에 따르지 않자 조충의 무리는 그들도 또한 파직했다. 황제는 조충의 무리에게 거기장군의 벼슬을 내리고 장양의 무리 열세 명에게도 모두 제후의 봉작을 주었다. 이에 조정의 법도가 날로 무너져 백성의 원성이 세상에 가득 찼다.

그 무렵에 장사(長沙)에서 구성(區星)이 반란을 일으키고, 어양(漁陽)

---

3) 『후한서』 「둔리열전」(遁吏列傳)에 나오는 말임.
4) 인수(印綬) : 벼슬에 임명될 때 황제에게서 받는 신분이나 벼슬의 등급을 나타내는 관인(官印)과 그것을 몸에 차도록 되어 있는 끈을 뜻함.

에서는 장거(張擧)와 장순(張純)이 반란을 일으켜 스스로 천자와 대장군으로 불렀다. 이를 알리는 상소문이 눈발처럼 조정에 올라왔지만 십상시들은 이들을 감추고 황제에게 보이지 않았다.

어느 날 황제가 뒤뜰에서 십상시들과 식사를 나누는데 간의대부(諫議大夫) 유도(劉陶)가 황제 앞에 나와 슬피 울었다. 황제가 그 이유를 물으니 유도가 이렇게 대답했다.

"이제 천하의 위급함이 아침저녁에 걸려 있는데 폐하께서는 아직도 저 거세한 환관들과 함께 술만 들고 계십니까?"

황제가 물었다.

"지금 나라가 태평한데 위급하다니 그 무슨 말인고?"

"지금 사방에서 도적이 일어나 주(州)와 군(郡)을 약탈하고 있습니다. 그 화란(禍亂)의 대부분은 십상시가 벼슬을 팔고 백성을 수탈하며 폐하를 속이고 있기 때문입니다. 이제 조정에는 바른 신하가 모두 떠나고 화란이 눈앞에 다가와 있습니다."

그 말을 들은 십상시들이 관을 벗고 황제 앞에 엎드려 아뢰었다.

"대신들이 저희를 용납하지 않사오니 저희가 살길이 없습니다. 바라옵건대 폐하께서는 저희가 목숨을 부지하여 고향에 내려가 살게 하시면 모든 재산을 바치오리니 도적을 무찌르는 군자금으로 쓰게 하소서."

환관들은 말을 마치자 목 놓아 통곡했다. 황제가 분노하여 유도를 꾸짖으며 말했다.

"너에게도 가까이 두어 시중을 들게 하는 사람이 있을 터인데 어찌하여 짐(朕)은 그런 사람들을 곁에 두어서는 안 된다는 말이냐?"

황제는 무사들을 불러 유도의 목을 치라 지시했다. 유도가 울며 큰 소리로 아뢰었다.

"신이 죽는 것은 슬프지 않사오나 한실 천하가 사백 년이 지난 지금 이렇게 멸망하는 것이 안타까울 뿐입니다."

무사들이 유도를 끌고 나가 죽이려는 참인데 한 대신이 큰 소리로 외쳤다.

"무사들은 사형의 집행을 멈추어라, 내가 황제를 뵙고 아뢰리라."

무리가 바라보니 그는 삼공(三公)5)의 하나인 사도(司徒) 진탐(陳眈)이었다. 그는 대궐로 들어가 황제에게 아뢰었다.

"간의대부 유도가 무슨 죄를 지었기에 죽어야 합니까?"

"그는 나의 가까운 신하들을 비방하고 짐을 비방했소."

"지금 백성은 저 십상시의 살을 뜯어 먹고 싶어 합니다. 폐하께서는 저들을 마치 부모라도 되는 것처럼 공경하시지만 저들은 이룬 공업도 없이 봉작을 받았으며, 더욱이 봉서와 같은 무리는 황건적과 내통하여 내란을 일으키고자 하오나 폐하께서는 지금 스스로를 돌아보지 않으시니 사직(社稷)6)은 이제 곧 무너질 지경입니다."

"봉서가 내란을 꾸몄다는 말은 아직 분명하지 않다. 십상시 가운데 어찌 한두 명의 충신이 없겠는가?"

진탐이 머리로 계단을 찧으며 사실을 간언했으나 황제는 분노하여 그를 내쳐 유도와 함께 감옥에 가두라 명령했다. 십상시들은 그날 밤에 옥

---

5) 삼공(三公) : 흔히 삼정승이라는 뜻으로 쓰지만, 정확히 말하면 최고의 관직에 있으면서 천자를 보좌하던 세 벼슬. 곧 주나라 때는 태사(太師)·태부(太傅)·태보(太保)가 있었고 진(秦)나라와 전한(前漢) 때는 승상·태위·어사대부(御史大夫), 또는 대사마(大司馬)·대사공(大司空)·대사도(大司徒)가 있었으며, 후한(後漢) 때는 태위·사도·사공이 있었다.
6) 사직(社稷) : 이는 본디 조정에서 지신(地神)과 곡신(穀神)에게 제사를 드리던 풍습을 뜻했다. 이 제사의 성실함에 따라 왕조의 존망이 결정되었으므로 그 뒤로는 왕조라는 뜻으로 의미가 변질되었다.

에 갇힌 그들을 죽이고, 조서를 꾸며 손견을 장사태수로 임명하여 구성을 토벌하도록 했다.

그로부터 오십 일이 지나지 않아 강하(江夏)가 평정되었다는 소식이 들려왔다. 황제는 조칙을 내려 손견을 오정후(烏程侯)로 삼고 유우(劉虞)를 유주목사로 삼아 병사를 거느리고 어양으로 나아가 장거와 장순을 토벌하도록 했다.

이때 대주자사 유회는 글을 보내어 유비에게 유우를 만나보도록 소개했다. 유우는 크게 기뻐하며 유비를 도위(都尉)로 삼아 병사를 이끌고 곧바로 도적을 소탕하게 하니 싸운 지 며칠 만에 적군의 예기(銳氣)를 꺾어놓았다. 장순이 너무 잔혹하여 부하들의 마음이 크게 흔들리더니 끝내 부하 하나가 그의 목을 잘라 바치면서 무리와 함께 항복해 왔다. 장거는 자기의 형세가 이미 기운 것을 알고 스스로 목숨을 끊었다. 이렇게 하여 어양이 평정되었다.

유우가 유비가 이룬 전공을 황제에게 아뢰니 조정에서는 장비가 독우를 매질한 잘못을 용서하고 하밀(下密)의 현승(縣丞)을 제수하였다가 다시 고당(高堂)의 현위로 자리를 옮겼다. 공손찬(公孫瓚) 또한 유비가 이룬 지난날의 전공을 조정에 아뢰어 별부사마(別部司馬)로 추천하니 조정에서는 그를 평원(平原)현령으로 삼았다. 그는 평원을 다스리면서 재정과 양곡과 군마를 갖추어 지난날의 번영을 되찾게 해주었다. 유우는 도적을 평정한 공로로 태위(太尉)의 지위에 올랐다.

영제(靈帝) 중평(中平) 6년(서기 189) 4월, 황제는 병이 깊어지자 대장군 하진(何進)을 불러 후계의 문제를 상의했다. 하진은 본디 백정 출신이었으나 누이가 대궐로 들어가 귀인(貴人)이 되어 황자를 낳은 뒤로 황후가 되자 이로 말미암아 대권을 휘두르게 된 인물이었다. 황제는 또한 왕

(王) 미인을 사랑하여 황자 협(協)을 낳았다. 하황후는 왕 미인을 질투하여 독약7)을 먹여 죽였다.

그 뒤로 협은 할머니인 동태후(董太后)의 손에 컸다. 동태후는 영제의 모후로서 해독정후(解瀆亭侯) 유장(劉萇)의 아내였다. 본디 선왕인 환제(桓帝)에게 자식이 없자 해독정후의 아들을 양자로 들여 왕위를 잇게 했는데 이가 곧 영제였다. 영제는 황제에 오르자 어머니를 궁중에 모시고 태후로 받들었다. 동태후는 자신이 키운 협을 태자로 책봉하고 싶어 했고 황제 또한 그를 사랑했다.

그 무렵 황제의 병이 깊어지자 십상시 가운데 하나인 건석(蹇碩)이 황제에게 글을 올려 아뢰었다.

"만약 폐하께옵서 협을 태자로 삼고자 하신다면 먼저 하진을 죽여 뒷날에 걱정이 없도록 해야 합니다."

황제도 그 말을 옳게 여겨 하진을 입궐하라고 지시했다. 하진이 대궐문 앞에 이르자 사마반은(司馬潘隱)이 조용히 하진에게 귀띔했다.

"대장군께서는 대궐에 들어가지 마십시오. 환관 건석이 장군을 죽이려 합니다."

하진은 매우 놀라 서둘러 집으로 돌아와 여러 대신을 모아놓고 환관들을 죽일 음모를 꾸몄다. 그때 좌중에서 어떤 사내가 일어서더니 이렇게 말했다.

"[8대] 충제(沖帝, 재위 145)와 [9대] 질제(質帝, 재위 146-147)8) 이래

---

7) 짐주(鴆酒) : 광동성에 사는 독조(毒鳥)인 짐새의 깃으로 담근 술로서 사약(死藥)으로 쓰임.
8) 연대로 볼 때 충제는 두 살 때 등극하여 그해에 죽었고, 질제는 여덟 살에 등극하여 이듬해에 죽었다.

로 환관이 발호하여 조정에서 발호함이 미치지 않은 곳이 없는데 어찌 죽이지 않을 수 있겠습니까? 그러나 이 비밀을 지키지 않는다면 반드시 멸족의 화를 겪을 것이니 깊이 생각하십시오."

하진이 바라보니 전군교위(典軍校尉) 조조(曹操)였다. 그의 말을 들은 하진이 크게 꾸짖었다.

"네 따위의 하급 무사가 어찌 국가의 대사를 알겠는가?"

이래저래 머뭇거리는 동안에 사마반은이 들어와 이렇게 말했다.

"황제께서는 이미 붕어하셨습니다.9) 지금 건석을 비롯한 십상시들이 상의하여 국상을 숨기고 거짓으로 꾸민 조칙을 내려 국구(國舅)10) 하진 장군을 왕궁으로 불러들여 죽여 후환을 없이 한 다음 황태자 협(協)을 제위에 앉히려 합니다."

말이 미처 끝나지도 않았는데 황제의 사자(使者)가 이르러 하진에게 서둘러 대궐로 들어와 태자의 즉위 문제를 논의하기 바란다고 전갈했다. 조조가 다시 나서서 말했다.

"오늘의 계책은 올바른 군주를 보위에 오르시게 하는 일이 먼저요, 십상시를 처단하는 일은 그다음에 할 일입니다."

하진이 입을 열었다.

"누가 감히 나와 더불어 황제를 등극시키고 역적을 토벌하겠는가?"

그때 어떤 사내가 나서서 말했다.

"바라옵건대 저에게 날랜 군사 오천 명을 주시면 대궐 문을 부수고 들

---

9) 이때가 영제(靈帝) 중평(中平) 6년(서기 189)이었다.
10) 국구(國舅)를 어떻게 해석하느냐에 관해서는 논란이 있다. 황제의 장인일 수도 있고, 외삼촌으로 쓰는 경우도 있으며, 때로는 황후의 오라버니일 수도 있다. 여기에서는 하진이 하태후의 오라버니라는 뜻으로 썼다.

어가 새로운 천자를 옹립하고 내시들을 모두 죽이고 조정을 깨끗이 하여 천하를 편안하게 만들겠습니다."

하진이 바라보니 그는 사도(司徒) 원봉(袁逢)의 아들이자 원외(袁隗)의 조카로서 이름은 원소(袁紹)요 자는 본초(本初)이니 벼슬은 사예교위(司隸校尉)11)였다. 하진이 크게 기뻐하며 근위병[御林軍] 오천 명을 내주니 그는 온몸을 무장하고 떠났다. 하진은 하옹(何顒)과 순유(荀攸)와 정태(鄭泰)를 비롯하여 대신 서른 명 남짓한 무리를 이끌고 뒤따라 대궐로 들어가 영제의 관(棺) 앞에서 태자 변(辯)을 황제로 옹립했다.

새로이 등극한 황제[少帝]에게 백관이 인사를 드리자 원소가 대궐 안에 들어가 건석을 찾았다. 건석은 황급히 황제의 화원 그늘에 숨어 있다가 환관 곽승(郭勝)의 손에 죽었다. 건석이 거느리고 있던 왕궁 수비대[禁軍]는 모두 항복했다. 그때 원소가 하진에게 아뢰었다.

"환관들이 패거리를 지었으니 오늘 승세를 이용하여 저들을 모두 죽여 버리시지요."

장양을 비롯한 환관의 무리는 일이 급박해진 것을 알고 곧 내전으로 들어가 하태후에게 아뢰었다.

"처음부터 대장군을 죽이려고 일을 꾸민 사람은 건석 한 사람뿐이었고 저희는 그 일에 관계하지 않았습니다. 이제 대장군께서 원소의 말을 들으시고 저희를 모두 죽이려 하오니 태후 마마께서는 저희를 불쌍히 여겨 살려주소서."

하태후가 그들에게 말했다.

"그대들은 걱정하지 말라. 내가 지켜주리다."

---

11) 사예교위(司隸校尉) : 황제의 측근으로서 감찰 직을 수행했다.

그러고서 하태후는 하진을 들어오라 일렀다. 그가 들어오자 태후는 그에게 은밀하게 말했다.

"나와 오라버니는 보잘것없는 집안에 태어나 내시 장양의 무리가 도와주지 않았더라면 어찌 지금의 호강을 누릴 수 있었겠습니까? 이제 건석이 어질지 않아 이미 죽임을 당한 터에 오라버니는 어찌 남의 말만 믿고 환관들을 모두 죽이려 하십니까?"

하진이 태후의 말을 듣고 나와 관료들에게 이렇게 말했다.

"건석이 나를 죽이려 했으니 그 가족을 모두 죽인 것은 옳은 일이오. 그러나 그 밖의 사람들이야 반드시 죽여야 할 이유가 없소."

원소가 걱정스럽게 말했다.

"잡초를 뿌리째 뽑아버리지 않으면 뒷날 반드시 자신을 망치는 근원이 될 것입니다."

그 말을 들은 하진이 대답했다.

"내 뜻은 이미 결정되었으니 그대는 다시 말하지 말라."

대신들이 그 말을 듣고 모두 물러났다. 다음날 하태후는 하진을 참록상서(參錄尙書)로 삼고 그 밖의 무리에게도 벼슬을 내렸다. 이에 동태후가 장양을 비롯한 내시들을 대궐로 불러 앞일을 상의하며 말했다.

"하진의 누이가 대궐에 들어온 것은 본디 내 덕분이었다. 그러나 지금에 와서 그 아들이 황제에 올랐다 하여 안팎의 신료들이 모두 그의 심복이 되어 저토록 권세를 부리니 내가 장차 어찌해야 할꼬?"

장양이 먼저 대답했다.

"태후마마께서 조정에 납시어 황제의 뒤에 발을 드리우고 그 뒤에서 정사를 처리하시며[垂簾聽政], 황태자 협을 왕으로 책봉하시고 국구 동중(董重)을 대관(大官)으로 삼으시어 군권(君權)을 잡으신 다음 저희들을 중요하게 쓰시면 대사를 능히 도모할 수 있을 것입니다."

동태후가 그 말을 듣고 몹시 기뻐했다. 다음날 조신회의를 열어 교지를 내려 왕 미인의 아들 협을 진류왕(陳留王)에 봉하고 동중을 표기장군(驃騎將軍)으로 삼았으며 장양을 비롯한 환관들에게 모든 정사를 맡겼다. 하태후가 동태후의 전횡을 보고 궁중에 잔치를 연 다음 동태후를 초청했다. 술이 반쯤 취하자 하태후가 일어서서 술잔을 들고 재배한 다음 동태후에게 아뢰었다.

"저희는 아녀자의 몸인지라 정치를 말하는 것이 옳지 않습니다. 지난날 고조[유방]의 비(妃)였던 여(呂)태후께서는 권력을 쥐고 흔들었던 탓에 친족 1천 명이 모두 죽임을 겪었습니다. 이제 저희는 구중(九重)궁궐에 깊이 숨어 사는 여인들이라, 조정의 큰일은 대신과 원로들에게 맡기는 것이 국가를 위해 다행한 일이니 바라옵건대 저의 뜻을 들어주소서."

그 말을 들은 동태후가 불같이 화를 내며 소리쳤다.

"너는 왕 미인을 독살하여 질투심을 풀더니 이제는 아들이 황제에 오른 것을 기화로 네 오라비의 힘을 믿고 감히 세상을 어지럽히는 말을 하고 있구나. 내가 표기장군에게 네 오라비를 죽이도록 하는 것은 손바닥을 뒤집는 일만큼이나 쉬운 일이다."

하태후 또한 지지 않고 대로하며 소리쳤다.

"저는 좋은 말로써 태후에게 권고를 드리는데 어찌 그리 분개하십니까?"

동태후가 다시 소리쳤다.

"네 집구석은 소나 잡던 백정 출신인데 어찌 아는 것이 있겠느냐?"

두 태후가 서로 얽혀 싸우니 장양을 비롯한 무리가 두 태후를 말려 내전으로 돌아가게 했다. 하태후는 그날 밤 하진을 들어오라 하여 지난 일을 알려주었다. 이에 하진은 삼공(三公)을 불러 이 일을 상의한 결과 다음날 아침 일찍 조회를 열어 조정 대신들이 상소를 올려, 동태후가 본디 황제의 비가 아니라 제후의 아내였으니 대궐에 오래 머물게 하는 것은 옳지 않으므로 하간(河間)으로 돌려보내어 안치하되 오늘 바로 떠나도록 하라고 아뢰도록 했다.

그리하여 한편으로는 사람을 보내어 동태후를 호송하고 다른 한편으로는 표기장군 동중의 집을 포위하여 인수를 빼앗아 오도록 했다. 일이 다급해진 것을 알아차린 동중은 후당에서 스스로 목을 찔러 죽었다. 집 안사람들이 슬퍼하니 병사들이 흩어졌다.

장양과 단규는 동태후의 일족이 모두 몰락하는 것을 보자 금붙이와 온갖 패물들을 싸 가지고 하진의 아우인 하묘(何苗)와 그 어머니인 무양군(舞陽君)을 찾아가 서둘러 하태후를 찾아뵙고 자기들을 위해 좋은 말로 황제의 귀를 막게 하니 이로써 십상시의 무리는 다시 황제를 가까이서 모시게 되었다.

영제 중평(中平) 6년(서기 189) 6월, 하진은 남몰래 하간의 역관(驛館) 뜰에서 동태후를 독살하여 시체를 낙양으로 실어 와 문릉(文陵)에 묻었다. 하진이 병을 핑계로 조정에 나오지 않자 사예교위 원소가 그를 찾아가 계책을 말했다.

"환관 장양과 단규의 무리는 안팎으로 헛소문을 퍼뜨려 말하기를, 장군께서 동태후를 독살하고 큰일을 꾸미고 있다고 하오니, 이번에 저들을 죽이지 않는다면 뒷날 반드시 화란을 겪을 것입니다. 지난날 대장군 두무(竇武)가 십상시들을 죽이려다가 비밀이 드러나 오히려 죽임을 당했습니다. 지금 장군의 형제가 거느린 장수와 관리들은 모두 빼어난 무리이어서 만약 그들이 힘을 다한다면 거사를 단행하는 것은 손아귀에 들어온 것이나 다름이 없습니다. 지금은 하늘이 준 기회이니 놓치지 마소서."

하진이 대답했다.

"한번 생각해보겠네."

곁에서 엿들은 무리가 이를 장양에게 알리자 장양이 다시 하묘를 찾아가 많은 뇌물을 주며 목숨을 구걸했다. 뇌물을 받은 하묘가 대궐에 들어가 하태후에게 아뢰었다.

"대장군께서 새로이 등극한 황제를 보좌하면서 자비심을 보이지 않고 권력을 휘두르는 모습이 살벌하며, 이제 또 아무런 까닭도 없이 십상시를 죽이려 하니 이는 나라를 어지럽게 하는 짓입니다."

하태후는 그 말을 듣고 귀가 솔깃하던 차에 하진이 입궐하여 내시들을 죽이자고 아뢰자 이렇게 대답했다.

"내시가 대궐 안의 일들을 통솔하는 것은 한실의 옛 법입니다. 선제께서 붕어하신 지도 오래지 않은데 원로 신하들을 죽이려 하는 것은 종묘를 위하는 일이 아닙니다."

하진은 본디 주관이 없는 사람인지라 하태후의 말을 듣고 그저 "예 예" 하며 물러났다. 원소가 그를 만나 물었다.

"대사가 어찌 되었습니까?"

"태후께서 반대하시니 어찌해야 할지 모르겠네."

"사방의 영웅들을 모아 병력을 이끌고 경사(京師)로 쳐들어가 한꺼번에 내시를 죽여버리십시오. 그렇게 되면 사태가 급박하여 태후께서 말릴 겨를이 없을 것입니다."

"그 방법이 참으로 절묘하군."

그는 곧 각 진(鎭)에 격문을 보내어 경사로 모이도록 했다. 이를 본 주부(主簿) 진림(陳琳)이 아뢰었다.

"그 방법은 옳지 않습니다. 옛말에 '눈을 가리고 제비를 잡으려 한다 하니 이는 스스로를 속이는 짓이다."[掩目而捕燕雀 是自欺也]라고 하였으니 미물을 잡을 때도 속임수를 써서 잡지 않음을 뜻하는 것입니다. 하물며 국가 대사에서야 더 말할 것이 있겠습니까? 이제 장군께서는 황제의 권위를 누리며 병권을 장악하여 마치 용이 머리를 쳐들고 호랑이가 걷는 듯하여 높고 낮은 벼슬아치들이 모두 우러러보고 있는 터입니다. 사정이 이런데 만약 장군께서 환관을 죽이려 하신다면 화로의 불을 높여 털을 태우는 것만큼이나 쉬운 일입니다. 그러므로 신속하게 군대를 진발하여 권력을 휘둘러 결단을 내리신다면 하늘과 땅이 모두 따를 것입니다. 사정이 그러하온데 장군께서는 오히려 밖의 대신을 경사로 불러들여 대궐을 짓밟으려 하십니다. 영웅들이 한자리에 모이면 각자가 자기 생각만 하기 마련입니다. 이는 이른바 칼을 거꾸로 잡고 칼자루를 적군에게 넘겨주는 것이니 대공을 이루기는커녕 오히려 일을 더 어렵게 만들 뿐입니다."

하진이 웃으며 말했다.

"그건 어리석은 사내들의 생각이야."

그때 곁에서 듣고 있던 한 사나이가 손뼉을 치고 웃으며 말했다.

"이번 일은 손바닥 뒤집기처럼 쉬운 일인데 어찌 그리 길게 이야기를 합니까?"

무리가 돌아보니 조조였다. 시인이 이를 보고 이렇게 읊었다.

임금의 주변에서 일어나는 소인들의 난리를 제거하려면
모름지기 조정의 지사들에게 계책을 물어야 하느니.12)

---

12) 아마도 이 구절은 『예기』(5) 「왕제」(王制)를 옮긴 것 같다. "무릇 인재를 기용함에는 반드시 먼저 그 인물을 논변한 다음 일을 시킨다. 일을 맡긴 뒤에 벼슬을 주고 벼슬의 지위가 결정된 뒤에 봉록을 준다. 사람에게 조정의 벼슬을 줄 때에는

欲除君側宥人亂 須聽朝中智士謀

조조는 과연 무슨 말을 하려고 저럴까?

선비(士)와 더불어 의논한다."

제3회

새도 나무를 가려 앉거늘

> 온명원에서 동탁이 정원을 꾸짖고
> 이숙은 금은보화로
> 여포를 기쁘게 하도다.

조정 회의에서 조조가 나와 하진에게 아뢰었다.

"환관의 화란은 예나 지금이나 늘 있는 일입니다. 다만 황제께서 옳지 않게 그들에게 권력을 주고 총애했기 때문에 이 지경에 이른 것입니다. 만약 그들의 죄를 다스리려 하신다면 모름지기 그 뿌리를 뽑아야 합니다. 그러나 환관을 죽이는 일이라면 옥리(獄吏) 한 명이면 충분한 일을 어찌 지방의 병력까지 불러 세상을 어지럽게 할 이유가 있겠습니까? 환관을 모조리 죽이려다가는 사실이 세상에 드러날 터인데, 제가 생각하기에 이는 반드시 지는 길입니다."

하진이 분노에 찬 목소리로 말했다.

"그대도 또한 [내시였던 그대의 할아버지처럼] 사사로운 이익을 생각하고 있는가?"

무안을 겪은 조조가 원한을 품고 그 자리에서 나오면서 혼자 중얼거렸다.

"천하를 어지럽히는 놈은 바로 하진이로구나."

하진은 은밀하게 사자(使者)들이 거짓으로 꾸민 황제의 밀서를 가지고 밤을 틈타 각 군진으로 가게 했다.

그 무렵 전장군(前將軍) 오향후(鰲鄕侯)로서 서량(西涼)태수를 지내고 있던 동탁은 지난날 황건적의 난에 공을 세우지 못하여 조정에서 그 죄를 물으려 하자 십상시에게 뇌물을 주고 겨우 죄를 면한 터였다. 그는 다시 조정의 대신들과 결탁하여 높은 벼슬을 얻어 서주의 병사 이십만 명을 거느리고 늘 역심을 품고 있었다. 그런 상황에서 황제의 조칙을 받은 동탁은 기쁜 마음으로 군마를 점검하여 출병을 준비하면서 사위인 중랑장 우보(牛輔)에게 섬서(陝西)를 지키게 하고, 자신은 이각(李傕)·곽사(郭汜)·장제(張濟)·번조(樊稠)와 함께 병사를 거느리고 낙양을 향하여 떠났다. 그때 동탁의 또 다른 사위인 이유(李儒)가 말했다.

"지금 우리가 비록 조칙을 받아 병사를 출발시키고 있기는 하지만 그 중간에 많은 음모가 끼었을 수 있으니 어찌 장군께서는 사람을 시켜 군대를 진발할 수밖에 없는 이유를 상소하지 않으십니까? 명분이 옳다면 말도 또한 순리로 풀려[名正言順] 대사를 도모하기에 쉽습니다."

동탁이 그 말을 듣고 기뻐하며 황제에게 글을 올려 아뢰니 그 내용이 대략 이러했다.

"그윽이 듣건대, 지금 세상이 어지럽고 반역이 그치지 않는 것은 모두가 환관 장양의 무리가 하늘의 도리를 거스르고 있기 때문이라고 합니다. 신이 듣건대 끓는 물을 식히려면 솥 밑에 불타는 나무를 빼내는 것만 한 일이 없고, 고름을 짜내는 일이 아프기는 하지만 독을 키우는 것보다는 낫습니다.[揚湯止沸 不如去薪 潰癰雖痛 勝於養毒] 신이 감히 북을 울려 낙양으로 들어가 장양의 무리를 무찌르고자 청하오니, 그 길이 사직과 천하에 크게 다행한 일이라 여겨집니다."

하진이 동탁의 표문(表文)을 받아 대신들에게 보여주자 시어사(侍御史) 정태(鄭泰)가 아뢴다.

"동탁은 이리와 같은 사람입니다. 그가 낙양에 들어오면 반드시 사람을 잡아먹으려 할 것입니다."

그 말에 하진이 대답했다.

"그대는 의심이 많아 큰일을 할 사람이 못 되는군."

그러자 노식(盧植)이 또한 아뢰었다.

"제가 동탁의 사람 됨됨이를 잘 아는데, 얼굴에는 웃음을 띠었지만 마음은 이리와 같은 사람입니다. 그가 한번 궁궐에 들어오는 날이면 반드시 화란을 일으킬 것이오니 아예 낙양에 들어오지 못하게 하여 공연한 난리를 막느니만 못합니다."

하진이 말을 듣지 않자 정태와 노식은 벼슬에서 물러나 낙양을 떠났다. 조정 대신들 가운데 벼슬을 떠난 사람이 절반이나 되었다. 하진이 사람을 보내어 민지(澠池)에서 동탁을 맞이하려 했으나 그는 병사를 움직이지 않았다. 장양의 무리는 동탁의 군사가 성밖에 이른 것을 알고 상의하며 말했다.

"이는 하진이 꾸민 일이니 우리가 먼저 손을 쓰지 않으면 모두 멸족의 화를 겪을 것이오."

그리하여 환관들은 무장을 갖춘 병사 쉰 명을 장락궁(長樂宮) 가덕문(嘉德門) 안에 숨겨두고 내전으로 들어가 하태후를 뵙고 아뢰었다.

"지금 하진 대장군께서 거짓 조서를 꾸며 지방의 병사들을 낙양으로 불러들여 저희를 죽이려 하오니 마마께서 저희를 불쌍히 여겨 살려주소서."

"그대들이 대장군을 찾아뵙고 용서를 빌어보구려."

"만약 저희가 장군의 정소(政所)에 갔다가는 뼈와 살이 가루가 될 것이옵니다. 마마께오서 대장군을 대궐로 부르시어 말씀해주소서. 저희의 청을 들어주지 않으신다면 저희는 지금 마마의 앞에서 죽기를 바라나이다."

하태후는 마지못해 하진을 대궐로 불렀다. 하진이 조서를 받고 떠나려하자 주부(主簿) 진림(陳琳)이 아뢰었다.

"태후의 이번 조서는 분명히 십상시가 꾸민 일이오니 결코 가지 마소서. 가시면 반드시 화를 입을 것입니다."

하진이 물었다.

"태후께서 부르시는데, 무슨 나쁜 일이 있을까?"

원소(袁紹)가 나서서 아뢰었다.

"이번 일은 이미 세상에 드러나 모두가 연유를 알게 된 터에 장군께서는 아직도 입궐하려 하십니까?"

그러자 조조가 나서서 말했다.

"먼저 십상시를 불러낸 다음 장군께서 들어가시는 것이 옳은 듯합니다."

하진이 웃으면서 말했다.

"그것은 참으로 어린아이 같은 소견이다. 지금 내가 천하의 대권을 잡고 있는데, 십상시인들 나를 어쩌겠는가?"

원소가 거듭 말했다.

"장군께서 꼭 가시겠다면 저희가 무장한 병사들로 호위하여 예상하지 못한 일에 대비하고자 합니다."

이에 원소와 조조가 각기 정예 병사 오백 명을 뽑아 원소의 아우 원술

(袁術)이 지휘하도록 했다. 원술은 무장을 갖추고 병사들을 이끌고 청쇄문(靑瑣門) 밖으로 나갔다. 원소와 조조는 칼을 차고 병사들과 함께 장락궁 앞에 이르렀다. 그때 환관이 황제의 뜻을 전달했다.

"무릇 태후께서 대장군을 부르신 것이니 다른 사람들은 들어올 수 없소이다."

그리하여 원소와 조조는 대궐 밖에서 기다렸다. 하진은 고개를 쳐들고 태연히 대궐로 들어섰다. 그가 가덕문에 이르자 장양과 단규가 나와 맞이하며 좌우를 둘러싸니 하진이 매우 놀랐다. 그때 장양이 나서며 목소리를 높여 하진을 꾸짖었다.

"동태후께서 무슨 죄를 지었기에 너는 그분을 독살했느냐? 너는 국모의 국상 때에도 몸이 아프다는 이유로 장례에 참석하지 않았다. 너는 본디 개돼지나 잡고 술을 팔던 천한 몸이었으나 우리가 천자에게 추천하여 부귀영달을 누렸음에도 은혜를 갚기는커녕 우리를 죽이려 했다. 너는 우리를 더러운 무리라 하지만 그렇다면 누가 깨끗하다는 말이냐?"

하진이 다급하여 달아날 길을 찾았으나 대궐 문은 이미 닫히고 무장한 병사들이 튀어나와 하진을 두 동강 내어 죽였다. 후세의 시인이 그때의 장면을 이렇게 읊었다.

> 한나라가 쓰러지려 하늘의 운수마저 끝나니
> 하진 같은 어리석은 사람이 삼공에 올랐도다.
> 충신의 말을 그토록 듣지 않더니
> 대궐에서 칼 맞아 죽지 않을 수 없었구나.
> 漢室傾危天數終 無謀何進作三公
> 幾番不聽忠臣諫 難免宮中受劍鋒

장양의 무리가 하진을 죽인 뒤 원소는 시간이 오래 지났는데도 하진이 나타나지 않자 참지 못하고 대궐 문을 향해 소리쳤다.

"장군께서는 어서 수레에 오르소서."

그러자 장양의 무리는 하진의 머리를 성문 밖으로 내던지며 타일렀다.

"하진은 모반한 죄로 이미 죽었다. 그 나머지에게는 죄를 묻지 않을 것이다."

원소가 이를 갈며 소리쳤다.

"환관들이 음모를 꾸며 대신을 죽였다. 악당을 무찌르고자 하는 무리는 나와서 도우라."

하진의 부장 오광(吳匡)이 청쇄문 밖에서 불을 질렀다. 원술이 병사들을 이끌고 궁정으로 쳐들어가 만나는 환관마다 높고 낮음을 가리지 않고 모두 죽였다. 원소와 조조가 문지기를 죽이고 대궐로 들어가니 조충·정광·하운·곽승의 네 명은 취화루(翠花樓)까지 쫓겨갔다가 고깃덩어리가 되어 땅에 나뒹굴었다. 궁궐에서 불기둥이 하늘을 찌를 듯하자 장양과 단규와 조절과 후람은 태후와 태자와 진류왕을 붙잡아 이끌고 궁궐 깊숙이 들어가 뒷길을 따라 북쪽 궁궐로 달아났다.

그 무렵에 노식은 벼슬을 내놓고서도 낙양을 떠나지 않고 있다가 대궐에서 변란이 일어난 것을 보자 갑옷을 입고 창을 든 채 대궐 문 앞에 서 있었다. 그때 단규가 하태후를 끌고 가는 것을 본 노식이 크게 소리쳤다.

"역적 단규야, 어찌 감히 태후마마를 끌고 가느냐?"

단규가 몸을 돌려 달아나자 태후는 창문으로 빠져나와 노식의 손에 구출되었다. 오광이 내시들을 죽이며 내당으로 들어가니 하묘(何苗)가 칼을 빼 들고 있는 모습이 보였다. 오광이 소리쳤다.

"하묘도 역적들과 함께 일을 꾸며 형을 죽였으니 죽어 마땅하다."

무리가 소리쳤다.

"형을 죽인 놈을 우리 손으로 죽이게 하소서."

하묘가 도망치려 하였으나 칼을 맞고 갈기갈기 찢겼다. 원소는 다시 명령을 내려 부대를 나누어 십상시의 가족들을 죽이라 하니 늙은이나 젊은이를 가리지 않고 모두 죽였는데, 애꿎게 수염이 없어 죽은 자도 많았다. 조조는 한편으로는 대궐의 불을 끄고, 하태후가 대권을 잡게 한 다음 병사들을 파견하여 장양을 쫓도록 하며 어린 황제를 찾아 나섰다.

그 무렵에 장양과 단규는 황제와 진류왕을 이끌고 연기 나는 불구덩이를 지나 밤을 이용하여 북망산(北邙山)으로 달아났다. 삼경이 되어 뒤편에서 함성이 크게 일어나며 사람과 말이 달려오는데 앞장을 선 사람은 하남의 중부연(中部掾)인 민공(閔貢)이었다. 그가 소리 높여 외쳤다.

"역적은 달아나지 말라."

장양은 사태가 이미 그른 것을 알고 강물에 뛰어들어 자살했다. 황제와 진류왕은 어찌할 바를 몰라 감히 소리도 지르지 못하고 강변의 풀숲에 엎드려 있었다. 병사들은 사방으로 흩어져 황제를 찾았으나 보이지 않았다. 황제와 진류왕은 새벽까지 엎드려 있는데 몸은 춥고 배가 고파 서로 부둥켜안고 울며 남이 알까 두려워 수풀 속에서 소리를 참고 있었다. 그때 진류왕이 말했다.

"이곳은 오래 머물 곳이 못 되오니 달리 살길을 찾아야겠습니다."

이에 두 사람은 옷자락을 서로 묶고 해변을 기어갔으나 가시덤불이 가득하고 어두워 길을 찾을 수 없었다. 그들이 어찌할 바를 모르고 있는데 불현듯 반딧불 몇 천 마리가 무리를 이루어 나타나 빛을 내며 황제의 앞을 돌았다. 그를 본 진류왕이 말했다.

"이는 하늘이 우리 형제를 도우려 하심입니다."

그들이 반딧불을 따라가니 조금씩 길이 드러났다. 날이 밝자 그들은 발이 아파 더 걸을 수가 없었다. 바라보니 산봉우리 한편에 풀 더미가 쌓여 있어 두 사람은 그 위에 누웠다. 풀 더미 앞에는 집 한 채가 있었다.

그날 밤 집주인이 잠을 자는데 꿈속에 두 개의 붉은 해가 집의 뒤뜰에 떨어졌다. 놀라 일어난 그는 옷을 걸치고 나가 사방을 살펴보는데 뒤뜰 풀 더미에서 붉은빛이 일어나 하늘로 치솟고 있어 달려가보니 두 사람이 풀숲에 누워 있었다. 집 주인이 물었다.

"두 소년은 어느 집 자제들인가?"

황제가 감히 대답하지 못하자 진류왕이 황제를 가리키며 말했다.

"이분은 황제이신데 십상시의 난을 만나 몸을 피하여 여기에까지 오게 되었습니다. 나는 황제의 아우 진류왕입니다."

집주인이 매우 놀라며 두 번 절하고 아뢰었다.

"저는 돌아가신 황제 시대에 사도(司徒)를 지낸 최열(崔烈)의 아우 최의(崔毅)입니다. 십상시가 매관매직하는 것을 보고 이곳에 들어와 숨어 살고 있습니다."

집주인은 황제를 집으로 모신 다음 꿇어앉아 술과 음식을 올렸다.

그 무렵에 민공은 단규를 추격하여 붙잡아 황제가 어디에 계신가를 물었다. 단규는 도망하던 도중에 황제와 헤어져 어디에 계신지 모른다고 대답했다. 민공은 단규를 죽여 목을 말 머리에 매달고 병사들을 사방으로 보내어 황제를 찾도록 하고 자신도 말을 타고 길을 따라 찾아 나섰다.

그러던 가운데 민공이 최의 집에 이르니 그가 말에 달린 시체의 목을 보고 사연을 묻자 민공이 자세히 사정을 설명했다. 사정을 들은 최의가 민공을 이끌고 들어가 황제를 뵙게 하니 황제와 신하들이 함께 슬피 울었다. 민공이 황제에게 아뢰었다.

"나라에는 단 하루라도 군주가 없어서는 안 되오니 폐하께서는 서둘러 대궐로 돌아가소서."

최의가 집에 있던 수척한 말 한 필을 끌고 와 황제가 타도록 했다. 민공과 진류왕은 함께 말 한 필을 타고 길을 떠났다. 그로부터 삼 리(里)도 가지 못했을 때 사도 왕윤(王允)과 태위 양표(楊彪)와 좌군교위 순우경(淳于瓊)과 우군교위 조맹(趙萌)과 후군교위 포신(鮑信)과 중군교위 원소의 일행을 만났다. 몇 백 명의 병사들은 황제를 만나자 황제와 신하가 함께 통곡했다. 일행은 먼저 단규의 목을 낙양으로 보내어 관문에 내걸게 하고 좋은 말을 불러 황제와 진류왕을 태워 낙양으로 돌아왔다.

이에 앞서 낙양에는 아이들이 부르는 노래가 있었는데 그 내용은 이러했다.

천자는 천자가 아니요
왕은 왕이 아니로다.
천 개의 수레와 만 마리의 말이
북망산으로 달아나는구나.
帝非帝王非王 千乘萬騎走北邙

이제 와서 보니 그 말이 과연 맞았다. 황제의 행차가 몇 리를 가지 않았는데 홀연히 깃발이 해를 가리고 말굽의 먼지가 하늘을 가리며 한 무리의 인마(人馬)가 달려오고 있었다. 백관의 낯빛이 바뀌고 황제가 매우 놀라자 원소가 말을 달려 앞으로 나아가 오는 사람이 누구인가를 물었다. 그때 깃발의 그늘에서 한 장수가 나타나더니 큰 소리로 물었다.

"황제는 어디에 계신고?"

황제가 놀라 대답을 하지 못하고 있는데 진류왕이 말을 몰고 앞으로 나아가 꾸짖었다.

"그대는 누구인가?"

"서량자사 동탁이오."

"그대는 황제를 맞이하러 왔는가, 아니면 황제를 납치하러 왔는가?"

"특별히 황제를 모시러 왔소이다."

"이미 황제를 모시러 왔다면 황제께서 여기에 계시는데 그대는 어찌하여 말에서 내리지 않는가?"

그 말에 동탁이 매우 놀라 허둥대며 말에서 내려 왼편으로 비켜서1) 절을 올렸다. 진류왕이 동탁을 위로하며 그 동안에 있었던 일을 설명하는데 말에 실수함이 하나도 없었다. 동탁은 속으로 놀라워하며 이때 이미 황제를 폐위하고 진류왕을 황제로 세울 마음을 품게 되었다.

그날 대궐로 돌아온 황제는 태후를 뵈며 서로 잡고 통곡했다. 그런데 궁중을 살펴보니 대대로 내려오던 옥새(玉璽)가 보이지 않았다.

동탁은 성밖에 군대를 주둔시킨 채 매일 철갑으로 무장한 기병을 이끌고 성안으로 들어와 시가를 돌아다니니 백성이 두려워 어찌할 바를 몰랐다. 동탁은 대궐에 출입하면서 거리낌이 없었다. 그러자 후군교위 포신이 원소를 찾아와 말했다.

"동탁은 분명히 반역할 뜻을 품고 있으니 일찍 제거해야겠습니다."

그러자 원소가 이렇게 대답했다.

"조정이 이제 겨우 안정되었는데 가볍게 움직이는 것은 옳지 않습니다."

---

1) 조신(朝臣) 회의의 관례에 따르면 무관은 왼편에 서고 문관은 오른편에 섰다. 여기에서 동반(東班: 문관)과 서반(西班: 무관)의 구분이 생겼다.

포신이 다시 왕윤을 찾아가 같은 말을 하자 왕윤이 이렇게 대답했다.

"좀 더 생각해봅시다."

이에 포신은 자신의 병사들을 이끌고 태산(泰山)으로 돌아갔다. 동탁이 하진 형제의 병사들을 꼬여 모두 자기의 부하로 만든 뒤에 사위 이유를 불러 은밀하게 말했다.

"내가 황제를 폐위하고 진류왕을 황제로 세우려 하는데 자네의 생각은 어떤가?"

"지금 조정에는 주인이 없는 상태입니다. 이와 같은 때를 이용하지 않고 기회를 놓친다면 오히려 변고가 일어날 것입니다. 내일 온명원(溫明園)에 백관을 소집하고 폐위의 문제를 논의하시지요. 만약 따르지 않는 무리가 있다면 목을 자르십시오. 정권을 잡는 일은 바로 오늘의 일에 달렸습니다."

동탁이 기뻐하며 다음날 큰 잔치를 열고 대신들을 두루 초대했다. 그들은 모두 동탁을 두려워하고 있었으니 누가 감히 오지 않을 수 있었겠는가? 동탁은 백관이 모두 오기를 기다려 천천히 온명원 입구에 이르러 말에서 내린 다음 칼을 차고 자리에 앉았다. 술이 몇 순배 돌자 동탁이 술과 음악을 멈추게 하고 큰 소리로 말했다.

"내가 할 말이 있으니 여러분은 잘 들으시오."

대신들이 귀를 기울이자 동탁이 말을 이었다.

"천자는 만백성의 주인이니 위엄과 법도를 갖추지 못하면 종묘와 사직을 받들 수가 없습니다. 지금의 천자는 나약하니, 총명하고 공부하기를 좋아하여 능히 보위를 이을 만한 진류왕에 견줄 수가 없소. 그러므로 나는 지금의 천자를 폐위하고 진류왕이 대통을 잇게 하고자 하는데 여러 대신들의 뜻은 어떠시오?"

동탁의 말을 들은 대신들은 감히 말을 못 하고 있는데 좌중의 한 사람이 자리를 밀치고 앞으로 나오더니 잔칫상 앞에서 큰 소리로 외쳤다.

"그건 안 될 말이오. 결코 안 될 말이오. 그대가 어떤 사람이기에 감히 그런 엄청난 말을 한단 말이오? 지금의 천자는 돌아가신 황제의 적통(嫡統)으로 처음부터 잘못이 없는데 어찌 망령되게 폐위를 말할 수 있소? 그대가 황제의 자리를 찬탈하려는 것은 아니오?"

동탁이 바라보니 그는 형주(荊州)자사 정원(丁原)이었다. 동탁이 대로하며 그를 꾸짖었다.

"나를 따르는 무리는 살 것이요, 나를 거역하는 무리는 죽으리라."

그러고서 칼을 빼 정원을 죽이려 했다.

그때 이유가 바라보니 정원의 뒤에 한 사나이가 서 있는데, 기골이 장대하고 위풍이 늠름한데 손에는 방천화극(方天畵戟)을 들고 노기에 찬 눈으로 노려보고 있었다. 그를 본 이유가 급히 앞으로 나와 아뢰었다.

"오늘은 잔치 자리이니 정치 이야기를 하는 것은 옳지 않습니다. 내일 조정회의[都堂]에서 공론을 나누기로 하고 논의를 미루시지요."

여러 사람이 정원을 권하여 말을 타고 돌아가게 했다. 그가 떠난 다음 동탁이 대신들에게 물었다.

"오늘 내 이야기가 합당치 않소?"

노식이 나서서 말했다.

"장군의 생각이 틀렸습니다. 지난날 상(商)나라의 재상 이윤(伊尹)이 군왕 태갑(太甲)을 동궁(桐宮)으로 내쫓아 악행을 고치게 하고, 전한(前漢)의 창읍왕(昌邑王) 하(賀)가 왕위에 오른 지 스무이레 만에 삼천 가지 죄를 짓자 곽광(霍光)이 이를 태묘(太廟)에 아뢰고 그를 폐위한 적이 있지만,[2] 지금의 천자께서는 비록 나이가 어리다 하나 총명하고 인자하고 지혜로워 털끝 만한 잘못도 없습니다. 장군께서는 지방의 자사로서 본디 국정에 참여할 수 없는 위치이고 더욱이 이윤이나 곽광 만한 재주도 없는 터에 어찌 강제로 황제를 폐위하려 합니까? 성인[맹자]께서 말씀하시기를 '그것이 이윤의 뜻이라면 따를 만하지만 이윤의 뜻이 아니라면 찬탈이라'3) 했습니다."

동탁이 대로하여 칼을 빼들고 노식을 죽이려 달려가니 의랑(議郎) 팽백(彭伯)이 간언(諫言)했다.

"상서 노식은 나라 안에서 인망이 높은 분인데 지금 먼저 그런 분을 해치면 천하가 놀라고 두려워할 것입니다."

동탁이 그 짓을 멈추자 사도(司徒) 왕윤이 나서서 말했다.

"황제를 폐위하는 일을 술 마시면서 상의하는 것은 옳지 않으니 날을 바꾸어 다시 상의하시지요."

이런 말을 마치고 백관이 흩어졌다. 동탁이 칼을 어루만지며 온명원 문 앞에 서 있는데, 홀연히 어떤 장수가 화극을 들고 온명원 밖에서 말을 타고 바람처럼 치닫고 있었다. 동탁이 이유에게 물었다.

"저 장수는 누구인가?"

"저 사람은 정원과 부자의 의(義)를 맺은 사람으로서 이름은 여포(呂

---

2) 이 고사(故事)를 이곽지사(伊霍之事 : 이윤(伊尹)과 곽광(霍光)이 남긴 유산)라 하며 "어진 신하는 폭군을 몰아낼 수 있다."는 뜻으로 쓰인다. 이윤의 이야기는 『서경』「상서(商書) 태갑편(太甲編)」에 나오고 곽광의 이야기는 『한서』「곽광열전」에 나온다. 장기(蔣璣)의 서문 각주 5번 참조.
3) 공손추(公孫丑)가 맹자께 여쭈었다. "현자(賢者)가 남의 신하가 되었는데, 그의 군주가 어질지 못하면 진실로 추방할 수 있습니까?" 맹자께서 대답하였다. "이윤의 뜻이 있으면 (어질지 못한 군주를 추방하는 것이) 옳거니와, 이윤의 뜻이 없이 (군주를 몰아냈으면) 그것은 찬탈이다." 『맹자』「진심장구」(盡心章句)(上) : "孟子曰 有伊尹之志則可 無伊尹之志則篡也"

布)이며 자(字)는 봉선(奉先)이라 합니다. 주공께서는 모름지기 저 사람과 부딪치지 말아야 합니다."

그 말을 들은 동탁이 온명원 안으로 들어가 몸을 피했다. 이튿날, 부하가 들어와 보고하기를 정원이 군사를 이끌고 성밖에 와 전투를 하자고 외친다고 한다. 동탁이 대로하여 군사를 이끌고 이유와 함께 앞으로 나갔다. 서로가 둥글게 마주하였는데, 바라보니 여포는 머리를 동여매고 금관을 썼으며 온갖 꽃무늬를 수놓은 전포를 입고 사자 가죽으로 미늘을 만들어 단 갑옷[唐猊鎧甲]을 두르고 사자와 남만(南蠻)의 그림을 그려 넣은 띠를 두르고 있었다. 그가 화극을 들고 말을 몰며 정원을 따라 앞으로 나오니 정원이 동탁에게 손가락질을 하며 욕설을 퍼부었다.

"나라가 불행하여 환관들이 득세하더니 이제 만백성이 도탄에 빠졌구나. 너는 한 치의 공로도 없이 감히 망령되게 황제의 폐위를 말하니 네가 정녕 조정을 어지럽힐 셈이더냐?"

동탁이 대답할 겨를도 없이 여포가 나는 듯이 말을 몰아 달려 나오며 동탁의 병사들을 죽였다. 동탁이 허둥대며 도주하자 정원이 병사를 휘몰아 엄습했다. 동탁은 대패하고 삼십 리를 물러나 영채를 세우고 어찌할 바를 상의했다. 동탁이 먼저 입을 열었다.

"내가 보기에 여포는 비범한 장군이다. 내가 저 사람을 얻을 수만 있다면 어찌 천하 대사를 염려하겠는가?"

그때 장막에서 한 사람이 나와 말했다.

"주공은 걱정하지 마십시오. 제가 여포와 같은 고향[4] 사람이어서 그를 잘 아는데 그는 용맹하기만 할 뿐 미련하기 짝이 없고 이익 되는 일을 보

---

4) 여포는 오원(吳原, 지금의 내몽골) 출신이다.

면 의리를 지킬 줄 모르는 인물입니다. 저의 세 치 혀가 아직 굳지 않아 그를 설득하여 손을 모으고 주공께 항복하도록 설득해보아도 괜찮겠습니까?"

동탁이 기뻐하며 바라보니 호분중랑장(虎奔中郎將) 이숙(李肅)이었다. 동탁이 그에게 물었다.

"그대는 장차 어찌 그를 설득할 수 있을꼬?"

"제가 들건대 주공께서는 하루에 천리를 달리는 적토마(赤兎馬)가 있다고 하더군요. 제가 그 말과 함께 금은보화를 가지고 가 그의 마음을 사로잡을 수 있습니다. 그렇게 되면 여포는 반드시 정원을 배반하고 주공에게 항복할 것입니다."

"그 말이 사실이더냐?"

그때 이유가 나서서 말을 거들었다.

"주공께서는 천하를 얻고자 하시면서 어찌 말 한 필을 아끼십니까?"

그 말에 동탁은 기꺼이 적토마와 함께 황금 천 냥에 아름다운 옥 몇 십 개와 옥으로 만든 허리띠를 내주었다. 이숙이 예물을 들고 여포의 영채로 찾아갔다. 길에 매복하고 있던 병사들이 나타나 주위를 에워쌌다.

"어서 서둘러 여포 장군께 옛 친구가 찾아왔노라고 아뢰어라."

병사의 보고를 받은 여포가 그를 들이도록 하여 만나니 이숙이 여포에게 말했다.

"동생은 그동안 무량(無恙)하신가?"

여포가 두 손을 모으고 허리를 조아리며 말했다.

"형님을 오래 뵙지 못했습니다. 요즘은 어디에 계신가요?"

"지금 나는 호분중랑장의 직책을 맡고 있다오. 듣자니 동생은 사직을 지탱하는 직책을 맡고 있다니 내가 기쁨을 이길 수 없어 말 한 필을 가져왔다오. 이 말로 말하자면 하루에 천리를 달리는데 물을 건너고 산을 오르는 것이 마치 평지를 가듯하며 이름을 적토마라 한다오. 내가 특별히 아우에게 주어 위엄을 갖출 수 있도록 돕고자 하오."

여포가 부하를 시켜 말을 끌고 오게 하여 살펴보니 과연 말의 아래위가 모두 불이 붙은 듯이 붉고 잡티가 한 올도 없으며, 머리부터 꼬리까지 길이가 한 길[丈]이요 발굽에서 목덜미까지의 길이가 여덟 자[尺]요, 그 울부짖음이 마치 하늘로 날고 바다로 뛰어들 듯했다. 후세의 한 시인이 적토마를 이렇게 시로 읊은 적이 있다.

천리를 달려 흙먼지를 일으키고
물 건너 산 넘으니 자줏빛 안개가 피어오르도다.
고삐를 끊고 재갈을 흔드는 모습은
마치 불을 뿜는 용이 구천에서 내려온 듯하구나.
奔騰千里蕩塵埃 渡水登山紫霧開
掣斷絲疆搖玉巒 火龍飛下九天來

여포가 적토마를 만나보고 너무 기뻐 이숙에게 깊이 사례하며 말했다.
"형이 제게 이 명마를 주시니 제가 장차 어떻게 보답할 수 있겠습니까?"
"나야 의리를 지키고자 찾아온 사람인데 무슨 보답을 바라겠소?"
여포가 술상을 차리게 했다. 술기운이 돌자 이숙이 말했다.
"나야 동생을 만나는 일이 드물었지만 얼마 전에 동생의 아버지를 만난 적이 있지."
"형이 취하셨구려. 저의 아버지가 세상을 떠난 지 언제인데 언제 형이 아버지를 만났다는 말이요?"

"다름이 아니라 나는 지금 동생의 양아버지인 정원 자사를 이야기하고 있는 참이라오."

여포가 민망하게 여기며 말했다.

"제가 정 자사에게 몸을 의지하고 있기는 하지만, 달리 길이 없기 때문입니다."

"동생은 하늘을 떠받치고 바다를 가마로 여길 재주[擎天駕海之才]를 가지고 있으니 세상의 누구인들 흠모하지 않겠소? 부귀와 공명이라는 것은 주머니 안의 물건 찾기만큼이나 쉬운 일인데[探囊取物]5) 어찌 길이 없어 남의 밑에 있으려 하오?"

"여태 섬길 만한 주군을 만나지 못한 것이 한탄스러울 뿐입니다."

"옛말에 이르기를, '지혜로운 새는 나무를 가려 앉고 어진 신하는 주군을 가려 섬긴다.'[良禽擇木而棲 賢臣擇主而事]6) 하였으니 늦기 전에 그런 인물을 만나야지, 늦으면 후회하리라."

"형은 조정에서 일하시니 누가 이 시대의 영웅인 것 같더이까?"

그제야 이숙이 본심을 털어놓았다.

"내가 여러 신하를 두루 살펴보았는데 모두가 동탁 만한 인물이 없더이다. 동탁의 사람 됨됨이를 보니 어진 이를 공경하고 선비에게 예의를 갖추며 상벌이 분명하여 끝내 대업을 이룰 만한 인물입디다."

"제가 그분을 섬기고자 하나 그를 뵐 길이 없으니 한탄스러울 뿐입니다."

그때 이숙이 금은보화와 옥으로 치장한 띠를 여포에게 내놓았다. 여포

---

5) 이 말은 『신오대사』(新五代史)「남당세가」(南唐世家)에 나오는 말이다.
6) 『춘추좌전』 애공(哀公) 11년 겨울(冬) 편에 다음과 같은 구절이 보인다. "공자께서 말씀하시되, '새가 나무를 가려 앉는 것이지 어찌 나무가 새를 가려 앉히겠느냐?' 하셨다."[仲尼曰 鳥則擇木 木豈能擇]

가 놀라며 물었다.

"이것이 무엇인가요?"

이숙이 둘레에 서 있던 사람들을 물러가라 한 다음 여포에게 이렇게 말했다.

"이는 모두가 동탁 장군께서 동생과 같은 대인을 흠모하여 나를 시켜 각별히 그대에게 전달하라고 내린 물건이라오. 적토마 또한 장군께서 내리신 선물이오."

"동탁 장군께서 이토록 저를 아끼시니 제가 어찌 보답해야 합니까?"

"나처럼 부족한 사람도 지금 호분중랑장을 맡고 있는데, 만약 그대가 동탁을 모신다면 그 융숭함을 어찌 말로 다 할 수 있겠소?"

"한탄스럽게도 저에게는 물방울과 티끌만 한 공로도 없는데 무엇으로 보답을 해야 합니까?"

"사람이 살면서 '공을 이루는 데 드는 시간은 손바닥을 뒤집는 일보다 더 짧은 법'[功在翻手之間]인데 그대가 그를 따르지 않을 뿐이오."

여포가 한참 동안 말없이 신음하다가 입을 열었다.

"제가 정원을 죽여 군대를 이끌고 동탁을 찾아가면 어떻겠습니까?"

"그대가 만약 그렇게만 할 수 있다면 참으로 그보다 더 큰 공로가 없을 것이오. 다만 일이란 꾸물거려서는 안 되니 빨리 결행하기 바라오."

여포는 이튿날 동탁에게 투항하기로 약속하고 이숙과 헤어졌다. 그날 밤 이경에 여포는 정원의 장막을 찾아갔다. 정원은 책을 읽고 있다가 여포를 보자 물었다.

"아들이 웬일이냐?"

"나도 당당한 대장부인데 어찌 너 따위의 아들이 되겠느냐?"

"봉선은 어찌하여 마음이 바뀌었는가?"

여포는 앞으로 나아가 단칼에 정원의 목을 베고 주위의 사람들에게 크게 소리쳤다.

"너희들은 들어라. 정원이 본디 어질지 않아 내가 그를 죽였도다. 나를 따르려는 무리는 여기에 남고 나를 따르지 않으려는 무리는 떠나도 좋다."

병사들이 대부분 떠나갔다. 이튿날 여포는 정원의 머리를 들고 이숙을 찾아갔다. 이숙이 여포를 데리고 들어가 동탁을 뵈니 그가 크게 기뻐하며 술상을 차리고 먼저 인사를 드리며 말했다.

"이제 동탁이 장군을 만났으니, 어린싹이 단비를 만난 것과 같소이다."
[如旱苗之得甘雨]

여포가 동탁을 세워 자리에 앉게 한 뒤 말했다.

"장군께서 저를 버리지 않으신다면 바라옵건대 장군을 아버지로 모시고자 하나이다."

동탁이 여포에게 금으로 수놓은 갑옷과 비단 전포를 내리며 술을 마시다가 몹시 취한 다음에 헤어졌다. 이로부터 동탁의 위세가 더욱 높아져 스스로 전장군(前將軍)을 맡고 동생 동민(董旻)을 좌장군호후(左將軍鄂侯)로 삼고, 여포를 기도위중랑장(騎都尉中郞將)으로 삼아 도정후(都亭侯)의 봉작을 내렸다.

그제야 이숙은 동탁에게 황제의 폐위를 서두르도록 권고했다. 동탁이 대궐에 잔치를 열고 대신들을 모이게 한 다음 여포에게 갑옷 입은 병사 1천 명을 거느리고 자신의 둘레에 서게 했다. 이날 태부 원외(袁隗)가 백관과 함께 잔치에 도착했다. 술이 몇 차례 돌자 동탁이 칼을 쓰다듬으며 입을 열었다.

"지금의 황제는 어리석고 나약하여 종묘를 받들 수 없기에 내가 이윤과 곽광의 옛 법도에 따라 황제를 폐위하여 홍농왕(弘農王)으로 삼고 진류왕을 황제로 세우고자 하노니 나를 따르지 않는 무리는 목을 치리라."

여러 대신이 두려워하며 감히 반대의 뜻을 말하지 못하고 있는데, 중군교위 원소가 앞으로 나오더니 이렇게 말했다.

"지금의 천자께오서는 등극하신 지 오래지 않고 또한 잘못을 저지른 바가 없는데 그대는 적통을 폐위하고 서출을 세우려 하니 이는 반역이 아니오?"

동탁이 분노한 목소리로 말했다.

"천하의 대사는 내가 결정한다. 내가 지금 하는 일을 누가 감히 막으려 하는가? 그대는 나의 칼이 얼마나 날카로운지 알고 있는가?"

원소 또한 칼을 빼 들고 대답했다.

"그대의 칼이 날카롭다면 나의 칼도 또한 그에 못지않으리라."

두 사람이 잔치 자리에서 맞섰다. 뒷날 시인이 이 장면을 이렇게 읊었다.

> 정원이 의리를 지키려다가 먼저 죽더니
> 원소가 또한 칼을 빼 들고 위험에 빠지는구나.
> 丁原仗義身先喪 袁紹爭鋒勢又危

원소의 목숨은 어찌 되려나?

제
4
회

제비가 어찌 봉황의 뜻을 알랴?

동탁은 황제를 폐위한 뒤
진류왕을 세우고
동탁을 죽이려던 조조는
그에게 칼을 바치도다.

동탁이 원소를 죽이려 하자 이유(李儒)가 말리며 이렇게 말했다.
"큰일을 아직 마치지 못했는데 가볍게 사람을 죽이는 것은 옳지 않습니다."
원소는 칼을 차고 백관과 작별한 뒤 부절(符節)[1]을 동문에 걸어둔 다음 서둘러 기주(冀州)로 돌아갔다. 동탁이 태부 원외(袁隗)를 불러 말했다.
"그대의 조카가 저토록 무례하나 내가 그대의 얼굴을 생각하여 용서하지만, 그대는 폐위의 문제를 어찌 생각하오?"
"태부께서 생각하시는 바가 옳습니다."
"누구든지 감히 이번의 대사를 가로막는 무리는 군법으로 다스리리라."

---

1) 부절(符節) : 벼슬아치들이 몸에 지니고 다니던 직함의 표지를 뜻함.

여러 대신이 두려워 떨며 한결같이 말했다.

"태부의 높은 뜻을 잘 알겠나이다."

잔치가 끝나자 동탁이 시중 주비(周毖)와 교위 오경(伍瓊)에게 물었다.

"원소가 저렇게 가버린 것은 무슨 뜻인가?"

주비가 대답했다.

"원소가 저토록 화를 내며 떠났으니 만약 서둘러 잡아들이려 하다가는 반드시 변란이 일어날 것입니다. 원 씨 가문은 4대에 걸쳐 황제의 은혜를 입었고, 그 집안의 문하생들이 천하에 널려 있으니 그가 갑자기 호걸들을 불러 모으면 영웅들이 한꺼번에 일어날 것이며 그렇게 되면 산동의 땅은 태위의 것이 아닐 것입니다. 그러하온즉 그의 죄를 용서하시고 그에게 한 군(郡)의 태수 벼슬을 내리시면 원소는 죄를 면죄 받은 것을 기뻐할 터이니 더 걱정할 일이 없을 것입니다."

오경이 나서서 말했다.

"원소는 끊임없이 일을 꾸미려 하지만 생각이 부족한 사람이어서 일개 군수 자리 하나를 그에게 내리셔서 민심을 수습하느니만 못할 것입니다."

동탁이 그들의 말을 따라 그날로 원소에게 발해(渤海)태수의 자리를 내렸다.

그해[영제(靈帝) 중평(中平) 6년, 서기 189] 9월에 동탁은 황제를 가덕전(嘉德殿)에 오르게 한 뒤 문무백관을 불러들였다. 손에 칼을 든 동탁은 백관을 향하여 입을 열었다.

"천자[영제]가 어리석고 나약하여 천하를 다스리기에 부족하므로 내가 오늘 하나의 책문(策文)[2]을 작성하여 읽어 선포하노라."

---

2) 책문(策文) : 본디는 왕의 정책을 전달하는 교서인데. 지금 천자를 폐위하는 교서

그리고 이유에게 그 책문을 읽게 하였는데, 그 내용은 이러했다.

"효령황제(孝靈皇帝 : 영제)께서 일찍이 백성을 버린 뒤로 금상(今上)3)께서 등극하시자 천하가 그를 우러러 모셨다. 그러나 그는 타고난 성품이 가볍고 인색할 뿐만 아니라 위엄을 갖추지 못하여 선제(先帝)께서 붕어하셨을 적에도 게으르기 짝이 없었으며 그 부덕함이 세상에 드러나니 보위를 지탱하기가 어렵도다. 황태후는 아들을 제대로 가르치지 못하여 나라를 다스림이 문란했다. 영락태후(永樂太后 : 董太后)께서 갑자기 세상을 떠나신 일도 세상 사람들의 의혹을 불러일으켰다. 삼강(三綱)은 천지가 지켜야 할 도리인데 부족함이 있어서야 되겠는가? 그러나 진류왕(陳留王) 협(協)은 성덕(聖德)이 당당하고 법도를 숙연히 지키고, 선제께서 붕어하셨을 때에도 말씨가 삿[邪]되지 않으시어 그 아름다운 명성이 천하에 널리 퍼졌으니 마땅히 대업을 이어 만세의 대통을 이루셔야 한다. 이에 황제를 폐위하여 홍농왕(弘農王)으로 내치고 황태후의 수렴청정(垂簾聽政)을 거둔다. 바라노니 진류왕을 황제로 모시어 하늘과 사람의 뜻에 따름으로써 백성의 바람을 위로할지니라."

이유가 책문의 낭독을 마치자 동탁은 좌우의 부하들을 꾸짖어 황제를 전각에서 끌어내리고 그의 옥새를 풀어 빼앗은 다음 북쪽을 향하여 꿇어앉혀놓고4) 스스로를 신하라 부르며 명령을 듣도록 했다. 동탁은 또한 태

를 신하가 작성하여 읽는다는 것 자체가 참월(僭越)한 짓이다.
3) 영제가 죽자 그의 어린 아들이 황제에 올랐는데 여기에서 "금상"(今上)이라 함은 그를 뜻한다. 그는 재위 다섯 달 만에 동탁에 의해 폐위되어 황제의 칭호도 없고, 왕계(王系)에 들지 못하고 "소제"(少帝)라고 부른다. 그를 이은 황제가 곧 진류왕 헌제(獻帝)이다.
4) 나관중의 "글을 시작하며"의 각주 6번 참조.

후의 예복을 벗기도록 했다. 황제와 태후가 붙잡고 소리 내어 우니 여러 신하가 비참한 마음을 누를 길이 없었다. 그때 계단 아래에서 한 대신이 분노에 찬 목소리로 외쳤다.

"역적 동탁은 감히 하늘을 속이는 일을 꾸미려 하는데 내가 마땅히 그의 목을 베어 그 피를 나에게 씌우고자 한다."

그는 상아로 만든 간(簡)5)을 손에 잡고 곧바로 동탁을 공격했다. 동탁이 대로하여 무사들을 시켜 그를 꿇어 앉히게 하니 그는 곧 상서(尙書) 정관(丁管)이었다. 동탁은 그를 끌어내어 목을 치라 명령했다. 정관은 끌려나가면서도 욕설을 퍼붓는데 죽는 순간까지 얼굴색에 변함이 없었다. 뒷날 어느 시인이 그 장면을 이렇게 읊었다.

> 동탁이 은밀히 폐위를 도모하니
> 한나라 종실이 폐허로 바뀌누나.
> 조정에 가득한 신하들은 모두 그의 손아귀에 잡혔는데
> 다만 정관만이 장부였도다.
> 董卓潛懷廢立圖 漢家宗社委丘墟
> 滿朝臣宰皆囊括 惟有丁公是丈夫

동탁이 진류왕을 전각 위로 모시었다. 여러 신하가 인사를 드리자 동탁은 하태후와 홍농왕과 황비(皇妃)인 당(唐) 씨를 끌어내어 영안궁(永安宮)에 가두도록 하고 궁문을 걸어두어 신하들이 함부로 드나들지 못하게 했다. 가련한 황제[少帝]는 그해[서기 190년] 4월에 황제에 올라 9월에 폐

---

5) 간(簡) : 홀(笏)이라고도 하는데 관리들이 조신 회의에 참석할 때 손에 들고 들어가는 신분패이다.

위되었다. 동탁이 세운 진류왕 협은 자(字)가 백화(伯和)이며 영제의 둘째 아들로서 헌제(獻帝)의 칭호를 들었는데, 이때 그의 나이가 열아홉 살이었다.

새로이 황제가 등극하자 동탁은 상국(相國)이 되어 조정에 들어갈 때도 이름을 불러 황제에게 알리지 않았고[贊拜不名], 조정에 들어갈 때에도 발걸음을 서두르지 않았으며[入朝不趨], 칼을 차고 신발을 신은 채로 전각에 오를 수 있었으니[劍履上殿] 그 위세와 복락이 견줄 데 없었다.

어느 날 이유가 동탁에게 권고하기를, 훌륭한 사람에게 벼슬을 주어 인망을 얻으라고 하면서 채옹(蔡邕)이 재주 많음을 추천했다. 이에 동탁이 채옹을 불렀으나 오지 않았다. 동탁이 몹시 분노하며 사람을 보내어 오지 않으면 가족을 모두 죽이겠노라고 채옹에게 알렸다. 채옹이 거역하지 못하고 입조하자 동탁이 크게 기뻐하며 한 달 동안에 벼슬을 세 번 올려 주어 시중(侍中)으로 삼아 자기의 두터운 정을 보여주었다.

그 무렵 폐위된 어린 황제와 하태후와 당비는 영안궁에 갇혀 있는데 의복과 음식이 점차로 줄어들자 황제의 눈물이 마를 날이 없었다. 어느 날 제비 한 쌍이 뜰 위를 나는 모습을 보며 황제가 시 한 수를 지었다.

여린 풀들은 연기처럼 피어오르는데
제비는 짝지어 날아가누나.
낙수(洛水)의 물줄기는 푸르러
길 위의 사람들이 부러워하는데
저 멀리 일어나는 푸른 구름 깊은 곳
거기가 내 살던 궁전이었건만
그 누가 충의를 일으켜

내 가슴속의 한을 풀어주려나.
嫩草綠凝煙 裊裊雙飛燕
洛水一條青 陌上人稱羨
遠起碧雲深 是吾舊宮殿
何人仗忠義 洩我心中怨

동탁이 늘 사람을 시켜 폐위된 황제의 거동을 살피더니 누구인가 그 시를 동탁에게 일러바쳤다. 시를 읽은 동탁이 말했다.

"나를 원망하는 마음으로 시를 지었으니 이제 죽일 구실이 생겼구나."

동탁은 이유에게 무사 여남은 명을 데리고 영안궁으로 가 황제를 죽이라고 지시했다. 황제는 황비와 함께 누각에 올라 시간을 보내고 있는데 이유가 왔다는 궁녀의 말을 듣고 매우 놀랐다. 이유가 사약을 건네자 황제가 그 까닭을 물으니 이유가 대답했다.

"봄 날씨가 너무 좋아 동(董) 상국께서 각별히 만수무강을 비는 술을 보내셨습니다."

그 말에 태후가 말했다.

"기왕에 그 술이 그렇게 좋은 것이라면 네가 먼저 마셔보거라."

이유가 분노에 찬 목소리로 말했다.

"네가 이 술을 마시지 않겠다는 말이냐?"

이유는 좌우의 부하들을 불러 자결에 쓸 단도와 목매어 죽을 흰 명주를 내놓으며 말했다.

"장수를 비는 술을 마시지 않으려거든 이 두 물건을 받아라."

그러자 당비가 그 앞에 무릎을 꿇고 애원했다.

"제가 황제를 대신하여 그 술을 마실 터이니 바라건대 그대는 이 두 모자를 살려주시오."

이유가 당비를 꾸짖었다.

"네가 뭣이라고 왕을 대신하여 죽겠다는 거냐?"

그러고서는 황태후에게 사약을 주며 말했다.

"네가 먼저 마시거라."

태후가 탄식했다.

"하진이 미련하여 역적을 낙양으로 불러들이더니 끝내 오늘 같은 화란을 불러오는구나."

이유가 황제에게 어서 사약을 마시라고 재촉했다. 황제가 그에게 말했다.

"나에게 황태후와 작별의 인사를 나눌 시간을 주게."

그리고 통곡하며 시 한 수를 지었다.

천지가 바뀜이여, 일월이 뒤집히도다.
만승의 자리를 버림이여, 변방의 왕으로 물러나도다.
신하가 황제를 핍박함이여, 목숨이 오래지 못하구나.
대세가 무너짐이여, 속절없이 눈물만 흐르도다.
天地易兮 日月翻 棄萬乘兮 退守藩
爲臣逼兮 命不久 大勢去兮 空淚潸

당비가 또한 시를 지었다.

황제의 하늘이 무너짐이여, 황비의 땅도 꺼지도다.
몸은 황비였음이여, 황제를 따르지 못함이 한이로다.

죽고 사는 길이 다름이여, 여기가 헤어질 곳이구나.
어찌 이리 빨리 헤어짐이여, 마음이 이토록 슬프구나.
皇天將崩兮 后土頹 身爲帝姬兮 恨不隨
生死異路兮 終此別 奈何煢速兮 心中悲

시 읊기를 마친 그들은 서로 껴안고 슬피 울었다. 이유가 그들을 꾸짖었다.
"상국께서 소식이 오기를 서서 기다리고 계신데 너희들은 그렇게 시간을 끄니 누가 와서 구원해주기를 기다리기라도 한단 말이냐?"
태후가 큰 소리로 이유를 꾸짖었다.
"역적 동탁이 우리 모자를 핍박하였으니 하늘이 용서하지 않을 것이다. 너희들은 그러한 역적을 도왔으니 모름지기 멸족의 화란을 겪을 것이다."
이유가 대로하며 두 손으로 태후를 붙잡아 계단 아래로 던져버린 다음, 무사들에게 당비의 목을 졸라 죽이도록 하고 황제의 입에 사약을 부어 죽였다. 이유가 대궐로 돌아와 동탁에게 이를 보고하니 동탁은 그들을 성 밖에 묻도록 했다. 이런 일이 있은 뒤로 동탁은 밤마다 대궐에 들어가 궁녀들을 겁탈하고 감히 용상에서 잠을 잤다.
언제인가는 병사들을 이끌고 성밖으로 나가 양성(陽城) 지방에 이르렀다. 때는 마침 2월이라 마을 사람들은 굿판[社賽]을 열고 남녀들이 모여 있었다. 동탁은 병사들에게 그들을 둘러싸 모두 죽이도록 한 다음 부녀자들을 겁탈하고 재산을 빼앗아 마차에 싣고 오는데, 죽은 자의 머리 천여 개를 밑에 매단 수레가 꼬리를 이어 경사(京師)로 돌아왔다. 그는 도적의 무리를 무찔러 대승을 거두고 돌아왔다고 떠들면서 죽은 자의 머리를 성 밑에서 불태우고 여자와 재물을 부하들에게 나누어 주었다.

월기교위(越騎校尉) 오부(伍孚)는 자를 덕유(德瑜)라 부르는 인물이었는데 동탁의 잔학함을 보고 분노를 견딜 수 없었다. 그는 조복 안에 갑옷을 입고 단도를 품은 다음 동탁을 죽일 기회를 노리고 있었다. 어느 날 동탁이 조정에 들어오자 오부는 계단 아래에서 그를 만나 칼로 찔렀다. 그러나 동탁이 본디 기력이 센지라 두 손으로 그를 밀어치자 여포가 달려들어 그를 내꽂았다. 동탁이 물었다.

"누가 너에게 반역하라고 시켰더냐?"

오부가 눈을 부릅뜨고 대답했다.

"네가 나의 주군이 아니고 내가 너의 신하가 아닌데 어찌 반역이라는 말을 쓰며 어찌 반역의 뜻이 있었겠느냐? 너의 죄는 하늘에 이르고 만백성이 너를 찢어 죽이고자 하는데 내가 너를 마차로 찢어 죽여[車裂] 천하를 기쁘게 하지 못함이 원통할 뿐이다."

동탁이 크게 분노하며 그를 끌어내어 살을 저며 죽이도록 했다. 오부는 죽는 순간까지 동탁에 대한 비난을 멈추지 않았다. 뒷날 시인이 다음과 같은 추모의 시를 남겼다.

> 한나라 말년에 오부라는 충신이 있어
> 호탕한 기백이 하늘을 찌르니 견줄 사람이 없도다.
> 조정에서 반역자를 죽이려던 이름은 아직도 남아
> 만고에 대장부라 부를 만하구나.
> 漢末忠臣說伍孚 沖天豪氣世間無
> 朝堂殺賊名猶在 萬古堪稱大丈夫

동탁은 이때로부터 바깥에 출입을 하려면 늘 무장한 병사들을 데리고 다녔다.

그 무렵에 원소가 발해태수로 있으면서 동탁이 발호한다는 말을 듣고 사람을 시켜 은밀히 글을 사도(司徒) 왕윤(王允)에게 보냈는데, 그 글의 내용은 대략 이러했다.

"역적 동탁이 하늘을 속이고 황제를 폐위시켰는데 사람들은 두려워 차마 말하지 못하지만 공(公)은 그의 발호함을 보고서도 못 들은 체하니 이 어찌 나라를 위해 충성을 바쳐야 할 신하라 하겠습니까? 제가 지금 병사를 모으는 것은 왕실을 깨끗이 하려 함이나 감히 경솔히 움직이지 못하고 있습니다. 만약 공께서 뜻을 두어 어느 기회에 일을 도모해야 할 때 저를 부르시면 마땅히 그 뜻을 따르오리다."

왕윤은 편지를 받았으나 달리 무슨 계책이 떠오르지 않았다. 그러던 어느 날 대신들이 대기하는 각자[侍班閣子] 안에 여러 중신이 모여 있는 것을 보고 왕윤이 말했다.

"오늘은 이 못난 늙은이의 생일인데 저녁에 저의 집에 오셔서 술이나 한 잔 하고자 청합니다."

여러 대신이 말했다.

"아무렴요, 가서 축하를 드리오리다."

저녁이 되어 왕윤은 잔치를 차리고 대신들이 모두 오자 술을 몇 순배 돌리더니 갑자기 얼굴을 감싸며 울음을 터트렸다. 대신들이 어리둥절하며 물었다.

"사도께오서는 이 즐거운 생신에 어찌 그리 슬퍼하십니까?"

왕윤이 대답했다.

"오늘은 사실 저의 생일이 아닙니다. 다만 제가 여러분과 상의하고 싶은 말씀이 있었는데, 동탁이 의심할까 두려워 생일이라 거짓말을 한 것입니다. 동탁이 황제를 속이고 권력을 농단하여 사직이 아침에 무너질지 저녁에 무너질지 알 수 없게 되었습니다. 생각해보면 고황제(高皇帝, 유방)께서 진나라와 초나라를 멸망하시고 천하를 차지하셨는데, 오늘에 이르러 동탁의 손에 멸망하게 될 줄이야 누가 생각이나 했겠습니까? 그것이 서러워 울고 있습니다."

그 말을 들은 대신들이 모두 울음을 터트렸다. 그때 자리에서 어떤 사람이 손뼉을 치고 크게 웃으며 말했다.

"여러 대신께서 저녁부터 내일 새벽이 되도록 운다고 동탁이 죽을 것 같습니까?"

왕윤이 돌아보니 효기교위(驍騎校尉) 조조였다. 왕윤이 분노에 찬 목소리로 물었다.

"그대의 조상들도 또한 한실의 녹봉을 받았는데 이제 나라에 보답할 생각을 하지 않고 오히려 웃음이 나오는가?"

"제가 웃은 것은 다름이 아니오라 이토록 많은 분이 모였는데도 동탁 하나 죽일 계책이 없음을 보고 웃었을 뿐입니다. 제가 비록 재주는 없사오나 바라건대 곧 동탁의 목을 베어 성문에 내걸고 천하를 즐겁게 하고자 합니다."

왕윤이 자리를 피하여 달리 조조를 불러낸 다음 물었다.

"맹덕(孟德, 조조의 자)은 어떤 고견을 가지고 계시오?"

"요즘에 제가 몸을 굽히고 동탁을 섬기는 데에는 한 가지 계책이 있기 때문입니다. 지금 동탁이 저를 믿는 것을 이용하여 제가 그에게 가까이 갈 기회가 있습니다. 듣자니 사도께서는 칠성보도(七星寶刀)를 가지고 계신다던데 그것을 저에게 빌려주신다면 제가 조정에 들어가 동탁을 죽일 것이오, 비록 실패하여 죽는다 하더라도 한스러울 것이 없습니다."

"맹덕의 마음이 그러하니 천하에 이보다 더 다행한 일이 없습니다."

그리 말하면서 왕윤은 손수 술을 따라 권하였다. 조조가 술을 뿌리며 역적을 죽이리라고 맹세하자 왕윤이 그에게 보도를 내주었다. 조조가 칼을 받고 술을 마신 뒤에 여러 신하와 작별의 인사를 나누고 그곳을 떠났다. 여러 대신은 조금 더 앉아 있다가 흩어졌다.

다음날 조조는 칼을 차고 동탁의 상부(相府)에 이르러 승상이 어디에 있는지 물었다. 부하들이 대답했다.

"내실에 계십니다."

조조가 들어가보니 동탁은 침상에 앉아 있고 곁에 여포가 모시고 서 있었다. 동탁이 물었다.

"맹덕은 어인 일로 이리 늦었는고?"

"말이 여위어 늦었습니다."

그 말을 들은 동탁이 여포에게 말했다.

"나에게 서량(西涼)에서 온 준마(駿馬)들이 있는데 봉선(奉先, 여포의 자)은 가서 그들 가운데 한 필을 골라 맹덕에게 주거라."

여포가 명령을 받고 나가자 조조가 속으로 생각했다.

"이 역적이 이제 죽게 되었구나."

조조는 곧 칼을 빼 죽이려 하였으나 동탁이 본디 장사임을 두려워하여 쉽게 움직이지 못했다. 동탁은 몸이 비만하여 더 이상 앉아 있지 못하고 드러눕더니 등을 돌렸다. 조조가 다시 생각했다.

"이놈이 이제는 죽는구나."

그는 칼을 빼 들고 동탁을 막 찌르려 하는데 생각지도 않게 동탁이 옷을 갈아입을 때 보는 거울을 바라보니 조조가 칼을 빼 들고 다가오자 급히 돌아누우며 물었다.

"맹덕은 무슨 짓을 하는고?"

이때 여포가 말을 이끌고 전각 앞에 이르렀다. 조조는 황급히 칼을 잡고 무릎을 꿇으며 아뢰었다.

"제가 보도를 얻었기에 승상께 올리려 하나이다."

동탁이 칼을 받아보니 길이는 한 자이며 칠보로 장식을 했는데 그 예리함이 과연 보도였다. 동탁이 여포에게 칼을 넘겨주자 조조는 칼집을 풀어 여포에게 주었다. 동탁이 말이 있는 곳으로 조조를 데려갔다. 조조가 말했다.

"한번 타보고 싶습니다."

동탁이 안장을 올리고 재갈을 물리게 하니 조조가 말을 타고 상부를 나서며 동남쪽을 향하여 채찍을 휘둘렀다. 그 장면을 본 여포가 동탁에게 말했다.

"방금 조조가 상공을 찔러 죽이려 하다가 들통이 나자 칼을 바치는 시늉을 한 것 같습니다."

그 말에 동탁이 이렇게 대답했다.

"나도 그런 의심이 들었다."

동탁과 여포가 그와 같은 이야기를 나누고 있을 때 마침 이유가 들어왔다. 동탁이 그동안에 있었던 일을 들려주니 이유가 말했다.

"조조는 본디 경사에 처자식을 데리고 오지 않고 혼자 살았습니다. 이제 사람을 보내어 그를 부르시지요. 그가 의심하지 않고 다시 오면 칼을 바치려 한 것이 틀림없지만 무슨 이유를 내세워 오지 않는다면 승상을 죽이려 했음이 분명하니 그를 붙잡아 물어보심이 좋겠습니다."

동탁이 그의 말을 옳게 여겨 옥졸 네 명을 보내어 그를 잡아 오도록 했다. 얼마의 시간이 지나 그들이 돌아와 이렇게 보고했다.

"조조는 집에 들르지 않고 말을 타고 나는 듯이 동문을 빠져나갔다고 합니다. 문지기가 어디를 가느냐고 물으니 승상의 급한 분부를 받고 나가는 길이라고 대답한 다음 말을 몰고 달아났다고 합니다."

이유가 말했다.

"역적 조조가 마음이 약하여 도망하였으니 승상을 죽이려 했음이 틀림없습니다."

동탁이 대로하여 말했다.

"내가 저를 그토록 중용했거늘 나를 죽이려 하다니."

이유가 아뢰었다.

"이 일에는 반드시 공범이 있을 터이니 조조를 붙잡아 물어보면 알 수 있을 것입니다."

동탁은 조조의 체포령을 작성하여 그의 얼굴과 함께 방(榜)을 붙여 수배했다. 조조를 잡는 자에게는 상으로 황금 천 냥과 만호후(萬戶侯)의 봉작을 내릴 것이며 숨겨주는 자에게는 조조와 같은 죄를 물을 것이라고 알렸다. 그 무렵에 성을 빠져나온 조조는 고향 초군(譙郡)을 향하여 말을 달렸다. 길을 달리던 그는 모현(牟縣)에서 관문을 지키던 병사에게 잡혀 현령에게 끌려갔다. 조조가 말했다.

"나는 떠돌이 장사꾼으로서 성은 황보(皇甫)라 합니다."

현령이 조조를 반나절이나 곰곰이 살펴보더니 신음하듯 말했다.

"내가 지난날 낙양에서 벼슬을 얻으려 할 때 네가 조조인 것을 알고 있었는데 어찌하여 이름을 속이려는가? 너를 감옥에 가두었다가 내일 내가 너를 경사로 데려가 상을 받을 것이니라."

현령은 옥리들에게 술을 주어 돌려보냈다. 날이 밤이 되자 현령은 부하를 은밀하게 불러 조조를 데려오게 한 다음 곧장 뒤뜰로 데려가 물었다.

"내가 듣건대 동탁이 그대를 야박하게 상대하지 않았는데 무슨 이유로 이런 화를 자초하였소?"

"옛말에 이르기를 '벌레나 잡아먹고 사는 제비나 참새의 무리가 어찌 하늘을 나는 봉황의 뜻을 알겠는가?'6)라고 했소. 그대가 이미 나를 사로잡았으면 관청에 끌고 가 상이나 타면 되지 무슨 잔소리가 그리 많소?"

현령이 주위의 사람을 물러가게 한 다음 조조에게 말했다.

"그대는 나를 우습게 보지 마시오. 나도 속된 벼슬아치가 아니지만 지금은 다만 훌륭한 주군을 만나지 못했을 뿐이라오."

"우리 조상이 대대로 한실의 녹봉을 받아먹고 살았는데 국가에 보답할 일을 생각하지 않는다면 짐승과 다를 바가 무엇이겠소? 내가 동탁에게 머리를 숙이며 산 것은 언제인가 기회를 보아 그를 죽임으로써 나라를 위해 악인을 제거하고자 함이었으나 이제 모두 실패로 끝났으니 그 또한 하늘의 뜻이 아니겠소!"

"맹덕은 이번 길에 어디로 가고자 하오?"

"나는 장차 고향으로 돌아가 거짓 조서를 작성하여 천하의 제후가 병사를 모아 함께 동탁을 무찌르는 것이 내가 바라는 바요."

조조의 말을 들은 현령은 그의 결박을 풀고 윗자리에 앉힌 다음 두 번 절하며 이렇게 말했다.

---

6) 옛날 진(秦)나라 말엽 양성에 진승(陳勝)이라는 인물이 있었는데 자(字)를 섭(涉)이라 했다. 그가 젊었을 적에 남의 머슴으로 일하면서 밭을 갈다가 주인에게 탄식하며 말했다. "먼 훗날 우리가 부귀를 누리게 되면 오늘의 일을 잊지 말기 바랍니다." 그 말을 들은 주인이 "너 같은 머슴의 주제에 부귀라니?"라고 비웃었다. 그러자 진섭이 탄식하며 말하기를, "벌레나 잡아먹고 사는 제비나 참새의 무리가 어찌 하늘을 나는 봉황의 뜻을 알겠는가?"라고 했다.『사기』「진섭세가」(陳涉世家): "陳涉太息曰 燕雀安知鴻鵠之志哉"

"공(公)은 참으로 천하에 충의로운 남아이시오."

조조도 또한 자리에서 일어나 절하며 이름을 물으니 현령이 대답했다.

"저의 이름은 진궁(陳宮)이며 자는 공대(公臺)라 하오며 노모를 모시고 처자와 함께 동군(東郡)에 살고 있습니다. 이제 공의 충성스러운 말씀을 듣고 감격하여 저도 벼슬을 버리고 공을 따라 이곳을 떠나고자 합니다."

조조가 몹시 기뻐했다. 그날 밤 진궁은 여비를 장만하여 조조에게 옷을 갈아입히고 각기 칼 한 자루를 등에 메고 고향을 향하여 말을 달려갔다. 3일이 지나 성고(成皐) 지방에 이르니 벌써 날이 저물었다. 조조가 채찍을 들어 숲속을 가리키며 진궁에게 말했다.

"이곳에 여백사(呂伯奢)라는 분이 살고 있는데 나의 아버지와는 의형제를 맺은 터이오. 그곳에 들러 안부도 물어보고 하루 묵었다가 가는 것이 어떻겠소?"

"그게 참 좋겠군요."

두 사람이 그 집 앞에 이르러 말에서 내려 들어가 여백사를 만났다. 여백사가 반가워하며 말했다.

"듣자니 조정에서 여러 곳에 방문을 붙여 자네를 급히 잡아들이려 한다기에 자네 아버지께서는 몸을 피하여 이미 진류(陳留)로 떠나셨는데, 자네는 어찌하여 이곳으로 왔는가?"

조조가 그동안에 있었던 일을 설명한 다음 이렇게 말했다.

"만약 진 현령이 아니었더라면 저는 이미 뼈가 부서져 가루가 되었을 것입니다."

여백사가 진궁에게 절하며 말했다.

"선생[使君]이 조카를 도와주지 않으셨더라면 조 씨 문중이 멸족되었을 뻔했습니다. 선생께서는 마음을 편히 하시고 오늘 밤은 저의 이 누추

한 초가에서 쉬시기 바랍니다."

말을 마치자 여백사는 안으로 들어갔다가 한참 만에 다시 나오더니 진궁에게 이렇게 말했다.

"저의 집에는 좋은 술이 없어 서촌(西村)에 가 술을 사 올 터이니 잠시 기다리시지요."

말을 마치자 여백사는 노새를 타고 부지런히 떠났다. 조조와 진궁이 방 안에 앉아 있는데 문득 밖에서 칼을 가는 소리가 들렸다. 이에 조조가 말했다.

"여백사가 내 친아버지가 아닌데 저렇게 밖으로 나간 것이 의심스러우니 내가 알아보아야겠소."

두 사람이 발소리를 죽이며 뒤뜰로 가보니 사람들의 말소리가 들렸다.

"묶은 다음에 죽이는 게 어떨까?"

그 말을 들은 조조가 그들이 자기를 죽이려는 줄로만 알고 이렇게 말했다.

"그랬었구나. 지금 만약 우리가 저들을 죽이지 않는다면 우리가 저들에게 잡힐 것이다."

말을 마치자 두 사람이 칼을 빼 들고 남녀를 가리지 않고 모두 죽이니 죽은 무리가 모두 여덟 사람이었다. 그런데 그들이 부엌을 돌아 나오는데 돼지 한 마리가 묶여 있는 것이 보였다. 이를 보고 진궁이 말했다.

"맹덕이 의심이 많아 우리가 억울한 사람들을 죽였구려."

두 사람은 급히 집을 나와 말을 타고 달렸다. 이 리를 미처 못 가 여백사가 나귀에 술 두 병을 매달고 손에는 과일과 채소를 들고 오고 있었다. 그가 놀라 소리쳤다.

"조카와 선생께서는 어찌하여 그리 빨리 떠나시는고?"

"죄를 지은 몸이어서 오래 머물 수가 없습니다."

"내가 이미 집의 하인들에게 돼지를 잡으라고 말해두었는데 조카와 선생은 어찌 하룻밤도 묵지 않고 그리 빨리 떠나려 하오?"

조조가 그 말을 듣지 않고 말을 몰아 가다가 얼마 가지 않아 문득 칼을 뽑아 들더니 여백사를 향하여 물었다.

"저기 오는 사람들이 누구요?"

여백사가 그 말을 듣고 돌아보자 조조가 칼을 휘둘러 그를 죽여 노새에서 떨어트렸다. 진궁이 매우 놀라며 말했다.

"하인들을 죽인 것은 잘못 알고 한 짓이라고 하지만 이 사람을 왜 죽여야 하오?"

"여백사가 집에 돌아가 여러 사람이 죽은 것을 보면 가만히 있겠소? 무리를 모아 우리를 추격할 터인데 그렇게 되면 반드시 우리에게 화가 닥칠 것이오."

"무고한 줄 알고 사람을 죽이니 참으로 의롭지 않소."

"내가 세상 사람을 버릴지언정 세상 사람이 나를 버리게 할 수는 없소."[寧教我負天下人 休教天下人負我]

진궁이 아무 말도 하지 못했다. 그날 밤 두 사람은 달빛 아래 몇 리를 더 가 어느 객점에 들러 하룻밤을 묵었다. 말에게 꼴을 먹인 다음 조조가 먼저 잠들었다. 진궁이 깊은 생각에 빠졌다.

"내가 조조를 위인이라 생각하고 벼슬까지 버리면서 여기까지 따라왔는데 본디 이 사람은 이리와 같은 사람이었구나. 오늘이 지나고 나면 나도 반드시 화를 겪을 것이다."

그리고 진궁은 칼을 빼 들고 조조를 죽이려 다가갔다. 이 일을 두고 뒷날 한 시인이 이런 말을 남겼다.

마음이 짐승 같은데 어찌 착한 사람일 수 있으랴
　　조조나 동탁이 본디 한길을 가던 놈들이었느니.
　　設心狼毒非良人 操卓原來一路人

조조의 목숨은 어찌 되려나?

제5회

난세의 간웅(奸雄) 조조

> 조조는 거짓 조서(詔書)로
> 제후를 모으고
> 세 영웅은 관군을 깨트리며
> 여포와 싸우다.

그 무렵 진궁은 곧 조조를 죽이려 하였으나 문득 생각이 바뀌었다.

"내가 국가를 위해 그를 따라 여기까지 와서 그를 죽이는 것은 옳지 않다. 차라리 다른 곳으로 가느니만 못하다."

생각이 여기에 미친 진궁은 칼을 차고 말에 올라 날이 밝기에 앞서 동군(東郡)으로 떠났다. 조조가 잠에서 깨어 보니 진궁이 보이지 않자 혼자 생각했다.

"이 사람이 나의 말 몇 마디를 듣더니 나를 어질지 못한 사람이라 여기고 가버렸구나. 나도 어서 떠나야지 여기에 오래 머물 일이 아니다."

그는 밤낮으로 길을 재촉하여 진류에 이르렀다. 아버지를 만난 조조는 그동안에 겪은 일들을 설명한 다음 집안의 재산을 정리하여 의병을 모집하고자 하는 뜻을 말했다. 그 말을 들은 아버지 조숭이 말했다.

"이런 일에 자금이 없으면 일을 이룰 수 없다. 이곳에 효렴(孝廉)을 지낸 위홍(衛弘)이라는 인물이 있는데 재산을 가볍게 여기고 의리를 무겁게 아는 분이다. 그가 엄청난 부자인데 그의 도움을 받을 수만 있다면 일을 가히 도모할 수 있을 것이다."

조조는 술자리를 마련하여 위홍을 초청했다. 위홍이 오자 조조가 사실대로 고백했다.

"지금 한나라 왕실에는 주인이 없고 다만 동탁만이 권력을 휘어잡고 황제를 속이며 백성을 괴롭히니 세상 사람들이 모두 이를 갈고 있습니다. 제가 사직을 붙잡아 세우고자 하나 능력이 부족할 따름입니다. 공께서는 충의의 인사이기에 감히 도움을 청하옵니다."

위홍이 입을 열었다.

"나도 그런 생각을 한 지 오래되었습니다만 함께 일할 영웅을 만나지 못한 것이 한스러웠습니다. 이미 맹덕이 그와 같은 큰 뜻을 품었다니 내가 장차 자금을 돕고자 합니다."

조조가 크게 기뻐하며 먼저 거짓으로 꾸민 황제의 조서를 각지에 보내어 의병을 모집하면서 흰 깃발에 "충의"(忠義)라 두 글자를 써넣으니 며칠이 지나지 않아 모여드는 병사가 빗발치듯했다. 어느 날에는 평양(平陽)의 위국(衛國) 사람이 조조를 찾아 왔는데 이름은 악진(樂進)이요 자는 문겸(文謙)이라 했다. 또 다른 날에는 산양(山陽)의 거록(鉅鹿) 사람이 조조를 찾아왔는데 이름은 이전(李典)이요 자를 만성(曼成)이라 했다. 조조는 그들을 각기 장막을 맡는 관리[帳前吏]로 삼았다.

또 다른 날에는 패국(沛國)의 초군(譙郡) 사람 하후돈(夏侯惇)이 찾아왔다. 자를 원양(元讓)이라 하는 그는 하후영(夏侯嬰)의 후손으로서 어려서부터 창봉(槍棒)을 익혔다. 그는 열네 살 때 스승으로부터 무예를 배왔는데 어떤 사람이 스승을 모독하자 그를 죽이고 외지로 도망을 다니던 터에 조조가 의병을 모집한다는 소문을 듣고 아우 하후연(夏侯淵)과 함께 각기 천 명의 부하를 이끌고 찾아온 것이었다. 이 두 사람은 조조와 같은 집안 출신이었다. 왜냐하면 조조의 아버지 조숭이 본디 하후 씨 집안의 아들이었으나 조 씨 가문에 양자로 들어갔기 때문이었다.

며칠이 지나지 않아 조조의 형제 조인(曹仁)과 조홍(曹洪)이 각기 천 명의 병사를 이끌고 찾아왔다. 조인의 자는 자효(子孝)이며 조홍의 자는 자렴(子廉)이었다. 두 사람은 말을 잘 타고 무예가 출중했다. 조조가 크게 기뻐하며 마을 가운데에서 군마를 조련했다. 위홍은 재산을 모두 내놓아 갑옷과 깃발을 마련했다. 사방에서 군량미를 보내오는데, 그 숫자를 헤아릴 수 없었다.

그 무렵에 원소는 조조가 보낸 거짓 조서를 받자 휘하의 문무 관원 3만 명을 거느리고 발해를 떠나 조조의 군대와 합류했다. 조조는 격문을 지어 각 군현에 보냈는데 그 글은 다음과 같다.

"조조 등의 무리는 삼가 대의를 천하에 선포하노니, 동탁이 하늘과 땅을 속이며 나라를 멸망시키고 황제를 시역하였으며, 궁궐을 더럽히고 백성을 잔혹하게 괴롭히며 짐승처럼 잔혹하여 죄악이 천지에 가득하도다. 이에 천자의 밀지(密旨)를 받들어 크게 의병을 일으켜 화하(華夏)[1]를 깨끗이 하고 흉악한 무리를 무찌르려 하노라. 바라건대 충의로운 의병을 일으켜 천하의 분노를 씻고 왕실을 일으켜 어린 백성을 구출하고자 하노

---

1) 화하(華夏) : 고대의 중국인들이 스스로를 부르던 명칭임. 『서경』 주서(周書) 무성(武成) 편에 이르기를, "소자(小子)가 이미 어진 사람을 얻어 감히 공격하여 상제를 이어 어지러운 계략을 막노니, 화하(華夏)와 오랑캐[蠻貊]가 따르지 않음이 없었다."

니 격문이 이르는 날 서둘러 받들지어다."

조조가 격문을 보낸 뒤에 각 진(鎭)의 제후가 모두 군대를 보내어 호응하니, 제1진은 후장군(後將軍) 남양태수 원술이요, 제2진은 기주(冀州) 자사 한복(韓馥)이요, 제3진은 예주(豫州)자사 공주(孔伷)요, 제4진은 연주(兗州)자사 유대(劉岱)요, 제5진은 하내(河內)태수 왕광(王匡)이요, 제6진은 진류태수 장막(張邈)이요, 제7진은 동군(東郡) 태수 교모(喬瑁)요, 제8진은 산양(山陽)태수 원유(袁遺)요, 제9진은 제북(濟北)의 현령[相] 포신(鮑信)이요, 제10진은 북해태수 공융이요, 제11진은 광릉(廣陵)태수 장초(張超)요, 제12진은 서주자사 도겸이요, 제13진은 서량태수 마등(馬騰)이요, 제14진은 북평(北平)태수 공손찬이요, 제15진은 상당(上黨)태수 장양(張楊)이요, 제16진은 오정후(烏程侯) 장사(長沙)태수 손견이요, 제17진은 기향후(祁鄕侯) 발해태수 원소였다.

각 부대는 크고 작음이 같지 않아 어떤 부대는 삼만 명에 이르렀고, 어떤 부대는 일이만 명에 이르렀다. 각 부대는 문무관을 이끌고 낙양을 향하여 진군했다.

그 무렵 북평태수 공손찬은 정예 병사 만오천 명을 이끌고 덕주(德州)의 평원현(平原縣)을 지나고 있었다. 그가 앞을 바라보니 멀리 뽕나무 밑에 황색 깃발이 보이더니 몇 명의 기병이 다가오고 있었다. 공손찬이 바라보니 유비였다. 공손찬이 물었다.

"아우가 어찌 여기에 있는고?"

"지난날 형님께서 저에게 평원 현령의 자리를 마련해주시어 이곳에서 일하다가 이번에 형님의 대군이 이곳을 지나신다는 소문을 듣고 나와 기다리던 중이었습니다. 형님께서는 성에 드시어 말에 먹이를 주고 잠시 쉬시지요."

공손찬이 곁에 서 있는 관우와 장비를 바라보며 물었다.

"곁에 있는 장수들은 누구인고?"

"이들은 저와 형제의 의를 맺은 관우와 장비이옵니다."

"그렇다면 아우와 함께 황건적을 무찌른 바로 그 형제들이란 말인가?"

"그때의 공은 모두 이 두 사람이 이룬 것입니다."

"그렇다면 두 사람의 벼슬은 무엇인고?"

"관우는 마궁수(馬弓手)이고 장비는 보궁수(步弓手)입니다."

그 말에 공손찬이 탄식하며 말했다.

"어찌 영웅을 이토록 초야에 묻어둘 수 있단 말인가? 이제 동탁이 반란을 일으켜 천하 제후가 함께 그를 죽이러 가는 길인데 아우는 그 말직을 버리고 나와 함께 역적을 무찌르고 한나라를 일으킬 뜻이 없소?"

"저도 그리하고 싶습니다."

그 말을 들은 장비가 투덜거렸다.

"그때 내가 그 역적을 죽이도록 내버려두었더라면 오늘 이런 일이 없었을 텐데."

곁에 있던 관우가 타일렀다.

"이미 지난 일이니 지금은 앞으로 닥칠 일이나 하세."

유비는 관우·장비와 함께 기병을 이끌고 공손찬을 따라 나섰다. 조조가 그들을 맞이했다. 여러 제후가 연이어 도착하여 영채를 세우는데 그 길이가 2백 리에 이르렀다. 조조가 소와 말을 잡아 큰 잔치를 열어 제후와 앞으로 진군할 일을 논의하는데 태수 왕광이 먼저 일어나 말했다.

"이제 우리가 대의를 받들자면 모름지기 맹주(盟主)가 있어야 하는 법인데 여러분은 먼저 이를 결정하시고 진군하는 것이 옳습니다."

그 말에 조조가 이어 말했다.

"원본초(袁本初, 원소)는 사대에 걸쳐 삼공을 배출하였고 문중에는 높은 관리가 많은 한실의 명문거족이니 그가 가히 맹주가 될 만합니다."

원소가 두서너 차례 사양하자 모든 제후가 한입으로 말했다.

"본초가 아니면 이 일을 맡을 사람이 없습니다."

드디어 원소가 맹주의 추대를 받아들였다. 다음날 그들은 삼층 제단을 쌓고 오방(五方 : 동서남북중)에 깃발을 세우고 위에는 흰 소의 꼬리로 만든 장대[白旄]와 황금으로 만든 도끼[黃鉞][2]를 세우는 한편, 병부(兵符)[3]와 장군의 도장[將印]을 새긴 다음 원소를 제단 위에 오르게 했다. 원소가 단호한 태도로 제단에 올라 향을 불사르고 두 번 절한 다음 회맹(會盟)의 글을 읽었다.

"황실이 불행하여 황제의 기강을 잃었소이다. 역적 동탁은 혼란을 틈타 위로는 황실을 박해하고 아래로는 백성을 학대하였나이다. 이에 원소의 무리는 사직이 더럽혀져 무너질까 두려워 의병을 일으켜 함께 국난을 극복하러 떠납니다. 무릇 우리의 동맹은 마음과 몸을 다 바쳐 신하의 절의를 지킴에 두마음을 품을 수 없습니다. 만약 저희가 이 맹세를 어긴다면 그 목숨을 끊으시고 그 자손을 잇지 못하게 하소서. 조상의 명철하신 영혼들께서는 이를 살피소서."

맹세의 글 읽기를 마치자 모두 그 뜻으로 피를 마시고[歃血][4] 비분강

---

2) 황금 도끼[黃鉞] : 동서양을 가리지 않고 도끼는 권력의 상징이었다. 동양에서는 이를 부월(斧鉞)이라 했고, 서양에서는 집정관이 속간(束杆, fasces)이라 하는 도끼를 든 무사를 앞장세워 다녔다. 『플루타크영웅전 : 누마전』, §10 참조.
3) 병부(兵符) : 군대를 동원하는 표지(標識)로 쓰이던 둥글납작한 나무패.
4) 중국의 비밀 결사에서는 맹세의 뜻으로 피를 마시는데 이를 삽혈(歃血)이라 한다. 그 방법이 늘 같은 것은 아니며 피를 마시는 방법과 피를 입술에 바르는 방법이 있다. 피는 흔히 자신의 입술을 깨물거나 칼로 팔뚝을 찔러 흐르는 피를 쓰되, 동물의 피를 쓰는 경우도 있고 둘을 섞어 쓰는 경우도 있다. 현재에는 중국의 폭력

개(悲憤慷慨)한 말을 나누며 눈물을 흘렸다. 피를 마신 제후는 제단을 내려왔다. 여러 제후가 원소를 장막 위에 앉히고 관직과 나이에 따라 좌우로 늘어앉았다. 조조가 술잔을 돌린 다음 나서서 말했다.

"오늘 맹주를 뽑고 각기 맡아야 할 바를 들었으니 함께 국가를 위해 일할 분이 누가 높고 누가 낮음을 따질 일은 아니오."

원소가 말했다.

"제가 비록 재주가 없으나 여러분의 추대로 맹주가 되었으니 공을 이룬 사람에게는 반드시 상을 줄 것이요, 죄를 지은 사람에게는 반드시 벌을 내릴 것입니다. 나라에는 형벌이 있고 군대에는 기율이 있는 법이니 여러분은 모름지기 이를 지켜 어긋남이 없어야 할 것입니다."

모든 제후가 함께 말했다.

"명령을 따르겠나이다."

원소가 말했다.

"나의 아우 원술은 군량미와 말먹이를 맡아 각 영채에 공급하되 어그러짐이 없도록 하오. 또 한 사람을 선봉으로 뽑아 곧 사수관(汜水關)을 공격하도록 하고 다른 장수들은 각기 험준한 요충지를 지키면서 접응하기 바라오."

장사 태수 손견이 앞으로 나와 말했다.

"바라건대, 제가 선봉에 서고자 합니다."

원소가 말했다.

"문대(文臺, 손견의 字)는 용맹한 장수이니 가히 그 일을 맡을 만하오."

배인 삼합회(三合會, Triad)와 일본의 조직폭력배인 야쿠자(八九三)에 그 잔존 형태가 남아 있고, 이제는 다소 변형하여 몸에 흉터를 남기는 의식이 있다. 이는 단순한 문신(文身)과는 다른 의미를 가지고 있다.

손견이 본부의 인마를 이끌고 나는 듯이 사수관으로 달려갔다. 관문을 지키던 장수가 유성처럼 빠른 말을 낙양으로 보내어 승상부에 다급한 소식을 알렸다. 동탁은 대권을 장악한 뒤로 매일 술자리를 열고 있었다. 이유가 급보를 받자 곧 동탁에게 알렸다. 동탁이 몹시 놀라며 긴급하게 여러 장수를 불러 회의를 열었다. 온후(溫侯) 여포(呂布)가 나서서 말했다.

"아버님께서는 염려하지 마소서. 제가 보기에 변방의 제후라는 것들이 지푸라기와 같아서 제가 호랑이와 이리 같은 병사들을 이끌고 나가 그들의 머리를 모두 베어 성문에 걸어놓으리다."

동탁이 기뻐하며 말했다.

"나에게 봉선이 있으니 베개를 높이하고 걱정 없이 자겠구나."(高枕無憂)5)

동탁의 말이 끝나지도 않았는데 여포의 뒤에 서 있던 한 장수가 소리치며 나섰다.

"옛말에 '닭을 잡는 데 어찌 소 잡는 칼을 쓰겠는가?'(割鷄焉用牛刀)6)라 했습니다. 온후께서는 이만한 일로 수고하실 일이 없습니다. 제가 저들의 목을 베는 것은 주머니 안의 물건 찾는 일이나 다름이 없습니다."

동탁이 바라보니 그는 키가 8척에 몸집은 호랑이 같고, 허리는 늑대 같고, 머리는 표범 같고 어깨는 원숭이처럼 생겼다. 이 사람은 관서 출신의 인물로서 이름은 화웅(華雄)이었다. 동탁이 그의 말을 듣고 크게 기뻐하며 벼슬을 효기교위(驍騎校尉)7)로 높여준 다음 마보군 오만 명을 이끌고

---

5) 『사기』(史記) 「이사열전」(李斯列傳)에서 진(秦)나라 간신 조고(趙高)가 2세 황제에게 연좌제 등의 폭정을 권고하면서 한 말.
6) 『논어』 양화(陽貨). 공자가 무성(武城)에 갔을 때 백성이 비파 뜯는 소리를 듣고는 빙긋이 웃으면서 이렇게 말씀하셨다. "닭 잡는 데 어찌 소 잡는 칼을 쓰리오?"[子之武城 聞弦歌之聲 夫子莞爾而笑 曰 割雞焉用牛刀]

이숙(李肅)·호진(胡軫)·조잠(趙岑)과 함께 밤길에 사수관으로 달려가 적군을 맞아 싸우도록 했다.

그러는 시간에 제후 가운데 제북의 현령인 포신이 가만히 생각해보니, 손견이 이미 선봉이 되어 나간다면 그가 전공을 먼저 세울까 시샘하여 은밀히 그의 동생 포충(鮑忠)이 미리 마보군 삼천 명을 이끌고 좁은 길을 따라 곧장 사수관으로 달려가 싸워 먼저 전공을 세우도록 했다. 그때 화웅이 철기군 삼백 명을 이끌고 나타나 나는 듯이 관문을 나서며 소리쳤다.

"적장은 도망하지 말라."

포충이 겁에 질려 급히 도망하려 했으나 화웅이 내려친 칼을 맞고 말 아래 시체가 되어 떨어지니 포로로 잡힌 병사가 헤아릴 수 없이 많았다. 화웅은 포충의 머리를 승상부로 보내어 승전을 알리니 동탁이 그를 도독으로 높여주었다.

그 무렵 손견은 네 명의 장수를 데리고 사수관 앞에 나타났는데, 첫째는 우북평(右北平)의 토은(土垠) 출신 정보(程普)로 자는 덕모(德謀)이니 철척사모(鐵脊蛇矛)를 잘 썼으며, 둘째는 황개(黃蓋)로 자는 공복(公覆)이니 영릉(零陵) 출신으로서 철편(鐵鞭)을 잘 썼으며, 셋째는 한당(韓當)으로 자는 의공(義公)으로 요서(遼西)의 영지(令支) 출신인데 대도를 잘 썼으며, 넷째는 조무(祖茂)로 자는 대영(大榮)이니 오군(吳郡)의 부춘(富春) 출신으로 쌍도를 잘 썼다. 손견이 은으로 장식한 갑옷을 입고 붉은 두건을 쓴 채 고정도(古錠刀)[8]를 비껴 잡고 화종마(花鬃馬)[9]를 탄 채 성

---

7) 효기교위(驍騎校尉) : 황실의 호위부대장을 뜻함.
8) 고정도(古錠刀) : 칼을 예리하게 잘 만들기로 이름난 고정진(古錠鎭)에서 만든 칼의 이름.
9) 화종마(花鬃馬) : 갈기가 아름다운 말이라는 뜻임.

문을 향하여 소리쳤다.

"역적을 돕는 필부는 어찌하여 일찍 항복하지 않는가?"

화웅의 부장 호진이 오천 명의 병사를 이끌고 관문을 뛰쳐나왔다, 정보가 창을 비껴 잡고 말을 달려 나가 호진과 싸우는데 몇 번 겨루지도 않았는데 정보의 창이 호진의 목을 찔러 말 아래 떨어트렸다. 이를 본 손견이 군대를 휘몰아 관문 앞까지 쳐들어갔으나 화살과 돌멩이가 비 오듯 쏟아졌다. 손견은 병사를 돌려 양동(梁東)으로 돌아와 주둔하면서 사람을 보내어 원소에게 알리는 한편 원술에게 서둘러 군량미를 보내도록 재촉했다. 그런데 어떤 사람이 원술에게 이렇게 말했다.

"손견은 강동의 맹호인데 그가 이번에 낙양을 함락하고 동탁을 죽인다면 이는 오히려 이리를 몰아내고 호랑이를 불러들이는 꼴이 됩니다. 그러므로 이번에 군량미를 보내지 않으면 그의 군사들은 반드시 무너질 것입니다."

원술이 그 말을 듣고 군량미와 말먹이를 보내지 않았다. 손견의 부대가 배가 고파 스스로 혼란에 빠지자 적의 척후병이 이를 알고 사수관에 알리니 이숙이 화웅과 계책을 논의하면서 이렇게 말했다.

"오늘 밤에 나는 한 부대를 이끌고 오솔길로 내려가 손견의 영채 뒤를 칠 터이니 장군은 그 앞쪽을 치시오. 그러면 손견을 사로잡을 수 있을 것입니다."

화웅이 그 말에 따라 병사들을 배불리 먹이고 밤이 되자 관문을 나섰다. 그날따라 달이 밝았다. 손견의 영채에 이르니 이미 밤이 깊었다. 화웅은 북을 치며 곧바로 손견의 영채를 공격했다. 손견은 허둥대며 갑옷을 입고 말에 올라 화웅과 마주쳤다. 두 마리의 말이 뒤엉키며 몇 차례 싸우지도 않았는데 이숙의 부대가 후미에 이르러 불을 지르니 손견의 부대가 큰 혼란에 빠졌다.

여러 장수가 혼전에 빠졌는데 오직 조무만이 손견의 곁에서 포위망을 뚫으며 앞으로 나아갔다. 뒤에서 화웅이 따라오자 손견은 연거푸 활을 쏘았으나 화웅이 몸을 피하여 맞지 않았다. 손견이 세 번째 화살을 쏘려는데 힘을 너무 써 작화궁(鵲畫弓)10)이 부러지자 이제 그는 활을 버리고 말을 몰아 도망쳤다. 조무가 손견에게 말했다.

"주공이 머리에 쓰신 붉은 모자를 보고 저들이 장군을 공격하니 저와 모자를 바꿔 쓰시지요."

손견이 조무와 모자를 바꿔 쓰고 서로 다른 길로 도망했다. 화웅이 오직 붉은 모자만 바라보고 추격하는 사이에 손견은 작은 길로 빠져 도망하고 조무는 화웅의 추격을 받았다. 그는 어느 타다 남은 집의 기둥에 붉은 모자를 걸어두고 수풀 속으로 숨어들어갔다. 화웅은 달빛 아래 붉은 모자가 보이자 사방으로 둘러싸고 감히 다가가지 못한 채 활만 쏘다가 그것이 적의 계략인 줄을 알고서야 앞으로 나가 모자를 낚아챘다. 그때 조무가 수풀에서 튀어나와 쌍도를 휘두르며 화웅을 공격하였으나 화웅이 벽력처럼 소리를 지르며 단칼에 그를 베어 말 위에서 떨어트렸다.

살육은 아침까지 이어지다가 화웅은 병사를 이끌고 사수관으로 돌아갔다. 손견의 진영에서는 정보와 황개와 한당이 살아 돌아와 손견을 만나자 다시 군마를 수습하고 영채를 차렸다. 손견은 조무가 죽었음을 알고 깊이 슬퍼하며 밤을 틈타 원소에게 사람을 보내어 패전을 알렸다. 원소가 매우 놀라며 말했다.

"문대가 화웅에게 질 줄은 몰랐구려."

---

10) 작화궁(鵲畫弓) : 활을 당겼을 때 몸체가 나는 까치처럼 생긴 활.

원소는 여러 제후를 모아 앞일을 상의했다. 모든 사람이 다 모였는데 공손찬만이 늦게야 왔다. 원소는 제후를 장막 안으로 들어오게 한 다음 입을 열었다.

"지난날 포신장군의 아우가 명령을 따르지 않고 자기 멋대로 군대를 끌고 나가 싸우다가 자신도 목숨을 잃고 많은 병사를 잃었소. 그러더니 이번에는 손문대가 화웅에게 져 우리의 사기가 꺾였으니 앞으로 어찌하면 좋겠소?"

여러 제후가 아무 말도 못 하고 있는데 원소가 바라보니 공손찬의 뒤에 세 장수가 서 있었다. 얼굴 생김이 비범한 그들은 얼굴에 냉소를 띠고 있었다. 원소가 물었다.

"공손 태수의 뒤에 서 있는 사람들은 누구요?"

공손찬이 유비를 불러 앞으로 나오게 한 다음 대답했다.

"이 사람은 저와 어렸을 적에 형제의 의를 맺은 동생인데 평원의 현령을 맡고 있는 유비입니다."

그 말을 듣고 조조가 나서서 물었다.

"그렇다면 황건적을 무찔렀던 그 유현덕이 아닌가요?"

"그렇소이다."

그러고서 공손찬은 유비를 불러 인사를 드리게 한 다음 그동안 이룬 공로와 출신 등의 이야기를 자세하게 설명했다. 그 말을 들은 원소가 말했다.

"기왕에 그대가 황실의 종친이라 하니 자리에 앉으시오."

원소가 자리를 권하였으나 유비가 사양하자 원소가 말했다.

"내가 그대에게 자리를 권하는 것은 그대의 벼슬이 높아서가 아니라 황실의 후손에 대한 예의 때문이라오."

유비가 자리에 앉자 관우와 장비가 두 손을 공손히 포개어 잡고[叉手]

그 뒤에 섰다. 그때 척후가 들어와 보고했다.

"화웅이 철기병을 이끌고 관문을 나와 깃발에 손견 태수의 빨간 투구를 꽂고 성 앞에 이르러 조롱하며 싸움을 걸고 있습니다."

원소가 물었다.

"누가 나가서 싸우겠소?"

그 말이 끝나자 원술의 뒤에 서 있던 효기장군 유섭(兪涉)이 나서며 말했다.

"제가 나가서 싸우고자 하나이다."

원소가 기뻐하자 유섭이 말을 타고 나가더니 곧 보고가 올라 왔다.

"유섭이 화웅을 만나 단 세 번 겨루더니 그의 칼에 죽었습니다."

제후들이 모두 놀라는데 태수 한복이 나서서 말했다.

"저에게 상장 반봉(潘鳳)이 있사온데 가히 화웅을 이길 수 있습니다."

원소가 서둘러 그에게 나아가 싸우게 하자 반봉이 칼을 들고 말에 올라 나가더니 얼마 지나지 않아 척후병이 말을 타고 달려 들어오며 보고를 올렸다.

"반봉이 화웅의 칼에 죽었습니다."

모든 사람이 낯빛을 잃자 원소가 말했다.

"나의 상장 안량(顔良)과 문추(文醜)가 아직 도착하지 않은 것이 한탄스럽도다. 그들 가운데 하나만 있어도 어찌 화웅을 두려워했겠는가?"

그의 말이 끝나기에 앞서 계단 아래에서 한 장수가 나와 큰 소리로 외쳤다.

"바라옵건대 제가 나가 화웅의 목을 베어 장막에 바치오리다."

무리가 바라보니 키는 9척이요, 수염은 두 자인데 눈은 봉황처럼 생겼고 눈썹은 누에를 닮았으며, 얼굴은 대추 빛으로 목소리는 큰 종이 울리는 것 같은 사나이가 장막 아래 서 있었다. 원소가 물었다.

"이 사람이 누구인고?"

공손찬이 나서서 대답했다.

"유비의 아우인 관우라 합니다."

원소가 물었다.

"맡고 있는 벼슬은 무엇인고?"

공손찬이 대답했다.

"유현덕을 모시는 마궁수입니다."

그 말을 들은 원소가 벽력같이 소리를 질렀다.

"너는 우리 제후에게 장수가 없음을 비웃으려는 것이더냐? 일개 궁수가 어찌 감히 말을 함부로 하는가? 저놈을 내쳐라."

그때 조조가 다급히 원소를 말리며 말했다.

"장군께서는 잠시 분노를 멈추소서. 이 사람이 이미 저토록 장담하는 것을 보니 반드시 용기와 지략이 있을 터인즉 그에게 싸울 기회를 주시되 이기지 못하면 그때 책임을 물어도 늦지 않으리다."

원소가 말했다.

"일개 궁수가 싸우러 나왔다고 화웅이 비웃을 것임에 틀림없소."

조조가 말했다.

"이 사람의 모습이 저속하지 않으니 화웅이 어찌 이 사람을 궁수로 여기겠습니까?"

관우가 말했다.

"제가 만약 이기지 못한다면 저의 목을 치소서."

조조가 덥힌 술 한 잔을 따라 마상의 관우에게 권하니 관우가 이렇게 말했다.

"술은 잠시 그대로 두시지요. 제가 다녀온 다음에 마시리다."

관우가 청룡언월도를 비껴 들고 몸을 날려 말 위에 올랐다. 여러 제후가 들으니 북소리가 크게 울리고 함성이 크게 일어나는데 마치 천지가 뒤집히는 것 같고 산악이 무너지는 듯하여 모든 사람이 놀랐다. 제후가 소식을 기다리는데 방울 소리가 울리며 말 한 필이 중군으로 들어오더니 마상에서 관우가 화웅의 머리를 땅바닥에 던졌다. 따라두었던 술은 아직 식지도 않았다. 뒷날 한 시인이 그때의 장면을 이렇게 읊었다.

> 천지에 떨치는 첫 공을 세우니
> 원문(轅門)11)의 북소리는 둥둥 울리누나.
> 운장은 술잔을 맡겨놓고 용맹을 떨쳤는데
> 화웅의 목을 베고 돌아오니 아직 술잔은 식지도 않았구나.
> 威鎭乾坤第一功 轅門畫鼓響鼕鼕
> 雲長停盞施英勇 酒尙溫穩斬華雄

조조가 몹시 기뻐하는데 유비의 등 뒤에 서 있던 장비가 앞으로 나서며 고함을 쳤다.

"형님께서 화웅을 죽였는데 이때 군대를 몰고 대궐로 들어가 동탁을 사로잡지 않고 어느 때를 기다리려는 거요?"

원술이 대로하며 소리쳤다.

"대신들도 스스로 겸손함을 보이는데 하물며 일개 현의 졸개가 어찌 감히 이렇게 방자할 수 있단 말인가? 저놈들을 모두 내쳐라."

---

11) 원문(轅門) : 영채(營寨)를 세울 때 그 문 쪽으로 수레를 엮어 이어 영문(營門)을 세웠는데 이를 원문이라 했다.

조조가 말했다.

"전공을 이루는 데 어찌 귀천을 따지겠습니까?"

원술이 말했다.

"이런 식으로 여러분이 일개 현령을 높이 여긴다면 나는 마땅히 이곳을 떠나겠소."

조조가 말했다.

"어찌 한마디 말로써 천하의 대사를 그르칠 수 있겠습니까?"

조조는 공손찬에게 유비와 관우와 장비를 데리고 영채로 돌아가게 하고 대부분의 제후도 헤어졌다. 조조가 남몰래 소 한 마리와 술을 보내어 세 사람을 위로했다.

그 무렵에 화웅의 패잔병들은 사실을 상부에 보고했다. 이숙은 황망하게 문서를 작성하여 동탁에게 올렸다. 동탁이 이유와 여포를 불러 상의했다. 이유가 먼저 입을 열었다.

"지금 우리는 화웅을 잃었는데 적군의 기세가 등등합니다. 저쪽의 맹주는 원소인데 그의 숙부 원외(袁隗)가 조정의 태부(太傅)로 있으면서 안팎이 서로 내통할까 매우 걱정스러우니 먼저 그를 죽여야 합니다. 바라건대 승상께서는 몸소 대군을 이끌고 납시어 저들을 소탕하소서."

그의 말에 따라 동탁은 이각(李傕)과 곽사(郭汜)를 시켜 오백 명의 병사를 이끌고 가 원외의 집을 둘러싼 다음 남녀노소를 가리지 않고 모두 죽이고 원외의 목을 관문에 내걸었다. 그런 다음 동탁은 병력 이십만 명을 일으켜 두 길로 나누어 이각이 한 부대를 이끌게 하고 곽사가 오만 명을 이끌고 사수관을 지키되 나가 싸우지 말도록 하고 동탁 스스로 십오만 명을 이끌고 이유·여포·번조(樊稠)·장제(張濟)에게 호뢰관(虎牢關)을 지키도록 했다. 그곳은 낙양으로부터 오십 리 떨어져 있었다.

군마가 이르자 동탁은 여포에게 삼만 대군을 이끌고 호뢰관 앞에 거대한 영채를 세우게 한 다음 자신이 그 위에서 직접 군사를 지휘했다. 척후병이 말을 나는 듯이 달려 이와 같은 사실을 원소의 영채에 알렸다. 원소가 제후를 모아놓고 상의를 시작하자 조조가 먼저 말했다.

"동탁이 호뢰관에 주둔하고 우리들의 길을 막고 있으니 병력의 절반을 보내어 그들을 치도록 하시지요."

이에 원소는 왕광·교모·포신·원유·공융·장양·도겸·공손찬의 여덟 제후에게 호뢰관을 공격하도록 하고 조조는 병사를 이끌고 오가며 돕도록 했다. 여덟 제후가 각기 병사를 이끌고 떠났다. 하내태수 왕광이 먼저 관문에 이르렀다. 이에 여포가 철기병 삼천 명을 이끌고 마주 나왔다. 왕광이 장군들을 벌려 진영을 치고 말을 탄 채 관문에 건 깃발 아래 바라보니 여포가 출전하였다.

여포는 머리칼을 세 갈래로 엮어 자금관(紫金冠)을 썼고, 몸에는 서천의 붉은 비단으로 만든 백화포(百花袍)를 입었으며, 그 위에 짐승의 얼굴을 새기고 고리로 엮은 갑옷을 입고, 허리에는 사자와 야만의 모습을 영롱하게 새긴 띠를 둘렀다. 몸에는 활과 화살을 지니고 손에는 화극을 들고 맞바람을 맞으며 울부짖는 적토마 위에 앉았는데, 과연 "남자 가운데 남자는 여포요, 말 가운데 말은 적토마"[人中呂布 馬中赤兎]라는 말이 헛되지 않았다. 왕광이 뒤를 돌아보며 물었다.

"누가 감히 나가서 싸울꼬?"

그때 무리 뒤에서 한 장수가 말을 타고 창을 비껴 든 채 나타났다. 왕광이 바라보니 하내의 명장 방열(方悅)이었다. 방열이 여포를 맞아 다섯 번도 겨루지 못하고 그의 창을 맞고 말 아래로 떨어지자 여포가 곧바로 쳐들어왔다. 왕광이 대패하고 사방으로 흩어져 도망했다. 여포가 좌우로 공격하며 병사를 죽이는데 마치 앞에 아무도 없는 듯이 드나들었다. 다행히 교모와 원유의 두 부대가 달려와 왕광을 구출하니 여포가 물러났다. 세 부대의 제후는 병사와 말을 조금씩 잃고 삼십 리를 물러나 영채를 세웠다.

그 뒤로 다섯 제후의 부대가 이르자 앞일을 상의하면서 여포가 용맹하여 맞설 장수가 없음을 개탄했다. 그들이 회의하는 동안 척후병이 와서 여포가 다시 와 전투를 건다고 보고했다. 여덟 제후가 모두 말에 올라 부대를 여덟으로 나누어 진영을 치니 여포가 산 위에서 바라보다가 말에 채찍을 치고 깃발을 휘날리며 앞장서 달려 내려오고 있었다. 그때 상당태수 장양의 부장 목순(穆順)이 말을 타고 창을 휘두르며 달려 나갔으나 여포가 휘두르는 화극 한 방에 말 아래로 떨어졌다.

제후들이 모두 놀라자 이번에는 북해태수 공융의 부장 무안국(武安國)이 철퇴를 휘두르며 말을 달려 나갔다. 여포가 화극을 휘두르며 말을 달려 나왔다. 서로 열 번을 겨루더니 여포의 화극이 무안국의 손목을 자르자 그는 무기를 버리고 되돌아왔다. 여덟 제후가 함께 달려 나가 무안국을 구출했다. 여포가 물러나자 제후는 영채로 돌아와 상의했다. 조조가 말했다.

"여포의 용맹함을 당할 장수가 없으니 열여덟 제후가 모여 훌륭한 계책을 내어 여포를 사로잡을 수만 있다면 동탁은 죽은 목숨이나 다름이 없습니다."

그때 여포가 다시 싸움을 걸어 왔다. 공손찬이 여덟 자짜리 창[槊]을 휘두르며 나가 여포와 겨루었다. 그러나 몇 번 겨루지도 못하고 공손찬이 도주했다. 그러자 여포가 적토마를 몰며 추격했다. 하루에 천리를 달린다는 그 명마가 나는 듯이 달려와 거의 잡힐 듯하자 여포가 공손찬의 등을 찌르려 했다. 바로 그때 한 장수가 고리 같은 눈을 부릅뜨고 호랑이 같은 수염을 휘날리며 장팔사모를 비껴들고 나는 듯이 달려 나오더니 소리쳤다.

"애비가 셋이나 되는 천한 놈아,12) 달아나지 말라. 연(燕)나라 장수 장비가 여기에 있노라."

여포가 공손찬을 쫓던 길을 멈추고 장비를 맞아 싸웠다. 장비는 정신을 가다듬으며 여포를 맞아 싸우는데 쉰 번을 마주치면서도 승부가 나지 않았다. 이를 본 관우가 말을 타고 팔십이 근 청룡언월도를 휘두르며 여포를 협공하니 세 필의 말이 각(角)을 이루며 죽일 듯이 싸우는데 서른 번을 겨루고서도 여포를 쓰러트리지 못했다.

이에 유비가 쌍고검(雙股劍)을 휘두르며 누런 갈기의 말을 타고 달려나가 칼 숲 속에서 동생들의 싸움을 도왔다. 세 사람이 여포를 둘러싸고 싸우는 모습이 마치 등(燈)을 휘두르는 것 같아 여덟 제후의 인마가 넋을 잃고 바라보았다.

여포가 방천화극으로 막고 찌르고 밀치며 싸웠지만 세 사람을 이겨낼 수가 없자 유비의 얼굴을 향하여 짐짓 화극을 휘두르니 그가 재빨리 몸을 피했다. 여포가 그 틈을 타 열린 적진을 뚫고 화극을 늘어트린 채 나는 듯이 자기의 영채로 돌아갔다.

세 장수가 어찌 그를 풀어주랴 여기며 말을 박차고 추격하니 팔로(八路)의 병사들이 땅을 울리듯 소리치며 모두 함께 쳐들어갔다. 여포의 인마는 관문을 향하여 달아났다. 유비와 관우와 장비가 그 뒤를 쫓아 달려

---

12) 여포는 성이 여 씨였지만 정원(丁原)의 수양아들이 되었다가 그를 죽이고 다시 동탁의 수양아들이 되었음을 꾸짖은 것이다.

갔다. 옛 시인이 있어 유비와 관우와 장비와 여포의 싸움을 이렇게 시로
읊었다.

한나라의 운수가 환제·영제에 이르니
이글거리던 태양도 장차 서쪽으로 기울려 하누나.
간신 동탁은 어린 황제를 폐위시키고
나약한 황제 유협은 꿈속에서 가위에 눌리누나.
조조가 천하에 격문을 알리니
제후들이 분노하여 군사를 일으켰도다.
의론하여 원소를 맹주로 세우고
왕실을 붙들어 태평케 할 것을 맹세하도다.
여포의 세력은 견줄 바 없이 강하여
그 뛰어난 무예가 사해에 이름을 떨치도다.
은갑옷과 용의 비늘로 몸을 감싸고
묶은 머리에 금관을 쓰고 꿩 꼬리의 비녀를 꽂았구나.
들쭉날쭉한 허리띠에는 짐승의 무늬가 선명한데
어긋난 전포에는 봉황이 날고 있다.
적토마 뛰어오르니 큰 바람이 일어나고
방천화극이 번쩍이니 가을 물빛이 쏟아진다.
관문을 나서 전투를 벌이니 누가 감당할 수 있으리오.
제후들의 간담이 찢어지듯 마음만 어지럽다.
칼춤 추며 튀어나온 연나라의 장익덕은
손에 장팔사모를 비껴들었는데
호랑이 같은 수염은 금실처럼 휘날리고
고리 같은 눈망울이 번개 치듯 번뜩인다.

어우러진 싸움에 승패가 없어
진 앞의 관운장이 분노해 튀어나와
청룡언월도는 서릿발처럼 차가운데
앵무새 전포는 나비처럼 흩날린다.
말발굽 소리는 여기저기에서 귀신처럼 울고
눈을 부릅뜨고 분노하니 선혈이 낭자하다.
영웅 현덕은 쌍검을 휘두르며
하늘 같은 위엄으로 용맹을 떨치누나.
세 사람이 에워싸고 수없이 짓쳐오니
막고 찌르고 밀치며 쉴 새도 없구나.
함성이 진동하며 천지를 뒤흔드니
살기는 하늘에 뻗쳐 별들도 추워한다.
여포가 힘을 잃고 길 찾아 달아나며
고향 산천 찾아가듯 말의 배를 걷어찬다.
방천화극 거꾸로 잡고 달아나니
다섯 색깔 깃발이 어지럽게 흩어진다.
문득 고삐 잘린 적토마 타고
나는 듯이 호뢰관으로 들어가도다.
漢朝天數當桓靈 炎炎紅日將西傾
奸臣董卓廢少帝 劉協懦弱魂夢驚
曹操傳檄告天下 諸侯奮怒皆興兵
議立袁紹作盟主 誓扶王室定太平
溫侯呂布世無比 雄才四海誇英偉
護軀銀鎧砌龍鱗 束髮金冠簪雉尾
參差寶帶獸平吞 錯落錦袍飛鳳起

龍駒跳踏起天風 畫戟熒煌射秋水
出關搦戰誰敢當 諸侯膽裂心惶惶
踴出燕人張翼德 手持蛇矛丈八鎗
虎鬚倒豎翻金線 環眼圓睜起電光
酣戰未能分勝敗 陣前惱起關雲長
靑龍寶刀燦霜雪 鸚鵡戰袍飛蛺蝶
馬蹄到處鬼神嚎 目前一怒應流血
梟雄玄德掣雙鋒 抖擻天威施勇烈
三人圍繞戰多時 遮攔架隔無休歇
喊聲震動天地翻 殺氣迷漫牛斗寒
呂布力窮尋走路 遙望山塞拍馬還
倒拖畫桿方天戟 亂散銷金五彩旛
頓斷絨條走赤兔 翻身飛上虎牢關

유비·관우·장비가 곧바로 여포의 관문 앞에 이르러 바라보니 문루에는 서풍을 타고 푸른 비단의 일산(日傘)이 펄럭이고 있다. 이를 보고 장비가 벽력같이 소리를 질렀다.

"저놈이 분명 동탁이다. 여포를 쫓아보았자 아무리 잘 한들 동탁을 잡느니만 못하니, 이것이 곧 풀을 베고 뿌리를 뽑는 것[斬草除根]13)이다."

말이 끝나자 장비는 말을 몰아 관문으로 달려가 동탁을 잡으려 한다.

---

13) 『좌전』 은공(隱公) 6년 5월에 나오는 말임. "주중(周中)이 이르기를… 나라를 다스리는 무리가 악행을 보면 마치 농부가 김매기에 힘쓰는 것처럼 풀을 뿌리째 뽑아버려 번식할 수 없게 함으로써 선행이 저절로 뻗어나고 번영하게 해야 착히 사는 사람들이 믿을 것이다."[周任有言曰 爲國家者 見惡 如農夫之務去草焉 芟夷蘊崇之 絶其本根 勿使能殖 則善者信矣]

이를 두고 시인이 이런 글을 남겼다.

>적을 잡으려면 모름지기 그 머리를 잡아야 하느니14)
>기이한 공로를 이루려면 참으로 기이한 장수를 기다리도다.
>擒賊定須擒賊首 奇功端的待奇人

앞으로의 승부는 어찌 되려나?

---

14) 이 말은 『남제서』(南齊書) 「왕경칙전」(王敬則傳)」에 나오는 「삼십육계」(三十六計) 가운데 열여덟 번째인 "적을 잡으려면 우두머리부터 잡는다."[擒賊擒王]는 말을 인용한 것이다.

제 6 회

피를 부르는 옥새(玉璽)

> 동탁은 대궐을 불태워 시역(弑逆)하고
> 손견은 옥새를 감추고 약속을 어기다.

장비가 말을 몰아 호뢰관 아래 이르니 성 위에서 화살과 돌멩이가 비 오듯 쏟아져 앞으로 나가지 못하고 돌아섰다. 팔로(八路)의 제후는 유비와 관우와 장비를 불러 공로를 치하한 다음 원소의 영채에 사람을 보내어 승전보를 알렸다. 원소는 손견에게 격문을 보내어 진격하도록 지시했다. 이에 손견이 정보(程普)와 황개(黃蓋)를 불러 함께 원술의 진중에 이르러 지휘봉으로 땅 위에 지도를 그리며 설명했다.

"본디 동탁은 나와 원한이 맺힌 바가 없습니다. 그러나 이번 전투에서 제가 스스로 몸을 돌보지 않고 돌멩이와 화살을 무릅쓰고 결사적으로 싸운 것은 위로는 국가를 위해 역적을 처벌하고 아래로는 장군의 가문이 겪은 사사로운 원한을 갚고자 함이었습니다. 그럼에도 장군께서는 아랫것들의 참소를 듣고 식량과 말먹이를 보내주지 않음으로써 내가 패배하게 되었으니 장군의 마음은 편하더이까?"

원술이 황송하여 말을 잇지 못하고 부하들에게 손견을 참소한 무리를 죽이게 한 다음 그에게 깊이 사과했다. 그때 홀연히 한 보고가 들어왔다.

"관 위에서 어느 장수가 말을 타고 나타나 장군을 뵙고자 하나이다."

손견은 원술과 헤어져 본채(本寨)로 돌아왔다. 찾아온 장수를 만나보니 동탁이 아끼는 이각(李傕)이었다. 손견이 물었다.

"그대는 어찌 나를 찾아왔는고?"

"동 승상께서 평소에 손 장군님을 존경하던 터에 이번에 저를 보내어 두 분이 혼인을 맺고자 하는데, 승상의 따님과 장군의 아들이 짝을 지으면 어떠하오리까?"

그 말을 들은 손견이 대로하며 꾸짖었다.

"동탁은 하늘을 거스른 무도한 놈으로서 왕실을 어지럽힌지라 내가 그 구족(九族)1)을 죽여 천하로부터 사례를 받고자 하던 터인데 어찌 역적 놈과 혼인을 맺을 수 있다는 말인가? 내가 너를 죽이지 않을 터이니 어서 돌아가 성을 나에게 바치고 네 목숨이라도 건져라. 어물거리다가는 네 뼈도 추리지 못하리라."

이각이 부끄러워 머리를 감싸고 생쥐처럼 도망하여 손권이 무례함을 아뢰니 동탁이 대로하며 이유에게 어찌할 바를 물었다. 이유가 이렇게 대답했다.

"여포가 이번 전쟁에 대패하고 병사들에게는 싸울 마음이 없으니 병사들을 이끌고 낙양으로 돌아가 천자를 장안으로 옮기시어 지금 여염에 나도는 동요를 따름만 같지 못합니다. 지금 떠다니는 동요에 따르면,

---

1) 구족(九族) : 대체로 친가와 외가와 처가의 삼대를 뜻한다. 경우에 따라서는 고조 · 증조 · 조부 · 부친 · 나 · 아들 · 손자 · 증손 · 고손을 뜻하는 경우도 있다. 여기에 사마천(司馬遷)의 경우처럼 친구의 죄에 연루될 경우에 십족이라 한다.

'서쪽에도 한(漢)이 있었고,
동쪽에도 한이 있다네.
사슴이 장안으로 돌아가야
이런 난리가 없어지리라.'

제가 이 동요를 살펴보건대 '서쪽에도 한이 있었고'라 함은 한고조[유방]께서 서도(西都) 장안에서 창업을 이루신 뒤로 열두 분의 황제가 이으셨고, '동쪽에도 한이 있다' 함은 광무황제께서 동도(東都) 낙양에서 나라를 크게 일으키신 뒤로 열두 분의 황제가 대업을 이으셨음을 뜻합니다. 이제 천운에 따라 승상께서 장안으로 도읍을 옮기시면 바야흐로 근심이 사라질 것입니다."

동탁이 크게 기뻐하며 말했다.

"그대의 말이 아니었더라면 내가 미처 깨닫지 못했으리라."

동탁은 그날로 여포와 함께 낙양으로 돌아와 여러 신하와 함께 서경 천도를 논의했다. 문무의 대신들이 조당(朝堂)에 모이자 동탁이 입을 열었다.

"우리가 동쪽 낙양으로 도읍을 옮긴 지 이미 2백 년이 지나 왕기(旺氣)가 쇠퇴한지 오래요. 내가 보니 지금 왕기는 장안에 몰려 있기에 천자를 모시고 서쪽으로 행차하고자 하니 그대들은 서둘러 출행을 준비하시오."

그때 사도(司徒) 양표(楊彪)가 나서서 말했다.

"관중(關中)2)은 이미 병란으로 파괴되어 남은 것이 없는 터에 이제 별

---

2) 관중(關中) : 지금의 섬서성(陝西省). 동쪽으로는 함곡관(函谷關), 서쪽으로는 산관(散關), 남쪽으로는 무관(武關), 북쪽으로는 소관(蕭關)이 있었는데 그 가운데 있다 하여 관중이라 불렀다.

다른 이유도 없이 종묘와 황실을 버리고 떠나면 백성이 놀랄까 두렵습니다. 천하가 혼란에 빠지기는 쉬워도 혼란에 빠진 천하를 안정시키기는 어려운 일이오니[天下動之至易 安之至難] 바라옵건대 승상께서는 깊이 생각하소서."

동탁이 대로하며 소리쳤다.

"그대는 국가의 백년대계를 막으려 하는가?"

태위 황완(黃琬)이 나서서 양표의 말을 거들었다.

"양 사도의 말이 맞습니다. 지난날 왕망(王莽)이 [서기 18년에] 찬역한 뒤로 경시(更始) 연간(서기 23-25)에 다시 적미(赤眉)[3]가 장안으로 쳐들어가 분탕하여 남은 것은 깨진 기와와 주춧돌밖에 없고, 더욱이 백성이 떠나 백 명 가운데 한둘만 남아 이제 황궁은 황폐하여 궁실을 새로 지으려면 한두 달로 이룰 수 없습니다. 이런 터에 궁궐을 버리고 황무지를 도읍지로 삼고자 함은 옳지 않습니다."

동탁이 말했다.

"관동(關東)[4]에는 이미 도적이 일어나 천하가 어지러우나 장안은 효산(崤山)과 함곡관(函谷關)의 천연적인 험준함이 가로막고 있을 뿐만 아니라 가까이에는 농우(隴右)가 있어 목재나 석재나 기와와 벽돌을 하루 만에 가져올 수 있어 궁궐을 짓는 데 몇 달이 걸릴 일이 없소. 여러분은 더 이상 쓸데없는 말을 하지 마시오."

사도 순상(荀爽)이 다시 간언했다.

---

3) 반란군들이 눈썹을 붉게 물들였다는 데서 그 이름을 얻은 농민군의 반란. 역사에 두 번 적미의 반란이 있었는데, 서기 18년에 왕망의 시대인 신(新)나라에서 번숭(樊崇)이 군사를 일으켜 화북을 지배한 적이 있고, 서기 21년에 전한(前漢)의 자손인 유수(劉秀)가 다시 일어나 신나라를 쳐부수고 후한(後漢)을 세운 적이 있다.
4) 관동(關東) : 함곡관의 동쪽이라는 뜻임.

"승상께서 굳이 천도하고자 하신다면 백성의 동요를 막을 길이 없을 것입니다."

동탁이 대로하며 소리쳤다.

"내가 백년대계를 세우는데 그따위 백성에게 마음 쓸 일이 뭐냐?"

그리고 그날로 양표와 황완과 순상을 내쳐 평민으로 삼았다. 동탁이 수레를 타고 나오는데 두 사람이 수레를 향하여 허리와 머리를 조아리고 서 있었다. 바라보니 상서(尙書) 주비(周毖)와 성문교위(城門校尉) 오경(五瓊)이었다. 동탁이 물었다.

"어인 일인고?"

"이제 듣자니 승상께서 장안으로 천도를 하신다기에 아뢸 말씀이 있습니다."

동탁이 대로하여 소리쳤다.

"내가 처음에 너희 두 사람의 말을 믿고 원소를 중용하였더니, 이제 원소가 모반한 것으로 보아 너희도 한패거리였구나."

동탁은 무사들을 꾸짖어 그들을 성문 밖으로 끌고 나가 목을 베라 지시했다. 동탁은 천도를 명령하면서 내일 곧 떠나도록 했다. 이때 이유가 나서서 말했다.

"이제 군자금과 군량미가 부족하옵니다. 낙양에는 본디 부자가 많사오니 그들의 가산을 적몰(籍沒)하여 관청으로 끌어들이시지요. 이들은 모두 원소 문하들의 무리니 그 종족을 모두 죽이고 가산을 모아들인다면 모름지기 몇 만 금을 반드시 얻게 되오리다."

동탁이 곧 철기병 5천 명을 뽑아 낙양의 부호들을 잡아들이게 하니 그 숫자가 천 명을 넘는데, 깃발 위에는 "반역한 신하들이 꾸민 역당"[反臣逆黨]이라 쓰고 모두 잡아 성밖에서 목을 친 다음 재산을 약탈했다. 이각과 곽사는 낙양의 백성 몇 백만 명을 이끌고 장안으로 길을 떠났다. 백성 한 무리에 병사 한 무리를 따르게 하여 백성을 몰아붙이니 수채에 빠져 죽은 사람이 헤아릴 수 없이 많았다. 또한 따르던 병사들은 부녀자들을 겁탈하고 백성으로부터 빼앗으니 울음소리가 천지에 울려 퍼졌다.

동탁은 길을 떠나면서 모든 성문과 백성의 집을 불태우고 종묘와 궁궐도 또한 모두 파괴했다. 남궁과 북궁의 불길이 서로 닿으며 타올랐다. 낙양의 궁궐은 초토가 되었다. 그런 상황에서 여포는 황제와 후비들의 무덤을 파헤쳐 보화를 차지하고, 병사들도 덩달아 관리와 백성의 무덤을 도굴했다. 동탁은 몇 천 대의 수레에 금은보화와 비단과 값진 물건들을 싣고 천자와 후비들을 몰아치며 장안으로 길을 떠났다.

그 무렵 동탁의 장수 조잠(趙岑)은 그가 이미 낙양을 버리고 떠난 것을 알자 사수관을 제후에게 넘기고 항복했다. 손견이 먼저 병사를 몰아 성으로 들어가고, 이어서 유비와 관우와 장비도 호뢰관으로 들어가자 제후도 각기 군대를 이끌고 성으로 들어갔다. 손견이 나는 듯이 낙양을 짓쳐들어가니 화염이 하늘을 찌르고 검은 재가 땅을 뒤덮어 2~3백 리 마을에 닭 우는 소리와 개 짖는 소리가 들리지 않았고, 밥 짓는 연기가 보이지 않았다.[並無鷄犬人煙] 그는 먼저 병사들에게 불을 끄게 하고 제후가 각기 벌판에 진영을 치고 말을 쉬도록 했다. 그때 조조가 원소를 찾아와 물었다.

"이제 동탁이 서쪽으로 도망하였으니 모름지기 이 승세를 타 추격해야 옳거늘 장군께서는 어찌하여 병사를 움직이지 않으십니까?"

"제후들이 모두 지쳐 있어 진격한다 해도 얻을 것이 없을 것 같기 때문이오."

"역적 동탁이 궁궐을 불 지르고 천자를 몰아 천도하여 천하가 놀라 어찌할 바를 모르니 지금이야말로 하늘이 동탁을 죽이려는 때입니다. 단

한 번의 싸움에 천하가 평정될 터인데 여러 제후께서는 어찌하여 의심하며 진군을 하지 않습니까?"

제후들이 한입으로 말했다.

"가볍게 움직이는 것은 옳지 않소."

조조가 크게 분노하며 소리쳤다.

"어리석은 인간들과 천하의 대사를 함께 도모할 수 없구나."

그는 병사 만 명 남짓을 이끌고 하후돈·하후연·조인·조홍·이전·악진과 함께 밤길을 달려 동탁을 추격했다. 그 무렵 동탁이 형양(滎陽) 지방에 이르니 태수 서영(徐榮)이 나와 맞이했다. 이유가 말했다.

"승상께서 이제 낙양을 버리셨으니 추격병을 막으셔야 합니다. 그러려면 서영에게 형양 성밖 산자락에 매복하고 있다가 추격병이 오면 지나가게 한 다음 아군이 저들을 공격하여 살육하고 그때 매복군이 적군의 허리를 잘라 엄살(掩殺)하여 지원군이 감히 더 이상 오지 못하도록 해야 합니다."

동탁이 그의 계책에 따라 여포에게 정예병을 이끌고 적군의 후속 부대를 끊도록 했다. 여포가 바야흐로 진군하는데 조조의 군사들이 나타났다. 여포가 크게 웃으며 말했다.

"이유의 짐작이 틀리지 않았군."

여포가 병사들의 진영을 벌리니 조조가 말을 타고 나타나 크게 꾸짖었다.

"역적 놈아, 천자를 몰아세우고 백성을 끌고 장차 어디로 가려느냐?"

여포도 지지 않고 욕설을 퍼부었다.

"주군을 버린 겁쟁이야, 무슨 허튼소리를 하느냐?"

하후돈이 창을 비껴 잡고 말을 몰아 나아가 여포를 맞아 싸웠다. 몇 번 겨루지도 않았는데 이각이 병사들을 이끌고 왼쪽을 공격하며 살육하자 조조는 하후연에게 맞아 싸우게 했다. 그때 오른쪽에서 함성이 일어나며 곽사가 군대를 이끌고 쳐들어오자 조조는 조인에게 그를 맞아 싸우게 했다. 세 길로 적군이 쳐들어오자 조조의 군대가 감당할 수가 없었다. 하후돈이 여포의 공격을 견뎌내지 못하고 말을 몰아 본진으로 되돌아왔다. 여포가 철기군을 이끌고 살육하자 조조의 군대가 크게 무너져 형양 쪽으로 도주했다.

도망하던 조조가 어느 황량한 산자락에 이르니 벌써 시간은 이경이었다. 달은 낮처럼 밝았다. 조조가 겨우 패잔병을 모아 솥을 걸고 저녁을 지으려는데 사방에서 함성이 들리며 서영의 병사들이 쳐들어왔다. 조조가 황망하게 말을 달려 도주하다가 서영과 정면으로 마주쳤다. 조조는 말을 돌려 도주했다. 그러자 서영이 화살을 먹여 쏘니 조조의 어깨에 꽂혔다.

조조는 화살을 맞은 채 도주하며 산등성이를 넘었다. 그때 양쪽 풀숲에 숨어 있던 적군이 조조가 오는 것을 보고 창을 던지자 그 가운데 두 개가 날아와 조조의 말을 맞혔다. 말이 쓰러지면서 조조도 말에서 떨어져 적군 두 명이 다가와 그를 사로잡았다. 그때 한 장수가 나타나 적군 두 명을 칼로 쳐 죽이고 말에서 내려 조조를 일으켜 세웠다. 조조가 바라보니 아우 조홍이었다. 조조가 그에게 말했다.

"나는 여기에서 죽을 몸이니 너는 어서 속히 몸을 피하도록 하라."

"장군께서는 어서 말에 오르시지요. 저는 걸어서 가겠습니다."

"적군이 짓쳐오고 있는데 너는 어쩌려는가?"

"이 세상에 저는 없어도 될 몸이지만 장군께서는 없어서 안 될 분입니다."

"내가 다시 살아날 수만 있다면 그것은 모두 너의 덕분이리라."

조조가 말에 오르자 조홍은 갑옷을 벗고 칼을 끌며 조조의 말을 몰아 달아났다. 달린 지 사경에 이르자 앞에 큰 강줄기가 길을 막고 뒤에서는 적군의 함성이 점점 더 가까이 들려왔다. 조조가 탄식하며 말했다.

"내 운명이 여기까지이니 살아나기는 어렵겠구나."

조홍이 서둘러 조조를 부추겨 말에서 내리게 한 다음 갑옷을 벗기고 업어서 물을 건넜다. 강 건너에 겨우 이를 무렵 추격병이 이미 도착하여 물을 사이에 두고 활을 쏘았다. 조조가 젖은 몸으로 달아나는데 어느덧 날이 밝아왔다. 조조가 삼십 여 리 남짓을 달아나 산 밑에서 잠시 숨을 돌리는데 갑자기 함성이 일어나며 한 패의 무리가 달려오고 있었다. 바라보니 서영이 상류로 올라가 강을 건너 추격해 오고 있었다. 조조가 당황하여 어찌할 바를 모르는데 하후돈과 하후연이 여남은 명의 기병을 이끌고 나는 듯이 달려오며 소리쳤다.

"서영은 우리의 주군을 다치게 하지 말라."

서영이 하후돈을 향하여 달려오자 하후돈도 창을 꼬나 잡고 나아갔다. 몇 차례 창검이 오가더니 하후돈이 서영을 찔러 말 아래 떨어트리고 남은 병력을 살육했다. 뒤따라온 조인과 이전과 악진이 조조를 보자 근심과 기쁨이 뒤섞였다. 그들은 패잔병 오백 명 남짓을 이끌고 하내(河內)로 돌아갔다. 동탁은 여전히 낙양으로 진군하고 있었다.

그 무렵에 제후는 낙양에 영지(營地)를 나누어 진영을 쳤다. 손견은 궁궐의 불길을 끄고 성안에 진영을 친 다음 건장전(建章殿) 터에 장막을 세웠다. 그는 병사들에게 궁궐의 깨진 기와와 벽돌을 치우게 하고 동탁이 파헤친 왕릉을 덮게 한 다음 태묘의 터에 어설프게나마 전각 세 채를 세웠다. 그는 또한 제후를 모아 열성조의 신위 앞에 서서 태뢰(太牢)[5]를 올렸다. 제사를 마치자 제후는 모두 돌아갔다.

 손견이 영채로 돌아오니 달빛과 별빛이 찬란했다. 칼을 비껴 잡고 들판에 앉아 하늘을 바라보니 자미원(紫薇垣)6) 가운데 흰 기운이 뻗어 나오고 있었다. 그를 본 손견이 탄식하며 말했다.

 "천자의 별자리가 뚜렷하지 못하니 역적들이 나라를 어지럽히고, 만백성이 도탄에 빠져 경사(京師)가 온통 쓸쓸하구나."

 말을 마치자 자신도 모르게 눈물이 흘러내렸다. 그때 한 병사가 손으로 어디를 가리키며 말했다.

 "대궐 남쪽의 우물에서 오색 광채가 비치고 있습니다."

 손견이 병사들을 불러 횃불을 들고 샘 밑으로 내려가 알아보도록 하니 한 여인의 시체를 건져 올라왔다. 죽은 지 오래되었으나 시체는 썩지 않았는데 목에 비단주머니 하나를 달고 있었다. 주머니를 열어보자 안에는 붉은 상자가 들어 있었다. 열쇠로 열어보니 안에는 옥새가 들어 있는데 둘레가 네 치요, 위에는 다섯 마리의 용이 트림을 하고 있고 모서리 한쪽이 떨어져 나가 금으로 때워 있었다. 그 위에는 다음과 같은 여덟 글자가 새겨 있었다.

 "하늘의 명을 받아 오래도록 번창하리라."[受命於天 旣壽永昌]

 옥새를 받아든 손견이 정보에게 물으니 그가 이렇게 대답했다.

 "이는 전국새(傳國璽)입니다. 이 옥은 지난날 변화(卞和)라는 사람이 형산(荊山) 밑에서 얻은 것인데 그때 그 돌 위에 봉황이 앉아 있었다고

---

5) 태뢰(太牢) : 대뢰(大牢)라고도 함. 나라의 제사에 소를 통째 제물로 바치던 일. 처음에는 소·양·돼지를 아울러 바치는 것을 대뢰라고 하였으나, 뒤에는 소만 바쳤다.
6) 자미원(紫薇垣) : 북극성을 중심으로 자리 잡고 있으면서 임금과 왕실을 상징하는 별자리.

합니다. 변화가 그 돌을 초(楚)나라 문왕(文王)에게 바쳤는데, 그가 돌을 깨보니 그 안에 옥이 들어 있었습니다. 진시황 26년(기원전 221)에 황제는 옥공(玉工)에게 옥새를 만들게 하고 재상 이사(李斯)에게 이 여덟 자를 새겨 넣게 했습니다. 진시황 28년에 시황제가 전국을 돌아보다가 동정호(洞庭湖)에 이르렀는데 파도가 심하여 배가 뒤집힐 듯하자 이 옥새를 물에 던졌더니 파도가 잠잠해졌습니다. 그런 뒤 8년이 지나 진시황이 전국을 돌아보다가 화음(華陰)에 이르렀는데 어떤 사람이 길을 막고 이 옥새를 시종에게 주면서 '이를 조룡(祖龍)7)에게 전해드리라'고 말하고 사라졌습니다. 그리하여 잃었던 옥새가 다시 진시황에게 돌아왔습니다.

  그 이듬해에 진시황이 붕어하자 그를 이어 황제에 오른 자영(子嬰)이 이를 한고조[유방]에게 바쳤습니다. 그러다가 [기원 8년에] 효원(孝元)태후의 조카인 왕망(王莽)이 찬역(簒逆)하여 태후께 옥새를 내놓으라고 요구하자 분노한 태후께서 왕심(王尋)과 소헌(蘇獻)에게 옥새를 내던졌는데 이때 모서리가 깨져 금으로 때웠습니다. 광무황제께서 의양(宜陽)에서 이를 얻으신 뒤 이제까지 전해 내려오고 있었습니다. 요즘 듣자니 십상시가 난리를 일으켜 어린 천자를 끌고 북망산(北邙山)으로 도망한 적이 있었는데 돌아와보니 이 옥새가 없어졌더랍니다. 이제 하늘이 장군에게 이 옥새를 주셨으니 이는 반드시 장군께서 황제[九五]8)에 오를 것이오니 이곳에서 오래 머무는 것이 옳지 않습니다. 서둘러 강동으로 돌아

---

7) 조룡(祖龍) : 조(祖)는 시(始)의 뜻이요 용은 임금의 상징이니, 시황(始皇)을 가리키는 은어(隱語)이다. 『사기』 「진시황본기」에 "금년에 시황이 죽었다(今年祖龍死)." 하였다.
8) 구오(九五) : 역괘(易卦)에서 아래로부터 다섯 번째 양효(陽爻)의 이름. 건괘(乾卦)의 구오가 임금의 지위를 뜻하는 데서 유래하여 임금을 일컫는 말로 바뀌었다. 『주역』 「건괘」에 나오는 말임.

가시어 달리 대사를 도모하소서."9)

손견이 말했다.

"그대의 말이 참으로 나의 뜻에 맞는구려. 내일 회의에 나가 병을 핑계로 고향으로 돌아가겠노라고 말해야겠소."

상의를 마치자 부하들에게 이번 일을 결코 밖으로 새나가지 않게 했다. 그러나 뜻밖에 병사 가운데 한 명이 원소와 같은 고향 출신이었는데, 이번 일로 출세하고 싶은 욕심에 그날 밤 영채를 벗어나 원소를 찾아가 사실대로 아뢰었다. 원소는 그에게 상을 내리고 진중에 숨어 있게 했다. 이튿날 손견이 원소를 찾아와 말했다.

"저에게 작은 병이 생겨 장사로 돌아가려는 길에 장군께 각별히 인사를 드리러 왔습니다."

원소가 웃으며 말했다.

"내가 알기로 그대의 병은 전국새 때문이 아니겠소?"

손견이 얼굴빛을 바꾸며 말했다.

"무슨 말씀이신지요?"

"지금 우리가 병사를 일으켜 역적을 무찌르려는 것은 모두가 나라의 위해(危害)를 제거하고자 함이오. 옥새는 조정의 보물인데 그대가 그것을 얻었으니 모름지기 여러 사람이 보는 앞에서 그것을 맹주인 나에게 맡겼다가 동탁을 죽인 뒤에 조정에 돌려주는 것이 옳거늘 지금 그대는 옥새를 숨겨 고향으로 돌아가고자 하니 그 뜻하는 바가 무엇이오?"

"옥새가 어찌하여 저에게 있다 하십니까?"

---

9) 이 이야기가 저 유명한 화씨지벽(和氏之璧)의 유래이다. 이 옥새는 천자의 상징이었기 때문에 중국의 패자들은 이 옥새를 갖고자 많은 다툼을 일으켰다. 『사기』「진시황본기」와 「염파인상여(廉頗/藺相如)열전」에 등장한다.

"건장전의 우물에서 나온 옥새는 어디에 있소?"

"저에게는 본디 그런 것이 없는데 어찌 저를 핍박하십니까?"

"어서 옥새를 내놓아 스스로 화를 부르는 일이 없도록 하시오."

손견이 하늘을 가리키며 맹세 조로 말했다.

"제가 만약 옥새를 가지고 스스로 숨겼다면 뒷날 편히 죽지 못하고 칼과 화살을 맞아 죽을 것입니다."

그 말에 제후가 입을 모아 말했다.

"그대가 그렇게 말하는 것을 보니 없는 것이 확실하군요."

그러자 원소가 밀고한 병사를 앞으로 불러내어 말했다.

"우물에서 시체를 꺼낼 때 이 병사가 함께 있었지 않았던가요?"

손견이 크게 분노하며 칼을 빼 들어 그 병사를 죽이려 하자 원소 또한 칼을 빼 들며 소리쳤다.

"그대가 이 병사를 죽이려는 것은 나를 속이고자 함이오."

원소의 뒤에서 안량(顔良)과 문추(文醜)가 칼을 빼 들고 앞으로 나서자 손견의 뒤에서 정보와 황개와 한당(韓當)이 칼을 빼 들고 나섰다. 제후가 모두 나서 말리자 손견은 곧 영채를 헐고 말을 몰아 낙양을 떠났다. 원소가 몹시 분노하며 편지를 써 심복에게 들려 형주자사 유표(劉表)에게 보내어 손견이 그곳을 지나갈 때 옥새를 빼앗으라 지시했다.

다음날 조조가 동탁을 추격하다가 형양에서 대패하고 돌아왔다는 보고가 들어왔다. 원소는 영채로 조조를 초청하여 여러 장수와 함께 조조를 위로했다. 음식을 나누면서 조조가 탄식하며 말했다.

"저는 본디 대의를 일으켜 국가를 위해 역적을 무찌르고자 했습니다. 여러 장수께서도 대의를 지켜 이곳까지 오셨으나 저의 본래의 작전을 말씀드리면, 원소 장군께서는 하내의 병력을 이끌고 맹진(孟津)과 산조(酸

棗)에 머물며, 여러분은 성고(城皐)를 굳게 지키고 오창(廒倉)에 머물며 환원(轘轅)과 대곡(大谷)을 막아 험한 요충을 막게 하고, 원술 장군은 남양(南陽)의 병력을 이끌고 단수현(丹水縣)과 석현(析縣)에 머물다가 무관(武關)으로 들어가 삼보(三輔)10)를 놀라게 하는 것이었습니다. 해자(垓字)11)를 깊이 파고 성루를 높이 세워 전투를 하지 않고 적군이 의심을 품게 하고, 천하의 형세를 보여줌으로써 순리로써 역적을 처단하면 천하는 저절로 안정되는 것입니다. 그러나 지금 제후 여러분은 의심만 하고 앞으로 나아가지 않음으로써 천하의 소망을 저버리고 있으니 나로서는 그것이 부끄러울 따름입니다."

원소를 비롯한 무리가 아무 말도 못했다. 잔치가 끝나자 원소를 비롯한 무리가 각기 다른 마음을 먹고 있다는 것을 안 조조는 일이 이미 글렀다고 여기자 군사를 이끌고 양주로 떠났다. 공손찬이 유비와 관우와 장비에게 말했다.

"원소는 무능한 인간이라, 시간이 지나면 반드시 일을 저지를 사람이니 우리도 돌아갑시다."

공손찬은 영채를 헐고 북쪽으로 떠났다. 평원(平原)에 이른 그는 유비를 평원현령으로 삼고 자신은 영지로 돌아가 성을 지키며 군사를 길렀다. 연주태수 유대(劉岱)가 동군태수 교모(喬瑁)에게 군량미를 빌려달라고 요구했다가 거절당하자 군대를 이끌고 동군으로 쳐들어가 교모를 죽

---

10) 삼보(三輔) : 중국 한나라 때 장안을 포함한 근기(近畿)를 셋으로 나누어, 장안의 동쪽 12현(縣)을 관할하는 경조윤(京兆尹), 장릉(長陵) 북쪽 24현을 관할하는 좌풍익(左馮翊), 위성(渭城) 서쪽 21현을 관할하는 우부풍(右扶風) 등을 두고, 이를 합하여 삼보라 부르다가 후세에는 근기의 별칭으로 씀.
11) 해자(垓字) : 성 둘레를 깊이 파 물을 채움으로써 적군의 침입을 억제하던 수로를 뜻함. 너비는 대략 20m에 깊이는 10m 정도였다.

이니 그의 부하들 모두가 항복했다. 제후가 모두 흩어지는 것을 본 원소는 자신도 영채를 헐고 낙양을 떠나 관동으로 갔다.

그 무렵 형주자사 유표는 자(字)가 경승(景升)으로서 산양(山陽)의 고평(高平) 사람인데 한실의 종친이었다. 젊어서부터 사람들과 사귀기를 좋아하여 일곱 명과 벗을 삼았는데, 그 무렵 사람들은 그들을 가리켜 "강하의 여덟 준재"[江夏八俊]라 불렀다. 그 일곱 사람이라 함은 여남(汝南)의 진상(陳翔)이니 자가 중린(仲鱗)이요, 같은 마을 범방(范滂)이니 자가 맹박(孟博)이요, 노국(魯國)의 공욱(孔昱)이니 자가 세원(世元)이요, 발해의 범강(范康)이니 자가 중진(仲眞)이요, 산양(山陽)의 단부(檀敷)이니 자가 문우(文友)요, 같은 마을의 장검(張儉)이니 자가 원절(元節)이요, 남양의 잠경(岑胫)이니 자가 공효(公孝)였다.

유표가 이들 일곱 사람과 사귈 적에 연평(延平) 사람 괴량(蒯良)과 괴월(蒯越) 형제, 그리고 낭양(囊陽) 사람 채모(蔡瑁)가 그를 보필했다. 그는 원소가 보낸 편지를 보자 괴월과 채모에게 병사 만 명을 이끌고 손견의 길을 막도록 지시했다. 손견의 부대가 가까이 이르자 괴월이 진영을 펼치고 말을 몰아 앞으로 나왔다. 손견이 물었다.

"괴영도(英度 : 괴월의 자)께서는 어찌하여 병사를 이끌고 와 저의 길을 막으시는지요?"

"네가 이미 한실의 신하이거늘 어찌하여 사사롭게 전국새를 숨겼느냐? 어서 빨리 그것을 내놓으면 너를 고향으로 보내주마."

손견이 크게 분노하여 황개에게 나아가 싸우게 하니 채모가 칼을 빼 들고 마주 나왔다. 몇 차례 겨루다가 황개의 철편이 채모의 가슴받이[護心鏡]를 정확히 가격했다. 이에 채모가 도망하자 손견은 승세를 타고 성의 경계에까지 짓쳐들어왔다. 그때 산 뒤에서 징소리가 울리며 유표가 몸소 병력을 이끌고 나타났다. 손견이 말 위에서 인사를 차리며 말했다.

"경승께서는 어이하여 원소의 편지만 믿고 이웃을 핍박하시는가요?"

"네가 옥새를 숨겼으니 장차 반역을 할 셈이냐?"

"만약 나에게 옥새가 있다면 내가 칼과 화살을 맞아 죽을 것이오."

"네가 만약 내가 믿게 하고 싶으면 부하들의 짐을 모두 풀어 수색을 받는 것이 어떻겠느냐?"

"네가 무슨 힘을 믿고 감히 나를 능멸하느냐?"

말을 마치자 손견이 곧 공격하려 하자 유표가 물러서니 손도도 또한 물러섰다. 그때 양쪽 산에서 복병이 몰려나오는데 등 뒤에는 채모와 괴월이 달려 나와 손견을 둘러쌌다. 이를 두고 후세의 시인이 이런 글을 지었다.

    옥새를 얻었으나 쓸 곳이 없으니
    오히려 그로 말미암아 칼부림만 일어나누나.
    玉璽得來無用處 反因此寶動刀兵

손견은 어찌 이 고비를 넘길 수 있었을까?

제 7 회

장부(丈夫)는 담장을 넘지 않는다

> 원소는 반하(磐河)에서 공손찬과 싸우고
> 손견은 장강을 건너 유표를 치다.

그 무렵 손견은 유표에게 포위되었으나 정보와 황개와 한당의 도움을 받아 겨우 죽음을 모면했지만 병사의 대부분을 잃고 간신히 길을 찾아 강동으로 돌아왔다. 이때로부터 손견은 유표와 원수가 되었다.

그때 원소의 부대는 하내에 진영을 치고 있었는데 군량미와 말먹이가 부족했다. 다행히 기주(冀州)목사 한복(韓馥)이 사람을 시켜 군량미를 보내어 쓰도록 도와주었다. 이를 본 모사 봉기(逢紀)가 원소에게 말했다.

"대장부가 천하를 종횡하면서 어찌 남들이 보내주는 군량미를 기다리고만 있으럽니까? 기주는 양곡과 재산이 많고 너른 땅인데 장군께서는 어찌 그곳을 차지하려 하지 않으시나요?"

"좋은 계책이 없기 때문이라오."

그 말을 들은 봉기가 계책을 말했다.

"몰래 사람을 공손찬에게 보내어 기주를 공격하게 하고 장군께서도 협공하리라고 약속하면 그가 반드시 군대를 일으킬 것입니다. 그렇게 되면 한복은 본디 어리석은 사람인지라 반드시 장군께 기주의 일을 도와달라고 요청할 터인즉 그때 그곳을 차지하기란 손바닥 뒤집듯이 쉬울 것입니다."

원소가 몹시 기뻐하며 곧 공손찬에게 편지를 보냈다. 공손찬이 편지를 받아보니 함께 기주를 쳐 땅을 나누자는 내용이어서 기뻐하며 그날로 군대를 일으켰다. 원소는 또한 달리 한복에게도 사람을 보내어 공손찬이 공격하리라는 것을 귀띔해주었다. 이에 당황한 한복은 모사 순심(荀諶)과 신평(辛評)을 불러 상의했다. 순심이 먼저 입을 열었다.

"공손찬이 연(燕)과 대(代)의 병사들을 이끌고 쳐들어오니 그 예봉을 감당할 수 없을 것입니다. 그뿐만 아니라 그에게는 유비와 관우와 장비가 돕고 있으니 적군을 막기가 몹시 어려울 것입니다. 원소는 지혜와 용기가 빼어날 뿐만 아니라 지금 밑에 많은 장수를 거느리고 있으니 장군께서 그에게 기주를 함께 다스리자고 요청하면 그가 반드시 장군을 후대할 것이니 공손찬을 두려워할 일이 없을 것입니다."

그의 말에 따라 한복은 별가(別駕)[1] 관순(關純)을 원소에게 보내 도움을 요청했다. 그러자 장사(長史)[2] 경무(耿武)가 한복에게 간언했다.

"원소의 처지는 외로운 나그네와 같고 군대는 주리고 있어 우리만 바라보며 겨우 숨을 쉬고 있으니, 비유하여 말하자면 어린아이가 엄마 품에 안겨 있는 것과 같아 젖을 떼면 곧 굶어 죽을 처지입니다. 어찌 그런 사람에게 기주의 일을 맡기려 하십니까? 이는 양의 무리에 호랑이를 불러들

---

1) 별가(別駕) : 별가종사사(別駕從事史)의 줄임말. 또는 별가종사(別駕從事)라고도 함. 한나라 때 설치하였는데 주 자사(刺史)를 도와 그가 순찰할 때 동행하는 보좌관이었다. 자사와는 "별도의 가마[別駕]를 타고 갈" 정도로 세도가 컸다.
2) 장사(長史) : 한나라 시대에 승상·태위·대장군·표기장군·거기장군·위장군·사방장군·대사도·대사마·대사공 등의 관직을 속관으로 둔 제일 높은 관직이다.

이는 것과 같습니다."

한복이 이에 대답했다.

"나는 본디 원 씨 집안의 벼슬아치였고, 재능도 또한 원소를 따르지 못하오. 옛날 사람들은 지혜로운 사람을 선택하여 나랏일을 맡겼는데, 여러분은 어찌 이를 시샘하는가?"

그 말을 들은 경무가 탄식하며 혼자 중얼거렸다.

"이제 기주의 운명도 끝나는구나."

이때 벼슬을 버리고 떠난 사람이 서른 명을 넘었다. 다만 경무와 관순은 성밖에 숨어 원소가 오기만을 기다리고 있었다. 며칠이 지나자 원소가 병력을 이끌고 기주에 이르렀다. 경무와 관순이 칼을 빼 들고 원소를 죽이려고 달려들자 안량이 경무를 죽이고 문추가 관순을 죽였다. 원소는 기주성 안으로 들어가 한복을 분위(奮威)장군으로 삼고 전풍(田豊)과 저수(沮授)와 허유(許攸)와 봉기에게 주(州)의 일을 맡겨 한복의 모든 권한을 빼앗았다. 한복이 지난 일을 후회하였으나 어쩔 수 없어 식솔들을 버린 채 홀로 말을 타고 진류(陳留)태수 장막(張邈)을 찾아갔다.

그 무렵에 공손찬은 원소가 이미 기주를 점거한 것을 알고 아우 공손월(公孫越)을 보내어 약속한 대로 땅을 나누자고 요구했다. 그에 원소가 이렇게 대답했다.

"그대의 형을 오라 하시오. 내가 상의할 일이 있다오."

공손월이 인사하고 돌아섰다. 그가 오십 리를 채 가지 못했는데 길에서 한 부대의 병력이 나타나더니 소리쳤다.

"우리는 동(董) 승상의 장수들이다."

그러고는 화살을 무수히 날려 공손월을 죽였다. 부하들이 도망하여 돌아와 공손찬에게 월이 이미 죽었음을 알리자 공손찬이 크게 분노하며 소리쳤다.

"원소가 나를 꾀어 병사를 일으켜 한복을 치게 하고 그 틈에 기주를 차지하더니 이제는 동탁의 병사라고 속이고 나의 아우를 죽였으니 이 원수를 어찌하면 갚을 수 있을 것인가?"

그는 곧 본부의 병력을 이끌고 나는 듯이 기주로 쳐들어갔다. 원소도 공손찬이 쳐들어온다는 소식을 듣고 병사를 이끌고 나아갔다. 두 병력은 반하(磐河)에서 만나 원소는 다리의 동쪽에 서고 공손찬은 서쪽에 섰다. 공손찬이 말 위에서 크게 소리쳤다.

"의리를 저버린 놈아, 어찌하여 나의 이름을 팔고 다녔느냐?"

원소 또한 말을 몰아 다리까지 나오더니 공손찬을 향하여 소리쳤다.

"한복이 무능하여 나에게 기주를 넘긴 것이거늘 그것이 너와 무슨 상관이 있단 말이냐?"

"지난날 너의 충의를 믿고 맹주로 추대하였더니 이제는 참으로 개나 승냥이로 바뀐즉 무슨 낯으로 세상을 보려느냐?"

원소가 대로하며 소리쳤다.

"누가 저놈을 사로잡을 테냐?"

말이 채 끝나지도 않았는데 문추가 창을 꼬나 잡고 말을 몰아 다리 위로 올라섰다. 공손찬이 다리 가에서 문추와 창검을 주고받았다. 여남은 번 겨루지도 않는데 공손찬이 도저히 견디지 못하고 달아났다. 문추가 말을 몰아 그를 추격했다. 공손찬이 진중으로 들어가자 문추가 말을 달려 중군으로 따라 들어가며 이리저리 공격했다. 공손찬의 부하 장수 네 명이 한꺼번에 나와 문추를 둘러쌌으나 그 가운데 한 명이 문추의 창에 찔려 말에서 떨어지자 다른 세 장수도 허둥대며 도망했다. 문추가 직접 공손찬을 공격하니 그는 산골짜기로 달아났다. 문추가 말을 달려 쫓아오며 벼락같이 소리쳤다.

"어서 말에서 내려 항복하라."

공손찬은 화살도 떨어지자 투구를 바닥에 버리고 머리카락을 흐트러진 채 말을 몰아 언덕으로 올라가다가 말의 앞다리가 비끗하면서 바닥에 꼬꾸라졌다. 문추가 서둘러 창을 꼬나 잡고 그를 찌르려는데 문득 풀숲 왼쪽 언덕에서 한 소년 장수가 창을 들고 말을 달려 나오며 문추를 막아섰다. 공손찬이 언덕으로 기어 올라가 바라보니 그 소년은 키가 8척이요 짙은 눈썹에 눈이 크고 얼굴이 번듯하며 턱이 두터웠다. 그는 문추와 오륙십 번을 겨루었으나 승부가 나지 않았다. 그때 공손찬의 지원부대가 이르자 문추는 말을 돌려 돌아갔다. 소년 장수는 그를 추격하지 않았다. 공손찬은 서둘러 산에서 내려와 그 소년 장수의 이름을 물었다. 그는 허리를 굽히며 이렇게 대답했다.

"저는 상산(常山)의 진정(眞定) 출신으로서 이름은 조운(趙雲)이며 자를 자룡(子龍)이라 합니다. 본디 원소의 부하였으나 그에게 충성심과 백성을 사랑하는 마음이 없음을 알고 그를 떠나 장군의 휘하를 찾아오던 길이었는데, 이렇게 뵐 줄은 미처 몰랐습니다."

공손찬이 크게 기뻐하며 그를 데리고 영채로 돌아와 병사들을 정비했다.

다음날, 공손찬은 군마를 둘로 나누어 날개처럼 진영을 쳤다. 말의 대부분은 백마였다. 공손찬은 일찍이 강인(羌人)[3]들과 싸울 때 백마를 뽑아 선봉으로 삼았기 때문에 "백마장군"이라는 이름을 얻었다. 강인들이 백마만 보면 달아나자 이로 말미암아 백마가 더욱 많아졌다.

원소는 안량과 문추를 선봉으로 삼아 궁노수(弓弩手)[4] 천 명을 좌우로

---

[3] 강인(羌人) : 본디는 지금의 티베트[西藏]를 뜻하지만 오랑캐라는 의미를 담고 있다.

나누어 왼쪽 부대는 공손찬의 오른쪽 부대를 향하여 활을 쏘게 하고 오른쪽 부대는 공손찬의 왼쪽 부대를 향하여 쏘도록 했다. 그는 또한 국의(麴義)에게 궁수 팔백 명과 보병 만오천 명을 늘어세우게 하였다. 원소는 스스로 마보군 몇 만 명을 이끌고 후방에서 지원했다.

공손찬은 아직 초면인지라 조운의 속마음을 알 수 없어 한 부대를 이끌고 후방을 지키도록 한 다음 엄강(嚴綱)을 선봉으로 삼아 나아갔다. 공손찬은 스스로 중군을 이끌며 말을 타고 다리 위에 올라, 금술로 "수(帥)"자를 수(繡)놓은 커다란 홍기(紅旗)를 말 앞에 세웠다.

진시(오전 7시)부터 북을 울리고 사시(오전 9시)까지 기다렸으나 원소의 군대가 나타나지 않았다. 국의는 궁수들에게 모두 화살을 막는 방패 밑에 숨어 있다가 신호가 울리면 활을 쏘도록 명령해두었기 때문이었다.

엄강이 북치고 함성을 지르며 곧바로 국의를 향하여 쳐들어갔으나 국의의 군대는 엄강의 군대가 쳐들어오는 것을 보고서도 엎드려 움직이지 않더니 그들이 가까이 다가오자 일제히 북을 치며 팔백 명의 궁수가 활을 쏘았다. 엄강이 서둘러 돌아가려 했으나 국의가 말을 타고 칼을 휘두르며 달려들어 그를 찔러 말 아래로 떨어뜨리니 공손찬의 부대가 크게 무너졌다. 좌우의 부대가 달려와 구출하고자 했으나 안량과 문추가 활을 쏘며 달려들었다. 원소의 군대는 계교(界橋) 앞까지 쳐들어왔다.

국의의 말이 다가와 먼저 기수를 베고 장수의 깃발을 넘어뜨렸다. 깃발이 쓰러지는 것을 본 공손찬은 말을 돌려 다리 밑으로 달아났다. 국의가 병력을 이끌고 후군까지 쳐들어오자 조운이 창을 비껴 잡고 말을 달려 국

---

4) 궁노수(弓弩手) : 궁(弓)은 활이며 노(弩)는 여러 개의 화살을 한꺼번에 쏠 수 있는 기계[쇠뇌]였다.

의를 막아섰다.

몇 번 겨루지도 않았는데 조운의 창이 국의를 찔러 말에서 떨어트렸다. 조운이 필마로 원소의 군대를 쳐들어가 좌우로 적군을 무찌르는데 마치 사람이 없는 곳을 다니듯 했다. 공손찬이 말 머리를 돌려 공격하자 원소의 군대가 크게 무너졌다.

그 무렵 원소는 이미 척후병으로부터 국의가 적장을 죽이고 장수의 깃발을 꺾은 다음 적군을 깨트렸다는 소식을 들은 터라 아무런 준비도 없이 전풍과 더불어 장막에서 나와 창기병(槍騎兵) 몇백 명과 궁수 몇십 명을 거느리고 말을 타고 나아가 큰 소리로 웃으며 말했다.

"공손찬은 참으로 어리석은 사람이로다."

그런 말을 하고 있는데 문득 조운이 앞에서 달려오고 있었다. 궁수들이 다급하게 활을 쏘았으나 조운이 몇 사람을 죽이자 모든 병사가 달아났다. 이어서 공손찬이 뒤에서 겹겹이 싸고 쳐들어왔다. 전풍이 황급하게 원소에게 말했다.

"장군께서는 어서 빈 담장 뒤로 몸을 피하시지요."

그 말을 들은 원소가 투구를 바닥에 내던지며 소리쳤다.

"대장부가 전쟁에 나와 죽음을 무릅쓰고 싸울 일이지 어찌 담장 뒤에 숨어 살기를 바랄쏘냐?"

모든 병사가 죽기를 무릅쓰고 싸우니 조운도 더 이상 어찌할 수 없었다. 그때 원소의 병사들이 몰려오고 안량 또한 달려와 두 군사가 함께 공손찬의 병사를 무찔렀다. 조운은 공손찬을 보호하며 포위를 벗어나 계교에 이르렀다. 원소가 대군을 이끌고 다리를 건너오니 물에 빠져 죽은 무리가 헤아릴 수 없이 많았다. 원소가 앞장서 달려오는데 오 리를 미처 못 가 산 뒤에서 큰 함성이 일어나며 한 부대가 나타났다. 앞장선 세 장수는 유비와 관우와 장비였다.

그들은 평원에서 공손찬이 원소와 싸우고 있다는 말을 듣고 도우러 오는 길이었다. 세 마리의 말에 올라 탄 그들은 각기 다른 세 가지 무기를 들고 나는 듯이 곧바로 원소에게 달려들었다. 원소는 너무도 놀라 혼이 빠진 채 손에 쥐고 있던 칼을 바닥에 떨어트리고 허둥대며 말을 달려 도망하니 부하들이 죽기로 힘써 그를 구출하여 다리를 건넜다. 공손찬은 군사를 수습하여 영채로 돌아왔다. 유비와 관우와 장비가 안부를 묻자 공손찬이 입을 열었다.

"만약 오늘 현덕이 멀리에서 와 나를 구출해주지 않았더라면 일이 참으로 어려울 뻔했소."

그러고 나서 공손찬은 조운을 불러 유비를 만나게 했다. 유비는 그를 몹시 존경하고 사랑하여 그와 헤어지고 싶은 생각이 없었다.

그 무렵에 원소는 일진(一陣)을 잃고서는 더 이상 싸울 뜻이 없어 굳게 지키기만 할 뿐 밖으로 나오지 않았다. 양쪽 군사가 한 달이 넘도록 서로 대치하고 있다는 소식이 장안의 동탁의 귀에 들어갔다. 이에 이유가 동탁에게 아뢰었다.

"원소와 공손찬은 모두 이 시대의 호걸들입니다. 지금 그들이 반하에서 서로 싸우고 있다 하니 천자의 거짓 조서를 만들어 사람을 시켜 보내어 두 사람을 화해시키시지요. 그러면 두 사람은 감격하여 반드시 태사에게 귀순할 것입니다."

"그거 좋은 생각이로다."

다음날 동탁은 태부(太傅)5) 마일제(馬日磾)와 태복(太僕)6) 조기(趙

---

5) 태부(太傅) : 태자의 교육을 맡아보던 벼슬.

岐)에게 황제의 조서를 들고 떠나게 했다. 두 사람이 하북(河北)에 이르니 원소가 백 리 밖에까지 마중을 나와 두 번 절하고 조서를 받았다.

다음날 두 사람이 다시 공손찬을 찾아가 타이르니 공손찬이 원소에게 편지를 보내어 화해하자 마일제와 조기는 경사로 돌아가 사실을 보고했다. 공손찬은 그날로 군대를 물리고 유비를 평원의 현령으로 임명하도록 천자에게 글을 올렸다. 유비는 조운과 헤어질 때 손을 잡고 눈물을 흘리며 차마 헤어지지 못했다. 조운이 탄식하며 말했다.

"제가 지난날 공손찬을 영웅이라 잘못 생각했습니다. 이제 그의 소행을 보니 원소와 다를 바가 없는 인물입니다."

이에 유비가 이렇게 말했다.

"그대는 몸을 굽히고 그를 섬기다 보면 우리가 다시 만날 날이 있을 것이오."

두 사람은 눈물을 흘리며 헤어졌다.

그 무렵에 원술은 남양에 머물면서 형 원소가 기주를 차지했다는 말을 듣자 사절을 보내어 말 천 필을 달라고 요청했다. 원소가 이를 보내지 않자 원술은 분노하여 이때로부터 형제가 화목하지 않았다. 원술은 또한 유표에게 사람을 보내어 군량미 이십만 석을 빌려달라고 했으나 유표가 허락하지 않았다. 이에 원술은 원한을 품고 은밀하게 손견에게 사람을 보내어 밀서를 전달하고 함께 유표를 정벌하자고 제안했는데 그 편지의 내용은 이러했다.

"지난날 유표가 장군의 길을 막은 것은 나의 형 본초(本初)가 꾸민 일이었습니다. 이번에 본초가 유표와 더불어 강동을 정복하고자 하니 장군

---

6) 태복(太僕) : 궁중의 수레와 말을 관리하는 일을 맡아보던 관리.

께서는 서둘러 군사를 일으켜 유표를 정복하고 나는 형 본초를 공격하는 것이 어떻겠습니까? 그렇게 되면 우리 둘은 서로 원수를 갚아 장군께서는 형주를 차지하고 나는 기주를 차지하고자 하니 이 기회를 놓치지 않기 바랍니다."

손견이 편지를 받고 말했다.

"저 못된 유표가 지난날 나의 길을 막았는데, 오늘 이 기회에 복수하지 않고 어느 때를 또 기다리겠는가?"

그가 곧 정보와 황개와 한당을 장막에 불러 상의하니 정보가 이렇게 말했다.

"원술은 속임수가 많은 사람이라 믿을 바가 못 됩니다."

그 말을 듣자 손견이 말했다.

"내가 스스로 복수하고자 하는 일인데 어찌 원술의 도움만 바라고 일을 하겠소?"

그리하여 먼저 황개를 강변에 보내어 병선을 정비하고 군장과 군량을 준비하게 한 다음 큰 배에 군마를 싣고 날을 잡아 출병하기로 했다. 장강의 척후병들이 이 소식을 듣자 유표를 찾아가 보고했다. 유표가 매우 놀라 서둘러 문무 관료들을 모아놓고 상의하니 괴량(蒯良)이 먼저 입을 열었다.

"이는 걱정할 바가 못 됩니다. 황조(黃祖)에게 강하의 병사들을 이끌고 선두에 서게 하고 주공께서는 형주와 양양의 병사들을 이끌고 지원하십시오. 손견이 강과 호수를 건너오는데 어찌 무기를 쓸 겨를이 있겠습니까?"

유표는 그 말을 옳게 여겨 황조에게 장비를 갖추게 하고 곧 이어 대군을 일으켰다.

그 무렵 손견은 아들 넷을 두었는데, 모두가 오(吳) 씨 부인의 소생으로서, 맏아들은 이름이 책(策)이요 자는 백부(伯符)이며, 둘째는 이름이 권(權)이요 자는 중모(仲謀)이며, 셋째는 이름이 익(翊)이요 자는 숙필(叔弼)이며, 넷째는 이름이 광(匡)이요 자는 계좌(季佐)였다. 오 씨 부인의 동생은 손견의 둘째 부인으로서 아들 하나와 딸 하나를 두었는데, 아들의 이름은 낭(朗)이요 자는 조안(早安)이며, 딸의 이름은 인(仁)이었다. 손견은 또한 유(兪) 씨와의 사이에 아들 하나를 두었는데 이름은 소(韶)요 자는 공례(公禮)였다.

손견에게는 아우가 있었는데 이름은 정(靜)이요 자는 유대(幼臺)였다. 손견이 출병하려 하자 정이 여러 아들을 이끌고 말 앞에서 인사를 드리며 간언했다.

"지금 동탁이 전권을 휘둘러 천자는 나약하고 나라가 어지러워 호걸들이 각기 한 모퉁이에 자리 잡고 패권을 노리고 있습니다. 그나마 우리 강동은 조금은 평화로운데 작은 원한으로 말미암아 대군을 일으키는 것은 온당하지 않은 처사이오니 형님께서는 깊이 생각하소서."

이에 손견이 대답했다.

"너는 여러 말을 하지 말라. 내가 지금 천하를 종횡하고자 하는데 어찌 원수를 갚지 않을 수 있겠느냐?"

맏아들 손책이 나서서 말했다.

"아버지께서 반드시 가고자 하신다면 제가 모시고자 합니다."

손견이 그의 말을 허락하자 손책이 배를 타고 번성(樊城)으로 달려갔다. 황조는 궁노수를 강변에 숨기고 기다리다가 적의 병선이 강변에 이르자 어지럽게 활을 쏘았다. 손견은 병사들이 가볍게 움직이지 못하게 한 다음 배 안에 엎드려 적군을 유인하도록 했다. 사흘에 걸쳐 적선이 몇 십 차례 강변을 오고 갔다. 적장 황조는 오로지 활만 쏘다 보니 화살이 모두 떨어졌다. 손견이 배에 꽂힌 화살을 거두니 십만 개가 넘었다.

넷째 날이 되어 순풍이 불자 손견은 병사들에게 일제히 활을 쏘게 하니 강변의 유표 병사들이 어물거리다가 견디지 못하고 달아났다. 손견은 강변에 오르자 정보와 황개에게 두 길로 병사를 나누어 황조의 영채를 곧바로 공격하도록 했다. 그 뒤로는 한당이 대군을 이끌고 쳐들어왔다. 삼면의 공격을 받은 황조는 크게 져 번성을 버리고 달아나 등성(鄧城)으로 들어갔다.

손견은 황개에게 병선을 지키게 한 다음 몸소 군대를 이끌고 적군을 추격했다. 황조가 군대를 이끌고 나와 들판에 진영을 차리고자 했다. 손견도 진영을 차린 다음 말을 타고 앞으로 나아갔다. 손책도 갑옷을 입고 칼을 든 채 말을 타고 아버지 곁에 섰다. 황조가 두 장군을 이끌고 나왔는데, 하나는 강하의 장수 장호(張虎)요, 다른 하나는 양양의 진생(陳生)이었다. 황조가 채찍을 들고 먼저 욕설을 퍼부었다.

"강동의 쥐새끼 같은 도적놈아, 어찌 감히 한실 종친의 땅을 침범하였느냐?"

이어 장호에게 나아가 싸우게 했다. 손견의 진영에서는 한당이 나아가 맞았다. 두 필의 말이 서로 엉키며 서른 차례를 겨룬 뒤에 진생이 보니 장호의 칼솜씨에 힘이 빠진 것을 알고 그를 도우러 말을 달려 나아갔다. 이를 바라보던 손책이 손에 잡은 창을 내려놓고 활에 살을 먹여 진생의 얼굴을 향하여 쏘니 화살을 맞은 진생이 말에서 떨어졌다.

그 모습을 본 장호는 크게 놀라 손을 쓸 겨를도 없이 한당의 칼을 맞아 머리의 반쪽이 날아갔다. 이때 정보가 말을 몰아 곧바로 적진으로 달려가 황조를 사로잡으려 했다. 황조는 투구와 말을 버리고 보졸들의 틈에 섞여 달아나 목숨을 건졌다. 손견은 패잔병들을 죽이며 곧바로 한수(漢水)에 이르러 황개에게 선박을 이끌고 강을 건너도록 했다.

황조가 패잔병을 이끌고 유표를 찾아가 손견의 세력을 감당할 수 없노라고 구차하게 설명했다. 유표가 당황하여 괴량을 불러 상의했다. 괴량이 아뢰었다.

"지금 전쟁에서 지고 돌아온 병사들을 보니 싸울 마음이 없습니다. 지금은 해자를 깊이 파고 성루를 높이 쌓아 적의 날카로움[銳鋒]을 피한 다음 은밀하게 원소에게 사람을 보내어 구원해달라고 요청하면 이 위험을 쉽게 풀 수 있을 것입니다."

이어서 채모가 말했다.

"자유(子柔 : 괴량의 자)의 말은 참으로 졸렬합니다. 적군이 성 밑에 이르고 장차 해자를 넘으려 하는데 어찌 손 놓고 죽음을 기다릴 수 있겠습니까? 제가 비록 재주는 없으나 군대를 거느리고 나아가 결전하고 싶습니다."

유표가 그의 뜻을 허락했다. 채모가 만 명의 병력을 이끌고 양양성 밖 현산(峴山)에 진영을 쳤다. 손견이 승리에 도취한 병사들을 이끌고 길게 쳐들어왔다. 채모가 말을 몰고 앞으로 나오자 손견이 말했다.

"저놈은 유표의 후실의 오라버니니라. 누가 저놈을 사로잡을꼬?"

정보가 철척모(鐵脊矛)⁷⁾를 꼬나 잡고 말을 달려 나아가 채모와 겨루었

---

7) 철척모(鐵脊矛) : 로버츠(Moss Roberts)는 이를 "자루마저도 쇠로 만든 창"(iron-spined spear)이라고 번역했다. 흔히 창(槍)이라 부를 때에는 세 가지가 있는데, 과(戈)는 세 갈래로 뻗어 나오고 가운데 것이 더욱 튀어나온 창이며, 극(戟)은 창의 중심 좌우에 조금 밑으로 내려와 니은(ㄴ) 자 모양으로 튀어나온 가지가 달렸는데 위치의 아래위가 어긋나거나 한쪽만 달린 창으로 여포가 썼으며, 모(矛)는 긴 삼각형 모양으로 단순하게 삐죽한 창인데 장비와 조운이 썼다.

다. 몇 차례 싸우지도 않았는데 채모가 달아나자 손견이 군사를 휘몰아 추격하니 시체가 들판에 가득했다. 채모가 양양성으로 들어오자 괴량은 채모가 자신의 훌륭한 계책을 듣지 않고 나가 싸우다가 대패했으니 군법에 따라 처형해야 한다고 말했다. 그러나 채모의 누이가 그의 새로 얻은 아내였던지라 유표는 그를 처형할 수가 없었다.

그 무렵 손견은 사방으로 양양성을 둘러싸고 공격했다. 그러던 어느 날 문득 광풍이 불어 장수의 깃발을 부러트렸다. 이를 보고 한당이 말했다.

"이는 좋지 않은 징조이니 군대를 물리심이 좋을 듯합니다."

그 말을 들은 손견이 말했다.

"이제까지 여러 차례 싸워 이기면서 양양을 차지하는 일이 아침저녁의 일로 다가왔는데 어찌 깃발 하나 부러졌다고 군대를 물릴 수 있소?"

손견이 한당의 말을 듣지 않고 성을 공격하는 일에 더욱 힘을 쏟았다. 그때 적진에서 괴량이 유표에게 말했다.

"제가 어제 천문을 보니 한 장수의 별이 떨어지려고 하더이다. 그 위치로 짐작하건대 손견의 죽음이 틀림없습니다. 주공께서는 어서 원소에게 편지를 보내어 도움을 요청하시지요."

유표가 편지를 쓴 다음 물었다.

"누가 감히 포위를 뚫고 나가 이 편지를 전달하겠소?"

맹장 여공(呂公)이 유표의 물음에 씩씩하게 나섰다. 그러자 괴량이 말했다.

"그대가 이미 가기로 작정했다면 나의 계책을 따르시오. 그대는 기병 5백 명과 훌륭한 궁수를 이끌고 적진을 벗어나면 곧장 현산으로 들어가시오. 그러면 적군이 반드시 추격해 올 것이니 그대는 백 명을 산 위에 배치하고 돌멩이를 준비하도록 하고 1백 명의 궁노수를 풀숲에 매복시켜두시오. 그러다가 추격병이 나타나면 곧장 달아나지 말고 꾸불꾸불 돌아 달아나면서 매복한 지점까지 유인하였다가 화살과 돌멩이로 그들을 쳐 죽이시오. 만약 그 작전이 성공한다면 연거푸 연주호포(連珠號礮)8)를 터트리시오. 그러면 우리도 성에서 나가 함께 공격하리다. 추격병이 없으면 포를 쏘지 말고 곧장 원소에게로 달려가시오. 오늘은 달빛이 어두워 해가 지면 바로 출발할 수 있을 것이오."

여공은 괴량의 계책을 듣자 군마를 정비하여 황혼과 함께 몰래 성문을 열고 달려 나갔다. 손견이 장막 안에 있다가 문득 함성이 이는 것을 듣고 서둘러 말을 타고 서른 명의 기병과 함께 달려 나갔다. 그때 병사가 보고했다.

"한 무리의 군마가 현산 쪽으로 나는 듯이 달려갔습니다."

손견은 장수들을 불러 모으지도 않고 몸소 서른 명 남짓한 기병을 이끌고 적군을 추격했다. 여공은 이미 수풀이 우거진 곳에 아래위로 병사들을 매복시켜 기다리고 있었다. 손견이 말을 급히 몰아 홀로 달려가는데 적군과의 거리가 그리 멀지 않았다. 손견이 크게 소리쳤다.

"멈추어라."

여공이 말을 돌려 손견을 맞아 엉켜 싸우더니 나는 듯이 산속으로 도망했다. 손견이 그를 추격하였으나 보이지 않았다. 손견이 산으로 올라가려는데 문득 징소리가 울리며 산 위에서 돌멩이가 어지럽게 날아오고 수풀에서는 화살이 비 오듯 쏟아졌다. 손견의 몸은 돌멩이와 화살에 맞아 머리가 터져 말과 함께 현산에서 죽으니, 그때 그의 나이가 서른일곱 살

---

8) 연주호포(連珠號礮) : 흔히 연주포(連珠砲)라고 불리는데, 총알이 여러 개 날아가면서 소리가 요란하여 신호용으로 썼다.

이었다.

여공은 손견의 기병 서른 명을 모조리 죽이고 연주호포를 터트렸다. 포성을 들은 성안의 황조와 괴월과 채모가 병사를 나누어 물밀 듯이 나아가니 강동의 병사들이 몹시 혼란에 빠졌다. 손견의 부대에서 황개는 진동하는 함성을 듣고 수군을 이끌고 나아가 황조와 정면으로 마주쳤다. 두 번 겨루지도 않아 황개가 황조를 사로잡았다.

정보는 손책을 보호하며 길을 찾아 가다가 여공과 정면으로 마주쳤다. 정보는 말을 몰아 앞으로 달려 나가 몇 번 겨루지도 않고 한 창에 여공을 찔러 말 아래로 떨어트렸다. 양쪽 군대의 싸움은 날이 밝도록 이어지다가 각기 군사를 몰아 돌아갔다. 유표의 병사들은 성으로 들어갔다. 손책은 한수로 돌아가서야 아버지가 화살에 맞아 죽었으며 이미 유표의 군사들이 성안으로 시신을 메고 들어갔다는 것을 알고서 목 놓아 우니 모든 병사들도 함께 울었다. 손책이 말했다.

"아버지의 시체가 적군의 손에 있는데 어찌 고향으로 돌아갈 수 있으리오."

그 말을 듣자 황개가 말했다.

"이제 우리는 황조를 포로로 잡아두고 있으니 누군가를 성안으로 보내어 강화를 맺은 다음 황조와 주공의 시신을 바꾸도록 하시지요."

말이 미처 끝나지도 않았는데 군리(軍吏) 환해(桓楷)가 앞으로 나오며 말했다.

"제가 유표와 오래전부터 알고 지내던 터라 성으로 가는 사신이 되고자 합니다."

손책이 이를 허락하자 환해가 성으로 들어가 유표를 만나 포로 교환의 문제를 이야기했다. 그의 말을 들은 유표가 말했다.

"손견의 시신은 내가 이미 관에 넣어 잘 모셔두었소. 어서 속히 황조를 풀어주고 양쪽이 서로 군대를 물린 다음 다시는 침범하는 일이 없도록 합시다."

환해가 머리 숙여 인사하고 일을 추진하려는데 괴량이 나서서 말했다.

"안 됩니다. 절대로 안 됩니다. 말씀드리건대 강동 병사들의 갑옷 조각도 되돌려보내서는 안 됩니다. 바라건대 먼저 환해의 목을 치고 다음 일을 생각합시다."

시인이 있어 그 장면을 이렇게 읊었다.

적을 쫓던 손견이 바야흐로 죽었는데,
강화를 하려던 환해가 또한 재앙을 만났구나.
追敵孫堅方殞命 求和桓楷又遭殃

환해의 운명이 어찌 되려는지 알 수 없다.

제 8 회

미인 초선(貂蟬)

> 왕윤(王允)은 교묘하게 연환계를 쓰고
> 동탁은 봉의정(鳳儀亭)을 어지럽히다.

괴량이 입을 열었다.

"이제 손견이 이미 죽었고, 그 아들들은 아직 어립니다. 이처럼 저들이 허약한 틈을 타 나는 듯이 들어가면 강동 땅은 북소리 한 번에 우리의 땅이 될 것이옵니다. 만약 손견의 시체를 돌려보내어 저들이 기력을 키우도록 한다면 이는 곧 형주의 근심거리가 될 것입니다."

유표가 대답했다.

"황조가 저쪽 진영에 잡혀 있는데 내가 어찌 그를 버릴 수 있겠소?"

"무모한 황조 하나를 버려 강동을 차지할 수만 있다면 어찌 마다하시겠습니까?"

"나는 황조와 마음을 나눈 동지인데 그를 버리는 것은 의롭지 않은 짓이오."

드디어 유표는 환해를 강동의 영채로 돌려보내어 손견의 시신과 황조를 바꾸기로 했다. 손책은 아버지의 시신이 돌아오자 영구를 맞이한 다음 군사를 물려 강동으로 돌아가 곡아(曲阿)의 언덕에 장사 지냈다. 상례를 마치자 손책은 군대를 이끌고 강도(江都)로 들어가 어진 사람을 부르고 선비를 받아들이며 몸을 숙여 사람을 기다리니 사방의 호걸들이 점점 더 많이 찾아왔다.

이 이야기는 잠시 멈추고 동탁의 이야기로 돌아가면, 그는 장안에 머물면서 손견이 죽었다는 말을 듣고 물었다.

"내 가슴속에 남아 있던 근심이 사라졌도다. 그런데 그 아들의 나이는 몇 살이던고?"

누군가 대답했다.

"열일곱 살이라 하더이다."

그 말을 들은 동탁은 더 이상 강동의 일을 걱정하지 않았다. 이때로부터 더욱 교만해진 동탁은 스스로를 상부(尙父)[1]라 부르면서 궁중에 들고 날 때면 방자하게도 천자의 의장(儀仗)을 썼으며, 아우 동민(董旻)을 좌장군 호후(鄠侯)로 삼고 조카 동황(董璜)을 시중으로 삼아 왕실근위대[禁軍]를 거느리게 하고, 동 씨 문중의 사람들은 늙고 젊음을 가리지 않고 모두 제후에 앉혔다.

동탁은 또한 장안으로부터 이백오십 리 떨어진 곳에 미오(郿塢)라는 성을 짓는 데 백성 25만 명을 동원하였다. 성의 높이와 두께는 장안과 같았고, 그 안의 궁실에는 이십 년 먹을 양곡을 비축해두었다. 백성 사이에서 뽑아 온 소년과 미녀 팔백 명이 그곳에 살았는데 금옥과 비단과 진주가 얼마나 쌓였는지 알 수 없을 정도였다. 그의 가솔들은 모두 그곳에서

---

1) 상부(尙父)라 함은 주나라 무왕이 아버지 문왕의 국사(國師)였던 강태공(姜太公) 여상(呂尙)을 아버지처럼 모시며 부를 때 쓰던 용어였다.

살았다. 동탁은 반년이나 또는 한 달에 한 번씩 장안을 오갔는데 그가 나들이를 할 때면 공경대부들이 성밖에 늘어서서 배웅했다. 그럴 때면 동탁은 길거리에 장막을 치고 공경들과 술을 마셨다.

어느 날 동탁이 성문을 나서자 백관이 모두 배웅하러 나왔다. 그날 마침 북지(北地)에서 항복한 병사 몇 백 명이 도착했다. 동탁은 곧 병사들에게 포로의 손을 자르거나 눈알을 빼거나 혀를 자르거나 아니면 솥에 넣어 삶아 죽이도록 했다. 슬픈 울음소리가 천지를 진동했다. 백관은 떨며 손에 든 젓가락을 놓쳤으나 동탁은 먹고 떠듦이 태연했다.

또 어느 날에는 조정에서 백관을 모아 좌우로 앉히고 술을 마셨다. 술이 몇 차례 돌자 여포가 바로 들어오더니 동탁의 귀에 대고 몇 마디 속달거렸다. 동탁이 웃으며 말했다.

"본디 그 사람은 그랬어."

동탁은 여포에게 사공(司空)[2] 장온(張溫)을 계단 밑으로 끌어 내리게 했다. 백관들이 놀라 얼굴색이 바뀌었다. 오래지 않아 시종장이 붉은 쟁반을 들고 들어오는데 그 위에는 장온의 머리가 놓여 있었다. 백관들은 몸과 마음이 따로 놀았다. 그러자 동탁이 웃으며 말했다.

"여러 대신은 놀라지 마시오. 장온이 원소와 내통하여 나를 죽이려 했다오. 그가 사람을 시켜 원소에게 편지를 보내려던 것이 실수로 여포에게 들어왔기에 그를 죽인 것이오. 여러분은 관계가 없는 일이니 놀라지 마시오."

대신들은 "예, 예" 하며 물러갔다. 사도(司徒)[3] 왕윤(王允)이 집으로 돌

---

[2] 사공(司空) : 삼공(三公) 가운데 한 사람으로 전국의 공사를 맡았다.
[3] 사도(司徒) : 삼공 가운데 한 사람으로 민사(民事)를 주로 다루었다.

아와 오늘 술자리에서 있었던 일을 생각하니 마음이 산란했다. 달빛이 밝아 지팡이를 짚고 뒤뜰로 들어가 동백나무 넝쿨[荼蘼]로 만든 격자(格子) 곁에서 하늘을 바라보며 눈물을 흘리고 있었다.

그때 문득 모란정(牧丹亭) 가에서 누군가 길게 탄식하는 소리가 들려왔다. 왕윤이 바라보니 부중(府中)의 기녀로 일하고 있는 초선(貂蟬)이었다. 그는 어려서 부중에 들어와 가무를 배웠는데 이제 나이가 열여섯 살로 아름다움과 기예가 빼어나 왕윤은 그를 친딸처럼 아끼는 터였다. 그날 밤 왕윤은 그의 탄식을 오래 듣다가 호통을 쳤다.

"너는 비천한 여인의 몸으로 어찌 사사로운 정분에 빠졌단 말이냐?"

초선이 놀라 무릎을 꿇고 아뢰었다.

"저처럼 천한 여인이 어찌 사사로운 연정이 있겠나이까?"

"그런 정분이 없다면 어찌하여 이 밤중에 깊이 탄식하고 있었더냐?"

"저의 가슴에 맺힌 이야기를 들어주실 수 있나이까?"

"그러마. 숨기지 말고 나에게 사실을 말해보거라."

"저는 나리의 넓은 은혜를 입고 가무를 익혀 이나마 대접을 받고 있으나 몸과 뼈가 부서질지라도 대감의 은혜를 갚을 길이 없습니다. 요즘 대감의 얼굴을 뵈옵건대 근심이 가득한지라 이는 반드시 나라의 대사와 관련이 있을 터이지만 저로서는 감히 여쭈어볼 수도 없었습니다. 오늘 밤에도 대감께옵서 어쩔 줄 모르시는 모습을 본 뒤 탄식에 젖어 대감께서 보고 계신 것도 알지 못했습니다. 혹시라도 제가 대감을 도와 해드릴 일이 있다면 만 번을 죽더라도 사양하지 않겠나이다."

왕윤이 지팡이로 땅을 치며 말했다.

"이 한(漢)나라의 천하가 너의 손에 달려 있는 것을 누가 알겠느냐? 나를 따라 화각(畫閣)으로 오너라."

초선이 왕윤을 따라 화각에 들어가니 왕윤은 다른 비첩들을 물러가게 한 다음 초선을 자리에 앉히고 머리를 숙여 큰절을 올렸다. 초선이 몹시 놀라며 바닥에 내려앉아 여쭈었다.

"대감께서 어찌하여 이러시나이까?"

"이 한나라 천하의 백성들을 가엽게 여겨다오."

말을 마치자 눈물이 샘솟듯이 쏟아진다. 초선이 말했다.

"제가 앞서 말씀드렸듯이 저에게 시키실 일이 있다면 만 번 죽어도 사양하지 않으오리다."

왕윤이 무릎을 꿇고 말했다.

"지금 백성들은 몸이 거꾸로 매달려 있는 것처럼 위태롭고 황제와 신하들은 마치 달걀을 쌓아둔 것처럼 위험한데[累卵之急]4) 네가 아니면 누가 이 나라를 건질 수 있겠느냐? 역적 동탁은 장차 황제의 자리를 찬탈하려 하나 조정의 문무 대신들은 어찌할 바를 모른다. 동탁에게는 양자가 있는데, 이름은 여포로 용맹함이 뛰어나다. 내가 보니 두 사람은 모두 여색을 좋아하는데 이제 내가 연환계(連環計)5)를 써 먼저 너를 여포에게 시

---

4) 전국시대의 책사(策士)였던 범저(范雎)는 중대부(中大夫) 수고(須賈)를 섬겼으나 그의 질투로 모진 고통을 받았다. 그가 진(秦)나라로 망명하니 그의 망명을 도와준 왕계(王稽)는 소양왕에게 "범저는 천하의 외교가입니다. 그는 진나라의 정치를 '계란을 쌓아놓은 것처럼 위태로운 처지(累卵之危)'라고 설명하며 자기를 등용해 주면 무사태평할 것이라고 말했습니다. 그래서 수레에 태워 모셔왔습니다."라고 소개했다. 『사기』「범저채택열전(范雎蔡澤列傳)에 나오는 고사임.
5) 연환계(連環計) : 중국의 병법서에 나오는 것으로서, 쇠고리가 연이어 붙어 있는 것과 같이 여러 가지 병법을 연속적으로 사용하는 방법이다. 『삼십육계』의 서른 다섯 번째로 등장하며, 적군에게 장수와 병사가 많아 대적할 수 없을 때 이 계책을 거듭하여 사용한다. 『삼국지』에는 연환계가 두 번 등장한다. 첫째는 왕윤이 초선을 이용한 미인계를 써 동탁과 여포를 제거한 이번 회의 대목이고, 두 번째는 유비와 손권의 연합군이 적벽대전에서 방통(龐統)과 적군의 첩자인 채중(蔡中)과 채화(蔡和)를 거꾸로 이용하여 조조를 무찌른 것이다.

집을 보냈다가 다시 동탁에게 보내고자 한다. 너는 그 두 사람의 중간에서 부자를 이간하여 여포가 동탁을 죽이게 함으로써 이 큰 악행의 고리를 끊어야 한다. 다시 사직을 일으키고 이 나라 강산을 찾을 수 있다면 그것은 모두 너의 덕분이다. 너의 뜻은 어떠하냐?"

"저는 대감의 뜻에 따라 만 번 죽음을 사양하지 않을 것이오니 저를 그들에게 보내주시면 그다음 일은 제가 알아서 처리하겠습니다."

"만약 이 일이 누설되면 우리 집안은 멸족될 것이니라."

"대감께서는 걱정하지 마시옵소서. 제가 만약 대의를 위해 은혜를 갚지 못한다면 만 번 칼을 맞아 죽을 것이옵니다."

왕윤이 절하며 깊이 사례했다. 다음날 그는 집 안에 보관해두었던 아름다운 진주 몇 알을 꺼내어 명장(名匠)에게 금관을 만들게 하여 은밀하게 여포에게 보냈다. 여포가 너무 기쁜 나머지 몸소 왕윤의 집을 찾아와 사례하니 왕윤은 좋은 음식을 준비했다. 여포가 집에 이르자 왕윤이 문밖까지 나아가 그를 맞이하여 뒤채로 안내한 다음 상석에 앉기를 권고하자 여포가 이렇게 말했다.

"저는 승상부의 일개 장수요 사도께오서는 조정의 대신이시온데 어찌 제가 공경스러움을 어길 수 있겠습니까?"

왕윤이 겸사하며 말했다.

"지금 천하에는 뚜렷한 영웅이 없고 다만 장군만이 계십니다. 제가 장군의 직분을 공경함이 아니라 장군의 재주를 공경하기 때문입니다."

여포가 크게 기뻐하자 왕윤은 은근히 술을 권하며 동탁과 함께 여포의 덕망을 칭송함이 그치지 않았다. 여포가 크게 웃으며 술을 마셨다. 왕윤은 좌우의 사람들을 물리치고 오직 몇 사람만 남겨두고 술을 권했다. 취기가 오르자 왕윤이 곁 사람에게 말했다.

"아이를 불러오너라."

조금 시간이 지나자 푸른 옷을 입은 두 여인이 곱게 단장한 초선을 데리고 들어왔다. 여포가 놀라 물었다.

"누구이신가요?"

"저의 딸 초선이라 합니다. 저는 장군으로부터 은혜를 입은 바가 커서 동기간이나 다름이 없기에 이 아이를 불러 장군을 뵙게 하는 것입니다."

이어서 왕윤은 초선에게 여포의 잔에 술을 따르게 하니 벌써 두 사람 사이에 눈길이 오고 갔다. 왕윤이 거짓 취한 체하며 말했다.

"얘야, 장군께서 취하시도록 몇 잔을 올려라. 우리 집안은 모두가 장군에게 의지하고 사느니라."

여포가 초선에게 자리를 권하자 초선은 짐짓 방으로 들어가려 한다. 이를 본 왕윤이 말했다.

"장군께서는 우리와 가까운 벗이니 네가 앉은들 어찌 탈이 있겠느냐?"

초선이 왕윤의 곁에 앉으니 여포는 눈동자도 움직이지 않고 쳐다본다. 술이 몇 잔 더 돌자 왕윤은 초선을 가리키며 여포에게 말했다.

"제가 이 아이를 장군의 첩으로 보내고자 하는데 장군의 뜻은 어떠신지요?"

여포가 벌떡 일어나 사례하며 말했다.

"그렇게만 해주신다면 저는 대감을 위해 개와 말의 수고로움[犬馬之勞]을 아끼지 않으리다."

"그러시다면 늦지 않게 좋은 날을 잡아 부중으로 이 아이를 보내겠습니다."

여포는 몹시 기뻐하며 여러 차례 초선을 바라보았다. 초선도 또한 요염한 눈길로 연정을 보냈다. 조금 시간이 지나 왕윤이 말했다.

"본디 장군을 오늘 밤 저의 집에서 모시고 싶었으나 태사께서 의심하지 않으실까 두렵습니다."

여포가 거듭 사례하며 자리를 떠났다. 며칠이 지나 왕윤이 조정에 들어가 동탁을 만났는데 곁에 여포가 없음을 보고 엎드려 소청을 말했다.

"제가 태사를 모시고 저의 누추한 집에서 잔치를 열어 대접하고자 하온데 뜻이 어떠하신지요?"

동탁이 대답했다.

"사도께서 초청하시는 자리라면 마땅히 가야지요."

왕윤이 깊이 사례하고 돌아와 물과 뭍에서 나는 온갖 진미를 앞채에 장만하고 가운데에 동탁의 자리를 마련한 다음 길 위에는 수단(繡緞)을 깔고 안팎으로 휘장을 둘렀다. 다음날 점심에 동탁이 왔다. 왕윤은 조복(朝服)을 입고 마중을 나가 두 번 절하고 일어섰다. 동탁이 수레에서 내리는데 좌우에 갑옷 입고 창을 든 병사 백 명이 빽빽이 둘러싸고 들어와 좌우로 늘어섰다. 왕윤이 섬돌 아래에서 두 번 절하니 동탁이 사람을 시켜 부축하여 오르라 한 다음 곁에 앉도록 했다. 왕윤이 입을 열었다.

"태사께서 이룩하신 성덕은 이윤(伊尹)과 주공(周公)으로서도 따를 수가 없습니다."

그 말을 들은 동탁이 몹시 기뻐했다. 술과 음악이 울리면서 왕윤은 동탁을 모심이 더욱 극진했다. 날이 저물고 술기운이 돌자 왕윤은 동탁을 후원으로 모시면서 무사들을 물러가라 일렀다. 왕윤은 술잔을 올리며 다시 치하의 말을 했다.

"제가 어렸을 적부터 천문을 배웠는데 밤에 하늘을 보니 한나라 왕실의 기운은 이미 끝났습니다. 태사의 공덕이 천하에 떨치니 순임금이 요임금에게 왕위를 물려주고, 우임금이 요임금으로부터 왕위를 물려받은 것처럼 하는 것이 하늘과 백성의 뜻에 맞는 것 같습니다."

"내가 어찌 감히 그러기를 바라겠소?"

"예로부터 이르기를 '도를 이룬 사람이 무도한 사람을 징벌하고 덕망이 없는 사람은 덕망이 있는 사람에게 자리를 양보한다.'[有道伐無道 無德讓有德] 하였는데 어찌 분수에 넘친다 하겠습니까?"

"만약 천명이 나에게 돌아온다면 사도야말로 원훈 공신이 될 것이오."

왕윤이 사례하며 후당 가운데 촛불을 켠 다음 기녀만이 술과 음식을 권하도록 하고 이렇게 말했다.

"교방(敎坊)6)의 음악은 태사께 들려드릴 바가 못 됩니다. 우연히 저의 집에 노래를 잘 부르는 기녀가 있사온데 감히 권해도 되겠습니까?"

"참으로 좋은 말이오."

왕윤이 발[簾]을 내리게 하자 생황 소리가 은은히 들리며 발 건너편에서는 초선이 하녀들의 부축을 받으며 춤을 추고 있었다. 후세의 시인이 그 장면을 이렇게 노래했다.

> 본디 소양궁(昭陽宮)의 여인7)이었더냐?
> 놀란 기러기인 듯 손바닥 위에서 몸을 돌리누나.
> 봄날 동정호의 위를 나는 제비처럼
> 양주(梁州)의 가락에 맞추어 연잎을 밟듯 걷는데
> 고운 꽃 바람결에 가지는 새롭고

---

6) 교방(敎坊) : 우리나라의 장악원(掌樂院)에 해당하는 음악 기관을 뜻함.
7) 소양궁(昭陽宮)의 여인 : 서한(西漢) 한성제(漢成帝)의 두 번째 황후였던 조비연(趙飛燕)을 뜻함. 제비처럼 날렵하여 손바닥 위에서도 춤을 출 것만 같아 그런 이름을 얻었다. 중국 역대 5대 미녀 가운데 한 사람.

화각(畵閣)의 향기는 봄기운에 겨웁다.
原是昭陽宮裏人 驚鴻宛轉掌中身
只疑飛過洞庭春 按徹梁州蓮步穩
好花風嫋一枝新 畵堂香暖不勝春

또 다른 시인은 이런 시를 남겼다.

딱따기 소리 재촉에 제비는 바삐 날고
한 조각 구름이 화각에 이르도다.
그린 눈썹은 나그네의 한을 불러일으키고
고운 얼굴은 옛사람의 간장을 끊는구나.
돈으로는 천금을 주어도 웃음을 살 수 없으니
버들가지 같은 허리에 보물 장식이 무슨 소용이랴.
춤이 끝나 발을 올리고 눈길을 보내니
그 누가 초나라 양왕인 줄 모르겠구나.[8]
紅牙催拍燕飛忙 一片行雲到畵堂
眉黛促成遊子恨 臉容初斷故人腸
榆錢不買千金笑 柳帶何須百寶粧
舞罷高簾偸目送 不知誰是楚襄王

춤이 끝나자 동탁이 여인을 가까이 불렀다. 초선이 발을 걷고 들어오더니 깊이 두 번 절을 올렸다. 동탁이 초선의 얼굴을 바라보니 참으로 미인

---

8) 초나라 양왕은 꿈에 선녀를 본 적이 있다고 함. 「楚襄王遇神女圖」(www.baike.com/wiki) 참조.

인지라 옆 사람에게 물었다.

"이 여인은 누구인고?"

"저의 집 가기(家妓) 초선이옵니다."

"노래도 부르는가?"

왕윤이 초선에게 박달나무 딱따기에 맞춰 노래 한 가락을 부르라 하니 그 가사는 이러했다.

앵두 같은 입술 열리며
두 줄 부서진 옥니 사이로 봄볕이 솟아나네.
정향나무의 꽃봉오리 같은 혀는 강철검이 되어
나라를 어지럽히는 간사한 신하들을 베고 싶구나.
一點櫻桃啓絳脣 兩行碎玉噴陽春
丁香吐舌橫鋼劍 要斬姦邪亂國臣

동탁은 [그 가사가 무슨 뜻인지도 모르고] 칭찬을 멈추지 않았다. 왕윤은 초선에게 술을 따르라 권했다. 동탁이 술잔을 받으며 물었다.

"젊은이는 나이가 몇 살인고?"

"천한 이 여인은 이제 열여섯 살입니다."

동탁이 웃으며 말했다.

"참으로 선녀가 내려온 듯하구나."

왕윤이 일어서며 말했다.

"제가 이 아이를 태사의 첩으로 바치려 하는데 마음이 어떠신지요?"

"이런 은혜를 내가 어찌 갚으리오."

"이 여인이 태사를 모실 수만 있다면 그보다 큰 복이 없겠습니다."

동탁이 거듭 사례하자 왕윤은 융단을 깐 수레를 준비하도록 하고 먼저 초선을 태사부로 올려 보냈다. 동탁도 또한 일어서서 인사를 했다. 왕윤은 몸소 태사부까지 동탁을 모셔다 드린 뒤에 돌아왔다. 왕윤이 말을 타고 돌아오는 길에 절반쯤 이르니 양쪽으로 홍등이 길을 비추며 여포가 화극을 들고 말에 올라 다가오고 있었다. 왕윤과 마주치자 여포는 말을 세우고 왕윤의 옷깃을 잡아당기며 화난 목소리로 물었다.

"사도께서는 이미 나에게 초선을 주기로 허락하고 이제 다시 태사에게 보내니 어찌 그리 사람을 놀리시나요?"

왕윤이 급히 말을 멈추며 말했다.

"이곳은 이야기를 나눌 만한 곳이 아니니 우리 집으로 가시지요."

여포가 왕윤의 집에 이르자 말에서 내려 후당으로 들어갔다. 서로 인사를 마치자 왕윤이 말했다.

"장군은 어찌하여 이 늙은이를 의심하시나요?"

"어떤 사람이 나에게 말하기를, 사도께서 융단 깔린 수레에 초선을 태워 태사부로 보냈다던데 이 일이 어찌 된 거요?"

"장군께서는 모르고 계시는 일입니다만, 어제 태사께서 조정에서 나를 부르시더니 '내게 일이 있어 내일 그대의 집에 갈까 하오.'라고 말씀하시더군요. 그래서 제가 준비를 하고 태사를 기다렸습니다. 술을 마시던 태사께서 나에게 말씀하시기를, '내가 듣자니 그대에게 초선이라는 딸이 있다던데 이미 내 아들 봉선에게 시집보내기로 허락하였다니, 나로서는 그대의 말이 미덥지 않아 이렇게 찾아와 그 여인을 한번 보고자 하오.'라고 하셨습니다. 이 늙은이로서는 거절할 수 없어 초선을 불러 태사를 뵙게 하였습니다. 그랬더니 태사께서, '오늘은 길일이니 내가 당장 그 여인을 데려가 봉선과 혼인을 올릴까 하오.'라고 말씀하셨습니다. 장군께서 생각해보세요. 태사께서 몸소 오셨는데 이 노인이 감히 어찌 거역할 수 있었 겠습니까?"

그 말을 듣자 여포가 말했다.

"사도께서는 저를 너무 나무라지 마소서. 제가 잠시 오해를 했습니다. 내일 제가 매를 들고 찾아와 벌을 받겠습니다."

"초선에게 달려보낼 혼수가 있사온데 그가 장군에게 갈 때 잘 보내드리겠습니다."

여포가 사과하고 돌아갔다. 다음날 여포가 태사부에 들어가 이리저리 알아보았으나 아무런 소식이 없었다. 여포는 곧장 안채로 들어가 시첩들에게 물어보았더니 그들이 이렇게 대답했다.

"어젯밤 태사께서 새로 온 여자와 잠을 잤는데 아직 일어나지 않으셨습니다."

여포가 대로하여 동탁의 침실 뒤로 들어가 살펴보니 초선은 이미 일어나 창 밑에서 머리를 빗고 있었다. 초선이 보니 문득 창밖의 연못에 한 남자의 그림자가 비치는데 키가 몹시 크고 머리를 싸맸다. 차근히 살펴보니 바로 여포였다. 초선은 부러 미간을 찌푸리며 근심에 싸인 표정을 짓더니 연거푸 비단으로 눈물을 닦았다. 여포가 한참 바라보다가 밖으로 나왔다가 조금 지나 다시 들어갔다. 동탁은 이미 자리에서 일어나 안채에 앉아 있다가 여포를 보자 물었다.

"밖에는 별일이 없더냐?"

"없습니다."

여포가 동탁의 곁에 섰다. 동탁이 식사를 하려는데 여포가 어느 곳을 바라보고 있었다. 동탁이 그쪽을 보니 발 안쪽으로 한 여인이 왔다 갔다 하며 밖을 엿보다가 몸을 반쯤 내밀며 추파를 보내고 있었다. 그는 곧 초선이었다. 여포는 넋을 잃었다. 그 모습을 본 동탁은 의심이 들어 입을 열었다.

"너는 이제 다른 일이 없으면 나가 보거라."

여포는 즐겁지 않은 심사로 태사부를 나왔다.

동탁은 초선을 들인 뒤로 색정에 빠져 정신이 혼미하여 한 달이 넘도록 정무를 처리하지 않았다. 그러다가 동탁이 우연하게도 심하지 않은 병에 걸렸다. 초선은 옷을 벗지 않은 채로 극진하게 간호하니 동탁의 마음이 몹시 기뻤다. 여포가 문안을 하러 들어가니 마침 동탁은 자고 있었다. 초선은 침상 뒤에서 몸을 반쯤 여포에게 내보이며 손으로 자기 가슴을 가리켰다가 다시 동탁을 가리키면서 하염없이 눈물을 흘렸다.

여포는 가슴이 찢어지는 것만 같았다. 동탁이 몽롱한 눈으로 바라보니 여포가 침상 뒤편을 바라보는데 눈동자도 움직이지 않았다. 동탁이 다시 몸을 돌려 바라보니 초선이 침상 뒤에 서 있었다. 동탁이 대로하여 여포에게 소리쳤다.

"네가 감히 나의 애첩을 희롱하느냐?"

그는 좌우의 무리를 불러 다시 소리쳤다.

"앞으로는 여포를 안채에 들어오지 못하도록 하라."

여포는 분한 마음을 품고 돌아오는 길에 이유(李儒)를 만나자 그동안에 있었던 일을 말했다. 이유가 서둘러 태사부로 들어와 동탁을 보자 말했다.

"태사께서는 천하를 다스리려는 분이 어찌하여 작은 과실로 여포를 그리 나무라십니까? 여포가 마음을 바꿔 먹으면 대사를 그르칠 것입니다."

"그렇다면 어찌하는 것이 좋을꼬?"

"여포를 불러 금과 비단을 내리고 좋은 말로 위로하면 자연히 별일 없게 될 것입니다."

동탁이 그의 말을 따랐다. 다음날 사람을 보내어 여포를 안채로 부른 동탁이 그를 위로했다.

"내가 어제는 몸이 아파 심신이 어지러워 잘못된 말로 너를 아프게 했으니 너는 그 일을 잊거라."

동탁이 금 열 근과 비단 스무 필을 여포에게 내리니 여포는 사례하고 돌아갔다. 그의 몸은 동탁의 곁에 있으나 마음은 오직 초선뿐이었다.

병이 나은 동탁은 조정에 나가 집무를 시작했다. 여포는 화극을 들고 동탁을 따라다니며 동탁과 황제가 의논하는 것을 보다가 그 틈을 이용하여 화극을 들고 조정의 내문을 나와 말을 타고 곧장 태사부로 달려갔다. 태사부 앞에 말고삐를 걸어놓은 여포는 화극을 들고 후당으로 들어가 초선을 찾았다. 초선이 말했다.

"후원으로 들어가 봉의정에서 저를 기다리세요."

여포는 화극을 들고 곧장 안으로 들어가 봉의정 아래 굽은 난간에 기대어 섰다. 한참 시간이 지나자 초선이 꽃밭 사이로 버들가지를 헤치며 다가오는데 참으로 달나라의 선녀 항아(姮娥)가 내려오는 것만 같았다. 그는 눈물을 흘리며 여포에게 말했다.

"제가 비록 왕 사도의 친딸은 아니지만 그분은 나를 몸소 낳은 자식처럼 여겼습니다. 그러다가 장군을 만나 빗자루라도 들 기회를 얻게 되어 저로서는 평생의 소망을 이루었다고 생각했습니다. 그런데 태사께서 불량한 마음을 품고 나를 음행(淫行)하니 저로서는 바로 죽지 못한 것이 한탄스럽기는 하지만 장군을 뵙고 이별의 말씀이라도 나누지 않고서는 죽을 수도 없어 이 욕스러운 목숨을 견뎌내고 있습니다. 이제 다행히 장군을 뵙게 되어 저의 소원도 이뤄졌으나 이미 몸은 더럽혀졌으니 장군을 섬길 수 없어 장군 앞에서 죽음으로써 저의 뜻을 밝히고자 합니다."

말을 마친 초선은 난간을 잡고 연못으로 뛰어내리려 했다. 여포가 놀라 초선을 껴안고 울며 말했다.

"내가 그대의 뜻을 안 지 오래이나 다만 함께 말을 나눌 수 없었음이 한탄스러울 뿐이라오."

초선이 여포의 손을 뿌리치며 말했다.

"제가 이승에서는 그대의 아내가 되어 살 수 없으니 저승에서라도 만나기를 바랍니다."

"내가 이승에서 그대를 아내로 삼을 수 없다면 내가 영웅이 아니로다."

"저로서는 하루가 일 년 같사오니 저를 불쌍히 여기시어 구출해주세요."

"오늘은 잠시 틈을 내어 왔는데 늙은 도적이 나를 의심할까 두려워 서둘러 돌아가야겠소."

초선이 그의 옷을 잡으며 말했다.

"그대가 이토록 늙은 도적을 두려워하니 나는 밝은 해를 볼 날이 없겠군요."

여포가 일어서며 말했다.

"나에게 천천히 좋은 방법을 찾을 수 있는 시간을 주구려."

말을 마치자 여포는 화극을 들고 나가려 했다. 초선이 길을 막으며 말했다.

"저는 깊은 규방에 살면서 장군의 명성이 마치 우레와 같아 이 시대에 오직 하나뿐인 분이라고 들었는데, 이토록 남에게 얽매어 사는 사람인 줄을 누가 알았겠어요?"

말을 마치자 눈물이 비 오듯 쏟아진다. 여포는 얼굴에 부끄러움이 가득한 채 화극을 다시 난간에 걸고 돌아서서 초선을 껴안고 좋은 말로 위로

했다. 두 사람은 서로 부둥켜안고 차마 떨어지지 못했다.

그 무렵 동탁은 조정에서 정무를 처리하다가 돌아보니 여포가 보이지 않자 문득 의심이 들었다. 그는 서둘러 천자에게 인사를 드리고 수레를 몰아 태사부로 돌아오니 여포의 말이 문 앞에 매어 있다. 동탁이 문지기에게 여포의 행적을 물으니 그가 대답했다.

"온후께서는 뒤채로 들어가셨습니다."

동탁이 소리쳐 좌우를 물리치며 뒤채로 들어갔으나 아무도 보이지 않는다. 초선을 불렀으나 초선도 보이지 않았다. 시첩에게 초선이 어디에 있는가를 물으니 그가 대답했다.

"초선은 지금 뒤뜰에서 꽃을 구경하고 있습니다."

동탁이 초선을 찾아 뒤뜰로 들어가니 여포와 초선이 봉의정 아래에서 이야기를 나누고 있고 화극은 난간에 걸려 있었다. 동탁이 대로하며 소리를 지르자 여포는 매우 놀라 몸을 돌려 도망쳤다. 동탁이 화극을 잡고 달려왔다. 여포가 재빨리 도망하자 동탁은 몸이 비만하여 따라잡을 수 없어 여포를 향하여 화극을 던졌다. 여포가 날아오는 화극을 손으로 쳐 떨어트리자 동탁이 다시 화극을 잡고 쫓아갔으나 여포는 이미 멀리 달아났다. 동탁이 문을 나서는데 어떤 사람이 분주하게 달려오다가 동탁의 가슴에 부딪혀 동탁이 땅에 꼬꾸라졌다. 시인이 이 장면을 이렇게 읊었다.

노기는 충천하여 천 길을 솟아오르는데
땅에 엎어진 비곗덩어리가 한 무더기로구나.
沖天怒氣高千丈 仆地肥軀做一堆

동탁과 부딪힌 그 사람은 누구인가?

제9회

미인계(美人計)

> 여포는 폭군을 죽여 왕윤을 돕고
> 장안을 더럽힌 이각(李傕)은
> 가후(賈詡)의 말을 듣다.

태사부로 뛰어 들어오다가 동탁과 부딪힌 인물은 바로 이유(李儒)였다. 이유는 쓰러진 동탁을 부축하여 서원으로 들어가 자리를 잡고 앉았다. 동탁이 물었다.

"어쩐 일로 여기에 왔는고?"

"제가 태사부의 정문에 이르렀더니 태사께서 진노하여 후원으로 들어가 여포를 찾고 계신다는 이야기를 들었습니다. 그리하여 서둘러 들어오다가 여포를 만났는데, 그의 말인즉 태사께서 자기를 죽이려 한다더군요. 제가 서둘러 후원으로 들어와 두 분의 화해를 권고하려다가 뜻하지 않게 태사와 부딪혔으니 죽을죄를 지었습니다. 용서하소서."

"저 역적 놈이 나의 애첩을 희롱하였으니 내가 참으로 참기 어렵도다. 내가 맹세코 그를 죽이리라."

"태사께오서 잘못 생각하고 계십니다. 옛날 초(楚)나라 장왕(莊王)이 잔치를 열었는데, 장웅(蔣雄)이 왕의 시녀를 희롱한 것을 문책하지 않았더니 뒷날 왕이 진(秦)나라 병사들에게 포위되었을 때 장웅이 목숨을 다하여 왕을 구출해주었다고 합니다.1) 지금 초선은 일개 아녀자에 지나지 않으며 여포는 태사의 심복 맹장입니다, 태사께서 이번 기회에 초선을 여포에게 주시면 여포가 그 은혜에 감격하여 목숨을 바쳐 충성할 것이오니 깊이 생각하소서."

동탁이 한참 동안 고민하다가 입을 열었다.

"그대의 말도 또한 옳도다. 내가 깊이 생각해보겠네."

이유가 사례한 뒤 물러나왔다. 동탁이 뒤뜰로 들어가 초선에게 물었다.

"너는 어찌하여 여포와 정을 통하였더냐?"

초선이 울면서 대답했다.

"제가 뒤뜰에서 꽃을 바라보고 있는데 여포가 갑자기 들어왔습니다. 제가 놀라 도망하려 하자 여포가 이르기를, '내가 태사의 아들인데 서로 피할 일이 있겠소?'라고 하며 화극을 들고 봉의정까지 따라왔습니다. 저는 그가 음심(淫心)을 품은 것을 알고 겁탈당할까 두려워 연못에 빠져 죽으려 하는데 그가 달려와 저를 껴안았습니다. 바로 저의 목숨이 갈림길에 놓여 있을 때 태사께서 오셔서 저를 구해주신 것입니다."

"내가 장차 너를 여포에게 주려고 하는데 너의 생각은 어떠냐?"

---

1) 이 일화는 『설원』(說苑)(6) 보은편(報恩篇) 「초나라의 장왕이 여러 신하에게 술을 대접하다」[楚莊王賜群臣酒] 편과 『한시외전』(韓詩外傳)(7) 「잔치에서 투구의 끈을 끊다」[絶纓之宴]에 나오는 일화이다. 초나라 장왕이 어느 날 병사들을 위로하고자 잔치를 열었는데, 그날 밤에 바람이 불어 불이 꺼지자 한 장수가 장왕의 시녀를 희롱했다. 화가 난 시녀는 그의 투구에 달린 술[纓]을 끊어 왕에게 바치고 그를 처벌해달라고 요청했다. 그러나 장왕은 모든 장수에게 투구의 술을 떼어내게 한 다음 불을 켜니 범인을 알 수가 없었다. 그 장수가 곧 장웅(蔣雄)인데 그가 뒷날 진(秦)나라와의 전투에서 장왕을 대신하여 죽었다.

초선이 매우 놀라 통곡하며 아뢰었다.

"저는 이미 대감을 섬기고 있는데, 이제 갑자기 저를 가노(家奴)에게 주신다면 저는 차라리 죽을지언정 욕됨을 겪지 않겠나이다."

그러고는 벽에 걸린 보검을 빼 목을 찌르려 했다. 동탁이 놀라 급히 칼을 빼앗고 그를 껴안으며 말했다.

"내가 농담을 했느니라."

초선이 동탁의 가슴을 파고들어 얼굴을 파묻고 통곡하며 말했다.

"이는 반드시 이유가 꾸며낸 일임에 틀림이 없습니다. 이유는 여포와 가까워 이런 꾀를 꾸며낸 것입니다. 그는 태사의 체면이 깎이는 것이나 저의 생명은 생각하지도 않고 있으니 그의 살점을 뜯어 먹고 싶습니다."

"내가 어찌 너를 버리겠느냐?"

"제가 비록 태사의 사랑을 받고 있사오나 이곳에서 오래 머무는 것은 온당치 않을까 두렵습니다. 여포가 반드시 저를 해코지할 것입니다."

"내가 내일 너를 미오로 데려가 함께 즐길 것이니 걱정하지 말거라."

초선이 눈물을 거두며 절하고 사례했다.

다음날 이유가 태사부로 들어가 동탁을 뵙고 물었다.

"오늘이 길일이오니 초선을 여포에게 보내는 것이 어떠하올는지요?"

"여포와 내가 부모 자식 사이인데 내가 데리고 살던 여자를 그에게 준다는 것이 마음 편하지 않네. 나는 지금 그의 죄를 따지고 싶지 않으니 그대가 내 뜻을 전하여 좋은 말로 위로하는 것이 옳다고 생각되네."

"태사께오서는 한 여인의 감정에 사로잡혀서는 안 되옵니다."

그 말에 동탁이 얼굴색을 바꾸며 말했다.

"너라면 네 마누라를 여포에게 주겠느냐? 초선의 이야기는 더 꺼내지 말라. 다시 말하면 너를 죽이리라."

이유가 태사부를 나와 하늘을 바라보며 탄식했다.

"우리가 모두 한 여인의 손에 죽게 되는구나."

후세의 한 시인이 이 대목을 읽으며 다음과 같은 시를 남겼다.

왕윤의 신묘한 계략이 여인의 치마폭에 들어가니
창과 칼과 병사도 쓸모가 없구나.
호뢰관에서 세 번 싸운 것도 헛된 일이요
승리의 노래는 봉의정 여인의 것이로다.
司徒妙算託紅裙 不用干戈不用兵
三戰虎牢徒費力 凱歌却奏鳳儀亭

동탁이 그날로 미오로 떠나자고 명령하자 백관들이 나와 배웅했다. 초선이 수레에서 바라보니 여포가 저 멀리 군중들 속에서 이쪽을 바라보고 있었다. 초선은 얼굴을 가리고 통곡하는 시늉을 했다. 수레가 멀리 사라지자 여포는 황톳길 위에 말고삐를 늦추고 수레에서 일어나는 먼지만을 바라보는데 그 심사가 참으로 비통했다. 그때 문득 등 뒤에서 어떤 사람이 말을 걸었다.

"온후께서는 어찌하여 태사를 따라가지 않고 이곳에서 서성거리며 탄식만 하고 계신가요?"

여포가 돌아보니 사도 왕윤이었다. 인사를 마치자 왕윤이 말했다.

"이 늙은이는 요즘 며칠 동안 몸이 좋지 않아 집 안에만 있느라고 오랫동안 장군을 뵙지 못했습니다. 오늘에야 태사께서 미오로 떠나신다기에 병을 무릅쓰고 나왔다가 장군을 뵈니 반갑기는 한데 무슨 일이 있었기에 그토록 길게 탄식을 하십니까?"

"대감의 따님 때문입니다."

왕윤이 짐짓 놀란 체하며 물었다.

"그렇게 시간이 많이 지났는데도 아직 제 딸이 장군에게 가지 않았습니까?"

"늙은 도적놈이 차지한 지 오래되었습니다."

왕윤이 더욱 놀란 체하며 말했다.

"이런 일을 어찌 믿을 수 있겠습니까?"

여포가 그동안에 있었던 일을 왕윤에게 낱낱이 말하니 그가 얼굴을 들고 발을 구르며 반나절이나 말이 없다가 한참만에야 입을 열었다.

"태사가 이토록 짐승 같은 짓을 하리라고는 생각지도 못했습니다."

그러고는 여포의 손을 잡고 이렇게 말했다.

"이럴 것이 아니라 저의 집에 가서 이야기를 나누시지요."

여포가 왕윤을 따라 그의 집에 이르니 왕윤이 밀실로 들어가 술을 대접했다. 여포는 다시 봉의정에서 겪었던 일을 자세히 설명했다. 왕윤이 입을 열었다.

"태사가 내 딸을 음행하고 장군의 아내를 빼앗았다니 이는 참으로 천하가 비웃을 일입니다. 이는 세상 사람들이 태사를 비웃는 것이 아니라 나와 장군을 비웃는 것입니다. 나야 이미 늙고 무능한 사람이어서 말할 것이 없지만 장군이야 세상을 뒤집을 영웅이신데 이토록 모욕을 겪으시다니 참으로 안타깝습니다."

여포의 분노가 하늘을 찌를 듯하여 탁상을 치며 고래고래 소리를 지르자 왕윤이 말했다.

"제가 말을 실수했습니다. 장군께서는 노여움을 푸시지요."

"아닙니다. 하늘에 맹세코 그 늙은 도적을 죽여 이 치욕을 씻을까 합니다."

왕윤이 급히 그의 입을 막으며 말했다.

"장군은 그런 말씀 하지 마세요. 이 늙은이마저 다칠까 두렵습니다."

"대장부가 하늘과 땅 사이에 살면서 어찌 남의 밑에서 눌려만 살겠습니까?"

"장군의 재주로써 태사의 밑에서 억눌리며 산다는 것은 참으로 잘못된 일입니다."

"내가 그 늙은이를 죽이고자 하나 부자의 정리가 있어 후세 사람들이 이러니저러니 말할까 두렵습니다."

왕윤이 웃으며 말했다.

"장군의 성은 여 씨요 태사의 성은 동씨이며 화극을 던져 죽이려는 판에 부자의 정리라는 것이 어디 있겠습니까?"

여포가 분노하며 말했다.

"왕 사도의 말씀이 없었더라면 제가 잘못을 저지를 뻔했습니다."

여포의 결심이 굳어진 것을 본 왕윤이 말을 거들었다.

"장군께서 만약 한나라를 붙잡아 일으키신다면 충신이 되어 청사에 그 이름을 남기고 백세에 그 향기를 전할 것이지만 만약 동탁을 도우신다면 역신이 되어 역사가 그 더러운 이름을 만대에 전할 것입니다."

여포가 자리에서 일어나 왕윤에게 절하며 말했다.

"저의 마음은 이미 결정되었으니 사도께서는 의심하지 마소서."

"혹시라도 일이 성공하지 못하여 큰 재앙을 부를까 두려울 뿐입니다."

여포가 칼을 빼 팔죽지를 베어 피를 흘리며 맹세했다. 왕윤이 무릎을 꿇고 사례했다.

"한나라의 사직이 끊어지지 않음은 모두가 장군이 베푸신 음덕 때문입니다. 절대로 말이 새지 않게 하시고, 때가 되어 계책이 서면 모름지기 알려드리오리다."

여포가 흔쾌히 응낙하고 떠났다. 왕윤은 곧 복야(僕射)2) 사손서(士孫瑞)와 사예교위(司隸校尉) 황완(黃琬)을 불러 상의했다. 사손서가 먼저 계책을 내놓았다.

"이제 바야흐로 황제께서 병에서 회복되셨으니 유능한 세객(說客)을 뽑아 미오의 동탁에게 보내어 상의할 일이 있다 초청하고, 달리 천자로부터 밀조(密詔)를 받아 여포에게 내려 대궐 문 안에 병사를 매복시켰다가 동탁이 들어올 때 죽이는 것이 가장 훌륭한 계책이라 생각합니다."

황완이 물었다.

"그렇다면 누구를 보내는 것이 좋을까요?"

사손서가 말했다.

"여포와 고향이 같은 기도위(騎都尉)3) 이숙(李肅)이 좋겠습니다. 그는 동탁이 벼슬을 높여주지 않아 원망하는 마음이 깊습니다. 이 사람이 간다면 동탁이 의심하지 않을 것입니다."

왕윤이 대답했다.

"그게 좋겠군요."

그들은 여포를 불러 상의했다. 여포가 말했다.

"지난날 내가 정원(丁原)을 죽이게 만든 사람도 바로 이숙입니다. 만약 오늘 그가 가지 않는다면 내가 그를 먼저 죽일 것이오."

사람을 은밀하게 보내어 이숙을 부르니 그가 왔다. 여포가 먼저 입을

---

2) 복야(僕射) : 복야는 시중(侍中) 등 몇 분야의 수장인데 군주의 곁에서 시중을 드는 자리라 위세가 높았다.
3) 기도위(騎都尉) : 천자의 경호부대 요원임

열었다.

"지난날 내가 그대의 말을 믿고 정원을 죽인 뒤 동탁에게 몸을 맡겼으나 이제 그가 위로는 천자를 속이고 아래로는 백성을 학대하니 그 죄가 넘쳐 하늘과 사람 모두 분노하고 있소. 그대가 천자의 밀조를 들고 미오로 가 동탁에게 전달하여 그를 불러들이면 복병이 그를 죽일 것이니 이로써 한실을 일으켜 함께 충신이 되고자 하는데, 그대의 생각은 어떠시오?"

이숙이 대답했다.

"나도 또한 이 역적을 없애고자 생각한 지 오래이나 동지가 없어 한탄하고 있던 터입니다. 이제 장군께서 그리하신다면 이는 하늘이 주신 기회인데 제가 어찌 다른 마음을 품겠습니까?"

말을 마치자 그는 화살을 꺾어 맹세했다. 왕윤이 말했다.

"그대가 만약 이 일을 해낼 수 있다면 어찌 높은 벼슬에 이르지 못함을 걱정하겠소?"

이튿날 이숙이 여남은 명의 기병을 이끌고 미오에 도착했다. 사람이 천자의 조칙이 왔음을 알리자 동탁이 그들을 불러들였다. 이숙이 인사를 드리자 동탁이 말했다.

"천자께서 무슨 일로 조칙을 내리셨는고?"

"천자의 병환이 쾌차하시자 미앙전(未央殿)에 문무 관료들을 부르시어 장차 태사께 천자의 자리를 물려주는 문제를 상의할까 하여 조칙을 내렸습니다."

"왕윤의 뜻은 어떠한고?"

"왕 사도께서는 이미 수선대(受禪臺)4)를 짓도록 하고 태사께서 오시기

---

4) 수선대(受禪臺): "황제의 자리를 물려주고자 만든 누각"이라는 뜻임.

만을 기다리고 있습니다."

동탁이 크게 기뻐하며 말했다.

"어젯밤 꿈에 용이 나를 칭칭 감더니 오늘 이런 좋은 소식을 듣게 되는군. 이 기회를 놓쳐서야 되겠나."

이어서 동탁은 심복인 이각·곽사·장제(張濟)·번조(樊稠) 등 네 장수에게 비웅군(飛熊軍) 삼천 명을 거느리고 미오를 지키도록 하고 자신은 그날로 장안으로 향하며 이숙에게 말했다.

"내가 천자에 오르면 그대는 집금오(執金吾)5)를 시켜주마."

이숙이 절하고 사례하며 스스로를 "신하"라 불렀다.

동탁이 경사로 올라가며 어머니에게 인사를 드리러 갔다. 연세가 아흔이 넘었다.

"아들은 어디를 가느냐?"

"한나라 천자의 자리에 오르러 갑니다. 어머니께서는 머지않아 태후가 되십니다."

"내가 요즘 몸과 마음이 떨리는데 나쁜 징조나 아닌가 걱정스럽다."

"앞으로 국모가 되실 분인데 어찌 몸과 마음이 떨리지 않겠습니까?"

길을 떠나며 동탁은 초선을 만났다.

"내가 천자가 되면 너는 마땅히 귀비가 되리라."

초선은 이미 일이 어찌 되어가는지를 잘 알면서도 짐짓 기뻐하며 사례했다. 동탁이 미오를 떠나 수레에 오르니 부하들은 앞을 막고 뒤를 옹위하며 장안을 바라보고 떠났다. 일행이 삼십 리를 채 가지 못했는데 홀연히 수레의 바퀴 축이 부러져 동탁은 말로 바꿔 타고 나아갔다. 다시 십 리

---

5) 집금오(執金吾) : 황제의 근위대장으로서 녹봉은 이천 석이었다.

를 채 못 가 이번에는 말이 소리치며 고삐를 끊었다. 동탁이 이숙에게 물었다.

"수레 바퀴가 부러지고 말이 고삐를 끊으니 이것이 무슨 징조인고?"

"태사께서 한나라의 천자에 오르시어 옛것을 버리고 새것으로 바꾸니 장차 수레는 옥련(玉輦)[6]이 되고 안장은 금으로 만든 것을 타리라는 뜻입니다."

동탁은 기뻐하며 그 말을 믿었다.

다음날 동탁의 일행이 길을 가는데 문득 광풍이 불고 안개가 자욱하자 동탁이 이숙에게 물었다.

"이것은 무슨 징조인고?"

"태사께서 천자에 오르시게 되니 붉은빛과 자줏빛 안개가 비춰 천자의 위용을 드러내려 함입니다."

동탁이 또한 기뻐하며 더 의심하지 않았다. 장안의 성밖에 이르자 백관이 나와 마중했다. 다만 이유는 몸이 아파 집에 있느라고 마중에 나오지 못했다. 동탁이 태사부로 올라가는데 여포가 나타나 축하의 인사를 드렸다. 동탁이 말했다.

"내가 천자[7]에 오르면 네가 마땅히 천하의 병마를 총괄하리라."

여포가 절하고 사례한 다음 장막 앞에서 잤다. 그날 밤 여남은 명의 아이들이 교외에서 노래를 부르는데 그 소리가 장막 안에까지 들려왔다. 가사의 내용은 이러했다.

---

6) 옥련(玉輦) : 연(輦)은 천자가 타는 수레를 겸한 가마를 뜻함.
7) 본문에는 구오(九五)라고 되어 있다. 『주역』의 괘(卦)에서 구오는 임금을 뜻한다.

천리의 풀이 언제까지 푸르리오.
열흘을 넘지 못하리로다.
千里草何靑靑 十日上不得生[8]

노래가 비감하여 동탁이 이숙에게 물었다.
"저 노래는 길조냐 흉조냐?"
"저 노래 또한 유 씨의 한실이 망하고 동 씨의 황실이 일어난다는 뜻입니다."
다음날 새벽 동탁이 병사들을 이끌고 조정으로 들어가는데 문득 한 도인이 푸른 도포에 흰 두건을 쓰고 손에는 긴 장대를 들었는데 장대에는 한 길 길이의 천이 걸려 있고 그 위에는 입 구(口) 자 두 개가 쓰여 있다.[9] 동탁이 다시 이숙에게 물었다.
"저 도인이 들고 있는 깃발이 무슨 뜻인고?"
"미친 녀석입니다."
이숙은 장사들을 시켜 도사를 몰아냈다. 동탁이 조정으로 향하여 가니 백관들이 조복을 입고 길에서 마중했다. 이숙은 손에 보검을 들고 수레를 몰며 앞으로 나아갔다. 북쪽의 액문(掖門)[10]에 이르자 병사들은 모두 문밖에 남고 다만 수레꾼 스무남은 명만이 함께 들어갔다. 동탁이 바라보니 왕윤의 무리가 칼을 들고 전각 앞에 서 있다. 동탁이 놀라 이숙에게

---

[8] 천리초(千里草)는 동(董)을 풀어 쓴 것이요 십일상(十日上)은 탁(卓)을 풀어 쓴 것이니 동탁이 죽는다는 뜻이었다.
[9] 口 자(字)가 두 개 쓰여 있다 함은 여(呂)를 가리키는 것이니 이는 곧 여포를 조심하라는 뜻이었다.
[10] 액문(掖門) : 대궐에 들어가는 길에는 천자만이 드나들 수 있는 중문이 있고 좌우에 신하들이 드나드는 문이 따로 있었는데 이를 액문이라 했다.

물었다.

"저 사람들이 왜 칼을 들고 있느냐?"

이숙은 대답도 없이 곧바로 수레를 몰고 안으로 들어갔다. 왕윤이 큰 소리로 외쳤다.

"역적이 여기에 왔는데 무사들은 어디에 있는가?"

양쪽에서 백 명의 무사들이 나타나 창으로 동탁을 찔렀으나 속에 갑옷을 받쳐 입었기 때문에 창이 들어가지 않았다. 가슴에 상처를 입은 동탁은 수레에서 떨어지며 크게 소리쳤다.

"내 아들 봉선은 어디에 있느냐?"

여포가 수레 뒤에서 나오며 소리쳤다.

"조칙을 받들어 역적을 토벌하노라."

여포가 곧 화극으로 동탁의 목을 찌르니 이숙이 목을 베었다. 여포가 왼손에는 화극을 들고 오른손에는 조칙을 든 채 소리쳤다.

"조칙을 받들어 역적 동탁을 토벌하되 다른 사람에게는 죄를 묻지 않겠노라."

장수와 관료들이 함께 만세를 불렀다. 뒷날 한 시인이 동탁의 말로를 이렇게 읊었다.

제후가 때를 만나면 제왕이 되고
이루지 못해도 부자는 되는데
누가 알았으랴, 하늘의 뜻에는 사사로움이 없는 것을
미오성은 쌓자마자 이미 무너졌구나.
伯業成時爲帝王 不成且作富家郎
誰知天意無私曲 郿塢方成已滅亡[11]

여포가 전각을 내려오며 소리쳤다.

"동탁을 도와 백성을 학대한 놈은 이유이다. 누가 그를 잡아오겠소?"

이숙이 스스로 나섰다. 그때 대궐 문밖에서 소란스러운 소리가 들려 바라보니 이미 이유의 가노들이 그를 잡아 묶어 들어오고 있다는 전갈이 들어왔다. 왕윤은 그를 저자로 끌어내어 죽이게 하고, 동탁의 시체를 저자에 내걸게 했다. 동탁의 몸에는 기름이 많아 병사들이 그의 배꼽에 심지를 박아 불을 붙였더니 기름이 땅에 흥건히 흘러내렸다. 백성이 지나가면서 손으로 그의 머리를 쥐어박거나 발로 그 몸을 걷어찼다. 왕윤은 여포와 황보숭(皇甫崇)과 이숙에게 오만 병력을 이끌고 미오성으로 가 동탁의 가산을 몰수하라고 지시했다.

그 무렵 이각과 곽사와 장제와 번조는 동탁이 이미 죽었다는 말과 함께 여포가 쳐들어오고 있다는 말을 듣고 밤을 틈타 웅비군을 이끌고 양주(涼州)로 달아났다. 미오에 이른 여포는 초선부터 먼저 만나보았다. 황보숭은 미오성에 갇혀 있는 양가의 자녀들을 모두 풀어주고 동탁의 친족들은 늙고 어림을 가리지 않고 모두 죽였다. 동탁의 어머니도 이때 죽었다. 동탁의 아우 동민(董旻)과 조카 동황(董璜)도 모두 목이 잘렸다.

미오성에 수장된 황금이 몇 십만 냥이요, 백금이 몇 백만 냥이며, 비단과 보물과 그릇과 양곡은 헤아릴 수가 없었다. 왕윤에게 이를 보고하자 왕윤은 군사들을 배불리 먹이고 도당(都堂)[12]에 잔치를 열고 백관을 불러 술을 마시며 축하했다. 음식을 나누는데 문득 어떤 사람이 들어와 아

---

11) 이 시는 판본마다 조금 다르다. 이탁오의 판본에는 첫 구절이 패업(霸業)으로 되어 있고, 모종강의 판본에는 백업(伯業)으로 되어 있다. 여기에서는 모종강의 판본을 따랐다.
12) 도당(都堂) : 그 시대의 최고 정무소로서 황제의 보좌 기관이었음.

린다.

"동탁의 시체를 저자에 널어놓았는데 홀연히 어떤 사람이 나타나 시체 앞에 엎드려 통곡하고 있습니다."

왕윤이 대로하여 소리쳤다.

"동탁이 죄를 짓고 처형되었으니 관리이든 백성이든 이를 축하하지 않는 사람이 없는데 누가 감히 그 앞에서 홀로 통곡한다는 말인가?"

곁에 있던 병사가 아뢰었다.

"제가 가서 잡아 오리다."

그가 나는 듯이 달려가 그 사람을 잡아 왔는데 백관이 그를 보고 놀라지 않는 사람이 없었다. 그 사람은 다름이 아니라 시중 채옹(蔡邕)이었다. 왕윤이 그를 꾸짖었다.

"동탁은 역적으로 오늘 죽었으니 나라의 다행이오. 그대는 한실의 신하로서 나라의 경사를 축하하지 않고 오히려 역적을 위해 통곡하고 있으니 어인 일이오?"

채옹이 엎드려 죄를 아뢰며 대답했다.

"제가 비록 재주가 없지만 대의가 무엇인지 아는데 어찌 나라에 등을 돌리고 동탁을 따르겠습니까? 다만 한때의 지우(知遇)로서의 느낌이 있었던지라 미처 생각 없이 울었습니다. 제가 스스로의 지은 죄를 잘 아오나 바라건대 사도께서는 깊이 생각하소서. 제가 비록 이마에 먹물로 죄를 쓰고[黥首] 발뒤꿈치를 잘리는 형[刖足]을 받을지라도 한(漢)나라의 역사13)를 쓰는 일을 잇게 하여 그 죄를 속죄할 수 있다면 저로서는 다행

---

13) 한나라는 전한(前漢, 기원전 206년-기원 8)과 후한(後漢, 기원 25년-220)으로 나뉜다. 중간에 왕망의 난으로 잠시 왕조가 중단되었으나 왕실은 전한의 수도 장안으로부터 낙양으로 천도하여 광무제로부터 후한이 시작되었다. 장안이 동쪽에 있

일까 합니다."

 백관들은 채옹의 재주를 아까워하여 모두 그를 구출하고자 했다. 태부(太傅) 마일제(馬日磾)가 은밀하게 왕윤에게 말했다.

 "백개(伯喈 : 채옹의 자)는 세상에 널리 알려진 준재(俊才)이오니 만약 한나라의 역사를 쓰게 한다면 성심껏 일할 것입니다. 그는 또한 효자이온데 그를 죽이면 인망을 잃을까 두렵습니다."

 그 말에 왕윤이 이렇게 대답했다.

 "지난날 효무제(孝武帝)께서 사마천(司馬遷)을 죽이지 않고 역사를 쓰게 하였더니[14] 황제를 비방하는 글을 써 세상에 퍼트렸습니다. 지금 국운이 쇠약하고 조정마저 어지러운데 망령된 신하에게 어린 천자 곁에서 역사를 쓰도록 하면 우리가 후세에 비난을 들을 것입니다."

 마일제가 더 이상 말을 하지 못하고 물러나 백관들에게 사사롭게 말했다.

 "왕윤에게는 자식이 없나요? 훌륭한 인물은 나라의 벼리[綱]요, 역사를 쓰는 것은 나라의 법도를 세우는 것이오. [善人國之紀也 制作國之典也][15] 나라에 기강이 끊어지고 법도가 무너지면 어찌 나라가 오래 지탱할 수 있겠소?"

었기 때문에 전한을 동한이라 부르고 낙양이 서쪽에 있었기 때문에 후한을 서한이라 부른다. 전한의 역사는 반표(班彪)와 그의 딸인 반소(班昭)와 아들인 반고(班固)·반초(班超) 형제의 손으로 쓰였지만 후한의 역사는 그때까지만 해도 기록되어 있지 않았었다.

14) 사마천(司馬遷, 기원전 145년-90)은 한무제 시대의 사관이었다. 그의 친구 이릉(李陵)이 흉노와 싸우다가 투항하는 사건이 벌어지자 사마천은 그를 두둔했다는 이유로 사형과 벌금(50만 냥)과 궁형(宮刑) 가운데 선택형을 받았으나 역사를 써야 한다는 아버지의 유지를 받들어 궁형을 택하여 살아남아 『사기』를 남겨 서양의 헤로도토스(Herodotus)와 함께 "역사학의 아버지"라는 칭호를 들었다.

15) 『후한서』 「채옹열전(蔡邕列傳)(下)에 나옴.

왕윤은 끝내 마일제의 말을 듣지 않고 채옹을 감옥에 가둔 뒤 목매어 죽였다. 그때 사대부들이 그 말을 듣고 모두 눈물을 흘렸다. 후세의 사람들은 채옹이 동탁의 시체를 잡고 통곡한 것은 잘못이지만 왕윤이 그를 죽인 것도 또한 잘못이라고 논박했다. 한 시인이 채옹의 죽음을 이렇게 읊었다.

> 동탁이 정권을 휘둘러 불의함을 저질렀거늘
> 시중의 몸으로 어찌 그를 섬겨 끝내 몸을 망쳤는가.
> 그 무렵 융중에는 제갈량이 초려(草廬)에 누워 있었는데
> 어찌 [때를 기다리지 못하고] 경솔하게 역적을 섬겼던가?
> 董卓專權肆不仁 侍中何自竟亡身
> 當時諸葛隆中臥 安肯輕身事亂臣

그 무렵 이각과 곽사와 장제와 번조는 섬서(陝西)로 도주해 있으면서 장안에 사람을 보내어 사면을 바라는 표문(表文)을 올렸다. 이를 본 왕윤이 말했다.

"동탁이 발호한 것은 모두 이 네 놈이 도와준 탓이었다. 지금 비록 천하에 대사령(大赦令)을 내린다 해도 이 네 놈은 사면할 수 없다."

심부름 온 사람이 돌아가 이각에게 말하니 그가 이렇게 말했다.

"사면을 요청했는데도 들어주지 않는다면 각자 도주하여 살길을 찾을 수밖에 없구려."

그 말을 들은 모사 가후가 말했다.

"여러분이 병사를 버리고 도망하다가는 일개 이장[亭長]의 포로를 면하기 어려울 것입니다. 그런즉 섬서의 사람과 병마를 모아 장안으로 쳐

들어가 동탁의 원수를 갚느니만 못할 것이오. 일이 성사되면 조정을 받들어 천하를 바로잡고 설령 이기지 못한다면 그때 도망하여도 늦지 않을 것이오."

이각의 무리가 그의 말을 옳게 여겨 서량 사람들에게 거짓말을 퍼트렸다.

"왕윤이 장차 이곳 사람들을 모두 쓸어버리려 한다."

모든 사람이 놀라자 그가 거듭 말했다.

"헛되이 죽느니보다는 우리와 함께 반란을 일으키지 않겠소?"

많은 사람이 그의 말을 따랐다. 곧 병사 십만 명이 모이자 그들은 네 길로 나누어 장안으로 짓쳐들어갔다. 가는 길에 동탁의 사위인 중랑장 우보(牛輔)를 만났다. 그가 병사 오천 명을 거느리고 함께 장인의 원수를 갚고자 하니 이각은 그들의 병사를 받아들여 선봉을 삼았다. 네 사람은 길을 이어 출진했다. 서량의 병사들이 쳐들어온다는 말을 들은 왕윤은 여포와 일을 상의하였다. 여포가 여전히 장담했다.

"사도께서는 걱정을 하지 마소서. 쥐새끼 같은 무리인데 더 말할 게 있겠습니까?"

그리고 그는 이숙과 함께 적군을 맞으러 나갔다. 이숙이 앞장서서 가다가 우보를 만나자 크게 무찔렀다. 우보가 병력을 잃고 더 이상 감당할 수 없어 달아났다. 그러다가 이경이 되자 아무도 예상하지 못하게 우보는 이숙이 전투에 이기고 방심한 틈을 타 갑작스럽게 습격했다. 이숙의 군대가 어지럽게 도주하여 삼십 리 남짓 지나서 보니 군사의 절반을 잃고 여포를 찾아갔다. 여포가 대로하며 말했다.

"어찌하여 그대는 나의 예기(銳氣)를 꺾는단 말이오."

그는 이숙의 목을 베어 군문에 내걸었다.

다음날 여포는 병사를 이끌고 나가 우보와 마주섰다. 우보가 어찌 여포를 감당할 수 있으랴. 그는 대패하여 돌아가 그날 밤 심복인 호적아(胡赤兒)와 상의했다.

"여포는 용맹한 장수라 만 명으로도 대적할 수가 없소. 그럴 바에는 차라리 이각의 무리를 속이고 보물을 싸 가지고 우리 서너 명이 달아나느니만 못할 것이오."

호적아도 이에 동의했다. 그날 밤 그들은 보석을 싸 짊어지고 서너 명이 몰래 영채를 벗어나 도망했다. 그들이 강을 건너려 할 즈음 호적아가 몰래 보석을 챙기고 우보를 죽인 다음 그의 머리를 들고 여포를 찾아갔다. 여포가 영문을 물으니 종자가 나서서 고백했다.

"호적아가 우보를 속여 죽인 다음 그의 보석을 빼앗은 것입니다."

분노한 여포는 당장 호적아를 죽이고 군대를 몰아 앞으로 나아갔다. 곧 이각의 병마가 나타났다. 여포는 다른 부대가 오는 것을 기다리지도 않고 화극을 비껴 든 채 말을 몰아 곧바로 적진을 향하여 돌진했다. 이각의 군대는 감당하지 못하고 오십 리를 달아나 산에 영채를 세운 다음 곽사와 장제와 번조를 불러 앞일을 상의했다.

"여포가 용맹하기는 하지만 또한 무모하여 생각이 부족합니다. 나는 병사를 이끌고 계곡에 숨어 있으면서 매일 그의 공격을 유인할 터이니 곽장군께서는 병사를 이끌고 그 배후를 가끔 공격하여 팽월(彭越)이 초나라의 군대를 괴롭힌 방법16)에 따라 징을 치면 병사들이 공격하고 북을 치면 병사들이 퇴각하는 방법을 씁시다. 장 장군과 번 장군은 두 길로 군

---

16) 팽월(彭越)은 초나라와 한나라가 쟁패할 때 유방의 편에 서서 항우의 보급로를 유격전으로 공격하여 전공을 세웠으나 유방의 비(妃)인 여후(呂后)의 모략에 걸려 죽임을 당했다. 『사기』「위표팽월(魏豹彭越)열전」

사를 나누어 곧바로 장안을 공격하는데 여포 군사들의 선봉과 후미가 서로 돕지 못하도록 하면 반드시 우리가 크게 이길 것입니다."

무리가 그의 계책을 따랐다. 그때 여포가 병력을 이끌고 이각이 머무는 산 밑에 이르자 이각이 나가 전투를 유도했다. 여포가 분노하며 짓쳐들어오자 이각이 산으로 도주했다. 산 위에서 화살과 돌멩이가 비 오듯이 쏟아지니 여포는 더 앞으로 나아갈 수 없었다. 그때 홀연 곽사가 후미를 공격한다는 소식이 들려오자 여포는 서둘러 말 머리를 돌렸다. 그때 북소리가 크게 들리며 곽사가 병력을 물렸다. 여포가 그들을 쫓아가니 이번에는 징소리가 울리며 이각이 쳐들어왔다. 이각과 싸우기도 전에 다시 후미에서 곽사의 군대가 쳐들어왔다. 여포가 서둘러 그리로 가니 북소리가 들리며 적군이 물러나자 여포는 화가 치밀어 가슴이 터질 것만 같았다.

이러기를 며칠이 지나는데 여포는 싸우고 싶어도 싸울 수가 없어 분노가 하늘을 찌를 것 같았다. 그때 문득 척후병이 달려와 장제와 번조가 두 길로 병사를 나누어 장안을 공격한다고 보고했다. 도성이 위급해지자 여포가 서둘러 회군하려는데 이각과 곽사가 후미를 공격했다. 이제 여포는 더 이상 싸울 뜻이 없어 오로지 달아나기만 하다가 적지 않은 인마를 잃었다. 서둘러 장안성 아래에 이르니 적군이 구름처럼 몰려 성과 해자를 둘러싸고 있어 여포로서는 싸움이 불리했다. 여포의 잔혹함을 두려워한 병졸들이 대부분 적군에 항복하자 여포로서는 근심이 더욱 깊어졌다.

며칠이 지나 동탁의 잔당인 이몽(李夢)과 왕방(王方)이 성안에서 적군에 호응하여 성문을 열어주니 네 갈래의 병마가 한꺼번에 쳐들어왔다. 여포가 좌우로 공격하며 싸웠으나 적군을 감당하지 못하여 기병대를 이끌고 청쇄문(靑鎖門) 밖에 이르러 왕윤을 부르며 이렇게 말했다.

"형세가 위급합니다. 사도께서도 말에 오르시어 이곳을 탈출하여 달리 좋은 방책을 찾아봅시다."

그 말을 들은 왕윤이 이렇게 대답했다.

"만약 사직을 지키는 혼령들의 도움으로 국가를 안정시킬 수만 있다면 그것이 내가 바라는 바요, 그렇지 못하다면 나는 몸을 나라에 바쳐 죽을 뿐이오. 나라가 어려운데 굳이 살려는 것은 내가 할 짓이 아니라오. 나를 위해 관동의 제후에게 고마움을 알리고 국가를 위한다는 생각으로 힘써 주기 바랍니다."

여포가 거듭 권고했으나 왕윤은 따르지 않았다. 곧이어 성문에서 불길이 일어나 하늘을 찌르자 여포는 가솔마저 버린 채 백 명 남짓의 기병을 거느리고 원술을 찾아갔다. 이각과 곽사는 병사들을 시켜 도시를 약탈했다. 태상경(太常卿)[17] 종불(種拂), 태복(太僕)[18] 노규(魯馗), 대홍려(大鴻臚)[19] 주환(周奐), 성문교위(城門校尉)[20] 최열(崔烈), 월기교위(越旗校尉)[21] 왕기(王頎)가 모두 이 난리에 죽었다. 역적들이 내전을 서둘러 둘러싸자 시신(侍臣)들이 천자에게 선평문(宣平門)에 올라 반란을 멈추도록 말씀하시라고 요청했다. 이각의 무리가 바라보니 천자의 누런 일산[黃蓋]이 보이자 병사들을 진정시킨 다음 만세를 불렀다. 헌제가 문루에 기대어 물었다.

"경들은 주청을 올린 바도 없이 장안으로 들어왔으니 무엇을 바라는 것이오?"

---

17) 태상경(太常卿) : 나라의 제사를 맡은 직책임.
18) 태복(太僕) : 왕실의 말과 수레를 맡은 직책임.
19) 대홍려(大鴻臚) : 제후와 귀순한 사람들을 맡은 직책임.
20) 성문교위(城門校尉) : 황궁의 성문을 맡은 직책임.
21) 월기교위(越旗校尉) : 황궁의 경비를 맡은 직책임.

이각과 곽사가 얼굴을 들고 아뢰었다.

"동 태사는 폐하의 사직을 지킨 신하이온데 아무런 까닭도 없이 왕윤의 음모로 죽었으니 저희는 다만 그의 원수를 갚고자 할 뿐이지 반란을 일으킬 뜻은 없습니다. 왕윤만 넘겨주시면 저희는 떠나겠나이다."

황제의 곁에 있던 왕윤이 그 말을 듣고 천자에게 아뢰었다.

"신은 본디 사직만을 생각했을 뿐입니다. 일이 여기에 이르렀으니 폐하께서는 저를 걱정하심으로써 나라를 어렵게 만들지 마옵소서. 저는 내려가 저 두 역적을 만나겠나이다."

황제는 이리저리 왔다 갔다 하며 어쩔 줄을 몰라 했다. 그때 왕윤이 선평문의 누각에서 밑으로 뛰어내리며 크게 소리쳤다.

"여기에 왕윤이 내려간다."

이각과 곽사가 칼을 빼 들고 꾸짖었다.

"동 태사에게 무슨 죄가 있었기에 죽였더냐?"

"동탁이 지은 죄는 하늘과 땅에 가득하여 이루 말할 수 없다. 그가 죽던 날 장안의 모든 백성이 서로 축하하였는데 어찌 너희만이 그것을 못 들었느냐?"

"태사에게는 죄가 있다 하더라도 우리에게는 무슨 죄가 있기에 사면하지 않았더냐?"

"역적들이 어찌 그리 말이 많으냐? 나 왕윤에게는 오늘 죽음만이 있을 뿐이다."

이각과 곽사가 칼을 빼 들어 누각 아래에서 왕윤을 죽였다. 사관이 시를 지어 왕윤의 죽음을 한탄했다.

왕윤이 운기(運氣)를 읽어내니

간신 동탁의 운명도 끝이로구나.
마음에는 나라를 평안케 하고자 원한을 품고
미간에는 천자에 대한 근심이 담겨 있네.
영웅의 기개는 은하수에 닿아 있고
충심은 북두칠성에 꽂혔는데
아직도 그의 혼백은
봉황루를 떠도네.
王允運氣籌 奸臣董卓休
心懷安國恨 眉鎖廟堂憂
英氣連霄漢 忠心貫斗牛
至今魂與魄 猶遶鳳凰樓

왕윤을 죽인 역적들은 다시 사람을 보내어 나이를 가리지 않고 그의 문족들을 모두 죽이니 온 백성 가운데 울지 않는 사람이 없었다. 이때 이각과 곽사는 깊이 생각한 끝에 이런 말을 했다.

"일이 이미 여기까지 왔는데 천자를 죽여 대사를 도모하지 않고 다시 어느 때를 기다릴 셈인가?"

그들은 칼을 빼 들고 큰 소리를 지르며 내전으로 들어갔다. 어느 시인이 이런 글을 남겼다.

큰 도적이 죽어 나라가 평안할까 했더니
졸개들이 설쳐 다시 재앙이 오는구나.
巨魁伏罪災方息 從賊縱橫禍又來

헌제의 목숨은 어찌 되려나?

제10회

천리의 순환에는 갚지 않음이 없구나

마등(馬騰)은 왕실을 도와
의병을 일으키고
조조는 아버지의 원수를 갚으러
군사를 일으키다.

그 무렵 역적 이각과 곽사는 황제를 죽일 음모를 꾸미고 있었다. 장제와 번조가 충고했다.

"그 계획은 옳지 않습니다. 오늘 황제를 죽인다 할지라도 백성이 따르지 않을까 두려우니 차라리 옛날처럼 황제로 두었다가 제후를 속여 불러들인 다음 먼저 황제의 날개 노릇을 하는 무리를 제거한 뒤에 그를 죽인다면 쉽게 천하를 도모할 수 있을 것이오."

이각과 곽사 두 역적은 그들의 말에 따라 잠시 무기를 거두었다. 천자가 누상에서 내려다보며 물었다.

"왕윤이 이미 죽었는데 어찌하여 병사들이 물러가지 않는고?"

이각과 곽사가 대답했다.

"저희가 조정에 공로를 이루었으나 아직 벼슬과 땅[封侯]을 받지 못했기 때문에 물러날 수가 없습니다."

"그렇다면 경(卿)들은 어떤 벼슬을 바라는고?"

이각과 곽사와 장제와 번조가 각기 자신이 바라는 봉작을 써 내며 강요하니 황제는 그 요구를 모두 들어주었다. 그들에게 내린 벼슬을 보면, 이각을 거기장군(車騎將軍) 지양후(池陽侯)에 봉하여 사예교위의 직책과 절월(節鉞)¹⁾을 주었으며, 곽사를 후장군(後將軍) 미양후(美陽侯)에 임명하여²⁾ 절월을 주고 정사를 처리하게 했으며, 번조를 우장군(右將軍) 만년후(萬年侯)에 봉하고, 장제를 표기장군(驃騎將軍) 평양후(平陽侯)에 봉하여 홍농(弘農)의 주둔 병력을 맡게 했다.³⁾ 그 밖에 이몽과 왕방을 각기 교위에 임명하니 그들은 황은에 감사하며 병력을 이끌고 황성을 나갔다.

그들은 또한 부하들을 시켜 동탁의 시신을 찾게 하였더니 겨우 뼈와 살점 몇 점을 찾았다. 그들은 향나무로 시신을 만들어 관에 넣고 크게 제사를 드렸는데, 수의와 관은 왕의 것을 쓰고 길일을 잡아 미오로 운구하여 묻었다. 장사를 지내는 날에 하늘에서 우레와 큰비가 쏟아져 평지에도 물이 몇 자나 고이고, 벼락이 쳐 관을 깨트려 시체가 밖으로 튀어나왔.

이각은 날씨가 맑기를 기다려 다시 장사하려 했으나 그날도 또한 번개가 치고 셋째 날에도 장사를 치를 수가 없었다. 찢어진 살과 뼈마저도 벼락을 맞아 모두 사라졌다. 하늘이 동탁을 미워함이 이와 같았다.

---

1) 절월(節鉞) : 절(節)은 길이가 8자[尺]인 깃발로서, 지휘권이라는 뜻이고, 월(鉞)은 본디 부월(斧鉞)이라 하여 도끼를 뜻하는 것으로서 생살여탈권을 뜻하는데 고대에는 동서양을 가리지 않고 이런 상징이 늘 있었다. 서양에서는 이를 속간(束杆, fasces)이라 하여 집정관이 들고 다녔다. 제5회 각주 2 참조.
2) 이 부분에 대하여는 판본마다 조금씩 다르다. 로버츠(Moss Roberts)는 곽사가 미양후(美陽侯)에 봉해졌다고 기록했으나 이탁오와 모종강 판본에는 그런 구절이 없다.
3) 위의 글에서 지양후니 만년후니 평양후니 하는 것은 그곳의 제후가 되어 지세(地稅)를 받게 했다는 뜻이다.

이 무렵 이각과 곽사는 대권을 장악하고 백성을 잔학하게 다스렸으며 천자의 주변에 심복을 보내어 그 동정을 살피게 하니 이때 헌제의 삶이 가시방석에 앉은 것처럼 불편했다. 조정 관원들의 지위가 올라가고 내려감이 모두 이 두 역적의 손에 달려 있었다. 그들은 인망을 얻고자 특별히 주준(朱雋)을 불러 태복(太僕)으로 삼아 정사를 맡겼다.

그러던 어느 날 서량태수 마등(馬騰)이 병주(幷州)자사 한수(韓遂)와 함께 십만 명의 병력을 이끌고 장안으로 짓쳐들어오며 역적의 토벌을 외치고 있다는 보고가 들어왔다.

그에 앞서 마등과 한수는 사람을 장안으로 들여보내어 시중 마우(馬宇), 간의대부 종소(種邵), 좌중랑장 유범(劉範)과 내통하여 함께 역적을 무찌르기로 약속한 바 있었다. 그 세 사람은 은밀하게 천자께 글을 올려 마등을 정서장군(征西將軍)으로 삼고 한수를 진서장군(鎭西將軍)으로 삼아 각기 비밀스럽게 조서를 내려 역적의 토벌에 힘쓰도록 했다. 이때 이각과 곽사와 장제와 번조는 마등과 한수가 쳐들어온다는 소식을 듣고 함께 모여 대책을 논의하는데 가후가 먼저 입을 열었다.

"두 군사가 멀리서 왔으니 우리는 해자를 깊이 파고 성을 높여 굳게 지키는 것으로 항전해야 합니다. 그렇게 되면 백 일이 못 되어 저들은 군량이 떨어져 반드시 스스로 물러날 것이니 그때 추격하면 쉽게 사로잡을 수 있을 것입니다."

그러자 이몽과 왕방이 나서서 말했다.

"이는 좋은 계책이 아닙니다. 바라건대 우리에게 1만 명의 군사를 주시면 마등과 한수의 머리를 베어 휘하에 바치겠습니다."

가후가 말했다.

"지금 싸우면 반드시 질 것입니다."

이몽과 왕방이 말했다.

"만약 우리 두 사람이 지고 돌아오면 머리를 베시오. 그러나 우리가 이기고 돌아오면 그대가 목을 우리에게 바쳐야 할 것이오."

가후가 다시 이각과 곽사에게 말했다.

"장안의 서쪽 2백 리 떨어진 곳에 주질산(盩厔山)이 있는데 길이 험난하여 장제 장군과 번조 장군이 그곳에 진영을 치고 굳게 성을 지키며 이몽과 왕방이 병력을 이끌고 적군을 맞이하면 쉽게 이길 수 있을 것입니다."

이각과 곽사는 그 말에 따라 이몽과 왕방에게 병력 만오천 명을 주니 두 사람은 기뻐하며 달려가 장안으로부터 이백팔십 리 떨어진 곳에 진영을 쳤다. 서량의 병마가 이르자 두 사람이 나가 맞았다. 서량 군마도 길을 막고 진세를 펼쳤다. 마등과 한수가 고삐를 잡고 앞으로 나와 이몽과 왕방을 향하여 욕설을 퍼부으며 물었다.

"누가 나가 저 두 역적을 사로잡을꼬?"

말이 채 끝나지도 않았는데 한 소년 장군이 앞으로 나왔다. 바라보니 얼굴은 옥처럼 곱고 눈은 유성처럼 빛나며 몸은 호랑이 같고 팔은 원숭이처럼 길며 배는 표범처럼 날쌘하고 허리는 이리처럼 튼튼한데 손에 장창을 비껴 잡고 준마에 앉아 나는 듯이 앞으로 나왔다. 이가 곧 마등의 아들 마초(馬超)이니 자는 맹기(孟起)요 나이는 이제 열일곱 살로서 용맹함을 따를 사람이 없었다.

왕방이 바라보니 나이도 어린 녀석이라, 깔보며 말을 몰아 앞으로 나아갔다. 몇 번 겨루지도 않았는데 왕방은 마초의 칼을 맞고 말 아래로 떨어졌다. 마초가 말을 돌려 돌아왔다. 왕방이 죽는 것을 본 이몽이 말을 달려 그 뒤를 추격했다. 마초는 그가 뒤에서 오는 것을 알지 못하는 것 같았다. 그때 마등이 영채 앞에서 크게 소리쳤다.

"뒤에 적장이 따라오고 있다."

말이 끝나지도 않았는데 마초는 말 위에 앉은 이몽을 사로잡았다. 본디 마초는 이몽이 뒤에서 따라오는 것을 잘 알고 있으면서도 부러 말을 천천히 몰아 그가 가까이 와 창으로 찌르려 하자 번개처럼 몸을 돌리니 이몽이 허공을 찔렀다. 두 말이 마주한 채 싸우더니 마초가 원숭이 같은 긴 팔을 뻗어 그를 사로잡은 것이었다. 장군을 잃은 병사들이 바람 따라 달아나자 마등과 한수가 추격하며 많은 적군을 죽여 대승을 거두고 적진 입구까지 다가가 진영을 친 다음 이몽의 목을 자르게 했다.

이각과 곽사는 이몽과 왕방이 모두 마초의 손에 죽었다는 소식을 듣자 가후가 앞을 내다보는 지혜가 있음을 알고 그의 말을 믿게 되었다. 그들은 그제야 사태를 깨닫고 관문을 굳게 닫은 채 적군이 아무리 싸움을 걸어도 나가 싸우지 않으니 예상했던 바대로 서량의 군마는 두 달이 채 못 되어 군량과 말먹이가 떨어져 회군하는 문제를 상의했다.

일이 꼬이느라고 장안에서는 마우의 하인이 관청을 찾아가 자기 집 주인과 유범과 종소가 밖의 마등과 한수와 내통하고 있다고 고발했다. 이에 대로한 이각과 곽사는 마우·종소·유범 세 집안의 늙은이와 젊은이와 양인(良人)과 천민을 가리지 않고 모두 저자에 끌어내어 죽인 다음 세 사람의 목을 성문에 내걸도록 했다.

마등과 한수는 군량도 떨어지고 성안에서 도와주던 무리마저 처형되자 영채를 헐고 군사를 물릴 수밖에 없었다. 이각과 곽사는 장제에게 마등을 추격하게 하고 번조에게 한수를 추격하게 하니 서량의 부대가 크게 무너졌다. 마초는 후미에서 죽기로 싸워 장제를 물리쳤으나 번조는 한수를 추격하여 진창(陳倉)에 이르러 거의 따라잡았다. 그때 한수가 번조를 바라보며 물었다.

"그대는 나와 고향 사람인데 오늘은 어찌하여 그토록 무정한가?"

번조가 말을 멈추고 대답했다.

"윗전의 명령이니 따르지 않을 수 없네."

"내가 여기에 온 것도 나라를 바로잡고자 함이었는데 그대는 어찌 그리 심하게 나를 쫓는가?"

그 말을 들은 번조가 말을 돌려 본채로 돌아가 한수가 달아나게 내버려 두었다. 그러나 미처 생각하지 못한 일이 벌어졌다. 다름이 아니라 번조가 한수를 살려 보내는 모습을 본 이각의 조카 이별(李別)이 그 사실을 숙부에게 일러바쳤다. 이각이 분노하며 당장 군대를 끌고 가 번조를 죽이려 하자 가후가 말리며 말했다.

"지금 민심도 어수선한데 자주 군대를 일으키는 것은 매우 옳지 않습니다. 차라리 잔치를 열어 장제와 번조의 공로를 치하하는 자리에서 번조를 사로잡아 죽이는 것은 그리 어렵지 않습니다."

이각이 기뻐하며 잔치를 열어 장제와 번조를 초청했다. 두 장수가 기쁜 마음으로 잔치에 참석했다. 술이 반쯤 취하자 문득 이각이 낯빛을 바꾸며 말했다.

"번조는 어찌하여 한수와 내통해 모반하려 했는가?"

번조가 매우 놀라 대답을 할 겨를도 없이 무사들이 몰려나와 번조의 목을 쳐 상 밑으로 떨어트렸다. 겁에 질린 장제가 바닥에 엎드리자 이각이 그를 일으키며 말했다.

"번조는 모반한 죄로 죽은 것이오. 그대는 나의 심복이니 두려워하지 마시오."

장제는 번조의 병사까지 거느리고 홍농으로 돌아갔다. 이각과 곽사가 서량의 군사를 물리친 뒤 누구도 감히 그에 맞서지 못했다. 가후가 여러 차례에 걸쳐 백성을 어루만지고 어진 호걸들을 받아들이도록 권고하자 이때로부터 조정에는 조금 생기가 돌았다.

그때 예상치도 않게 청주에서 황건적이 일어났는데 무리가 십만 명이요 무리마다 두목이 달라 양민을 약탈했다. 그러자 주준이 도적을 무찌를 만한 인물이 있다며 추천했다. 이각과 곽사가 그 사람이 누구인가를 물으니 주준이 이렇게 대답했다.

"산동의 도적을 무찌르려면 조조가 아니고서는 어렵습니다."

"그가 지금 어디에 있소?"

"내가 알기로는 그가 동군태수로 있는데 많은 병력을 거느리고 있습니다. 만약 그에게 황건적의 토벌을 맡긴다면 지정한 날짜에 무찌를 수 있을 것입니다."

이각이 몹시 기뻐하며 그날 밤에 조서를 작성하여 사람을 시켜 동군으로 보내어 조조에게 제북(濟北)의 현령 포신(鮑信)과 함께 도적을 토벌하도록 했다. 조칙을 받은 조조는 포신을 만나 함께 군대를 일으켜 수양(壽陽)에서 도적을 무찔렀는데 포신은 너무 깊숙이 적진에 들어갔다가 전사했다. 조조가 적군을 추격하여 제북에 이르니 항복한 무리가 몇 만 명이었다.

조조가 항복한 무리를 선봉에 세우고 진격하니 그의 군대가 이르는 곳마다 항복하지 않는 무리가 없었다. 백 일 남짓 지나지 않아 항복한 자가 삼십만 명을 넘었고 남녀가 백만 명이 넘었다. 조조는 정예군을 뽑아 청주병(靑州兵)이라 부르고 그 나머지는 돌아가 농사를 짓게 했다. 이로써 조조의 위명(威名)이 날로 드높아졌다. 승전보가 장안에 이르자 조정에서는 그에게 진동장군(鎭東將軍)의 벼슬을 더했다.

조조가 연주에 머물며 어진 선비들을 불러 모으니 숙질 사이인 두 사람이 찾아왔는데 영주(潁州) 영음현(潁陰縣) 사람으로 이름은 순욱(荀彧)이요 자는 문약(文若)으로 순곤(荀昆)의 아들이었다. 그는 지난날 원소를 섬기다가 이제 그를 버리고 조조를 찾아온 것이다. 조조는 크게 기뻐하며 이렇게 말했다.

"그대는 나의 자방(子房)4)이로다."

조조는 그에게 행군사마(行軍司馬)의 자리를 주었다. 그 조카는 이름이 순유(荀攸)로서 자는 공달(公達)인데 이미 그 명성이 나라 안에 자자하여 일찍이 황문시랑(黃門侍郎)5)을 지냈으나 벼슬을 버리고 고향에 내려가 살다가 이번에 숙부와 함께 조조를 찾아온 것이다. 조조는 그에게 행군교수(行軍敎授)의 자리를 주었다. 순욱이 조조에게 이렇게 말했다.

"제가 알기로 연주에 현자(賢者) 한 분이 계신다던데 지금은 어디에 계신지 모르겠습니다."

"그 사람의 이름이 무엇이던가요?"

"동군(東郡)의 동아(東阿) 출신인데 이름은 정욱(程昱)이며 자를 중덕(仲德)이라 합니다."

"나도 그분의 이름을 들은 지 오래요."

조조가 사람을 그의 고향에 보내어 알아보았더니 산속에서 글을 읽고 있었다. 조조가 그를 초청하니 그가 찾아왔다. 조조는 크게 기뻐했다. 정욱이 순욱에게 이런 말을 했다.

---

4) 한고조 유방을 도와 한나라를 세운 장량(張良)을 뜻함.
5) 황문시랑(黃門侍郎) : 진(秦)나라 시대부터 있었던 관직의 이름임. 그 무렵 궁궐의 대문은 황금 색깔로 단청을 했기 때문에 황문시랑 또는 황문랑이라 함은 대궐 안에서 황제의 조명(詔命)을 전달하는 가장 측근의 권력자였다.

"저야 고루(孤陋)하고 아는 바가 없어 그대의 추천을 받을 만한 사람이 못 되지만 그대의 고향에 이름은 곽가(郭嘉)로서 자를 봉효(奉孝)라 하는 분이 사는데 어찌하여 이 시대에 현자인 그를 부르지 않았나요?"

순욱이 크게 깨달으며 말했다.

"제가 잠시 잊었습니다."

그들은 이 사실을 조조에게 알리고 곽가를 초빙했다. 그가 연주에 오자 그들은 함께 천하의 일을 상의했다. 곽가가 유엽(劉曄)을 천거했는데, 그는 광무제(光武帝)의 적손(嫡孫)이자 회남(淮南)의 성덕(成德) 사람으로서 자를 자양(子陽)이라 하였다. 조조가 초청하니 그가 곧 찾아왔다.

유엽이 또한 두 사람을 천거했는데, 하나는 산양(山陽)의 창읍(昌邑) 출신으로 이름은 만총(滿寵)으로 자를 백녕(伯寧)이라 하는 사람이었고, 다른 하나는 무성(武城) 출신으로 이름은 여건(呂虔)으로 자를 자각(子恪)이라 하는 사람이었다. 조조도 또한 그 두 사람의 명성을 평소 알고 있던 터라 그들을 불러 군중종사(軍中從事)로 삼았다.

만총과 여건이 다른 인물을 천거했는데 진류(陳留)의 평구(平邱) 출신으로 이름은 모개(毛玠)요 자를 효선(孝先)이라 했다. 조조가 그 또한 초빙하여 종사로 삼았다. 그때 또 다른 장수가 군사 몇 백 명을 이끌고 왔는데 태산(泰山)의 거평(鉅平) 출신으로 이름은 우금(于禁)으로 자를 문칙(文則)이라 했다. 조조가 그를 만나보니 활쏘기와 말타기가 탁월하고 무예가 빼어나 점군사마(點軍司馬)로 삼았다.

어느 날 하후돈이 한 거인을 데려와 소개했다. 조조가 물었다.

"누구이신가?"

"이 사람은 진류 출신으로 이름이 전위(典韋)인데 용맹과 힘이 빼어납니다. 지난날에는 장막(張邈)을 섬겼으나 그 부하들과 화목하지 못하여 몇 명을 죽이고 도망하여 산에서 살았는데 제가 사냥을 하다가 그가 호랑이를 쫓아 냇물을 건너는 것을 보고 저의 부대로 데리고 와 주공에게 각별히 추천합니다."

"내가 이 사람을 보니 용모가 남다르고 용기와 힘이 뛰어남을 알겠소."

"지난날 이 사람이 친구를 위해 복수 살인을 하여 머리를 잘라 손에 들고 저자를 걸어 다녔지만 몇 백 명이 감히 가까이 오지 못했습니다. 지금 두 손에 든 철극(鐵戟)은 무게가 팔십 근인데 이를 끼고 말을 타며 마치 나는 듯이 휘두릅니다."

조조가 곧 그 무예를 시험해보도록 하니 전위가 철극을 끼고 말을 달린다. 그때 문득 바람이 불어 장막의 깃발이 곧 쓰러질 듯했다. 여러 병사가 달려가 세우려 하였으나 세울 수 없자 전위가 말에서 내려 병사들을 소리쳐 물리친 다음 한 손으로 깃발을 잡고 서니 세찬 바람에도 끄떡하지 않았다. 조조가 감탄하며 말했다.

"이 사람은 지난날의 오래(惡來)[6]로구나."

조조는 그를 장전도위(帳前都尉)를 삼고 자기의 비단 전포를 벗어 주며 준마(駿馬)에 그림을 그린 안장을 얹어주었다. 이때로부터 조조의 문신에는 모사(謀士)가 많고 무신에는 용장이 많아 그 위명이 산동을 압도했다.

이 무렵에 조조는 태산태수 응소(應劭)를 낭야군(瑯琊郡)으로 보내어 아버지 조숭(曹嵩)을 모셔오도록 했다. 조숭은 진류를 떠나 그곳에 숨어 살고 있었다. 그날 아들의 편지를 받은 조숭은 아우 조덕(曹德)과 함께

---

[6] 오래(惡來) : 아버지 비렴(蜚廉)과 함께 폭군 주(紂)를 모시던 장군으로서 주(周)무왕의 손에 죽었다. 진시황이 그의 35세손이라 한다.『사기』「은본기(殷本紀) 및 「진(秦)본기」에 나옴.

마흔 명 남짓한 식솔과 종자(從者) 백 명 남짓을 백 대가 넘는 수레에 싣고 연주를 향하여 길을 떠났다.

가는 길에 조숭은 서주를 지나게 되었다. 이곳 태수 도겸(陶謙)은 자를 공조(恭祖)라 하는 사람으로 성품이 온후하고 순진하고 독실한 사람으로서 일찍부터 조조를 만나고 싶었으나 인연이 닿지 않던 터에 조조의 아버지가 자기의 땅을 지나간다는 말을 듣고 멀리까지 마중을 나가 인사를 드리고 크게 잔치를 베풀어 이틀 동안 대접했다.

조숭이 떠나려 하자 도겸은 몸소 성밖까지 나와 배웅하면서 더욱이 도위 장개(張闓)에게 병사 오백 명을 이끌고 호송하도록 했다. 조숭이 가솔을 거느리고 조금 더 가 화현(華縣)과 비현(費縣) 사이에 이르렀는데, 때는 늦여름 초가을이라 비가 억수같이 쏟아져 옛 절간에 머물게 되었다. 스님이 나와 마중하니 조숭은 가솔을 쉬게 한 다음 장개의 부대에게는 양쪽 낭하에서 쉬게 했다. 병사들의 옷은 모두 비에 젖어 한결같이 원망했다. 이에 장개가 부하들을 호젓한 곳에 불러 상의했다.

"우리는 본디 황건의 잔당들이었다가 어쩔 수 없어 도겸에게 항복했으나 머물 만한 곳을 얻지 못하고 이제 조조의 수레나 미는 신세가 되었다. 만약 그대들이 부귀를 얻고자 한다면 어려울 것이 없다. 오늘 삼경에 모두 쳐들어가 조숭의 무리를 죽이고 재산을 빼앗은 다음 산중으로 들어가 초적(草賊)이 되면 그만인데 너희들의 뜻은 어떠하냐?"

무리가 모두 찬성했다. 그날따라 비바람이 멈추지 않았다. 조숭이 방에 앉아 있는데 문득 사방에서 함성이 들렸다. 조덕이 칼을 뽑아 들고 나갔다가 오히려 찔려 죽었다. 조숭은 첩을 데리고 서둘러 승방의 뒤뜰로 나가 담을 넘어 도망하려 했으나 첩이 너무 비만하여 담을 넘을 수 없는지라 당황한 나머지 첩과 함께 측간에 숨어 있다가 죽임을 당했다. 호송

책임자 응소는 겨우 목숨을 건져 원소에게로 달려갔다. 장개는 조숭의 가족을 모두 죽이고 재물을 빼앗은 다음 절에 불을 지르고 회남으로 도주했다. 뒷날 시인이 이를 두고 이렇게 읊었다.

> 조조가 간웅이라며 세상은 자랑하지만
> 그도 여 씨 집안을 모두 죽였더라.[7]
> 이제는 장개의 칼을 맞아 모든 가족을 잃으니
> 천리의 순환에는 갚지 않음이 없구나.
> 曹操奸雄世所誇 曾將呂氏殺全家
> 如今闔戶逢人殺 天理循環報不差

그 무렵 응소의 부하가 목숨을 건져 도망하여 조조에게 사실을 알렸다. 이를 들은 조조가 통곡하다가 땅에 쓰러졌다. 여러 사람의 부축을 받아 일어난 조조가 이를 갈며 말했다.

"도겸이 군사를 풀어 나의 아버지를 죽였으니 이 원수와는 같은 하늘 아래 살 수 없다. 내가 지금 군사를 일으켜 서주를 정벌하여 원한을 씻고자 하노라."

그는 순욱과 정욱에게 군사 삼만을 거느리고 남아 견성(鄄城)과 범현(范縣)과 동아(東阿)를 지키게 한 다음 나머지 모든 병력을 이끌고 서주로 진격했다. 하후돈과 우금과 전위가 선봉에 섰다. 조조는 서주를 정복하게 되면 성안의 백성을 모두 죽여 아버지의 원수를 갚도록 하라고 병사들에게 명령했다.

---

7) 조조가 진궁(陳宮)과 도망하면서 도움을 준 여백사를 의심하여 그의 가족을 몰살한 사건을 뜻함. 제4회 참조.

그 무렵 구강(九江)태수 변양(邊讓)이 도겸과 우의가 두터운 터라, 서주가 위험하다는 소식을 듣고 병력 오천 명을 이끌고 그를 구원하러 떠났다. 조조가 그 말을 듣고 대로하여 하후돈을 시켜 길을 막고 변양을 죽였다. 그때 진궁(陳宮)은 동군(東郡)태수로 있었는데 그 또한 도겸과 가까운 사이인지라 조조가 군대를 일으켜 아버지의 원수를 갚고자 백성을 모두 죽이려 한다는 말을 듣고 밤을 새워 조조에게 달려갔다. 조조는 그가 도겸의 세객으로 온 것을 잘 알기에 만나보고 싶지 않았으나 지난날의 은혜를 저버릴 수 없어 장막으로 불렀다. 진궁이 말했다.

"이제 듣자니 명공(明公)께서 대병으로 서주를 정벌하여 아버지의 원수를 갚고자 이르는 곳마다 백성을 모두 죽이려 한다기에 말씀드리고자 하는 바가 있어 이렇게 찾아왔습니다. 도겸은 어진 군자로서 이익을 좇아 의리를 저버릴 무리가 아니며, 장개가 저지른 잘못도 도겸의 잘못이 아닙니다. 또한 서주의 백성이야 명공과 무슨 원한이 있습니까? 그들을 죽이는 것은 상서롭지 못한 일이니 거듭 생각하고 실행하소서."

조조가 대로하며 말했다.

"그대는 지난날 나를 버리고 떠난 터에 지금 무슨 낯으로 나를 다시 찾아왔소? 도겸이 내 가족을 죽였으니 맹세코 그의 쓸개와 심장을 도려내어 나의 원한을 씻고자 하오. 그대가 도겸의 세객으로 나를 찾아왔지만 내가 어찌 그대의 말을 들을 이유가 있겠소?"

진궁이 인사를 하고 밖으로 나오며 탄식했다.

"내가 다시 도겸을 볼 낯이 없구나."

그러고는 말을 달려 진류태수 장막을 찾아갔다. 조조의 병사들은 이르는 곳마다 백성을 죽이고 무덤을 파헤쳤다. 도겸은 서주에 머물면서 조조가 복수를 하러 쳐들어와 백성을 죽이고 있다는 말을 듣고 하늘을 향하여 통곡하며 말했다.

"내가 하늘에 죄를 지어 서주의 백성이 이 난리를 겪는구나."

그러고서는 서둘러 막료들을 불러 상의했다. 조표(曹豹)가 나서서 말했다.

"조조의 군대가 이미 이르렀는데 어찌 손 묶고 기다리기만 하겠습니까? 제가 태수를 도와 적군을 무찌르겠습니다."

도겸이 군대를 이끌고 나가보니 멀리서 조조의 군대가 눈서리처럼 하얗게 달려오고 있었고 중앙의 깃발에는 "원수를 갚아 원한을 씻자"[報讎雪恨]라는 네 글자가 선명하다. 말과 병사들이 늘어서서 진용을 갖추자 조조가 앞으로 나서는데 몸에는 흰 상복을 입고 채찍을 들어 욕설을 퍼부었다. 도겸이 말을 몰아 깃발 아래 서서 몸을 굽혀 인사를 드렸다.

"이 사람은 본디 좋은 인연을 맺고자 장개에게 명공의 부친을 호송하도록 했습니다. 그러나 그 도적이 마음을 고쳐먹지 않아 오늘의 비극을 저지르게 되었습니다. 이는 참으로 제가 의도한 바가 아니오니 명공께서는 깊이 살피소서."

조조가 욕설을 퍼부었다.

"늙은 필부가 내 아버지를 죽이고서도 어찌 쓸데없는 소리만 하느냐? 누가 저 늙은 도적을 사로잡을꼬?"

하후돈이 말을 몰아 나오자 도겸은 황망하게 성으로 들어갔다. 하후돈이 따라붙자 조표가 창을 들고 말을 몰아 나아가 적군을 맞이했다. 두 말이 어울려 싸우는데 문득 광풍이 불며 모래가 날기 시작하자 양쪽 부대가 혼란에 빠져 각기 영채로 돌아갔다. 도겸이 성으로 돌아와 막료들을 불러 회의를 열었다.

"조조의 세력이 너무 강성하여 대적하기가 어려우니 내가 스스로를 포승으로 묶고 조조의 영채로 나아가 그의 칼을 맞아 죽어 서주 백성의 목숨이라도 살리고자 하오."

말이 끝나지도 않았는데 한 사람이 앞으로 나와 말했다.

"태수께서 서주를 오래 다스리시어 백성이 모두 감사하게 생각하고 있습니다. 이제 조조의 병력이 많다고는 하나 우리의 성을 깨트리기는 어려울 것입니다. 태수께서 백성과 함께 성을 굳게 지키시고 밖으로 나가지 않으시면 제가 비록 재주는 없으나 작은 계책을 써서 조조를 죽여 묻힐 땅이 없게 할 수 있나이다."

모든 사람이 놀라 어떤 계책을 가지고 있느냐고 물었다. 어느 시인이 그때의 일을 이렇게 기록했다.

> 본디는 좋은 뜻으로 한 일이 원수가 되었지만
> 절망한 곳에 살길이 있을 줄을 누가 알았으랴.
> 本爲納交反成怨 那知絶處又逢生

이 사람은 과연 누구인가?

제11회

믿음을 얻지 못하면 살아남을 수 없느니

유비는 북해에서 공융(孔融)을 구출하고
여포는 복양(濮陽)에서 조조를 무찌르다.

그때 조조를 물리칠 계책을 말한 사람은 동해(東海)의 구현(朐縣) 사람으로 이름은 미축(糜竺)이요, 자는 자중(子仲)이라 했다. 이 사람은 본디 집안이 부유하여 낙양에서 장사를 하고 있었다.

어느 날 미축이 수레를 몰고 집으로 돌아오는 길에 우연히 한 미인을 만났는데, 태워주기를 바라기에 그 여인에게 자리를 내어주고 자신은 걸어왔다. 그 여인이 함께 타고 가기를 요청하여 미축은 수레에 올랐으나 그 자세가 단정하여 여인에게 음험한 눈길 한 번 보내지 않았다. 몇 리를 함께 가던 여인이 내려 헤어지는 인사로 이런 말을 했다.

"나는 남방의 화덕성군(火德星君)[1]인데 옥황상제의 지시를 받아 그대의 집에 불을 지르러 가는 길입니다. 그대가 나에게 보여준 반듯함에 탄

---

1) 화덕성군(火德星君) : 불교의 사원에서 불을 낸다고 믿는 신(神). 무엇이든 한번 눈에 띄는 것은 모두 타버린다고 한다. 불가에서는 이를 불전에 모시고 재앙이 없어지기를 빈다.

복하여 내가 그대에게 알려주노니 그대는 서둘러 집 안의 재물을 집 밖으로 꺼내어 손실을 피하시오. 내가 오늘 밤에 갈 것이오."

말을 마치자 그 여인이 사라졌다. 미축이 크게 놀라 나는 듯이 집으로 돌아와 집안에 있던 귀중품들을 모두 꺼내어 치웠더니 생각했던 대로 그 날 밤 부엌에서 불이 일어나 집을 모두 태웠다. 미축은 이 일을 겪은 뒤로 재산을 모두 풀어 가난한 사람들을 구제하는 데 썼다. 그 뒤에 도겸이 그를 불러 별가종사(別駕從事)로 삼았다. 그가 앞에 나와 조조를 물리칠 계책을 말했다.

"제가 본디 북해(北海)태수 공융(孔融)과 가까워 그에게 지원병을 요청할 것이니, 다시 한 사람을 더 청주자사 전해(田楷)에게 보내어 도움을 요청하시지요. 두 곳에서 구원병이 오면 조조가 반드시 병력을 물릴 것입니다."

도겸이 그의 말에 따라 편지 두 통을 써서, 장하의 막료에게 누가 청주를 가겠느냐고 묻자 한 사람이 그 임무를 맡겠노라고 나섰다. 막료들이 바라보니 광릉(廣陵) 사람 진등(陳登)으로서 자를 원룡(元龍)이라 했다. 도겸은 먼저 진등을 청주로 보내고 이어 미축에게 글을 주어 북해로 보내는 한편 자신은 성을 지키며 적의 공격에 대비했다.

본디 공융이라는 인물은 자가 문거(文擧)로서 노나라 곡부(曲阜) 사람인데 공자의 이십대 손이자 태산(泰山)의 도위 공주(孔宙)의 아들이다. 그는 어려서부터 총명하여 열 살 무렵에 하남의 부윤(府尹) 이응(李膺)을 찾아갔다. 문지기가 막아서자 공융이 이렇게 말했다.

"제가 이 공과 오래전부터 집안끼리 사귐[世交]이 있는 사이랍니다."

그리하여 이응을 만나니 그가 물었다.

"어찌하여 너의 조상과 내 조상이 친교가 있었다더냐?"

"일찍이 저의 선조 공자께서 노자(老子)를 만나 가르침을 받은 적이 있사온데 어찌 대감과 제가 인연이 없다 하십니까?"[2)

이응이 그를 기재(奇才)라고 칭찬했다. 조금 지나 대중대부(大中大夫) 진위(陳煒)가 들어오자 이응이 공융을 가리키며 말했다.

"이 아이가 참으로 비범합니다."

그러자 진위가 이렇게 말했다.

"어렸을 적에 총명한 아이가 크면 어리석어집니다."

그 말을 들은 공융이 곧 받아 말했다.

"그 말을 듣고 보니 선생께서도 어렸을 적에는 틀림없이 총명했겠군요."

진위와 곁에 있던 무리가 웃으며 말했다.

"이 아이가 크면 한 시대의 영웅이 되겠군요."

이때로부터 유명해진 공융은 뒷날 중랑장이 되더니 더욱 벼슬이 올라 북해태수가 되었다. 그는 손님과 사귀기를 좋아하여 늘 이렇게 말했다.

"자리에 손님이 가득하고 잔에 술이 비지 않는다면 더 바랄 것이 없도다."[座上客常滿 樽中酒不空]

공융은 북해에 있는 육 년 동안에 백성으로부터 깊은 신임을 받았다. 그날 공융이 손님들과 자리에 이르니 미축이 찾아왔다는 보고가 들어왔다. 공융이 그를 만나 찾아온 까닭을 물으니 미축이 도겸의 편지를 보여주며 말했다.

"조조가 서주를 포위하고 공격하니 태수께서 도와주시기를 바랍니다."

"내가 일찍부터 도겸과 가까이 지냈고, 그대가 또한 찾아왔으니 어찌 가지 않을 수 있겠소? 다만 내가 조조와 원수진 일이 없으니 먼저 글을

---

2) 노자의 본명은 이이(李耳)이며 자를 담(聃)이라 했다.

써 사람을 보내어 화해를 시켜 보고 그러고도 내 말을 듣지 않으면 그때 군사를 일으키겠소."

"조조가 많은 병력을 믿고 태수의 말을 듣지 않을 것입니다."

공융은 한편으로는 병력을 정비하고 다른 한편으로는 편지를 써 조조에게 보냈다. 그런 문제를 상의하고 있는데 문득 황건적의 잔당을 이끌고 있던 관해(管亥)가 병력 몇만 명을 이끌고 쳐들어오고 있다는 보고가 들어왔다. 공융이 매우 놀라 병력을 점검하여 적군을 맞으러 성을 나갔다. 관해가 말에서 소리쳤다.

"내가 듣자니 북해에는 양곡이 많다던데 만 석만 빌려준다면 곧 돌아가겠거니와 그렇지 않다면 성과 해자를 무너트리고 늙은이와 아이들을 모두 죽일 것이오."

공융이 그를 꾸짖었다.

"나는 대한(大漢)의 신하이니 대한을 지킬 뿐이다. 어찌 도적군에게 양곡을 줄 수 있겠는가?"

관해가 대로하여 칼을 휘두르며 말을 박차 공융에게 달려들자 공융의 장수 종보(宗寶)가 창을 비껴 잡고 말을 달려 나아갔다. 몇 차례 겨루지도 않았는데 관해의 칼이 종보를 찔러 말 아래로 떨어트렸다. 공융의 병사들이 크게 어지러워지며 성안으로 몰려들어갔다. 관해가 병력을 나누어 사방에서 성을 에워싸니 공융의 마음이 울적했다. 미축도 또한 우울함이 이루 말할 수 없었다.

이튿날 공융이 성 위에 올라 바라보니 적의 기세가 너무 당당하여 더욱 근심만 늘었다. 그때 문득 장수 한 사람이 창을 휘두르며 말을 달려 좌우를 무찌르고 달려오는데 마치 아무도 없는 곳을 달리듯 하더니 어느덧 성 아래 이르러 문을 열라고 소리쳤다. 그 사람이 누구인지도 모르는 공융으로서는 선뜻 문을 열어줄 수가 없었다. 적군이 해자 가까이에까지 이르자 그가 몸을 돌려 몇 십 명을 찔러 죽이니 적군은 도망했다. 공융이 서둘러 문을 열어 그를 들여보내라고 지시했다. 그가 말에서 내려 창을 버리고 성 위로 올라 공융에게 인사를 드렸다. 공융이 누구인가를 묻자 그가 대답했다.

"저는 동래(東萊)의 황현(黃縣) 사람으로 복성(複姓)3)을 태사(太史)라 하고 이름을 자(慈)라 하오며 자는 자의(子義)입니다. 저의 노모께서 태수께 많은 은혜를 입은 바 있습니다. 제가 어제 요동에서 집으로 돌아가 어머니를 뵈었더니 황건적이 북해를 침노하였음을 아시고 말씀하시기를 여러 차례 태수께 은혜를 입었으니 네 가서 갚으라 하시기에 제가 이렇게 필마로 찾아뵙게 되었습니다."

공융이 몹시 기뻐했다. 본디 공융은 그와 알고 지내는 사이는 아니었지만 일찍부터 그가 호걸임을 잘 알고 있었던 터라 그런 인연으로 성밖 이십 리에 사는 그의 노모에게 늘 양곡과 의복을 보내주어 그의 어머니가 고맙게 생각했고, 그래서 그가 이번에 아들을 보내어 북해를 돕도록 한 것이었다. 공융이 태사자를 융숭하게 대접하여 갑옷과 말을 선물로 내리니 태사자가 말했다.

"저에게 천 명의 정예병을 주시면 제가 나가서 적군을 무찌르겠습니다."

"그대가 비록 용맹하다고는 하지만 적군의 세력이 저토록 강성하니 경솔하게 움직여서는 안 됩니다."

"늙으신 어머니께서 태수의 은덕에 감격하여 저를 보내셨는데, 제가 이

---

3) 복성(複姓) : 한자문화권에서 선우(鮮于), 독고(獨孤), 황보(皇甫), 제갈(諸葛), 하후(夏侯), 공손(公孫), 남궁(南宮), 사공(司空), 사마(司馬), 모용(慕容) 처럼 두 자로 된 성(姓)을 뜻함.

포위를 뚫을 수 없다면 어찌 어머니의 얼굴을 뵙겠습니까?"

"내가 듣자니 유비가 당대의 영웅이라 하던데 만약 그를 불러 도움을 청할 수만 있다면 적군의 포위를 풀 수 있을 터인데, 파발로 보낼 사람이 없군요."

"태수께서 편지를 써주시면 제가 다녀오겠습니다."

공융이 기뻐하며 태사자에게 편지를 써주니 그는 갑옷을 입고 말에 올랐다. 그의 허리에는 활과 화살이 걸려 있고, 철창을 들었으며, 배불리 먹은 다음 장비를 굳게 갖추고 성문을 나서 필마로 달려 나섰다. 해자 가까이에 있던 적장이 무리를 몰고 쫓아오자 태사자는 연이어 몇 사람을 창으로 찔러 죽이고 포위를 벗어났다. 장수가 성밖으로 나갔다는 사실을 안 관해는 그가 곧 구원병을 요청하러 가는 길이라 판단하고 몇 백 명의 기병대를 이끌고 나아가 팔면에서 그를 둘러쌌다. 태사자는 창을 말에 걸고 활에 살을 먹여 팔면으로 쏘니 말에서 떨어지지 않는 사람이 없어 모두 겁을 먹고 감히 다가오지 못했다. 태사자가 포위를 벗어나 밤을 지새우며 평원(平原)에 이르러 유비를 만났다.

인사를 마친 태사자는 북해태수 공융이 황건적에게 포위된 사실을 자세히 아뢰며 편지를 올렸다. 편지를 읽은 유비가 물었다.

"그대는 누구신지요?"

"저는 태사자라 하오며 동해에 사는 보잘것없는 인물입니다. 공융 태수와는 혈육도 아니고 고향 사람도 아니지만 서로 뜻이 맞아 함께 세상일을 걱정하고 있던 터에 이번 황건적 관해가 변란을 일으켜, 북해가 포위되고 외로우나 어디 호소할 길이 없어 이렇게 서둘러 달려와 도움을 청합니다. 듣자오니 명공께서는 인의로운 분으로서 다른 사람의 위급함을 구해주신다기에 특별히 제가 창검을 무릅쓰고 포위를 뚫으며 달려와 이렇게 도움을 간청하옵니다."

유비가 부드러운 낯으로 대답했다.

"공융 태수가 유비라는 사람이 세상에 사는 것을 알고 계시던가요?"

말을 마치자 유비는 관우와 장비에게 병력 삼천 명을 거느리고 북해로 진군하라고 지시했다. 관해가 바라보니 지원군이 다가오는지라 몸소 병력을 이끌고 나가보니 유비의 병력이 적어 걱정도 하지 않았다. 유비가 관우와 장비와 태사자를 이끌고 앞으로 나오니 관해가 분노하며 앞으로 나왔다. 태사자가 싸우러 나가기에 앞서 관우가 먼저 나가 직접 관해를 맞아 싸웠다. 두 말이 어우러져 싸우니 양쪽 군사들의 함성이 크게 들려왔다.

그러나 관해가 어찌 관우의 적수가 될 수 있으랴? 여남은 번 겨루다가 청룡언월도가 관해를 베어 말에서 떨어뜨렸다. 태사자와 장비가 창을 휘두르며 말을 몰아 나아가 적군을 죽이고 유비도 또한 함께 나아가 엄습하여 죽였다. 성 위에서 공융이 바라보니 태사자와 관우와 장비가 적군을 죽이는데 마치 호랑이가 양떼를 몰아치는 것 같았다. 이에 공융도 병력을 몰아 나아가 협공하니 적군이 대패하여 항복한 무리를 헤아릴 수 없었고 나머지 무리는 도망했다.

공융은 유비가 성으로 들어오기를 기다렸다가 인사를 마치자 크게 잔치를 베풀었다. 공융은 미축을 불러 유비를 뵙게 한 다음 장개가 조조의 아버지 조숭을 죽인 일을 자세히 설명하면서 지금 조조가 많은 병력을 이끌고 서주를 둘러싸고 있으니 도와달라고 부탁했다. 그 말을 들은 유비가 대답했다.

"도겸은 어진 군자인데 무고하게 억울한 일을 겪는군요."

"공은 한실의 종친인데, 지금 조조가 백성을 핍박하고 강한 세력을 빙

자하여 연약한 사람을 속이려 하니 어찌 나와 더불어 도겸을 돕지 않으시려는지요?"

"제가 감히 일을 사양하는 것이 아니오라 병력이 너무 부족하여 경솔하게 움직이지 못할 뿐입니다."

"제가 도겸을 도우려는 것은 다만 옛 정리 때문만이 아니라 그것이 곧 대의이기 때문입니다. 공께서도 어찌 대의를 이루려는 마음이 없겠습니까?"

"이미 일이 여기까지 왔으니 바라건대 태수께서 먼저 떠나시면 저는 공손찬에게로 가 병력 3천 명을 빌려 뒤따라가겠습니다."

"그대는 약속을 저버리지 마시오."

"태수께서는 저를 어찌 아시고 그런 말씀을 하시는지요? 성인께서도 말씀하시기를, '예로부터 죽지 않는 사람이 어디 있으랴만 믿음을 얻지 못하면 살아남을 수 없다'[自古皆有死 民無信不立]4)고 하셨습니다. 제가 공손찬에게서 군사를 빌리든 빌리지 못하든 반드시 서주로 가겠습니다."

공융이 응낙하고 미축에게 먼저 서주로 가 이 사실을 알리도록 한 다음 자신은 출정을 준비했다. 그때 태사자가 찾아와 인사했다.

"저는 어머님의 가르침을 받들어 지난번에 여기로 와 태수를 도와드렸는데 이제 다행히도 걱정할 일이 없어졌습니다. 양주(楊州)자사 유요(劉

---

4) 『논어』 안연(顏淵) 편에 다음과 같은 이야기가 나온다. 자공(子貢)이 정치에 대하여 여쭙자 공자께서 말씀하시되 "먹을 것을 풍족히 하고, 군비를 충족히 하고, 백성의 믿음을 사는 것이다." 자공이 다시 여쭈었다. "어쩔 수 없이 반드시 없애야 한다면 이 세 가지 가운데 어느 것을 먼저 버려야 합니까?" 공자께서 말씀하시되, "군사를 버려야 한다." 자공이 다시 여쭈었다. "어쩔 수 없이 다시 하나를 버려야 한다면 나머지 두 가지 가운데 어느 것을 먼저 버려야 합니까?" 공자께서 말씀하시되, "먹을 것을 버려야 한다. 예로부터 죽지 않는 사람이 어디 있으랴만, 백성으로부터 믿음을 사지 못하면 살아남을 수 없느니라." 하셨다.[子貢問政 子曰 足食足兵民信之矣 子貢曰 必不得已而去 於斯三者何先? 曰 去兵 子貢曰 必不得已而去 於斯二者何先? 曰 去食 自古皆有死 民無信不立]

絲)는 저와 같은 고향 사람인데 저를 부르니 가지 않을 수 없기에 이렇게 작별의 인사를 드리며 다시 뵙기를 바랍니다."

공융이 비단을 내려 사례했으나 그는 받지 않았다. 태사자가 어머니를 뵈니 기뻐하시며 이렇게 말했다.

"네가 북해태수에게 보답했다니 내 마음이 기쁘구나."

그러고는 태사자가 양주로 가는 것을 허락했다.

공융의 이야기는 잠시 접어두고, 유비는 북해를 떠나 공손찬을 찾아가 서주의 일을 도와달라고 부탁했다. 공손찬이 말했다.

"그대가 조조와 원수진 일이 없는데 무슨 이유로 병력을 빌려 고생하려 하는고?"

"제가 이미 약속한 바 있어 감히 실언할 수가 없습니다."

"그렇다면 내가 마보군 이천 명을 빌려주겠소."

"조자룡도 함께 갈 수 있도록 허락해주시기 바랍니다."

공손찬이 허락하자 유비는 관우와 장비에게 삼천 명의 병력을 주어 선봉으로 삼고 조운에게 2천 명의 병력을 주어 후비로 삼아 서주로 떠났다. 그 무렵 미축도 또한 도겸에게 찾아가 공융이 유비를 보내어 도와준다고 보고했고, 진등도 청주자사 전해가 기꺼이 병력을 이끌고 도와주러 온다는 소식을 전하자 도겸은 마음을 놓았.

그러나 본디 공융과 전해는 조조의 군사가 너무 강성한 것을 보고 두려운 나머지 멀찌가니 산 밑에 영채를 세우고 감히 나가 싸우려 하지 않았다. 적군의 지원군이 도착한 것을 안 조조도 또한 병력을 나누어 진영을 치기는 했으나 성을 공격하지는 못하고 있었다. 유비가 도착하자 공융이 말했다.

"조조의 병력이 강성할 뿐만 아니라 그의 용병이 놀라우니 경솔하게 움직일 수가 없겠소. 저들의 동정을 살펴본 뒤에 병력을 움직입시다."

유비가 대답했다.

"다만 서주 성안에 양식이 부족하여 오래 견디지 못할까 두렵습니다. 관우와 조운에게 4천 명의 병사를 주어 장군을 돕도록 하고 저는 장비와 함께 적진을 뚫고 성안으로 들어가 도겸을 뵙고 작전을 상의할까 합니다."

공융이 크게 기뻐하며 전해를 불러 사슴 사냥의 진세[掎角之勢]5)를 갖추게 하고 관우와 조운에게 적군을 맞게 했다. 그날 유비와 장비는 천 명의 기병을 이끌고 조조의 영채를 향하여 곧바로 쳐들어갔다. 그들이 돌격하는 순간 영채 안에서 북소리가 울리며 마보군이 물밀듯이 밀려나오는데 앞선 장수는 우금이었다. 그가 말을 몰아 나오며 소리쳤다.

"어디서 온 미친놈들인데 어디를 지나가려 하느냐?"

그를 본 장비가 대꾸도 없이 나아가 바로 우금과 맞붙었다. 두 말이 엉키며 여러 차례 겨루자 유비가 쌍고검을 휘두르며 대군을 이끌고 나아가니 우금이 크게 패하여 달아났다. 장비가 적진 앞까지 따라가 성 밑에 이르렀다. 성 위에서 도겸이 바라보니 붉은 깃발에 "평원 유현덕(平原劉玄德)"이라 쓴 글씨가 선명하여 서둘러 문을 열도록 했다.

유비가 성안으로 들어오자 도겸이 그를 맞아 관아로 들어갔다. 서로 인사를 마치자 도겸은 잔치를 벌여 병사들의 노고를 위로했다. 그가 바라보니 유비의 모습이 헌칠하고 말씨가 활달하여 마음속으로 몹시 기뻤다. 그는 미축에게 서주의 관인[牌印]을 가져오도록 하여 유비에게 내밀었

---

5) 사슴 사냥의 진세[掎角之勢] : 사슴을 잡을 때, 진(晉)나라 사람들은 뒷다리를 잡고[掎] 융(戎)은 앞에서 뿔[角]을 잡았는데, 두 나라의 사냥꾼이 서로 힘을 합치면 더 쉽게 잡는다는 뜻으로, 앞뒤에서 적군을 몰아치는 양면 작전을 비유하는 말임. 『춘추』 양공(襄公) 14년 소주(小注) 및 『북사』(北史) 「이주영열전」(爾朱榮列傳)에 나옴.

다. 유비가 놀라며 물었다.

"이것이 무슨 뜻입니까?"

"지금 천하가 어지럽고 황제의 기강이 무너졌습니다. 그대는 한실의 종친이니 마땅히 사직을 지켜야 하오. 나는 이미 늙고 무능하여 이 서주를 장차 그대에게 물려주고자 하니 사양하지 마시기 바랍니다. 내가 마땅히 천자에게 글을 올려 그대를 태수로 천거하리다."

유비가 자리에서 일어나 두 번 절하고 아뢰었다.

"제가 비록 한실의 후예라고는 하나 이룬 공덕이 없어 평원의 현령만으로도 과분한 일입니다. 이제 대의를 지키고자 이렇게 와 돕는데 공께서 그런 말씀을 하시면 세상 사람들은 제가 땅을 탐내는 것이 아닌가 의심할까 두렵습니다. 저에게 만약 그런 뜻이 있다면 하늘이 저를 돕지 않을 것입니다."

"이는 이 노인의 진심일 뿐이라오."

그러면서 재삼 관인을 맡겼으나 유비가 어찌 그것을 받을 수 있었겠는가? 그러자 미축이 나서서 말했다.

"지금 적군이 성 밑에 몰려 있으니 먼저 저들을 물리치는 일을 상의하는 일이 시급합니다. 사태가 진정된 뒤에 다시 상의하시는 것이 옳을 듯합니다."

유비가 나서서 말했다.

"제가 조조에게 글을 보내어 화해를 권고해보겠습니다. 조조가 이를 거절하면 그때 싸워도 늦지 않을 것입니다."

이에 유비와 도겸은 각기 자기 영채에 지시하여 움직이지 않도록 하는 한편 조조에게 화해를 권고하는 편지를 보냈다. 조조가 장막 안에서 여러 장수와 전략을 상의하고 있는데 서주로부터 편지가 왔다는 보고가 들어왔다. 열어보니 유비의 편지로 그 내용은 대략 이러했다.

"유비가 관외(關外)에서 뵌 뒤로 서로 멀리 떨어져 만날 기회가 없었습니다. 지난날 선친 조후(曹侯)께서 비운을 겪으신 것은 장개가 어질지 못하여 일어난 일이지 도공조(恭祖 : 도겸의 자)의 잘못이 아니었습니다. 이제 아직 황건적의 무리가 성밖에서 난리를 피우고 있고, 동탁의 잔당들은 조정 안에 웅크리고 있습니다. 바라건대 명공께서는 먼저 조정의 위급함을 걱정하시고 개인적인 복수를 뒤로 미루시어 서주에서 철병하심으로 나라를 어려움에서 건지시면 서주와 천하를 위해 이보다 더 큰 다행히 없겠습니다."

편지를 읽은 조조가 욕설을 퍼부었다.

"유비 제가 뭐라고 감히 나에게 이런 편지를 보냈다는 말이냐. 그뿐만 아니라 편지에는 나를 희롱하려는 뜻이 담겨 있도다."

그는 사절을 죽이라고 지시하는 한편 성을 공격하라고 지시했다. 그러자 곽가가 나서서 말렸다.

"유비가 멀리서 구원을 와 먼저 예의를 차리고 뒤에 병력을 쓰고자 하니 주공께서는 마땅히 좋은 말로 답장을 보내시어 유비를 안심시킨 다음 병력을 동원하면 성을 쉽게 얻을 수 있을 것입니다."

조조가 그의 말에 따라 사절을 돌려보내며 답장을 써주었다. 그런 일을 상의하고 있는 동안에 척후가 나는 듯이 달려와 다급하게 아뢰었다.

"큰일이 벌어졌습니다."

조조가 물으니 여포가 이미 연주를 점령하고 복양으로 진격하고 있다는 것이었다. 본디 여포는 이각과 곽사의 난을 겪은 뒤에 무관(武關)을 벗어나 원술을 찾아갔으나 원술은 그가 믿을 만한 사람이 아님을 알고 거절하자 다시 원소를 찾아갔다. 여포는 원소와 더불어 상산(常山)에서 장연(張燕)을 무찌른 뒤 뜻을 이룬 듯이 오만해져 원소의 부하들을 무시하자 원소가 그를 죽이려 했다. 이에 여포는 다시 장양(張陽)을 찾아가 몸을 의탁했다.

그 무렵 방서(龐舒)가 장안에서 여포의 식솔들을 숨겨두었다가 그에게 보내준 일이 있다. 이 사실을 안 이각과 곽사가 방서를 죽이고 장양에게도 편지를 보내어 여포를 죽이라고 말했다. 이에 여포는 다시 장양을 떠나 진류(陳劉)태수 장막을 찾아갔다. 때마침 장막의 동생 장초(張超)가 진궁과 함께 형을 찾아왔다. 진궁이 장막에게 말했다.

"지금 천하는 갈가리 쪼개져 군웅이 할거하고 있습니다. 공께서는 천리 땅의 백성을 거느리고 있으면서도 남의 밑에 있으니 이는 참으로 부끄러운 일이 아니겠습니까? 지금 조조가 동쪽 정벌에 나가 연주가 비어 있습니다. 여포는 이 시대의 영웅이니 그와 함께 연주를 공격하여 차지하면 쉽게 대업을 이룰 수 있을 것입니다."

이에 몹시 마음이 기쁜 장막은 여포에게 연주를 치게 하고 이어 복양을 점령했다. 견성(鄄城)과 범현(范縣)과 동아(東阿)의 세 현(縣)에 이르니 순욱과 정욱이 죽기로 항전하여 장막이 그들을 깨트리지 못하고 나머지 도시를 모두 점령했다. 조인이 여러 차례 싸웠으나 모두 지고 다급하게 알려왔다. 조조가 매우 놀라며 탄식했다.

"연주를 잃으면 내가 돌아갈 곳이 없구나. 서둘러 대책을 세워야겠다."

곽가가 말했다.

"주공께서는 유비와 맺은 개인적인 정분을 이용하여 그의 부탁대로 못이기는 체 병력을 물리시고 연주를 지키러 가셔야 합니다."

조조가 그의 말에 따라 곧 유비에게 다시 답서를 보낸 다음 병력을 물렸다. 사자가 서주를 찾아가 도겸을 만나 조조의 병사가 이미 물러났음을 알리는 편지를 올렸다. 도겸이 몹시 기뻐하여 공융과 전해와 관우와 조운을 성안으로 초대하였다. 잔치가 끝날 무렵 도겸이 유비를 상석으로 모시고 두 손을 모은 채 말했다.

"나는 이미 몸이 늙고 두 아들은 국가의 무거운 일을 감당할 재주를 타고나지 못했습니다. 유공께서는 황실의 후손으로서 덕망이 높고 재주가 많아 서주를 다스릴 만합니다. 이 늙은이는 물러나 조용히 병이나 다스릴까 합니다."

유비가 말했다.

"공융 태수께서 저에게 서주를 구원하도록 한 것은 의리 때문이었습니다. 그러나 지금 제가 뚜렷한 이유도 없이 서주를 차지한다면 세상 사람들이 저를 의리 없는 사람이라고 비웃을 것입니다."

미축이 말을 거들어 나섰다.

"지금 한실은 찢기고 나라는 뒤집힐 듯하니 공업을 이루기에는 이보다 더 좋은 기회가 없습니다. 서주는 물자가 넉넉하고 호구가 백만 가구이니 유(劉) 사군(使君)께서 맡으심을 사양하는 것은 옳지 않습니다."

그 말에 유비가 대답했다.

"나로서는 결코 그 말을 받아들일 수가 없소."

그러자 이번에는 진등이 나섰다.

"도겸 태수께서 건강이 좋지 않아 정무를 보기가 어려우니 명공께서는 더 이상 사양하지 마소서."

유비가 대답했다.

"원공로(袁公路 : 원술의 자)는 4대에 걸쳐 삼공을 지낸 분이어서 온 나라가 그를 따르고 더욱이 이곳에서 가까운 수춘성(壽春城)에 계시니 그분에게 서주를 맡기심이 어떨는지요?"

공융이 대답했다.

"원술은 무덤 속의 뼈다귀에 지나지 않으니 어찌 입에 담을 수 있겠소? 오늘의 일은 하늘이 그대에게 주는 것이니 받지 않으면 후회해도 소용이 없을 것이오."

유비가 고집을 꺾지 않자 도겸이 울면서 말했다.

"만약 그대가 나를 버리고 떠난다면 나는 죽어도 눈을 감지 못하리다."

관우가 입을 열었다.

"이미 도공께서 그리 말씀하시니 형님께서는 태수의 자리를 받으시지요."

그러자 이번에는 장비가 나섰다.

"우리가 그 자리를 달라고 한 것도 아니요, 도공께서 그리 말씀하시는데 그토록 거절할 게 뭐유."

"너희는 나를 불의한 사람으로 몰아넣으려느냐?"

거듭 말하여도 유비가 받아들이지 않자 도겸이 다시 말했다.

"그대가 그토록 사양한다면, 이곳에서 그리 멀지 않은 곳에 소패(小沛)라는 곳이 있는데 군사를 주둔시킬 만합니다. 바라건대 현덕은 그곳에 머물면서 서주를 지킴이 어떨는지요?"

주변의 모든 사람이 그를 권하자 유비가 그 의견에 따랐다. 도겸이 병사들을 위로한 다음 조운이 작별 인사를 하자 유비가 그의 손을 잡고 눈물을 흘렸다. 공융과 전해도 또한 작별한 다음 군사를 이끌고 돌아갔다. 유비는 관우와 장비를 데리고 소패에 이르러 성채를 보수하고 백성을 어루만졌다.

그 무렵 조조가 회군하니 조인이 나와 맞으며 말했다.

"여포의 군대가 강성하고 또한 진궁이 보필하고 있어 연주와 복양은 이미 저들의 손에 넘어갔고, 견성과 동아와 범현만이 겨우 순욱과 정욱의 계략으로 사수하고 있는 형편입니다."

"여포는 미련한 놈이라 걱정할 것이 없다."

말을 마치자 조조는 먼저 영채를 세우도록 하고 작전을 상의했다. 여포는 조조가 돌아와 이미 등현(滕縣)에 이르렀다는 말을 듣자 부장 설란(薛蘭)과 이봉(李封)을 불러 이렇게 지시했다.

"내가 너희 두 사람을 쓰려고 생각한 지 오래다. 너희들은 군사 1만 명을 이끌고 연주를 굳게 지키고 있으라."

두 장수가 응낙하자 여포는 몸소 조조를 무찌르러 떠났다. 이를 본 진궁이 급히 들어와 말했다.

"장군은 연주를 버리고 어디로 가려 하십니까?"

"나는 복양에 군사를 주둔하여 솥발의 형세[鼎足之勢]를 이루려 하오."

"그 생각은 잘못된 것입니다. 설란은 태주를 지킬 만한 인물이 못 됩니다. 여기에서 남쪽으로 백팔십 리 떨어진 곳에 태산이라는 험한 곳이 있는데 백만 명의 병사를 매복시킬 만한 곳입니다. 조조의 군사들은 연주를 잃었다는 말을 듣고 반드시 이 길로 올 터인데 그들을 기다렸다가 절반이 지나간 다음에 그 중간을 공격하면 그들을 잡을 수 있을 것입니다."

"내가 복양에 주둔하는 것은 따로 생각한 좋은 계책이 있기 때문인데 그대가 그것을 어찌 알겠소?"

여포는 진궁의 말을 듣지 않고 설란에게 연주를 지키게 했다.

그 무렵 조조가 태산의 험로를 지나자 곽가가 말했다.

"이곳을 지나가지 않는 것이 좋겠습니다. 복병이 있을까 두렵습니다."

조조가 웃으며 대답했다.

"여포는 미련한 놈이어서 설란에게 연주를 맡기고 저는 복양으로 갔는데, 그 머리로 어찌 여기에 복병을 배치해두었겠소? 조인은 병사를 거느리고 가 연주를 포위하라. 나는 복양으로 진격하여 여포를 공격하리라."

조조의 병력이 가까이 왔다는 소식을 들은 진궁이 다시 계책을 말했다.

"지금 조조의 병사들이 멀리에서 와 피곤할 터인즉 이를 이용하여 속히 공격함으로써 저들이 기운을 차리지 못하게 하시지요."

여포가 대답했다.

"나는 필마로 천하를 종횡무진한 사람인데 어찌 조조를 걱정하겠소? 저들이 영채를 세우도록 기다렸다가 내가 사로잡을 것이오."

그 무렵 조조가 복양 가까이에 와 영채를 세웠다. 다음날 조조는 여러 장수를 이끌고 나아가 들판에 병사들을 늘어세웠다. 조조가 말을 타고 문 앞의 깃발 아래에서 바라보니 여포가 군사를 이끌고 이르렀다. 둥그런 진에서 여포가 앞으로 나왔다.

여포가 양쪽으로 여덟 명의 장수를 거느리고 나오는데, 첫째는 안문(雁門)의 마읍(馬邑) 사람 장료(張遼)로 자는 문원(文遠)이며, 둘째는 태산의 화음(華陰) 사람 장패(臧覇)로 자는 선고(宣高)이며, 두 장수는 여섯 명의 장수를 거느렸는데, 학맹(郝萌), 조성(曹性), 성렴(成廉), 위속(魏續), 송헌(宋憲), 후성(侯成)이었다. 여포의 병력은 5만 명으로서 북소리가 요란했다. 조조가 앞으로 나아가 여포를 가리키며 말했다.

"내가 너에게 원수진 일이 없는데 어찌하여 나의 땅을 침범하는고?"

"한나라의 땅과 물을 여러 제후가 나누어 차지하고 있는데, 어찌 너만이 땅을 가질 수 있단 말인가?"

말이 끝나자 장패가 말을 몰고 나아가 싸움을 걸었다. 조조의 진영에서는 악진이 나갔다. 두 말이 어울리며 쌍창으로 싸우는데 서른 차례 남짓 겨루어도 승부가 나지 않았다. 하후돈이 말을 박차고 나와 싸움을 돋우니 여포의 진영에서는 장료가 나와서 살육했다. 마음이 다급해진 여포가 화극을 비껴 잡고 말을 몰아 나오니 하후돈과 악진이 도주했다. 여포가 추격하며 병사들을 죽이자 조조가 대패하여 삼사십 리를 달아났고, 여포도 군사를 몰아 돌아왔다. 조조가 병력을 잃은 뒤에 영채로 돌아와 전략을 상의하는데 우금이 입을 열었다.

"제가 오늘 산에 올라 복양의 서쪽을 바라보니 여포의 영채 하나가 있는데 병력이 허술했습니다. 오늘 밤 저들은 우리를 이긴 탓에 마음을 놓고 있을 터이니 우리가 병력을 이끌고 저들의 영채를 빼앗으면 여포의 군사가 반드시 두려워할 것이니 이것이 가장 좋은 계책일 것입니다."

조조가 그 말에 따라 조홍과 이전과 모개와 여건과 우금과 전위를 거느리고 마보군 2만 명을 선발하여 밤에 오솔길로 쳐들어갔다. 그날 밤 여포가 영채에서 병사들의 노고를 위로하고 있는데 진궁이 찾아와 말했다.

"서쪽의 영채는 우리에게 매우 긴요한 곳인데 혹시라도 조조가 밤중에 습격하면 어찌하시렵니까?"

"저들이 오늘 그토록 패주했는데 어찌 감히 쳐들어오겠소?"

"조조는 병법에 능통한 사람입니다. 저들은 우리가 방비하지 않는 곳을 공격할 것이니 모름지기 대비를 해야 합니다."

여포는 마지못해 고순과 위속과 후성에게 군사를 이끌고 가 서쪽 영채를 지키도록 했다. 조조가 해질녘에 서쪽 영채에 이르러 사면에서 공격했다. 영채의 병사들이 견디지 못하고 사방으로 흩어지자 조조가 영채를 빼앗았다. 사경에 이르자 고순이 병력을 정비하여 쳐들어왔다. 조조가 병마를 이끌고 나아가 고순과 정면으로 마주쳐 세 부대[6]가 어울려 싸웠다. 날이 밝아오자 서쪽에서 북소리가 울리며 여포가 구원병을 이끌고 왔

---

[6] 아마도 이는 "두 부대"의 착오였을 것이다. 로버츠도 "두 부대"로 번역했다.

다는 보고가 들어왔다. 조조는 영채를 버리고 도주했다. 뒤에서는 고순과 위속과 후성이 따라오고 앞에서는 여포가 몸소 병력을 이끌고 다가오고 있다. 우금과 악진이 여포를 막아섰으나 당할 수 없자 조조가 북쪽을 바라보며 달아났다. 그때 산 뒤에서 병사들이 튀어나오는데 왼쪽은 장료요 오른쪽은 장패였다. 조조는 여건과 조홍에게 싸우게 했으나 불리하자 다시 서쪽을 바라보고 도주했다.

그때 문득 함성이 크게 일어나며 적군이 나타나는데 학맹과 조성과 성렴과 송헌의 네 장수가 길을 막아서는 것이었다. 여러 장수가 죽기로 싸우고 조조가 앞장 서 적진을 뚫고 나갔다. 그때 딱따기 같은 소리가 들리며 화살이 비 오듯이 쏟아지자 조조는 더 이상 앞으로 나아갈 수가 없었다. 달리 달아날 길이 없자 조조가 소리쳤다.

"누가 나를 살리겠느냐?"

그때 기병대 사이에서 한 장수가 튀어나오는데 바라보니 전위였다. 손에 쌍철극(雙鐵戟)을 든 그가 소리쳤다.

"주공은 걱정하지 마소서."

나는 듯이 말에서 내린 그는 철극을 꽂아두고 짧은 창 여남은 개를 손에 들고 따르는 부하에게 말했다.

"적군이 열 보 이내에 들어오면 나에게 알려라."

그가 앞을 바라보며 나아가는데 화살이 비 오듯 쏟아졌다. 여포의 기병 열 명이 다가오자 부하가 소리쳤다.

"열 보입니다."

"다섯 보 안에 들어오면 다시 알려라."

"이제 다섯 보입니다."

그제야 전위가 몸을 돌려 짧은 창을 날리자 창 하나에 적군 한 명이 쓰러지는데 단 한 번도 빗나감이 없이 열 명을 죽였다. 적군이 놀라 도망하자 전위는 다시 말 위에 올라 쌍철극을 잡고 적진에 뛰어들어 적군을 죽였다. 학맹과 조성과 성렴과 송헌의 네 장수가 감당하지 못하고 도주했다. 전위가 적군을 물리치고 조조를 구출하자 다른 장수들도 그의 뒤를 따라 영채로 돌아왔다. 해가 이미 저물어가는데 뒤에서 여포가 말을 타고 화극을 휘두르며 쫓아오며 소리쳤다.

"조조는 도망하지 말라."

그때 말과 사람이 모두 피곤한 터라 병사들은 서로 바라보며 도망했다. 어느 시인이 그 장면을 이렇게 기록했다

겨우 겹겹 포위를 벗어났더니
두렵도다, 더 센 장수가 뒤따라오네.
雖能暫把重圍脫 只怕難當勁敵追

조조의 목숨은 어찌 되려나?

제12회

화살 반 개도 쏘지 않고 서주를 차지해

> 도겸은 세 번 서주를 사양하고
> 조조는 여포와 크게 싸우다.

조조가 황망하게 도망하는데 남쪽에서 한 무리의 병사들이 달려왔다. 바라보니 하후돈이 여포의 병사들을 막으며 자기를 구원하러 달려오는 길이었다. 전투는 해질녘에까지 이어지다가 갑자기 큰 비가 내려 양쪽 병사들이 돌아갔다. 영채로 돌아온 조조는 전위에게 큰 상을 내리고 영군도위(領軍都尉)로 임명했다. 그 무렵 여포도 영채로 돌아와 작전을 논의하는데 진궁이 계책을 말했다.

"복양성 안에 전(田) 씨라는 부자가 살고 있는데 하인이 1천 명으로 군(郡) 안에서 제일가는 갑부입니다. 그가 조조에게 밀서를 보내어, '여포가 너무 잔인하고 인의롭지 않아 백성이 크게 분노하여 여양(黎陽)으로 떠나려 하고 있습니다. 지금 고순이 혼자 성을 지키고 있는데 밤중에 장군께서 진격해 오시면 제가 안에서 호응하겠습니다.'라고 알리도록 하시지요. 그 말에 따라 조조가 오면 성안으로 유인하여 사대문에 불을 지르고 밖에는 병사들을 매복하여두면 조조가 비록 천하를 주름잡는 재주가 있다 하더라도 어찌 달아날 수가 있겠습니까?"

여포가 그 계책에 따라 전 씨가 조조에게 밀서를 보내도록 했다. 조조가 전투에서 지고 어찌할까 주저하던 터에 문득 전 씨의 밀사가 왔다 하여 그 글을 받아보니 그 내용은 이러했다.

"여포는 이미 여양으로 떠났고 지금 성은 비어 있습니다. 바라옵건대 장군께서 속히 쳐들어오시면 제가 안에서 호응하겠습니다. 성 위에 "의"(義)라 쓴 흰 깃발이 올라가면 이를 암호로 아십시오."

조조가 기뻐하며 말했다.

"하늘이 나에게 복양을 주시려는구나."

그는 밀사에게 큰 상을 내리는 한편 출병을 준비했다. 그러자 유엽(劉曄)이 말했다.

"여포가 미련한 사람이기는 하나 진궁은 계략이 빼어난 사람입니다. 이번 일이 혹시라도 그의 계략이 아닌지 대비를 하지 않을 수 없습니다. 주공께서 가시려면 부대를 셋으로 나누어 두 부대는 성밖에 매복하여두고 한 부대만 이끌고 들어가심이 옳을 듯합니다."

조조가 그의 말에 따라 병사를 세 부대로 나누어 복양성 아래 이르렀다. 조조가 몸소 앞장서 나아가 성 위에 서 있는 깃발들을 바라보니 서쪽 문 위에 "의"라 쓴 흰 깃발이 있는 것을 보고 속으로 기뻐했다. 오시(午時, 11-13시)가 되자 성문이 열리며 두 장수가 나오는데 앞선 사람은 후성이요, 뒤에 선 사람은 고순이었다. 조조는 곧 전위에게 말을 타고 나가 후성과 싸우게 했다. 후성이 견디지 못하고 말을 돌려 성안으로 도망쳤다. 전위가 적교(吊橋)[1]에까지 이르자 고순이 나와 싸웠으나 그도 또한 견디지

---

1) 적교(吊橋) : 성을 쌓고서도 안심할 수 없어 성밖에 다시 수렁을 파고 물을 채우는

못하고 성안으로 들어갔다. 몇 사람의 군인이 혼란한 틈을 타 부대를 벗어나 조조를 찾아와 전 씨의 밀사라 말하고 편지를 주는데 그 내용은 이러했다.

"오늘 밤 초경에 성 위에서 징을 울리는 것을 신호로 쳐들어오시면 제가 안에서 문을 열어놓겠습니다."

조조는 하후돈을 왼쪽에 거느리고 조홍을 오른쪽에 거느린 다음 스스로 하후연과 이전과 악진과 전위를 이끌고 성으로 들어갔다. 그때 이전이 말했다.

"주공은 성밖에 계시지요. 제가 먼저 성안으로 들어가겠습니다."

그 말에 조조가 소리쳤다.

"내가 선봉에 서지 않으면 누가 앞장을 서겠는가?"

그 말과 함께 조조가 앞장서 진격했다. 초경이 되었을 무렵 달빛은 아직 비치지 않았다. 그때 서문 쪽에서 나팔을 부는 소리가 들리고 함성이 일어나며 성문 위에서 신호가 올라가고 성문이 열리더니 적교가 내려왔다. 조조가 먼저 말을 몰고 성안으로 달려 들어갔다. 그러나 관아에 이르니 길에는 아무도 보이지 않았다. 계략에 빠진 것을 안 조조가 황급히 말을 돌리며 소리쳤다.

"퇴군하라."

그때 관아에서 대포 소리가 들리더니 사대문에서 불길이 일어 하늘로 치솟으며 징소리가 울리는데 마치 강물과 바다가 뒤집히는 듯했다. 동쪽

데 이를 해자(垓字)라 한다. 평소에는 이 해자를 건널 수 있도록 가교를 놓았다가 적군이 쳐들어오면 들어 올리는데 이를 적교라 한다. 적교를 들어 올리면 그 자체로서 성문의 방호벽이 되는 이중 효과를 가지고 있다. "조교"라고 잘못 읽는 경우가 많다.

에서는 장료가 달려 나오고 서쪽에서는 장패가 달려 나오며 협공하여 조조의 병사들을 죽였다. 조조가 북으로 달아나니 학맹(郝萌)과 조성(曹性)이 달려 나오고 남문으로 달아나려니 고순과 후성이 달려들었다. 전위가 눈을 부릅뜨고 이를 악문 채 달려 나가 적군을 죽이니 고순과 후성이 성문 밖으로 달아났다. 전위가 적교에 이르러 뒤돌아보니 조조가 보이지 않자 다시 성안으로 달려 들어가다가 성문 아래에서 이전을 만났다.

"주공이 어디 계시오?"

"나도 보지 못했소이다."

"그대는 성밖에서 병사들을 정비하시오. 내가 다시 성안으로 들어가 주공을 찾으리다."

이전이 성밖으로 나가자 전위가 다시 성안으로 들어갔으나 조조가 보이지 않자 다시 해자로 나와 악진을 만나 전위가 물었다.

"주공은 어디 계시오?"

"나도 두 번이나 들어가 찾아보았으나 뵙지를 못했소이다."

"그렇다면 함께 들어가 주공을 구출합시다."

두 사람이 성문 가까이 이르자 성 위에서 화포가 굴러떨어져 악진의 말은 들어가지 못했으나 전위는 불길을 뚫고 다시 성안으로 들어가 여러 곳을 찾아 헤맸다. 그때 조조는 전위가 달려가는 것을 보았으나 사방으로 인마가 가로막혀 그에게 다가갈 수 없어 남문으로 가지 못하고 다시 북문으로 돌아섰다. 그때 불빛 속에서 여포가 말을 탄 채 화극을 비껴 잡고 다가왔다. 조조는 손으로 얼굴을 가리고 말을 몰아 달려갔다. 그때 여포가 말을 몰아 따라오며 화극으로 조조의 투구를 툭툭 치며 물었다.

"조조는 어디 있느냐?"

조조가 반대쪽을 가리키며 대답했다.

"저 앞에 누런 말을 타고 가는 병사가 조조입니다."

그 말을 들은 여포는 진짜 조조를 버리고 말을 몰아 누런 말을 쫓아갔다. 조조가 말 머리를 돌려 동문으로 달려가다가 바로 전위를 만났다. 전위가 조조를 보호하여 혈로를 뚫고 성문 가에 이르니 화염이 하늘을 찌르며 불덩어리가 떨어져 땅을 덮었다. 전위가 창을 휘둘러 길을 뚫고 말을 달려 먼저 불길을 뚫고 나가자 조조도 뒤따라 달려 나갔다. 그때 성문 가에 이르자 문루가 불에 무너지면서 불붙은 대들보가 말의 엉덩이에 떨어져 말이 고꾸라졌다.

조조는 손으로 불붙은 대들보를 밀어젖히고 빠져나오느라고 손과 어깨와 수염이 모두 그슬렸다. 전위가 다시 말을 달려 돌아와 조조를 구출하자 때맞추어 하후연이 도착했다. 두 사람이 조조를 구출하여 불길을 뚫고 나갔다. 조조는 하후연의 말을 타고, 전위는 큰 길로 내달았다. 싸움은 날이 밝도록 이어졌다. 조조가 영채로 돌아오니 여러 장수들이 안부를 물었다. 조조가 웃으며 대답했다.

"내가 판단을 잘못해 못난 놈의 계책에 빠졌으니 이번에는 내가 갚을 차례이다."

곽가가 나서서 말했다.

"계책은 빠를수록 좋습니다."

"이번에는 내가 저들의 계책을 이용하리라. 내가 화상을 입고 그 독으로 오경(五更)에 죽었다고 소문을 퍼트리면 여포가 반드시 쳐들어올 것이다. 그때 우리가 마릉산(馬陵山)에 병력을 매복해두었다가 그들이 절반쯤 지나갔을 때 공격하면 쉽게 여포를 잡을 수 있을 것이다."

"참으로 좋은 계책이십니다."

그러는 사이에 군사들에게 상복을 입히고 조조가 죽었다는 헛소문을 퍼트렸다. 척후가 재빨리 복양으로 찾아가 조조가 화상을 입고 영채에 도착하자마자 죽었다고 여포에게 보고했다. 여포는 곧 병사들을 점검하여 마릉산으로 달려갔다. 그가 조조의 영채에 이르니 북소리와 함께 사방에서 복병이 일어났다. 여포는 죽기로 싸워 탈출했으나 많은 병력을 잃고 복양으로 돌아와 성을 지키기만 하고 나가 싸우지 않았다.

그 무렵에 메뚜기가 크게 번져 벼 잎을 모두 먹어버리자 관동 일대에는 곡식 한 말[斛]2)의 값이 쉰 관(貫)에 이르니 사람이 사람을 잡아먹는 일이 벌어졌다. 진중에 양곡이 떨어지자 조조는 군대를 이끌고 견성으로 돌아와 잠시 머물렀다. 여포도 또한 복양에서 군대를 물려 양곡을 구했다. 이로써 두 부대가 모두 물러났다.

그때 서주태수 도겸은 나이가 예순세 살로서 문득 병이 들어 위중해지자 미축과 진등을 불러 앞날을 상의했다. 미축이 아뢰었다.

"조조가 물러난 것은 여포가 연주를 공격했기 때문이었습니다. 지금은 흉년이 들어 군대를 물렸지만 내년 봄이 되면 반드시 또 쳐들어올 것입니다. 태수께서 지난날 두 번이나 현덕에게 태수의 자리를 양보하였으나 그때만 해도 태수께서 건강하시던 터라 현덕이 양보했지만 이제 태수께서 병이 깊으시니 이번에 다시 물려주시면 현덕도 사양하지 않을 것입니다."

도겸이 기뻐하며 소패로 사람을 보내어 유비에게 상의할 일이 있으니 와달라고 초청했다. 유비가 관우와 장비와 함께 여남은 명의 기병을 이끌고 왔다. 도겸이 누워 그들을 안으로 불러들이니 유비가 안부를 묻자 도겸이 말했다.

"그대를 청한 것은 다름이 아니라, 내가 이미 늙고 병들어 아침저녁을

---

2) 한 말[斛]은 4.5kg 정도였다.

견디기 어렵소. 간절히 바라건대 그대가 한나라 왕실을 불쌍히 여기고 서주를 귀중하게 여겨 이곳 태수의 자리를 맡아준다면 내가 죽어서 눈을 감을 수 있겠소."

"태수께는 두 아드님이 있사온데 어찌 그들에게 자리를 물려주려 하지 않으십니까?"

"큰아들 상(商)과 작은아들 응(應)은 재주가 없어 이 자리를 감당할 수 없다오. 내가 죽은 뒤 그대는 깊이 생각하여 그들에게 정무를 맡기지 않기를 간절히 바라오."

"제가 어찌 이 큰 소임을 맡을 수 있사오리까?"

"내가 한 사람을 추천할 터이니 그는 그대를 훌륭히 보필할 수 있을 것이오. 그는 북해 출신의 손건(孫乾)으로 자를 공우(公祐)라 하는데 이 사람에게 종사(從事)를 맡길 만하오."

도겸은 다시 미축을 불러 부탁했다.

"현덕은 당대의 인걸이니 그대가 잘 보필하기 바라오."

유비가 끝까지 거절하자 도겸은 손가락으로 자기 가슴을 가리키며 숨을 거두었다. 모든 무리가 슬피 울며 관인을 유비에게 바쳤으나 현덕은 다시 사양했다. 다음날 서주의 백성이 한꺼번에 몰려와 울며 말했다.

"유(劉) 사군께서 이곳을 맡아주시지 않는다면 저희들은 살길이 없습니다."

관우와 장비도 거듭 권고했다. 유비는 마침내 서주의 정무를 맡아 손건과 미축을 보좌로 삼고 진등을 막료로 삼아 소패의 병력을 모두 서주로 불러들이고, 백성을 안심시키면서 다른 한편으로는 도겸의 장례를 준비했다. 유비는 대소 관료와 함께 상복을 입고 크게 제사를 드렸다. 제사를 마치자 도겸을 황하의 들판에 장사 지내고 도겸이 살아 있을 적에 써둔 표문을 조정에 올렸다.

그 무렵 견성에 머물고 있던 조조는 도겸이 죽고 유비가 서주를 차지했다는 말을 듣고 대로하며 말했다.

"내가 아직 아버지를 잃은 원수도 갚지 못했는데, 유비는 화살 반 개도 쏘지 않고 서주를 차지했으니 내가 먼저 그를 죽이고 다음에는 도겸의 시체를 꺼내어 참시하여 아버지의 원수를 갚겠노라."

조조는 곧 날짜를 정하여 군사를 일으켜 서주를 공격하도록 명령했다. 이에 순욱이 들어와 간언했다.

"지난날 고조[유방]께서는 관중을 지키시고 광무제께서는 하내(河內)를 지키시어 뿌리를 굳건히 하신 뒤에 천하를 평정하셨습니다. 그분들은 나감에 충분히 이길 수 있었고, 물러섬에 지킬 수 있었으니[進足以勝敵 退足以堅守] 비록 어려운 때가 있었다 하나 끝내 대업을 이룩하셨습니다. 주공께서는 본디 연주에서 대업을 시작하셨으며 하내 일대의 황하와 제수(濟水)는 천하의 요충이니 이 두 곳이야말로 고조와 광무제가 기업(基業)으로 삼으신 관중이나 하내와 같은 곳입니다. 이제 서주를 차지하기에는 병력이 부족하고 그렇다고 적은 병력으로 차지하고 있으면 여포가 그 허술함을 틈타 쳐들어올 것이니 그때는 연주마저 잃게 될 것입니다. 그런즉 주공께서 서주마저 얻지 못하신다면 장차 어디로 돌아가시렵니까? 이제 도겸이 죽었고 유비가 그곳을 차지하였습니다. 서주의 주민들은 이미 유비를 따르니 전쟁이 일어나면 그들은 목숨을 걸고 싸울 것입니다. 주공께서 연주를 잃고 서주를 차지하는 것은 큰 것을 잃고 작은 것을 얻는 것이며 근본을 잃고 가지를 얻는 것이니[棄大而就小 去本而求末] 어찌 편안함을 위험으로 바꾸려 하십니까? 바라옵건대 깊이 생각하소서."

"금년에는 흉년이 들어 양식도 부족한데, 군사들이 이곳에서 지키기만 하는 것은 좋은 계책이 아니오."

"그러시다면 차라리 동쪽으로 진군하시어 여남(汝南)과 영주(穎州)를 차지하시는 것이 좋겠습니다. 황건적의 잔당 하의(何儀)와 황소(黃劭)가 여러 마을을 약탈하여 값나가는 재물과 양곡을 많이 비축하고 있는데 이들을 무찌르는 일은 매우 쉽습니다. 그들을 무찌르고 양곡을 빼앗아 삼군을 먹이면 조정과 백성이 함께 기뻐할 것이니 이야말로 하늘의 뜻을 따르는 것입니다."

조조가 기뻐하며 그의 말에 따라 하후돈과 조인에게 견성을 지키게 하고 자신은 먼저 진(陳)의 땅을 공격한 다음 여남과 영주로 쳐들어갔다. 황건적 하의와 황소는 조조가 쳐들어옴을 알자 병력을 이끌고 나가 양산(羊山)에서 마주쳤다. 황건적의 숫자가 많기는 했으나 모두 여우나 개떼들과 같아 도무지 대오조차도 맞지 않았다. 조조가 궁노수를 시켜 활을 쏘게 하고 전위에게 나가 싸우게 했다. 하의가 부장(副將)에게 나가 싸우게 했으나 세 번을 겨루지 못하고 전위의 창에 찔려 말 아래로 떨어졌다. 조조가 승세를 몰아 양산에 있는 적군의 영채까지 진격했다.

다음날 황소가 병사를 몰고 다시 쳐들어왔다. 진중에서 한 장수가 걸어서 나오는데 머리에는 누런 두건을 쓰고 몸에는 푸른 두루마기를 입고 손에는 철봉을 든 채 크게 소리쳤다.

"나는 하늘을 가르는 야차[截天夜叉][3] 하만(何曼)이다. 누가 감히 나와 싸우려느냐?"

---

[3] 하늘을 가르는 야채[截天夜叉] : 이는 본디 불교 용어로서 야차라 함은 추악하며 무섭게 생긴 인도의 귀신이었는데 뒤에 불교에 귀의하여 북방을 지키는 수호신이 됨. 절천(截天)이라 함은 "하늘을 자른다"는 과장된 표현이다.

이를 본 조홍이 큰 소리로 외치며 나는 듯이 말에서 내려 칼을 뽑아 들고 나아갔다. 두 사람이 영채 앞에서 사오십 합을 싸워도 승부가 나지 않았다. 조홍이 거짓 패한 체하며 말을 돌려 달아났다. 하만이 쫓아오자 조홍이 타도배감계(拖刀背砍計)4)를 써 몸을 돌려 하만을 찌르니 그가 단칼에 쓰러졌다. 이전이 승세를 타고 나는 듯이 말을 달려 곧장 적진으로 쳐들어가니 황소가 미처 손쓸 겨를도 없이 이전에게 사로잡혔다. 조조의 병사들이 짓쳐들어가 적군을 죽이자 빼앗은 보물과 비단의 수효를 헤아릴 수 없었다.
　병사를 잃고 외로워진 하의는 백 명의 기병을 거느리고 갈파(葛坡)로 도주했다. 그가 달아나는데 등 뒤에서 한 무리의 병사들이 나타났다. 앞장선 장수는 키가 팔 척이요 허리의 둘레가 열 아름[圍]5)인데 손에는 칼을 들고 길을 막아섰다. 하의가 창을 비껴들고 달려들자 그 장수는 단 한 번 겨루더니 하의를 잡아 겨드랑이에 끼자 나머지 무리는 놀라, 말에서 내려 오라를 받았다. 그 장사는 모든 무리를 갈파의 오현(塢縣)으로 몰고 들어갔다. 전위가 하의를 추격하느라고 갈파에 이르니 그 장사가 군사를 거느리고 나타났다. 전위가 물었다.
　"너도 황건적의 패거리냐?"
　"황건적 몇 백 명을 내가 오현에 잡아두었다."
　"그렇다면 어찌하여 나에게 그들을 넘기지 않느냐?"
　"네가 만약 내 손에 있는 이 보도를 빼앗을 수 있다면 도적들을 넘겨

---

4) 타도배감계(拖刀背砍計) : 적장과 싸우다가 거짓으로 진 체 달아나면서 칼을 내려놓으면 적이 따라오기 마련인데 그때 갑자기 걸음을 멈추고 돌아서며 적군에게 칼을 던져 베는 검법.
5) 아름[圍] : 그 시대의 한 아름은 다섯 치[寸]이다. 따라서 열 아름이면 150cm이다.

주마."

전위가 대로하여 쌍철극을 빼 들고 나가 싸움을 걸었다. 두 장수가 진시(辰時, 7~9시)부터 오시(午時, 11~13시)까지 싸웠으나 승부가 나지 않았다. 그들은 각기 영채로 돌아가 잠시 쉬었다. 그러다가 그 장사가 다시 나타나 싸움을 걸자 전위도 마주 나아갔다. 싸움은 해 질 녘까지 이어졌으나 말이 피곤하여 다시 멈추었다. 전위의 부하가 이 사실을 조조에게 알리자 그가 크게 놀라 장수들을 이끌고 나와 바라보았다.

다음날 그 장사가 다시 나와 싸움을 걸었다. 조조가 바라보니 그의 위풍이 너무도 늠름하여 마음속으로 기뻐하며 전위에게 일렀다.

"오늘 싸움에서는 그대가 지는 척하며 도망하여 들어오게."

전위가 명령에 따라 출전하여 삼십 여 차례 겨루다가 지는 척 뒤로 도망했다. 장사가 성문에 이르자 궁노가 빗발치듯 쏟아졌다. 조조가 다급하게 오리를 물러나며 은밀하게 사람을 보내어 함정을 파고 그 안에 갈고리를 든 병사들을 매복시켰다. 그다음 날 전위가 다시 백 명의 기병을 이끌고 나가니 그 장사가 웃으며 말했다.

"패전한 놈이 어찌하여 또 나왔는고?"

곧 전투가 다시 벌어졌다. 전위가 몇 차례 싸우는 체하다가 말을 돌려 달아났다. 장사가 복병이 있는 줄도 모르고 앞만 보며 달려오다가 함정에 빠지자 갈고리를 든 병사들이 달려들어 묶어 조조에게 데려갔다. 조조가 장막에서 내려와 부하들을 꾸짖어 물리친 다음 손수 장사의 결박을 풀어주고 옷을 입혀주며 자리에 앉히고 누구인지를 물었다.

"나는 초국(譙國)의 초현(譙縣) 사람으로 허저(許褚)요, 자는 중강(仲康)이라 합니다. 지난날 황건적의 난리가 일어났을 때 문중 사람 몇 백 명을 모아 오현에서 성을 쌓고 그들을 막아냈습니다. 언제인가는 도적들이 쳐들어왔을 때 여러 사람을 모아 돌멩이를 준비하도록 한 다음 내가 직접 돌멩이를 던져 그들을 공격했는데 맞지 않은 사람이 하나도 없이 모두 도망했습니다. 또 언제인가는 도적이 다시 쳐들어왔는데 오현에 식량이 없어 도적들에게 소를 줄 터이니 쌀을 달라고 말했지요. 그래서 그들이 쌀을 가져왔기에 소를 주었더니 오현을 떠난 소가 모두 되돌아왔습니다. 내가 그 가운데 두 마리의 꼬리를 잡고 백 보를 끌고 오는 것을 본 그들이 매우 놀라 소를 달라는 말도 못 하고 돌아갔습니다. 그래서 우리는 쌀도 얻고 소도 지킬 수 있었답니다."

"나도 그대의 높은 이름을 들은 지 오래라오. 나와 함께 일해보지 않겠소?"

"감히 말씀을 드리지는 못했으나 그것은 바로 제가 바라던 바입니다."

허저는 마을 사람 몇 백 명을 데리고 와 항복했다. 조조는 그에게 도위의 벼슬을 내리고 많은 상을 준 다음 하의와 황소의 목을 자르니 이로써 여남과 영천이 모두 평정되었다. 조조가 군사를 이끌고 돌아오자 조인과 하후돈이 나와 맞으며 말했다.

"요즘 척후가 와서 보고한 바에 따르면, 연주의 설란과 이봉이 군사를 풀어 마을을 약탈하느라고 성이 비었다고 합니다. 이때 저들을 공격하면 북소리 한 번에 연주를 점령할 수 있습니다."

그 말에 따라 조조가 병력을 이끌고 연주로 쳐들어갔다. 설란과 이봉은 뜻밖의 공격을 받자 병력을 이끌고 성을 나와 조조의 군사들과 마주했다. 그때 허저가 나서며 말했다.

"제가 나가 저 두 녀석을 잡아 주공을 처음 뵙는 인사를 차리고자 합니다."

조조가 크게 기뻐하며 나가 싸우게 했다. 이봉이 화극을 들고 나왔으나 한두 번 겨루다가 허저의 칼에 목이 달아나 말에서 떨어졌다. 설란이 서둘러 본진으로 돌아가려 하자 적교 가까이에서 이전이 기다리고 있어 감히 성으로 들어가지 못했다. 그는 병사들을 이끌고 거야(鋸野)로 도망했으나 이번에는 여건이 기다리고 있다가 나는 듯이 말을 달려오며 활을 쏘아 말에서 떨어트리자 그의 병사들이 모두 흩어져 달아났다.

조조가 연주를 차지하자 정욱이 이참에 복양마저 공격하자고 제안했다. 조조는 전위와 허저를 선봉으로 삼고, 하후돈과 하후연을 좌군으로 삼고, 이전과 악진을 우군으로 삼고, 자신은 중군을 맡고, 우금과 여건을 후비로 삼아 진격했다. 병사가 복양에 이르니 여포가 스스로 병력을 이끌고 나갔다. 그러자 진궁이 말리며 말했다.

"지금 나가 싸우는 것은 옳지 않습니다. 장수들이 모이기를 기다렸다가 싸워야 합니다."

"내가 누구를 무서워한 적이 있었소?"

여포는 진궁의 말을 듣지 않고 병력을 거느리고 나가 화극을 가로든 채 욕설을 퍼부었다. 허저가 나가 그를 맞았다. 스무 차례나 겨뤘지만 승부가 나지 않자 조조가 말했다.

"한 사람으로서는 여포를 이기기 어렵도다."

그 말에 따라 전위가 나가 싸움을 도왔다. 둘이 싸우자 이번에는 왼쪽에서 하후연과 하후돈이 나오고 오른쪽에서는 이전과 악진이 나와 여섯 장수가 여포를 공격했다. 여포가 견디지 못하고 말을 몰아 성으로 들어가려니 성 위에서 전 씨가 여포의 회군을 보자 적교를 들어 올렸다. 여포가 소리쳤다.

"성문을 열어라."

그러자 전 씨가 대답했다.

"우리는 이미 조조 장군에게 항복했노라."

여포가 욕설을 퍼부으며 정도(定陶)로 도주했다. 진궁이 서둘러 동문을 열어 여포의 늙고 어린 가솔들을 데리고 나갔다. 조조는 복양을 얻자 지난날 전 씨가 저지른 잘못을 용서해주었다. 그때 유엽이 말했다.

"여포는 용맹한 호랑이와 같습니다. 그는 지금 피곤할 터인데 이 기회를 놓치시면 안 됩니다."

조조는 유엽의 무리에게 복양을 지키게 하고 자신은 군사를 이끌고 정도로 진격했다. 그 무렵에 여포는 장막·장초와 함께 있었는데, 고순과 장료와 장패와 후성은 해안으로 나가 곡식을 약탈하느라 아직 성으로 돌아오지 않고 있었다. 조조는 정도에 이르러서도 싸우지 않고 성에서 사십 리 떨어진 곳에 영채를 세웠다.

마침 그 무렵에 제군(濟郡)에 보리가 익자 조조는 병사들에게 보리를 거두어 오라고 지시했다. 척후가 이를 여포에게 알리자 그가 군사를 이끌고 쳐들어왔다. 조조의 영채에 가까이 이르니 왼편으로 숲이 무성한데 복병이 있지나 않을까 걱정되어 돌아갔다. 여포가 돌아간 것을 안 조조가 여러 장수에게 말했다.

"여포는 숲속에 복병이 있지나 않을까 걱정하여 그냥 돌아갔소. 그러니 숲속에 깃발을 세워 그가 더욱 의심하도록 만들어야 하오. 서쪽 영채 일대에 있는 둑에는 물이 없어 정예군을 매복시킬 만합니다. 내일 여포는 반드시 숲에 불을 지를 것이니 그때 둑에 숨어 있던 복병이 일어나 그 뒤를 끊으면 여포를 쉽게 잡을 수 있을 것이오."

조조는 영채 안에 고수(鼓手) 쉰 명을 남겨두어 북을 치게 하면서 성안에 잡혀온 남녀에게 소리를 지르게 하고 둑에는 정예군을 매복시켰다. 여포가 되돌아와 진궁에게 그동안의 일을 말하니 진궁이 이렇게 말했다.

"조조는 속임수가 많은 사람이니 적군을 가볍게 보아서는 안 됩니다."

그러자 여포가 이렇게 대답했다.

"내일은 화공(火攻)을 하면 쉽게 숲속의 적군을 깨트릴 수 있을 것이오."

이튿날 여포는 진궁과 고순에게 성을 지키게 하고 자기는 대군을 이끌고 나가 바라보니 숲속에 깃발이 나부끼고 있었다. 그는 병사들을 이끌고 진격하여 사방으로 불을 질렀으나 사람이 하나도 없었다. 그는 다시 조조의 영채를 공격하고자 했으나 안에서 북 치는 소리가 요란했다. 그는 의심이 들어 어쩔 줄 모르고 있는데 문득 영채의 뒤쪽에서 한 부대가 나타났다.

여포가 말을 몰아 달아나자 대포 소리가 들리며 복병들이 몰려오는데 하후돈·하후연·허저·전위·이전·악진이 말을 몰아 달려오고 있었다. 여포는 적군을 이길 수 없다 생각하고 황망하게 달아났다. 성렴은 악진의 화살을 맞아 죽고 여포는 병사의 삼분의 이를 잃었다. 패잔병들이 돌아와 진궁에게 알리자 그가 말했다.

"빈 성을 지키기란 어려우니 서둘러 도망하느니만 못하다."

그는 고순과 함께 여포의 늙고 어린 가족을 데리고 정도를 떠났다. 조조가 이긴 군사를 거느리고 성안으로 들어가는데 마치 칼로 대나무를 쪼개는 것[破竹之勢]6) 같았다. 장초는 스스로 목을 찔러 자살하고 장막은 원술을 찾아갔다. 이로써 산동 일대가 모두 조조의 지배에 들어갔다. 그가 백성을 안정시키고 성을 수리하였음은 더 말할 나위도 없다.

달아나던 여포는 해안에 양곡을 구하러 나갔다가 돌아오는 장수들을

---

6) 이는 『삼국지』보다 뒷날인 『북사』(北史) 「주고조기」(周高祖紀)와 『진서』(晉書) 「두예전」(杜預傳)에 나오는 고사성어인데 나관중이 앞당겨 썼다.

만났다. 진궁도 또한 찾아왔다. 이를 본 여포가 말했다.

"우리의 군사가 비록 적다 하나 아직 조조를 이길 수 있소."

그는 다시 군사를 이끌고 나갔다. 시인이 이 장면을 이렇게 읊었다.

장수에게 이기고 지는 것이 늘 있는 일이라고 하지만
패배한 장수가 다시 나올 수 있을지 알 수 없는 일이로다.
兵家勝敗眞常事 捲甲重來未可知

여포의 승부가 어찌 되려는지 알 수 없는 일이다.

제13회

내란이 폭군보다 무섭다

이각과 곽사가 크게 싸우고
양봉(楊奉)과 동승(董承)이
어가(御駕)를 지키다.

조조가 정도(定陶)에서 여포를 크게 깨트렸지만 여포는 해변에 양곡을 구하러 갔던 군마가 모이고, 여러 장수가 모여들자 다시 한 번 조조와 싸우리라고 생각했다. 그러자 진궁이 나서서 말했다.

"지금 조조의 병력이 많으니 그와 싸우는 것은 옳지 않습니다. 먼저 어디 안주할 만한 곳을 찾은 뒤에 다시 때를 보아 나아가도 늦지 않을 것입니다."

"내가 원소를 찾아갈까 하는데 어떻게 생각하시오?"

"먼저 기주(冀州)로 사람을 보내어 소식을 알아본 뒤에 가심이 좋을 듯합니다."

여포가 그의 말을 따랐다. 그 무렵 원소는 기주에 있었는데, 조조와 여포가 싸우고 있다는 소식을 들어 알고 있었다. 그때 모사 심배(審配)가 나와 아뢰었다.

"여포는 이리나 호랑이와 같은 인물입니다. 그가 연주를 차지하면 반드시 기주를 넘볼 것이니 그럴 바에는 차라리 조조를 돕는 것이 근심을 더는 길입니다."

원소는 심배의 말에 따라 안량에게 오만 군사를 거느리고 가 조조를 돕게 했다. 척후가 이 소식을 듣고 나는 듯이 여포에게 알렸다. 여포가 매우 놀라 진궁과 상의했다. 진궁이 말했다.

"듣자니 유비가 서주를 차지했다고 합니다. 그를 찾아가 몸을 의탁하는 것이 옳겠습니다."

여포는 그 말에 따라 서주로 찾아갔다. 그가 온다는 보고를 들은 유비가 말했다.

"여포는 이 시대에 뛰어난 장수이다. 내가 나가 맞이하는 것이 옳다."

미축이 말했다.

"여포는 호랑이나 이리와 같은 사람이니 그를 받아들여서는 안 됩니다. 그렇게 되면 사람들이 다칠 것입니다."

"지난날 여포가 연주를 공격하지 않았더라면 어찌 서주가 무사할 수 있었겠소? 이제 그의 처지가 딱하여 나를 찾아오는데 어찌 다른 마음을 품었겠소?"

장비가 말했다.

"형님의 생각이 틀렸소. 설령 그렇다 하더라도 마땅히 대비해야 합니다."

유비가 성밖 삼십 리까지 나가 여포를 맞아 성으로 들어왔다. 관아의 청상(廳上)에 이르러 서로 인사를 마치고 자리에 앉자 여포가 입을 열었다.

"제가 지난날 왕윤과 함께 동탁을 죽인 뒤로 이각과 곽사의 난을 만나 관동 땅을 떠돌았으나 제후는 모두 나를 받아들이지 않았습니다. 요즘에는 역적 조조가 인자롭지 않게 서주를 침범하자 사군(使君)께서 도겸을 도와주시고 저도 또한 연주를 공격하여 그 세력을 나누었습니다. 그러나 나는 미처 생각하지 못하여 그의 간계에 빠져 전쟁에 지고 장수를 잃었습니다. 이제 사군에게 몸을 의탁하여 대사를 도모할까 하는데 사군의 높으신 뜻이 어떤지를 알고 싶습니다."

"최근에 태수 도겸이 세상을 떠나고 서주를 맡아 다스릴 사람이 없어 제가 잠시 태수의 직분을 수행하고 있습니다. 이제 다행스럽게도 장군께서 이곳에 오셨으니 저로서는 이 자리를 장군께 넘겨드림이 합당하다고 생각합니다."

그러고서는 태수의 관인을 가져오도록 하여 여포에게 주었다. 여포가 그것을 받으려 하니 유비의 뒤에서 관우와 장비가 분노에 찬 눈길로 노려보고 있었다. 여포가 짐짓 웃으며 말했다.

"저야 일개 무인인데 어찌 태수의 자리를 맡을 수 있겠습니까?"

현덕이 다시 사양하자 진궁이 말했다.

"옛말에 이르기를 '손님이 아무리 강성해도 주인을 이기는 법은 없다.' [强賓不壓主]고 합니다. 사군께서는 여 장군의 사양을 의심하지 마소서."

그리하여 유비가 드디어 뜻을 거두었다. 그는 잔치를 베풀고 여포의 가솔들을 위한 거처도 마련해주었다.

다음날 여포가 유비를 잔치에 초청하자 그가 관우와 장비를 거느리고 갔다. 술기운이 돌자 여포가 유비를 후당으로 데리고 들어가니 관우와 장비도 따라 들어갔다. 여포가 아내와 딸을 불러 유비에게 뵙게 했다. 유비가 두세 번 사양하자 여포가 말했다.[1]

---

[1] 중국의 예절에 남의 아내와 인사를 나누는 것은 여간 친숙한 사이가 아니고서는 하지 않는 일이다.

"아우는 너무 사양하지 마시구려."

그 말을 들은 장비가 눈을 부릅뜨며 소리쳤다.

"우리 형님은 황제의 후손이신데 너 같은 놈이 감히 형님을 아우라 부르느냐. 너는 당장 밖으로 나와라. 내가 너와 3백 번을 겨루리라."

유비가 당황하여 말리고 관우도 또한 나서자 장비는 밖으로 나왔다. 유비가 사과하며 말했다.

"내 못난 동생이 술에 취해 못할 말을 했으니 형님은 너무 나무라지 마소서."

여포는 아무 말이 없었다. 잠시 뒤에 잔치가 끝나고 여포가 유비를 문밖까지 배웅하는데 장비가 말에 올라 창을 비껴 잡고 소리 높이 외쳤다.

"여포야, 내가 너와 삼백 번을 겨루리라."

유비가 관우를 시켜 장비를 말렸다. 다음날 여포가 유비를 찾아와 사례하며 말했다.

"사군께서는 저를 버리지 않으시나 동생들이 저를 받아들이지 않을까 두렵습니다. 제가 다른 곳으로 떠나는 것이 옳겠습니다."

"장군께서 떠나시면 제가 큰 죄를 짓습니다. 아우가 저지른 실례에 대해서는 날을 잡아 그를 보내어 사과하도록 하겠습니다. 여기에서 가까운 곳에 소패(小沛)라는 곳이 있는데, 제가 지난날 잠시 주둔하고 있었던 곳입니다. 장군께서 땅이 좁다고 꺼리지 않으신다면 잠시 그곳에 가서서 말을 쉬게 하는 것이 어떠한지요? 식량과 군수(軍需)는 제가 정성껏 보내 드리리다."

여포가 유비에게 사례하며 소패로 들어가 몸을 피했다. 유비가 장비를 불러 나무란 것은 더 말할 나위도 없다.

그 무렵 조조는 산동을 평정하고 조정에 표문(表文)을 올리니 조정에서는 그에게 건덕장군(建德將軍) 비정후(費亭侯)를 내렸다. 아울러 이각은 스스로 대사마가 되고 곽사는 스스로 대장군에 올라 거리낌 없이 권력을 휘두르니 조정에서는 누구도 감히 말하는 사람이 없었다. 태위 양표(楊彪)와 대사농(大司農) 주준(朱雋)이 은밀하게 헌제(獻帝)에게 계책을 올렸다.

"이제 조조의 병력이 이십만 명이요, 모사와 장수가 몇 십 명이니 만약 이 사람에게 사직을 맡기면 간악한 무리를 제거할 터인즉 이보다 더 다행한 일은 없을 것입니다."

헌제가 흐느끼며 말했다.

"짐(朕)이 저 두 역적군에게 속고 능멸을 겪은 지 이미 오래요. 내가 저들을 죽일 수만 있다면 참으로 다행이겠소."

양표가 말했다.

"저에게 한 계책이 있습니다. 먼저 두 역적이 서로 싸우도록 만든 뒤에 조조에게 조칙을 내려 죽이게 한다면 역적이 사라지고 조정이 평화로워질 것입니다."

"그 계책이란 어떤 것인가요?"

"듣자니 곽사의 아내는 질투가 몹시 심하다고 합니다. 사람을 곽사의 처에게로 보내어 반간계(反間計)2)를 쓰면 두 역적은 서로 싸우다가 죽을 것입니다."

황제는 은밀하게 양표에게 조칙을 내려 역적을 토벌하도록 했다. 양표는 은밀히 다른 일로 자기 아내를 곽사의 부중(府中)으로 보내어 그의 아

---

2) 반간계(反間計) : 두 사람을 이간시켜 서로 죽이게 함. 삼십육계 가운데 서른세 번째 계책이다.

내에게 이렇게 고자질하게 했다.

"요즘 듣자니 곽 장군께서 이각의 아내와 정분이 났는데 매우 깊다고 합니다. 만약 이각이 이를 알면 곽 장군께서 큰 해코지를 겪을 것이니 부인께서 두 사람의 관계를 끊어놓으심이 좋을 것입니다."

곽사의 아내가 놀라며 말했다.

"남편이 요즘 밖에서 잠을 자고 집에 들어오지 않기에 이상하다 여겼습니다. 이런 부끄러운 짓을 저지르다니, 부인이 말씀해주지 않았더라면 나는 모를 뻔했습니다. 마땅히 막아야지요."

양표의 아내가 말을 마치고 돌아가는데 곽사의 아내가 두서너 번 사례하며 헤어졌다. 며칠이 지나 곽사가 다시 이각의 부중에서 술을 마시기로 되어 있다는 말을 듣고 그의 아내가 말했다.

"이각은 성격이 불측한 사람입니다. 세상에는 두 영웅이 존재할 수 없으니 그가 당신의 음식에 독이라도 쳐 죽인다면 나는 어찌 살라 합니까?"

곽사가 말을 듣지 않자 아내가 연거푸 말렸다. 저녁이 되어도 곽사가 오지 않자 이각이 사람을 시켜 술상을 보냈다. 곽사의 아내가 음식에 독을 친 다음 상을 들여오게 했다. 곽사가 음식을 먹으려 하자 아내가 말했다.

"밖에서 들여온 음식을 어찌 바로 드시려 합니까?"

그리고 음식을 개에게 던져주니 개가 곧 죽었다. 또 어느 날 조회를 마치자 이각이 곽사를 굳이 집으로 초대하여 음식을 대접했다. 저녁 늦게 술에 취하여 돌아온 곽사는 우연하게도 배가 아팠다. 그러자 그의 아내가 말했다.

"음식에 독이 들어 있었음이 틀림없어요."

곽사는 서둘러 똥물을 마시고 음식을 토해낸 다음 대로하며 말했다.

"내가 이각과 더불어 큰일을 도모하였더니 이제 그가 나를 죽이려 하는 바에야 내가 먼저 공격하지 않으면 반드시 그의 독수에 걸리리라."

곽사가 은밀히 본부의 병력을 무장시키고 이각을 공격할 준비를 하니 밀정이 이를 재빨리 이각에게 알렸다. 이각 또한 대로하며 말했다.

"곽아다(郭阿多)3)가 어찌 감히 이럴 수가 있단 말인가?"

이각 또한 본부의 병력을 무장시킨 다음 곽사를 공격하러 떠났다. 양쪽 군대를 합치니 몇 만 명에 이르렀다. 장안이 온통 혼란에 빠지자 병사들은 그 틈을 타 백성을 약탈했다. 이때 이각의 조카 이섬(李暹)이 병사를 이끌고 대궐을 포위한 다음 수레 두 대를 끌고 와 한 대에는 천자를 태우고 다른 한 대에는 복황후(伏皇后)를 태운 다음 가후(賈詡)와 좌령(左靈)에게 어가를 호송하게 하고 남은 궁인과 내시들은 걸어서 도주하게 했다.

이각의 병사들이 후재문(後宰門)에 이르자 곽사의 병사들이 곧 이르러 활을 마구 쏘니 죽은 궁인의 숫자를 헤아릴 수 없었다. 이에 이각이 짓쳐 나가며 적군을 죽이자 곽사가 물러났다. 이각은 어가를 몰아 성을 나가더니 아무런 설명도 없이 수레를 자기의 영채로 끌고 갔다. 곽사는 병사를 이끌고 궁궐로 들어가 대궐의 비빈과 궁녀[采女]를 영채로 끌고 간 다음 대궐에 불을 질렀다. 다음날 곽사는 이각이 천자를 끌고 간 것을 알자 병사를 이끌고 이각의 영채를 습격하여 병사들을 무참히 죽였다. 황제와 황후가 모두 놀라 겁에 질렸다. 후세의 시인이 이렇게 읊었다.

광무제가 일어나 한실을 일으켜
전한과 후한이 서로 열두 황제를 이었는데

---

3) 곽아다(郭阿多) : 곽사의 본디 이름이 곽다(郭多)였다 이름에 아(阿)를 넣는 것은 상대를 무시할 때 붙이는 접두사이다.

환제와 영제가 무도하여 사직을 무너트려
환관의 전횡이 말세를 불러왔도다.
무모한 하진은 스스로 삼공이 되어
쥐새끼를 몰아내려다 간웅을 불렀구나.
늑대를 몰아내니 호랑이가 들어오고
서주의 역적들은 음탕하기만 하구나
왕윤의 단심(丹心)은 미인계를 써
동탁과 여포를 서로 싸우게 했도다.
괴수가 모두 죽으매 천하가 조용해지나 싶더니
이각과 곽사가 분노를 품을 줄이야.
황궁에 가시덤불 덮일 줄 누가 알았으며
육궁(六宮)의 비빈들은 주려 전쟁을 원망하는구나.
인심과 천명은 이미 떠나고
영웅들이 산하를 나누어 가지도다.
후세의 왕들은 이 일을 거울삼아
나라가 깨어지는 일이 없도록 힘쓸지라.
생령은 가루가 되고 내장은 흙더미에 나뒹구는데
산하는 온통 한 맺힌 핏자국뿐이라.
지나온 역사를 돌아보니 슬픔을 이길 수 없어
고금의 망망한 폐허를 탄식하노라.
임금 된 이는 모름지기 그 근본을 지킬지니
누가 보검을 들고 나라의 법도를 지키려나.

光武中興興漢世 上下相承十二帝
桓靈無道宗社墮 閹臣擅權爲叔季
無謀何進作三公 欲除社鼠招奸雄

豺獺雖驅虎狼入 西州逆豎生淫凶
王允赤心托紅粉 致令董呂成矛盾
渠魁殄滅天下寧 誰知李郭心懷憤
神州荊棘爭奈何 六宮饑饉愁干戈
人心既離天命去 英雄割據分山河
後王規此存兢業 莫把金甌等閒缺
生靈糜爛肝腦塗 剩水殘山多怨血
我觀遺史不勝悲 今古茫茫歎黍離
人君當守苞桑戒 太阿誰持全綱維

곽사가 군사를 이끌고 도착하자 이각이 영채를 나서 그를 맞았다. 곽사는 전세가 불리하자 잠시 물러섰다. 이각이 황제의 수레를 몰고 미오로 들어가 조카 이섬에게 안팎으로 연락할 수 없도록 감시하게 했다. 음식이 부족하여 시신(侍臣)들이 굶주린 기색이 역력하자 황제가 이각에게 사람을 보내어 쌀 닷 섬과 소뼈 다섯 덩어리만 보내주면 좌우를 먹일 수 있겠노라고 전갈했다. 이각이 화를 내며 말했다.

"아침저녁으로 밥을 먹었으면 되지 뭘 더 바란다는 거냐?"

그러고서는 썩은 고기와 곡식을 보내니 냄새가 나서 먹을 수가 없었다. 황제가 욕설을 퍼부었다.

"역적 놈이 어찌 이토록 나를 업신여긴단 말이냐?"

그 말을 들은 시중 양표가 다급하게 말씀드렸다.

"이각은 성격이 난폭한 데다가 일이 여기에까지 이르렀으니 폐하께오서는 더욱 참으시어 그의 칼끝을 피하소서."

황제가 고개를 숙이고 아무 말도 하지 않는데 눈물이 소매를 적시었다.

그때 근신(近臣)의 보고가 들어왔다.

"지금 한 부대의 병마가 달려옵니다. 창검은 햇빛에 번쩍이고 징 소리가 요란한데 어가를 모시고자 온다고 합니다."

"그게 누구라더냐?"

"곽사라 하옵니다."

황제는 오히려 더 걱정스러웠다. 그때 성밖에서 함성이 크게 일어났다. 이각이 곽사를 맞아 싸우러 나갔다. 그는 채찍으로 곽사를 가리키며 욕설을 퍼부었다.

"내가 너를 야박하게 대해주지 않았거늘 어이하여 나를 모해하느냐?"

"너는 역적이니 어찌 내가 죽이지 않을 수 있겠는가?"

"내가 지금 어가를 보호하고 있는데, 어찌 나를 역적이라 하느냐?"

"네가 어가를 납치한 것이지 어찌 보호한다고 말할 수 있겠느냐?"

"여러 말 할 것 없다. 너와 내가 서로 군사를 쓰지 않고 다만 두 사람이 겨루어 이기는 사람이 황제를 모셔 가기로 하자."

이어 곧 두 사람이 진열 앞에서 싸움을 벌였다. 열 번을 맞붙어 겨루었으나 승부가 나지 않았다. 이를 본 양표가 말을 몰고 앞으로 나와 큰 소리로 말했다.

"두 분은 잠시 싸움을 멈추시오. 이 늙은이가 특별히 여러 신하를 데리고 와 두 사람을 화해시키고자 하오."

그 말에 이각과 곽사가 각기 자기의 영채로 돌아갔다. 양표가 조정 관료 예순 명 남짓을 데리고 먼저 곽사의 진영을 찾아가 화해를 권고했다. 그러자 곽사는 갑자기 관료들을 모두 감옥에 집어넣었다. 관료들이 물었다.

"우리는 좋은 뜻으로 장군을 찾아왔는데 어찌하여 우리를 이렇게 대접합니까?"

"이각은 천자를 납치했는데 나라고 그대들을 잡아두지 못할 이유가 있소?"

양표가 물었다.

"한 사람은 천자를 납치하고 다른 사람은 대신들을 납치하니 어찌할 셈이시오?"

곽사가 대로하며 칼을 뽑아 양표를 죽이려 하자 중랑장 양밀(楊密)이 간곡하게 만류하니 곽사가 양표와 주준을 살려주고 나머지 대신들을 감옥에 가두었다. 양표가 주준에게 말했다.

"사직을 지킬 신하의 몸으로 황제를 구출하지도 못하고 있으니 이 천지에 참으로 헛된 삶을 살고 있구려."

말을 마치고는 둘이 껴안고 울다가 정신을 잃고 땅 위에 쓰러졌다. 주준은 집으로 돌아와 홧병으로 죽었다. 이런 일이 있은 뒤 이각과 곽사는 매일 싸우기를 오십일 동안 계속하니 죽은 무리가 헤아릴 수 없이 많았다.

그 무렵 이각은 평소 미신을 좋아하여 진중에 무녀를 불러 귀신을 위해 북을 치곤 했다. 가후가 여러 차례 말렸으나 듣지 않았다. 이때 시중 양기(楊琦)가 천자에게 은밀히 아뢰었다.

"신이 보건대 가후는 이각의 심복이라 하나 폐하를 잊은 적이 없는 사람인 듯하오니 폐하께서 그를 부르시어 상의해보소서."

그런 말을 나누고 있는 사이에 가후가 들어왔다. 황제가 좌우의 사람을 물러가게 하고 흐느끼며 가후에게 말했다.

"그대는 한실을 불쌍히 여기어 짐의 목숨을 구해줄 수 있겠소?"

가후가 땅에 엎드려 말씀을 드렸다.

"그것은 제가 바라던 바이옵니다. 폐하께오서는 더 말씀하지 마소서. 제가 도모하는 바가 있나이다."

황제가 눈물을 거두며 고마워했다. 조금 시간이 지나자 이각이 칼을 찬 채로 들어왔다. 황제의 얼굴이 흙빛으로 변하자 이각이 말했다.

"곽사는 신하라 할 것이 없습니다. 대신들을 가두고 폐하까지 납치하려 하니 제가 아니었던들 폐하께서는 저들에게 잡힌 바가 되었을 것입니다."

황제가 손을 모으며 고마워하자 이각이 물러갔다. 그때 황보력(皇甫酈)이 들어와 황제를 뵈었다. 황제는 그가 언변에 능통하고 이각과는 고향 사람이어서 두 사람을 찾아가 화해시켜보라고 지시했다. 황보력이 황제의 뜻을 받들어 곽사의 영채에 이르러 강화를 권고하니 곽사가 말했다.

"이각이 천자를 궁궐로 보내면 나도 대신들을 풀어주겠소."

황보력이 곧 이각을 찾아가 말했다.

"이제 천자께오서는 제가 서량 사람으로 공과 동향인 것을 알고 두 사람이 화해하도록 이렇게 보내서 왔습니다. 곽사는 이미 황제의 칙어를 받아들였는데 공의 뜻은 어떠신지요?"

"나로 말하면 여포를 깨트리고 황실을 보좌한 지 4년이 지났으니 공훈이 적지 않소. 곽아다는 본디 말이나 훔치러 다니던 놈이라는 것을 천하가 다 잘 아는데 감히 대신들을 가두고 나와 맞서려 하니 내가 맹세코 그를 죽이리다. 그대는 나의 계략과 병력을 보아 내가 그를 충분히 이기리라고 생각하지 않소?"

"그렇지 않습니다. 지난날 유궁국(有窮國)의 후예(后羿)[4]는 활을 잘

---

[4] 후예(后羿) : 이 사람에 대해서는 두 가지의 이야기가 전해 내려온다.
  (1) 요임금 때 천제(天帝)가 태양 열 개를 한꺼번에 땅에 비치니 지상에서는 갑자기 모든 것이 타 죽었다. 이에 요임금은 활의 명수인 후예를 불러 화살 아홉 대로 아홉 개의 태양을 쏘아 떨어뜨리고 하나만을 남겼다. 그 덕분에 지상의 사람들은 다시 온화한 햇볕 속에서 농사를 짓고 생활을 즐기게 되었다. 이에 분노한 천제가

쏘았지만 다가오는 환란을 생각하지 않다가 끝내 멸망했습니다. 요즘 일만 하더라도 동탁의 세력이 그토록 강성했지만 공께서 보았듯이 여포가 그 은혜를 생각하지 않고 배반하여 눈 깜짝할 사이에 목을 베어 성문에 매달았습니다. 그러므로 강력한 병사를 거느렸다는 것만으로는 자랑할 것이 못 됩니다. 장군께서는 이미 상장군에 오르시어 부절(符節)을 잡으시고 자손과 친척들도 또한 모두 높은 관직에 올랐으니 나라의 은혜를 입지 않았다고 말할 수는 없습니다. 이제 곽사는 대신들을 감옥에 가두고 장군께서는 천자를 가두었으니 과연 누구의 죄가 더 무겁고 가벼울 게 있습니까?"

황보력의 말을 들은 이각이 대로하며 칼을 빼 들고 꾸짖었다.

"천자가 너를 보내어 나를 욕보이는구나. 내가 먼저 네 목을 치리라."

기도위(騎都尉) 양봉(楊奉)이 말렸다.

"아직 곽사를 평정하지 못했는데 천자의 칙사를 죽이는 것은 곽사에게 거병할 구실을 주는 것이요, 제후도 나서서 그를 도울 것입니다."

가후가 또한 나서서 말리자 이각이 분노를 삭였다. 가후가 황보력을 이끌고 밖으로 나오자 황보력이 이각을 꾸짖었다.

"이각이 황제의 조칙을 받아들이려 하지 않으니 그가 시역할 모양이로구려."

시중 호막(胡邈)이 급히 말리며 말했다.

"이 말이 밖으로 나가지 않도록 하시오. 그대가 해를 입을까 두렵소."

후예를 벌주어 지상으로 추방했다. 이 고사를 후예사일(后羿射日)이라 한다.
(2) 후예는 하(夏)나라 때 사람으로 유궁의 수령이었는데 활을 잘 쏘았다. 하후(夏后) 태강(太康)이 백성의 일을 잘 돌보지 않고 사냥에만 골몰하자 그를 쫓아내고 대신 임금이 되었다. 그도 또한 사냥을 좋아했고 한착(寒浞)을 신임하다가 그의 무리에게 살해되었다. 황보력이 말한 후예는 뒤의 인물이다.

"호경재(胡敬才 : 호막의 자)야, 그대 또한 조정의 신하로서 어찌 역적의 편에 서려느냐? 옛말에 이르기를, '왕이 모욕을 겪으면 신하는 죽어야 한다.'[君辱臣死]5)고 했다. 내가 이각의 손에 죽는다면 그것이 곧 내 본분이 아니겠는가?"

황보력은 이각에 대한 꾸짖음을 멈추지 않았다. 황제가 그 말을 듣고 서둘러 황보력을 서량으로 보내어 해를 입지 않도록 했다. 그 무렵 이각의 병사들 가운데 절반은 서량 출신이어서 강인(羌人)들의 도움을 받고 있었다. 황보력은 강인들 사이에 거짓말을 퍼트렸다.

"이각이 지금 반란을 꿈꾸고 있는데 거기에 가담하는 사람들은 역적이 될 것이니 후환을 면하기 어려울 것이다."

서량 사람들은 대부분 황보력의 말을 듣고 마음이 어지러웠다. 이각이 그와 같은 일을 듣고 대로하여 호분(虎賁)6) 왕창을 시켜 황보력을 잡아오도록 했다. 왕창은 황보력이 충의의 인사임을 잘 알고 있었기 때문에 그를 추격하지도 않고 돌아와 보고했다.

"황보력은 이미 어디로 갔는지 알 수 없습니다."

가후 또한 은밀하게 강인들에게 말했다.

"황제께서는 그대들의 충성스러움과 오랜 전쟁으로 고생하고 있음을 잘 알고 있기에 돌아가 있으면 훗날 큰 상을 내리리라고 은밀히 조칙을 내리셨소."

이각이 벼슬과 상을 주지 않아 본디 원한이 깊었던 터라 강인들은 가후의 말을 듣자 병력을 이끌고 돌아갔다. 가후가 천자에게 은밀히 아뢰었다.

---

5) 범리(范蠡)의 말로 『국어』(國語) 월어(越語. 下)에 나온다. 제33회의 각주 8번 참조.
6) 호분(虎賁) : 왕궁수비대. 호랑이처럼 용맹하다는 뜻을 담고 있다.

"이각은 탐욕스럽고 무모한 사람인지라 이번 병졸들이 돌아가자 두려워하고 있는데, 이때 그에게 큰 벼슬을 내려 달래심이 좋겠습니다."

황제가 조칙을 내려 이각을 대사마에 앉혔다. 이각이 기뻐하며 말했다.

"무당들이 하늘에 빈 덕분이로구나."

이각은 무당에게 큰 상을 내리고서도 장수들에게는 상을 내리지 않았다. 기도위 양봉이 대로하여 송과(宋果)에게 말했다.

"우리들이 생사를 드나들며 화살과 돌멩이를 맞았는데 그 공로가 무당만도 못하다는 말인가?"

"어찌 이 역적을 죽여 천자를 구하지 않을 수 있겠소?"

"그대가 중군에 불을 질러 신호를 올리면 내가 밖에서 군사를 이끌고 쳐들어가리라."

두 사람은 이경에 거사하기로 약속했다. 그러나 뜻밖에도 비밀을 지키지 못하여 어떤 사람이 이를 이각에게 밀고했다. 이각이 대로하여 사람을 시켜 송과를 먼저 잡아 죽였다. 양봉이 병력을 이끌고 밖에서 기다렸으나 신호가 오르지 않았다. 이각이 몸소 병력을 이끌고 나가 양봉의 영채에서 사경에 이르도록 어지럽게 싸웠다. 양봉이 이기지 못하고 서안(西安)으로 물러갔다. 이로부터 이각의 세력이 점차로 사그라졌다. 더욱이 곽사가 때도 없이 쳐들어오니 잃은 병력이 헤아릴 수 없이 많았다. 그때 문득 보고가 들어왔다.

"진동장군(鎭東將軍) 장제(張濟)가 대군을 이끌고 섬서(陝西)로부터 쳐들어오고 있는데 두 사람이 화해하지 않으면 모두 무찌르겠다고 합니다."

이각은 먼저 성의를 보이고자 장제에게 사람을 보내어 화해하기로 약속했다. 그러자 곽사 또한 화해를 받아들였다. 장제가 천자에게 글을 올려 홍농(弘農)으로 행차하기를 소청했다. 황제가 기뻐하며 말했다.

"내가 동쪽의 도읍지[낙양]로 돌아가고 싶은 지 오래였는데, 이번에 그 기회를 얻었으니 참으로 기쁜 일이오."

황제는 장제를 표기장군(驃騎將軍)으로 삼았다. 그는 대신들에게 밥과 고기를 대접했다. 그러자 곽사도 대신들을 풀어 영채로 보냈다. 이각은 어가를 수습하여 동쪽으로 가면서 어림군 몇 백 명에게 창을 들고 호송하게 했다. 어가가 신풍(新豊)을 지나 패릉(覇陵)에 이르렀는데 때는 가을이라 바람이 으스스했다. 그때 문득 함성이 크게 일어나며 몇 백 명의 병사가 다리 난간에서 어가를 막아서며 물었다.

"오는 사람들은 누구인가?"

시중 양기(楊琦)가 말을 달려 나가 다리 위에서 소리쳤다.

"황제께서 지나가시는데 누가 감히 막으려 하는고?"

"우리는 곽사 장군의 명령을 받들어 성을 지키며 첩자들을 막고 있소. 그대들이 어가를 모신다 하니 우리가 몸소 천자를 뵈어야 믿을 수 있겠소."

양기가 주렴(珠簾)7)을 거두니 황제가 말했다.

"짐이 여기에 있는데 그대들은 어찌 물러서지 않는고?"

장수들이 만세를 부르며 양쪽으로 갈라서자 어가가 지나갔다. 두 장수가 돌아가 곽사에게 보고했다.

"어가가 이미 지나갔습니다."

"내가 장제를 겁주어 어가를 다시 미오로 데려가려 했는데 너희가 어찌 마음대로 풀어주었느냐?"

---

7) 주렴(珠簾) : 왕이나 황제의 왕관 앞을 가릴 수 있도록 구슬을 줄에 꿰어 늘어트린 발[簾]을 뜻한다. 주렴을 늘어트린 이유는 신하나 백성이 황제의 기뻐하거나 분노한 표정을 읽고 연민 때문에 마음이 흔들리는 일이 없도록 하고자 함이었다.

곽사는 두 장수를 죽이고 병사를 몰아 어가를 추격했다. 어가가 화음현(華陰縣)에 이르자 뒤에서 함성이 진동하며 누구인가 소리친다.

"어가를 멈추어라."

황제가 울며 대신들에게 말했다.

"이제 이리의 굴을 벗어났는데 다시 호랑이를 만났으니 어찌할꼬?"

모두가 얼굴빛이 바뀌었다. 적군이 가까이 다가올 무렵 북소리가 크게 울리며 산 뒤에서 한 장수가 짓쳐나오는데 앞장 선 깃발에는 "대한 양봉"(大漢楊奉)이라는 네 글자가 선명한데 천여 명의 병사들을 거느리고 있었다. 본디 양봉은 이각과의 전쟁에서 지고 종남산(終南山) 아래 주둔하고 있다가 이제 황제께서 지나간다는 말을 듣고 호위하러 달려온 것이다. 양쪽 병력이 진세를 벌이자 곽사가 부하 최용(崔勇)을 내보내어 싸우게 했다. 그가 먼저 욕설을 퍼부었다.

"역적 양봉은 어서 덤벼라."

양봉이 대로하여 진중을 향해 소리쳤다.

"공명(公明)은 어디에 있는가?"

한 장수가 화류마(驊騮馬)[8]를 탄 채 큰 도끼를 들고 나와 곧 최용을 맞아 싸웠다. 두 말이 엉켜 단 한 번 겨루었는데 최용이 목이 달아난 채 말에서 떨어졌다. 양봉이 승세를 타고 적군을 죽이니 곽사가 크게 무너져 이십 리 남짓을 도망했다. 양봉이 병사를 이끌고 와 천자를 뵈오니 천자가 그의 공로를 위로하며 말했다.

"경(卿)이 나를 구원했으니 그 공로가 적지 않소."

양봉이 머리를 숙여 사례했다.

---

8) 화류마(驊騮馬) : 준마를 뜻하는데 털이 붉고 갈기가 검었다.

"적장을 죽인 장수는 누구인고?"

양봉이 그 장수를 앞으로 나오게 하여 천자를 뵙게 하고 말했다.

"이 사람은 하동(河東)의 양군(楊郡) 사람으로 이름을 서황(徐晃)이라 하고 자를 공명이라 합니다."

황제가 그를 위로했다. 양봉은 어가를 모시고 화음에 이르러 머물렀다. 장군 단외(段煨)가 의복과 음식을 마련하여 황제에게 올렸다. 그날 밤 황제는 양봉의 진중에서 잤다. 곽사는 그날 전투에서 지고 다음날 군사를 점검한 다음 양봉의 영채로 쳐들어왔다. 서황이 먼저 말을 타고 앞으로 나아갔다. 곽사의 병력이 팔면으로 에워싸고 쳐들어오니 천자와 양봉이 어려움에 빠졌다.

그와 같이 위급한 상황에서 문득 동남쪽으로부터 함성이 크게 일며 한 장수가 말을 몰아 짓쳐나왔다. 적군이 어지러이 무너지자 서황이 승세를 타고 공격하여 곽사의 무리를 크게 무찔렀다. 그 장수가 황제를 뵙고 인사를 드리는데 바라보니 황제의 친족인 동승(董承)이었다. 황제가 울며 지난 일을 이야기하자 동승이 말했다.

"폐하께오서는 걱정하지 마옵소서. 제가 양봉 장군과 함께 맹세코 두 역적을 죽여 천하를 평화롭게 하오리다."

황제가 낙양으로 가는 길을 재촉하여 밤을 새워 홍농으로 나아갔다. 곽사가 전투에서 진 뒤 패잔병을 이끌고 돌아오다가 이각을 만나자 곽사가 말했다.

"양봉과 동승이 어가를 이끌고 홍농으로 갔다오. 만약 그들이 동산(東山)에 이르러 자리를 잡으면 반드시 천하에 포고령을 내려 제후를 모아 우리를 공격하게 될 터인데 그때 우리는 삼족의 목숨을 지킬 수 없을 게요."

"지금 장제가 병력을 거느리고 장안에 머물고 있으니 가볍게 움직이는 것은 옳지 않소. 나와 그대가 병력을 한곳에 모아 홍농을 공격하여 천자를 죽이고 천하를 나누어 가지면 안 될 게 뭐요?"

곽사도 기꺼이 그 제안을 받아들였다. 두 사람이 병력을 합쳐 약탈하니 지나는 고을마다 폐허가 되었다. 양봉과 동승은 적군이 먼 길을 달려왔다는 사실을 알고 병력을 되돌려 동간(東澗)에서 큰 싸움을 벌였다. 이각과 곽사가 상의했다.

"저들은 병력이 많고 우리는 적으니 난전을 펴야 이길 수 있을 것이오."

그 말에 따라 이각은 왼쪽 날개를 맡고 곽사는 오른쪽 날개를 맡아 산과 들을 뒤덮으며 몰려왔다. 양봉과 동승이 목숨을 걸고 싸워 겨우 어가를 보호할 수 있었으나 백관과 궁인들이 희생되고 부절(符節)과 책서(册書)와 전적(典籍)과 황제가 쓰는 물건들을 모두 잃었다. 곽사가 군사들을 이끌고 홍농을 약탈했다. 동승과 양봉이 어가를 이끌고 섬북(陝北)으로 달아나자 이각과 곽사가 병사를 나누어 추격했다.

동승과 양봉은 한편으로 사람을 보내어 이각과 곽사에게 강화를 요구하면서 달리 은밀히 칙서를 하동으로 보내어 황건적의 잔당으로 백파(白波)의 지휘관인 한섬(韓暹)과 이락(李樂)과 호재(胡才)에게 군사를 몰고 와 황제를 돕도록 했다. 본디 이락은 소취산(嘯聚山)의 산적 두목이었지만 이제 황제로서는 어쩔 수 없이 그들을 불렀다.

그동안의 죄를 사면하고 벼슬을 준다는 말에 세 장수가 어찌 오지 않을 수 있었겠는가? 그들은 영채의 군사를 몰고 와 동승과 힘을 합쳐 홍농을 다시 찾았다. 그 무렵 이각과 곽사는 이르는 곳마다 백성을 약탈하고 노약자를 죽이며 건장한 청년들을 병사로 뽑아 적군을 만나면 민병을 앞장세우니 이들을 "감사군"(敢死軍)9)이라 불렀는데 그 세력이 엄청나게 컸다.

이락의 병사들이 몰려와 위양(渭陽)에서 만났다. 곽사는 부하들에게 옷을 벗어 길에 늘어놓도록 했다. 옷이 길에 가득한 것을 본 이락의 병사들은 그것을 주우려고 다투다가 대오가 흩어졌다. 그 틈을 타 이각과 곽사의 부대가 사면에서 공격하여 이락이 크게 무너졌다. 동승이 더 견디지 못해 어가를 모시고 북쪽으로 달아나자 등 뒤에서 적군이 추격해 왔다. 그때 이락이 소리쳤다.

"사태가 위급하니 천자는 말에 오르시어 먼저 떠나소서."

"짐은 백관들을 버리고 혼자 갈 수 없노라."

그 말을 들은 모든 무리가 울먹이며 황제의 뒤를 따랐다. 이때 호재는 어지러운 군사들 사이에서 죽었다. 동승과 양봉은 적군의 추격이 다급해지자 천자에게 어가를 버리고 걷도록 했다. 황하의 강변에 이르자 이락의 무리가 작은 배를 찾아 강을 건너려 했다. 날씨는 몹시 추웠다. 황제와 황후가 겨우 강변에 이르렀으나 길이 너무 가팔라 배에 오를 수가 없는데 뒤에는 적군이 잡힐 듯이 따라왔다. 양봉이 소리쳤다.

"말고삐를 풀어 황제의 허리에 묶은 다음 배에 내려드려라."

무리 가운데 황후의 오라버니인 복덕(伏德)이 명주 여남은 필을 가져와 말했다.

"내가 어지러운 병사들 사이에서 이를 얻었는데 이를 이어 황제의 가마[輦]를 끌어 내리시오."

행군교위(行軍校尉) 상홍(尙弘)이 명주로 황제와 황후를 묶어 병사들에게 먼저 배로 내려가도록 하여 가까스로 배에 올랐다. 이락이 칼을 빼

---

9) 감사군(敢死軍) : 죽음을 두려워하지 않는 군사라는 뜻이니 지금의 결사대와 같았다.

들고 배에 오르니 복덕이 황후를 업고 배에 올랐다. 강변에는 배에 오르지 못한 무리가 서로 타려고 다투면서 뱃줄을 잡아당기자 이락이 그들을 칼로 찍어 물에 빠트렸다. 이락은 황제와 황후를 배에 태워 강 건너로 건넌 다음 다시 와 남은 사람들을 태웠는데 배에 오르겠다는 사람들이 모두 손가락을 잃어 울음소리가 하늘에 닿았다.

무리가 강을 건너 살펴보니 황제의 좌우에 따르는 사람이 여남은 명에 지나지 않았다. 양봉이 소가 끄는 수레 하나를 얻어 황제를 태우고 대양(大陽)에 이르렀다. 양식이 떨어져 저녁 늦게야 어느 기와집에 들어갔더니 촌로가 조밥을 내왔으나 황제와 황후가 함께 먹어보니 너무 거칠어 목에 넘어가지 않았다.

다음날 황제는 이락을 정북장군(征北將軍)으로 삼고, 한섬을 정동장군(征東將軍)으로 삼아 어가를 몰고 앞으로 나아갔다. 그때 두 대신이 찾아와 어가 앞에서 통곡을 하는데 살펴보니 태위 양표(楊彪)와 태복 한융(韓融)이었다. 황제와 황후가 함께 울자 한융이 말했다.

"이각과 곽사 두 역적이 저의 말을 믿는 편입니다. 제가 목숨을 걸고 그들을 찾아가 군대를 풀도록 설득하고자 하오니 폐하께서는 옥체를 보존하소서."

한융이 떠나자 이락은 황제를 양봉의 영채로 모시어 잠시 쉬도록 했다. 양표가 안읍현(安邑縣)에 도읍을 정하도록 황제에게 말씀드렸다. 어가가 안읍에 이르러 보니 큰 집은 하나도 없어 황제와 황후는 초가집에서 머물렀는데 문짝도 없어 사방을 가시덤불로 가리어 바람을 막았다. 황제와 대신들이 초가집에서 국사를 논의하는 동안 장수들은 병사를 이끌고 밖에서 사람들을 막았다.

이락의 무리는 전권을 휘두르며 백관들이 그들을 건드리면 황제 앞에서 그들을 두드리고 욕설을 퍼부었으며, 의도적으로 탁주와 거친 음식을 황제에게 보내어 강제로 먹게 했다. 이락과 한섬은 또한 건달과 천역(賤役)과 무의(巫醫)와 졸개 이백 명의 명단을 만들어 모두 교위와 어사의 벼슬을 내리도록 했다. 발령장에 쓸 도장이 없어 송곳으로 파 글씨를 만들었으니 황실의 체통이 말이 아니었다.

이각과 곽사를 찾아간 한융이 듣기 좋은 말로 설명하자 두 역적이 백관과 궁인을 풀어주었다. 그해에 심한 흉년이 들어 백성은 대추와 야채로 배를 채우니 굶어 죽은 사람이 들판에 가득했다. 하내태수 장양(張楊)이 쌀과 고기를 보내주고 하동태수 왕읍(王邑)이 비단을 보내주어 황제의 삶이 조금 좋아졌다. 동승과 양봉이 상의하여 한편으로는 사람을 낙양으로 보내어 궁궐을 수리하게 하고 어가를 옮기려 했다. 이락이 이에 따르려 하지 않자 동승이 그에게 말했다.

"낙양은 본디 천자께서 도읍으로 삼으신 곳이요, 안읍은 너무 좁은데 어찌 어가를 모실 수 있겠소? 이제는 낙양으로 어가를 옮기는 것이 순리입니다."

그러자 이락이 말했다.

"당신들이나 그리로 가시오. 나는 이곳에 머물겠소."

동승과 양봉은 어가를 모시고 길을 떠났다. 그러자 이락은 은밀하게 이각과 곽사에게 사람을 보내어 함께 어가를 약탈하기로 약속했다. 그와 같은 음모를 안 동승과 양봉과 한섬이 그날 밤으로 군사를 정비하여 어가를 모시고 기관(箕關)으로 떠났다. 그 사실을 안 이락은 이각과 곽사의 병사들이 이르기를 기다리지 않고 홀로 군사를 이끌고 어가를 추격했다. 사경 무렵에 기산(箕山) 밑에 이른 이락이 소리쳤다.

"어가를 멈추어라. 이각과 곽사가 여기에 왔노라."

겁에 질린 황제는 가슴이 뛰고 몸이 떨렸다. 산 위에서 불길이 일어났다. 시인이 그때의 장면을 이렇게 읊었다.

지난번에는 두 역적이 갈라서더니
이번에는 세 역적이 하나로 뭉치는구나.
前番兩賊分爲二 今番三賊合爲一

황제는 이 어려움을 어찌 이기려나?

제14회

한 번 배신한 무리는 다시 배신한다

> 조조는 어가를 허도로 옮기고
> 여포는 밤을 틈타 서주를 치다.

이락이 이각과 곽사를 사칭하며 어가를 추격하자 천자가 몹시 놀랐다. 양봉이 황제를 위로하며 말했다.

"저 사람은 이각이나 곽사가 아니라 이락입니다."

양봉은 서황에게 나가 싸우게 했다. 이락이 나오자 두 말이 엉켜 겨루었는데 단 한 번에 서황의 칼이 이락을 베어 말 아래로 떨어트리고 잔당들을 죽였다. 일행이 어가를 모시고 기관(箕關)을 지나니 그곳 태수 장양(張揚)이 양식과 비단을 가지고 나와 지도(軹道)에서 어가를 맞이했다. 황제가 장양을 대사마로 삼으니 장양이 사례하고 야왕현(野王縣)으로 가 진영을 쳤다.

황제가 낙양으로 들어가 보니 궁궐은 모두 불탔으며 거리는 황량하여 초목이 우거져 대궐 안에는 무너진 담장과 벽만 남아 있었다. 황제는 양봉에게 작은 궁궐을 짓도록 하고 아침 인사[朝賀]를 받을 때면 신하들은 가시덤불 속에 서 있었다. 황제는 연호를 흥평(興平)에서 건안(建安)으

로 바꾸었다. [서기 196년]

　그해에 큰 기근이 들었다. 낙양의 백성은 겨우 몇 백 가구에 지나지 않았지만 먹을 것이 없어 성밖으로 나가 나무껍질을 벗기고 풀뿌리를 캐어 연명했다. 상서랑을 비롯한 모든 벼슬아치들이 성밖으로 나가 나무하고 나물을 캐다가 허물어진 담장 사이에서 죽는 일이 허다했다. 한나라 말년의 왕기가 이미 쇠잔해짐이 이보다 더 비참할 수 없었다. 뒷날 시인이 이렇게 탄식했다.

　　망탕산1)에 피 흘리며 흰 뱀을 죽이고
　　붉은 깃발 한고조는 천하를 종횡하며
　　진나라의 사슴2)을 몰아내어 사직을 일으키고
　　항우의 말을 쓰러트려 강토를 이루었다.
　　조정은 나약하여 간신배가 일어나고
　　왕기는 쇠잔해져 도적이 미쳐 날뛰는데
　　장안과 낙양의 황폐한 모습에
　　철인마저 눈물 없이 바라볼 수 없구나.
　　血流芒碭白蛇亡　赤幟縱橫遊四方
　　秦鹿逐翻興社稷　楚騅推倒立封疆
　　天子懦弱姦邪起　宗社凋零盜賊狂
　　看到兩京遭難處　鐵人無淚也悽惶

---

1) 망탕산(芒碭山) : 하남성(河南省) 영성(永城) 북쪽에 있는 산인데 한고조 유방이 이곳에서 뱀을 죽이고 거병했다.
2) 진나라의 사슴[秦鹿] : 진나라의 제위(帝位)를 뜻함.

태위 양표가 황제에게 아뢰었다.

"지난날 이미 조조에게 조칙을 작성한 바 있으나 아직 보내지 않은 일이 있사온데, 그가 지금 산동에 웅거하여 병사와 장수들이 강성합니다. 그들을 조정으로 불러들여 황실을 보좌하게 하소서."

"짐이 이미 조칙을 내린 바 있는데 경이 다시 상주(上奏)할 일이 아니오. 지금 곧 칙사를 그에게 보내시구려."

양표가 천자의 뜻을 받들어 곧 사람을 산동으로 보내어 조조를 조정으로 불렀다. 그 무렵 조조는 산동에 머물면서 천자가 이미 낙양으로 돌아왔다는 소식을 듣고 모사(謀士)들을 불러 상의했다. 순욱이 먼저 말했다.

"지난날 진(晉)의 문공(文公)이 주(周)의 양왕(襄王)을 모시자 제후가 그에게 복종한 바 있고,3) 한고조께서 의제(義帝)4)의 장례를 치름으로써 천하의 민심을 얻은 바 있습니다. 지금 천자께서 난리를 피하여 피란길에 오른 터에 장군께서 마땅히 이때 의병을 일으켜 천자를 받드심으로써 백성의 소망을 따르신다면 이보다 더 좋은 계책이 없습니다. 만약 서둘러 일을 도모하지 않으시면 다른 장수가 우리보다 앞서 이 일을 할 것입니다."

조조가 크게 기뻐하며 병력을 수습하는데 문득 천자의 조칙을 든 칙사가 내려왔다는 보고가 들어왔다. 조조는 조칙을 받들어 그날로 군사를 일으켰다. 그 무렵 황제는 낙양에 머물고 있었는데, 백 가지 일이 허술하고, 성곽이 무너졌으나 수리할 길이 없었다. 더욱이 이각과 곽사의 군사

---

3) 진(晉)의 문공은 아버지 헌공의 미움을 받아 망명했으나 19년 뒤에 돌아와 양왕(襄王)을 보필하여 초나라를 깨트리고 주나라를 일으킴.
4) 의제(義帝)는 초나라 회왕(懷王)을 뜻한다. 그가 항우의 손에 억울하게 죽자 유방이 강에 빠져 죽은 그의 시체를 건져 장례를 치러주었다. 김종직(金宗直)이 쓴 『조의제문』(弔義帝文)의 주인공이 바로 이 사람이다.

가 곧 다다를 것이라는 보고가 들어오자 황제는 매우 놀라 양봉에게 물었다.

"산동의 조조에게 보낸 칙사가 아직 돌아오지 않았는데 이각과 곽사의 병사들이 쳐들어오고 있다니 어쩌면 좋겠소?"

양봉과 한섬이 대답했다.

"신들이 죽기로 싸워 폐하를 지키겠나이다."

동승이 말했다.

"성곽이 튼튼하지 못하고 병사가 부족하여 싸우는 것이 불리하니 어찌하겠습니까? 어가를 모시고 산동으로 피하심만 못할 것입니다."

황제가 그의 말에 따라 그날로 산동을 바라보며 길을 떠났다. 백관은 타고 갈 말이 없어 걸어서 어가를 따랐다. 낙양을 벗어나 화살을 쏠 만한 거리도 미처 가지 못했는데, 앞을 바라보니 먼지가 해를 가리고 징 소리가 하늘을 울리며 수많은 병사가 몰려오자 황제는 너무 놀라, 말도 하지 못했다. 그때 문득 말을 탄 기사가 나타나는데 바라보니 지난번에 조조에게 보낸 칙사였다. 그는 어가 앞에 이르자 절하며 아뢰었다.

"조조 장군께서 군사를 모두 몰아 황명에 따라 이리로 달려오고 있습니다. 이각과 곽사가 낙양을 침범하였다는 말을 듣고 조조 장군께서는 하후돈을 선봉으로 삼아 빼어난 장수 여남은 명과 정예군 오만 명을 먼저 보내어 황제를 보호하라 하였습니다."

그 말에 황제가 안심하고 있는데 하후돈이 허저와 전위의 무리를 거느리고 어가 앞에 이르러 황제를 뵙고 군례(軍禮)를 드렸다. 황제가 그들을 위로하는 말을 마치자 문득 동쪽에서 한 무리가 달려왔다. 황제가 하후돈을 시켜 알아보게 하였더니 그가 돌아와 아뢰었다.

"조조 장군의 보군입니다."

조금 시간이 지나자 조홍과 이전과 악진이 어가를 찾아와 인사를 드리며 조홍이 말했다.

"신의 형님께서 적군이 가까이 오고 있다는 것을 알고 하후돈 혼자의 힘으로는 견디기 어렵다 여기시어 저희에게 길을 재촉하여 돕도록 하였습니다."

"조 장군은 참으로 사직을 지킬 만한 신하로다."

황제는 그들에게 어가를 호위하여 앞으로 나아가게 했다. 그때 척후가 달려와 이각과 곽사가 긴 병력을 이끌고 다가오고 있다고 보고했다. 황제가 하후돈에게 두 길로 나누어 나가 막게 했다. 하후돈이 조홍과 함께 병사를 둘로 나누어 기병대를 앞세우고 보병을 뒤에 세워 공격했다. 이각과 곽사가 크게 지고 만 명 남짓의 병사를 잃었다. 신하들이 황제에게 낙양으로 되돌아갈 것을 아뢰었다. 낙양에 이르자 하후돈이 성밖에 주둔했다.

이튿날 조조가 수많은 인마를 이끌고 도착했다. 영채를 세운 뒤 조조는 성안으로 들어와 전각의 계단 아래에서 황제에게 인사를 드렸다. 황제가 그에게 몸을 일으키라 한 다음 그동안의 노고를 위로했다. 조조가 아뢰었다.

"신이 나라의 큰 은혜를 입고 이를 어찌 갚을까 마음에 새기고 있었습니다. 이번 이각과 곽사의 두 역적이 지은 죄는 하늘에 차고 있으나 신이 거느린 정예병 이십만 명으로 천명에 따라 역적을 토벌하면 이기지 못할 것이 없습니다. 폐하께서는 옥체를 보존하시고 사직을 무겁게 여기시옵소서."

황제가 조조를 사예교위(司隸校尉)로 삼아 절월을 내리고 상서의 일을 맡게 했다.

그 무렵 이각과 곽사는 조조가 먼 길을 왔다는 말을 듣고 서둘러 공격하기로 합의했다. 그 말을 들은 가후가 말했다.

"그 방법은 옳지 않습니다. 조조의 병력은 정예하고 장수는 용맹하니 항복하여 목숨이라도 건지느니만 못합니다."

이각이 대로하여 꾸짖었다.

"네가 감히 나의 예기(銳氣)를 능멸하는가?"

이각이 칼을 빼 가후를 죽이려 하자 여러 장수가 말렸다. 그날 밤 가후는 홀로 말을 타고 고향으로 돌아갔다.

다음날 이각의 군사가 조조의 병사와 마주쳤다. 조조는 허저와 조인과 전위에게 삼백 명의 철기군을 이끌고 이각의 진영을 삼면에서 공격하도록 한 다음 진영을 쳤다. 진이 둥글게 이뤄지자 이각의 조카 이섬(李暹)과 이별(李別)이 말을 타고 앞으로 나왔다. 이러니저러니 말도 없이 허저가 나는 듯이 말을 몰아 나가더니 단칼에 이섬을 죽이고 이별은 놀라 도망하다 말에서 떨어져 허저의 칼에 죽자 양쪽이 모두 자기 진영으로 돌아갔다. 조조가 허저의 등 뒤에 대고 말했다.

"그대는 참으로 나의 번쾌(樊噲)5)로다."

조조는 하후돈을 좌군으로 삼고 조인을 우군으로 삼아 중군을 이끌고 나아갔다. 북이 울리자 삼군이 한꺼번에 짓쳐나갔다. 적군은 견뎌내지 못하고 크게 져 달아났다. 조조가 몸소 보검을 빼 들고 진두를 지휘하며 밤새도록 추격하니 죽은 무리가 적지 않고 항복한 무리를 헤아릴 수 없었다. 곽사는 서쪽으로 도망하는데 그 모습이 마치 상갓집 개[喪家之狗] 같

---

5) 번쾌(樊噲) : 한고조 유방을 도와 한나라를 세우는 데 큰 공을 세운 무장.『사기』
「항우본기」;『사기』「번쾌(樊噲)열전」및 본서의 21회 각주 4 참조.

았다. 몸을 붙일 곳이 없음을 안 그는 산으로 들어가 도적이 되었다. 조조는 군사를 돌려 낙양성 밖에 주둔했다. 양봉과 한섬이 상의했다.

"이제 조조가 대공을 세웠으니 반드시 정권을 잡을 터인데 우리는 어찌해야 하겠소?"

그들은 천자를 찾아가 이각과 곽사를 추격하겠다는 구실로 본부 병사들을 이끌고 대량(大梁)으로 가 주둔했다.

어느 날 황제가 조조의 영채에 사람을 보내어 상의할 일이 있으니 들어오라고 알렸다. 칙사가 왔다는 말을 듣고 조조가 불러 만나보니 그의 눈썹과 눈이 수려하고 정신이 맑아 보였다. 조조가 속으로 생각했다.

"지금 동부 지방에는 기근이 들어 관료와 백성이 모두 주린 빛을 띠고 있는데 이 사람은 어찌 이리 살이 쪘을까?"

그런 생각을 하며 넌지시 물었다.

"공의 얼굴에 윤기가 흐르니 어찌 섭생하면 그리됩니까?"

"제게 섭생이랄 것이 달리 없고 다만 삼십 년 동안 담백하게 식사[食淡][6]를 했을 뿐입니다."

조조가 머리를 끄덕이며 다시 물었다.

"그대의 직책은 무엇이던가요?"

"저는 효렴 출신입니다. 본디는 원소와 장양(張楊)의 종사였으나 천자께서 돌아오셨다는 말을 듣고 찾아와 정의랑(正議郞)을 맡고 있습니다. 제음현(濟陰縣)의 정도(定陶) 사람으로 이름은 동소(董昭)이며 자를 공인(公仁)이라 합니다."

---

6) 담백한 식사[食淡] : 『사기』 「유경/숙손통열전」(劉敬叔孫通列傳)에 "[유방의 황후] 여후는 황제와 더불어 고생과 담백한 식사를 함께했다."[呂后與陛下攻苦食淡]는 기록이 있다. 소금을 적게 먹는다는 뜻으로 쓰일 때도 있다.

조조가 자리에서 일어나 말했다.

"그대의 명성을 들은 지 오래였는데 다행히 오늘 이렇게 만나게 되었습니다."

조조는 장막 안에 술상을 차리고 순욱을 불러 인사하게 했다. 그때 문득 한 부대가 동쪽으로 달려가는데 누구인지는 알 수 없다는 보고가 들어왔다. 조조가 다급하게 사람을 시켜 알아보려니 동소가 말했다.

"이는 이각의 옛날 장수였던 양봉과 백파 부대의 두목인 한섬인데 명공께서 이곳에 왔다는 말을 듣고 대량(大梁)으로 가고 있습니다."

"그렇다면 저들이 나를 의심하고 있는 것은 아닐까요?"

"저들은 무모한 무리니 명공께서는 걱정하실 일이 없습니다."

"이각과 곽사 두 역적이 달아나면 어찌할까요?"

"그들은 발톱 빠진 호랑이요 날개 꺾인 새[虎無爪 鳥無翼]로 머지않아 명공에게 사로잡힐 것이니 크게 걱정하지 마시지요."

조조는 동소와 말이 통한다고 여기자 조정의 장래를 물었더니 그가 이렇게 대답했다.

"명공께서 의병을 일으켜 난리를 평정하시고 조정에 들어가 천자를 보좌하게 되었으니 이는 오패(五覇)7)의 공로와 같습니다. 다만 여러 장수의 뜻이 같지 않아 따르지 않는 무리가 분명히 있을 것입니다. 이제 이곳 낙양에 머무르면 불편한 일이 있을까 두려우니 어가를 허도(許都)로 옮

---

7) 오패(五覇) : 중국 춘추시대 다섯 명의 패자(覇者)를 말한다. 왕도와 패도의 개념으로 정치를 설명한 것은 맹자였다.[『맹자』「고자장구」(告子章句)(下)] 흔히 제후를 모아 맹주가 된 무리를 패자라고 한다. 『순자』 왕패편(王霸編)에 따르면 오패라 함은 제(齊)나라 환공(桓公), 진(晉)나라 문공(文公), 초(楚)나라 장왕(莊王), 오(吳)나라 합려(闔閭), 월(越)나라 구천(勾踐)을 가리키는데, 오나라 합려와 월나라 구천 대신에 진(秦)나라 목공(穆公)과 송(宋)나라 양공(襄公)을 꼽는 경우도 있다.

기시는 것이 가장 좋은 방책입니다. 그러니 조정이 이리저리 옮겨 다니다가 새 도읍지로 돌아가면 멀고 가까운 곳에서 새 도읍지를 바라보면서 하루아침에 안정되기를 바랄 것입니다. 이제 다시 어가를 옮기시면 여러 사람이 싫어하지는 않을 것입니다. 세상의 일이란 비상할 때 비상한 공업을 이루는 법[夫行非常之事 乃有非常之功]이니 이 모든 문제는 장군께서 결심하시기 바랍니다."

조조가 동소의 손을 잡고 웃으며 말했다.

"이것이 바로 내가 바라던 바이기는 하나 다만 양봉이 대량에 머물러 있고 대신들이 조정에 있는데 다른 변고가 생기지나 않겠습니까?"

"그것은 쉬운 일입니다. 양봉에게 글을 보내어 먼저 안심시킨 다음 경사(京師)에는 양곡이 없어 허도로 옮기려 한다는 점을 대신들에게 분명하게 알리시지요. 허도는 노양(魯陽)에 가까워 양곡의 운송에 아무런 어려움이 없으니 걱정할 것이 없다고 하시면 대신들이 듣고 마땅히 기뻐할 것입니다."

조조가 기뻐하며 동소와 작별할 때 손은 잡고 말했다.

"무릇 제가 도모할 일이 있으면 공의 가르침을 받겠습니다."

이때로부터 조조는 모사들과 더불어 은밀하게 도읍을 옮기는 문제를 논의했다. 그때 시중태사령(侍中太史令) 왕립(王立)이 사사롭게 종정(宗正) 유애(劉艾)를 만나 말했다.

"내가 천문을 보았더니 지난봄부터 태백(太白, 金星)이 두·우(斗牛)[8]

---

8) 두우(斗牛) : 스물여덟 개의 별자리[이십팔수(二十八宿)] 가운데 여덟 번째와 아홉 번째의 별. 이십팔수라 함은 하늘을 스물여덟으로 등분한 구획 또는 그 구획의 별자리를 뜻하는데, 동쪽에 각(角)·항(亢)·저(氐)·방(房)·심(心)·미(尾)·기(箕), 북쪽에 두(斗)·우(牛)·여(女)·허(虛)·위(危)·실(室)·벽(壁), 서쪽에 규(奎)·루(婁)·위(胃)·묘(昴)·필(畢)·자(觜)·삼(參), 남쪽에 정(井)·귀(鬼)·유(柳)·성

에서 진성(鎭城, 土星)을 범(犯)하여 천진(天津, 은하수)을 지나고 있고, 형혹(熒惑, 火星)이 또한 역행하여 천관(天關, 畢宿)9)에서 태백을 만나 금(金)과 화(火)가 만나고 있으니 이는 반드시 새로운 천자가 나올 징조입니다. 제가 보기에 한나라의 기운은 장차 기울 것이요, 진(晉)과 위(魏)의 땅에서 일어서는 무리가 반드시 있을 것입니다."

왕립은 또한 헌제를 만나 이렇게 말했다.

"하늘의 운수에는 가고 옴이 있고, 오행(五行)10)이 늘 번성하는 것은 아닙니다. 불11)을 대신하는 것은 흙입니다. 한나라를 대신하여 천하를 가질 사람은 반드시 위나라에 있을 것입니다."

조조가 그 말을 듣고 왕립에게 사람을 보내어 이렇게 말했다.

"공이 조정에 충성스러운 것은 제가 잘 알지만 하늘의 이치는 깊고 먼 것이니 말을 아껴주시기 바랍니다."

조조가 순욱을 불러 그동안에 있었던 일을 들려주었더니 순욱이 말했다.

"한나라는 불의 기운[火德]으로 황실이 되었지만 명공은 흙의 운명[土命]을 타고났습니다. 허도는 흙의 기운을 안고 있는 땅이니 명공께서 허도로 가시면 반드시 일어서실 것입니다. 불은 흙을 낳고 흙은 나무를 무성하게 만드는 법이니 동소와 왕립의 말이 모두 이치에 맞습니다. 뒷날 허도에서 일어나는 사람이 반드시 있을 것입니다."

(星)·장(張)·익(翼)·진(軫)이 있다.
9) 천관(天關) : 이십팔수 가운데 열아홉 번째 별인 필(畢)을 뜻함.
10) 오행(五行) : 중국인들이 우주를 이루고 있다고 믿는 다섯 가지의 질료, 곧 금목수화토(金木水火土)를 뜻함.
11) 한나라는 적제(赤帝, 유방)가 세운 나라이므로 불의 나라이다. 오행에 따르면 불은 흙을 낳는대[火生土].

조조가 뜻한 바 있어 다음날 천자를 뵙고 말씀을 드렸다.

"낙양이 피폐한 지 오래되어 수리할 수도 없을 정도이며 양곡을 운반하기가 무척 어렵습니다. 허도는 노양에 가깝고 성곽과 궁실과 양곡과 물자가 쓰기에 넉넉합니다. 신이 감히 청하옵건대 허도로 천도하고자 하오니 폐하께서는 저의 뜻을 따르소서."

천자가 감히 안 된다는 말을 하지 못하고 여러 신하는 조조의 세력이 두려워 또한 감히 다른 의견을 내지 않자 날짜를 정하여 천도하기로 결정했다. 조조가 군사를 이끌고 황제를 호위하니 백관이 모두 따랐다. 행렬이 몇 정(程)12)을 가니 앞에 높은 언덕이 나타나고 문득 함성이 크게 일며 양봉과 한섬이 병력을 이끌고 길을 막아섰다. 그들 가운데 서황이 앞으로 나서며 소리쳤다.

"조조는 어가를 납치하여 어디로 가려느냐?"

조조가 말을 몰아 앞으로 나가 보니 서황의 위풍이 늠름하여 속으로 기재(奇才)라 칭찬하며 허저에게 나가 싸우게 했다. 칼과 도끼가 어우러져 쉰 번을 겨루었으나 승부가 나지 않자 조조가 징을 쳐 군사를 불러들인 다음 모사들과 상의하며 말했다.

"양봉과 한섬이야 가히 말할 것도 못 되지만 서황은 참으로 훌륭한 장수로 보이니 나는 무력으로써 그를 꺾을 생각이 없고 마땅히 계교를 써서 나의 사람으로 만들고 싶소."

그러자 행군종사(行軍從事) 만총(滿寵)이 나서서 말했다.

---

12) 정(程) : 『강희자전』에 따르면, 정(程)은 역(驛) 사이의 거리[驛程]이며 마을 사이의 거리이다. 이는 곧 파발마를 배치하는 거리를 뜻하는데 삼십 리 정도였다. 그러나 취락이 발달하지 않았던 그 무렵에 삼십 리마다 역참이 있었다고 보기는 어렵다.

"주공께서는 걱정을 거두소서. 제가 지난날 서황과 알고 지내던 터인데 오늘 밤 제가 병졸로 위장하여 그의 영채를 찾아가 말로써 타일러 그가 주공께 항복하도록 하겠습니다."

조조가 기꺼이 그를 파견했다. 그날 밤 만총이 병졸로 위장하여 저들의 병사에 섞여 서황의 장막으로 숨어들어가 보니 서황이 등불 아래 갑옷을 입고 앉아 있었다. 만총이 갑자기 서황의 앞에 나타나 허리를 굽히며 말했다.

"옛 친구는 그동안 평안하신지요?"

서황이 놀라 일어나 바라보더니 물었다.

"그대는 산양(山陽)의 만백령(滿伯寧, 만총의 字)이 아니신가요? 어찌하여 이곳까지 오셨소?"

"저는 지금 조조 장군의 종사입니다. 오늘 전선에 옛 친구가 나타난 것을 보고 할 말이 있어 죽음을 무릅쓰고 왔습니다."

서황이 자리를 권하며 찾아온 이유를 물으니 만총이 대답했다.

"귀공의 용맹과 지략은 한 시대에 보기 드문 인물인데 어찌하여 양봉과 한섬 따위의 무리에게 몸을 굽히고 지내시는지요? 조조 장군은 이 시대의 영웅으로서 지혜로운 인물을 예의로 모신다는 것은 세상이 다 잘 아는 일입니다. 오늘 조 장군께서는 진용에서 귀공의 용맹함을 보고 차마 다른 장수와 목숨을 걸고 싸우게 할 수 없어 특별히 저를 보내어 뫼시고 오라 하였습니다. 공은 어찌하여 어둠을 버리고 밝음을 찾아 대업을 이루려 하지 않으십니까?"

서황이 한참 동안 생각에 잠기더니 한숨을 쉬며 말했다.

"나도 양봉과 한섬이 대업을 이룰 만한 인물이 못 된다는 것을 잘 알고 있다오. 그러나 오랫동안 따르던 사람을 차마 버리지 못하고 있소."

"옛말에 이르기를 '지혜로운 새는 나무를 가려 머물고 지혜로운 신하는 주군을 가려 섬긴다.'[良禽擇木而棲 賢臣擇主而事]13)고 했습니다. 이제 마땅히 섬길 만한 주인을 만났는데 어깨를 스치는 인연[交臂]이 있음에도 그를 잃어버리는 것은 대장부가 아닙니다."

서황이 일어나 사례하며 말했다.

"바라건대 내가 그대의 말을 따르리다."

"그렇다면 어찌하여 양봉과 한섬의 머리를 베어 조조 장군을 뵙는 예물로 삼지 않으십니까?"

"신하의 몸으로 주군을 죽이는 것은 큰 불의를 저지르는 것입니다. 나는 차마 그 짓은 못하겠소."

"공은 참으로 의로우신 분입니다."

서황은 부하 기병 몇 십 명을 데리고 그날 밤 만총을 따라 조조에 항복하러 길을 떠났다. 그때 첩자가 이를 양봉에게 알렸다. 양봉이 대로하여 기병 천 명을 이끌고 따라오며 소리쳤다.

"역적 서황은 멈추어라."

바로 그때 문득 포성이 울리며 산의 위아래에서 한꺼번에 불빛이 비치더니 사방에서 복병이 나타났다. 조조가 몸소 군대를 이끌고 나타나 선봉에 서서 소리쳤다.

"내가 이곳에서 기다린 지 오래로다. 저놈이 도망치지 못하도록 잡아라."

양봉이 매우 놀라 서둘러 군사를 물렸으나 조조의 병사들에게 일찌감치 포위되었다. 때맞추어 한섬이 병력을 이끌고 이르러 양쪽이 크게 혼전을 벌였으나 양봉이 먼저 달아났다. 조조는 적군이 어지러운 틈을 타

---

13) 『춘추좌전』 애공(哀公) 11년 겨울(冬) 조(條). 제3회 각주 6 참조.

승세를 몰아 적군을 공격하니 양봉과 한섬의 병사 태반이 항복했다. 전세가 불리해진 양봉과 한섬은 패잔병을 이끌고 원술(袁術)을 찾아 떠났다. 조조가 병력을 이끌고 영채로 돌아오자 만총이 서황을 데리고 와 조조에게 인사를 드리도록 했다. 조조가 크게 기뻐하며 후하게 그를 대접했다.

그런 일이 있은 뒤에 조조는 어가를 모시고 허도에 이르러 궁실과 전각을 세우고 종묘와 사직과 성(省)과 대(臺)와 사원(司院)과 아문(衙門)14)을 세우고 성곽과 창고를 보수하였으며 동승을 비롯한 열세 사람에게 열후의 작위를 내렸다. 공을 상주고 죄를 벌주는 일이 모두 조조의 처분을 따랐다.

조조는 스스로 대장군 무평후(武平侯)가 되고, 순욱을 시중상서령으로 삼고, 순유를 군사(軍師)로 삼고, 곽가를 사마제주(司馬祭酒)15)로 삼고, 유엽을 사공연조(司空掾曹)16)로 삼고, 모개와 임준(任峻)을 전농중랑장(典農中郎將)17)으로 삼아 화폐와 식량을 담당하게 하고, 정욱을 동평(東

---

14) 성(省)과 대(臺)와 사원(司院)과 아문 : 성(省)은 육부(六部)에 해당되며, 대(臺)는 어사대(御史臺)처럼 특수 업무를 맡는 고위직이었고, 사원(司院)은 부속 기구이며, 아문은 예하 기관의 관청이었다.
15) 사마제주(司馬祭酒) : 사마는 대체로 병사 업무를 맡았으며 제주는 제사를 담당하는 관리였다. 한국사에서는 祭酒를 좨주라고 읽는다.
16) 사공연조(司空掾曹) : 시대적으로 차이가 있기는 하지만 사공(司空)은 대체로 토지와 민사(民事)를 맡아보던 벼슬로서 삼공 가운데 한 명이었다. 연조(掾曹)라 함은 아마도 연사(掾史)를 뜻하는 것으로 보이는데 관속이라는 뜻이었다. 따라서 사공연조라 함은 토지와 민사를 맡아보던 관속을 뜻하는 것이었다. 로버츠(Moss Roberts)는 이를 'Chief of the Ministry of Public Works'라고 번역했는데 그 정도의 고위직은 아니었다.
17) 전농중랑장(典農中郎將) : 당시의 주둔 병력은 평시에 농사를 지어 군량미를 제공하도록 농지를 받았는데 이를 둔전(屯田)이라 하며, 둔전의 최고 책임자를 전농중랑장이라 했다.

平)의 상(相)으로 삼고, 범성(范成)과 동소를 낙양의 영(令)18)으로 삼고, 만총을 허도의 영으로 삼고, 하후돈과 하후연과 조인과 조홍을 장군으로 삼고, 여건과 이전과 악진과 우금과 서황을 교위로 삼고, 허저와 전위를 도위(都尉)19)로 삼고, 그 밖의 장수들에게도 각기 벼슬을 내렸다.

이때로부터 대권이 모두 조조에게로 돌아갔다. 대신들도 조정의 큰일을 먼저 조조에게 알리고 그다음에 천자에게 아뢰었다. 큰일들을 결정하고 난 조조는 후당에 잔치를 열고 모사들을 모아 앞일을 논의했다.

"유비가 서주에 병력을 주둔시킨 다음 태수의 일을 보고 있고, 여포가 패전한 뒤로 유비를 찾아가자 그에게 소패를 맡겼다 하오. 만약 이 두 사람이 마음을 합쳐 병력을 이끌고 쳐들어온다면 그것이야말로 참으로 뱃속 깊이 파고드는 걱정거리[心腹之患]20)가 아닐 수 없소. 공들은 이 문제를 장차 어찌했으면 좋을지 계책을 내어보시오."

허저가 먼저 나섰다.

"바라옵건대 저에게 병력 오만 명만 주신다면 유비를 죽이고 여포의 머리를 승상께 바치오리다."

그 말을 듣자 순욱이 나섰다.

"장군께서는 용맹하지만 그것은 용맹일 뿐 지혜로운 방법은 아닙니다. 지금 허도가 겨우 안정되었으니 아직 병력을 동원할 형편이 아닙니다. 저에게 한 계책이 있으니 '나를 해치려는 두 호랑이가 먹이를 던져주어

---

18) 상(相)은 자사에 해당하고, 영(令)은 태수에 해당한다.
19) 교위(校尉)와 도위(都尉)는 모두 장군 아래 직급의 무관인데 도위의 경우에는 외관(外官)일 경우가 많았다.
20) 『춘추좌전』 애공(哀公) 11년과 『후한서』 「진번전」(陳蕃傳)에 나오는 말임. 이 말은 본디 사마광(司馬光)의 『자치통감』(資治通鑑) 「후량 태조」(後梁太祖) 건화 원년(乾化元年)에 나오는 말인데 모종강이 시대를 앞서 썼다.

서로 싸우게 하여 죽게 하는 계책'[二虎競食計]21)입니다. 지금 유비가 서주를 다스리고 있다고는 하지만 아직 천자의 조칙을 받지 못한 터입니다. 승상께서 황제에게 아뢰어 유비를 명실상부한 서주태수로 임명하도록 하시는 한편 은밀하게 따로 편지를 보내어 여포를 죽이라고 하십시오. 이 일이 성공하면 유비는 용맹한 장수를 잃을 것이니 바람직한 일이요, 성사가 되지 못하더라도 여포가 반드시 유비를 죽일 것입니다. 이를 가리켜 '두 호랑이가 서로 싸워 죽게 하는 계책'입니다."

조조가 그의 계책에 따라 곧 천자에게 아뢰어 유비를 서주태수로 임명하는 조칙을 받았다. 조서를 받은 칙사가 서주로 가 유비를 정동장군(征東將軍) 의성정후(宜城亭侯)로 봉하여 서주태수로 임명하고 따로 조조의 밀서를 전달했다. 유비가 서주에 있으면서 천자가 허도로 천도했다는 말을 듣고 곧 표문을 올려 하례하려던 터에 문득 칙사가 내려온다는 말을 듣고 성을 나가 맞이하여 들어왔다. 유비가 절하고 칙명을 받은 다음 잔치를 열어 칙사를 대접했다. 칙사가 입을 열었다.

"군후(君侯)22)가 황제의 은혜를 입은 것은 모두가 조 승상께서 황제께 추천한 덕분이었습니다."

유비가 감사의 뜻을 표시하자 칙사가 유비에게 편지 한 통을 내밀었다. 그것을 읽어본 유비가 대답했다.

"이 문제는 시간을 두고 생각해보겠습니다."

잔치가 끝나자 유비는 칙사를 역관(驛館)으로 보낸 뒤 여포를 죽이라는 조조의 밀서에 대하여 밤늦도록 상의했다. 장비가 먼저 입을 열었다.

---

21) 이호경식계(二虎競食計) : 『사기』「장의(張儀)열전」과 『사기』「염파·인상여(廉頗/藺相如)열전」에 나오는 일화임.
22) 군후(君侯) : 이제 유비도 의성후에 봉해졌으므로 제후의 호칭을 쓴 것이다.

"여포는 본디 의리가 없는 놈인데 죽이는 것을 왜 주저하십니까?"

"그가 형편이 어려워 나를 찾아왔는데 내가 그를 죽이면 나도 똑같이 의리 없는 사람이 되느니라."

장비가 투덜거렸다.

"그놈은 좋은 일 하기는 틀린 놈이라우."

유비는 장비의 말을 따르지 않았다. 다음날 여포가 인사를 하러 찾아오자 유비가 그를 안으로 청하여 들어갔다. 여포가 말했다.

"듣자니 공께서 황제의 은혜를 입었다기에 각별히 축하하러 왔습니다."

유비가 겸손히 사양했다. 그때 장비가 상청에서 칼을 빼 들고 내려오며 여포를 죽이려 하자 유비가 황급하게 말렸다. 여포가 매우 놀라며 말했다.

"그대는 무슨 까닭으로 나를 죽이려 하오?"

"너는 의리 없는 놈이니 죽이라고 황제께서 형님께 편지를 보냈다."

유비가 거푸 소리쳐 장비를 물리친 다음 여포를 후당으로 데리고 들어가 사실대로 말하며 조조가 보낸 밀서를 보여주었다. 편지를 읽은 여포가 흐느끼며 말했다.

"이는 역적 조조가 우리 둘을 이간질하려는 계략입니다."

"형은 걱정하지 마시구려. 제가 그와 같은 불의한 짓을 하지는 않을 것입니다."

여포는 거듭 감사의 뜻을 표시했다. 두 사람은 늦도록 술을 마시다가 여포가 돌아가자 관우와 장비가 물었다.

"형님은 어찌하여 여포를 죽이지 않으시우?"

"이는 내가 여포와 더불어 자기를 공격할 것이 두려워 그런 방식으로 우리 두 사람이 서로 싸우게 만든 다음 자기는 그 중간에서 이익을 취하려고 하는 짓인데 내가 어찌 그 계책을 따르겠는가?"

관우는 고개를 끄덕이며 수긍했지만 장비는 여전히 투덜거렸다.

"내가 당장 저놈을 죽여 후환을 없애야겠소."

그러자 유비가 다시 장비를 나무랐다.

"그런 방식은 대장부가 할 짓이 아니다."

유비가 칙사를 경사로 돌려보내며 깊이 감사의 뜻을 표시한 다음 따로 조조에게 편지를 보내어 여포를 제거하는 일은 천천히 생각해보겠노라고 대답했다. 돌아온 칙사로부터 유비가 여포를 죽이지 않으려 한다는 말을 듣자 순욱에게 물었다.

"이번 일이 글렀으니 어찌하면 좋겠소?"

"그렇다면 달리 방법이 있는데 '호랑이를 몰아 이리를 잡아먹게 하는 계책'[驅虎呑狼之計]입니다."

"그것은 어떤 방법인가요?"

"은밀히 원술에게 편지를 보내어, '유비가 표문을 올렸는데 남쪽을 정벌하고자 한다.'고 알리시지요. 그 말을 들은 원술은 반드시 유비를 공격할 것이니 그때 공께서는 유비에게 조칙을 내려 원술을 토벌하라 이르십시오. 두 무리가 서로 다투면 반드시 여포가 딴마음을 품게 될 것이니 이를 가리켜 '호랑이를 몰아 이리를 잡아먹게 하는 계책'이라 합니다."

그 말을 들은 조조는 크게 기뻐하며 원술에게 사람을 보내어 유비가 침공할 것이라고 귀띔하는 동시에 유비에게는 가짜 조칙을 만들어 서주로 보냈다. 서주에 있던 유비는 칙사가 왔다는 말을 듣고 성을 나가 그를 맞이하여 조서를 읽어보니 원술을 치라는 것이었다. 유비는 명령을 받고 칙사를 돌려보냈다. 이를 본 미축이 말했다.

"이번 일도 또한 조조가 꾸민 일입니다."

"설령 그렇다 하더라도 왕명을 어찌 거스를 수 있겠소?"

유비는 군마를 점검한 다음 날짜를 정하여 출병의 길에 올랐다. 이를 본 손건(孫乾)이 말렸다.

"남아서 성을 지킬 사람을 뽑는 일이 먼저입니다."

그 말에 유비가 물었다.

"두 아우 가운데 누가 남을 텐가?"

관우가 나섰다.

"제가 남아서 성을 지키겠습니다."

"내가 아침저녁으로 자네와 함께 상의해야 하는데 어찌 떨어져 있을 수 있겠나?"

그러자 장비가 나섰다.

"그렇다면 제가 남아 성을 지키겠습니다."

"너는 이 성을 맡을 수 없다. 첫째로 너는 술만 마시면 부하들을 매질하고, 둘째로 하는 일이 경솔한데도 남의 말을 듣지 않으니 내가 마음을 놓을 수 없다."

"제가 이제부터 술도 안 마시고 병사들을 때리지 않고 여러 가지 일에 남의 충고를 잘 듣겠습니다."

그 말을 들은 미축이 말했다.

"그 말을 믿을 수 없어 걱정이오."

장비가 대로하며 말했다.

"내가 형님을 여러 해 따르면서 실언한 바가 없는데 그대는 어찌하여 나를 경멸하는가?"

유비가 말리며 말했다.

"네가 그렇게 말한다 해도 내가 마음을 놓을 수가 없다. 그러니 진원룡

(陳元龍 : 진등의 자)이 너를 돕게 하겠다. 아침저녁으로 술을 줄이고 일에 실수가 없도록 하라."

진등이 응낙했다. 유비는 분부를 마치자 마보군 삼만 명을 이끌고 서주를 떠나 남양으로 진군했다. 유비가 표문을 올려 자기의 땅을 정벌하겠다고 황제에게 아뢰었다는 소식을 들은 원술이 대로하며 말했다.

"돗자리나 짜고 짚신을 삼던 놈이 이제 큰 땅을 차지했다고 제후와 같이 어울리려 하는구나. 내가 너를 정벌하려던 참이었는데 네가 나를 정벌하려 하다니 참으로 개탄스럽구나."

이어서 원술은 상장(上將) 기령(紀靈)에게 병력 십만 명을 이끌고 서주를 공격하도록 했다. 두 병력이 우이(盱眙)에서 마주쳤다. 병력이 적은 유비는 산을 의지하여 영채를 세웠다. 기령은 산동 출신으로 삼첨도(三尖刀)23)를 쓰는데 그 무게가 오십 근이었다. 그는 진 앞에 나와 욕설을 퍼붓기 시작했다.

"유비 촌놈아, 너는 어찌하여 우리 땅을 침범하느냐?"

유비가 대답했다.

"나는 천자의 조칙을 받들어 불충한 무리를 토벌하고자 할 뿐이다. 네가 감히 나와 천자의 뜻을 거역하니 그 죄는 죽음을 면할 수 없으리라."

기령이 대로하여 말을 박차 칼을 휘두르며 바로 유비에게 달려들었다. 그러자 관우가 크게 외치며 나아갔다.

"못난 놈이 대단한 체하지 말라."

---

23) 삼첨도(三尖刀) : 날이 양쪽으로 서 있고 끝이 세모를 이루고 있는 칼. 정확히 말하면 도(刀)는 일본도(日本刀)처럼 한쪽 날의 칼이고, 검(劍)은 서양 기사(騎士)의 칼처럼 양쪽 날의 칼을 뜻하지만 중국의 고대사에서는 그리 엄격하게 구별하여 쓰지 않았다.

말을 타고 달려 나가 싸우는데 서른 번을 겨루어도 승부가 나지 않는다. 기령이 소리쳤다.

"잠시 쉬자."

관우도 말을 돌려 돌아와 진 앞에 서서 기다렸다. 기령은 부장 순정(荀正)을 내보내어 싸우게 했다. 관우가 소리쳤다.

"기령을 나오게 해라. 내가 그와 자웅을 겨루리라."

순정이 대꾸했다.

"너 같은 무명의 졸개는 기령 장군의 적수가 아니니라."

관우가 대로하여 바로 순정을 맞아 싸우는데 단 한 번 겨루더니 단칼에 순정이 말에서 떨어졌다. 이때 유비가 말을 몰아 공격하여 기령이 크게 지고 회음(淮陰)의 하구까지 물러났다. 그는 정면으로 싸우지 않고 병사들을 시켜 유비의 영채를 집적거렸으나 그럴 때마다 서주 병력에게 죽임을 당했다. 양쪽 군사들은 서로 대치하고 있었는데, 이 이야기는 여기에서 잠시 멈추고자 한다.

그 무렵 유비가 떠난 뒤 장비는 모든 일을 진등이 처리하게 하고 자신은 군사적인 일만 처리했다. 어느 날 장비는 모든 관리를 초청하여 자리에 앉힌 다음 이렇게 말했다.

"나의 형님께서 출정하시면서 나에게 술을 적게 마시라고 분부하셨는데, 작은 실수라도 있을까 걱정이오, 여러분은 오늘 마음껏 마시고 내일부터는 술을 삼가며 나를 도와주기 바라오. 오늘은 취하도록 마십시다."

말을 마치자 장비는 잔을 들고 몸을 일으켜 여러 관리에게 술을 권하다가 조표(曹豹) 앞에 이르렀다. 그러자 조표가 술을 사양하며 말했다.

"오늘은 하늘에서 술을 마시지 말라는 계시를 받았습니다."

"사람을 죽이는 대장부가 어찌 술을 못한다는 말이오? 오늘은 내가 그대에게 한 잔 술을 드리다."

조표가 두려워하며 마지못해 한 잔을 받아 마셨다. 장비가 여러 관리의 자리를 돌며 스스로도 큰 잔으로 연거푸 열 잔을 마시고 크게 취하더니 다시 술잔을 들고 일어나 관리들의 자리를 돌았다. 먼저 조표의 자리에 이르러 다시 술을 권하자 조표가 말했다.

"더는 술을 마실 수가 없습니다."

"그대는 조금 전에 받아 마시고 지금은 왜 못 마시는 거요?"

조표가 두세 번 사양하였으나 이미 장비는 몹시 취한 터라 대로하며 말했다.

"너는 나의 군령을 어겼으므로 장(杖)24) 1백 대를 맞으리라."

그러고는 부하들을 불렀다. 진등이 말리며 말했다.

"주공께서 떠나시면서 장군께 깊이 분부하신 바가 있습니다."

"너는 문관이니 문관이 네 일이나 처리하고 나의 일에 관계하지 말라."

조표가 어찌할 바를 모르며 사실을 고백했다.

"장군께서는 저의 사위의 낯을 보아 저를 용서해주시기 바랍니다."

"네 사위가 누구란 말이냐?"

"여포올시다."

장비가 더욱 대로하여 소리쳤다.

"내가 본디 너를 때리고 싶지 않았으나 네가 여포를 앞장세워 나를 위협하니 너를 때리지 않을 수 없다. 내가 너를 때리는 것은 곧 여포를 때리는 것이니라."

---

24) 장(杖) : 형(刑)에는 태(笞 : 얇게 깎은 나무로 볼기를 때림) · 장(杖 : 몽둥이로 등을 때림) · 도(徒 : 勞役 刑) · 유(流 : 유배를 보냄) · 사(死 : 죽임)의 다섯 가지가 있다.

여러 사람이 말렸으나 장비는 듣지 않았다. 조표가 척장 쉰 대를 맞았을 때 여러 사람이 사정하여 겨우 매질을 멈췄다. 잔치가 끝나고 집으로 돌아간 조표는 장비에 대한 원한을 잊을 수 없어 밤을 이용하여 편지 한 통을 써 소패성의 여포에게 보내어 장비의 무례함을 알리는 한편, 유비가 이미 회남으로 떠났고 오늘 밤에는 장비가 몹시 취해 있으니 병력을 이끌고 서주를 공격하여 기회를 놓치지 말라고 했다. 편지를 본 여포가 진궁을 불러 의견을 물었더니 그가 이렇게 대답했다.

　"소패는 본디 오래 머물 곳이 못 됩니다. 이제 서주에 틈새가 생겼다니 이번 기회를 놓치시면 후회하실 것입니다."

　여포가 그 말에 따라 곧 말을 타고 기병 오백 명을 이끌고 먼저 출발하면서 진궁에게 계속하여 대군을 이끌고 따라오고 또한 고순(高順)에게 뒤를 받치게 했다. 소패는 서주에서 사오십 리 거리여서 말을 타고 쉽게 도착했다. 여포가 서주성 아래 이르니 시간은 사경이라 달빛이 밝았으나 성 위에서는 사태를 알지 못하고 있었다. 여포가 성문 가까이 이르러 소리쳤다.

　"유비 태수께서 은밀하게 보낸 사람이올시다."

　성 위에 있던 수비병이 조표에게 알리자 그가 성 위에 올라 바라보니 여포인지라 병사들에게 성문을 열게 했다. 여포의 암호 함성과 함께 병사들이 소리를 지르며 성안으로 몰려들어갔다. 장비는 몹시 취하여 부중에 있었는데, 부하들이 황망하게 깨우며 보고했다.

　"여포가 속임수로 성문을 열고 쳐들어오고 있습니다."

　장비가 대로하여 서둘러 갑옷을 걸치고 장팔사모를 든 채 부중을 나서 말에 올랐으나 이미 여포의 군대가 이르러 정면으로 마주쳤다. 그러나 장비는 이때 몹시 취하여 싸울 수가 없었다. 여포도 또한 장비의 용맹을 평소에도 잘 알고 있던 터라 쉽게 덤벼들지 못했다. 연(燕)나라 장수 열여덟 명이 장비를 호위하여 동문을 빠져나가면서 유비의 가솔들은 그대로 부중에 남겨두었다.

그때 장비가 여남은 명의 부하들을 이끌고 도망하는데, 그가 몹시 취해 있음을 본 조표가 백십 명의 부하를 이끌고 추격했다. 장비가 대로하여 말을 박차 그를 맞이했다. 겨우 세 번을 겨룬 뒤에 조표가 달아나자 장비가 어느 강변에 이르러 창으로 그의 등을 정확히 찌르니 사람과 말이 모두 물에 빠져 죽었다. 성밖에 이른 장비는 패잔병들을 모아 함께 회남으로 떠났다. 여포는 서주에 입성하여 백성을 어루만지고 병사 백 명에게 유비의 가족들이 머무는 집안을 지키게 하여 아무도 함부로 드나들지 못하게 했다.

장비는 부하 여남은 명을 이끌고 우이로 가 유비를 뵙고 여포와 조표가 안팎에서 호응하여 밤중에 서주를 습격한 사실을 아뢰었다. 모든 사람이 낯빛을 잃었다. 유비가 탄식하며 물었다.

"얻었다고 기쁠 것이 무엇이고, 잃었다고 슬플 것이 무엇이냐?"[得何足喜 失何足憂]

곁에 있던 관우가 물었다.

"형수님은 어찌 되었느냐?"

"모두 성안에 갇혀 있습니다."

유비는 아무 말이 없는데 관우가 발을 구르며 장비를 꾸짖었다.

"네가 당초에 성을 지키겠노라고 말했을 때 얼마나 굳게 다짐을 했으며 형님께서 얼마나 간곡하게 당부하셨는데 오늘 성을 잃고 형수님까지 잡혀 있다니 어찌 이럴 수가 있단 말이냐?"

그 말을 들은 장비는 너무도 황공하여 어찌할 바를 모르다가 칼을 빼 스스로 목을 찌르려 했다. 어느 시인이 이 장면을 이렇게 읊었다.

　　잔 들고 퍼마실 때는 그 기분이 어떠했을까만
　　칼을 빼 목을 찌르려 해도 후회하기는 너무 늦었도다.
　　擧杯暢飮情何放 拔劍捐生悔已遲

　　장비의 목숨은 어찌 되려나?

제 15 회

형제는 수족이요, 처자는 의복이라

태사자는 손책과 크게 싸우고
손책은 엄백호와 크게 싸우다.

장비가 칼을 빼 스스로 목을 찌르려 하자 유비가 달려가 칼을 뺏어 땅에 던지며 말했다.

"옛말에 이르기를 '형제는 팔다리와 같고 처자는 의복과 같다.'[兄弟如手足 妻子如衣服][1]고 했다. 의복이 낡으면 다시 기워 입을 수 있지만 팔다리가 잘리면 어찌 이어 쓸 수 있겠는가? 우리 삼형제가 도원에서 의형제를 맺을 때 같은 날 태어나기를 바라지 않았지만 같은 날 죽기로 맹세했다. 지금 비록 성(城)과 가족을 잃었으나 어찌 중도에서 형제마저 잃을 수 있겠는가? 하물며 그 성도 본디 나의 것이 아니었고, 가솔이 잡혀 있다 하나 여포는 그들을 결코 죽이지 않을 것이니 아직 구출할 계책이 있을 것이다. 너는 어찌 한때의 실수로 목숨을 버릴 생각을 했더냐?"

---

1) 『증광현문』(增廣賢文)(下集) : "처자는 의복과 같고 형제는 팔다리와 같으니 의복이 낡으면 기워 입을 수 있지만 팔다리가 잘리면 어찌 이어 쓸 수 있겠는가?"[妻子如衣服 弟兄似手足 衣服补易新 手足斷難續]

말을 마치고 통곡하니 관우와 장비도 함께 울었다.

그 무렵에 원술은 여포가 서주를 함락했다는 말을 듣고 밤을 새워 사람을 여포에게 보내어 양곡 오만 석과 말 오백 필과 금은 만 냥과 비단 천 필을 보낼 터이니 함께 유비를 무찌르자고 제안했다. 그 말을 들은 여포는 기뻐하며 고순(高順)에게 오만 병력을 주어 유비를 추격하도록 했다. 그 소식을 들은 유비는 밤길에 비를 맞으며 우이(盱眙)를 버리고 동쪽에 있는 광릉(廣陵)을 차지하러 떠났다. 고순이 우이에 이르고 보니 유비는 이미 떠나고 없었다. 고순이 기령을 만나 약속한 물건들을 달라고 하자 기령이 이렇게 대답했다.

"그대는 그냥 돌아가시지요. 내가 주공을 만나 계책을 말씀 드리리다."

고순이 기령과 헤어져 돌아와 그가 한 말을 여포에게 말했다. 여포가 속으로 미심쩍어 했다. 그때 문득 원술의 편지가 왔는데 그 내용은 이러했다.

"고순이 달려오기는 했지만 유비를 잡지 못했습니다. 유비를 잡는 날을 기다렸다가 그때 약속한 물건을 보내드리리다."

여포가 대로하여 원술의 실언을 비난하면서 군사를 일으켜 그를 정벌하고자 했다. 이를 본 진궁이 말했다.

"이는 옳지 않습니다. 원술은 수춘성에 머물고 있으면서 병력과 군량미가 많으니 가볍게 볼 수 없습니다. 차라리 유비를 불러 소패를 맡김으로써 우리의 날개로 삼느니만 못합니다. 그러다가 뒷날 유비를 선봉으로 삼아 먼저 원술을 깨트리고 다음에 원소를 깨트리면 쉽게 천하를 얻을 수 있을 것입니다."

여포가 그의 말에 따라 사람을 유비에게 보내어 소패로 돌아오도록 청했다. 그 무렵에 유비는 병력을 이끌고 동쪽으로 가 광릉을 차지하려다가 원술의 공격을 받고 병력을 절반 넘게 잃었다. 그가 병력을 돌려 돌아오는 길에 여포의 편지를 받았다. 현덕이 크게 기뻐하니 관우와 장비가 아뢰었다.

"여포는 본디 의리가 없는 사람이니 믿지 마시지요."

"그가 이미 호의로써 나를 맞이하려는데 어찌 그를 의심하겠는가?"

유비가 서주에 이르니 여포는 혹시라도 그가 의심할까 두려워 먼저 가솔들을 돌려보냈다. 감(甘) 씨 부인과 미(糜) 씨 부인[2]이 유비를 만나자 그동안 여포가 집 둘레에 파수병을 세워 아무도 들어오지 못하게 했고 시녀들에게 생활 물품을 보내주었는데 부족함이 없었다고 말했다. 유비가 관우와 장비를 바라보며 말했다.

"여포가 나의 가솔들을 해치지 않으리라는 것을 나는 알고 있었느니라."

유비는 여포에게 사례하러 성으로 들어갔다. 심사가 뒤틀린 장비는 유비를 따라 들어가지 않고 두 형수를 모시고 먼저 소패로 돌아갔다. 유비가 여포를 만나 인사하며 사례하자 여포가 먼저 입을 열었다.

"내가 이 성을 차지하려 한 것은 아니고, 동생 장비가 이곳에서 술에 취해 사람을 죽이기에 일을 그르칠까 두려워 들어와 지키고 있었을 뿐입니다."

"저도 형님께 이 성을 물려드리려 하던 참이었습니다."

여포가 마음에도 없는 말로 사양했다. 유비가 완강히 사양하며 소패로 돌아가 병력을 주둔시키자 관우와 장비가 불평했다. 유비가 그들을 타이르며 말했다.

---

[2] 감(甘) 씨 부인은 소패에서 얻은 아내이고 미(糜) 씨 부인은 미축의 누이동생이다.

"몸을 굽혀 분수를 지키고 천명을 따라야지, 운명을 거역해서는 안 되느니라."[屈身守分 以待天時 不可與命爭也]

여포가 식량과 비단을 보내주자 이로부터 두 가문 사이가 화목해졌는데 그 이야기는 여기에서 그치고자 한다.

그 무렵 원술은 수춘성에서 큰 잔치를 열어 장수들을 대접했다. 그때 손책이 여강(廬江)태수 육강(陸康)을 무찌르고 개선하고 있다는 소식이 들어왔다. 원술이 손책을 부르니 그가 섬돌 밑에서 인사를 드렸다. 위로의 말을 마치자 원술은 그를 자리에 앉게 하여 함께 술을 마셨다.

본디 손책은 아버지 손견이 죽은 뒤에 강남으로 물러나 어진 사람들을 예우하였으나 그 뒤로 도겸과 손책의 외삼촌인 단양(丹陽)태수 오경(吳璟)이 화목하지 않자 어머니와 가솔들을 곡아(曲阿)에 남겨두고 자신은 원술에게 몸을 의탁하고 있었다. 원술은 손책을 몹시 사랑하여 늘 이렇게 탄식했다.

"나에게 손책 같은 아들 하나만 있었더라면 죽어도 여한이 없었을 텐데…."

그런 탓으로 원술은 손책에게 회의교위(懷義校尉)의 벼슬을 내려 병력을 이끌고 경현(涇縣)대수(大帥) 조랑(祖郞)을 토벌하도록 했더니 이기고 돌아왔다. 원술은 손책의 영용함을 알고 다시 육강을 무찌르게 했더니 이번에도 이기고 돌아오는 길이었다.

그날 잔치가 끝나자 손책은 영채로 돌아갔다. 술자리에서 보니 원술이 사람을 상대함이 무척 오만하여 그는 마음이 울적해서 달빛 아래 마당을 거닐고 있었다. 문득 아버지 손견은 그토록 영용(英勇)한 분이었는데 나는 어쩌다가 이렇게 몰락한 신세가 되었나 하는 생각이 들어 자신도 모르게 목 놓아 울었다. 그때 문득 한 사람이 밖에서 들어오더니 웃으며 말했다.

"백부(伯符 : 손책의 자)는 어찌하여 그토록 슬프게 우시나요? 선친께서 살아 계실 적에 나를 자주 불러 써주셨다오. 지금 그대에게 슬픈 일이 있다면 어찌 나에게 묻지 않고 울고만 있습니까?"

손책이 바라보니 단양 고장(故鄣) 사람 주치(朱治)로서 자를 군리(君理)라 하는데, 일찍이 손견의 종사관으로 일한 적이 있었다. 손책이 눈물을 거두고 자리에 앉아 입을 열었다.

"제가 운 것은 아버지의 뜻을 이어받지 못하고 있기 때문이었습니다."

"그렇다면 그대는 어찌하여 원술을 찾아가 강동을 정벌한다는 명분으로 군사를 빌려 겉으로는 오경을 구원하는 체하고 실제로는 대업을 이루려 하지 않고 오랫동안 남의 밑에서 고달픈 삶을 살고 있습니까?"

그런 이야기를 나누고 있는데 또 다른 사람이 들어오며 말했다.

"그대들이 꾸미고 있는 바를 내가 다 잘 알고 있소이다. 나에게 건장한 사내 백 명이 있는데, 잠시 백부를 조금이라도 도와드리고자 합니다."

손책이 바라보니 그는 원술의 모사로서 여남(汝南)의 세양(細陽) 사람인데 이름은 여범(呂範)이요 자는 자형(子衡)이었다. 손책이 기뻐하며 함께 대사를 논의하는데 여범이 이렇게 말했다.

"다만 원술이 군사를 빌려주지 않을까 걱정입니다."

"나에게 선친께서 남겨주신 전국옥새(傳國玉璽)가 있는데 이를 담보로 하고자 합니다."

"원술이 옥새를 갖고 싶어 한 지 오래이니 그것을 담보로 한다면 반드시 군사를 빌려줄 것입니다."

세 사람이 논의를 마치자 다음날 손책이 원술을 찾아가 울며 절한 다음 아뢰었다.

"저는 아직 아버지의 원수도 갚지 못했는데, 지금 외삼촌 오경은 양주자사 유요(劉繇)의 박해를 받고 있습니다. 저의 노모와 가솔들도 모두 곡아에 있는데 반드시 피해를 볼 터인즉, 제가 감히 간청을 드리옵건대 군사 몇 천 명만 빌려주신다면 강을 건너가 어려움을 풀고 가족들을 보살필까 합니다. 명공(明公)께서 혹시라도 믿지 않으신다면 제가 아버지로부터 받은 옥새를 담보로 맡으시길 바랍니다."

옥새라는 말을 들은 원술은 눈이 휘둥그레지며 몹시 기쁜 듯이 말했다.

"내가 너의 옥새를 갖고 싶지는 않지만 이제 잠시 이곳에 맡겨두어라. 내가 너에게 병사 삼천 명과 말 오백 필을 줄 터이니 난리를 평정한 다음에는 서둘러 돌아오너라. 너의 직위가 낮아3) 대권을 줄 수는 없지만 내가 특별히 천자에게 아뢰어 절충교위 진구장군(折衝校尉殄寇將軍)의 벼슬을 내리리라. 날을 잡아 떠나거라."

손책이 사례하고 물러나 군마와 함께 주치와 여범, 그리고 지난날의 장군 정보·황개·한당의 무리를 거느리고 날을 잡아 출병했다. 일행이 역양(歷陽)에 이르니 한 무리의 군사가 다가왔다. 앞에 선 장수는 얼굴이 아름답고 외양이 수려한데 손책을 보자 말에서 내려 인사를 드린다. 손책이 바라보니 그는 여강의 서성(舒城) 사람 주유(周瑜)로서 자는 공근(公瑾)이라 했다.

지난날 손견이 동탁을 토벌할 무렵에 주유는 서성으로 옮겨 가 살았는데, 손책과는 나이도 같아 서로 정이 두터워 형제의 의를 맺은 사이였다. 손책이 주유보다 두 달 먼저 태어났기 때문에 주유가 손책을 형이라 불렀다. 주유의 삼촌 주상(周尙)은 단양태수였는데 이제 주유가 부모를 찾아가다가 이렇게 손책을 만난 것이다. 손책이 크게 기뻐하며 자기의 속마

---

3) 이때 손책의 나이가 스물한 살이었다.

음을 털어놓으니 주유가 말했다.

"바라옵건대 제가 개와 말처럼 노고[犬馬之力]를 아끼지 않고 함께 대사를 도모할까 합니다."

"내가 공근을 얻었으니 대사를 이룰 수 있으리라."

말을 마치자 손책은 주치와 여범을 불러 인사를 시키니 주유가 계책을 이야기했다.

"형님께서 대사를 이루려 하신다면 강동에 두 장(張) 씨가 있음을 아시겠지요?"

"두 장 씨라 함은 누구를 말함인가?"

"한 사람은 팽성(彭城)의 장소(張昭)로서 자를 자포(字布)라 하며, 다른 한 사람은 광릉(廣陵)의 장굉(張紘)이니 자를 자강(子綱)이라 합니다. 두 사람은 모두 천하를 주름잡을 재주[經天緯地之才]를 품고 있으나 지금은 난리를 피하여 이곳에 숨어 살고 있는데 형님은 어찌 그들을 초빙하지 않으시나요?"

손책이 기뻐하며 사람을 보내어 초빙했으나 그들이 사양하고 오지 않았다. 그러자 손책이 몸소 그들을 찾아가 기쁘게 이야기를 나누며 간곡하게 초빙하니 그들이 손책의 뜻을 받아들였다. 손책은 그들에게 절하고 장소를 장사(長史)로 삼아 무군중랑장(撫軍中郞長)을 맡게 하고 장굉을 참모정의교위(參謀正議校尉)로 삼아 유요를 공격할 계책을 논의했다.

유요는 자를 정례(正禮)라 하며 동래(東萊)의 모평(牟平) 사람인데 황실의 종친으로서 태위 유총(劉寵)의 조카이자 연주자사 유대(劉岱)의 아우여서 배경이 든든한 사람이었다. 그는 일찍이 양주(揚州)자사를 지내며 수춘성에 병력을 주둔하고 있다가 원술의 공격을 받자 장강을 건너 곡아에 머물고 있었다. 손책이 쳐들어오고 있다는 소식을 들은 그가 서둘러 여러 장수를 모아 계책을 논의하자 부장(部將) 장영(張英)이 나서 말했다.

"저에게 한 무리의 병력을 주시어 우저(牛渚)에 진영을 치도록 해주시면 백만 대군이라도 쉽게 막을 수 있을 것입니다."

장영이 말을 마치지도 않았는데 장막 아래에서 한 사람이 큰 소리로 외쳤다.

"제가 선봉에 서오리다."

모든 사람이 바라보니 동래에서 온 태사자였다. 그는 지난날 북해에서 포위된 공융을 도와준 뒤로 유요를 찾아와 그의 막료로 머물고 있었다. 그날 손책이 쳐들어오고 있다는 말을 들은 그는 스스로 선봉이 되고자 했다. 유요가 말했다.

"너는 아직 나이가 어려 대장이 될 수 없으니 나의 곁에서 명령을 따르도록 해라."

태사자가 기쁘지 않은 내색으로 물러났다. 장영은 병사를 이끌고 우저에 이르러 군량미 십만 석을 마련했다. 손책이 군사를 이끌고 이르니 장영이 마주 나아갔다. 양군은 우저의 여울에서 만났다. 손책이 말을 몰고 나오자 장영이 크게 꾸짖었다. 황개가 나아가 장영을 맞아 몇 번 겨루었는데 문득 장영의 진중에서 크게 소란이 일어나며 영채에 누구인가 불을 질렀다는 보고가 들어왔다. 장영이 서둘러 군대를 물리자 손책이 군사를 이끌고 엄습하니 장영이 우저를 버리고 깊은 산중으로 도망해 들어갔다.

본디 장영의 영채에 불을 지른 사람은 두 장수이니, 하나는 구강(九江) 수춘 사람 장흠(蔣欽)으로 자를 공혁(公奕)이라 하고, 다른 한 사람은 구강 하채(下蔡) 사람으로 이름은 주태(周泰)요 자를 유평(幼平)이라 했다.

이들은 난세를 만나 병사를 모아 양자강에서 약탈로써 생계를 이어오다가 오래전부터 손책이 강동의 호걸로서 어진 사람들을 받아들이고 있다는 소문을 듣고 이번에 무리 삼백 명을 이끌고 그를 찾아온 것이다. 손책이 크게 기뻐하며 그들을 거전교위(車前校尉)4)로 삼았다. 손책은 우저에 비축된 양곡과 무기를 얻고 아울러 4천여 명이 항복해 오자 신정(神亭)을 바라보며 진격했다.

장영이 지고 돌아오자 유요가 대로하며 그의 목을 베려 했다. 모사 착융(笮融)과 설례(薛禮)가 말려 목숨을 건진 장영은 병력을 이끌고 영릉(零陵)으로 가 적군을 막고자 했다. 유요는 몸소 병사들을 이끌고 신정령 남쪽에 영채를 세우니 손책은 그 북쪽에 영채를 세웠다. 손책이 모사들에게 물었다.

"가까운 산에 광무제의 사당이 있지 않던가요?"

"예, 그 사당이 산꼭대기에 있습니다."

"어젯밤 꿈에 광무제가 나를 부르셨으니 내가 마땅히 가서 제사를 드려야겠소."

장사 장소가 나서서 말했다.

"그것은 옳지 않습니다. 산 아래에는 유요의 영채가 있고, 혹시라도 복병이 있으면 어쩌시렵니까?"

"하늘이 나를 돕는데 내 어찌 두려울 것이 있겠소?"

손책은 말에 올라 창을 비껴 잡고 정보·황개·한당·장흠·주태 등 열세 명의 기병을 거느리고 영채를 나와 산으로 올라가 사당에서 향을 피웠다. 참배를 마치자 손책이 무릎을 꿇고 축원했다.

---

4) 로버츠(Moss Roberts)는 이를 'Vanguard Commander'라고 번역했다. 이탁오 본은 군전교위(軍前校尉)로 기록되어 있으나 여기에서는 모종강 본을 따랐다. 아마도 비슷하게 생긴 군(軍)과 거(車) 사이에 생긴 오독일 것이다.

"저 손책이 만약 강동에서 대업을 이루어 아버지의 기업(基業)을 되살릴 수 있다면 마땅히 이 사당을 중수하고 철마다 제사를 드리겠나이다."

축원을 마치고 사당을 나와 말에 오른 손책은 여러 장수를 돌아보며 말했다.

"나는 고개를 넘어 유요의 영채를 보고 싶소."

여러 장수가 말렸으나 손책은 듣지 않고 고개 위로 올라갔다. 남쪽의 수풀을 바라보니 모두 적군의 복병이 깔려 있었다. 그들이 나는 듯이 손책이 왔음을 유요에게 알렸다. 보고를 들은 유요가 말했다.

"이는 반드시 손책이 우리를 유인하려는 계교이니 추격해서는 안 된다."

그 말을 들은 태사자가 벌떡 일어나며 소리쳤다.

"이때 손책을 잡지 않고 어느 때를 다시 기다리려 하십니까?"

그는 유요의 명령도 기다리지 않고 창을 비껴 잡고 말에 올라 영채를 나서며 소리쳤다.

"용기 있는 무리는 모두 나를 따르라."

여러 장수가 움직이지 않는데 한 젊은 장수가 소리쳤다.

"태사자야말로 진정한 맹장이다. 내가 그를 도우리라."

그가 말을 타고 따라나서니 모든 장수가 비웃었다. 손책이 반나절에 걸쳐 적진을 돌아보고 말에 올라 바로 고개를 넘으려는데 고개 위에서 누군가 외치는 소리가 들렸다.

"손책은 도망하지 말라."

손책이 바라보니 두 장수가 말을 타고 고개를 달려 내려오고 있었다. 손책은 열세 장수에게 모두 늘어서게 했다. 손책은 말을 타고 창을 비껴 든 채 고개 밑에서 기다렸다. 태사자가 크게 소리쳤다.

"너희들 가운데 누가 손책이냐?"

손책이 물었다.

"그런 너는 누구냐?"

"나는 동래의 태사자인데 특별히 손책을 잡으러 왔다."

손책이 웃으며 대답했다.

"내가 손책이다. 너희 둘이 한꺼번에 달려들어도 나는 두렵지 않다. 내가 너희들을 두려워한다면 손백부가 아니다."

태사자가 대꾸했다.

"너희가 모두 함께 달려들어도 두려워할 내가 아니다."

말을 마치자 태사자는 창을 비껴 잡고 말을 몰아 바로 손책에게 달려들었다. 손책도 창을 꼬나 잡고 나갔다. 두 말이 엉켜 오십 번을 겨루어도 승부가 나지 않았다. 정보는 속으로 놀라움을 금하지 못했다. 태사자가 보니 손책의 창법에 추호도 실수가 없자 짐짓 도망치듯 하여 손책을 유인했다. 태사자는 온 길로 가지 않고 달리 고개로 올라가다가 산을 돌아 뒤로 돌아 달려갔다. 손책이 따라오며 소리쳤다.

"달아나는 것을 보니 장부가 아니로구나."

태사자가 속으로 생각했다.

"저놈들은 열두 명이고 나는 혼자이니 가령 내가 손책을 사로잡는다 해도 저들에게 빼앗길 것이다. 저놈을 조금 더 유인하여 저들이 찾아오지 못할 곳에서 손을 써야겠다."

태사자가 싸우다가 도망치자 손책이 어찌 그를 놓칠까 싶어 곧바로 추격하여 어느 평지에 이르렀다. 그때 태사자가 말을 돌려 다시 싸움이 붙어 쉰 번이나 겨루었다. 손책이 창으로 찌르면 태사자가 번개처럼 피하며 옆구리로 껴안았으며 태사자가 창으로 찌르니 이번에는 손책이 또한 번개처럼 피하면서 옆구리로 껴안았다.

두 사람이 서로의 창을 잡고 힘을 쓰다가 모두 말에서 떨어졌다. 말들은 어디로 달아나고 없었다. 두 사람은 창을 버리고 뒤엉켜 싸우니 전포가 모두 찢어졌다. 손책이 손을 뻗어 태사자의 등에 달린 단도를 빼앗자 태사자는 손책의 머리에서 투구를 벗겼다. 손책이 단도로 찌르면 태사자는 투구로 막았다.

그때 문득 함성이 일어나며 유요가 지원군 천 명 남짓을 이끌고 나타났다. 손책이 당황할 무렵 정보 등 열두 명이 말을 타고 달려오자 손책과 태사자는 그제야 떨어졌다. 태사자는 진중에서 말을 바꿔 타고 창을 얻어 다시 달려왔다. 손책도 정보가 끌고 온 말을 타고 창을 얻어 다시 달려 나갔다.

유요의 이천 병력과 정보 등 열두 명이 어지러이 싸우며 어느덧 신정의 고개 밑에까지 내려왔다. 그때 함성이 일어나며 주유가 병력을 이끌고 달려오자 유요는 대군을 이끌고 산 밑으로 달려갔다. 시간은 벌써 황혼인데 비까지 억수처럼 쏟아져 양쪽 군사들은 각기 영채로 돌아갔다.

이튿날 손책이 병력을 이끌고 유요의 영채 앞에 이르니 유요가 마주 나왔다. 양쪽이 둥글게 진영을 치자 손책이 태사자의 단도를 창끝에 매달고 진 앞으로 나와 군사들에게 소리치도록 했다.

"태사자가 도망하지 않았더라면 이미 이 칼에 찔려 죽었을 것이다."

그러자 태사자 또한 손책의 투구를 들고 나와 병사들이 소리치게 했다.

"손책의 머리가 여기에 있다."

양쪽이 소리치며 이쪽에서 자기들이 이겼다고 소리치면 저쪽에서는 저희가 더 강하다고 소리쳤다. 태사자가 말을 타고 나와 손책과 승부를 지으려 하자 손책도 말을 달려 나가려 했다. 그때 정보가 나서서 말했다.

"주공께서 나가실 일이 없습니다. 제가 저놈을 사로잡아 오겠습니다."

정보가 말을 타고 나가니 태사자가 소리쳤다.

"너는 내 적수가 아니니라. 손책에게 나오라고 일러라."

정보가 대로하며 곧바로 짓쳐나가 태사자를 공격했다. 두 말이 서로 어울려 서른 번을 겨루었는데 갑자기 유요가 징을 울려 군사를 거두어들였다. 태사자가 물었다.

"내가 이제 적장을 사로잡으려던 참이었는데 어찌하여 군사를 불러들이십니까?"

"보고가 들어왔는데 주유가 군사를 몰아 곡아를 공격하는데 여강의 송자(松滋) 출신으로 이름이 진무(陳武)요 자를 자열(子烈)이라 하는 장수가 주유에게 성문을 열어주어 들여보냈다 한다. 우리 집안의 기업인 곡아를 잃었으니 여기에 오래 머물 수가 없다. 어서 말릉(秣陵)으로 가 설례와 착융을 만나 서둘러 적군을 막아야겠다."

태사자가 유요를 따라 군사를 물리자 손책은 그들을 추적하지 않고 인마를 거두었다. 그때 장사 장소가 말했다.

"적군은 주유가 곡아를 점령한 것을 알고 지금 싸울 용기를 잃었으니 오늘 밤 저들을 습격하는 것이 좋겠습니다."

손책이 그 말에 따라 밤이 되어 군사를 다섯 갈래로 나누어 당당하게 진격했다. 유요의 병사들이 크게 지고 사방으로 흩어졌다. 태사자는 홀로 적군을 감당할 수 없게 되자 기병 여남은 명을 이끌고 밤을 새워 경현으로 달아났다. 이로써 손책은 진무라는 또 다른 장수를 얻었다. 그의 신장은 7척이요, 얼굴은 누렇고 눈빛이 붉고 모습이 비범하여 손책이 몹시 아끼며 교위의 벼슬을 내려 선봉을 삼아 설례를 공격하도록 했다.

진무가 기병 여남은 명을 이끌고 진지에 뛰어들어 쉰 명의 목을 베었다. 설례는 성문을 닫은 채 감히 나와 싸우려 하지 않았다. 손책이 바로 성을 공격하려는데 문득 유요가 착융과 함께 우저를 공격하러 갔다는 보고가 들어왔다. 손책이 대로하여 몸소 대군을 이끌고 우저로 달려갔다. 유요와 착융이 말을 몰아 나왔다. 손책이 소리쳤다.

"내가 여기에 왔는데, 너희들은 어찌 항복하지 않는가?"

그때 유요의 등 뒤에서 한 장수가 창을 든 채 말을 타고 나오는데 그의 부장(部將) 우미(于麋)였다. 손책과 우미가 두세 번 겨루지도 않아 손책이 그를 사로잡아 말을 몰고 본진으로 돌아왔다. 그때 유요의 장수 번능(樊能)은 우미가 잡혀가는 것을 보고 창을 꼬나 잡고 달려왔다. 그가 거의 손책의 등을 찌를 정도로 가까이 왔을 때 손책의 진영에서 병사들이 크게 소리쳤다.

"등 뒤에 몰래 쫓아오는 놈이 있습니다."

손책이 머리를 돌려 번능의 말이 달려오는 것을 보자 큰 소리로 외치니 마치 우레와 같았다. 너무 놀란 번능은 말에서 떨어져 머리가 깨져 죽었다. 손책이 본진의 깃발 아래 이르러 우미를 내려놓으니 그는 이미 옆구리에 낀 채 죽어 있었다. 한 장수를 옆구리에 끼어 죽이고 다른 한 장수를 소리쳐 죽이니 이때로부터 사람들이 손책을 "소패왕(小霸王)"[5]이라 불렀다.

그날 유요는 대패하고 인마의 절반을 잃었다. 손책이 죽인 적군의 수효가 1만 명을 넘었다. 유요와 착융은 예장(豫章)으로 달아나 종친인 유표에게 몸을 의탁했다. 손책이 다시 병력을 몰아 말릉을 공격했다. 그가 몸

---

[5] 한나라 유방의 부하에 누번(樓煩)이라는 명궁이 있었다. 그가 초패왕(楚霸王) 항우의 장수 세 명을 쏘아 죽이자 분노한 항우가 나아가 크게 외치니 누번이 두려워 누벽 안으로 들어가 다시 나오지 않았다.[『사기』「항우본기」] 이처럼 용맹한 항우에 견주어 손책을 "작은 항우"라는 뜻으로 "소패왕"이라 부른 것이다.

소 해자에 이르러 설례에게 항복을 권유하는데 한 적장이 성 위에 숨어서 활을 쏘니 정확히 허벅지에 꽂혀 그가 말에서 떨어졌다.

여러 장수가 서둘러 손책을 구출하여 돌아와 화살을 뽑고 금창약(金瘡藥)6)을 발랐다. 손책은 자신이 활에 맞아 죽었다고 전군에 알리도록 명령했다. 전군이 상(喪)을 치르면서 영채를 허물고 물러났다. 손책이 죽었다는 소식을 들은 설례는 밤새도록 성안의 병사들을 모아 맹장 장영(張英)과 진횡(陳橫)에게 성을 나가 적군을 추격하도록 했다. 그때 갑자기 사방에서 복병이 일어나며 선봉에 손책이 나타나 큰 소리로 외쳤다.

"손랑(孫郞)이 여기에 있느니라."

설례의 병사들이 기겁하며 창과 칼을 버리고 땅에 엎드려 항복했다. 손책은 그들 가운데 한 명도 죽이지 못하도록 했다. 장영은 말을 몰아 도망하다가 진무의 창에 찔려 죽고, 진횡은 장흠이 쏜 화살을 맞고 죽었다. 설례는 어지럽게 날뛰는 병사들 사이에 휩쓸려 죽었다. 손책은 말릉에 들어가 백성을 안심시킨 다음 태사자를 잡으러 병사를 이끌고 경현으로 갔다.

그 무렵에 태사자는 모병한 정예군 이천 명과 부하들을 이끌고 유요의 원수를 갚으러 달려오고 있었다. 손책은 주유와 더불어 태사자를 사로잡을 방법을 논의했다. 주유는 경현의 성 세 면을 포위하고 다만 동쪽만을 열어두어 그가 도망하도록 만든 다음 성 이십오 리 밖에 세 갈래로 복병을 배치했다. 그곳에 태사자가 이를 무렵이면 인마가 피로한 틈을 타 그를 사로잡을 수 있으리라고 그들은 믿었다. 본디 태사자의 병력은 태반

---

6) 금창약(金瘡藥) : 칼로 상처 난 곳에 바르는 가루약으로 금창산(金瘡散)이라고도 한다.

이 산적 출신이어서 군율이 어지러웠다. 경현의 성은 그리 높지 않아 지키기가 어려웠다.

그날 밤 손책은 진무에게 가벼운 옷에 칼을 차고 먼저 성 위로 올라가 불을 지르도록 했다. 성 위에 불길이 오르는 것을 본 태사자가 말을 타고 동문으로 달아나자 손책이 추격했다. 태사자가 삼십 리를 달아나니 추격병이 따라오지 않았다. 태사자는 오십 리를 더 달아나 사람과 말이 모두 피곤한데 갑자기 갈대숲 사이에서 함성이 일어났다. 태사자가 달아나는데 양쪽에서 반마색(絆馬索)7)이 날아와 말의 발목을 낚아채니 사람과 말이 모두 고꾸라지자 병사들이 달려들어 그를 사로잡아 영채로 돌아왔다.

태사자가 잡혀왔다는 말을 들은 손책은 몸소 영문에 나아가 병사들을 꾸짖어 물리친 다음 손수 그의 결박을 풀어주고 자신의 비단 전포를 입혀 영채 안으로 들어가 이렇게 말했다.

"자의(子義 : 태사자의 자)가 참으로 대장부임을 내가 잘 알고 있습니다. 유요와 같은 소인이 그대의 능력을 알아보지 못하여 이번에 졌을 뿐입니다."

손책이 자신을 몹시 후대함을 본 태사자는 곧 그에게 항복했다. 손책이 그의 손을 잡고 말했다.

"지난날 그대와 내가 신정에서 싸울 때 그대가 나를 잡았더라면 나를 죽였겠소?"

태사자가 웃으며 말했다.

"그야 모를 일이지요."

손책이 크게 웃으며 태사자를 장막으로 데려 들어가 윗자리에 앉히고

---

7) 반마색(絆馬索) : 말의 발목을 잡아채도록 끈에 갈고리를 매달아 던지는 무기.

크게 잔치를 열어 환대하니 태사자가 말했다.

"이번에 유요가 크게 지자 장수와 병사들의 마음이 그를 떠났습니다. 제가 그리로 가 병사들을 수습하여 명공을 돕고자 하는데 저를 믿어주실지 모르겠습니다."

손책이 일어나 사례하며 말했다.

"이는 내가 바라던 바입니다. 지금의 약속을 내일 한낮까지로 정하고 그대가 돌아오기를 기다리겠소."

태사자가 응낙하고 떠나자 여러 장수가 말했다.

"태사자가 이번에 가면 돌아오지 않을 것입니다."

손책이 말했다.

"태사자는 신의가 있는 인물이니 결코 나를 배신하지 않을 것이오."

다음날 손책은 영문에 해시계를 세워두고 기다렸다. 해그림자가 한낮을 가리키자 태사자가 병력 천 명 남짓을 이끌고 영채에 이르렀다. 손책이 몹시 기뻐하자 여러 장수는 손책의 사람 보는 안목에 탄복했다. 손책이 몇만 명의 병력을 이끌고 강동으로 돌아와 백성을 어루만지니 항복해 오는 무리가 헤아릴 수 없이 많았다. 강동의 백성은 모두 손책을 "손랑"(孫郎)이라 불렀다.

지난날에는 손책의 병사들이 이르면 모두 가슴이 서늘하여 도망하더니 이제는 그가 이르러도 한 사람도 다치지 않도록 하니 닭과 개도 놀라 달아나지 않고 백성이 기뻐하며 소를 잡아 영채를 찾아와 병사들을 위로했다. 그럴 때면 손책은 비단으로 보답했다. 환호 소리가 들판에 가득했다.

손책이 또한 유요의 병사로서 군대에 남겠다는 무리는 받아들이고 떠나겠다는 무리에게는 상을 주어 고향으로 돌아가도록 하자 강동의 백성으로 그를 칭송하지 않는 사람이 없었다. 이때로부터 그의 병력은 더욱 강성해졌다. 손책은 어머니와 삼촌과 형제들을 모두 곡아로 보내고 동생 손권에게 주태와 더불어 선성(宣城)을 지키도록 하고 자신은 남쪽으로 내려가 오군(吳郡)을 공략했다.

그 무렵 엄백호(嚴白虎)라는 인물이 스스로 동오의 덕왕(德王)이라 부르며 오군을 차지하고 있으면서 부장을 보내어 오성(烏城)과 가흥(嘉興)을 지키게 하였다. 그날 엄백호는 손책의 군사가 이르렀다는 말을 듣고 동생 엄여(嚴輿)에게 병력을 주어 출병하게 했다. 그는 풍교(楓橋)에서 손책을 만났다. 엄여는 칼을 비껴 잡고 말에 올라 다리 위에 서 있었다. 그가 나타났다는 보고를 들은 손책이 나가려 하자 장굉이 아뢰었다.

"무릇 주장은 삼군을 지휘하는 몸이니 가볍게 조무래기들을 상대해서는 안 됩니다. 바라건대 스스로 몸을 보중하소서."

"선생의 말은 쇠와 돌에 새겨[金石之言]8) 기억하겠소. 그러나 내가 먼저 돌과 화살을 마주하지 않으면 장수들이 따르지 않을까 두려울 뿐이라오."

손책은 한당에게 병력을 주어 나가 싸우게 했다. 한당이 다리 위에 이르자 장흠과 진무가 먼저 작은 배를 타고 강안을 따라 다리로 다가오면서 강변의 적군을 향하여 활을 쏘더니 두 장군이 뭍에 올라 적군을 죽이기 시작하자 엄여가 달아났다. 한당이 병사를 이끌고 창문(閶門 : 正門) 아래 이르니 적군이 모두 성안으로 들어갔다.

---

8) 금석지언(金石之言) : 『순자』 비상편(非相編)에 따르면 "금석이나 주옥처럼 귀한 말"[故贈人以言 重於金石珠玉]이라는 뜻으로도 쓰고 있다. 그러나 정확히 말하면, 금석지언이라 함은 "쇠나 돌에 새겨두고 기억할 만한 말"이라는 뜻이고 금옥지언이라 함은 "보물이나 구슬처럼 귀중한 말"이라는 뜻이다.

손책이 병사들을 나누어 육지와 강에서 공격하며 오성을 에워쌌다. 사흘을 공격했으나 적군이 나와 싸우려 하지 않았다. 손책이 병사들을 이끌고 창문 밖에 이르러 항복을 권유하자 성 위에 한 비장(裨將)이 왼손을 들보에 올려놓고 오른쪽으로는 성 밑을 가리키며 욕설을 퍼부었다. 그때 태사자가 말 위에서 활에 살을 먹이더니 장수들을 돌아보며 말했다.

"내가 저놈의 왼손을 맞힐 터이니 잘들 보시오."

말이 끝나지도 않았는데 시위 소리가 들리더니 과연 화살은 정확히 그 비장의 왼손을 뚫고 나가 들보에 박혔다. 성 위와 성 아래에 있던 사람들이 이를 보고 갈채하지 않는 사람이 없었다. 여러 사람이 비장을 구출하여 성을 내려갔다. 엄백호가 매우 놀라며 말했다.

"적군에 저런 인물이 있다면 어찌 적수가 되겠는가?"

그리 말하며 서로 화해할 길을 찾았다. 다음날 엄백호는 동생을 손책에게 보내어 화해를 구했다. 손책이 엄여를 장막 안으로 청하여 술을 마셨다. 술기운이 오르자 손책이 엄여에게 물었다.

"그래, 그대 형의 생각은 어떠시오?"

"형님께서는 장군과 강동을 나누어 갖고자 합니다."

손책이 대로하며 소리쳤다.

"쥐새끼 같은 놈이 어찌 감히 나와 맞먹으려 하느냐?"

그러고는 엄여를 죽이라고 명령했다. 엄여가 칼을 빼 들고 일어나자 손책이 나는 듯이 칼을 빼 휘두르니 엄여가 꼬꾸라졌다. 손책은 그의 목을 잘라 사람을 시켜 성안으로 들여보냈다. 엄백호는 자기가 이길 수 없음을 알게 되자 성을 버리고 달아났다. 손책이 추격하고 황개가 가흥을 함락했으며 태사자가 오성을 함락하니 여러 고을이 평정되었다.

엄백호는 여항(餘杭)으로 도망하며 약탈하다가 그곳 장수인 능조(凌

操)가 이끄는 병사들의 공격을 받고 회계로 달아났다. 능조 부자가 손책을 찾아오자 손책은 그에게 종정교위(從征校尉)의 벼슬을 내리고 함께 강을 건너갔다. 엄백호는 산적들을 모아 서진(西津)의 어귀에 진영을 쳤다. 정보가 그들을 크게 깨트리고 밤을 이어 회계까지 추격했다.

회계태수 왕랑(王朗)이 엄백호를 구출하고자 병력을 이끌고 출진하려 했다. 그때 한 사람이 나서서 말했다.

"그것은 옳지 않습니다. 손책에게는 인의로운 인물이 많으나 엄백호는 백성을 포악하게 다스리고 있으니 차라리 그를 잡아 손책에게 바치는 것이 마땅합니다."

왕랑이 바라보니 회계 여요(餘姚) 출신으로 이름은 우번(虞翻)이요 자는 중상(仲翔)인데 아전[郡吏]의 말직을 맡고 있었다. 왕랑이 꾸짖으니 우번은 크게 탄식하며 물러났다. 왕랑이 군사를 이끌고 엄백호를 만나 산음(山陰)의 들판에 진영을 쳤다. 양쪽이 진영을 이루자 손책이 말을 타고 나아가 왕랑에게 말했다.

"내가 인의로운 병사를 이끌고 절강(浙江)을 평정하고자 왔는데 그대는 어찌하여 도적을 돕는가?"

"너의 욕심은 아직도 채워지지 않았더냐? 이미 오군을 차지했으면서 어찌 나의 땅까지 빼앗으려 하는가? 내가 오늘 엄백호의 원수를 갚아주리라."

손책이 대로하여 나가 싸우려는데 벌써 태사자가 짓쳐나가고 있었다. 왕랑이 칼을 휘두르며 말 박차 달려 나와 태사자와 몇 번 겨루었다. 그때 왕랑의 장수 주흔(周昕)이 달려 나와 싸움을 도왔다. 손책의 진중에서 황개가 나는 듯이 말을 달려 주흔을 맞아 싸웠다. 양쪽 진영에서 북소리가 크게 울리며 흙먼지가 일어났다. 그때 홀연히 왕랑의 진영 뒤쪽에서 소란이 일어나 바라보니 한 부대가 후미를 공격하고 있었다.

왕랑이 매우 놀라, 말 머리를 돌려 달려가 보니 주유와 정보가 병력을 이끌고 앞뒤로 공격해 오고 있었다. 왕랑은 병력의 열세로 더 이상 견디지 못하고 엄백호·주흔과 함께 성안으로 도망쳐 들어가 적교(吊橋)를 올리고 성문을 굳게 닫아걸었다. 손책의 대군이 승세를 몰아 성 밑에까지 다가와 부대를 나누어 네 성문을 공격했다. 왕랑은 성안에 있으면서 손책의 공격이 더욱 심해지자 다시 나아가 결전하고자 했다. 그때 엄백호가 말했다.

"손책의 병력이 매우 강성합니다. 그대는 해자를 깊이 파고 성을 높이 쌓아 굳게 지키되 나가지 말아야 합니다. 그렇게 한 달을 버티면 적군의 양식이 떨어져 스스로 물러날 것입니다. 그때 승세를 몰아 엄습하면 싸우지 않고서도 이길 수 있습니다."

왕랑이 그의 말에 따라 회계성을 지키며 나가 싸우지 않았다. 손책이 며칠을 공격하였으나 이기지 못하자 장수들을 불러 계책을 논의했다. 손정(孫靜)9)이 말했다.

"왕랑이 저토록 지키기만 하면 성을 함락하기가 어렵소. 회계의 식량의 절반은 사독(查瀆)에 저장되어 있소. 이곳에서 몇 리 떨어져 있지 않은데 이곳을 먼저 공격하느니만 못하오. 이를 가리켜 '적이 대비하지 않은 곳을 치고 저들이 예상하지 못한 곳에 나타난다.'[攻其無備 出其不意]10)는 병법이오."

손책이 기뻐하며 말했다.

---

9) 손정(孫靜) : 손견의 막내아우이니 손책의 삼촌이었다.
10) '적이 대비하지 않은 곳을 치고 저들이 예상하지 못한 곳에 나타난다.'[攻其無備 出其不意] : 『손자병법』「시계편」(始計編).

"숙부께서 묘안을 가르쳐주시니 충분히 적군을 깨트릴 수 있겠습니다."

그는 곧 각 성문에 지시하여 불길을 올리고 허세로 깃발을 세워 적이 의심하게 만든 다음 밤을 틈타 남쪽으로 진격했다. 이때 주유가 계책을 말했다.

"주공께서 대군을 움직이면 왕랑은 반드시 성을 나와 추격할 것이니 그때 기습하면 우리가 이길 수 있습니다."

"내가 이미 계책을 준비해두었으니 오늘 밤에는 성을 함락할 수 있을 것일세."

그러고는 군사를 출동하였다. 손책의 군마가 물러났다는 말을 들은 왕랑이 군사를 이끌고 적군의 누각에 올라 바라보니 성 아래에서 연기가 일고 깃발들이 정연하여 문득 의심이 들었다. 이를 본 주흔이 말했다.

"손책이 달아나면서 특별히 이런 계책을 쓴 것은 우리가 의심하게 하려는 것이었으니 걱정하지 마시고 추격하는 것이 좋겠습니다."

엄백호가 나서 말했다.

"손책이 떠난 것은 사독을 치러 간 것이 아닌가 여겨집니다. 내가 부하들을 이끌고 주흔 장군과 추격하고자 하오."

왕랑이 말했다.

"사독은 내가 군량미를 저장해둔 곳이니 모름지기 지켜야 합니다. 그대가 먼저 진격하면 내가 뒤따라가리다."

엄백호와 주흔이 천오백 명을 이끌고 추격에 나섰다. 초경 무렵이 되어 성을 떠난 지 이십 리 남짓에 이르자 문득 수풀 속에서 북소리가 들리며 한꺼번에 불길이 일어났다. 엄백호가 매우 놀라, 말을 돌려 달아났다. 그때 한 장수가 길을 막아서는데 불빛에 바라보니 손책이었다. 주흔이 칼을 휘두르며 달려 나갔으나 손책이 휘두른 단 한 번의 창에 찔려 죽었다.

남은 무리가 항복하자 엄백호는 피를 철철 흘리며 길을 뚫고 여항을 향하여 도망했다. 왕랑은 전방이 이미 무너졌다는 것을 알자 감히 성안으로 들어가지 못하고 부하들과 함께 바닷가로 도망했다. 손책이 대군을 되돌려 이끌고 승세를 몰아 성을 빼앗은 다음 백성을 안심시켰다.

하루가 채 지나지도 않아 한 장수가 엄백호의 머리를 베어 들고 손책을 찾아와 군막 앞에 바쳤다. 손책이 그를 바라보니 키가 8척이요, 얼굴은 모가 지고 입술이 두터웠다. 이름을 물어보니 회계의 여요(餘姚) 사람으로 이름은 동습(董襲)이요 자는 원대(元代)라 했다. 손책이 기뻐하며 그를 별부사마(別部司馬)로 삼았다. 이로써 동쪽 일대가 평정되자 손책은 숙부 손정에게 그곳을 지키게 하고 주치를 오군태수로 임명한 다음 자신은 병력을 이끌고 강동으로 돌아갔다.

그 무렵 손권이 주태와 더불어 선성(宣城)을 지키고 있는데 홀연히 산적들이 몰래 쳐들어와 사방을 공격했다. 밤이 깊어 적과 싸울 수도 없던 터라 주태는 손권을 말에 태웠다. 도적떼가 칼을 빼 들고 달려들자 주태는 갑옷도 걸치지 않은 채 걸어가면서 칼을 휘둘러 여남은 명을 죽였다. 주태를 뒤따라오던 적장이 말을 타고 창을 휘두르며 달려와 막 그를 찌르려는 순간에 주태가 그의 창을 잡아당겨 말에서 떨어트린 뒤 그의 창과 말을 빼앗아 타고 피를 흘리며 길을 뚫어 손권을 구출했다. 주태는 열두 군데 창에 찔려 덧나 목숨이 위태로운 지경에 이르렀다. 손책이 그 말을 듣고 매우 놀라니 장막 아래에서 동습이 아뢴다.

"제가 일찍이 해적들과 싸우다가 여러 군데 창에 찔렸는데 회계의 한 어진 아전인 우번이 한 의원을 추천하여 그의 치료를 받고 보름 만에 일어난 적이 있습니다."

"우번이라면 그 우중상이 아니오?"

"그렇습니다."

"그는 지혜로운 사람이오. 내가 마땅히 그를 쓰리라."

그러고는 장소와 동습을 보내어 우번을 불러오게 했다. 그가 이르자 손책은 그를 후하게 대접하고 공조(功曹)11)로 삼은 다음 그 유명하다는 의원을 불러달라고 부탁했다. 그 말을 들은 우번이 말했다.

"그는 패국(沛國) 초군(譙郡) 사람으로 이름을 화타(華陀)라 하며 자를 원화(元化)라 하는데 참으로 이 시대의 신의(神醫)12)입니다. 마땅히 그를 불러 장군을 뵙게 하겠습니다."

하루가 채 지나지도 않아 화타가 찾아왔다. 손책이 그를 바라보니 얼굴은 아이 같고 머리는 학처럼 흰데 그 모습이 마치 속세를 떠난 신선 같았다. 손책이 그를 윗자리에 앉히고 주태의 상처를 고쳐달라고 부탁했다. 화타가 말했다.

"이는 쉬운 일입니다."

그가 약을 쓰자 한 달 만에 주태가 일어났다. 손책이 기뻐하며 그에게 후하게 사례하고 다시 진격하여 산적들을 무찔렀다. 강남이 평정되자 손책은 장수들을 나누어 여러 요처를 지키게 하고 한편으로는 조정에 표문을 올려 조조와 인연을 맺고 한편으로는 원술에게 편지를 보내어 옥새를 돌려달라고 요구했다.

그 무렵에 원술은 속으로 황제가 되고 싶은 마음이 있던 터라 이런저런

---

11) 공조(功曹) : 태수 밑에서 인사와 군무를 맡아보던 요직.
12) 환자를 첫눈에 보고[看] 병을 알아 고치는 의사를 신의(神醫)라 하고, 환자의 말을 들어보고[聞] 병을 알아 고치는 사람을 명의(名醫)라 하고, 환자에게 물어보고[問] 병을 고치는 사람을 평의(平醫)라 하고, 맥을 짚어보고[診] 병을 고치는 사람을 의원(醫員)이라 한다. 어떤 경우에는 "담 너머 있는 환자를 보지도 않고 고치는 의원"을 신의라 한다.

말도 없이 옥새를 보내지는 않고 장사 양대장(楊大將), 도독 장훈(張勳)과 기령(紀靈)과 교유(橋蕤), 상장 뇌박(雷薄)과 진란(陳蘭) 등 서른 명 남짓을 불러놓고 상의했다.

"손책이 나에게 병력을 빌려 가 일을 시작했는데 이제 강동을 차지하자 은혜 갚을 생각은 하지 않고 옥새를 돌려달라니 이는 참으로 무례한 일이오. 이 일을 어쩌면 좋겠소?"

장사 양대장이 나서서 말했다.

"손책은 장강의 험한 땅을 차지하고 있고 병력은 정예하며 식량이 많으니 쉽게 이길 수 없습니다. 그런즉 지금으로서는 먼저 유비를 정벌하여 그가 지난날 까닭 없이 우리를 공격한 원한을 갚고 그다음에 손책을 도모하여도 늦지 않을 것입니다. 제가 한 계책을 써 당장에 유비를 사로잡을 수 있게 하겠나이다."

어느 시인이 이 장면을 이렇게 읊었다.

> 강동을 쳐 호랑이를 잡으려 하지 않고
> 서주를 쳐 용을 잡으려 하는구나.
> 不去江東圖虎豹 却來徐郡鬪蛟龍

도무지 그는 무슨 계책을 가지고 있다는 말인가?

제
16
회

남자의 수렁, 호색(好色)

여포는 원문(轅門)에 걸린 화극(畫戟)을
활로 쏘아 맞히고
조조는 육수(淯水)의 싸움에서 지다.

그 무렵에 양대장(楊大將)이 유비를 공략할 계책을 아뢰려 하자 원술이 물었다.

"그 계책이라는 것이 무엇이오?"

"유비는 소패에 머무르고 있어 사로잡기 쉽다지만 여포는 서주에 호랑이처럼 웅크리고 있는데, 지난날 명공께서 비단과 양곡과 말을 보내주겠다고 약속하고서도 아직 보내지 않아 그가 화를 내어 유비를 도울까 두렵습니다. 그런즉 지금 사람을 여포에게 보내어 그의 마음을 사로잡아 군사를 움직이지 못하도록 한다면 유비를 사로잡는 일은 쉽습니다. 먼저 유비를 무찌른 다음 여포를 공격한다면 서주를 차지하기란 쉬운 일입니다."

원술이 기뻐하며 양곡[粟] 이십만 말[斛]을 보내면서 한윤(韓胤)에게 밀서를 주어 여포에게 전달하도록 했다. 여포가 기뻐하며 한윤을 푸짐하게 대접하니 그가 돌아가 원술에게 사정을 설명했다. 원술이 기령(紀靈)을 장군으로 삼고 뇌박(雷薄)과 진란(陳蘭)을 부장으로 삼아 군사 몇 만 명을 거느리고 소패를 치도록 했다. 소식을 들은 유비가 놀라 회의를 소집하니 장비는 어서 나가 싸우자고 주장했다. 그때 손건이 나서서 말했다.

"지금 소패에는 양곡과 병력이 모두 부족한데 어찌 싸울 수 있겠습니까? 차라리 여포에게 글을 보내어 도움을 요청하심이 옳을까 합니다."

장비가 나섰다.

"그놈을 어찌 믿을 수 있겠수?"

그 말을 들은 유비가 말했다.

"손건의 생각이 옳다."

그리하여 여포에게 편지를 보내니 그 내용은 이러했다.

"엎드려 장군의 보살피심을 생각하니, 제가 소패에 몸을 의탁하게 해주신 것은 참으로 구름과 하늘 같은 장군의 음덕이었습니다. 이제 원술이 사사로운 복수심으로 기령의 병력을 보내어 공격하니 운명이 아침저녁에 달려 있은즉, 장군의 도움이 없이는 살아날 길이 없습니다. 바라옵건대 군사를 이끌고 소패의 위급을 구원해주시면 그보다 더 다행한 일이 없겠습니다."

여포가 편지를 다 읽고 진궁과 더불어 계책을 상의하며 말했다.

"지난번에 원술이 양곡과 함께 편지를 보낸 것은 우리가 유비를 돕지 못하도록 하려는 것이었다. 이제 내가 생각해보니 유비가 도움을 요청하고 있는 터에 유비는 소패에 머물면서 나에게 해코지를 한 바 없고 원술이 유비를 무찌른 다음에는 북쪽으로 태산의 여러 장수와 손을 잡고 나를 도모할 것이니 그때는 내 잠자리가 편하지 않을 것이라, 유비를 돕지 않을 수 없소."

그러고서는 병력을 점검했다. 그 무렵 기령은 엄청난 병력을 이끌고 소패의 동남쪽에 이르러 영채를 짓고 있었다. 낮에는 깃발이 나부껴 산천을 가리고 밤이면 불빛이 찬란하고 북소리가 천지를 뒤집을 듯 했다. 유비는 성안에 오천 명도 안 되는 병력을 이끌고 성을 나서 진영을 쳤다. 그때 문득 여포가 병력을 이끌고 서남쪽 십 리 밖에 영채를 차렸다는 보고가 들어왔다. 여포가 유비를 도우려고 병력을 이끌고 왔다는 것을 안 기령은 여포에게 글을 보내어 신용을 지키지 않음을 따지니 여포가 웃으며 말했다.

"원술과 유비 양쪽 모두가 나를 원망하지 않게 할 계책이 나에게 있느니라."

여포는 기령과 유비에게 각기 사람을 보내어 식사에 초대했다. 유비가 소식을 듣고 먼저 가려 하니 관우와 장비가 말했다.

"형님은 가지 마시지요. 여포는 반드시 딴마음을 먹고 있을 것입니다."

"내가 그를 박절하게 여기지 않았는데 어찌 나를 해코지하겠느냐?"

그가 말을 마치고는 말을 타고 가니 관우와 장비도 따라나섰다. 일행이 여포의 진중에 이르러 들어가자 여포가 일행을 맞이하며 말했다.

"내가 오늘 특별히 공의 위험을 풀어주려 하니 뒷날 성공하시면 이날을 잊지 마시구려."

현덕이 사례하자 여포가 자리를 권했다. 관우와 장비는 칼에 손을 얹고 그 뒤에 섰다. 그때 기령이 도착했다는 소식이 들어오자 유비가 매우 놀라며 자리를 뜨려 하니 여포가 말했다.

"내가 오늘 두 분을 초청한 것이니 놀라지 마시구려."

유비는 그 말이 무슨 뜻인지 몰라 불안했다. 기령은 말에서 내려 영채로 들어오다가 유비가 있는 것을 보고 기겁을 하며 돌아서려 했다. 곁에 있던 장수들이 붙잡으려 하였으나 막을 수가 없었다. 이를 본 여포가 나서서 한 팔에 잡아 어린애 끌듯이 데려왔다. 기령이 물었다.

"장군께서는 저를 죽이시려 합니까?"

"그렇지 않소."

"아니면 저 귀 큰 놈을 죽이시렵니까?"

"그것도 아니오."

"그러면 왜 이러십니까?"

"현덕은 나와 형제요. 그가 지금 장군의 공격을 받아 곤경에 빠져 있기에 내가 구원하러 온 것이오."

"그건 저를 죽이겠다는 뜻이 아닌가요?"

"그럴 리가 있겠소? 나는 평생 싸움을 좋아하지 않았고 다만 싸움을 말리려 했을 뿐이오. 오늘도 두 분을 위해 싸움을 말리려 하오."

"그 말리는 방법이 무엇인지요?"

"나에게 한 가지 방법이 있는데 그것은 곧 하늘의 뜻을 따르는 것이오."

여포는 기령을 이끌고 장막 안으로 들어와 유비와 인사를 나누도록 했다. 두 사람은 모두 어리둥절했다. 여포는 자리에 앉더니 왼쪽에 기령을 앉히고 오른쪽에 유비를 앉힌 다음 잔치를 시작했다. 술이 여러 차례 오가자 여포가 말했다.

"두 분은 나의 얼굴을 보아서라도 서로 병사를 물리시지요."

유비는 아무 말이 없는데 기령이 나섰다.

"저는 주공의 명령을 받아 십만 병력을 이끌고 유비를 잡으러 왔는데 어찌 군사를 물릴 수 있겠습니까?"

그 말에 장비가 대로하며 칼을 빼 들고 꾸짖었다.

"우리가 비록 병력은 적을지라도 내 눈에 보기에 너희들은 아이들 같구나. 우리 손에 무너진 백만 황건적에 견주면 네 병력이 어느 정도냐? 네가 감히 우리 형님을 다치려 하다니."

관우가 나서서 말리며 말했다.

"먼저 여 장군의 말씀을 들어본 다음에 각기 영채로 돌아가 싸워도 늦지 않겠다."

여포가 말했다.

"나는 두 분의 싸움을 말리려는 것이지 싸우라는 것이 아니오."

그러는 사이에도 기령은 분개하고 장비는 곧 싸움을 걸려 한다. 여포가 대로하며 부하들에게 소리쳤다.

"내 화극을 가져오거라."

여포가 화극을 집어 들자 기령과 유비가 모두 낯빛을 잃었다. 여포가 입을 열었다.

"내가 두 분에게 권고하는 것은 모두 하늘의 뜻이오."

그는 좌우의 부하들에게 멀리 떨어진 원문에 화극을 세워두게 하고 기령과 유비를 돌아보며 말했다.

"원문이 이곳에서 백오십 보(步)1) 멀리 떨어져 있소. 내가 활을 쏘아 화극의 작은 가지2)를 맞히면 두 분은 군대를 물려야 하고, 맞히지 못하면 돌아가 싸우시오. 만약 나의 말에 따르지 않는 분이 있다면 나는 다른 쪽과 힘을 합쳐 싸울 것이오."

---

1) 그 시대에 1보(步)는 다섯 재[尺]로서 대략 150센티미터이니 150보는 약 220여 미터이다. 그러나 그와 같은 거리의 목표물을 명중할 수 있는지에 대해서는 의심이 남아 이 대목은 과장된 것이 아닌가 여겨진다. 로버츠(Moss Roberts)는 보를 'pace'라고 번역했는데, 그렇게 되면 그 거리는 80미터 정도로 볼 수 있다.
2) 화극의 몸체는 세 갈래로 나뉘어 있는데 좌우의 것은 가운데 것에 견주어 조금 짧다.

기령이 속으로 생각했다.

"화극이 여기에서 백오십 보 떨어져 있는데 저가 어찌 그것을 맞힐 수 있겠나. 지금은 그러마 해놓고 맞히지 못하기를 기다려 그때 공격하면 될 것이다."

기령은 여포의 제안에 동의했다. 유비로서도 따르지 않을 길이 없었다. 여포는 모든 사람을 자리에 앉도록 권하여 각기 한 잔씩 마시게 한 다음 활을 가져오도록 했다. 유비가 속으로 빌었다.

"바라옵건대 명중하게 하소서."

여포가 소매를 걷어 올리고 화살을 메겨 크게 당기며 소리쳤다.

"맞아라."

화살은 가을 달처럼 하늘을 날아 유성처럼 밑으로 떨어지며 화극의 작은 가지를 맞혔다. 장막의 위아래에 있던 장수와 병졸들이 크게 환호했다. 뒷날 시인이 그 장면을 이렇게 읊었다.

여포의 귀신 같은 활 솜씨는 세상에 드물어
원문에 화살을 날려 홀로 위험을 풀었구나.
해를 떨어트리는 솜씨는 후예(后羿)3)를 비웃고
원숭이를 울리는 기술은 양유기(養由基)4)보다 빼어났도다.
호랑이 힘줄을 떠난 시위 소리 들리더니
독수리 깃의 화살이 날아 이르는 곳에
표범의 꼬리 흔들리며 화극을 맞히니

---

3) 후예(后羿) : 중국의 전설에 나오는 명궁. 13회 각주 4 참조.
4) 양유기(養由基) : 춘추전국시대의 명궁임. 초(楚)나라 시대에 병사들이 원숭이 사냥을 나갔는데 그 가운데 한 마리는 날아오는 화살을 손으로 잡아 낚아챘다. 그러나 그는 끝내 양유기의 화살에 죽었다.

웅병 십만이 갑옷을 벗었도다.
溫侯神射世間稀 曾向轅門獨解危
落日果然欺后羿 號猿直欲勝由基
虎觔弦響弓開處 雕翎翎飛箭到時
豹子尾搖穿畫戟 雄兵十萬脫征衣

화극의 작은 가지를 맞힌 여포는 크게 웃으며 활을 땅에 던지면서 기령과 유비의 손을 잡고 말했다.

"이는 하늘이 두 분에게 군대를 물리라는 뜻입니다."

그는 다시 술을 가져오게 하여 각기 큰 그릇으로 한 번씩 더 마시게 했다. 유비는 속으로 은근히 요행을 좋아했지만 기령은 한참 동안 아무 말도 없더니 여포에게 이렇게 고백했다.

"장군의 말씀을 감히 거역할 수는 없지만 저는 돌아가서 주공에게 뭐라고 말을 해야 할까요?"

"내가 다시 편지를 써주리다."

술이 몇 차례 더 돈 뒤에 기령이 돌아가자 여포가 유비를 돌아보며 말했다.

"내가 아니었더라면 공은 어려움에 빠질 뻔했소."

유비가 사례한 다음 관우와 장비를 데리고 영채로 돌아갔다. 이튿날 세 병력이 모두 물러갔다. 유비가 소패로 돌아가고 여포는 서주로 돌아갔다. 기령이 회남으로 돌아가 원술을 뵙고 여포가 원문에 화극을 걸어놓고 활로 맞혀 두 군사를 화해시킨 사연을 설명하면서 편지를 올리자 원술이 대로하며 말했다.

"여포가 나에게 많은 양곡을 받고 이제 와서 어린애들 같은 짓으로 유비를 두둔하니 내가 마땅히 중무장 병력을 이끌고 가 유비를 정벌한 다음 이어서 여포를 토벌하리라."

그 말에 기령이 말했다.

"주공께서 그러시는 것은 옳지 않습니다. 여포는 용맹함이 뛰어나고 아울러 서주를 차지하고 있는데, 만약 여포와 유비가 서로 머리와 꼬리의 역할을 맡아 도우면 쉽게 무찌를 수 없습니다. 제가 듣건대 여포에게 딸이 하나 있는데 이미 쪽을 쪄 비녀를 꽂을 나이가 되었다고 합니다. 주공께서도 아들이 있사오니 사람을 보내어 여포와 혼약을 맺으심이 좋을 것입니다. 만약 여포가 허락하여 그 딸을 주공의 며느리로 보낸다면 그가 반드시 유비를 죽일 것이니 이를 가리켜 '사이가 먼 사람이 가까운 사람을 떼어놓을 수 없다는 계책'[疎不間親之計]이라 합니다."

원술이 그의 말에 따라 그날로 한윤을 매파로 삼아 많은 패물을 들려 서주로 보냈다. 서주에 도착한 한윤은 여포를 만나자 칭찬부터 늘어놓았다.

"저의 주공께서 장군을 앙모하여 따님을 며느리로 삼아 영원히 '진(秦)나라와 진(晉)나라 같은 우호'[秦晉之好]5)를 맺고자 합니다."

여포는 내실로 들어가 아내 엄(嚴) 씨와 상의했다. 본디 여포에게는 두 아내와 첩이 하나 있었는데 첫 번째 아내 엄 씨가 본처이고 초선이 첩이었으며, 소패에 살면서 조표(曹豹)의 딸을 다시 아내로 맞이했는데 조 씨는 먼저 죽어 자식이 없고 초선 또한 자식이 없이 다만 엄 씨만이 딸 하나를 낳아 여포가 그를 지극히 사랑했다. 여포의 말을 들은 아내가 물었다.

---

5) 진(秦)나라와 진(晉)나라의 우호[秦晉之好] : 춘추전국시대의 진(晉)나라 헌공(獻公)은 진(秦)나라 목공(穆公)에게 딸을 시집보냈다. 목공은 다시 자기의 친족을 헌공의 아들인 중이(重耳)와 혼례를 맺게 했다. 중이는 훗날 문공(文公)이 되었다. 문공은 아들을 태자로 책봉하고 진(秦)나라 왕실의 딸과 혼인을 맺음으로써 아버지와 아들이 모두 진(秦)나라와 인척 관계를 맺어 화목하게 지냈다.

"내가 듣건대 원공로(袁公路 : 원술의 자)는 오래 회남에 주둔하고 있으면서 병마와 식량이 많고 머지않아 천자에 오른다고 하던데 만약 이번 혼사가 이뤄지면 우리 딸이 후비가 되겠군요. 그런데 몇째 아들이라 하던가요?"

"외아들이라 합디다."

"그렇다면 곧 혼사를 맺읍시다. 설령 황후가 되지 못하더라도 서주를 잃을 염려는 없겠군요."

여포가 혼약을 결심하고 한윤을 정중히 대접하며 혼인을 응낙했다. 한윤이 돌아가 사실을 아뢰자 원술이 혼인 예물을 갖추어 다시 한윤을 서주로 보냈다. 예물을 받은 여포는 한윤을 푸짐하게 대접하고 역관에 머물게 했다.

다음날 진궁이 역관으로 한윤을 찾아갔다. 자리를 잡은 진궁은 좌우를 물러가게 한 다음 한윤에게 물었다.

"이번 계책을 원공에게 올린 사람이 누구요? 원공과 여 장군이 혼인을 맺는 것은 유비의 머리를 얻으려는 계책이 아니겠소?"

한윤이 매우 놀라며 말했다.

"바라옵건대 공대(公臺 : 진궁의 자)는 이 말을 누설하지 마시오."

"내가 이 일을 누설하지는 않겠지만, 만약 이 혼사가 늦어지면 반드시 누구인가 이 일을 깨려 할 터이니 그렇게 되면 일이 틀어질까 두렵소."

"그렇다면 어찌해야 좋을지를 제게 가르쳐주시기 바랍니다."

"내가 생각하기에 여 장군께서 오늘이라도 당장 따님을 원공에게 보내는 것이 어떻겠소?"

한윤이 크게 기뻐 사례하며 말했다.

"그렇게만 해주신다면 원공께서는 그대의 명철하심에 깊이 감사할 것입니다."

진궁은 한윤과 작별하고 관아로 들어가 여포를 뵙고 아뢰었다.

"듣자니 장군께서 따님을 원공로에게 시집보내기로 하셨다는데, 깊이 축하드립니다. 그런데 혼일 날짜를 잡으셨는지요?"

"이제 천천히 생각해볼 참이오."

"예로부터 혼인 날짜를 정하는 데는 각기 기한이 있는데, 천자는 1년이요, 제후는 반년이며, 대부는 한 철이고 서민은 한 달입니다."

"원공로는 국새를 가지고 있고 머지않아 천자에 오를 것이니 천자의 예에 따라야 하지 않겠소?"

"아닙니다."

"그러면 제후의 예를 따를까요?"

"그것도 아닙니다."

"그러면 공경대부의 예를 따를까요?"

"그것도 아닙니다."

여포가 웃으며 물었다.

"그렇다면 공은 내가 서민의 예에 따르기를 바라는 것이오?"

"그것도 아닙니다."

"그렇다면 도대체 어쩌란 말이오?"

"지금 천하의 제후들이 서로 다투고 있습니다. 이제 장군께서 원공로와 혼인을 맺는다면 어찌 시샘하는 무리가 없겠습니까? 만약 멀리 길일을 잡았다가 어떤 무리가 우리가 잡은 날에 복병을 두어 중도에서 따님을 납치라도 한다면 어찌하시렵니까? 그러므로 지금 세운 계획을 미룰 일이 아닙니다. 이왕에 날짜를 잡았으니 제후들이 모르는 사이에 지금 따님을 수춘성으로 보내어 얼마 동안 별관에 머물게 하다가 좋은 날에 성혼을 하면 걱정할 일이 없습니다."

여포가 기뻐하며 말했다.

"그대의 말이 참으로 합당하오."

그는 곧 내실로 들어가 엄 씨에게 사실을 말했다. 그들은 밤을 새워 혼수를 장만하고 보석이 달린 말과 향기 나는 마차를 마련하여 송헌(宋憲)과 위속(魏續)에게 한윤과 함께 딸을 데리고 떠나도록 했다. 북과 악기가 울리며 일행이 성문을 나섰다.

그 무렵에 진등(陳登)의 아버지 진규(陳珪)가 늙어 집에 머물고 있다가 북과 악기 소리를 듣고 좌우에 있는 사람에게 그 연고를 물으니 그들이 사실대로 아뢰었다. 그 말을 들은 진규가 말했다.

"이는 '사이가 먼 사람이 가까운 사람을 떼어놓을 수 없다는 계책'이다. 현덕이 위태롭게 되었구나."

그는 병든 몸을 무릅쓰고 여포를 찾아갔다. 여포가 물었다.

"대부께서 어인 일로 오셨습니까?"

"제가 듣자니 장군께서 곧 죽을 것 같다기에 특별히 문상을 하러 왔습니다."

여포가 매우 놀라며 물었다.

"어찌 그런 말씀을 하시는지요?"

"지난날 원술이 장군에게 비단을 보낸 것은 유비를 죽이고자 함이었으나 공께서 원문의 화극을 맞히심으로 화해시켰습니다. 그런데 이번에는 문득 장군의 딸을 며느리로 삼으려 한다니 이는 따님을 인질로 삼아 때를 보아 현덕을 죽이고 소패를 차지하려 함입니다. 소패가 멸망하면 서주가 위태롭습니다. 또한 원술은 걸핏하면 군량미를 꾸어달라느니 병사를 빌려달라느니 할 것입니다. 만약 공께서 그런 요구를 다 들어주려다가는

지쳐 남들과 원한을 맺게 될 것이고, 그 말을 듣지 않다가는 사돈 사이에 틈이 벌어져 싸움이 벌어지게 될 것입니다. 더욱이 듣자니 원술은 천자에 오를 뜻이 있다던데 이는 모반을 하는 것입니다. 그가 모반을 하면 장군은 역적의 친척이 되는 것이니 천하가 장군을 받아들이지 않는 일이 어찌 없겠습니까?"

여포가 매우 놀라며 소리쳤다.

"진궁이 나를 그르쳤구나."

그는 서둘러 장료(張遼)에게 혼인 행렬을 따라잡도록 했다. 여포는 장료에게 삼십 리를 쫓아가 여포의 딸을 데리고 오면서 한윤도 함께 잡아오도록 하여 감옥에 가두고 돌려보내지 않고, 원술에게는 사람을 보내어 아직 혼수를 다 장만하지 못했으니 준비가 끝나는 대로 보내겠노라고 말했다. 진규는 천자가 있는 허도로 한윤을 보내라고 여포에게 권고했으나 그는 결심을 못 하고 미적거렸다. 그때 척후병이 들어와 보고했다.

"유비가 소패에서 군사를 모으고 말을 사들이는데 그 까닭을 알 수 없습니다."

"그거야 장수가 늘 하는 일인데 이상할 게 있나?"

그런 이야기를 나누는 동안에 송헌과 위속이 들어와 보고했다.

"저희 두 사람이 주공의 명령에 따라 산동에서 말 삼백 필 남짓을 사 돌아오는 길에 소패의 변두리를 지나다가 강도를 만나 절반을 잃었습니다. 그런데 알고 보니 유비의 동생 장비가 산적으로 위장하여 우리의 말을 빼앗아 간 것이었습니다."

그 말을 들은 여포는 대로하며 곧 병사를 점검하여 소패로 달려가 장비를 공격했다. 유비가 깜짝 놀라 병사들을 이끌고 나가 여포를 맞이했다. 양쪽이 둥글게 진영을 이루자 유비가 말을 타고 나가 물었다.

"형님은 어찌하여 군사를 이끌고 이리로 오셨나요?"

여포가 손가락질을 하며 욕설을 퍼부었다.

"내가 원문에 화극을 활로 쏘아 너희들을 구원해주었거늘 너는 어찌 나의 말을 빼앗아 갔는가?"

"제가 말이 부족하여 말을 사들인 적은 있으나 어찌 감히 형님의 말을 빼앗을 수 있겠습니까?"

"네가 장비를 시켜 나의 말 백쉰 필을 빼앗아 가고서도 아직 발뺌을 하려느냐?"

그때 장비가 창을 비껴 들고 앞으로 나오더니 소리쳤다.

"그래. 내가 네 말을 빼앗았다. 그러니 어쩔 테냐?"

여포가 욕설을 퍼부었다.

"고리 눈깔의 도적놈아, 너는 무슨 까닭에 늘 나를 능멸하느냐?"

"내가 네 말을 빼앗았다고 펄쩍 뛰는 네 놈은 우리 형님에게서 서주를 빼앗은 것에 대해서는 왜 아무 말도 없느냐?"

여포가 더 이상 말을 섞지 않고 말을 몰아 달려 나와 장비를 공격했다. 장비도 창을 꼬나 잡고 달려 나갔다. 두 사람이 백 번을 겨루었으나 승부가 나지 않자 유비는 행여 일이 잘못될까 걱정스러워 서둘러 징을 울려 군사를 불러 성으로 돌아갔다. 여포는 사면으로 소패성을 둘러쌌다. 유비가 장비를 불러 나무랐다.

"이 모든 일이 네가 말을 빼앗아 벌어진 일이다. 말은 어디에 있느냐?"

"절간에 숨겨두었습니다."

유비는 여포의 진중으로 사람을 보내어 사정을 설명하고 말을 돌려보낼 터이니 서로 군사를 물리자고 제안했다. 여포는 그 말에 따르고자 하였으나 진궁이 반대하며 말했다.

"지금 유비를 죽이지 않으면 뒷날 그가 반드시 우리를 죽일 것입니다."

그 말을 들은 여포는 유비의 말을 듣지 않고 성을 서둘러 공격했다. 유비가 미축과 손건을 불러 상의했다. 손건이 말했다.

"여포를 미워하는 인물은 곧 조조입니다. 일이 이렇게 된 바에야 소패성을 버리고 허도로 가 조조에게 몸을 의탁하여 군사를 빌려 여포를 무찌르는 것이 상책일까 합니다."

"그렇다면 누가 앞장을 서 성을 뚫고 나가겠는가?"

장비가 나섰다.

"제가 목숨을 걸고 싸우겠습니다."

유비는 장비를 선봉으로 세우고 관우를 후미로 세운 다음 자신은 중군을 맡아 노인과 아이들을 보호하기로 했다. 삼경이 되자 달이 밝았다. 유비는 북문을 나서 도주하다가 송헌과 위속의 병사들을 만났으나 장비가 일차 무찌르고 겨우 포위를 뚫었다. 뒤쪽에서 장료가 짓쳐오자 관우가 막았다. 여포는 달아나는 유비를 추격하지 않고 곧 성안으로 들어가 백성을 안심시킨 다음 고순(高順)에게 성을 지키도록 하고 자신은 서주로 돌아갔다. 허도로 도망한 유비는 성밖에 영채를 세우고 먼저 손건을 조조에게 보내어 여포의 공격을 받아 이리로 오게 되었음을 알리도록 했다. 조조가 말했다.

"현덕은 나의 형제나 다름이 없소."

그리고서는 유비를 성으로 들어오도록 했다. 다음날 유비는 관우와 장비를 성밖에 머물게 하고 자신은 손건과 미축을 데리고 조조를 만나러 들어갔다. 조조는 유비를 귀빈의 예로 대접했다. 유비가 여포의 일을 설명하자 조조가 말했다.

"여포는 본디 신의가 없는 사람이라오. 내가 아우와 더불어 그를 토벌하리다."

유비가 깊이 사례했다. 조조가 잔치를 열어 대접하자 유비는 늦게야 돌아갔다. 순욱(荀彧)이 들어와 아뢰었다.

"유비는 영웅입니다. 이번에 없애지 않으면 뒷날 반드시 근심거리가 될 것입니다."

조조가 아무런 대꾸도 하지 않자 순욱이 물러갔다. 이번에는 곽가(郭嘉)가 들어오자 조조가 말했다.

"순욱은 나에게 유비를 죽이라고 하는데 그대의 생각은 어떤가?"

"그 말은 옳지 않습니다. 주공께서 의병을 일으켜 백성을 위해 폭정을 제거하신 데에는 오로지 신의로써 빼어난 호걸들을 불러 모으신 덕분이었으며, 유비를 죽이면 천하의 호걸들이 찾아오지 않을까 걱정했습니다. 이제 유비가 영웅의 명성을 들으면서도 곤궁한 처지에 빠져 도움을 요청하러 왔는데 그를 죽인다면 이는 어진 사람을 해코지하는 일입니다. 천하의 인재들이 그의 죽음을 알면 주공을 의심하여 찾아오지 않을 터인데 그때 주공은 누구와 더불어 천하를 평정하려 하십니까? 이는 걱정거리 한 명을 없애려다 천하의 인망을 잃는 것입니다. 국가의 안위가 걸린 이때 깊이 생각하소서."

조조가 크게 기뻐하며 말했다.

"그대의 말이 나의 뜻과 같도다."

다음날 조조는 표문을 올려 유비를 예주(豫州)목사로 삼았다. 이를 본 정욱(程昱)이 아뢰었다.

"유비는 남의 밑에 있을 사람이 아닙니다. 일찍 처치하심이 좋을 듯합니다."

"이제 내가 영웅들을 쓰고자 하는 때에 한 사람을 죽여 천하의 민심을 잃는 것은 옳지 않소. 이 문제에 대해서는 내 생각과 곽봉효(郭奉孝 : 곽가의 자)의 생각이 같소."

그러고서는 더 이상 정욱의 말을 들으려 하지 않았다. 조조는 군사 삼천 명과 양곡 만 섬을 유비에게 보내어 예주목사로 부임하도록 하는 한편, 소패로 병력을 보내어 흩어진 병사를 모아 여포를 공격하도록 했다. 예주에 부임한 유비는 사람을 조조에게 보내어 여포를 공격하기로 약속했다. 조조가 곧 출병하여 여포를 토벌하려는데 문득 척후가 달려와 보고했다.

"표기장군 장제(張濟)가 관중을 나와 남양을 공격하다가 화살에 맞아 죽자 그의 조카 장수(張繡)가 남은 무리를 이끌고 가후를 모사로 삼아 유표와 내통하여 완성(宛城)에 주둔하고 있는데 장차 대궐을 침입하여 황제를 납치하려 합니다."

조조는 대로하여 곧 병사를 거느리고 장수를 치려 했으나 그 틈을 타 여포가 허도를 공격하지나 않을까 두려워 순욱을 불러 상의했더니 그가 이렇게 말했다.

"이는 쉬운 일입니다. 여포는 지모가 모자란 사람이라 이로움만 보면 기뻐합니다. 주공께서 사람을 그에게 보내어 벼슬을 높여주고 상을 내리면서 유비와 화해하도록 하시지요. 그러면 여포는 기뻐하며 멀리 생각하지 않을 것입니다."

"그게 참 좋은 생각이오."

조조는 곧 봉군도위(奉軍都尉) 왕칙(王則)에게 글을 주어 서주로 보내어 여포에게 벼슬을 내리고 화해를 권고하게 하는 한편 몸소 십오만 병력을 이끌고 장수의 토벌에 나섰다. 그는 군사를 셋으로 나누어 하후돈(夏侯惇)을 선봉으로 삼아 육수(淯水)에 이르러 영채를 세웠다. 조조가 처들어왔다는 소식을 들은 가후가 장수에게 말했다.

"조조의 병력이 막대하니 싸우는 것이 옳지 않습니다. 백성과 함께 항복하시느니만 못합니다."

장수가 가후의 말에 따라 그를 조조의 진영으로 보내어 항복하게 했다. 조조가 가후를 만나보니 말이 물 흐르는 것과 같아 몹시 아끼며 모사로 삼고자 하니 가후가 말했다.

"저는 지난날 이각(李催)을 섬겨 세상에 죄를 지었고, 이제는 장수를 섬겼는데 그는 나의 말을 듣지 않음이 없었고 계책을 따르지 않음이 없었으니 차마 그를 버릴 수 없습니다."

그러면서 가후는 벼슬을 사양했다. 다음날 가후가 장수를 데리고 찾아오니 조조가 그를 정중하게 대접했다. 조조는 군사를 이끌고 완성에 들어가 주둔하고 남은 군사들을 성밖에 머물게 하니 영채의 길이가 십 리에 이르렀다. 장수가 날마다 잔치를 열어 조조를 초대했다. 어느 날 조조가 술에 취해 침소에 들면서 주위에 은밀하게 물었다.

"이 성에는 객지의 외로움[客孤]을 풀어줄 여자가 없느냐?"

조조의 형의 아들인 안민(安民)이 삼촌의 뜻을 알고 은밀하게 대답했다.

"어제 저녁에 제가 관사 옆을 돌아가다가 한 여인을 만났는데 대단한 미인이었습니다. 누구인가 물어보니 죽은 장제의 아내라 하였습니다."

그 말을 들은 조조는 안민에게 쉰 명의 중무장 병사를 보내어 그 여인을 데려오도록 했다. 안민이 나는 듯이 그를 데리고 왔다. 조조가 보니 과연 미인이었다.

"네 성이 무엇인고?"

"저는 장제의 아내 추(鄒) 씨이옵니다."

"그대는 나를 아는가?"

"승상의 높으신 이름을 들은 지 오래이나 오늘 밤 뵙게 되어 기쁩니다."

"내가 부인을 보아 장수의 항복을 받아들였으니, 그렇지 않았더라면 그대의 가족이 멸족되었을 것이오."

여인이 절하며 아뢰었다.

"참으로 재생의 은혜를 입었습니다."

"내가 오늘 그대를 만난 것은 하늘의 도움이오. 오늘 밤은 나와 함께 보내고 나를 따라 허도로 돌아가 평생 부귀를 누릴 뜻이 없는고?"

추 여인이 절하며 사례했다. 그날 밤 장막에서 함께 보낸 추 여인이 말했다.

"성안에 오래 머물다 보면 조카 장수가 의심할 것이고 또한 바깥사람들이 알까 두렵습니다."

"내일 내가 그대와 함께 영채로 돌아갈 것이다."

이튿날 조조는 여인과 함께 성밖으로 나가 장막에 머물면서 전위(典韋)에게 중군의 장막 밖에서 호위를 서게 하고, 부르지 않은 사람은 들어오지도 못하게 하여 안팎의 연락을 끊었다. 조조는 날마다 여인에 빠져 허도로 돌아갈 생각을 하지 않았다. 그때 장수의 하인이 이 사실을 은밀히 그에게 알렸다. 장수가 대로하여 말했다.

"도적 조조가 나를 능멸함이 심하구나."

장수가 가후를 불러 어찌할 바를 상의했다. 가후가 말했다.

"이 사실이 밖으로 새어나가서는 안 됩니다. 내일 조조가 장막에 나와 회의를 할 때 이러저러하게 하십시오."

다음날 조조가 장막에 나와 자리를 잡자 장수가 나와 아뢰었다.

"항복한 병사들 가운데 도망하는 무리가 많아 그들을 중군으로 옮겨야겠습니다."

조조가 허락하자 장수는 자기의 부대를 중군으로 옮겨 네 곳의 영채로 나누어 각기 거사에 참가하도록 했다. 그들은 전위의 용맹이 두려워 가까이 다가가기 어렵게 되자 편장(偏將)⁶⁾ 호거아(胡車兒)를 불러 상의했다. 이 사람은 힘이 뛰어나 5백 근의 무게를 들 수 있고 하루에 칠백 리를 달릴 수 있는 빼어난 장수였다. 그가 장수에게 계책을 올렸다.

"전위에게 두려운 것은 쌍철극(雙鐵戟)입니다. 주공께서는 내일 그를 초청하여 술을 대접하여 취해서 돌아가도록 하십시오. 그때 제가 저들의 병사들 틈에 끼어 장막으로 들어가 먼저 쌍철극을 훔쳐 가져 나오면 전위를 두려워할 일이 없습니다."

장수가 기뻐하며 먼저 활과 화살과 무장을 갖추고 각 영채에 알렸다. 때가 되자 가후에게 전위를 초청하여 영채로 오게 했다. 장수가 은근히 술을 권하니 전위는 늦게야 취해 돌아갔다. 호거아는 여러 사람 틈에 섞여 바로 영채로 들어갔다.

그날 밤 조조는 추 씨와 더불어 술을 마시고 있었다. 그때 홀연히 장막 밖에서 사람들이 떠들고 말이 울부짖는 소리가 들려왔다. 조조가 사람들을 시켜 알아보니 장수가 야간 순검을 돌고 있다고 말하자 별다른 의심을 하지 않았다. 이경이 되자 갑자기 영채 안에서 고함이 들리더니 건초 더미에 불이 붙었다는 전갈이 들어왔다. 조조는 그 보고를 듣고 추 여인에게 말했다.

"병사들의 실수로 불이 났는가 본데 놀라지 말거라."

그런데 잠시 뒤에 사방에서 불길이 일어나자 조조는 그제야 당황하여

---

6) 편장(偏將) : 선봉장에게 딸린 5품 벼슬의 부장(副將) 급의 무사였으나 요직임.

서둘러 전위를 불렀다. 술에 취해 잠자리에 드러누워 있던 전위는 징 소리와 함께 사람 죽는 소리가 들리자 뛰어 일어나 쌍철극을 찾았으나 보이지 않았다. 그때 적병들은 이미 원문에 다가오고 있었다. 전위는 엉겁결에 병사의 칼을 빼앗아 들고 바라보니 문 앞에 수많은 병사와 말이 아우성치며 장창을 들고 영채로 쳐들어오고 있었다.

전위는 사력을 다하여 앞으로 나가며 스무남은 명을 죽였다. 군마가 물러나자 이번에는 보군이 달려오는데 양쪽의 창검이 갈대숲 같았다. 전위는 몸에 갑옷 조각 하나 걸치지 않고 아래위로 몇 십 군데 창에 찔리며 결사적으로 싸웠다. 칼이 무뎌져 쓸 수 없게 되자 전위는 칼을 버리고 두 손으로 적군을 맞아 여남은 명을 때려 죽였다.

적군은 감히 가까이 오지 못하고 멀리서 활을 쏘았다. 화살이 빗발치듯 쏟아지는데 전위는 죽음을 무릅쓰고 영채의 문을 막았다. 그럼에도 적군은 영채를 밀고 쳐들어왔다. 전위는 등에 창을 맞고 크게 비명을 지르며 땅에 피를 흥건히 흘리고 마침내 죽었다. 그가 죽은 뒤 반나절이 지나도록 누구도 감히 문으로 들어오려는 무리가 없었다.

그 무렵 조조는 전위가 영채의 문을 막는 동안 영채 뒤로 돌아가 말을 타고 달아나는데 다만 조안민(曹安民)만이 걸어서 따라오고 있었다. 조조는 오른쪽 어깨에 화살을 맞고 말도 세 군데에 화살을 맞았다. 다행하게도 그 말은 대완국(大宛國)7)의 명마여서 고통을 견디며 빠르게 달려갔다. 말은 굳세게 달려 육수에 이르렀으나 추격병이 여전히 따라오고 있었다. 조안민은 그들의 손에 죽어 살점이 흙더미에 나뒹굴었다.

조조는 말을 채찍으로 때리며 겨우 강을 건너 뭍에 올랐으나 적군의 화

---

7) 오늘날 우즈베키스탄의 훼르가나계곡(Fergana Valley)을 말하는데, 명마의 산지였다.

살이 말의 눈에 꽂히자 말이 땅 위에 곤두박질했다. 조조의 맏아들 조앙(曹昻)이 곧 자기가 타던 말을 조조에게 주어 그 말을 타고 달아났다. 조앙도 또한 어지럽게 날아오는 화살을 맞고 죽었다. 조조는 도망하던 길에 여러 장수를 만나 패잔병을 수습했다.

이때 하후돈이 청주의 병력을 이끌고 승세를 타 마을로 내려와 민가를 약탈하자 평로교위(平虜校尉) 우금이 본부 병력을 이끌고 내려와 그들을 죽이고 백성을 안심시켰다. 청주의 병사들이 달아나다가 조조를 만나자 땅에 엎드려 울며 우금이 모반하여 청주의 군마를 죽이고 있다고 아뢰었다. 조조가 매우 놀라고 있는데 곧 하후돈과 허저와 이전과 악진이 도착했다. 조조가 그들에게 말했다.

"우금이 모반했으니 병력을 정비하여 그를 막아라."

그 무렵에 우금은 조조와 여러 장수가 이른 것을 보고서도 군사들을 이끌고 활을 쏘고 진영을 치며 참호를 파 영채를 세웠다. 그를 본 순욱이 물었다.

"청주의 병사들이 장군께서 모반하였다고 보고하여 승상이 여기에 이르렀는데, 어찌하여 변명을 하지 않고 영채부터 세우고 있습니까?"

우금이 대답했다.

"지금 적군의 추격이 따라와 언제 이를지 알 수 없습니다. 이때 먼저 준비를 하지 않으면 어찌 적군을 막을 수 있겠소? 변명을 하는 것은 작은 일이요, 적군을 물리치는 것은 큰일입니다."

영채를 세우는 일을 마치자마자 장수의 군대가 두 길로 나누어 쳐들어왔다. 우금이 먼저 나서 적군을 맞았다. 장수는 견디지 못하고 서둘러 물러갔다. 좌우에 있던 여러 장수는 우금이 먼저 진격해 나가는 것을 보고 각기 자기의 병력을 이끌고 진격하니 장수가 대패하여 도망하는데 추격이 백 리까지 이어졌다. 장수는 형세가 외로워지자 패잔병을 이끌고 형주의 유표를 찾아갔다.

조조가 병사들을 모으고 장수들을 점검하는데 우금이 들어와 그동안에 있었던 일을 아뢰었다.

"청주의 병사들이 약탈을 자행하여 민심을 크게 잃었기에 제가 죽였습니다."

"나에게 먼저 알리지 않고 먼저 영채를 세운 것은 무슨 까닭이었나?"

우금이 그간의 사실을 아뢰자 조조가 말했다.

"장수들이 황망한 가운데에서도 그대는 병사를 정비하고 보루를 쌓고 비방을 들으면서도 임무를 다하여 패전을 승리로 이끌었으니 옛날의 명장들도 이보다 더 훌륭하지는 못했을 것이오."

조조는 우금에게 금으로 만든 그릇을 내리고 익수정후(益壽亭侯)에 봉하였으며, 하후돈이 병사들을 다스림에 엄격하지 못했음을 꾸짖은 다음 전위를 위한 제사를 차렸다. 조조는 통곡하며 절을 올린 다음 여러 장수를 돌아보며 말했다.

"내가 맏아들과 조카를 잃은 것은 그리 슬프지 않으나 다만 전위의 죽음이 서러워 울었을 뿐이오."

무리가 모두 탄식했다. 다음날 그는 병사들을 물렸다. 조조가 허도로 돌아왔음은 더 말할 것이 없다.

그 무렵 왕칙이 조서를 들고 서주에 이르렀다. 여포가 나가 관아에 맞아들여 조서를 읽어보니 자신을 동평장군(東平將軍)에 봉한다는 내용과 함께 도장과 도장 끈[印綬]이 들어 있었다. 또한 조조의 사사로운 편지도 읽어보았다. 왕칙이 여포를 앞에 두고 조조가 여포를 얼마나 존경하는지 침이 마르도록 치하하자 여포가 크게 기뻐했다. 그때 문득 원술의 사신이 왔다는 보고가 들어왔다. 사신을 불러보니 그가 말했다.

"원공께서 머지않아 황제에 등극하시면서 동궁을 세우고자 하오니 따님을 태자비8)로 삼도록 서둘러 회남으로 보내주시기 바랍니다."

여포가 대로하며 말했다.

"역적이 하는 짓이 감히 여기에 이르렀구나."

그는 곧 사신을 죽이고 한윤에게는 칼[枷]을 씌웠다. 이어 진등에게 감사의 표문을 들려 한윤의 무리와 왕칙을 데리고 허도로 올라가 천자의 은혜에 감사의 뜻을 올렸다. 아울러 조조에게 보내는 답서에는 어서 정식으로 자신을 서주목사에 임명해달라고 부탁했다. 조조는 여포와 원술의 혼담이 깨졌다는 말을 듣고 크게 기뻐하며 한윤을 저자에서 목을 쳐 죽였다. 진등이 은밀하게 조조에게 아뢰었다.

"여포는 이리와 같은 무리여서 용맹스러우나 지모가 부족하고 거취가 경솔한 사람이니 일찍 처치하는 것이 마땅합니다."

"여포가 이리와 같은 심보를 가지고 있고 오래 둘 수 없는 인물이라는 것을 나도 평소에 잘 알고 있었소. 그대 부자가 아니었더라면 내가 그 사정을 몰랐을 터이니 그대는 마땅히 나와 더불어 그를 없앨 계책을 알려주기 바라오."

"승상께서 군사를 일으키신다면 제가 마땅히 안에서 호응하겠습니다."

조조는 크게 기뻐하며 진등의 아버지 진규에게 이천 석의 녹봉을 내리는 한편 진등에게는 광릉(廣陵)태수의 벼슬을 내렸다. 진등이 깊이 사례하자 조조가 그의 손을 잡고 말했다.

"동쪽의 일을 그대에게 부탁하오."

---

8) 본문에 황비(皇妃)로 된 것은 잘못인 것 같다.

진등이 고개를 끄덕이며 응낙하고 서주로 돌아와 여포를 만났다. 여포가 다녀온 일을 묻자 진등이 대답했다.

"저의 아버지는 녹봉을 받고 저는 광릉태수가 되었습니다."

여포가 대로하며 말했다.

"내가 너에게 서주목사의 임명장을 받아오라 했더니 그 일은 하지 않고 자신의 벼슬만 채워 왔구나. 너의 아버지는 나에게 조조와 협력하되 원술과 혼약을 깨라 하였는데 지금에 와서 보니 내가 바라던 바는 하나도 이뤄진 것이 없고 너희 부자는 부귀영화를 누리니 너희가 나를 팔아먹은 꼴이 되었구나."

그는 칼을 빼 진등을 죽이려 하자 진등이 웃으며 말했다.

"주공께서는 어찌 그리 지혜롭지 못합니까?"

"내가 지혜롭지 못하다니?"

"제가 조조를 만나 이런 말을 했습니다. '조공께서 여포 장군을 기르는 것은 호랑이를 키우는 것과 같습니다. 마땅히 배불리 먹여야지, 그렇지 않으면 사람을 뭅니다.' 그러자 조조가 이런 말을 하더군요. '그대의 말이 틀렸소. 내가 여온후를 키우는 것은 매를 키우는 것과 같소. 여우와 토끼가 아직 없어지지 않았는데 어찌 배불리 먹이겠소? 매는 주렸을 때 필요하지 배부르면 날아간다오. [鷹耳 饑則爲用 飽則颺去] 그래서 제가 다시 물어보았습니다. '누가 여우이고 토끼입니까?' 그러자 조공이 이렇게 대답했습니다. '회남의 원술, 강동의 손책, 기주의 원소, 형주의 유표, 익주의 유장(劉璋), 한중의 장로(張魯)가 모두 토끼나 여우 같은 인물이지요.' 라구요."

그 말을 들은 여포가 빼 든 칼을 던지며 말했다.

"조공이 나를 알아보는군."

그런 이야기를 나누고 있는데 문득 원술이 서주로 쳐들어온다는 보고가 들어왔다. 그 말을 들은 여포가 매우 놀랐다. 이를 두고 한 시인이 이렇게 읊었다.

진(秦)·진(晉)의 우호가 깨져 오(吳)·월(越)9)의 싸움이 되니
사돈 될 나라가 군사를 몰고 오누나.
秦晉未諧吳越鬪 婚姻惹出甲兵來

이 일은 어찌 되려나?

---

9) 오(吳)·월(越) : 와신상담(臥薪嘗膽)의 주인공이 된 월나라 구천(句踐)과 오나라 부차(夫差)의 싸움을 뜻함. 『사기』「월(越)세가」와 『십팔사략』「춘추전국시대 오월편」 참조.

제 17 회

법은 대부(大夫)에 이르지 않는다

원술은 일곱 길로 군사를 일으키고
조조는 세 장수와 회합하다.

그 무렵 원술은 회남에 주둔하고 있었는데, 땅이 넓고 양곡이 넉넉하였으며 아울러 손책으로부터 옥새를 받아놓은 터라 천자가 되고 싶어 여러 대신을 모아놓고 의논했다.

"지난날 한고조[유방]께서는 사상(泗上)의 일개 정장(亭長)의 몸으로 천하를 통일하였으나 그 뒤로 사백 년이 흘러 기운이 이미 쇠진하여 나라 안이 마치 솥이 끓는 것과 같소. 나의 집안으로 말하자면, 사대에 걸쳐 삼공을 배출하여 백성이 따르고 있으니 내가 하늘과 사람의 뜻에 따라 천자에 오르고자 하는데 여러분의 뜻은 어떠하오?"

주부 염상(閻象)이 말했다.

"그것은 옳지 않습니다. 지난날 주나라에서는 후직(后稷)이 덕을 쌓고 공을 이뤄 주문왕에 이르러 셋으로 나뉜 천하에 둘을 차지하고서도 은(殷)나라에 복종했습니다. 명공께서는 대대로 고귀한 집안의 후손이라 하나 주나라의 번성함에 이르지 못하고 한실이 비록 쇠미하다고는 하나

은나라 주왕(紂王)의 지경에 이르지는 않았습니다. 그러므로 이번 일은 결코 옳지 않은 일입니다."

원술이 격노하며 말했다.

"우리 원 씨는 진(陳)에서 나왔으니 진은 곧 순임금의 후손이요, 흙[土]은 불[火]에서 나오는 법이니[火生土] 운세로 보더라도 내가 천자에 오르는 것이 옳도다.[1] 또한 민간에 나도는 참언(讖言)에 따르면, '한나라를 대신할 사람은 길 위에 높이 서 있도다.'[代漢者 當塗高也] 하였으니 내 자가 공로(公路)인 것으로 보아 그 참언에 정확히 맞아떨어지고 있소. 더욱이 나에게는 옥새가 있는데 이런 사람이 천자가 되지 못한다면 그것이 오히려 천도에 어긋나는 일이오. 내 결심은 이미 끝났으니 이러니저러니 하는 무리는 목을 벨 것이오."

원술은 연호를 중씨(仲氏)라 하고 대성(臺省) 등의 관직을 만들었으며, 자신은 용과 봉황을 새긴 수레[輦]를 타고 남교(南郊)에 가서 하늘에 제사를 지내고 북교(北郊)에 가서 땅에 제사를 드린 다음 풍방(馮方)의 딸을 황후로 삼고 아들을 동궁(東宮)으로 세웠다. 아울러 여포에게 사신을 보내어 그의 딸을 동궁빈으로 보내라 독촉했는데, 듣자니 여포는 이미 한윤을 허도로 보내어 조조의 손에 죽게 했다고 한다.

원술이 대로하여 장훈(張勳)을 대장군으로 삼아 대군 이십만 명을 이끌고 일곱 갈래로 서주를 치게 했는데, 제일로는 장훈이 맡고, 제이로는 상장(上將) 교유(橋蕤)가 왼쪽을 맡고, 제삼로는 상장 진기(陳紀)가 오른

---

1) 로버츠(Moss Roberts)는 "이 문장에 뭔가 빠진 듯하다."고 지적하면서 "순(舜)임금이 불이고 원술이 흙"이라는 문장을 넣어야 한다고 주석을 달았다. 그러나 여기에서 불은 순임금을 뜻하는 것이 아니라 한고조(漢高祖) 유방(劉邦)이 적제(赤帝)이니 불이요 원술 자신이 흙이니 "불은 흙을 낳는 원리"[火生土]에 따라 자기가 천자에 올라야 한다는 뜻이었다.

쪽을 맡고, 제사로는 부장(副將) 뇌박(雷薄)이 왼쪽을 맡고, 제오로는 부장 진란(陳蘭)이 오른쪽을 맡고, 제육로는 항복한 장수 한섬(韓暹)이 왼쪽을 맡고, 제칠로는 항복한 장수 양봉(楊奉)이 오른쪽을 맡았다. 장수들은 각기 건장한 부하들을 거느리고 정한 날짜에 출발했다.

그뿐만 아니라 원술은 연주자사 김상(金尙)을 태위로 임명하여 일곱 부대의 군자금과 군량미를 감독하게 하였으나 그가 말을 듣지 않자 죽이고 기령을 도구응사(都救應使)[2]로 삼았다. 원술은 스스로 삼만 명의 병사를 이끌고 진격하면서 이풍(李豊)과 양강(梁剛)과 악취(樂就)를 최진사(催進使)[3]로 삼아 대군의 병사들을 돕도록 했다. 여포가 사람을 시켜 알아보니 곧 보고가 들어왔다.

"장훈이 한 부대를 이끌고 대로를 따라 서주를 공격하고, 교유는 소패를 공격하고, 진기는 기도(沂都)를 공격하고, 뇌박은 낭야(瑯琊)를 공격하고, 진란은 갈석(碣石)을 공격하고, 한섬은 하비를 공격하고, 양봉은 준산(浚山)을 공격하는데, 일곱 갈래의 군마가 하루에 오십 리를 내려오면서 장차 주변의 마을을 약탈할 것이라 합니다."

여포가 서둘러 모사들을 모아 상의했다. 진등과 진규의 부자도 함께 참석했다. 진궁이 먼저 입을 열었다.

"지금 서주가 겪고 있는 재앙은 모두 진규와 진등 부자가 불러온 것이오. 그들은 조정에 아첨하여 녹봉과 벼슬을 얻고 이제 재난을 장군에게 씌웠으니 그 두 사람의 머리를 베어 원술에게 보내면 저들이 군사를 물릴 것이오."

---

2) 도구응사(都救應使) : 지금의 병참으로 보인다.
3) 최진사(催進使) : 전투를 독려하는 부대로 보인다.

그 말을 들은 여포는 곧 진규와 진등의 부자를 묶으라고 지시했다. 그러자 진등이 웃으며 말했다.

"장군께서는 어찌 그리 나약하십니까? 내가 보기에 일곱 길로 나누어 내려오는 저들은 일곱 더미의 썩은 풀에 지나지 않는데 어찌 마음 쓸 일이 있겠습니까?"

"그대가 만약 적군을 물리칠 계책이 있다면 내가 목숨을 살려주리라."

"장군께서 이 부족한 사람의 말을 따라주신다면 서주에는 걱정할 일이 없을 것입니다."

"말해보시오."

"원술의 병력이 많다고는 하지만 모두가 까마귀 떼에 지나지 않아 서로 믿음도 없으니 우리가 당당한 군사로 지키고 기습으로 공격하면 이기지 못할 이유가 없습니다. 저에게 또한 다른 계책이 하나 더 있는데, 이로써 서주를 지킬 수 있을 뿐만 아니라 쉽게 원술을 사로잡을 수 있습니다."

"그 계책이라는 것이 무엇이오?"

"한섬과 양봉은 본디 한나라의 옛 신하인데 조조가 무서워 도망 다니다가 마땅히 의지할 곳도 없어 잠시 원술에 붙어 살고 있으나 원술이 그들을 무시하는지라 그들은 섭섭함이 많습니다. 그러므로 그들에게 편지를 보내어 안에서 호응하게 하고, 유비에게 밖에서 치게 하면 반드시 원술을 사로잡을 수 있습니다."

"그대가 몸소 한섬과 양봉을 찾아가 그 글을 전하도록 하시오."

진등이 응낙했다. 여포는 허도로 표문을 올리는 한편 예주(豫州)의 유비에게 편지를 보냈다. 진등은 하비로 가는 길목에서 한섬을 기다렸다. 한섬이 병력을 이끌고 이르러 영채를 세우자 진등이 들어가 인사했다. 한섬이 물었다.

"그대는 여포의 사람인데 어찌하여 나를 찾아왔소?"

진등이 웃으며 말했다.

"제가 본디 한나라의 공경(公卿)인데 어찌 여포의 사람이라 하겠습니까? 장군께서도 한때 한실의 신하였으나 이제는 역적을 섬기는 신하가 되어 지난날 관중에서 천자를 보위하던 공로가 사라지게 되었으니 그것이 묻힐까 걱정스럽습니다. 그뿐만 아니라 원술은 남을 몹시 의심하는 사람인지라 장군께서는 뒷날 반드시 그의 손에 다칠 터인즉 지금 도모하지 않으면 후회해도 소용이 없을 것입니다."

"나도 한나라의 신하로 돌아가고 싶으나 길이 없음이 한탄스러울 뿐입니다."

그러자 진등이 여포의 편지를 내보였다. 편지를 읽은 한섬이 말했다.

"내가 이미 어찌할 바를 알았으니 공은 먼저 돌아가시지요. 내가 양봉 장군과 함께 군사를 되돌려 저들을 공격하리다. 영채에서 불길이 일어나면 온후(溫侯 : 여포)께서 병력을 이끌고 공격하도록 하시오."

진등이 한섬에게 깊이 사례하고 서둘러 돌아와 여포에게 아뢰었다. 여포는 병력을 다섯으로 나누어 고순은 군대를 이끌고 소패로 가 교유를 막게 하고, 진궁은 병력을 이끌고 기도로 가 진기를 막게 하고, 장료와 장패(臧覇)는 병력을 이끌고 낭야로 가 뇌박을 막게 하고, 송헌(宋憲)과 위속(魏續)은 병력을 이끌고 갈석으로 가 진란을 막게 하고, 여포 자신은 병력을 이끌고 큰 길로 나가 장훈을 막기로 했다. 나머지 1만 명의 병력은 남아 서주를 지키도록 했다.

여포는 성을 나가 삼십 리 떨어진 곳에 영채를 세웠다. 장훈이 도착하여 여포와 겨루어보지도 않고 이십 리를 물러나 다른 세 부대가 와 도와주기를 기다렸다. 이경이 되자 한섬과 양봉이 병력을 나누어 여러 곳에 불을 지르자 그에 따라 여포의 군대가 장훈의 영채로 쳐들어갔다. 장훈의 병력이 크게 혼란에 빠지자 여포가 승세를 타고 쳐들어가니 장훈이 크게 지고 달아났다.

여포가 날이 밝도록 추격하여 기령의 부대를 만났다. 양쪽 병사들이 마주 나와 싸움을 기다리는데 문득 한섬과 양봉이 두 길로 쳐들어왔다. 기령이 크게 무너져 달아나자 여포가 병력을 이끌고 추격하며 적군을 죽였다.

그때 산 뒤에서 한 무리의 병력이 나타났다. 진문 앞의 깃발이 갈라지면서 한 무리의 군마가 나타나는데 용과 봉황과 일월을 새긴 깃발, 가로가 네 자에 세로가 다섯 자인 깃발, 금으로 깃봉을 만들어 붙인 은제 도끼와 흰 호랑이 털로 장식한 누런 깃발4)을 들고 비단으로 만든 황금빛 해 가리개[日傘] 밑에 원술이 나타나는데 몸에는 금빛 갑옷을 입고 두 손에 칼을 들었다. 그가 진 앞으로 나오더니 여포를 향하여 욕설을 퍼부었다.

"이 주군을 배반한 종놈아."

여포가 대로하여 창을 꼬나 잡고 달려 나가니 원술은 이풍(李豊)을 시켜 맞아 싸우게 했다. 서로 세 번을 겨루지도 않았는데 이풍이 여포의 창에 손을 다치자 창을 버리고 달아났다. 여포가 병력을 휘몰아 추격하며 죽이니 원술의 부대가 큰 혼란에 빠졌다. 여포가 병력을 이끌고 추격하여 말과 갑옷을 빼앗은 것이 헤아릴 수 없이 많았다. 원술이 패잔병을 이끌고 얼마 달아나지 못했는데 산 뒤에서 한 무리의 병력이 나타나 길을 막았다. 한 장수가 앞에 서 있는데 관우였다. 그가 벼락 치듯 소리쳤다.

---

4) 도끼는 죄인을 처형할 수 있는 권한의 상징이며, 깃발은 군사를 지휘하는 권한의 상징이다.

"역적 놈아, 아직도 죽지 않았더냐?"

원술이 황망하게 달아나니 남은 무리가 사방으로 흩어져 도망하다가 관우의 칼에 죽었다. 원술은 패잔병을 이끌고 회남으로 돌아갔다.

승리한 여포는 관우와 한섬과 양봉을 초청했다. 그들이 서주에 이르자 여포는 크게 잔치를 차려 대접하고 군사들도 넉넉히 먹이고 상급을 내렸다.

다음날 관우가 사례하고 떠났다. 여포는 한섬을 기도목사로 임명하고 양봉을 낭야목사로 임명하여 서주에 머물게 했다. 이를 본 진규가 말했다.

"이는 옳지 않은 조치입니다. 한섬과 양봉을 산동으로 보내어 다스리게 하면 그곳에 머문 지 일 년이 지나지 않아 산동의 모든 성곽이 장군의 손에 들어오게 될 것입니다."

여포가 그 말을 옳게 여겨 두 장수에게 기도와 낭야에 머물면서 천자의 명령을 기다리도록 했다. 이를 본 진등이 은밀히 아버지에게 물었다.

"어찌하여 두 장군을 서주에 머물도록 하여 여포를 죽이는 도구로 쓰지 않으십니까?"

"이 두 사람이 여포를 돕는 것은 오히려 호랑이에게 발톱과 이빨을 보태주는 일이 되기 때문이다."

진등은 아버지의 깊은 뜻에 탄복했다.

전쟁에 지고 회남으로 돌아온 원술은 강동의 손책에게 사람을 보내어 복수전을 치를 수 있도록 병력을 빌려달라고 부탁했다. 이를 들은 손책이 대로하여 사신에게 말했다.

"그는 내 옥새를 맡아 가지고 있으면서 황제의 이름을 도적질[僭稱]하며 한실을 배반하였으니 대역무도한 무리라. 내가 이제 군대를 일으켜 그 죄를 물으려는 참이었는데 어찌 역적을 도울 수 있겠는가?"

손책은 편지를 써 그의 요청을 거절했다. 사자가 편지를 가져가 원술에게 보이니 글을 읽은 그가 대로하며 말했다.

"입에서 젖내 나는 어린놈[黃口孺子]이 어찌 감히 나에게 이럴 수 있단 말이냐? 내가 이놈부터 정벌하리라."

그러자 장사 양대장이 나서서 극력으로 말려 멈추게 했다. 편지를 보낸 손책은 원술이 쳐들어올 것에 대비하여 병사들로 장강의 길목을 지키게 했다. 그때 문득 조조가 사신을 보내어 손책을 회계태수로 봉하고 곧 원술을 토벌하라 지시했다. 손책이 참모들을 모아놓고 거병할 뜻을 말하자 장사 장소가 말했다.

"원술이 이번에 졌다고는 하지만 병력과 양곡이 많아 가볍게 볼 수는 없습니다. 차라리 조조에게 편지를 보내어 그가 먼저 남쪽으로 진격하면 우리가 뒤따라 호응하겠다고 말하느니만 못합니다. 양쪽 병력이 서로 도우면 원술은 반드시 질 것이며, 설령 잘못되더라도 조조의 도움을 바랄 수 있습니다."

손책이 그의 말에 따라 조조에게 사신을 보내어 그와 같은 뜻을 전달했다.

그 무렵 조조는 허도로 돌아와 전위를 생각하는 마음이 간절하여 사당을 세우고 제사를 드린 다음 그 아들 전만(典滿)을 중랑으로 삼아 승상부에서 키웠다. 그때 문득 손책의 사신이 편지를 가지고 왔다는 보고가 들어왔다. 편지 읽기를 마치자 이번에는 원술이 양곡을 얻으려고 진류(陳留)를 약탈하고 있다는 보고가 들어왔다. 조조는 이 허점을 틈타 원술을 공격하기로 하고 남쪽 정벌의 길에 올랐다.

조조는 조인에게 허도를 지키게 하고 남은 병력을 모두 동원하니 마보군이 십칠만 명이요, 양곡을 나르는 수레가 천여 대였다. 한편으로 그는 사람을 보내어 손책과 유비와 여포를 불렀다. 조조의 병력이 예주의 변두리를 지나자 유비가 병력을 이끌고 왔다. 조조가 그를 불러 만나 인사를 나누자 유비가 두 장수의 머리를 내어놓는다. 조조가 놀라 물었다.

"이게 누구의 머리요?"

"한섬과 양봉의 머리입니다."

"어떻게 이들의 목을 잘랐소?"

"여포가 이 두 사람을 기도와 낭야에 머물게 했는데, 뜻하지 않게 이들이 군사를 이끌고 양민을 약탈하여 사람들의 원성이 높기에 제가 이들을 잔치에 초대한 다음 마치 무슨 상의라도 하려는 듯하다가 술을 마시면서 술잔을 던지는 것을 신호로 관우와 장비 두 아우가 이들을 죽이자 나머지 무리도 모두 항복했습니다. 군령(軍令)을 받지도 않고 장수를 죽인 처사를 처벌해 주시기 바랍니다."

"그대가 나라를 위해 위험을 제거하여 큰 공을 세웠는데 어찌 벌을 받는다 하시오?"

조조는 유비의 노고를 위로한 뒤 함께 서주로 들어갔다. 조조는 또한 마중 나온 여포를 위로하고 좌장군에 임명한 뒤에 허도로 돌아가면 도장과 도장끈을 보내주겠노라고 말했다. 여포가 크게 기뻐하였다. 조조는 곧 여포를 우군으로 삼고 유비를 좌군으로 삼고 자신은 중군을 거느리고 하후돈과 우금을 선봉으로 하여 진군했다.

원술은 조조의 병력이 쳐들어온다는 소식을 듣고 대장 교유에게 오만 병력을 이끌고 가 선봉에 서게 했다. 양쪽 병력이 수춘의 경계에서 마주쳤다. 교유가 말을 타고 나오자 하후돈이 마주 나가 두세 번도 겨루지 않고 교유를 찔러 죽였다. 원술이 대패하여 성으로 들어갔다. 그때 문득 손책이 배를 타고 강변의 서쪽을 공격하고, 여포는 병력을 이끌고 동쪽을 공격하고, 유비와 관우와 장비는 남쪽을 공격하고, 조조는 십칠만 대군을 이끌고 북쪽을 공격한다는 보고가 들어왔다. 원술이 크게 놀라 서둘러 문무 관료들을 모아 상의하니 양대장이 계책을 말했다.

"수춘은 가뭄이 든 지 오래여서 온 백성이 굶주리고 있습니다. 더욱이 이번에 조조의 병사들이 쳐들어와 민심이 동요되어 원성이 높으니 더 이상 항전을 하기가 매우 어렵습니다. 따라서 군대를 수춘성에 남겨두되 싸움을 하지 말아야 합니다. 저들에게 양곡이 떨어지면 반드시 변고가 일어날 것이니 그때까지 기다려야 합니다. 폐하께서는 어림군(御林軍)을 거느리고 회수를 건너가시어 한편으로는 곡식이 익기를 기다리시고 다른 한편으로는 잠시 적의 예기를 꺾으시기 바랍니다."

원술이 그 말에 따라 이풍과 악취와 양강과 진기 네 장군을 남겨두고 군사 십만을 나누어 주어 수춘성을 지키도록 한 다음 그 나머지 병력과 함께 국고에 들어 있던 금은보화들을 모두 챙겨 회수를 건너갔다.

그 무렵에 조조의 십칠만 대군은 하루에 먹는 식량이 너무 많고 여러 고을에 가뭄이 들어 양곡을 보급할 수 없었다. 초조해진 조조가 전투를 재촉하였으나 이풍이 성문을 닫아걸고 나오지 않았다. 조조의 군대는 한 달이 지나자 양식이 떨어져 손책에게 군량미 십만 석을 빌렸으나 금세 바닥이 났다. 식량을 담당하는 임준(任峻)이 그의 부하인 창고지기 왕후(王垕)와 함께 조조를 찾아가 아뢰었다.

"군사는 많고 양식은 적으니 어찌하오리까?"

"배급의 양을 줄여 잠시 위급함을 견디도록 하라."

"병사들의 원망이 높아지면 어찌하오리까?"

"내가 생각하는 바가 있다."

왕후가 명령에 따라 배급을 줄이자 조조가 은밀하게 사람을 보내어 군심을 알아보았더니 모두가 원망하며 승상이 자기들을 속인다고 불평했다. 조조가 내밀히 왕후를 불러 말했다.

"내가 너에게 한 가지 물건을 빌려 군심을 진정시키려는데 아끼지 말고 주기 바란다."

"승상께서는 저의 어느 물건이 필요하십니까?"

"네 목을 베어 무리에게 보여주고 싶다."

왕후가 매우 놀라며 말했다.

"저는 잘못한 바가 없습니다."

"나도 네가 잘못한 것이 없다는 것을 잘 알고 있다. 그러나 너를 죽이지 않으면 병사들이 반드시 변란을 일으킬 것이다. 네가 죽은 뒤에 처자식은 내가 잘 보살필 터이니 걱정하지 말거라."

왕후가 다시 무슨 말을 하려 하자 조조는 재빨리 도부수(刀斧手)를 불러 왕후의 목을 잘라 장대 위에 높이 걸도록 하고 다음과 같이 방문을 붙이도록 했다.

"왕후가 의도적으로 양곡을 줄이고 국고를 도적질하였으므로 이에 군법으로 다스리노라."

이로써 병사들의 원망이 풀어졌다. 다음날 조조가 각 영채의 장수들에게 명령을 내렸다.

"사흘 안에 성을 깨트리지 못하면 모두 목을 베리라."

조조가 몸소 성 아래 나아가 흙과 돌을 나르는 병사들을 독려하며 해자를 메우게 했다. 성 위에서 화살과 돌멩이가 쏟아지자 두 비장(裨將)이 돌아서는 것을 본 조조는 칼을 빼 그들을 죽인 다음 말에서 내려 몸소 해자를 메웠다. 그러자 높고 낮은 병사 모두가 앞으로 나가지 않는 사람이 없이 용맹을 떨쳤다. 성 위에서 저항하는 무리가 없어지자 조조의 병사들이 성으로 올라가 자물쇠를 부수고 한꺼번에 몰려들었다.

이풍과 진기와 악취와 양강이 모두 사로잡혔다. 조조는 그들을 모두 저자로 끌어내어 목을 베게 하고 원술이 천자로 자칭하며 세운 궁궐과 남들은 쓰지 못하게 되어 있는 천자의 상징물들을 태워버렸다. 수춘성은 얼마나 약탈을 겪었던지 아무것도 남은 것이 없었다. 조조는 참모들을 불러 회수를 건너 원술을 추격하는 일을 논의했다. 그러자 순욱이 말리며 말했다.

"최근 몇 년 동안 가뭄이 들어 양식을 얻기 어려운데 만약 진군한다면 병사들은 피로하고 백성은 잃는 것이 많아 얻을 것이 없으니 잠시 허도로 돌아가 내년 봄에 보리가 익기를 기다렸다가 군량미가 넉넉해졌을 때 다시 도모하느니만 못합니다."

조조가 결심을 내리지 못하고 있는데 문득 척후가 들어와 보고했다.

"장수(張繡)가 유표에게 몸을 의탁하고 있더니 이제 다시 창궐(猖獗)하고 남양과 강릉의 여러 고을 또한 반란을 일으켜 조홍(曹洪)으로서는 홀로 적군을 막지 못하고 무너졌기에 특별히 찾아와 아룁니다."

조조가 손책에게 편지를 보내어 강을 건너 진영을 쳐 유표가 의심하여 감히 움직이지 못하게 하고 자신은 그날로 회군하여 장수를 깨트릴 계책을 논의했다. 떠나기에 앞서 조조는 유비에게 소패를 지키도록 하고 여포와 형제의 의를 맺어 서로 돕고 다툼이 없도록 하라고 권고했다. 여포도 군사를 이끌고 서주로 돌아갔다. 조조는 은밀히 유비에게 말했다.

"내가 그대에게 소패에 주둔하라 한 것은 '함정을 파고 호랑이를 기다리는 계책'[掘坑待虎]이라오. 공은 다만 진규 부자와 상의하되 실수가 없도록 하시오. 내가 마땅히 밖에서 공을 도우리다."

말을 마치자 두 사람은 헤어졌다. 조조가 군사를 이끌고 허도로 돌아오니 단외(段煨)가 이각을 죽이고 오습(伍習)이 곽사를 죽여 그 머리를 들고 왔다는 보고가 들어왔다. 단외는 또한 이각의 늙고 어린 가족 이백 명 남짓을 사로잡아 허도로 들어왔다. 조조는 그들을 나누어 각 성문에서 목을 베어 그 머리를 돌려보게 하니 백성이 기뻐했다. 천자가 전각에 올라 문무 대신들을 모아 태평을 축하하는 잔치를 베풀었다. 단외에게는 탕구장군(湯寇將軍)의 벼슬을 내리고 오습에게는 진로장군(殄虜將軍)의 벼슬을 내려 각기 병졸을 이끌고 장안을 지키게 했다. 두 사람은 천자의 은혜에 감사하며 물러갔다.

조조는 곧 장수의 반란을 천자에게 아뢰고 정벌에 나섰다. 천자는 몸소 어가를 타고 나와 조조의 출정을 배웅했다. 때는 헌제 건안 3년(서기 198) 4월이었다. 조조는 순욱을 허도에 남게 하여 군사를 조련하게 하고 스스로 대군을 몰고 출진했다.

조조가 행군을 하는데 길가에 보리가 이미 익었음에도 백성은 병사들이 오는 것을 보고서는 두려워 도망하며 보리를 베지 않았다. 조조가 사람을 시켜 멀고 가까운 마을의 노인들과 각처의 수비대에게 다음과 같은 뜻을 알리게 했다.

"내가 천자의 밝으신 뜻을 받들어 출병하여 역적을 토벌함으로써 백성에게서 아픔을 덜어주고자 하노라. 이제 보리가 익는 계절에 어쩔 수 없이 군사를 일으키게 되었으니 장군으로부터 병졸에 이르기까지 보리밭을 지나다가 보리를 밟는 무리가 있다면 목을 치리라. 군법은 몹시 엄정한 것이니 백성은 놀라거나 나의 뜻을 의심하지 말지어다."

백성은 그 소식을 듣고 기뻐하지 않는 사람이 없었으며 군사들이 달려오며 일어나는 먼지를 보자 길을 막고 절을 올렸다. 병사들은 보리밭을 지날 때 말에서 내려 보리를 세우고 지나가면서 서로 이삭을 붙잡아주며 감히 밟으려 하지 않았다. 조조가 말을 타고 가다가 문득 밭 가운데에서 비둘기가 날아오르자 말이 놀라 보리밭으로 뛰어들어 꽤 넓은 곳을 짓밟아버렸다. 조조가 행군주부(行軍主簿)를 불러 자기가 보리밭을 밟은 죄를 물었다. 주부가 대답했다.

"승상께서 저지른 일인데 어찌 죄를 물을 수 있겠습니까?"

"내가 만든 법을 내가 지키지 않는다면 어찌 무리를 복종시킬 수 있겠는가?"

그러고는 곧 칼을 빼 들어 자신의 목을 찌르려 했다. 곁에 있던 무리가 급히 말리자 곽가가 말했다.

"옛날 춘추(春秋)의 의리에 따르면 '법은 대부(大夫)에 이르지 않는다'[法不加於尊]5) 하였습니다. 승상께서는 대군을 지휘하시는 분이신데 어찌 스스로 몸을 해칠 수 있겠습니까?"

조조가 한참 생각하다가 이렇게 말했다.

"이미 춘추에 '법은 대부에 이르지 않는다.' 하였다니 내가 겨우 죽음을 면했구나."

이어서 그는 칼을 뽑아 자기의 머리카락을 잘라 땅에 던지며 이렇게 말했다.

"머리카락을 자른 것으로 참수를 대신하노라."

그러고는 사람을 시켜 자른 머리를 삼군에 보이며 이렇게 발표하도록

---

5) 진수(陳壽)의 『삼국지』「위서(魏書) 무제기(武帝紀)」에는 "조조가 말하기를, '벌(罰)은 대부에 이르지 않는다.'고 하였다."[曹瞞傳曰 罰不加於尊]는 글이 나온다. 이는 아마도 『예기』(第一)「곡례(曲禮)(上)에 "형(刑)은 대부에 이르지 않는다."[刑不上大夫]는 말을 곽가가 돌려 인용한 것 같다.

했다.

"승상께서 보리를 밟으셨으니 마땅히 목을 베는 것이 옳으나 머리카락을 자르는 것으로 대신했도다."

이에 삼군이 두려워하며 군령을 어길 생각을 하지 못했다. 뒷날 시인이 이 장면을 이렇게 시로 읊었다.

> 용사6)가 십만 명이면 마음도 십만 가지인데
> 한 사람의 호령으로 다스리기 어렵도다.
> 칼로 머리카락을 잘라 참수를 대신하니
> 조조의 속임수가 이토록 심할 줄이야.
> 十萬貔貅十萬心 一人號令重難禁
> 拔刀割髮權爲首 方見曹瞞詐術心

그 무렵에 장수는 조조의 군사가 쳐들어온다는 소식을 듣고 서둘러 유표에게 편지를 보내어 뒤를 도와주기를 요청하는 한편, 뇌서(雷敍)와 장선(張先) 두 장수에게 병사를 이끌고 나가 적군을 맞게 했다. 양쪽이 둥그렇게 진용을 차리자 장수가 말을 타고 앞으로 나와 조조를 가리키며 욕설을 퍼부었다.

"너는 거짓으로 인의를 내세우지만 염치를 모르는 인간이니 짐승과 다를 게 무엇이냐?"

조조가 대로하여 허저를 내보내어 싸우게 하니 장수는 장선을 내보내어 싸우게 했다. 그런데 겨우 세 번을 겨루더니 허저가 장선을 베어 말 아

---

6) 비휴(貔貅)는 본디 맹수를 뜻하는데 여기에서는 용사로 번역했다.

래 떨어트리자 장수가 대패하였다. 조조가 병력을 이끌고 남양의 성 밑에까지 추격하였다. 장수가 성으로 들어가 성문을 닫아걸고 나오지 않았다. 조조가 사방을 둘러싸고 공격했으나 해자가 넓고 깊어 성 가까이 갈 수도 없었다.

조조는 군사들에게 흙을 져 날라 해자를 메우고 흙 포대와 가시덤불과 풀 더미를 서로 얽어 사다리를 만들어 타고 올라가 성안을 들여다보았다. 조조가 말에 올라 성 둘레를 살펴보았다. 그렇게 사흘이 지나자 조조는 군사들에게 서문 문루에 나무와 풀을 쌓고 여러 장수를 불러 성으로 올라가게 했다. 성안에 있던 가후가 그 모습을 바라보더니 장수에게 이렇게 말했다.

"제가 이미 조조의 뜻을 알았으니 저들의 계책을 거꾸로 이용할까 합니다."

시인이 이를 두고 이렇게 읊었다.

강한 장수 가운데 더 강한 장수가 있다더니
속여 먹는 무리를 다시 속이는 무리가 있더라.
强中自有强中手 用詐還逢識詐人

가후가 생각하고 있는 계책이란 과연 무엇일까?

옮긴이 신복룡(申福龍)

충청북도 괴산 출생
건국대학교 정치외교학과 동 대학원 수료(정치학 박사)
고등고시위원 역임
건국대학교 정치외교학과 교수 역임
미국 Georgetown 대학교 객원교수 역임
건국대학교 중앙도서관장 · 대학원장 역임
한국정치외교사학회 회장(1999-2000)
건국대학교 정치외교학과 석좌교수 역임

저서

『한국분단사 연구 : 1943-1953』(한울, 2001, 한국정치학회 저술상 수상)
『한국정치사』(박영사, 2003)
『서재 채워드릴까요?』(철학과 현실사, 2006)
The Politics of Separation of the Korean Peninsula, 1943-1953(Edison, NJ : Jimoondang International & Seoul : Jimoondang, 2008)
『한국정치사상사』(지식산업사, 2011, 한국정치학회 인재상(仁齋賞) 수상)
『개정증보판 대동단실기』(지식산업사, 2016)
『해방정국의 풍경』(지식산업사, 2016)
『전봉준평전』(들녘, 2019)
『한국사에서의 전쟁과 평화』(선인, 2021) 외

역서

『외교론』(H. Nicolson, *Diplomacy*, 평민사, 1979)
『군주론』(N. Machiavelli, *The Prince*, 을유문화사, 2020)
『모택동자전』(E. Snow, *Red Star over China* : 부분 : 평민사, 1985)
『한국분단보고서』(풀빛, 1992 : 共)
『현대정치사상』(L. P. Baradat, *Political Ideologies*, 평민사, 1995 : 共)
『정치권력론』(C. E. Merriam, *Political Power*, 선인, 2006)
『入唐求法巡禮行記』(선인, 2007)
『林董秘密回顧錄』(건국대학교, 2007 : 共)
『개정판 한말외국인기록』 전 11책/23권(집문당, 2021) 외

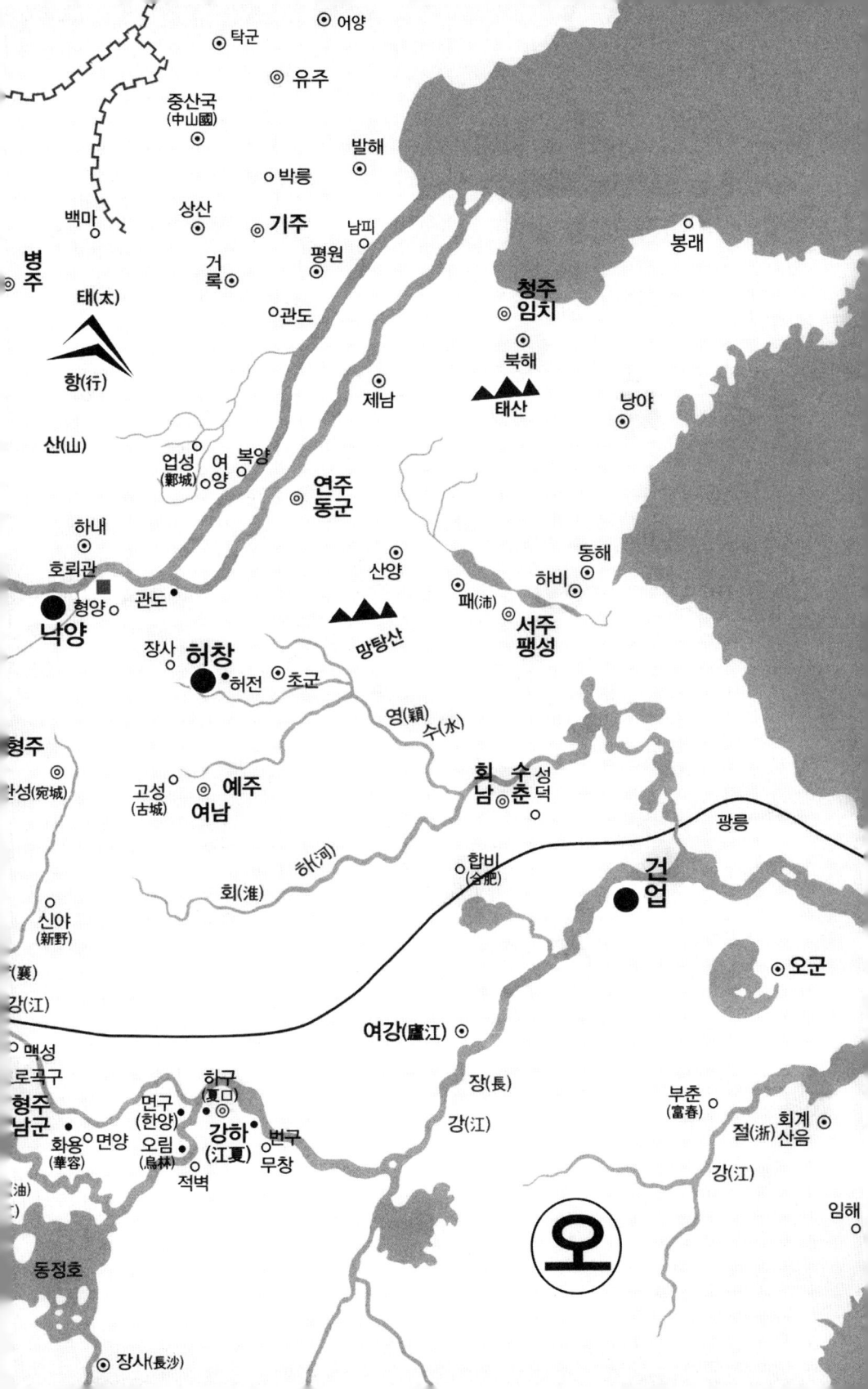